L'HÉRITAGE SACRÉ

Lewis PERDUE

Roman traduit de l'anglais (États-Unis) par
Marguerite SCHNEIDER-ENGLISH

City
Poche

© City Editions 2007 pour la traduction française
© 2000 by Lewis Perdue
Publié aux États-Unis sous le titre *Daughter of god*

Couverture : Studio City

ISBN : 978-2-35288-285-2
Code Hachette : 50 6472 0

Rayon : Thriller poche
Collection dirigée par Christian English & Frédéric Thibaud

Catalogue et manuscrits : www.city-editions.com

Dépôt légal : premier semestre 2009
achevé d'imprimer en mai 2009
par CPI Brodard & Taupin - La Flèche (Sarthe)
N° d'impression : 52893

« Enseigne-nous à bien compter nos jours,
afin que nous appliquions notre cœur à la Sagesse »
Psaume 90 :12

En grec, la Sagesse se dit *Sophia*.

Remerciements

A Katherine et William, mon fils et ma fille, sans l'aide desquels ce livre aurait été achevé bien plus tôt et sans lesquels la vie serait bien plus vide.

Chaque jour qui passe je m'étonne de voir comment votre amour élargit les limites de mon cœur, et comment vos yeux me révèlent les merveilles miraculeuses d'un monde que je ne connaissais pas.

A Megan, ma femme, amie, partenaire, âme sœur.

Je suis le volant, tu es la corde. L'un ne montera pas sans l'autre. Nous ne nous sommes pas rencontrés par hasard.

Des remerciements à notre Créateur. Sa force (à Elle) et Son inspiration (à Lui) ont fait naître mes mots.

Remerciements aussi à mon éditrice, Natalia Aponte, qui m'a aidé à voir ce livre avec un autre regard et qui a guidé mon écriture. Avoir un éditeur de cette qualité est une expérience rare pour un auteur.

A mon agent Natasha Kern, qui n'a jamais perdu foi en mes écrits. Jamais jusqu'ici, je n'ai été béni par la collaboration d'une avocate aussi acharnée et infatigable.

De grands mercis aussi à Kathleen Caldwell de « Readers Books » dont le regard d'aigle sur les épreuves finales a su voir tant de choses qui m'avaient échappées. Kathleen, je suis ravi que cela ait également été un plaisir pour vous !

L.P.

CHAPITRE 1

Zoé Ridgeway le sentit à l'instant même où elle franchit le seuil de l'imposante demeure suisse. Elle essaya vainement de se persuader que son imagination lui jouait des tours, mais, même le magnifique Rembrandt disparu depuis longtemps, suspendu nonchalamment dans l'entrée, ne réussit pas à dissiper la sensation qu'elle pénétrait dans un lieu de mort.

— Herr Max vous attend.

L'homme, élancé et parfaitement stylé, parlait avec un fort accent germanique. Il la salua avec une politesse quelque peu abrupte et rigide.

— Veuillez me suivre, madame.

Lui emboîtant le pas, Zoé traversa une enfilade de pièces hautes de plafond, meublées élégamment et dont les murs blancs étaient littéralement couverts de chefs-d'œuvre. Lorsque l'homme se baissa pour ramasser un bout de papier, elle sut qu'il était plus qu'un simple domestique à la vue du holster dissimulé sous sa veste. Elle était mariée à un homme qui, à une certaine époque, avait porté une arme. Aucun doute n'était possible.

Suivant le garde du corps à travers la maison, Zoé eut de plus en plus de mal à contenir son excitation croissante. Amateur d'art passionnée et négociatrice d'antiquités de renommée internationale, elle avait pourtant l'habitude de voir passer entre ses mains des trésors inestimables sans s'émouvoir outre mesure. Côtoyer de magnifiques chefs-d'œuvre était même son quotidien. Pourtant, elle dut lutter de toutes ses forces afin de ne pas laisser percevoir l'émerveillement qui s'était emparé d'elle en reconnaissant les grands maîtres dont il y avait profusion d'œuvres dans ce salon magnifique.

Accroché au-dessus d'une harpe dorée, elle découvrit un Tintoret dont le monde de l'art déplorait la disparition depuis la Seconde Guerre mondiale. Son voisin, un Chagall, était censé avoir été brûlé par les nazis lors de leur chasse à l'art décadent. Une symphonie de joie et d'excitation submergea son esprit à mesure qu'elle avançait dans cette galerie de trésors.

Sur le seuil d'un petit salon intime, le garde du corps lui fit signe d'attendre. Dans le fond de la pièce, Willi Max était affaissé dans un fauteuil roulant imitation Bauhaus. Le propriétaire des lieux paraissait plus mort que vivant.

Seule la respiration laborieuse du malade troublait le lourd silence de la pièce. Le garde du corps se pencha et chuchota quelques mots à son oreille. Telle une marionnette qui revient subitement à la vie, Willi Max se redressa et l'homme de confiance tourna son fauteuil face à la visiteuse.

— Soyez la bienvenue dans ma maison.

La voix était chaleureuse et étonnamment puissante. Lorsque le garde du corps poussa le fauteuil roulant en direction de Zoé, la jeune femme put mieux distinguer les traits du vieillard desséché, qui la fixait de ses yeux d'un bleu de glacier. Max lui tendit une main tremblante.

— Merci d'être venue si rapidement.

Sa main était d'une légèreté sèche et immatérielle, comme si toute vie l'avait déjà désertée.

— C'est un privilège.

Elle le pensait réellement.

Dans les traits figés du vieil homme passa un éclair appréciateur. Après un bref signe de la tête vers son garde du corps, Max se tourna vers la visiteuse.

— Allons-y ! Il me reste peu de temps et beaucoup à faire.

Lentement, le fauteuil roulant traversa le salon aux boiseries sombres avant de s'immobiliser devant des rayons d'une imposante bibliothèque couvrant entièrement le mur. Zoé s'arrêta à une distance respectueuse. Elle ne fit plus le moindre mouvement, comme clouée sur le splendide tapis persan.

Mettant un genou à terre, le gardien actionna un dispositif caché et une partie de la bibliothèque bascula, faisant apparaître un coffre-fort encastré, dont les serrures se trouvaient à hauteur du fauteuil roulant.

Des notes mélodieuses retentirent dans la pièce lorsque le garde du corps fit jouer le dispositif de sécurité. Tendue à l'extrême, Zoé sentit ses paumes devenir moites. Elle écarta ses doigts et fit mine de lisser les plis de sa jupe tout en regardant attentivement autour d'elle. Pendant que son regard glissait d'un tableau à l'autre, la musique dans sa tête se fit plus jubilatoire.

Fiévreusement, elle tenta de récapituler ce qu'elle avait vu jusqu'alors. Impossible, bien sûr, de prendre des notes. Ne connaissant que trop bien l'effet de ses trésors sur les visiteurs, Max avait fait en sorte qu'elle subisse d'entrée toute la magie de la découverte, avant que les mécanismes professionnels ne prennent la relève. Ce n'était pas la première fois qu'un client usait de ce stratagème afin de l'influencer et elle avait pris ses précautions. Alors que le garde – sous les yeux vigilants de Max – ouvrait le coffre-fort, Zoé vérifia d'une main discrète que le minidictaphone placé sous sa veste marchait toujours. Si ce n'était pas la première fois que quelqu'un essayait d'influencer son objectivité, mais c'était la première fois qu'on y parvenait.

Depuis toujours, Zoé s'était passionnée pour l'art, au point d'en faire son métier. Mais, malgré l'immense plaisir que lui procurait le contact des merveilles provenant du monde entier, elle n'avait jamais abandonné l'espoir de découvrir un jour elle-même un trésor. Unique et de valeur inestimable.

Et moins de quarante-huit heures auparavant, Willi Max lui avait téléphoné. Il s'était excusé platement lorsqu'elle lui avait fait remarquer qu'il faisait encore nuit à Los Angeles.

— Je suis en train de mourir, lui avait-il dit.

Sa voix ne trahissait pas la moindre émotion.

— Juste un peu plus vite que d'autres… Il ne me reste que peu de temps. Il fallait que je vous appelle avant de changer d'avis ou avant de…

Il ne termina pas sa phrase.

Zoé n'avait jamais entendu parler de cet homme. Son premier réflexe fut de raccrocher et de mettre une fin rapide à ce qui ne pouvait être qu'une mauvaise plaisanterie. Mais l'anglais impeccable, l'accent germanique impérieux et l'évidente sincérité de son étrange interlocuteur avaient réussi à capter son attention quelque peu embrumée par le sommeil.

— Je tiens à m'occuper personnellement de ma succession.

Succession, avait-il dit. Et non pas collection. Le souvenir de ces mots s'était imposé à elle avec une grande précision et ce fut seulement à ce moment-là que Zoé en avait saisi la véritable signification.

Lorsque Willi Max lui avait offert dix fois plus que le tarif habituel, l'esprit de Zoé s'était instantanément éclairci. Toutes affaires cessantes, elle avait décidé de prendre le premier vol pour Zurich.

— Vous bénéficiez d'une renommée internationale dans le domaine de l'histoire de l'art et vous êtes une sommité parmi les négociants de tableaux.

Elle se rappelait chacune de ses paroles.

— De plus, vous êtes honnête… Honnête. Et je tiens à ce que ma collection soit gérée honnêtement… en toute moralité.

Un long silence s'était installé. Au point que Zoé avait eu peur que l'homme n'ait eu une attaque à l'autre bout du fil. Peut-être était-il mort ? Mais, subitement, une quinte de toux s'était déclarée, suivie de quelques mots prononcés avec difficulté.

— J'ai lu tous vos écrits. Même vos livres et tous les articles publiés sur vous et vos travaux…

Il toussa à nouveau.

— J'espère que vous comprendrez. Il est vital que vous compreniez…

Comme pour vaincre définitivement toute hésitation de sa part, il avait ajouté que sa rémunération serait substantielle. De même pour son mari, car la collection exigeait de solides connaissances en matière de manuscrits religieux anciens et de reliques. Pas vraiment ses points forts à elle. Pour cette raison justement, ils avaient pris l'habitude de travailler en tandem sur certains dossiers – elle et son mari Seth, professeur de philosophie et de religions comparées à l'Université de Californie à Los Angeles. Seth Ridgeway s'était spécialisé dans la période de 500 av. J.-C. à 700 apr. J.-C., particulièrement propice à l'essor des religions.

Le son grave et continu provenant du système d'alarme la sortit brusquement de sa rêverie. Zoé suivait attentivement chaque geste de l'homme en train d'ouvrir la porte dérobée. L'action semblait insuffler une nouvelle énergie au vieillard assis presque droit dans son fauteuil. Avec courtoisie, il invita la jeune femme à le précéder.

— Après vous, ma chère.

Indécise, Zoé jeta un regard interrogateur au garde du corps, qui confirma d'un signe de la tête. La salle, dans laquelle elle pénétra d'un pas encore hésitant, était très haute de plafond. Les murs blancs mettaient en valeur les nombreux objets. À l'instar des autres pièces de la vaste demeure, celle-ci était une sorte de mélange entre une galerie d'art et un grand magasin. Le trop plein d'œuvres ne permettait pas au regard de se poser.

À mesure qu'elle distinguait mieux les trésors cachés, Zoé sentit un frémissement lui parcourir la colonne vertébrale. Comme ce Vermeer légendaire, dont la splendeur était vantée par de multiples publications et que personne n'avait jamais vu. Surprise et émerveillement dissipèrent ce qui lui restait d'objectivité professionnelle. Tout son être s'ouvrit à la beauté des œuvres qui l'entouraient.

S'approchant du Vermeer, elle plongea dans ses ombres merveilleuses. Pendant quelques instants, elle se laissa absorber par ses profondeurs, ses perspectives extraordinaires. Comme aimantés, ses yeux furent alors attirés par une vitrine contenant un manuscrit de Leonard, dont elle n'avait jamais entendu parler. Son regard poursuivit son surprenant balayage et Zoé découvrit tour à tour un Van Gogh totalement inconnu, un Picasso que l'on croyait détruit, une Bible de Gutenberg et la Torah du Temple du roi Salomon.

Telle une somnambule, elle continua de traverser la grande pièce. Des éditions rares couvraient les rayons des bibliothèques en acajou tandis que des manuscrits inestimables et de précieux parchemins encombraient une vitrine. Il y avait là des documents religieux provenant de grottes lointaines et de ruines oubliées, des fragments de parchemins que des Bédouins avaient vendus sous le manteau des centaines d'années avant la découverte des Manuscrits de la mer Morte.

Zoé savait que chacun de ces trésors avait assez de valeur pour constituer – à lui seul – la pièce maîtresse d'un musée. Les voir là, tous ensemble, lui fit tourner la tête.

Son coup d'œil circulaire l'avait finalement ramenée face à Max et elle vit que le visage du vieil homme s'était illuminé en remarquant l'admiration évidente que ses trésors inspiraient à un expert mondialement connu.

— Je ne sais que dire…

Zoé cherchait ses mots. Ses joues étaient brûlantes et elle dut rassembler toutes ses forces pour se donner une contenance. Max acquiesça presque joyeusement.

— Je suis d'accord : il n'y a pas vraiment de mots.

Sa tête s'était mise à dodeliner nerveusement lorsqu'il leva le regard vers elle. Pour lui rendre l'échange plus aisé, Zoé s'assit sur le canapé Mies van der Rohe, veillant anxieusement à bien répartir son poids sur le précieux meuble.

Max eut un bref regard vers son homme de confiance, qui quitta la pièce en refermant la porte derrière lui.

— Je pense que vous comprenez maintenant qu'il s'agit d'une succession et pas simplement d'une collection.

Max parla avec lenteur. Les mots ne sortaient qu'avec difficulté, ponctués par une respiration bruyante et laborieuse.

— J'ai besoin de vous pour réparer les injustices concernant ce patrimoine.

La jeune femme répondit par un long regard interrogateur.

Pendant quelques secondes interminables, Max ferma les yeux. Puis, il se remit à parler avec animation.

— Il y a plus de cinquante ans, j'ai été soldat de la Wehrmacht – l'armée du IIIe Reich. Comme tant d'autres, je faisais partie des services spéciaux dans la montagne autrichienne, au sud de Munich. Une région connue pour ses mines de sel. Hitler avait pillé un grand nombre de collections célèbres et on avait choisi cet endroit pour y cacher le précieux butin. J'ai vu d'horribles choses alors… surtout une dont le secret me pèse lourdement depuis…

Une quinte de toux plus sévère que les précédentes secoua le corps frêle du vieil homme. Aussitôt, le garde du corps rouvrit la porte, mais Max le congédia d'un geste impatient. Prenant une profonde inspiration, il poursuivit :

— Quand les alliés ont débarqué, nous – mes camarades et moi – avons pris autant de tableaux, de pièces d'or, de parchemins et de reliques que nous pouvions en emporter. Avec la complicité de mes semblables, je me suis finalement installé à Zurich pour y commencer une nouvelle vie. Grâce à un réseau de solidarité, j'ai pu vendre certaines pièces en faisant de grands profits. Mais, contrairement aux autres, je dépensais un minimum afin de racheter le butin que les autres avaient rapporté. C'étaient des temps vraiment désespérés.

Max eut l'air de s'excuser.

— Le marché était alors inondé par toutes sortes de marchandises. L'argent liquide se faisait rare et le plus urgent était de survivre. Vous n'imaginez pas à quel prix, honteusement bas, ont été bradées les merveilles que vous voyez ici. Aussi en ai-je acquis autant que possible. Je vivais chichement… Mon seul but dans la vie était d'en rassembler un maximum.

L'émotion du vieillard était perceptible et ses yeux devinrent humides lorsqu'ils firent le tour de la pièce.

— Je ne pouvais pas faire autrement : j'étais littéralement et follement tombé amoureux de tous ces trésors. Pas tellement pour les posséder, d'ailleurs, ce sont eux plutôt qui me possédaient.

Zoé fit un léger signe de la tête, elle comprenait parfaitement, même si avec ces merveilles à portée de main, elle avait du mal à se concentrer sur le monologue de son hôte. Ce dernier fut interrompu par une nouvelle quinte de toux.

— Je ne suis que trop conscient que c'est un grand péché d'avoir gardé ces chefs-d'œuvre pour moi tout seul, pendant tout ce temps... J'ai besoin de vous pour réparer, enfin…

La jeune femme haussa les sourcils.

— La plupart des œuvres ont été volées. Je veux que vous retrouviez leurs propriétaires légitimes ou leurs héritiers. À cet effet, j'ai ouvert un compte spécial à Zurich…

Ses mains fébriles cherchèrent une enveloppe sous la couverture qui couvrait ses genoux. Zoé se leva pour la prendre. D'un bref regard, elle prit connaissance de son contenu et se rassit.

— … ce compte est à votre nom et à celui de votre mari. Vous en disposerez librement et gagnerez dix fois plus que votre commission habituelle.

La tête de Zoé se mit à tourner. Ici, il s'agissait de dizaines de millions de dollars !

— Au cas où vous ne réussiriez pas à retrouver les véritables propriétaires, je souhaite que vous choisissiez les musées ou les fondations auxquels léguer ce patrimoine. Mon testament contient un legs spécial pour financer tout cela.

Zoé ouvrit la bouche pour répondre, mais elle ne put articuler le moindre mot.

— Non, non, ne dites rien. Ne répondez pas tout de suite !

Avec un sursaut d'énergie, Max secoua vivement la tête.

— Réfléchissez-y. Laissez passer une nuit. Parlez-en à votre mari… D'ailleurs, j'ai autre chose à vous révéler. Un secret stupéfiant, une responsabilité que je vous demanderai d'assumer, vous et votre mari. Un secret venant de la nuit des temps, terrifiant et passionnant à la fois, bien plus important que toutes ces œuvres. Il s'agit d'une révélation religieuse, une connaissance qui pourrait changer la destinée de l'humanité.

— Que…

À nouveau, Max l'interrompit.

— Sur la petite table, là…

Jusque-là, Zoé n'avait pas remarqué le porte-documents en cuir.

— Montrez cela à votre mari. Selon mes informations, il maîtrise parfaitement le grec ancien, n'est-ce pas ?

Zoé acquiesça machinalement.

— Je suis sûr qu'il sera impatient d'en prendre connaissance le plus rapidement possible.

Une quinte de toux d'une grande violence obligea Max à s'interrompre une nouvelle fois. Il lui fallut plusieurs minutes avant de se ressaisir.

— Par ailleurs, je vous ferai parvenir par porteur autre chose encore. Quelque chose que je dois d'abord récupérer dans un endroit bien plus sécurisé que celui-ci...

Étonnée, Zoé ne put s'empêcher de se demander à quoi pouvait bien ressembler un lieu plus sûr que celui-ci et ce qu'il pouvait y avoir de plus important que ces chefs-d'œuvre.

Max l'enveloppa d'un long regard.

— Vous savez, c'est à l'instant même que je viens de décider de finalement vous le faire parvenir.

— Pourquoi moi ?

— Parce que je vois de l'honnêteté dans vos yeux. De la vérité.

Max parla à présent avec gravité.

— Quand vous recevrez la chose, examinez-la. Discutez-en en toute franchise entre vous et prenez votre décision en connaissance de cause. Lorsque vous serez tombés d'accord, revenez me voir demain pour me donner votre réponse. Nous nous mettrons alors au travail ici même.

CHAPITRE 2

Les derniers rayons dorés du soleil couchant enve-
loppaient Seth Ridgeway de couleurs chaudes à la
Gauguin lorsqu'il s'assit sur le divan de la chambre d'hôtel, les yeux rivés sur le manuscrit ancien étalé sur la table
basse. Après un long silence, il se redressa pour regarder
Zoé.

— Où est le reste ?

L'anxiété déformait légèrement sa voix.

Il se pencha à nouveau et posa la dernière feuille sur la
petite pile placée devant lui. Seth portait des baskets, un
short et un T-shirt d'un bleu délavé. Son footing matinal
avait dessiné des auréoles de transpiration autour du cou et
sous les aisselles.

Enlevant les écouteurs de son minidictaphone, Zoé
reposa le stylo dont elle se servait pour retranscrire ses
notes et se tourna vers son mari.

— Max m'a dit qu'il nous le ferait parvenir demain.

Elle était assise devant un bureau ancien dans la plus
belle chambre de l'hôtel *L'Eden au lac*.

Son cœur fit un bond attendri comme à chaque fois
qu'elle regardait le visage de son mari. Ses traits affichaient
davantage l'anxiété perplexe d'un petit garçon contem-

plant son jouet cassé, que celle d'un ex-flic de quarante-cinq ans couvert de cicatrices provenant d'anciennes blessures par balles et titulaire d'un doctorat en philosophie. Tout le monde considérait Seth comme un dur. Truands et policiers en avaient fait une légende. Une sorte de justicier invincible. C'était pareil pour sa réputation au sein du club sportif de l'université. Mais elle, Zoé, savait que derrière la carapace endurcie, on trouvait un enfant ouvrant de grands yeux curieux sur le monde. Un petit garçon au grand cœur tendre, capable d'amour profond et habité d'une immense foi. Son amour avait transformé la vie de Zoé en une succession de jours plus heureux les uns que les autres.

Elle n'avait, en revanche, jamais pu comprendre la foi qui animait son mari. Seth avait étudié les religions et n'était pas dupe des mensonges et des manipulations qu'elles véhiculaient. Malgré cela, il gardait une grande ferveur religieuse. Là où Seth trouvait de quoi nourrir sa foi, Zoé ne voyait qu'une immense farce. Il lui était impossible de croire en Dieu, alors que, pour son mari, c'était une évidence. Une énigme que toutes ces années de vie commune n'avaient pas résolue.

— Demain seulement… ? dit-il avec une grimace de déception.

Elle confirma d'un bref signe de la tête et traversa la pièce pour le rejoindre. La puissante odeur de son entraînement physique avait presque disparu à présent. Et la légère fragrance musquée qui subsistait fit naître en elle un déferlement de souvenirs sensuels. Zoé se rappela le goût salé sur sa langue et la dureté souple de ses muscles. L'espace d'un instant, elle envisagea enlever sa robe d'été sous laquelle elle ne portait que la petite culotte de son bikini. Elle se ressaisit.

— Max est un homme étrange, mais sincère. Du moins, je le crois. Il avait dit que si nous comprenions réellement l'importance de ce document, il nous donnerait ensuite la partie manquante.

— Il nous le donnera ?

Le ton de sa voix était incrédule.

— Vraiment donner ?... Pas vendre ou seulement prêter ?

Comme pour le rassurer, Zoé posa sa main sur l'épaule de son mari.

— Tu sais, tout cela ne signifie plus rien pour lui. Ce qu'il veut maintenant, c'est réparer. Se racheter.

Seth hocha pensivement la tête. Zoé consulta sa montre.

— Est-ce qu'il y a un problème ?

— Oui, Max…

Elle fronça les sourcils.

— Il m'avait dit qu'il nous ferait livrer quelque chose à l'hôtel par coursier. Ce devrait être là maintenant.

— Quelque chose ?

— Je t'avais dit que c'est un drôle d'oiseau.

Zoé haussa les épaules et secoua la tête avant de s'asseoir près de lui. Avec curiosité, elle regarda les manuscrits étalés sur la table.

— Alors, que disent-ils, les Grecs, dans ce texte ?

— Avant tout, c'est l'histoire d'une grande passion…

— Un astucieux conte de torture et de punition, c'est cela ? Des martyrs affreusement mutilés pour faire pleurer dans les chaumières…

Seth se garda de la contredire. De son index, il tapota le parchemin.

— Oui, en quelque sorte. Cette première partie relate une histoire comme ça. La seconde partie – celle que nous attendons – contient sans doute le compte-rendu du procès.

— C'est incroyable, les montagnes de papier que les Grecs ont pu archiver !

— C'est vrai. On pourrait dire qu'ils ont, en quelque sorte, inventé la bureaucratie de la paperasse..

Zoé insista.

— Qu'a-t-il donc de si spécial, ce parchemin ? Pour moi, toutes ces grandes histoires d'amour ont toujours été embellies à souhait par les bons Pères de l'Église. La plupart du temps, elles sont dépourvues de réalité et, avant tout, efficaces comme propagande auprès des fidèles.

Faisant une grimace désabusée, Seth regarda pensivement le plafond avant de répondre lentement.

— C'est vrai, très souvent, c'est ainsi. Mais si ce document est authentique, nous sommes en présence de l'un des manuscrits perdus d'Eusebius, le biographe de Constantin. Il relate l'histoire d'une jeune femme du nom de Sophia qui – d'après ce témoignage – vivait dans un petit village perdu dans la montagne près de la ville de Smyrne en Anatolie. Aujourd'hui, il s'agit d'Izmir en Turquie. Mais à l'époque, Smyrne se trouvait dans le berceau, la pépinière, des premières communautés chrétiennes, pas loin de cités telles qu'Éphèse et Philadelphie, largement mentionnées dans le Nouveau Testament.

— Je sais déjà tout cela.

Elle le regarda affectueusement.

— Je ne suis plus ton étudiante, tu te rappelles ?

Son mari eut un de ces sourires en coin fugaces qui l'avaient séduite dès le premier jour où elle l'avait vu dans l'amphithéâtre. C'est ce sourire qui avait transformé l'étudiante en amoureuse et, pour finir, en épouse.

— Le petit village où Sophia vivait n'était en fait qu'un de ces lieux où deux ou trois cents nomades s'étaient fixés – pour plus ou moins longtemps – afin de cultiver des céréales et élever leurs troupeaux. Il n'existait guère d'échanges commerciaux avec l'extérieur et le village n'avait ni temple ou église, ni synagogue, ni même le moindre autel… Rien. Plutôt inhabituel pour cette époque – le document date de 325 apr. J.-C., donc juste quelques mois après le Concile de Nicée – et la religion était partout. Les peuples discutaient de sujets religieux comme nous aujourd'hui de compétitions sportives ou de scandales politico-financiers. À cette époque, existaient nombre de sectes et divers groupes chrétiens. Tous, sans exception, battaient la campagne pour faire un maximum de convertis, ne dédaignant pas user de violence, si nécessaire. Le tout au nom de la « Seule et Vraie Église ».

Ses index dessinaient des guillemets. Zoé réagit avec véhémence.

— Eh bien, dis donc, ils ont commencé tôt ! Selon le slogan : *adorez notre véritable Dieu d'amour et de compassion, sinon nous coupons vos bébés en deux.*

Tout en elle exprimait le mépris lorsque la jeune femme secoua violemment la tête en se recroquevillant à l'autre bout du canapé, faisant face à son mari.

Il haussa les épaules et eut un léger sourire à son intention, avant de reprendre son récit.

— Voici donc une petite fille qui grandit tranquillement parmi les moutons et les chèvres, sans la moindre notion de religion ou d'une quelconque tradition. Puis, subitement, elle se met à avoir des visions et à entendre Dieu qui lui parle.

Zoé tenta un zeste d'ironie.

— Tous les ingrédients sont réunis pour en faire une martyre, n'est-ce pas ?

Cette fois-ci, Seth fronça les sourcils et se ferma.

— Écoute, si tu es d'accord, j'aimerais autant arrêter et en rester là pour ce soir.

Sur le point d'ajouter quelque chose, il se ravisa.

Intriguée, elle scruta attentivement le visage de son mari. Bien que l'intensité lumineuse de son regard l'émut comme toujours, sa réponse était faite de l'acier de ses convictions.

— Seth, tu sais bien que nos opinions divergent et que j'ai renoncé à me battre avec toi sur ce terrain. Mais, nous sommes d'accord que religion organisée ne signifie pas spiritualité, n'est-ce pas ?

Une fois lancée, Zoé était tout entière à son plaidoyer.

— La religion tue. La religion divise les peuples. En son nom, on ment, on vole et on poursuit des gens. Des crimes sont commis. Où que l'on regarde, juifs et Arabes. Des rabbins orthodoxes se transforment littéralement en ayatollahs hébreux excommuniant d'autres juifs ; dans le camp musulman, les sunnites tuent les chiites. Catholiques et protestants s'entretuent avec la même ardeur et chacun d'eux est aussi raciste et sexiste qu'un camion entier rempli d'adeptes du Ku Klux Klan. Si Dieu existe et s'il ressemble au personnage que tous ces gens ont créé, alors notre situation est bien pire que tout ce que nous avons jamais pu imaginer.

Seth grommela, avant d'ajouter :

— Tout ça, c'est de l'histoire ancienne… à tout point de vue. Comme d'ailleurs aussi entre toi et moi.

Il se leva et traversa la pièce. D'un geste précis, il retira le bouchon d'une bouteille de Château La Gaffelière posée sur le chariot à liqueurs.

Mais Zoé n'était pas encore prête à clore la discussion.

— Tu sais, j'adore vraiment ce fichu psaume sur la vie au bord du fleuve de Babylone que Joni Mitchell a transformé en une jolie petite ballade poétique.

En proie à une forte agitation, elle se leva et commença à marcher de long en large.

— Bizarrement, personne ne semble se rappeler que ce psaume se termine par les mots : *Bénis soient tous ceux qui ont fracassé la tête des tout petits contre les rochers.* N'est-ce pas vicieux, ça ? C'est du génocide, oui ! Le Dieu en qui je pourrais croire ne serait certainement pas un Dieu ordonnant le massacre de bébés !

Impassible, Seth avait rempli les deux verres. Il vint la rejoindre pour lui tendre le sien. Toute tension la quitta lorsqu'elle vit sa mine soucieuse. Elle saisit le verre.

— Je suis désolée. Vraiment. Je me suis laissée emporter.

Elle laissa sa phrase inachevée, comme suspendue en l'air. Ils se comprenaient.

— La paix… au moins pour nous deux.

Sa voix était empreinte de gravité.

Zoé y répondit avec un sourire timide. Elle leva son verre.

— À toi !

— À toi !

Le contact entre leurs verres produisit un son joyeux et cristallin, comme une promesse.

Silencieusement, ils restèrent là, debout, dégustant pensivement le vin. C'est Seth qui, finalement, brisa le silence.

— Veux-tu qu'on continue à lire le manuscrit ?

Sa réponse vint tout de suite.

— Oui, bien sûr. Vraiment, je suis désolée, mais tout ceci m'a énervée.

Ils reprirent place sur le canapé et Seth se remit à traduire les pages du document.

— Donc, dans ce minuscule bourg sans église ou synagogue, la petite Sophia monte un beau jour sur un char à bœufs et se met à prêcher. Il y a alors des miracles, des guérisons spontanées…

Seth fit une pause comme s'il attendait une réaction. Elle eut un regard tendre, mais resta silencieuse.

— Sophia se rend dans les maisons pour en chasser des démons, exorciser des possédés… lorsque les provisions d'huile pour les lampes sont épuisées…

Il s'interrompit pour vider son verre avant de le poser à côté du parchemin. Toute son attention était concentrée sur le texte qu'il déchiffrait.

Assise tout près de lui, Zoé posa sa main sur sa cuisse. Sous ses doigts, elle sentit les muscles se dessiner, minces et durs à la fois. En même temps, elle ne quittait pas du regard le visage de son mari, hypnotisée par le manuscrit.

— Voilà. C'est ici.

Seth prit une des pages du document et se replongea dans la traduction du manuscrit grec.

— Devant le désarroi des villageois, Sophia demande à ceux qui avaient la charge des lampes de lui apporter de l'eau. Ainsi fut fait à l'instant même et la jeune fille se met à prier avec ferveur devant les récipients. Exprimant sa foi indéfectible et totale en Dieu, elle les invita à verser le liquide dans les lampes. Et lorsque cela fut accompli, le divin et merveilleux miracle eut lieu : l'eau s'était changée en huile ! Il est dit ici que les gens l'appelaient « Zaddig » ce qui peut être traduit par le « Vertueux » ou « Maître de la vertu ».

Seth fit une nouvelle pause. Du doigt, il indiqua un passage.

— Tu vois cela, ici ? Il y a un cercle autour de son nom… et là, un autre, encerclant le pronom « elle ».

Son index se fit insistant. Zoé était intriguée.

— Et alors ?

— Rappelle-toi, je t'ai dit qu'il ne s'agit que d'un premier jet, ce n'est pas la version définitive.

Sa voix se fit de plus en plus passionnée.

— J'ai lu exactement le même récit chez Eusebius. Mais, dans la version finale, c'est devenu la vie du martyr Narcisse. Toute trace d'une « elle » a disparu. Je suis prêt à parier que nous sommes en présence du manuscrit authentique, falsifié par la suite.

Zoé chercha ses mots.

— En voilà une surprise !

En silence, ils se regardèrent un long moment. Seth reprit sa lecture.

— Très peu de temps après les premiers miracles, la nouvelle se répandit comme une traînée de poudre à travers le pays. Eusebius – à cette époque évêque au sein de la jeune Église chrétienne reconnue comme telle par l'empereur Constantin – fait immédiatement le voyage pour rencontrer Sophia dans son village. De Constantinople ou du palais de Nicomédie, la distance à parcourir n'était pas tellement grande. De toute évidence, tout cela était devenu un événement de premier plan, au point d'attirer l'attention de l'Empereur lui-même.

— Comment cela ? s'étonna Zoé.

Lâchant la bride à son imagination, elle mit mentalement en scène le récit de son mari en faisant appel à ses vastes connaissances en art et en architecture byzantins.

— Constantin était littéralement paranoïaque en ce qui concerne l'unification. À son époque, l'Empire romain comptait quatre césars qui se combattaient joyeusement entre eux. Lui-même passait le plus clair de son temps à faire la guerre afin de réunifier son empire. C'était vital à ses yeux, d'une part pour combattre les barbares qui s'agitaient partout et, d'autre part, afin de lutter contre les dissidences internes. Quand, enfin, il s'est affirmé comme l'empereur incontesté, il était bien décidé à ne laisser rien ni personne mettre en danger cet Empire.

Zoé ne put cacher son étonnement.

— Mais, Constantin fut le premier empereur chrétien, non ?

Il y avait du sarcasme dans la réponse.

— Oui. Mais, seulement sur son lit de mort. Jusqu'aux dernières heures de sa vie, il a adoré Sol Invictus – le Dieu du soleil – comme déité principale. Toute sa vie, le christianisme n'a été pour Constantin qu'un puissant instrument de stratégie politique. Une méthode pour gouverner, plutôt qu'une religion.

— Cela n'a rien de très original.

— Non, mais je pense qu'il était passé maître – le premier dans l'histoire – dans l'utilisation de la religion pour consolider son propre pouvoir. Il avait bien compris que le christianisme était là pour longtemps et qu'il avait largement contribué à déstabiliser les gouvernements de l'Empire au cours des trois siècles précédents. Il en avait également compris la force et l'influence grandissantes et –

au lieu de la combattre – il s'en était fait un allié. Par cette sorte de cooptation, il est parvenu à contrôler l'Église et à l'utiliser comme un instrument de pouvoir efficace. La théologie servait ainsi à souhait sa politique opportuniste. Il y a beaucoup de concepts que l'on croit aujourd'hui inspirés par la volonté divine, mais qui ne sont en réalité que des décrets politiques de Constantin appliqués au pied de la lettre.

— Quoi, par exemple ?

Seth réfléchit quelques instants. Contemplant pensivement le coucher du soleil à travers la fenêtre, il but une gorgée. Puis, il se tourna de nouveau vers Zoé.

— Prenons quelque chose d'aussi fondamental et essentiel pour la chrétienté que la Trinité. D'accord ?

Zoé plissa le front, attendant la suite.

— Nulle part, il n'avait été dit au sein de l'Église chrétienne, que le Christ devait être vénéré au même titre que Dieu. Au contraire, il existe nombre de preuves que Jésus lui-même ne tenait pas à être l'objet d'un tel culte. C'est autour de l'an 324 que cette controverse a atteint son apogée, sous l'évêque d'Alexandrie, nommé Arius. Celui-ci prêchait avec véhémence que Jésus en tant que Fils de son Père divin n'était pas tout à fait de la même essence divine. Certains contredirent cette thèse et l'attaquèrent violemment. À cause de ce conflit théologique et de quelques autres de même nature, l'Empire tout entier fut secoué par de violentes émeutes, provoquant de nombreux massacres. Et s'il y a bien une chose que les empereurs n'aiment pas, c'est le désordre. En fait, la violence de ces émeutes laissa Constantin perplexe. Il déclara ces controverses théologiques « parfaitement insignifiantes », mais les affrontements reprirent de plus belle.

Seth fit une pause.

— C'est pour sortir de cette crise que Constantin a réuni le Concile de Nicée. De nos jours, les docteurs en théologie présentent ce concile comme un rassemblement de saints hommes, inspirés divinement et guidés par le Saint-Esprit vers les bonnes décisions. En réalité, ils s'étaient réunis par la seule volonté de l'Empereur dont les véritables objectifs n'avaient rien de très catholique si j'ose dire…

Le soleil avait presque disparu de l'horizon. Des ombres de plus en plus accentuées plongeaient la pièce dans l'obscurité, mais aucun d'eux ne bougea pour allumer la lumière.

— Et Constantin se servait du tranchant des épées de ses soldats pour appuyer ses arguments.

À mesure que Seth évoquait les figures du passé, l'esprit de Zoé leur donnait vie dans son imagination.

— Si ma mémoire est bonne, ce n'est pas la première fois que la théologie s'écrivait avec l'épée ? demanda-t-elle.

Seth sourit.

— Et pas la dernière, non plus. Aussi, comme les évêques ne parvenaient toujours pas à se mettre d'accord et que le concile s'éternisait, l'Empereur coupa court. Lui, qui n'était alors qu'un païen non-baptisé, interrompit les débats pour proclamer officiellement la « consubstantialité » de Dieu et de Jésus. Il affirma que le Père et le Fils étaient « de la même substance ». Par ailleurs, sous la menace des armes, aucun des participants n'eut le droit de quitter le Concile sans signer une déclaration que telles étaient bien la parole et la volonté de Dieu… Bien entendu, tous signèrent. À l'exception de deux évêques qui furent excommuniés et qui virent leurs écrits brûlés.

Seth fit une nouvelle pause.

— Et c'est ainsi que le principe de la Trinité – cette pièce maîtresse de la religion catholique – fut proclamée sous la menace de l'épée et par un personnage qui, à ce moment-là, n'était même pas chrétien ! Et qui n'avait pas du tout agi au service de la foi, mais simplement pour rétablir la paix civile dans son empire, la fameuse *Pax romana*.

Zoé secoua la tête et eut un sourire incrédule.

— Comme ça, le Concile de Nicée a été simplement le moyen trouvé par Constantin pour mettre tout le monde d'accord ?

— Eh oui.

La jeune femme s'approcha de la fenêtre et contempla les lumières encerclant le lac plongé dans la nuit.

— Tu connais ce proverbe ancien qui dit que le peuple ne devrait jamais savoir deux choses : comment sont fabriquées les saucisses et les lois ? Il faudrait y ajouter une troisième : la théologie !

Seth se leva à son tour.

— Tu as raison. Ce n'est pas toujours reluisant !

Côte à côte et en silence, ils laissèrent leur regard se perdre dans la nuit.

— Je n'arrive pas à comprendre comment tu peux être si croyant en sachant tout cela.

Seth poussa un profond soupir.

— Parfois, j'en suis étonné, moi-même, c'est vrai. Mais je persiste à penser qu'enfouis dans ce fatras de mensonges théologiques et de bureaucratie ecclésiastique, survivent des lambeaux de vérité.

— À quoi bon quelques bouts de vérité si l'ensemble demeure un mystère ?

Son mari haussa les épaules.

— Justement, c'est peut-être ce qui m'attire. Il y a fatalement une part de mystère : comment pourrions-nous contempler l'infini avec nos yeux finis ? Dieu n'attend peut-être pas une soumission aveugle aux dogmes de notre part, mais une vie vouée à la recherche spirituelle, écartant ce qui s'avère faux et continuant à tester le reste… C'est pourquoi le manuscrit que Max t'a donné est si important. Il prouve comment ces prétendues vérités auraient été fabriquées pour créer une autorité divine et consolider le pouvoir séculier. Il prouve en l'occurrence la volonté de faire disparaître la moindre trace d'acceptation qu'une femme puisse avoir sa place au sein de l'Église. Bref, ils ont purement et simplement changé le sexe de Sophia.

— Ce n'est pas possible…

Zoé était visiblement émue. Son front se fit soucieux. Les yeux dans le vague, elle but un peu de vin. L'observant avec tendresse, Seth vit ses yeux s'animer sous l'effet de sa réflexion.

— Mais alors le compte-rendu du procès ?

— Oui, quoi ?

— Eh bien, s'il existe vraiment, je veux dire s'il s'agit authentiquement des notes prises au tribunal et pas seulement d'un résumé ou d'un rajout qu'Eusebius aurait fabriqué, cela prouverait la véracité de l'histoire de Sophia, non ? Qu'elle a vraiment accompli des miracles…

— Pas mal de gens ont des pouvoirs de guérison.

Zoé resta sur son idée.

— Le compte-rendu du procès serait une preuve incontestable. Puisqu'il semble évident que les autorités lui étaient hostiles, ces témoignages de source séculière attestant les miracles et les guérisons, seraient bien plus crédibles que les récits de ses partisans.

— Possible. Comme il est possible également qu'un révisionniste chrétien habile ait fabriqué les notes des séances du procès de toutes pièces. Mais, malgré cette incertitude, je t'avoue que c'est la chose la plus importante dont j'aie eu connaissance de toute ma carrière.

Seth parlait d'un ton solennel.

— Et cela me rend dingue de n'avoir qu'une moitié de cette affaire !

Elle hocha la tête.

— Je comprends parfaitement ce que tu ressens. Toutes ces œuvres que j'ai vues…

Ses paroles se perdirent dans la nuit.

D'une voix monocorde, son mari reprit.

— Tu sais, c'est un peu comme si tout ce que j'avais fait et étudié jusqu'à maintenant n'était qu'une préparation pour ceci…

Zoé acquiesça.

— Je suis sûr que, parfois, Dieu nous donne un coup de pouce pour nous faire avancer dans la bonne direction. Tout ce que nous avons alors à faire, c'est de l'identifier. Toute ma vie d'adulte, j'ai attendu un tel moment !

Son enthousiasme la gagna à son tour :

— Seth, j'en suis aussi bouleversée que toi. Je le sens, ceci sera aussi l'événement essentiel, crucial, de ma vie ! Mais cela n'a rien d'une intervention divine : tu l'as mérité !

Seth se détourna et croisa ses bras devant la poitrine. Zoé poussa un long soupir. Ils restèrent ainsi de longues minutes dans l'obscurité.

Nous voyons la même scène, se dit Zoé en regardant, au loin, les points lumineux des voitures danser autour du lac. Comment est-il possible que – tout en contemplant des choses identiques – chacun en arrive à des conclusions si différentes ?

Elle détacha soigneusement chaque mot en s'adressant à son mari.

— Nous n'avons simplement pas la même vision des choses.

Il lui fit face. Dans le noir, il essaya de deviner l'expression sur le visage de la jeune femme. Un large sourire finit par inonder ses traits.

— C'est bien vrai, ça.

Il se pencha vers elle pour l'attirer contre lui. Faisant une petite grimace, elle renifla ostensiblement.

— Que penserais-tu d'une bonne petite douche ? Et après, on trouvera peut-être un terrain d'entente ?

Sa main s'attarda sur son épaule, suivit la ligne du torse et du ventre, et ébaucha une petite caresse en direction du short.

— Voilà une bonne idée.

Comme pour montrer à quel point cela l'inspirait, il l'embrassa. Le repoussant gentiment, Zoé éclata de rire.

— D'abord la douche !

Un bref baiser sur la joue mit fin à la joute amoureuse. Mimant une immense déception, Seth se dirigea docilement vers la salle de bains.

— Mais je compte sur un baiser de meilleure qualité tout à l'heure !

— Tu peux.

Zoé tourna les talons et traversa la pièce. Elle alluma une petite lampe à côté de la fenêtre et ramassa les papiers éparpillés sur le bureau. Elle fourra le tout dans une épaisse enveloppe matelassée.

— Je vais vite déposer cela au coffre-fort de l'hôtel. En même temps, je vérifierai si le coursier de Max est passé.

Elle échangea un regard plein de sensualité avec Seth.

— Je serai de retour rapidement. Et alors, tu auras intérêt à être prêt, monsieur !

Debout sous la douche, Seth ouvrit le robinet d'eau chaude. Il entendit la porte du salon se refermer derrière Zoé.

Elle avait raison, songea-t-il alors que l'eau ruisselait sur son corps : dans le monde entier, les grandes religions étaient minées par une sorte de corruption spirituelle. À l'origine, aussi bien le judaïsme que le christianisme concevaient clairement Dieu comme la représentation à la fois de l'homme et de la femme. Le premier chapitre de la Genèse décrit un Dieu androgyne, au sein duquel masculin et féminin sont égaux. Ce n'est que bien plus tard qu'un officiel de l'Église particulièrement inventif ajouta le récit d'Adam et Ève afin d'établir solidement la domination de la femme par l'homme.

Seth se remémora les recherches très sérieuses grâce auxquelles d'éminents historiens avaient prouvé que, à leurs débuts, judaïsme et christianisme présentaient une diversité religieuse bien plus grande qu'aujourd'hui. Des responsables ecclésiastiques avaient sculpté, taillé et arrangé la religion pour l'adapter à leurs objectifs politiques et culturels, tout en persuadant les fidèles du contraire. Afin d'éliminer toute contradiction, ils avaient passé textes et manuscrits au crible, rejetant impitoyablement tout ce qui n'était pas en accord avec le Dieu qu'ils avaient façonné. Des écrits faisant autorité furent déclarés hérétiques et jetés dans les flammes, uniquement parce qu'ils ne collaient pas aux dogmes orthodoxes.

Il mouilla ses cheveux et commença à se savonner. Certaines de ses cicatrices – des blessures par balles, souvenirs indélébiles de son passé mouvementé de flic – étaient encore douloureuses.

C'est un fait, songea-t-il, que la Bible de l'an 1300 comptait plus de livres que celle de 1700 : l'Église avait révisé son histoire, ré-arrangé ses dogmes. Cela voulait-il dire que les fidèles continuant à pratiquer leur foi selon la version la plus ancienne de la Bible n'auraient plus droit au Paradis ?

Après un dernier passage sous le jet, Seth ferma les robinets et se frotta vigoureusement avec une serviette-éponge.

Il fallait franchement mettre de la mauvaise volonté pour ne pas remarquer que la sélection des écrits faisant partie des textes théologiques officiels était le résultat d'une volonté politique. Impossible également de ne pas voir que tous les livres ayant passé à la censure avaient également été réécrits afin de les rendre conformes aux dogmes en vigueur.

De nombreux livres de la Torah n'avaient pu être écrits par Moïse parce qu'ils se réfèrent à des faits historiques advenus après la mort du prophète ! Plusieurs livres du Nouveau Testament soulèvent des doutes similaires car on ne trouve que très peu ou pas de preuves quant à l'authenticité de leurs auteurs supposés.

Se passant les doigts dans les cheveux, Seth sentit un lourd sentiment de culpabilité lui serrer le cœur. Il avait été élevé dans la foi de l'Église presbytérienne et n'avait jamais pu se défaire de la crainte obscure qu'il finirait en enfer parce qu'il osait mettre en doute la perfection et la sainteté absolues du Nouveau Testament.

Préoccupé par cette pensée et tout en séchant ses cheveux, il regagna la chambre.

La scène le frappa comme un coup de poing.

Le parchemin grec avait disparu. Plus la moindre trace, non plus, des notes que Zoé avait prises. Ni du dictaphone. Le sac à main de sa femme gisait par terre, son contenu éparpillé sur le plancher. La chambre était vide.

Seth se précipita sur le téléphone.

CHAPITRE 3

La silhouette efflanquée de l'Américain aux cheveux clairs émergea subitement des ombres de la ruelle pour plonger dans l'aveuglante clarté de la Piazza Venezia. Les rayons de l'écrasant soleil de septembre transformaient le trafic ininterrompu en un infernal magma de lave, de métal brûlant et de gaz asphyxiants.

Ralentissant le pas, l'homme changea brusquement de direction et traversa la place en diagonale, vers la Via del Corso.

C'était un jeune homme mince, la petite trentaine, originaire de Nouvelle-Angleterre à en juger par sa peau trop sensible pour le soleil brûlant de Rome. Se faufilant à travers la jungle des Fiat et autres Vespas, il retenait d'une main son chapeau d'été tout neuf, serrant anxieusement de l'autre main la poignée de sa mallette en aluminium. Il portait des mocassins en daim, un élégant complet en popeline kaki et une veste bleue complétée par une cravate.

Il accéléra le pas. Après un bref coup d'œil sur la Rollex, il laissa échapper un juron tout en prenant la direction de la Piazza Colonna. Être en retard au rendez-vous avec la Sainte Inquisition n'arrangerait pas du tout ses affaires.

Il avait supposé que l'homme qui l'avait convoqué se trouverait au Vatican, mais non, c'est dans un quartier à l'écart, de l'autre côté du Tibre, qu'on l'avait donné convoqué.

À son grand étonnement, il avait appris que la Sainte Inquisition n'avait jamais cessé d'exister. Elle avait simplement changé de nom : fondée en 1542, elle était devenue le Saint-Office en 1908 et, en 1965, elle fut baptisée Congrégation pour la doctrine de la foi par des chargés de relations publiques à l'esprit inventif.

Son associé – un ancien prêtre jésuite – lui avait confié que « au sein de la Curie, la Congrégation pour la doctrine de la foi est de loin le service le plus puissant de tous. Avec plus d'influence et de pouvoir, à tous les niveaux, que le KGB au Kremlin… »

L'Américain s'arrêta un bref instant à un carrefour d'où partait une petite rue dont aucun panneau n'indiquait le nom. C'est sûrement ici, pensa-t-il en s'engouffrant dans la voie étroite. Dans sa tête résonnaient encore les paroles de l'ancien jésuite : « La comparaison avec le KGB tombe juste, particulièrement pour toi, bien sûr. Car cette Congrégation pour la doctrine de la foi fonctionne à l'heure actuelle davantage comme un service secret qu'une armée de Dieu. Un service qui préfère anéantir des vies et des carrières dans les coulisses, loin de la scène publique. Le chef de la Congrégation pour la doctrine de la foi est toujours le pape en place, mais à la tête de la redoutable machine inquisitoire se trouve un cadre administratif que l'on appelle simplement "secrétaire". Ce nom, comme d'ailleurs le service en question, date du XIIIᵉ siècle… À cette époque, on l'appelait le " Grand inquisiteur ". La Congrégation pour la doctrine de la foi possède ses propres agents et enquêteurs, tandis que son réseau de mouchards ferait honte à la Stasi de l'ex-Allemagne de l'Est. Il est vital que tu ne l'oublies jamais. Tiens-toi constamment sur tes gardes ! Tu auras à faire à des individus dangereux, à prendre mortellement au sérieux. Ils réunissent des preuves accablantes et portent leurs accusations devant un tribunal formé par quatre membres : le juge en chef, aussi appelé "l'assesseur", auquel sont adjoints deux moines dominicains et un "commissaire". »

Approchant de sa destination, l'Américain se rappela comment son associé et ex-jésuite s'était penché vers lui, dans ce petit bar d'Arlington en Virginie, pour chuchoter, en scandant chaque mot : « Toi, tu vas rencontrer l'assesseur. Il est puissant, extrêmement puissant. On dit de lui qu'il sera le prochain pape. Pour l'amour du ciel, fais ce qu'il te dira ! Il en va de ta carrière sinon de ta vie. »

L'Américain monta les quelques marches devant l'immeuble et nota que toutes les fenêtres étaient hermétiquement fermées et protégées par de solides grilles métalliques. Il actionna la sonnette. Derrière la porte, des pas lents s'approchèrent.

Pendant les brefs instants d'attente, l'Américain eut le temps de se rappeler les ultimes recommandations de l'ancien jésuite : « La plupart des affaires, qui sont portées devant l'assesseur, ne franchissent pas les murs du Vatican, mais si jamais le voile du secret se soulève un peu, l'opinion publique apprend des affaires de persécution de théologiens de l'Église, telle que celle de Hans Kung qui avait osé mettre en doute le dogme de l'infaillibilité papale. Kung avait démontré que le caractère infaillible du pape n'avait pas le moindre fondement biblique et n'apparaissait nulle part avant 1870.

La punition que la Congrégation pour la doctrine de la foi a infligée à Kung illustre – en cela, ô combien, fidèle aux principes de la Sainte Inquisition – que l'habile transformation de la vérité est devenue une constante pour préserver les fondements de l'orthodoxie ecclésiale. Dans un décret public approuvé par le pape, la Congrégation pour la doctrine de la foi a déclaré sans équivoque que " la liberté de la foi ne peut, en aucun cas, justifier le droit à la dissidence ". »

Un œil apparut dans le judas vieillot de la porte d'entrée. Le fixant avec insistance, l'Américain lui adressa un sourire. Instantanément, l'œil disparut.

Aux yeux de l'Église catholique, le seul fait de remettre en question un dogme était considéré, jusqu'à très récemment encore, comme un péché passible de la peine de mort. Un des services les plus actifs de la Congrégation pour la doctrine de la foi est la Commission pontificale de la Bible, chargée de protéger les dogmes officiels de l'Église de toute attaque, d'où qu'elle vienne. Très puissant, ce service possède un arsenal impressionnant de moyens. Tout écrit, tout document ou récit risquant de jeter le moindre doute sur l'interprétation officielle des Saintes Écritures est détruit ou disparaît à jamais dans les archives du Vatican.

La porte s'ouvrit.

L'Américain retint sa respiration : c'était l'assesseur en personne qui se trouvait devant lui, des vêtements de ville ayant remplacé sa robe écarlate de cardinal. Derrière lui se tenaient deux silhouettes aux épaules larges. D'évidence, des gardes du corps.

L'assesseur tendit la main au visiteur.

— Merci d'être venu.

Le cardinal Neils Braun, ancien archevêque de Vienne, le responsable du Secrétariat pontifical pour non-croyants et chef de la Congrégation pour la doctrine de la foi, était un homme impressionnant.

Très grand et robuste, il avait un visage photogénique aux traits sévères et burinés, comme s'il descendait directement de ses montagnes autrichiennes qu'il aimait tant. Ses mouvements avaient la force nerveuse et sèche distinguant les alpinistes dédaignant cordes, pitons et tout autre équipement mécanique pour leurs ascensions. À

Noël prochain, il fêterait ses soixante ans, un anniversaire qu'il comptait célébrer en parcourant la montagne près d'Innsbruck où il résidait, ou par l'assaut d'un sommet vierge.

— Soyez le bienvenu, dit-il.

Il prononça les mots d'accueil avec la bienveillance charismatique d'un homme conscient – et ravi – de l'effet qu'il avait d'ordinaire sur les autres.

L'Américain avait du mal à avaler sa salive. Il finit par saisir la main offerte.

— Bonjour, Votre Éminence.

— Appelez-moi Neils, je vous en prie.

Braun savait parfaitement que les Américains affectionnent une familiarité facile et conviviale.

— Après tout, ne sommes-nous pas des collègues cherchant à résoudre le même problème ?

Braun constata que les traits de l'Américain se détendirent et que ses épaules se relâchèrent ; son corps tout entier perdit sa tension qui avait été forte. Parfait, pensa le cardinal avec satisfaction. Mettre les gens à l'aise était le premier pas pour les contrôler.

— Si vous y tenez… Neils.

Embarrassé, l'Américain adressa un timide sourire à cet homme qui serait peut-être pape dans un proche avenir.

— Allons, venez trouver un peu de fraîcheur à l'intérieur.

Les deux gardes du corps s'étaient fondus dans l'obscurité ambiante lorsque l'assesseur fit un pas de côté pour laisser passer son visiteur.

Ils montèrent rapidement deux étages, avant de traverser un long couloir mal éclairé qui débouchait sur une pièce spacieuse. Sans trop savoir comment, l'Américain se trouva assis dans un fauteuil élégant faisant face à un beau bureau en acajou. Braun vint au fait, sans s'embarrasser de précautions oratoires superflues.

— Dites-moi ce que vous avez appris à Zurich.

Le visiteur se racla la gorge.

— Eh bien pour faire court, Max est mort, la négocia-trice a disparu et il n'y a plus la moindre trace des tableaux de Kreuzlingen.

— Et le tableau de Stahl ?

L'Américain secoua la tête.

— Introuvable.

Braun fronça les sourcils.

— Vous avez cependant trouvé des indices sur les coupa-bles ?

— Pas exactement.

— Mais vous avez bien une piste ?

L'Américain acquiesça

— Tout cela fait fortement penser aux gangs russes avec, très probablement, des complicités du côté du KGB.

Il réfléchit quelques instants à ses propres paroles.

— Ou bien, en sens inverse. À la vitesse à laquelle la corruption augmente, il devient difficile de savoir qui est aux commandes.

— Quelles sont les motivations, selon vous ?

— L'argent, les devises étrangères. La collection a une valeur inestimable. Je ne serais pas du tout surpris que le Kremlin ait donné sa bénédiction : de solides devises, c'est précieux.

Le cardinal fit un geste d'approbation.

— On a eu plusieurs affaires similaires depuis l'effon-drement de l'Union Soviétique et toutes les crises moné-taires provoquées dans son sillage. D'ailleurs, un grand nombre de ceux qui avaient tenté de m'assassiner au bon vieux temps de la guerre froide essayent toujours…

L'Américain réprima l'irrésistible envie de poser la ques-tion qui lui brûlait les lèvres.

— Zhirinowski.

Braun répondit à la question que l'Américain n'avait pas posée.

— Lui et sa bande de tueurs se feraient un plaisir de m'éliminer. Pour les mêmes raisons qu'à l'époque Khrouchtchev et Andropov.

À nouveau, l'Américain s'efforçait de rester silencieux. Mais, cette fois-ci, aucune réponse ne vint. Au lieu de parler, le cardinal tourna son fauteuil et fixa d'un long regard le crucifix en ivoire suspendu au mur. Il eut un profond soupir avant de ramener son regard vers l'Américain.

— Il existe certains faits qu'il faut que vous connaissiez afin de pouvoir nous aider à l'avenir.

Braun parla maintenant avec fermeté.

— Il y a de fortes chances que ces choses soient profondément troublantes pour votre vie spirituelle. Elles se révéleront déplaisantes et perturbantes, mais si vous êtes prêt à assumer la lourde responsabilité de la vérité, vous serez en mesure de rendre un énorme service à votre Église.

D'un léger mouvement de la tête, l'homme marqua son assentiment.

— Je ferai tout mon possible.

Arborant un large sourire, l'assesseur fixa le regard sur son visiteur, comme pour sonder les tréfonds de son âme.

— Je vous en suis reconnaissant. Avant tout, je tiens à préciser que vous avez été sélectionné pour cette importante mission à cause de votre grande foi et parce que vous êtes Américain comme le couple que Max a contacté. Par ailleurs, vos divers succès dans ce domaine vous donnent une solide crédibilité à nos yeux.

— Merci.

Toujours du même ton chaleureux, le cardinal poursuivit.

— C'est l'Église et moi qui vous remercions. Maintenant, laissez-moi vous confier quelque chose : au même titre que le Saint-Père est l'héritier direct de l'apôtre Pierre, nous – les membres de la Congrégation pour la doctrine de la foi – sommes les héritiers de Constantin.

L'Américain ne put réprimer un mouvement de surprise.

— Comme Constantin, nous sommes des gardiens de l'unité de l'Église.

Sa voix se fit plus incisive.

— Pour être forte et convaincante, la foi doit être unie, sans équivoque et sans incertitudes. Bref, la foi exige du noir ou du blanc, aucune zone grise ne saurait être tolérée. Mais, de même que Constantin, nous ne sommes pas dupes : nous savons parfaitement que nos Saintes Écritures et l'histoire de notre foi et de notre religion ont été, plus d'une fois, réécrites, remaniées et adaptées aux exigences politiques de leur époque. En réalité, la vérité n'est pas seule et unique, de multiples interprétations sont possibles. Différentes sources faisant autorité se contredisent. Il existe ainsi nombre de reliques, textes et preuves historiques convaincants qui – s'ils étaient révélés au public – feraient voler en éclats la belle unanimité théologique de notre Église. Ce qui susciterait des doutes dangereux. Sans son unicité, l'Église n'aurait jamais pu survivre. Depuis longtemps, il n'en subsisterait plus que des milliers de petites annotations dans la longue histoire des religions.

L'assesseur redoubla de vigueur.

— Par ailleurs, il est évident qu'un tel climat d'incertitude priverait notre monde tumultueux et perturbé du réconfort dont il a tant besoin. Pour pouvoir espérer, il faut des certitudes aux gens simples. Si des doutes commencent à ronger la foi ou la religion, c'est à nous, membres de la Congrégation pour la doctrine de la foi de nous coltiner le diable. Si deux voies semblent se présenter pour atteindre le salut, c'est notre devoir de les emprunter toutes les deux et de condamner celle qui est fausse. Ainsi, nos fidèles ne risquent pas de s'égarer… Nous livrons combat aux doutes avant d'élaborer, ensuite, la réponse officielle de l'Église. Une réponse conforme à l'ensemble des décisions et qui devient – grâce aux prières et aux bénédictions du Saint-Père – la parole irréfutable de Dieu. Une croyance homogène, unifiée est bien plus importante que toutes les vérités contradictoires. Celles-ci doivent rester secrètes : la plupart des gens ne seraient pas de taille à les affronter et deviendraient vite la proie de Satan.

Il ne quittait pas l'Américain des yeux.

— Comprenez-vous ce que je veux dire ?

Son interlocuteur marqua une pause avant de répondre.

— Si je saisis bien votre pensée, ce que les gens croient est moins important que le fait qu'ils partagent tous exactement le même credo – créé et approuvé par votre service – sans la moindre réserve.

Braun fit un large sourire d'approbation.

— Vous êtes très perspicace. On voit que vous avez bien retenu vos leçons de catéchisme.

Devant l'étonnement de l'Américain, il éclata de rire.

— Nous sommes évidemment en possession de votre livret scolaire. Croyez-moi, nous savons plus sur vous que votre employeur.

Il redevint grave.

— Est-ce que ce combat a de la valeur à vos yeux ? Êtes-vous prêt à mourir pour notre cause ?

L'homme fronça les sourcils. D'ordinaire, il ne dédaignait pas l'utilisation d'habiles subterfuges, mais lorsqu'il s'agissait de Dieu, il ne pouvait en être question.

— Je vous demande pardon, Votre Éminence. Mais ceci demande un délai de réflexion.

Mordillant sa lèvre inférieure, il laissa son regard s'absorber dans l'éclat du soleil. L'angoisse était revenue. Les battements de son cœur s'étaient accélérés et sa gorge s'était asséchée. Il entendait de plus en plus distinctement le tic tac obsédant d'une horloge quelque part dans la pièce.

Le cardinal attendit patiemment. Finalement, l'Américain le regarda droit dans les yeux.

— En ce qui concerne le premier point – la valeur de cette cause – je pense que ma réponse est affirmative. Quant au second...

Tout en lui exprimait le doute.

— Je ne sais pas...Je ne suis pas sûr qu'un homme puisse prendre cette décision avant d'être réellement confronté à la mort.

Un voile d'appréhension avait envahi ses traits. Mais Braun le rassura.

— Excellent.

Le soulagement de l'Américain fut perceptible.

— Voilà une réponse honnête et qui me rassure pleinement.

Mais aussitôt, l'attitude sévère de l'assesseur effaça toute trace de sourire.

— Le Père tout-puissant accepte vos meilleurs efforts. Quant à moi, je n'accepterai que vos meilleurs résultats. Vous comprenez cela ?

L'Américain hocha la tête.

— M'acceptez-vous comme votre guide et votre seul et unique confesseur ?

Nouvel acquiescement de la part de son visiteur.

— Promettez-vous de suivre mes instructions à la lettre, en acceptant que la punition pour toute désobéissance sera l'excommunication et la damnation éternelle ?

Un long silence abasourdi, puis la promesse :

— Oui, Votre Éminence.

— Bien.

La satisfaction du cardinal était évidente.

— Vous avez, bien sûr, entendu parler du Suaire de Turin ?

L'Américain acquiesça.

— Bien sûr. Qui ne connaît pas l'histoire du linceul du Christ, cet étonnant suaire en lin qui garde l'empreinte d'un homme crucifié ? Toutes les blessures, toutes les caractéristiques physiques du crucifié concordent parfaitement avec le récit de la mort du Christ. Je me rappelle également la violente controverse autour de sa reconnaissance comme relique authentique.

L'assesseur fit une pause pour reprendre une gorgée de thé. Avec une serviette de table, il tapota les fines gouttelettes de transpiration qui s'étaient formées au-dessus de sa lèvre supérieure.

— Voilà un bref résumé de la version officielle.

Il se cala profondément dans son fauteuil avant de poursuivre plus lentement.

— Comme vous le savez probablement, le Vatican n'a jamais authentifié le Suaire de Turin. À l'inverse, si vous réunissez tous les fragments bénis de la « véritable » Sainte-Croix que le Vatican a sanctifiés, vous pourriez remplir un hangar de bois tout entier ! Et, pourtant, le Vatican refuse de proclamer la sanctification du suaire. Vous ne vous êtes jamais demandé pourquoi ?

D'évidence, la question était purement rhétorique et n'attendait aucune réponse.

— Parce que nous avons peur ! Voilà pourquoi. Parce que nous savons qu'il existe un second linceul là-bas, mieux conservé encore et dont la provenance est authentifiée par des sources absolument incontestables et au-dessus de tout soupçon. Ainsi, si nous donnons notre bénédiction au Suaire de Turin, il y a de fortes chances que nous soyons, un jour, obligés de faire de même pour ce deuxième linceul.

L'Américain parut confus.

— Je ne comprends pas. Êtes-vous en train de dire qu'un second suaire a été trouvé et authentifié comme ayant été le véritable linceul du Christ ? Si tel est le cas, pourquoi ne pas le dire publiquement, pourquoi…

Braun l'interrompt.

— Non, non. Vous ne saisissez pas : ce second suaire – celui dont nous gardons l'existence secrète – n'a jamais appartenu au premier Messie. Il provient du tombeau du second.

Ces derniers mots eurent l'effet d'une bombe.

— Du second Messie ?…

L'Américain eut du mal à maîtriser sa pensée.

— Vous êtes en train de me dire que, pendant toutes ces années, l'Église a dissimulé l'existence d'un autre Messie ? Pourquoi maintenir cette révélation sous le sceau du secret ?

Le cardinal réfléchit quelques instants.

— Gardez à l'esprit, s'il vous plaît, mon commentaire de tout à l'heure à propos de l'immense besoin qu'éprouve le monde actuel d'une foi solide, basée sur des certitudes inattaquables. La foi est une chose fragile. Voilà pourquoi nous – la Congrégation pour la doctrine de la foi – à l'instar de ceux qui nous ont précédés pendant des siècles, nous travaillons avec un tel acharnement au maintien de la stabilité pontificale et du caractère de vérité absolue de la doctrine.

Si la moindre pièce du puzzle s'avérait fausse, l'opinion publique ne tarderait pas à mettre en doute l'ensemble. Il suffit de tirer un seul fil pour défaire tout le tricot, n'est-ce pas ? La moindre faille permettrait à Satan de s'y engouffrer…

L'Américain semblait étourdi. Braun continua d'une voix calme.

— Je vous ai dit que cette affaire aurait de quoi vous déstabiliser. Gardez votre foi et faites-moi confiance. L'issue de cette mission pour laquelle vous avez été désigné risque d'affecter l'avenir même de la Chrétienté.

Le visiteur marmonna quelque chose d'incompréhensible.

— Le second Messie – le Rédempteur si vous préférez – vivait du temps de Constantin, ce souverain choisi par le Père tout-puissant pour être l'instrument qui unifierait les chrétiens et éradiquerait l'hérésie. À cette fin, l'empereur fit amener le second Messie à Byzance et… le fit assassiner.

L'Américain sentit le sol se dérober sous ses pieds. Instinctivement, il s'agrippa au meuble devant lui. Imperturbable, l'assesseur poursuivit.

— La moindre fuite autour de cette affaire aurait ébranlé les fondements mêmes de la chrétienté et de tout ce qu'elle représente. Cela aurait signifié le chaos, tout simplement. Un chaos total ! Une crise religieuse comme le monde n'en a pas connue pendant deux mille ans. Le judaïsme aussi aurait été entraîné dans cette chute. Jésus était juif, n'est-ce pas ? Et personne n'attend le Messie avec autant de ferveur que le peuple élu de la Bible. Plus grave encore : en ce qui concerne l'existence de ce second Messie, nous sommes en possession de preuves historiques bien plus solides que celles qui authentifient l'existence de notre Seigneur. Cela aurait risqué d'inciter des millions de fidèles à abandonner Jésus Christ pour suivre le second Messie.

Lorsqu'il prononça ce nom, le cardinal fit discrètement le signe de la croix.

— Les masses auraient déserté les églises. Les institutions et leurs ramifications à travers le monde auraient été anéanties. Une ruine totale.

L'Américain avait repris ses esprits.

— Et si on le dénonçait comme étant une falsification ? Le résultat d'une conspiration ?

Braun riposta immédiatement.

— Le but de votre sainte mission est justement de garantir le secret absolu autour de l'existence de ce second Messie. De récupérer toute preuve. Et si vous n'êtes pas en mesure de le faire, au moins d'empêcher quiconque de s'en emparer.

Pendant un très long moment, le cardinal demeura silencieux. L'espace d'un instant, un doute profond semblait l'envahir.

— Il semblerait…

Son regard se perdit dans le vague et les mots ne sortirent qu'avec difficulté de sa bouche.

— … que ce Messie secret prouve que, peut-être, Dieu nous envoie régulièrement des émissaires divins. Notre salut dépend de notre capacité à les reconnaître et à croire en eux. Mais nous en sommes incapables. Non seulement, nous ne les reconnaissons pas, mais, pire, nous les mettons à mort.

Regardant fixement le cardinal, l'Américain inclina la tête.

— Ainsi, Dieu nous éprouverait pour voir si nous sommes dignes d'être rachetés ? Si, un jour, nous reconnaissons enfin le Messie parmi nous… sans le tuer… alors nous serons tous sauvés ?

Hochement de tête.

— LA tuer…

— Comment ?

— Jeune homme, le second linceul montre également une empreinte. C'est l'empreinte du second Rédempteur… la trace d'un corps de femme.

L'Américain suffoqua.

CHAPITRE 4

La violente tempête de la mi-décembre fouettait les eaux du Pacifique, déversant d'énormes bourrasques de pluie en colère sur Marina del Rey. Enchevêtrés, les bateaux de plaisance dansaient au rythme déchaîné des éléments, s'efforçant de tenir tête à l'assaut des vagues. La tempête enragée fit gémir les gréements des voiliers et les vagues du port, d'ordinaire si dociles, se cabraient maintenant avec violence contre les coques. Il était près de 8 heures du matin.

Une centaine de mètres plus loin, à l'est de la marina, des piétons essayaient désespérément de résister aux assauts du vent. Caniveaux et bouches d'égouts débordaient de flots furieux inondant les trottoirs. Les carrefours étaient encombrés de voitures en panne, échouées là comme des baleines. Trempés jusqu'à l'os, leurs propriétaires désemparés se lamentaient à proximité en attendant une hypothétique dépanneuse. Courbés sous la bourrasque, les rares passants se battaient dans un combat inégal pour sauver parapluies et cirés.

Dans la cabine centrale de la *Walkyrie*, un sloop d'environ six mètres, Seth Ridgeway se tournait encore et encore, s'entortillant dans ses draps trempés de sueur, dans l'attente du rêve. Toujours le même et qui, d'ordinaire, arrivait à pattes de velours dans un demi-sommeil, lorsque l'esprit flottait doucement entre réalité et néant. Ce cauchemar se terminait toujours aussi mal que dans la vie réelle et il lui causait toujours la même souffrance, mais il préférait ce lien douloureux à l'oubli. Comme à chaque fois, tout commençait dans leur chambre à *L'Eden du lac*, leur hôtel à Zurich.

Imperceptiblement, Seth sentit l'excitation et l'attente le gagner. Sans en avoir conscience, d'une main fébrile, il chercha sous ses draps à toucher son alliance qu'il portait toujours à sa main gauche. Six merveilleuses années d'un mariage qui n'avait jamais connu l'ennui. Elle, l'expert en tableaux et antiquités, élégante et éthérée, et lui, l'ex-policier couvert de cicatrices, terre à terre, devenu professeur de philosophie.

Leur couple exotique rencontrait généralement un accueil sympathique, exception faite des responsables de l'université, congénitalement dépourvus de tout sens de l'humour et de joie de vivre. Eux, ils désapprouvaient. Et, plus ils fronçaient les sourcils, plus Seth et Zoé éclataient de rire. Leurs réceptions étaient des chocs de cultures assurés : des commissaires divisionnaires rencontraient des directeurs de galeries de peinture ; le chef d'une brigade d'intervention spéciale, qui croyait que Dada était la première syllabe prononcée par un bébé, conversait avec un critique d'art qui n'avait jamais approché un flic sauf une fois lorsqu'il avait été arrêté pendant une manif... Bref, leurs invités ne s'ennuyaient jamais.

Alors que, dehors, la tempête se transformait en ouragan, Ridgeway gémit dans son sommeil. Les scènes de son rêve s'enchaînaient de plus en plus rapidement. Il essaya désespérément de le ralentir, d'immobiliser l'image, de toucher Zoé. De la regarder. Mais le film défilait à toute vitesse, totalement hors de contrôle. Voilà qu'elle pénétrait dans la chambre d'hôtel, joyeusement excitée par son après-midi chez Max. Hors d'haleine, elle parlait rapidement.

Ça y est ! Il est d'accord pour tout me vendre. Absolument tout. Mais il y a plus ! Je te réserve une surprise de tous les diables. À toi et au monde tout entier !

Ensuite, elle sortait le manuscrit grec de son sac. Mais, dans le rêve, il ne s'intéressait pas le moins du monde au parchemin. Seule la présence de sa femme comptait pour lui et rien d'autre. Le cauchemar se poursuivait.

Chéri, et si tu prenais une douche pour que je puisse être tout près de toi ?

Les mots éclataient comme des bulles lorsqu'elle l'embrassait sur la bouche avant de s'écarter et de l'envelopper d'un long regard sensuel. Il sentait la caresse de ses mains sur son corps, un contact doux et intime, plein de promesses. Le rêve s'accélérait encore. Seth Ridgeway se voyait se diriger vers la douche. Non ! Il avait envie de hurler. Ne pas se détourner, ne pas la perdre de vue ! Mais la bande continuait à se dérouler à une vitesse vertigineuse, condamnée à aller jusqu'à la fin, fatale.

D'abord la douche.

C'était bien sa voix à elle. La voix s'emballait.

Tu as intérêt à être fin prêt, alors, monsieur. Finprêtmonsieur… Finprêtmonsieur…

Mais lorsqu'il sortait de la douche, Zoé avait disparu.

Comme à chaque fois, Seth Ridgeway se réveilla en pleurant. Il lâcha un juron et se mit à frapper l'oreiller à coups de poing. Il s'en voulait terriblement de n'avoir pas su interrompre le rêve, mais, quelque part, dans les profondeurs de son cerveau, survivait l'espoir insensé qu'il finirait autrement. Qu'il trouverait Zoé allongée à ses côtés et qu'ils feraient l'amour, comme le matin de ce jour fatal à Zurich, il y avait cinq mois de cela.

Il restait immobile, émotionnellement à plat et vidé, respirant péniblement dans l'oreiller qui gardait le goût salé de son chagrin. « Sois maudit ! » chuchota-t-il à l'adresse de Dieu.

De nouveau, ses poings martelaient le matelas. Mais, déjà, il regrettait ses paroles et une lourde culpabilité l'oppressait. « Pardonne-moi, s'il te plaît, mon Dieu ! Aide-moi à la retrouver, je t'en prie… »

De nouveau, il dut lutter contrer les larmes qui, chaque matin de ces longs mois, noyaient ses yeux. « Oh, Seigneur, est-ce que ma foi n'a pas encore été assez éprouvée ? se révolta-t-il. Ai-je échoué au test ? Je T'en supplie, fais que nous soyons réunis à nouveau ! Je t'en supplie, ramène-moi ma Zoé ! »

Il se tourna lentement pour libérer ses jambes entortillées dans les draps. Son corps était couvert de sueur. Couché sur le dos – immobile –, il écouta le chant de la pluie qui martelait d'un bruit sourd le pont du bateau. Il se laissa envahir par ce son triste et doux qui l'apaisait. Une fois encore, il tenta de se rappeler chaque détail de ce qui s'était passé à Zurich.

Il avait, immédiatement, appelé la police. Ensuite, il s'était jeté dans l'escalier, parcourant le hall d'entrée en tous sens. Rien dans les restaurants, ni dans les boutiques de l'hôtel. La voiture de location n'avait pas bougé de la place du parking où l'employé l'avait garée lors du retour de Zoé. Le moteur était encore chaud du trajet jusqu'à Kreuzlingen.

L'ex-agent de la police criminelle de New York avait retrouvé instantanément ses vieux réflexes. En un rien de temps, Ridgeway avait fouillé la voiture et la chambre. Interrogeant le réceptionniste, les porteurs et le surveillant du parking, il avait pris des notes précises.

Non seulement, les policiers de Zurich ne s'étaient guère montrés impressionnés par le fait que Ridgeway avait été agent de police lui-même, mais ils ne cachaient pas leur vif mécontentement en apprenant qu'il avait déjà interrogé la plupart des membres du personnel.

Plus tard, assis confortablement dans la chambre avec vue sur le lac, ils avaient examiné l'affaire ensemble. Le plus haut gradé avait pris la parole.

— Il n'y a rien de suspect ou d'irrégulier, Herr Ridgeway.

Puis, le fixant d'un regard pénétrant :

— N'y aurait-il pas eu plutôt un malentendu entre vous ?

Il lui fallut quelques instants pour saisir pleinement le sens de la question du policier. Insinuait-il qu'ils se seraient disputés, Zoé et lui ? Ridgeway eut du mal à retenir son irritation. Mais n'avait-il pas souvent exprimé pareils soupçons lorsqu'il était policier lui-même ? Combien de fois n'avait-il pas alors prononcé des phrases semblables à des hommes et à des femmes venus déclarer la disparition de leur conjoint. Il crut entendre sa propre voix lorsque le policier développa son hypothèse.

— Quelque chose l'a peut-être mise en colère sans que vous ne le sachiez ? Vous savez, ces choses-là arrivent... Dans quelques heures, peut-être...

Il haussa les épaules.

— De toute manière, tant que rien n'indique quelque chose de suspect, nous ne pouvons rien faire. Il n'existe pas de loi contre les fugues.

Ridgeway eut une envie irrésistible de leur raconter leur amour, leur prouver que Zoé ne ferait jamais une chose pareille, mais le souvenir de semblables affirmations étaient encore dans ses oreilles d'ex-flic et il tint sa langue.

Finalement, les policiers étaient partis aussi discrètement qu'ils étaient venus, ce qui n'empêcha pas le réceptionniste de lui réserver, désormais, une mine renfrognée à chacun de ses passages dans le hall. Une sorte de punition, sans doute, pour avoir eu le mauvais goût de faire venir les forces de l'ordre dans un endroit aussi select et raffiné.

Cette nuit-là, Seth Ridgeway ne put fermer l'œil. Inlassablement, il marcha de long en large, faisant halte de temps en temps pour contempler le lac en contrebas comme s'il pouvait lui raconter quelque chose de Zoé. À mesure que la nuit avançait, son inquiétude grandissait. Jamais il ne s'était senti aussi seul. D'horribles visions remontaient de son passé de flic.

Le matin, il était totalement épuisé et tombait de sommeil quand le garçon d'étage vint servir le petit déjeuner. Sur le plateau se trouvait un journal zurichois. Il comptait avaler rapidement quelque chose, puis escomptait dormir quelques heures avant de reprendre ses recherches. Mais la vue d'un gros titre en première page du quotidien attira son attention et chassa instantanément toute fatigue de son esprit.

« Un manoir à Kreuzlingen est la proie des flammes
Son propriétaire infirme après une crise cardiaque »

Il dévora l'article. Quelques heures seulement après le départ de Zoé, la propriété avait été détruite par un violent incendie. D'après le journal, tout – les tableaux inestimables comme le reste – avait été totalement détruit par le feu. Le propriétaire avait eu une crise cardiaque qui l'avait laissé infirme. Par ailleurs, il avait été gravement brûlé lors de sa tentative désespérée de sauver sa précieuse collection.

Quelques minutes plus tard, Ridgeway était au volant de leur voiture de location, le journal sur le siège à côté de lui. Il poussa le moteur au-delà de ses limites, mais, arrivé à Kreuzlingen, il se retrouva dans une nouvelle impasse.

La police locale ainsi que le chef des pompiers confirmèrent qu'il ne s'agissait pas d'un incendie criminel et que rien ne semblait anormal. Selon eux, l'installation électrique défectueuse de cette demeure ancienne était très probablement la cause de l'incendie. Et lui, l'Américain, devait bien admettre que le propriétaire était déjà vieux et qu'une crise cardiaque à cet âge n'avait rien de suspect.

Il ne tira rien de plus de sa visite à l'hôpital. Willi Max n'avait pas encore repris connaissance, son état restant stable depuis son admission dans l'établissement. D'ailleurs, même s'il avait été conscient, les médecins n'auraient pas autorisé la moindre visite. Le vieil homme mourut trois jours plus tard. Emportant son secret dans la tombe et – Ridgeway en fut persuadé – également celui qui concerne le sort de Zoé.

Seth secoua la tête comme pour en chasser les souvenirs obsédants. Il écouta la pluie tambouriner avec la régularité d'un métronome sur le pont de la *Walkyrie*. Il fit un effort pour se lever et se diriger, en trébuchant, vers la proue. En urinant, il découvrit son reflet dans le miroir au-dessus du lavabo. Il n'aima pas vraiment l'image qu'il lui renvoyait. Les mois depuis la disparition de Zoé avaient gravé des meurtrissures couleur de plomb autour de ses yeux et – pour la première fois de sa vie – il s'empâtait sérieusement à la taille. Malgré ses 93 kilos, assez harmonieusement répartis sur son 1,85 mètre, il avait une musculature encore assez ferme à laquelle il pourrait dire adieu s'il ne reprenait pas un peu d'exercice physique dans les prochains six mois. Pire que cela : les anciennes blessures risquaient de se rouvrir. Les médecins l'avaient mis en garde et prévenu que cela arrivait parfois. Mais il ne se sentait plus vraiment concerné par tout cela. Alors quoi ?

Il cracha tout en tirant la chasse des toilettes chimiques. Il se pencha pour s'examiner de plus près dans la glace. Depuis toujours, il paraissait plus jeune que son âge. Ses collègues dans la police l'appelait « Kid », le gosse. La dernière fois qu'un barman lui avait demandé ses papiers d'identité, c'était après sa sortie de l'hôpital. Il avait alors 29 ans et se remettait de graves blessures par balles dans la poitrine, au dos et aux reins, mais il ressemblait toujours à un adolescent.

Vingt-neuf ans et l'administration l'avait déclaré invalide à cent pour cent. D'après les médecins, il n'y avait aucune chance qu'il puisse à nouveau marcher normalement un jour. Un an plus tard pourtant, il était plus en forme que la meilleure recrue de l'école de police. Mais le règlement administratif était inébranlable : pas question qu'il retrouve son ancien job.

Même à cette époque pénible – seul, souffrant de fortes douleurs et privé de son métier de policier –, il faisait bien plus jeune que son âge. Depuis la disparition de Zoé, l'âge semblait avoir pris sa revanche. Chacune de ses trente-sept années était désormais profondément marquée sur son visage. Ridgeway retourna dans la coquerie du bateau et ouvrit le réfrigérateur. Il resta là un long moment, encore tout ensommeillé, fixant d'un air absent son contenu. Il se remémorait la manière dont il avait vécu – ou plutôt survécu – le reste de cet été-là. Il avait quitté Zurich quelques jours avant la reprise de ses cours à l'Université de Los Angeles.

Ces deux mois d'investigation n'avaient produit que de maigres résultats, hormis une note scandaleusement élevée de *L'Eden au lac*, une maîtrise appréciable de la langue allemande, des relations amicales avec plusieurs agents de la police suisse et une solide amitié avec un diplomate américain attaché au consulat des États-Unis à Zurich.

Cet Américain, George Stratton, s'était révélé précieux pour guider Ridgeway dans les méandres de la diplomatie et la jungle bureaucratique auxquels se voit confronté un étranger qui effectue des recherches officieuses pour retrouver son épouse disparue dans un pays étranger. Stratton s'était, par ailleurs, révélé un fidèle partenaire de tennis.

De prime abord, Ridgeway s'était quelque peu méfié de l'attitude empressée de Stratton. Peut-être était-il homosexuel ou une sorte d'ange gardien dépêché par le consulat ayant pour mission de veiller à ce que l'ex-flic ne fasse pas trop de vagues ? Mais, au cours de l'été, Ridgeway se rendit compte que Stratton était tout bonnement un Américain seul, célibataire et qui avait le mal du pays.

C'est grâce à Stratton que Ridgeway eut l'autorisation de passer au peigne fin les ruines de Kreuzlingen avant l'arrivée des bulldozers. Pendant trois semaines, il s'était acharné à passer au tamis cendres et débris. Au fil des jours, il était presque convaincu que la police locale avait raison. Pourtant, chaque soir, il sentait quelque chose qui le rongeait et le tourmentait.

La veille du déblaiement, il sut ce qui l'avait intrigué inconsciemment : le propriétaire de ces lieux était un riche Allemand qui possédait l'une des plus précieuses collections d'art du pays. Or, dans les cendres, il n'y avait pas la moindre trace de cadres, de verre, de supports, de crochets ou de ficelle. Ridgeway avait suffisamment d'expérience professionnelle pour savoir qu'un incendie détruit rarement tout. À Kreuzlingen, impossible de trouver le moindre morceau, le plus petit vestige de cadre ni le moindre bout de fil de fer. Rien. Il était donc plus que probable que les précieux tableaux avaient été déménagés avant l'incendie.

Malgré tous ses efforts de persuasion, la police locale ne prit pas en compte sa nouvelle théorie aboutissant à l'hypothèse d'un incendie volontaire et refusa de retarder l'opération de nettoyage par les bulldozers. Les forces de l'ordre suisses perdaient patience, et leur sympathie pour l'Américain ne tempérait plus guère leur irritation grandissante. Ils lui demandèrent d'arrêter d'échafauder des théories fantaisistes et de se mêler de choses qui ne le regardaient pas. Impuissant, il dut accepter la situation. Il ne pouvait rien faire de plus. Résigné, il regarda les engins détruire les derniers indices qui auraient pu le mettre sur la piste de sa femme, régla les factures, dit au revoir à Stratton et rentra à Los Angeles pour reprendre ses cours.

Dans la kitchenette de la *Walkyrie*, Ridgeway gratta le filtre à café pour le débarrasser de ses restes, avant de moudre des grains. Depuis la rentrée, sa motivation avait changé. Avant Zurich, ses étudiants et certains de ses confrères appréciaient grandement ses conférences. Jamais absent, il avait toujours eu soin de présenter ses cours de manière vivante et originale. Mais Zurich était passé par là. Il avait désormais du mal à se concentrer devant son auditoire, le cœur n'y était plus. Et, souvent, Seth était absent, au point que Tony Bradford, le doyen de la faculté qui l'avait embauché personnellement huit ans auparavant, lui avait demandé s'il souffrait d'un problème d'alcool. En fait, c'était bien pire ! C'est cette terrible incertitude qui le rongeait. C'est elle qui lui avait donné ce coup de vieux. S'il savait seulement si Zoé était encore en vie…

Ridgeway fixa le filtre dans la machine, ajouta l'eau et appuya sur le bouton. Il resta ainsi, debout, le regard fixe, pendant de longs moments. Le gargouillis de la machine à café le sortit de sa torpeur. Dehors, la tempête avait redoublé d'intensité. À travers le hublot, il vit les vagues déferler sur le bateau voisin qui disparut derrière un épais rideau d'eau. La vision ressemblait à un écran de télévision noir et blanc complètement brouillé.

Le spectacle de la tempête l'absorba quelques minutes, puis il se concentra sur le classeur ouvert sur la table qui contenait les documents pour ses cours. Il ne l'avait pas touché depuis la dernière leçon. Il ressentit l'appréhension de quelqu'un approchant un enfant handicapé, qui a besoin d'être aimé, mais qui vous effraie secrètement. À contrecœur, Ridgeway ouvrit l'épais classeur et se mit, distraitement, à parcourir les premières feuilles. Il en était à la troisième lorsqu'il prit conscience qu'il savait à peine ce qu'il lisait. Et il en était ainsi chaque matin depuis son retour de Zurich.

Toujours aussi machinalement, il continua à feuilleter les pages annotées et complétées par des photos, des schémas et des articles de presse. Ce matin, il avait prévu de consacrer son cours à l'émergence de l'antisémitisme dans les dogmes chrétiens. Mais il n'avait d'énergie ni pour les dogmes ni pour l'antisémitisme. Ni d'ailleurs pour les étudiants qu'il voyait impatients et avides de lui arracher ses connaissances, de vider son cerveau. Il n'avait ni l'envie ni le courage de les affronter.

La cafetière électrique crachotait maintenant ses dernières gouttes et laissait échapper une vapeur embuant rapidement les hublots. Submergé par la fatigue résultant de sa mauvaise nuit, Ridgeway ferma le classeur d'un geste dégoûté et se leva péniblement. Il se dirigea vers le téléphone mural et composa le numéro de la faculté de philosophie. La sonnerie irrita son oreille.

— Faculté de philosophie. Madame Bradford à l'appareil.

Karen, la secrétaire administrative, était une séduisante femme dans la quarantaine, à la silhouette élancée et aux mouvements harmonieux.

— Bonjour.

Ridgeway avait donné à sa voix autant de jovialité que possible.

— Est-ce que Dave est là ?

— Bonjour, Seth. Comment te sens-tu ce matin ?

Même au téléphone son inquiétude était palpable.

— Oh, pas mal… pas mal, étant donné les circonstances.

— Bien, bien. Je crois que le professeur Davis est dans son bureau. Je l'appelle tout de suite.

Mais à la place du cliquetis habituel, indiquant que l'appel est dirigé sur un poste interne, Ridgeway n'entendit que du silence : elle l'avait mis en attente. Pour patienter, il coinça l'écouteur entre l'oreille et le menton puis se versa du café. C'est presque amoureusement qu'il contempla sa vieille tasse ébréchée, un cadeau d'anniversaire de son premier équipier de patrouille. Un côté portait son nom et son grade – brigadier à l'époque – et, sur l'autre, on voyait un dessin : deux buses assises sur une branche morte. La légende disait « Patience, que diable ! Je vais sortir et tuer quelque chose ! » Cela appartenait à une autre époque, une autre vie. Cette évocation lui arracha malgré tout un sourire fugace.

Il avait à peine commencé à savourer son café que la ligne sonna. Il avala rapidement la dernière gorgée et se prépara mentalement à demander que Dave Davis accepte de le remplacer. Une fois de plus. Il essaya d'imaginer une excuse convaincante encore pour cette fois-ci.

— Seth ?

À l'autre bout ce n'était pas Dave Davis, maître de conférences, qui répondit. En entendant la voix de Tony Bradford, son supérieur, le moral de Ridgeway fit une chute vertigineuse.

— Oui, Tony. C'est Seth.

— Excuse-moi d'intercepter ainsi ta communication, mais je me trouvais près de Karen quand tu as appelé.

Un silence gêné s'était installé. Ridgeway réfléchit fiévreusement à une réplique. Comme il ne disait rien, son chef poursuivit.

— J'espère que tu n'avais pas l'intention de demander au jeune Davis de te remplacer une fois de plus ?

La voix était chargée de reproches.

— Eh bien, je ne me sentais …

— C'est bien ce que je craignais.

Bradford l'avait interrompu sans attendre la fin de sa phrase. Une colère mal contenue déformait sa voix.

— Seth, je t'en avais déjà parlé. Et cela ne peut pas continuer ainsi.

— Je sais. Mais…

— Plus de mais, Seth. Soit tu viens ce matin assurer ton cours, comme tous les autres de ce trimestre, ou alors il va falloir envisager de mettre un terme à ton contrat.

Ridgeway écoutait mollement, le cerveau comme engourdi. Il ressentit un vague sentiment de culpabilité vis-à-vis de cet homme qui lui avait offert la chance d'une nouvelle carrière lorsque la police avait refusé de reconsidérer son invalidité.

— Je t'ai jamais vu comme ça…

Bradford parlait à présent plus calmement.

— Tu as toujours été un battant, un instigateur, celui qui dérange. Quand les médecins t'ont dit que tu ne te remettrais jamais de tes blessures, tu t'es battu. Et lorsque la police t'a écarté, tu t'es battu encore. Ton intérêt pour la philosophie a toujours été très grand – je l'avais déjà remarqué quand tu n'étais encore qu'un étudiant préparant sa licence –, et la manière dont tu as obtenu ton doctorat avait de quoi forcer l'admiration. Tu t'es transformé en un brillant universitaire et c'est pour ça que je t'ai proposé un poste d'enseignant. Je n'ai aucune envie de te suspendre, mais, pour ça, il faut absolument te ressaisir, Seth !

Ridgeway tenta de se justifier.

— Mais tout a changé… Je ne suis plus le même maintenant…

— Ah ça, tu peux le dire ! Tu n'es effectivement plus le même.

Le ton redevint accusateur.

— Tu tournes ta rage contre toi-même au lieu de la canaliser dans ton travail.

— Si seulement je savais ce qui est arrivé à Zoé…

— Merde, Seth ! Elle est morte ! Tu dois l'accepter une fois pour toutes et reprendre ta vie en main ! Si tu ne le fais pas, il y aura deux victimes. Car, au cas où tu ne l'aurais pas remarqué, il est évident que tu te laisses littéralement mourir. Je dirais qu'il est grand temps d'appeler ta foi à la rescousse pour qu'elle te sorte de ce bourbier !

Seth ne sut quoi répondre. Bradford avait raison.

— Ta banque a appelé hier. Ils m'ont demandé – en tant qu'employeur – si tu comptais ou non vendre ta maison. Tu es en retard de six mois pour les remboursements du prêt.

Ridgeway avait un vague souvenir d'enveloppes jamais ouvertes. Il en était de même pour tout son courrier qu'il faisait toujours adresser à son bureau à l'université. Depuis son retour de Suisse, il n'avait pas trouvé l'énergie pour se rendre à la poste et faire le changement.

Oui, il y avait plein de choses à régler. Il avait eu l'intention de payer toutes les factures, surtout les mensualités de l'emprunt, dès que la maison serait vendue. De toute manière, il ne pourrait pas la garder, elle était remplie de trop nombreux souvenirs. Des heures durant, il était resté immobile sur sa couchette à bord de la *Walkyrie*, se voyant la faire visiter aux agents immobiliers. Mais il n'avait jamais dépassé ce stade imaginaire : affronter la maison et son contenu dépassait ce qui lui restait de force.

Cette demeure avait été le témoin vivant des années que Zoé et lui avaient vécues ensemble. Vendre signifiait admettre que cette époque était irrévocablement révolue.

— Je sais.

Sa voix se brisa.

— Je vais effectivement essayer de la vendre. Je vais contacter un agent immobilier. Tony…

— Oui ?

— Je suis désolé que la banque t'ait appelé. Il n'y a aucune raison que tu sois ennuyé avec mes problèmes. Je…

Il s'interrompit. Le sloop tanguait étrangement. Un bon marin connaît tous les soubresauts, tous les bruits de son bateau. Il identifie ses déplacements selon le vent et la houle et il reconnaît tout mouvement causé par une présence humaine. Instantanément, il sut que quelqu'un venait de sauter doucement sur le pont de la *Walkyrie*.

— Excuse-moi, Tony, je peux te rappeler un peu plus tard ?

— Non, Seth. Je tiens à régler cette affaire une fois pour toutes. Maintenant. Je voudrais…

De l'écoutille au-dessus provenaient quelques coups discrets. Quelqu'un était dans l'escalier.

— Tony, il y a quelqu'un sur le bateau. Il faut que je…

Les sons discrets s'étaient transformés en un tambourinement insistant.

— Écoute, Tony, je suis vraiment obligé de raccrocher pour quelques instants…

— Non, Seth ! Je ne te laisserai pas te débiner une fois de plus. Si tu raccroches maintenant, tu es à la porte !

Les coups redoublaient de force. Seth posa doucement le combiné sur la table et se dirigea vers l'arrière du bateau. Au pied de l'escalier par lequel on pénétrait dans l'embarcation, il fit une halte au poste de pilotage où il prit un Magnum 357 dans un tiroir. Il ne recevait guère de visiteurs, spécialement à 8 heures du matin un jour de grande tempête.

Il s'y était préparé, mais en se promettant qu'ils ne l'auraient pas aussi facilement que Zoé ! Enfouissant le revolver profondément dans la poche droite de son peignoir, il en resserra énergiquement la ceinture.

L'insistance des coups devenait insupportable.

— Oui, oui ! J'arrive !

Il grimpa l'escalier et tira d'un coup sec sur la poignée de l'écoutille. Immédiatement, un vent glacial s'engouffra en rugissant dans l'ouverture. Il reçut une giclée d'embruns. Dehors, abritée par l'auvent goudronné qui protégeait le cockpit, Ridgeway découvrit une femme, à peu près de son âge. Elle avait des yeux d'un bleu étincelant, mais le regard était usé comme celui de quelqu'un qui en avait trop vu. Il y avait une sorte de solennité dans le regard qu'ils échangèrent.

Le vent plaquait ses courts cheveux blonds contre l'ovale parfait de son visage et fouettait son élégant manteau en poil de chameau. Derrière elle se tenait un individu massif en uniforme de chauffeur, serrant stoïquement un parapluie dans une main. Dans l'autre, il tenait un pistolet-mitrailleur. Il brandit l'arme de manière assez désinvolte, ne visant rien ni personne en particulier.

Ridgeway sentit sa bouche devenir sèche. Son corps se glaça lorsqu'il réalisa ce qu'il avait devant les yeux. Ses pensées concernant Zoé, Tony Bradford et les dogmes religieux, tout fut balayé par une intense vague de peur.

En grande partie caché par la trappe, Ridgeway soutenait, immobile, leur regard, tout en saisissant le plus lentement possible le Magnum dans sa poche. Il osait à peine respirer et sa main droite, qui tenait le revolver, tremblait imperceptiblement. Il pointa l'arme vers le haut, prêt à tirer à travers les planches. Le Magnum 357 avait suffisamment de puissance pour traverser le bois du pont, le chauffeur et le mat de la *Walkyrie*, sans rien perdre de son impact.

— Monsieur Ridgeway ?

La voix de la jeune femme était apaisante, cultivée et ne contenait pas la moindre menace.

— Oui ?

Dieu du ciel, qui pouvait bien se pointer ainsi sur son bateau, une mitraillette à la main ? Quelqu'un qu'il avait arrêté autrefois ? En vain, Ridgeway essaya d'établir un lien entre cette femme ou son chauffeur avec une perquisition ou un tribunal. Sans succès. Mais il savait qu'un esprit assoiffé de vengeance a meilleure mémoire qu'un policier. Par ailleurs, tout le monde ne règle pas ses affaires sales en personne.

— Je suis Rebecca Weinstock.

Elle lui tendit une main fine et osseuse prolongée par un poignet délicat.

— Puis-je entrer ? Ici, ça manque un peu de confort.

Elle répondit au long regard interrogateur que Ridgeway dardait sur son compagnon.

— C'est mon chauffeur et garde du corps, Benjamin.

Ce dernier salua Ridgeway en s'inclinant poliment. Exécuté par un individu aussi lourdement charpenté, ce geste avait un effet quelque peu comique.

— Ma vie a été menacée à plusieurs reprises et Benjamin m'accompagne désormais pour me protéger. Pas pour vous menacer.

N'étant pas vraiment convaincu, Ridgeway balaya plusieurs fois de son regard suspicieux la femme et le chauffeur.

— Je n'ai pas l'habitude de voir des mitraillettes à une heure aussi matinale.

Une ombre d'irritation assombrit brièvement le visage de la visiteuse. Elle frissonna lorsqu'une rafale de vent fit hurler les gréements.

— J'aimerais bien me mettre à l'abri si cela ne vous dérange pas trop.

Le ton était insistant.

— Ce que j'ai à vous proposer ne devrait pas être discuté sur le pas d'une porte.

— O.K. À condition que votre gars Benjamin ainsi que son canon portable quittent mon bateau.

D'un bref signe de la tête, elle invita son garde du corps à partir.

— Allez m'attendre dans la voiture ! Il est peu probable qu'ils tentent une attaque sur l'eau.

Benjamin ne cachait guère sa méfiance à l'égard de Ridgeway. Il fixa sa patronne d'un regard inquiet.

— Allez-y ! lança la femme d'une voix sèche. Mister Ridgeway ne me veut aucun mal.

Toujours hésitant, le chauffeur fourra finalement son arme dans un holster sous son imperméable avant de remonter sur le quai. Il s'immobilisa un instant et brandit un talkie-walkie dans leur direction.

— S'il vous plaît, prenez au moins ceci, miss Weinstock ! Par la radio de la limousine, je resterai en contact avec vous. Comme ça, si vous avez besoin de moi...

Il se pencha pour lancer l'appareil à la femme, puis s'engagea d'un pas décidé sur la passerelle fortement inclinée. Arrivé devant leur véhicule, il se retourna encore une fois longuement. Lorsque Rebecca Weinstock lui fit un signe de la main, il se résolut à ouvrir la portière de la voiture de luxe et à s'y engouffrer.

Le regard de Ridgeway s'attarda sur la limousine, comme pour éviter de poser ses yeux sur la femme en face de lui. Il écoutait la pluie tambouriner régulièrement sur la bâche du cockpit. Cela l'aidait à combattre la colère sourde qui le gagnait. D'abord la peur, maintenant la colère. Tout flic de rue vit cette métamorphose émotionnelle des milliers de fois au cours de sa carrière. La peur face à un danger mortel se transforme en colère parce que le corps ne sait que faire de toute l'adrénaline qu'il a produite. Le policier Ridgeway avait appris à identifier ce stress et à le gérer au lieu de le tourner contre son entourage.

Il prit une inspiration profonde puis expira très lentement. Répétant l'opération, il créa l'image mentale d'un voilier en pleine mer. En moins de trente secondes, il avait recouvré son calme.

— Mister Ridgeway ?

La voix aristocratique était devenue légèrement plaintive.

— Vraiment, j'apprécierais grandement de pouvoir m'asseoir au chaud quelques minutes.

— Bien sûr.

Ridgeway rangea son revolver avant d'ouvrir grand l'écoutille en teck ciré. Galamment, il tendit ensuite une main solide pour guider sa visiteuse sur les marches plutôt raides menant dans le ventre de l'embarcation. Il lui offrit un siège dans la cabine centrale avant de retourner dans la kitchenette. La vue du combiné de téléphone abandonné sur la table lui rappela Tony Bradford. D'un geste rapide, il reprit l'écouteur.

— Tony ?

— Seth ?

C'était à nouveau la voix de Karen Bradford à l'autre bout.

— Le professeur Bradford a été obligé de partir. Il me charge de vous dire… je dois vous informer…oh, je déteste ça… Il a dit que vous seriez flanqué à la porte si vous ne donnez pas votre cours ce matin.

Dans le silence embarrassé qui suivait ces mots, Ridgeway ferma les yeux, essayant de rassembler ses esprits pour réfléchir. Il consulta sa montre : il restait moins de dix minutes. Avec cette pluie, il aurait beaucoup de mal à être dans les temps, même en partant sur-le-champ. Il lança un coup d'œil en direction de Rebecca.

— J'en suis désolée. Vraiment.

Karen semblait sincère.

— Vous n'y êtes pour rien, Karen. C'est à moi d'être désolé. Je ferai mon possible pour arriver à l'heure.

Ils raccrochèrent.

— Je n'ai que très peu de temps, lança Ridgeway à sa visiteuse d'une voix monocorde et sans même se tourner vers elle. Je dois m'habiller et donner un cours à l'université.

Il se dirigea vers sa cabine.

— Je laisse la porte ouverte, vous pouvez me parler.

Mais il n'avait pas fait deux pas que des bras vigoureux s'agrippèrent à lui, par derrière, pour le retenir.

— Mister Ridgeway, j'ai fait un long chemin pour venir vous voir. Ne me traitez pas ainsi !

Seth se tourna vers elle.

— Vous devez me le donner !

Elle avait crié, joignant en même temps les mains dans un geste suppliant.

— Je vous en prie, donnez-le moi ! Je suis prête à vous le payer royalement.

Surpris par la violence de cette explosion, Ridgeway revint sur ses pas.

Joignant le geste à la parole, Rebecca Weinstock tira de la poche de son manteau une épaisse liasse de billets entourée d'une bande et la lança à Ridgeway. C'étaient des billets de mille dollars. Pas étonnant que cette femme voyage accompagnée d'un garde du corps armé. La seule fois de sa vie où Ridgeway avait vu des gens se promener avec des billets de mille dollars en poche avait été lors de l'arrestation de dealers de cocaïne en Colombie.

— Prenez cet argent, il est pour vous… C'est de l'argent honnête, provenant de gens honnêtes. Et voici plus encore…

Plongeant la main dans l'autre poche, elle en tira une seconde. Elle se planta devant Ridgeway et lui enfonça fiévreusement une des liasses dans la poche de son peignoir, au-dessus de son Magnum.

— Prenez-la. Tout ce que j'attends de vous, c'est que vous me le donniez. Alors, le reste sera à vous également.

Ridgeway sortit les billets de sa poche et les contempla pensivement. Il y avait au moins cinquante coupures. Lentement, il les remit dans son peignoir. Cette femme était venue sur son bateau avec au moins cent mille dollars cash !

— Miss Weinstock…

Il s'efforça de parler doucement.

— … qu'est-ce donc que vous voulez que je vous donne ?

— Oh, je vous en prie ! Ne jouez pas ce genre de jeu avec moi ! Je suis sûre qu'elle l'a reçu de lui.

— Elle ?

— Mais votre femme !

— Ma femme ? Qu'a-t-elle à voir avec tout ceci ? De quoi parlez-vous ?

Ridgeway avait élevé le ton, à son tour.

— Qu'est-ce que vous savez de ma femme ? Où est-elle ?

Dans sa rage, il l'empoigna et la souleva de quelques centimètres. Il répéta sa question.

— Bon Dieu, où est-elle ? Dites-le-moi ou je vous jure que je vous mettrai en pièces… !

— Arrêtez, s'il vous plaît ! Arrêtez !

Elle cria de douleur lorsque Ridgeway la secoua violemment.

— Arrêtez ! Nous avons essayé de les empêcher… Je vous en prie, mister Ridgeway… Laissez-moi !

Il la lâcha et la fit s'asseoir sur le canapé. Seigneur, qu'est-ce qui lui arrivait donc ? Sa tête lui faisait mal. De ses deux mains, il se frotta énergiquement le visage comme pour se réveiller, se ressaisir. Il avait failli perdre la tête ! Il considéra la femme assise devant lui. Il était grand temps de reprendre le contrôle de sa vie.

Il y avait, maintenant, de la méfiance dans les yeux bleus. Rebecca se passa ses doigts dans ses cheveux blonds. Ridgeway voulut la rassurer.

— Je sais très bien ce que vous devez penser. Je suis désolé, vraiment, mais j'ai pensé que…

— Non… ne vous excusez pas. Cette chose rend les gens fous depuis des siècles.

Elle avait dit cela d'une voix étrangement calme.

— Sachez seulement, mister Ridgeway, que nous sommes prêts à vous payer une somme très importante pour ce tableau.

Il dut faire un effort pour ne pas laisser éclater son irritation une nouvelle fois.

— Je ne sais pas de quel tableau vous parlez et, franchement, ce n'est pas l'argent qui m'intéresse. Tout ce que je veux, c'est retrouver ma femme !

— Bien sûr, c'est normal. Et si vous acceptez de coopérer avec nous, nous serons peut-être en mesure de la retrouver.

— Est-ce qu'elle est encore en vie ?

— Je n'ai pas dit cela. Tout ce que je peux promettre, c'est que nous vous aiderons à la localiser. Nous ignorons totalement ce que ces fous ont bien pu lui faire ! Mais il y a de fortes chances qu'elle soit toujours en vie puisqu'elle sait ce qui est écrit au dos du tableau et eux, non…

Ridgeway reprit sa tasse et s'assit en face d'elle.

— Mais de quel tableau parlez-vous ? Je n'y comprends rien ! En quoi ce tableau concerne Zoé ? Et vous, qui êtes-vous ?

— Comme je vous l'ai dit, je m'appelle Rebecca Weinstock…

— Je veux dire, qu'est-ce que vous faites dans tout cela ? Qui vous envoie ? Et qu'est-ce que vous savez de Zoé ?

L'émotion fit trembler sa main lorsqu'il approcha la tasse de ses lèvres. Du café se répandit sur la table.

La femme réfléchit un instant, puis plongea une main dans la poche de son manteau et lui tendit une petit cliché en noir et blanc, évitant soigneusement le café renversé. D'un geste hésitant, Ridgeway prit la photo. L'instantané montrait un pâturage dans les Alpes, de hautes montagnes entourant de riches prairies protégées par des sapins. Rebecca guettait un quelconque signe de reconnaissance dans le visage de Seth.

— Alors quoi ?

Il était évident que ce cliché n'évoquait rien chez Ridgeway.

— C'est la photo d'une huile sur bois, mesurant 18 centimètres de haut et 15 de large. C'est l'œuvre d'un peintre allemand, Frederick Stahl, qui l'a réalisée entre 1936 et 1938. Stahl l'avait peinte dans les couleurs chaudes des grands maîtres de la Renaissance dont il voulait imiter le style.

Rebecca fit une pause et le regarda comme si elle attendait une réaction.

— Oui et alors ? Quel est le rapport avec Zoé ? demanda-t-il de plus en plus irrité.

— Ce qui est important avant tout : reconnaissez-vous le tableau ?

Hochement négatif de la tête.

— Le devrais-je ?

Elle ne le quittait pas des yeux. Puis, après un profond soupir, elle hocha la tête comme quelqu'un qui venait de prendre une décision.

— Mister Ridgeway, je ne saurais dire pourquoi, mais je vous crois. Je pense qu'effectivement, vous n'avez jamais vu le tableau. Pourtant, nous avions des raisons de croire que vous le connaissiez. En tout cas, nous sommes sûrs que votre femme, elle, l'avait en sa possession quand elle a quitté Kreuzlingen.

Tout à coup, Ridgeway se rappela les paroles de Zoé : *Il doit nous envoyer quelque chose par coursier. D'ailleurs, cela devrait être arrivé maintenant.*

À l'évocation de ce souvenir, sa tête se mit à tourner. Voilà l'indice qui était resté tapi dans un coin de son inconscient depuis six mois. La pièce manquante du puzzle tant recherchée.

Que diable avait-elle bien pu trouver ? Quelque chose d'assez important pour qu'on l'enlève ou peut-être même… la tue ?

— Je réserve une immense surprise au monde de l'art !

Sans savoir comment, Seth se retrouvait propulsé dans son cauchemar, et dans ce rêve qui se déroulait de plus en plus vite et Zoé qui disparaissait…

Je m'en vais déposer ça dans le coffre fort de l'hôtel. À tout de suite…

Un tableau ! C'est ça que Max voulait leur envoyer par coursier. Était-il jamais arrivé à destination ? Et si oui, où était-il à présent ?

— Mister Ridgeway ! Est-ce que tout va bien ?

Instantanément, la voix fit disparaître la chambre de *L'Eden au lac.* Il se retrouva dans le présent, les yeux fixés sur la femme blonde en face de lui. Dans ses yeux, à elle, il y avait maintenant de l'inquiétude.

— Brusquement, vous êtes devenu tout pâle et j'avais peur que vous ayez une sorte d'attaque…

Sa voix était douce. Ridgeway reposa sa tasse devant lui.

— C'est nerveux, je suppose. Ces derniers mois ont été une rude épreuve et votre visite matinale a fini par expédier le reste de mes nerfs en enfer.

— Vraiment, je regrette. Je sais que c'est terriblement éprouvant pour vous, mais il est absolument nécessaire que nous mettions la main sur ce tableau et, pour vous, bien sûr, que vous sachiez ce qui est arrivé à votre femme.

— Dites-m'en plus sur ce tableau.

— Vous êtes toujours certain de ne rien savoir à propos de cette peinture ?

Il secoua la tête en signe de négation, n'hésitant pas une seconde à mentir.

— Non, rien. Je n'ai pas le moindre indice.

Rebecca lui lança un bref coup d'œil avant de poursuivre.

— Stahl, l'artiste, était particulièrement apprécié par les SS. Et Hitler, personnellement, admirait l'homme et son œuvre. Au point que lorsque Stahl mourut en 1940, Hitler composa personnellement l'épitaphe de sa tombe et prononça lui-même l'éloge funèbre.

Ridgeway étudia encore une fois le cliché.

— Franchement, pourquoi cette admiration ? À mes yeux, ce Stahl n'a rien d'un grand artiste.

Elle sourit.

— Vous n'êtes pas seul à penser ainsi, mister Ridgeway. Pour le Führer, c'était différent. Peut-être le savez-vous : Hitler avait une folle envie d'être peintre, d'être reconnu en tant qu'artiste. Les grandes Académies l'avaient toutes refusé et il s'était acharné pendant des années – en acceptant de vivre dans un grand dénuement – à essayer de vendre ses tableaux dans les cafés et les bistrots de Vienne.

Rebecca Weinstock se leva pour détendre ses jambes. Ridgeway tournait distraitement sa tasse sur la table tout en observant son étrange visiteuse matinale.

— Dire que le monde n'aurait pas eu à vivre l'époque la plus sanglante de toute son histoire si seulement quelqu'un avait accepté le petit Adolf dans une école d'art…

— Bon d'accord, tout le monde sait cela, répliqua-t-il impatiemment. Ce n'est pas nouveau et, surtout, je ne vois pas le rapport avec Zoé et les œuvres de Stahl.

— Un peu de patience, je vous prie. Je n'ai pas fait tout ce chemin pour vous faire perdre votre temps. Cette période dans la vie de Hitler a deux conséquences très directes pour vous et votre femme. D'une part, la sympathie du Führer pour Stahl l'a incité à mettre en œuvre tous les moyens pour prouver la valeur artistique de ce peintre au monde entier, car il se voyait lui-même en Stahl : un artiste habile, mais sans génie, en quête de reconnaissance.

— Seriez-vous en train de dire que Hitler était un artiste ?

— Je pense que c'était un bon artisan qui aurait pu, en effet, devenir concepteur graphique ou designer. Certainement pas un autre Rembrandt ! Il en était de même pour Stahl. Hitler parraina efficacement son poulain. Il l'introduisit dans les milieux nazis, qui étaient bien contents de prouver que l'Allemagne de l'époque ne comptait pas que des artistes juifs ou exilés…

Rebecca poursuivit.

— La deuxième conséquence, pour vous, de la carrière artistique ratée de Hitler, était son obsession de créer le musée le plus beau et le plus grand du monde. Ce musée – le Führermuseum comme on l'appelait alors – devait être construit en Autriche, à Linz pour être précis, dans sa ville natale. Afin d'en alimenter les collections, Hitler avait créé une unité spéciale au sein de la SS, nommée Sonderauftrag Linz. Ce commando avait pour tâche de s'approprier les meilleures œuvres d'art, antiquités, statues, reliques, pièces de monnaie, icônes – tout ce qui avait une valeur artistique ou historique – dans les pays occupés par les Allemands.

Les œuvres provenaient aussi bien de collections privées que publiques et elles affluaient de toute l'Europe, par conteneurs entiers, vers Munich. Plus tard, elles ont été déménagées vers des châteaux et des mines de sel pour les protéger des bombardements des Alliés.

Elle fit une courte pause et se pencha vers Ridgeway.

— La propriété que votre femme a visitée à Kreuzlingen regorgeait d'œuvres d'art qui avaient disparu depuis cette époque. La plupart de ces merveilles ont passé les frontières allemandes dans les bagages d'officiers SS, qui se servaient de ce butin pour acheter le silence, de la nourriture ou de quoi échapper aux tribunaux alliés.

Ridgeway resta incrédule : il n'avait jamais prêté sérieusement attention à la légende voulant que des nazis séniles se cachaient un peu partout sur le globe. Il estimait, en revanche, tout à fait plausible que des œuvres valant des millions de dollars puissent provoquer des meurtres.

— J'ai du mal à saisir le lien entre des merveilles inestimables et les œuvres plutôt médiocres d'un nazi de second ordre.

Rebecca s'était mise à parler plus rapidement :

— J'y venais justement. Peu de temps avant l'invasion de la Pologne, Stahl était l'hôte de Hitler à Berchtesgaden. À cette occasion, tous deux étaient partis faire une longue randonnée dans la montagne. Personne n'a su où ils étaient allés. À son retour, Stahl ramena les esquisses qui servirent ensuite pour ce tableau.

Avec un ongle soigneusement manucuré, elle tapota sur le cliché.

— De source sûre, cette peinture était suspendue dans le bureau personnel du Führer dans un bunker ultrasecret en Autriche. Tout laisse croire, par ailleurs, que celui-ci se trouvait près de l'endroit peint par Stahl.

Ridgeway tendit le bras pour reprendre la photo restée sur la table. Cette fois-ci, il prit son temps pour la détailler avec soin.

— Qu'est-ce que c'est, dans le coin en haut ?

Les yeux de Rebecca brillaient lorsqu'elle répondit.

— Nous pensons que c'est l'entrée d'une des anciennes mines de sel. Ce n'est pas important. Il y en a plein en Autriche et en Bavière.

— Comment s'appelle le tableau ?

— *La Demeure de Notre-Dame rédemptrice.*

— On s'attendrait plutôt à voir des saints auréolés et peut-être même la Vierge Marie, non ? demanda Ridgeway perplexe. Car, c'est bien ce que désigne ce nom de « Notre-Dame rédemptrice », n'est-ce pas ?

La réponse vint, prudemment.

— Vous vous rappelez ce que je vous ai dit tout à l'heure ? Ils ont pillé plus que des œuvres d'art. Ils ont volé, sans distinction, des antiquités, des reliques et toutes sortes d'objets religieux. Très tôt, dès la première phase du pillage systématique de tout ce qui ressemblait à des œuvres d'art et objets de valeur, les agents de Hitler avaient réussi à mettre la main – par chantage, coercition et meurtre – sur un objet religieux de très grande valeur. Sa valeur était telle que Hitler a pu l'utiliser comme moyen de pression sur les responsables de l'Église catholique afin d'acheter le silence du Vatican – y compris celui du pape – sur les crimes des nazis contre les juifs.

Elle leva un bras.

— Attendez ! Avant que vous ne disiez une sottise, souvenez-vous des maigres commentaires publiés à ce sujet par le Vatican pendant ces années-là. Des voix critiques n'ont pas manqué d'attaquer violemment le Vatican à cause de son silence scandaleux.

Quelque peu dubitatif, Ridgeway secoua la tête.

— Oui, oui, je sais tout cela. Mais, qu'est-ce qui a bien pu rendre possible un tel chantage ? Je veux dire, qu'est-ce qui pouvait avoir un tel pouvoir, exercer une telle influence ?

Rebecca répondit avec gravité.

— Quelque chose, mister Ridgeway, qui risquait d'ébranler un des fondements les plus solides de l'Église. C'était ce quelque chose que Hitler et Stahl sont allés voir à la montagne ce jour-là.

Son débit était de plus en plus rapide et elle parlait avec une agitation croissante.

— Quelque part dans ce tableau est cachée la clé que nous cherchons… et nous pensons que votre femme connaît cette clé…

— Mais une clé de quoi ? Pour découvrir quoi ?

La femme adopta un ton plus ferme.

— Savoir cela pourrait s'avérer très dangereux pour vous. Des hommes sont prêts à sacrifier leur vie afin d'empêcher quiconque de découvrir la vérité.

Ridgeway eut du mal à garder son calme.

— N'oubliez pas que ma femme est directement concernée. S'il y a encore une chance de la retrouver, je dois tout savoir.

Il fixa Rebecca avec méfiance.

— Et quel est votre rôle dans tout cela ? Pourquoi est-il si important que vous récupériez ce tableau les premiers ?

Elle pesa ses mots avant de répondre.

— Ces hommes qui sont prêts à tout pour préserver ce secret, eh bien, mon père était l'un d'eux, autrefois. Il a mis de nombreuses années à réaliser qu'ils ne protégeaient pas tant l'Église qu'eux-mêmes. À cause de cela, il a abandonné la prêtrise et s'est marié. Mais il lui était impossible d'oublier ce qu'il avait découvert et il prit contact avec un petit groupe d'hommes du Vatican. Des hommes décidés à purger l'Église des dogmes déformés par la politique et à la ramener à ses racines spirituelles authentiques.

— Ils ont du boulot… commenta Ridgeway de manière ironique.

Elle lui lança un coup d'œil appuyé.

— Je persiste à croire que c'est possible. Et je crois que des hommes et des femmes de bonne volonté peuvent réussir à ce que l'Église catholique touche à nouveau authentiquement l'esprit de ses fidèles. À condition qu'elle se débarrasse des règles fabriquées par les hommes et qu'elle revienne vers la Parole de Dieu.

Ses paroles avaient fait naître un écho en lui. Il sentait leur signification vibrer profondément dans son cœur. Finalement, après un long silence, Seth se rapprocha d'elle.

— Qu'est-ce qui est arrivé à votre père et que cherchez-vous ici ?

La réponse vint, sans la moindre trace d'émotion.

— Il est mort. C'est moi qui reprends le flambeau, j'ai hérité de son engagement.

Leurs regards se croisèrent. Ni l'un ni l'autre ne détournèrent les yeux. Puis, Ridgeway se leva, l'air de quelqu'un qui vient de prendre une décision.

— Il se peut que je sache où se trouve le tableau. Mais il est aussi possible que je me trompe. De toute manière, vous n'en saurez pas plus tant que vous ne m'en aurez pas dit davantage. J'ai besoin de comprendre.

Il attendit.

Alors qu'ils étaient là, se faisant face et se mesurant comme des duellistes, une voiture de location roulait très lentement au bout de la jetée avant de se glisser dans une place de parking, à une vingtaine de mètres de la limousine de Rebecca Weinstock. Benjamin, le chauffeur et garde du corps, ne pouvait voir le véhicule et ses occupants, car un bâtiment en parpaings, abritant des toilettes publiques, lui en cachait la vue. Par ailleurs, le garde du corps de Rebecca était totalement absorbé par la surveillance de la *Walkyrie*.

Aussi, ne remarqua-t-il pas les deux hommes en ciré jaune qui émergèrent de l'arrière de la berline. Deux autres, vêtus à l'identique, s'étaient postés sur le devant pour avoir une vue directe sur la *Walkyrie*.

Rebecca fit un mouvement de la main, comme pour apaiser Ridgeway.

— Il s'agit de votre vie.

— Oui, justement. Alors ?

Elle n'eut pas le temps de répondre. L'enfer se déchaîna. D'abord, il y eut la sonnerie stridente du téléphone, déchirant le silence pesant qui régnait dans la cabine de la *Walkyrie*. Ses deux occupants sursautèrent de surprise.

Ridgeway prit le combiné.

— Oui ?

La voix le ramena dans une autre réalité.

— Seth ? Tony Bradford à l'appareil.

Seigneur, son cours ! Il consulta l'horloge en laiton sur le mur d'en face. Il aurait dû commencer à faire classe depuis déjà sept minutes !

— Seth ? J'espérais ne pas te trouver là. Cela aurait signifié que tu étais en route pour venir assurer ton cours. Que je pouvais compter sur toi, même avec un petit retard.

— Tony, écoute…

— Non, c'est à toi d'écouter, Seth. Je déteste le faire, mais tu ne me laisses guère le choix : dès cet instant, considère-toi comme suspendu. Par ailleurs, tu es prié de vider ton bureau avant la fin de cette journée et de débarrasser notre réserve du grand carton avec tout ton courrier personnel. Nous ne sommes pas une boîte postale ! Et je te promets que si tout ce bazar n'a pas disparu cet après-midi, j'irai moi-même le jeter à la poubelle.

La communication fut coupée net avant que Seth ait pu prononcer le moindre mot. Il était encore en train de fixer, d'un regard hébété, le téléphone lorsque le talkie-walkie de Rebecca émit quelques craquements. Nerveusement, elle fouilla dans sa poche.

— Allô ! Benjamin ?

Un début de panique déformait sa voix.

Pas de réponse.

Seth s'était retourné. Divers mouvements avaient attiré son attention. Il s'approcha du hublot. À travers les cataractes de pluie, il vit un homme en ciré jaune claquer la portière de la limousine. Il échangeait quelques mots avec un deuxième individu également en jaune, qui avait contourné la voiture de Rebecca par l'arrière. Ils jetèrent un regard à travers les vitres de la limousine puis, après un signe de la tête, se dirigèrent tous deux d'un pas décidé vers le quai où la *Walkyrie* était amarrée.

Ridgeway se tourna vers Rebecca.

— Attendez-vous quelqu'un d'autre ?

Il pointa son index en direction de la limousine. Les deux hommes en ciré jaune avaient entre-temps accéléré le pas. Ne regardant ni à gauche ni à droite, ils s'approchaient rapidement du bateau.

La voix de la femme devint hystérique.

— Benjamin ? Répondez !

Des craquements dans le petit émetteur furent la seule réponse. Immobile et incrédule, Rebecca fixa le talkie-walkie pendant quelques instant comme s'il venait de la trahir.

Ridgeway plongea sa main droite dans la poche de son peignoir et saisit fermement son 357 Magnum. Sous la liasse des billets de mille dollars, il sentit le contact rassurant du métal tiède. Pendant une fraction de seconde, il songea à rendre l'argent à Rebecca, mais il n'eut pas le temps de le faire. Des pas lourds sur le pont de son bateau marquaient une urgence autrement plus sérieuse.

Il fit un geste impératif vers la femme.

— Il vaut mieux que vous ne restiez pas dans les parages. Planquez à l'avant du bateau et ne bougez plus !

Elle sembla se tasser sur elle-même lorsque Ridgeway la guida rapidement vers la cabine. Il la laissa sur une des couchettes.

C'est alors qu'il repéra son pantalon kaki sur la patère dissimulée derrière la porte. Il prit conscience de sa nudité sous le peignoir ce qui n'était pas fait pour renforcer sa confiance en lui. Posant l'arme sur la couchette, il décrocha le pantalon et l'enfila à toute vitesse. Au-dessus de sa tête résonnèrent distinctement les pas des deux inconnus. Il eut juste le temps de monter la fermeture Éclair du pantalon lorsque le caillebotis de l'écoutille vola violemment en éclats. Une rafale de mitraillette munie d'un silencieux avait transformé l'épaisse trappe en un maelström d'éclats de bois.

Ridgeway cria en direction de Rebecca :

— Vite, dans le coin !

Il saisit son revolver et plongea afin de protéger la femme de son corps. Tous deux dégringolèrent contre la paroi de la cabine et Rebecca eut un cri de douleur lorsque sa tête heurta violemment le bois. Quelques instants plus tard, Ridgeway, tétanisé par la peur, vit la porte et les cloisons exploser sous les balles qui sifflaient dans tous les sens. Rebecca n'arrêtait pas de trembler.

Ridgeway avait la joue contre le plancher. Ils devaient à leur bonne étoile le fait d'être encore en vie : sans le silencieux, qui ralentissait la vitesse des projectiles, leur force d'impact aurait suffi à transpercer les deux parois et à les tuer tous les deux.

La rafale s'arrêta aussi subitement qu'elle avait débuté.

Le vent sifflait à travers les trous des projectiles. Rebecca remua.

— Ne bougez pas ! chuchota Ridgeway.

Ils restèrent ainsi pendant d'interminables secondes. À l'affût du moindre bruit qui n'était pas provoqué par le vent. Soudain, il était là. Un son très faible, presque imperceptible. Un grattement léger celui du sable entre une chaussure lourde et le pont de la *Walkyrie*. Les pas se trouvaient maintenant juste au-dessus de leurs têtes.

Ridgeway se laissa rapidement rouler sur le dos et tira deux fois à travers le plafond. Dans l'étroite cabine, les coups de feu firent l'effet d'un tir de canon. Malgré le bourdonnement de ses oreilles, Ridgeway distingua un cri de douleur venant du pont. Quelques instants plus tard, ils entendirent le bruit sourd d'une lourde chute suivie du tintement métallique d'une arme faisant des ricochets sur le pont.

La voix de Ridgeway se fit pressante.

— Vite maintenant !

Il aida la femme à se remettre debout. D'un pas chancelant, elle se laissa conduire à travers la kitchenette jusqu'à la cabine principale.

— Couchez-vous vite sous cette table.

Ridgeway désigna la table massive en teck qui, de toute manière, était le seul abri possible dans le bateau.

Dès que Rebecca fut en sûreté, il s'élança en direction de la cabine du fond. L'écoutille arrière lui fournirait une position stratégique pour tirer sur quiconque s'aventurerait sur le pont de la *Walkyrie*.

Seth fit à peine quelques pas qu'une nouvelle rafale de mitraillette déchira les boiseries. Il se laissa tomber par terre, s'aplatissant sur le plancher du couloir plongé dans l'obscurité.

Le tir continua. Les balles traversèrent les planches du pont. À travers l'un des impacts, il devinait la silhouette d'un homme. Il libéra le cran de sûreté de son Smith & Wesson et allait faire feu quand il entendit un cri de douleur. C'était Rebecca. Ridgeway la cherchait des yeux. Il la vit recroquevillée sous la table, sa jambe droite dépassant un peu. Une tache rouge foncé s'élargissait sur son pantalon.

Ridgeway tira à travers le plafond et rampa en direction de la table. Derrière lui, la réponse ne se fit pas attendre et une pluie de balles déchiqueta le croisillon au-dessus de l'extincteur mural. De la mousse commençait à s'en échapper.

Seth tira la rallonge de la table pour protéger la jambe de Rebecca. Il lui parlait doucement d'une voix qu'il voulait rassurante.

— Ne vous inquiétez pas ! Je vous sortirai d'ici pour vous emmener à l'hôpital.

Lorsqu'il quitta l'abri de la table, une nouvelle rafale furieuse déchira la moquette à quelques centimètres de son visage. Il jura.

Roulant rapidement sur le dos, il tira à trois reprises, coup sur coup. À l'évidence, une des balles avait atteint sa cible. Un grand cri de douleur déchira la tempête.

Avec difficulté, Rebecca se souleva en prenant appui sur son coude. Elle tendit le cou pour regarder Ridgeway. La jambe de son pantalon était à présent complètement imbibée de sang.

— Mister Ridgeway.

D'un ordre sec, il la fit taire.

Se mettant debout, il monta silencieusement les marches menant à l'extérieur. D'un geste rapide, il fit valser les débris et, prudemment – son arme ne contenait plus qu'une seule et unique balle – il posa un pied sur le pont. Devant lui gisait le cadavre d'un homme vêtu d'un ciré jaune.

Deux yeux injectés de sang le fixaient d'un regard vide. Quelques mètres plus loin, vers la proue, un deuxième cadavre – également avec un ciré jaune – était couché sur les planches.

Soudain, Ridgeway, entendit claquer une portière. Il se retourna rapidement et vit deux autres silhouettes en jaune courir d'une berline foncée garée près des toilettes publiques.

Sentant son estomac se serrer, il bondit dans l'escalier pour rejoindre Rebecca et se pencha sur elle.

— Nous devons vite partir… il y en a d'autres !

S'appuyant lourdement sur la main tendue, Rebecca réussit à s'extraire de sa cachette et à se mettre debout. La douleur déformait ses traits. Tournée vers Ridgeway, elle bégaya.

— Mais… comment … mais, je ne sais pas nager ! Et c'est la seule possibilité pour quitter votre bateau, non ?

— Il y a la yole, ma petite navette à moteur.

Sur le pont, Ridgeway mena Rebecca vers la rampe du bateau. Là, blottie entre la poupe de l'embarcation et le mur du quai, se balançait la petite yole blanche en fibre de verre. À genoux – ignorant les cris dans son dos –, Seth tenta fiévreusement d'approcher la petite embarcation du bateau. Sa tâche l'absorbait au point qu'il n'entendit pas les balles, tirées par des silencieux.

Se tournant vers Rebecca, il resta paralysé d'effroi à la vue de la gorge de la jeune femme. Des projectiles mortels l'avaient transformée en un trou béant et sanguinolent.

Le visage de Rebecca Weinstock s'était figé en une expression d'étonnement. Ses lèvres remuaient mais, hormis un sinistre gargouillis, aucun son ne sortit de sa bouche. Comme prise dans une danse macabre, elle ferma les yeux et tomba sur le pont de la *Walkyrie*.

De quelque part vint un cri.

— Là, derrière la femme !

Une rafale fit écho immédiatement. Levant les yeux, Ridgeway eut juste le temps de voir plusieurs silhouettes sauter sur le pont de la *Walkyrie* et avancer dans sa direction.

Sans perdre une seconde, il plongea dans les eaux sombres du port.

CHAPITRE 5

Assise sur une paillasse déformée, Zoé était occupée à introduire des boulettes de papier hygiénique dans ses oreilles. Le moindre de ses mouvements provoquait le sinistre écho des ressorts rouillés de sa misérable couche.

À l'autre bout de la pièce, sur un bureau métallique cabossé, trônait l'écran d'un vieil ordinateur qui émettait des bruits de sèche-cheveux essoufflé. Des crépitements déchiraient l'air chargé d'humidité et saturé de fortes odeurs de liquides industriels moisis. Dans un coin, un convecteur électrique menait héroïquement un combat perdu d'avance contre le froid glacial et humide. Zoé portait un épais pull-over en laine, un solide pantalon chaud complété par des collants, ainsi que deux paires d'épaisses chaussettes.

Quelques instants plus tard, les bruits insupportables amplifiés encore par la nudité des murs en béton s'estompèrent enfin. Les boules de papier imbibées de son eau de toilette avaient eu l'effet escompté.

Enfin libérée du vacarme, Zoé eut un sourire de satisfaction. Son invention – une de plus – lui permettait de s'extraire d'une situation insupportable, inhumaine. Elle pensa à son père, le soudeur, le mécanicien, le sculpteur de talent, qui lui avait appris à manier ses outils malgré les protestations véhémentes de sa mère affirmant que de telles choses n'étaient pas pour les filles. À l'évocation de ces souvenirs, Zoé secoua lentement la tête et fit la moue en regardant ses mains.

Elle ferma les yeux et tenta de se rappeler. C'était devenu un rituel chaque soir avant qu'on lui apporte le dîner. Les jours étaient devenus des semaines, puis des mois. Le moindre détail des premiers jours – lorsque les Russes étaient venus de Moscou avec un sac bourré de drogues – avait laissé une trace cuisante.

Pour retrouver le tableau, ils avaient mis à sac son cerveau. Les drogues avaient réduit sa mémoire en pièces, comme des feuilles arrachées d'un cahier. Depuis, elle s'efforçait chaque soir d'y remettre de l'ordre, page après page.

La première injection l'avait fait sombrer dans un sommeil artificiel lorsqu'elle était en train d'attendre l'ascenseur à l'hôtel *L'Eden au lac*. Prise dans un vertige ouaté, elle avait senti des mains la maintenir debout. Des voix parlaient en russe et en allemand.

— Il faudrait aussi s'emparer du professeur…

La voix allemande y avait mis une certaine insistance. Zoé essayait de crier, mais la drogue avait totalement anni- hilé ses efforts.

— Non.

La réponse, cinglante d'autorité, fut germanique égale- ment.

— Deux corps à transporter, cela signifie doubler les problèmes. Si la femme nous apprend que son mari sait quelque chose, on ira le chercher plus tard.

Il y eut d'autres paroles, mais, pour Zoé, tout se fondit dans un grand vertige noir. Lorsqu'elle reprit connaissance, elle se trouvait dans le magasin de cet entrepôt désaffecté qui allait devenir sa cellule. Dans un premier temps, la prison- nière n'eut rien à manger. Elle souffrait du froid glacial. Puis, il y eut des repas chauds et des couvertures à volonté. Et cela continuait ainsi : les jours d'abondance étaient suivis de périodes de privation où tout manquait d'autant plus cruellement. Désespoir et optimisme rythmaient cyniquement sa vie, au gré des interrogatoires incessants. Elle leur avait dit tout ce qu'elle savait, mais ils s'obstinaient à soupçonner qu'elle connaissait l'endroit où se trouvait le tableau. Grâce aux drogues, ils fouillèrent son cerveau jusqu'au moindre recoin. Les doses étaient si massives qu'elles transformaient le temps en un magma gluant et déglingué.

Zoé fronça les sourcils, s'efforçant de retrouver la trace des jours qu'ils lui avaient volés, mais ils demeurèrent désespérément hors de sa portée. Ce fut une véritable torture psychologique. Quelque part, aux confins de son mental, s'agitaient d'obscures réminiscences, mais l'épais brouillard dans sa tête ne cédait pas.

« Zut. » À sa propre surprise, elle avait parlé à voix haute.

Malgré tous ses efforts, elle ne réussit pas à se rappeler. Le néant total jusqu'à l'émergence floue de la voix de Thalia leur disant que l'aide de quelqu'un possédant son expérience pourrait être précieuse pour trier, cataloguer et estimer les œuvres volées chez Willi Max.

— Donnez-lui une chance !

La voix résonnait douce et convaincante dans cette brume d'oubli.

— Si elle ne fait pas l'affaire, vous pourrez toujours l'expédier à Riga dans un tonneau de fuel. Mais, pour le moment, ses mains et sa tête nous seront plus utiles attachées à son torse.

Chère Thalia…

Isolée maintenant dans son silence improvisé, Zoé bougea sur le lit alors qu'elle tentait une nouvelle plongée dans sa mémoire.

C'est le visage de Seth qui, tout de suite, s'imposa. Depuis un certain temps déjà, l'image mentale qu'elle avait de lui était devenue vague, comme une photo restée trop longtemps exposée au soleil. Les mois en avaient dissous les détails. D'abord, elle avait beaucoup pleuré en constatant la disparition de sa mémoire des traits aimés. Mais, ensuite, une drôle de chose s'était produite : à mesure que le visage de son mari disparaissait dans la brume de l'oubli, le souvenir de ses yeux gagnait en clarté. À présent, Zoé était capable de s'en rappeler le moindre détail tandis que le visage lui-même restait désespérément flou. Comme si un peintre avait fait un croquis sommaire de cette figure et n'en avait travaillé sérieusement que les yeux.

Chose curieuse, les yeux lui suffisaient. Alors qu'elle restait là un long moment, perdue dans ses souvenirs, elle réalisa qu'il en avait toujours été ainsi : les yeux de Seth étaient un miroir fidèle de l'homme qu'il était. Elle, Zoé, avait appris à regarder les yeux de son mari comme d'autres observent le ciel pour prédire le temps qu'il allait faire. Vraiment, ses yeux possédaient autant de nuances que la voûte céleste. Quand il était absorbé dans ses pensées, ils étaient d'un bleu profond. Ils devenaient gris lorsqu'il avait travaillé trop longtemps. Un accès de mélancolie les teintait d'un mystérieux turquoise et ils devenaient vert limpide après l'amour.

À présent, de véritables flots de souvenirs se bousculaient dans sa tête, charriant une douloureuse sensation de perte presque aussi intense que la souffrance de ces derniers mois. De toutes ses forces, elle tenta de se souvenir de la voix de Seth, du contact de ses mains sur son corps, mais l'oubli avait tout englouti. Tout, sauf ses yeux. Elle dut lutter contre des larmes amères. Elle avait tellement besoin de lui !

Pour faire disparaître le trou noir de la tristesse et du désespoir, elle rejeta sa tête en arrière. Les paupières closes, elle massa longuement sa nuque douloureusement tendue. Elle ouvrit les yeux. L'ombre des solives et des canalisations rouillées au-dessus de sa tête dessinait une triste géométrie sur le plafond d'un jaune sale.

Soudain, elle perçut un mouvement. Tournant la tête, elle vit la porte s'ouvrir. Rapidement, Zoé retira le papier de ses oreilles.

Elle se mit debout alors que son imposant geôlier s'immobilisait quelques instants sur le seuil. Le géant, dont les membres ne semblaient pas assortis à son corps massif, s'encadrait totalement dans l'entrée. Dans son poing impressionnant, il tenait l'habituel sac en papier contenant le dîner de la prisonnière.

— Bienvenue à la Bastille. Voici André, le maître d'hôtel. Vous désirez une table pour une personne ?

Elle avait lancé ses mots ironiques en anglais, sachant qu'il n'en comprenait pas un traître mot, son geôlier ne parlant que le russe. Chaque soir, la scène se répétait. Les sourcils broussailleux froncés, il eut un long regard dans sa direction avant d'examiner attentivement la pièce. Obéissant à un bref signe de la grosse tête, Zoé alla se positionner dans un angle de l'atelier, au pied du lit, à côté du seau hygiénique. Le géant posa le sac sur la table cabossée près du vieil ordinateur avant de faire minutieusement le tour de la pièce à la recherche du moindre indice d'une tentative d'évasion. Finalement, « Hulk » lui adressa un regard triomphant et se dirigea vers la porte. Mais, au lieu de disparaître immédiatement comme d'habitude, il se posta à l'entrée et fit un signe de la tête. Un instant plus tard, Thalia Jastrubinetski pénétra dans la cellule. Elle portait un plateau d'argent avec des tasses de fine porcelaine. Le sac en plastique, provenant d'un fast-food, produisait un effet curieux à côté de la gracieuse théière finement vernie.

— J'ai pensé qu'il serait opportun de discuter un peu de vos rapports.

En prononçant ces paroles, Thalia jeta un regard en direction du vieux PC et pénétra dans la pièce. D'un geste, elle invita Zoé à la rejoindre et posa le plateau sur une petite étagère encombrée de classeurs.

Zoé réfléchit à toute vitesse. Il était vrai qu'elle passait le plus clair de son temps d'incarcération à pianoter sur le clavier du PC asthmatique grâce auquel elle pouvait rester en contact avec les œuvres d'art, dont la beauté la réconfortait et lui permettait d'oublier sa prison. Pendant de longues heures, elle mettait au clair ses notes, recopiait le résultat de ses recherches en ayant soin de vérifier minutieusement la provenance des œuvres.

Mais soudain, une angoisse lancinante étreignit sa poitrine. Non seulement Thalia ne lui avait rendu que de rares visites, mais, jamais alors, elle ne s'était attardée. Quelque chose clochait.

— À vrai dire, je n'ai pas encore revu mes notes. Je le fais en général après dîner, répliqua Zoé d'une voix atone et sans grande conviction.

— Eh bien, dînons alors !

Il y avait de l'enthousiasme et une chaleureuse sincérité dans cette invitation. D'ordinaire, Thalia réservait ce genre d'élan aux plus belles œuvres d'art. Ainsi qu'à presque toute nourriture. Sa silhouette élancée aux formes généreuses avait de quoi impressionner. Elle était dans sa quarantaine et, sous des boucles rousses, son visage affichait la plupart du temps un sourire béat. Thalia était la fille d'un négociant d'antiquités de Minsk que de lourdes dettes avait laissé à la merci d'une bande d'usuriers moscovites. Au lieu de lui appliquer l'habituel traitement de violence en guise de représailles, les mafiosi avaient obligé le marchand à travailler avec eux, l'utilisant pour légitimer et rendre respectable leur trafic d'œuvres volées. Ces activités les avaient menés au butin de Kreuzlingen. Et Thalia, en tant qu'assistante de son père, avait été obligée de collaborer.

Le garde-chiourme avait quitté la pièce. Comme pour marquer une sorte de désapprobation, il claqua la porte et poussa violemment le verrou de sécurité de l'autre côté.

— Quelle attitude !

Thalia contempla un moment la porte. Son accent rappelait plus New York que Minsk. Lentement, ses yeux firent le tour de la pièce.

— Franchement, vous devriez arranger un peu ces lieux.

La plupart des membres de la famille de Thalia – des juifs russes – avaient bénéficié d'un visa d'immigration aux États-Unis sous l'administration de Jimmy Carter. Seul son père, fragilisé par un douloureux veuvage, était resté en Russie. L'art était sa seule passion et il aurait été obligé de liquider son commerce pour pouvoir payer les taxes d'émigration astronomiques que les Soviétiques lui auraient réclamées. Il s'était donc résigné à rester au pays et l'avait envoyée – elle, ses tantes et ses cousins – à New York. Elle apprendrait plus tard que, pour payer ses études, son père avait emprunté de fortes sommes à des usuriers moscovites. En fait, il pensait mourir bien avant que les gangsters viennent lui en réclamer le remboursement.

— Je ne pense pas que vous êtes venue ici ce soir pour parler décoration d'intérieur. Je me trompe ?

Thalia haussa les épaules et lui lança le sac avec le dîner.

— Il faut vous remplumer un peu.

D'un mouvement brusque, elle saisit son propre sachet cartonné tout en avançant l'unique chaise.

— Venez, asseyez-vous.

Puis, elle se concentra sur le contenu de son sac repas. Après une courte hésitation, Zoé tira la chaise vers un endroit d'où elle voyait parfaitement Thalia avant de plonger à son tour dans le sachet de victuailles. Elle disposa devant elle le sandwich bien garni et une grande tasse en plastique contenant une soupe de légumes. Pensivement, elle prit une première gorgée.

Debout à côté du plateau, Thalia livrait une attaque en règle à son repas. La cacophonie des divers bruits industriels remplissait l'atelier désaffecté. Après un regard prudent vers la porte, Thalia posa son sandwich et se rapprocha de Zoé.

— Ici, c'est le seul endroit où nous pouvons parler sans être espionnées. Partout ailleurs, il y a des micros.

D'un hochement de tête, Zoé montra qu'elle le savait.

— Ils me pressent de liquider les choses. À mon avis, ils veulent lever l'ancre. Quelque chose a dû déranger leurs plans : je les sens brusquement très pressés.

— Qu'est-ce qui a pu se passer ?

— Qui sait ? La police est peut-être sur leurs traces ? Ou alors, votre mari serait-il effectivement un aussi bon détective que vous le prétendez ?

Pensant que Seth était effectivement à sa recherche, Zoé sentit son cœur devenir plus léger. Elle avait rêvé que son mari apparaîtrait sur le seuil de la porte de sa cellule. Elle se pencha vers Thalia.

— Il nous reste combien de temps ?

— Tout au plus une semaine.

— Mais nous devons encore examiner toutes ces statuettes de déesses !

Parmi les œuvres de Kreuzlingen, elles avaient découvert, émerveillées, une caisse remplie de centaines de statuettes et autres représentations de la Grande Déesse, connue sous des noms multiples. L'origine des sculptures s'étendait sur une longue période de plus de dix mille ans, remontant aussi loin que le paléolithique et le néolithique. Une collection absolument stupéfiante et unique.

— Mais il faudra des mois pour les étudier correctement !

La réponse de Thalia fusa, catégorique :

— Nous ne les avons pas. De plus, les faux que vous avez repérés parmi toutes ces œuvres ont été déclarés prioritaires. Ils se sont, d'ailleurs, montrés très mécontents de la quantité de falsifications que vous avez signalées.

Zoé haussa les épaules.

— Je n'y suis pour rien. C'est la réalité, et il faudra bien qu'ils l'acceptent.

Comme pour ponctuer sa déclaration, elle prit une copieuse gorgée du potage, qui refroidissait à toute allure. Elle s'essuya les lèvres avec une serviette en papier.

— Après tout, qu'est-ce que ça peut leur faire ? Ils veulent vendre des œuvres volées à des gens qui savent qu'elles le sont. Est-ce que les acheteurs vont aller porter plainte auprès de la police ?

— N'oubliez pas que certains d'entre eux *sont* de la police.

Un rappel impitoyable à la réalité. Ainsi qu'une mise en garde à peine déguisée.

Secouant tristement la tête, Zoé s'appliquait à finir son potage.

— Certes, ce sont des voleurs, mais ils veulent continuer à vendre aux grands collectionneurs et aux conservateurs de musées. Si j'ai bien compris, ils disposent d'un véritable pipeline menant jusque dans les réserves cachées du musée de l'Hermitage, qui sont remplies d'œuvres confisquées par les Soviets et tenues secrètes.

Zoé demeurait songeuse. Se concentrant sur son sandwich, elle se laissa pendant quelques instants absorber par le fond sonore des lieux. Mâchant avec application, elle regarda Thalia.

— La bonne nouvelle, c'est qu'il semble ne pas y avoir de faux parmi les impressionnistes et les autres œuvres « décadentes ».

Elle se tut un moment.

— J'évalue à plus de vingt-cinq pour cent les faux concernant la période allant du médiéval jusqu'au XIXe siècle. Il s'agit soit de contrefaçons totales soit d'œuvres restaurées à outrance.

Thalia était en proie à une vive émotion.

— Mon Dieu, ils vont piquer une crise !

— Pas s'ils n'en savent rien.

Voyant le profond étonnement de son amie, Zoé s'anima.

— En fait, j'ai laissé passer la plupart de ces faux. À part un minuscule « f » inscrit en bas à droite au dos des tableaux et très discrètement marqué sur les statues et les reliques, rien ne signale les contrefaçons. Idem dans l'inventaire informatique.

Thalia ne mit pas longtemps à saisir la portée de ce qu'elle venait d'apprendre.

— Eh bien, vous êtes bigrement futée, vous ! Si l'on apprend qu'ils revendent des faux, ils se retrouveront rapidement sans acheteurs.

— Eh oui !…

Zoé se fit de plus en plus persuasive.

— Et personne ne pourra vous mettre en cause : c'est moi seule qui suis chargée de la chasse aux faux. Tout ce qui me reste à faire, c'est essayer de rester en vie jusqu'à ce que ces messieurs soient grillés.

Les traits de Thalia s'assombrirent en pensant qu'effectivement Zoé ne vivrait sans doute pas assez longtemps pour voir la réussite de son plan. Une sombre mélancolie les plongea toutes deux dans un lourd silence.

Thalia dormait dans un hôtel non loin de l'entrepôt. Matin et soir, elle était escortée par deux gardiens : une captive bénéficiant d'une liberté surveillée. De toute manière, elle était une otage, elle aussi, et condamnée à l'inaction à cause des menaces contre son père. Ils lui avaient clairement dit les choses : Thalia et son père allaient souffrir terriblement et longtemps avant de mourir s'il arrivait quoique ce soit d'imprévu. Comme, par exemple, l'évasion de Zoé, l'arrivée de la police ou un message passé en fraude. Et cela, même si elle n'y était pour rien.

— Eh bien, il me tarde de voir comment vous allez repérer les faux.

L'enthousiasme forcé de Thalia mit fin au silence devenu pesant. Elle fit de la place pour servir le thé brûlant dans les tasses de porcelaine.

— On commencera dès demain, pour les mettre rapidement en sécurité.

Regardant pensivement les gouttes de lait se mélanger au thé, Zoé retrouva presque un accent joyeux.

— On fera du bon boulot ensemble. Le paléolithique et le néolithique ne sont pas vraiment mes périodes de prédilection, alors que vous, vous y excellez.

Thalia répondit par un geste de modestie.

Les deux femmes demeurèrent ainsi un long moment, chacune plongée dans ses propres craintes.

— Je me sentirais bien mieux lorsque nous pourrons nous occuper des déesses.

— Moi aussi, répondait Thalia.

— Malheureusement, les génies qui les surveillent n'ont rien à faire de ce… comment disent-ils déjà ?… De ce tas de poteries primitives.

Zoé soupira.

— Nous pourrions commencer dès cette nuit.

— À rechercher les faux ?

— Non, à examiner les statuettes.

Thalia secoua la tête négativement.

— Non, impossible. Ils sont catégoriques : d'abord les œuvres récentes ! Les déesses, c'est seulement après.

— Alors, cette nuit, nous pourrions au moins faire le tri des copies et les mettre de côté. Est-il possible d'obtenir la permission pour cela ?

— Je ne vois pas pourquoi ils refuseraient puisqu'ils veulent avant tout que les choses avancent rapidement. Par ailleurs, ils ne crachent pas sur la possibilité de faire de l'argent avec les figurines. J'ai réussi à gagner une semaine supplémentaire en les convainquant que les « poteries primitives » pourraient leur rapporter des millions. Mais ils m'ont avertie que, à partir de maintenant, ils pourraient être obligés de lever l'ancre d'un jour à l'autre. Même d'une heure à l'autre. Les derniers détails doivent donc être réglés dès maintenant.

Un frisson parcourut Zoé et la peur serra sa gorge. Elle faisait partie de ces « derniers détails ». Thalia lui avait sauvé la vie plus d'une fois. Depuis des mois, elle la protégeait, obtenait de meilleures conditions de captivité pour elle, lui rendait la situation supportable avec un sourire, une rose, une tasse de thé. Mais Zoé savait bien que Thalia n'était elle-même qu'une prisonnière, une captive qui ne possédait pas les clés de la liberté. En tant qu'otage, elle avait les mains liées. Elle ne pourrait bientôt plus rien pour Zoé.

Zoé se secoua comme pour chasser ces pensées obsédantes. Visiblement, les pensées de Thalia avaient suivi le même chemin et son visage s'assombrit.

Zoé fit une tentative pour les réconforter toutes les deux.

— Si nous travaillions ensemble dans une importante galerie d'art au centre-ville, une voiture pourrait nous renverser ! Qui, finalement, connaît le temps dont il dispose… Alors, vivons au mieux le présent, d'accord ? Et sans nous soucier de savoir combien de temps nous vivrons. Cela ne servirait à rien de nous lamenter.

CHAPITRE 6

La pâle journée d'hiver s'était depuis longtemps transformée en une profonde nuit romaine lorsque l'Américain termina son rapport au cardinal-procureur Neils Braun. Tournant le dos à son visiteur, le cardinal regarda fixement la fenêtre. Leurs deux visages s'y reflétaient, de plus en plus distinctement à mesure que la nuit devenait plus profonde.

L'Américain semblait avoir maigri et le cardinal lui trouva des rides plus profondément creusées que six mois auparavant.

— Je n'arrive pas à comprendre comment ils réussissent à constamment nous échapper.

Il y avait de la lassitude dans sa voix. L'homme ne s'était pas plaint et n'avait pas cherché d'excuses. Le cardinal savait apprécier cela. Par ailleurs, les cernes bleutés sous les yeux de l'Américain témoignaient avec éloquence de ses efforts acharnés pour accomplir la mission qui lui avait été confiée.

— Êtes-vous sûr de disposer des les moyens nécessaires ?

Braun s'était retourné vers le visiteur pour poser la question.

L'Américain hocha affirmativement la tête.

— Vous avez été d'une grande générosité. Par ailleurs, je me suis aussi servi largement des capitaux de mon propre patron.

Un sourire éclaira brièvement le visage du cardinal, en signe de satisfaction.

— Le Seigneur choisira le moment où il vous récompensera.

Malgré lui, l'Américain laissa échapper un soupir audible de soulagement.

Après un silence, le cardinal regarda l'homme droit dans les yeux.

— J'apprécie beaucoup que vous n'ayez pas posé tout un tas de questions ni essayé de fouiller dans tous les sens.

— J'ai pour principe de ne pas mettre mon nez trop profondément dans des affaires qui ne me regardent pas. Et je suis persuadé que je me porte bien mieux en ignorant la plupart de toutes ces choses.

Le cardinal s'anima quelque peu.

— Je suis d'accord avec vous, mais, dans l'affaire qui nous occupe, je pense que cela pourrait finalement vous aider dans votre enquête. Ne serait-ce que pour vous ouvrir de nouveaux horizons.

— Si telle est votre conviction… répondit l'Américain qui semblait guère convaincu.

— Franchement, ne vous êtes-vous pas demandé pendant tous ces mois ce que contient le coffret que vous devez trouver ? De quelle manière cela pourrait prouver l'authenticité du Suaire de Sophia ainsi que sa légitimité en tant que Messie ? N'oublions pas que nous sommes en train de parler de quelque chose qui date d'il y a dix-sept siècles… Des guerres, les croisades, toutes sortes de bouleversements… comment prouver sans la moindre once de doute quelque chose de cette importance ?

L'Américain hocha vivement la tête.

— Bien sûr, je me le suis demandé. Je me suis posé une foule de questions et, finalement, j'ai décidé qu'il valait mieux rester dans l'ignorance.

Il était clair qu'il aurait préféré continuer ainsi.

De nouveau, Braun sourit.

— Pour le soldat de Dieu que vous êtes, il est indispensable de connaître les détails.

L'Américain soutint un long moment le regard du cardinal avant de marquer son accord. À contrecœur.

Braun s'éclaircit la gorge :

— Les preuves sont constamment entremêlées avec l'histoire. Il faut revenir en arrière, en l'an 310 lorsque Sophia naquit dans un petit village d'Anatolie dans une famille de commerçants. Elle était apparemment l'enfant illégitime de la fille aînée du marchand, mais les circonstances de sa naissance restent assez floues. Pendant plus de treize ans, la famille a réussi à garder secrète l'existence de la petite bâtarde. La fillette n'avait pas le droit d'aller jouer hors de la résidence familiale – laquelle était plutôt confortable – et elle n'eut jamais le moindre contact avec les serviteurs de la maison. L'explication évidente de ces agissements était d'éviter la honte et le scandale que provoquerait cette naissance hors mariage.

Mais le journal intime de la jeune mère donnait un tout autre éclairage : dès les premiers mois de la grossesse, des événements paranormaux se produisirent. La fille fit une série de prophéties pendant sa grossesse. Toutes concernaient des activités de la vie ordinaire comme le commerce de son père. Toutes ses prédictions, sans exception, s'avèrent parfaitement exactes. Ensuite, les personnes, qui tinrent le bébé dans leurs bras ou lui donnèrent le bain, se trouvèrent, elles aussi, dotées passagèrement de facultés prophétiques. Le fait que Sophia n'ait pas été mise à mort – alors qu'elle était née de manière illégitime et qu'elle était soi-disant possédée par le démon – semble indiquer que les membres de la famille savaient bien plus de choses concernant la naissance de la fillette. Des choses qu'ils n'osaient même pas mettre par écrit.

— Quoi par exemple ? demanda l'Américain.

Le cardinal contempla pensivement son vis-à-vis, hésitant avant de poursuivre.

— Peut-être ont-ils eu quelques messages ou signes quant aux origines divines de la fillette… Mais ce ne sont que des suppositions, des spéculations. Je préfère m'en tenir à ce qui peut être prouvé.

L'Américain hocha la tête.

— À l'époque, les superstitions généraient de la violence, encore bien plus qu'aujourd'hui. Si on vous soupçonnait d'être possédé par des démons, vous pouviez mourir rapidement, tué par un voisin superstitieux, par exemple. Voilà pourquoi la famille du marchand fit tout pour cacher l'existence du bébé. Il en allait de la vie de la jeune mère et de toute sa famille. Ainsi, la fillette a grandi dans l'isolement le plus total. Mais ni verrous ni barreaux ne parvinrent à retenir la petite Sophia et c'est à treize ans qu'elle fit, très tranquillement, sa première apparition très remarquée aux côtés de son grand-père à une réunion de négociants. Une douzaine de témoins, par la suite, relatèrent l'incident. D'après ces hommes, la fille les avait littéralement hypnotisés, parlant comme une adulte et trouvant les mots pour leur administrer un véritable prêche. Pris de peur, son grand-père l'arracha immédiatement à l'assemblée pour la ramener à la maison. Il craignait pour sa vie, pour son commerce… pour l'existence de toute sa famille. Mais les répercussions violentes qu'il redoutait ne se produisirent jamais.

En fait, ce fut même exactement le contraire. Ceux qui étaient présents ce jour-là racontèrent plus tard qu'ils s'étaient sentis parfaitement sereins et en paix. Ils s'étaient pris d'affection pour Sophia et demandaient à la revoir. Rapidement, Sophia devint une sorte d'institution dans le village, se ralliant de nombreux disciples. Puis, elle commença à faire des miracles, des guérisons.

L'Américain s'exclama, incrédule.

— Ne me dites pas que vous y croyez vraiment !

— Je n'ai guère le choix : les documents sont trop précis et trop convaincants pour que l'on puisse rester sceptique, vous verrez… Prenez le cas de Valerius Daia – son premier miracle. Enrôlé dans l'armée romaine en l'an 285 apr. J.-C., Daia fut envoyé par l'empereur Dioclétien avec sa légion en Mésopotamie en 295. Un an plus tard, Narsès de Perse mit en déroute les légions romaines avec leur chef Galerius. Les rapports détaillés de l'armée ne laissèrent pas le moindre doute en ce qui concerne le cas de Valerius Daia. La jambe droite du légionnaire avait été gravement mutilée et totalement paralysée. Aussi, Daia fut-il déclaré inapte au service militaire. Le récit nous mène ensuite dans le petit village près de Smyrne où vivait Sophia. Un décret impérial stipulait alors qu'une fraction des taxes, que le village devait payer à Rome, était à verser dans un fonds au profit des soldats de l'Empire blessés au combat. Quoi qu'il en soit, le nom de Valerius Daia apparaît une première fois sur les registres du village en l'an 297 apr. J.-C. Puis, en 323, on trouve un ordre de cessation des paiements à l'invalide Valerius Daia « pour raisons de guérison extraordinaire du légionnaire ».

Comme pour juger de l'effet de ses paroles sur l'Américain, le cardinal fit une longue pause en fixant son interlocuteur. Il se pencha en avant.

— Elle a seulement touché sa jambe. Vous comprenez ? Simplement touché et le légionnaire fut guéri. Le récit de ce miracle a été rapporté non seulement par le chroniqueur du village, mais de façon identique par les registres militaires et fiscaux. Tout concorde.

Il y avait une sorte de jubilation dans la voix du cardinal.

— Il existe d'autres écrits, d'autres traces, car les Romains étaient de véritables fanatiques des rapports ! Mais nous avons également des reliques soigneusement enregistrées et authentifiées par les autorités civiles : tous ces documents ont été vérifiés et je ne vois pas comment le moindre doute pourrait subsister.

Il faisait froid maintenant dans la pièce et, pour la première fois depuis que Braun avait commencé son soliloque, l'Américain s'aperçut que le bureau était totalement plongé dans l'obscurité. À l'ouest, le soleil n'était plus qu'un mince trait, très bas sur l'horizon. L'Américain frissonna.

— Comment tous ces registres ont-ils pu être préservés intacts et traverser plus de mille six cents ans ?

— Au Vatican se trouve un grand bâtiment qui abrite plus de soixante kilomètres de rayonnages contenant des livres, des parchemins, des tablettes en pierre, des dossiers et des manuscrits de la plus haute importance. C'est là que l'Église garde les comptes-rendus des procès pour sorcellerie, des lettres écrites par Jeanne d'Arc, les rapports manuscrits du procès contre Galilée, une pétition de soixante-dix Lords anglais demandant l'annulation du mariage de Henri VIII, des documents relatifs aux croisades, des détails concernant la vie scandaleuse des nonnes de Monza, des rapports sur des prophéties avérées et à venir, etc. Des millions de documents secrets sont soigneusement conservés dans l'Archivo Segreto Vaticano – les Archives secrètes du Vatican.

Le cardinal s'interrompit brièvement avant de scander :

— Les rapports qui confirment irréfutablement la résurrection de Sophia sont conservés dans cet endroit.

Les mots avaient, à présent, du mal à passer.

— Et jusqu'au sac de Rome par l'empereur Heinrich IV en 1084, le linceul de Sophia, le récit de sa Passion et d'autres témoignages authentifiés étaient parfaitement en sécurité aux Archives. Nous sommes convaincus que le biographe de Constantin, Eusebius, avait réuni en secret tous ces objets et écrits et les avait scellés dans un coffret d'or incrusté de pierres précieuses.

— Lui ? Mais pourquoi ? N'était-il pas le premier évêque de l'empereur Constantin ?

— Si, mais c'était probablement une affaire de vengeance.

L'Américain ne put cacher son étonnement.

— Une vengeance ?

— Nous savons aujourd'hui qu'Eusebius était secrètement un disciple d'Arius, l'évêque qui a été parmi les excommuniés du Concile de Nicée. En fait, Eusebius était une sorte de « guérillero » secret à la cour de Constantin. Le coffret d'Eusebius contient un item – que nous appelons la Passion ou le Mystère de Sophia – prouvant que le Concile de Nicée s'était bien plus préoccupé de dissimuler le caractère divin de Sophia que d'élaborer un credo afin de maintenir les fidèles dans le droit chemin.

Pendant plusieurs secondes, le cardinal sembla fasciné par les veines apparentes de ses mains, comme s'il y voyait une reconstitution de la lutte qui avait fini par livrer la vérité au monde.

Avec gravité, Braun reprit son récit.

— Lorsque les témoignages des prêches de Sophia et de ses miracles parvinrent jusqu'à Rome, le pape Sylvestre Ier et l'empereur Constantin prirent la chose tout de suite très au sérieux. Si l'on en croit ce que disent nos livres d'histoire, c'est la Réforme qui fut la période la plus agitée, la plus perturbée. Mais en vérité, d'autres époques ont été autrement plus menaçantes pour la survie de l'Église. Songez dans quel trouble l'existence de Sophia plongeait Constantin et Sylvestre Ier ! D'un côté, il y avait le premier empereur romain qui était prêt à garantir aux chrétiens la protection officielle de l'Empire et, de l'autre, il y avait Sylvestre, le premier pape, qui s'apprêtait à exercer son règne légitime sous les yeux de l'autorité civile. Le tout après trois cents ans de persécutions.

On comprend aisément qu'il y eut là de quoi se réjouir pour l'Église : une ère glorieuse allait enfin pouvoir débuter. Mais, en réalité, certains chrétiens respectèrent de moins en moins les liens d'interdépendance entre le pouvoir politique et l'Église. Il avait été facile de maintenir fermement l'unité spirituelle tant que les chrétiens dépendaient les uns des autres, notamment pour se défendre contre les hordes errantes de légionnaires romains. Mais l'Église – une fois officiellement consacrée par Constantin – perdit, paradoxalement, son unité.

Le cardinal fit une nouvelle pause.

— Pour assurer sa survie dans cette nouvelle phase, l'Église mit les bouchées doubles pour se transformer. D'un mouvement religieux fondé autour d'un leader charismatique, elle devint une institution bureaucratique. Pour commencer, il fallut gérer des centaines de groupes dissidents – dont le principal fut le mouvement gnostique – qui défièrent le dogme. Certains pensèrent notamment que Jésus avait accepté les femmes comme disciples et comme chefs spirituels au même titre que les hommes et que Dieu était à la fois masculin et féminin.

— C'est la vérité ?

Le cardinal acquiesça.

— Voilà, maintenant, vous savez contre quoi nous luttons si âprement dans le secret le plus total.

Il se tut un instant, puis reprit :

— Bien, où cela nous mène-t-il ? D'abord, Constantin. L'empereur avait parfaitement saisi les avantages d'un règne avec la bénédiction d'un chef spirituel. Sylvestre, lui, mesurait les difficultés d'être un chef d'Église non reconnu par l'autorité civile. Il n'est donc guère surprenant que l'un comme l'autre, en apprenant l'existence de cette jeune fille dans ce lointain village qui faisait des miracles et qui prêchait, décidèrent d'agir rapidement afin d'éviter que leur autorité ne fût remise en question.

Le cardinal repoussa sa chaise.

— Des envoyés de l'empereur et du pape furent donc dépêchés en Anatolie et leur rapport, sur ce qui se passait autour de cette fille exceptionnelle, inquiéta Rome au plus haut point. Sylvestre et Constantin jugèrent la situation préoccupante et plus sérieuse qu'ils ne l'eussent imaginée au début. Car, entre-temps, Sophia était devenue le centre – l'âme – d'un mouvement religieux dissident qui s'est développé très rapidement dans son village et qui ne tarda pas à gagner toute la région.

Immobile, Braun fixa un long moment l'espace vide devant lui.

— L'Église était alors divisée profondément par tous ces groupes dissidents dont la foi se basait sur une certaine interprétation des textes bibliques. Le pape prit peur en voyant la force du mouvement formé autour de Sophia. Il comprit que sa force spirituelle et son charisme imposèrent et rendirent évidente une comparaison avec Jésus.

Évitant de regarder directement l'Américain, Braun se rassit.

— Et puis, n'oublions pas que Sophia est une femme. Aucun des apôtres officiellement reconnus par l'orthodoxie, n'appartient à la gent féminine.

L'Américain fit un mouvement.

— Excusez-moi, Votre Éminence…

— Neils.

L'autre hésita.

— Neils…

— Oui ?

— En disant qu'*aucune femme n'est reconnue comme apôtre par l'orthodoxie*, vous parlez comme un juriste. Est-ce que je dois comprendre qu'il existait de telles femmes mais qu'elles n'étaient pas reconnues officiellement ?

Le cardinal répondit sans la moindre hésitation.

— Oui, bien sûr. Nous en avons la certitude et la plus connue d'entre elles fut Marie Madeleine. Plus d'une fois, elle et Pierre s'affrontèrent violemment à ce sujet.

— Et vous en avez connaissance grâce aux évangiles gnostiques ?

L'homme d'Église hocha la tête.

— Oui. Et également par d'autres textes sacrés.

— Sont-ils aussi fiables que les Testaments ?

Le cardinal répondit avec une conviction évidente.

— Tout à fait fiables et crédibles, mais ils dérangeaient aussi bien Constantin que Sylvestre, l'homme qui est à l'origine de l'institution ecclésiale telle que nous la connaissons aujourd'hui. C'est Pierre qui eut le dessus dans les joutes verbales avec Marie Madeleine et c'est pourquoi, aujourd'hui encore, les femmes ne sont que des croyants de second ordre au sein de l'Église. Les chrétiens ont emprunté au judaïsme la doctrine de la prédominance masculine et l'ont intégrée dans leur nouvelle religion en lui prêtant des bases spirituelles. *Notre Père qui êtes aux cieux* signifiait pour eux une légitimation. À leurs yeux, pas le moindre doute n'était permis : Dieu était un homme ainsi que son Fils. Admettre que l'Église ait pu se tromper en la matière, risquait d'exposer le pape à la critique dans d'autres domaines également.

L'Américain resta muet d'étonnement.

— Il faut bien comprendre, voyez-vous, que les hommes, qui étaient en charge de l'Église à cette époque, furent avant tout des pragmatiques. Ils étaient parfaitement conscients que pour assurer la survie de l'Église, il fallait convertir un maximum de gens à une seule et unique foi orthodoxe. C'était le seul moyen d'endiguer les troubles et les émeutes tout en aidant Constantin à gouverner avec efficacité. C'est pourquoi ils décidèrent aussi de réduire et de simplifier les conditions requises pour devenir chrétien. Dire le Credo, se faire baptiser et fidèlement obéir aux ordres de la hiérarchie suffisaient. On n'encourageait guère la contemplation et la réflexion individuelles, ces pratiques étaient même proscrites puisqu'elles risquaient de soulever toute sorte d'interrogations. Le chemin gnostique était difficile et très exigeant, demandant au fidèle d'importants efforts spirituels. Par ailleurs, il fallait impé-

rativement que l'Église trouve des arrangements avec les
païens romains.

C'est ainsi que le jour d'adoration de Sol, le dieu Soleil,
a été consacré jour férié de la semaine, le dimanche. Et c'est
ainsi également que l'anniversaire du dieu romain Mithra
est devenu le jour de la Naissance de notre Sauveur. De
telles incorporations de pratiques païennes ne manquent
pas dans notre religion.

L'Américain eut une expression de douleur. Le cardinal
s'en aperçut et lui parla avec douceur.

— Je me rends compte à quel point ceci vous cause de
la peine, mais il faut que vous soyez fort.

L'Américain acquiesça docilement et le cardinal retourna
à son récit.

— Donc, il y avait le problème Sophia qui exigeait une
action rapide et déterminée. Les émissaires n'eurent pas le
temps d'envoyer un messager à Constantin ou à Sylvestre.
Le temps pressait et le problème était brûlant. Ils prirent
alors une décision de portée historique.

Braun s'interrompit pour prendre un peu de thé.

— Le document le plus ancien des Archives secrètes du
Vatican est un épais livre entièrement rédigé de la belle
écriture d'un scribe de la cour de Constantin. Cet ouvrage
contient tous les témoignages recueillis auprès des villageois. On les avait interrogés sur Sophia et sa vie. Tout
fut noté soigneusement et comparé avec les dépositions de
ceux qui les avaient précédés. Les entretiens avec Sophia
venaient en dernier. De l'analyse de l'ensemble des propos
recueillis résulte une parfaite concordance. Je dispose d'une
copie intégrale de tous ces témoignages. Vous pouvez les
lire… ils ont été traduits du latin en anglais.

L'Américain fit oui de la tête.

— Qu'est-ce qui s'est passé ensuite ?

— Les troupes romaines les tuèrent tous.

L'Américain grimaça de stupéfaction incrédule.

— Tous ? Tous les habitants du village ?

— Tous. Le scribe, les cent cinquante villageois. Et Sophia.

Le cardinal continua d'une voix plus faible.

— Ils furent enterrés. Une semaine plus tard, lors de l'inspection des corps ensevelis dans la grotte faisant office de fosse commune, on constata que l'un des linceuls était vide. Il ne contenait plus que l'empreinte du corps d'une jeune fille de quinze ans.

Braun se leva lentement et s'approcha de l'Américain. Il lui posa sa main sur l'épaule.

— Nous sommes les gardiens de ce Messie secret. Nous devons absolument retrouver la Passion de Sophia – ce coffret contenant de si précieuses reliques. C'est à nous d'empêcher que le monde apprenne jamais le secret de Sophia ou la possibilité qu'elle et Notre Seigneur Jésus Christ ne soient que deux des nombreux Messies que Dieu nous envoie pour nous mettre à l'épreuve. La découverte de ce secret provoquerait la dislocation de nos institutions et ouvrirait grand la porte aux ennemis de la foi. Car, dès que les gens remettent en question une partie des dogmes, ils doutent alors de l'ensemble. Et s'ils croient qu'on les a trompés dans le passé, la confiance ne sera jamais restaurée. Au bout, il n'y aurait que misère et mort.

L'Américain leva les yeux vers Braun.

— Je… je suis désolé. Je pense que j'aurais préféré ne pas savoir.

— La vérité n'est pas toujours libératrice.

Le cardinal conclut avec solennité :

— Surtout quand vous êtes celui qui doit empêcher la vérité de perturber la foi de centaines de millions de fidèles chrétiens.

CHAPITRE 7

Ridgeway fut pris d'un tremblement incontrôlable lors du brusque choc contre le pilier en béton situé juste sous l'embarcadère. Entre les fentes étroites séparant deux bateaux, il avait observé les hommes en jaune ramener les cadavres de leurs camarades sur le quai. C'était marée basse, les parois sombres de la marina au-dessus de sa tête ressemblaient à une gigantesque et menaçante falaise.

Luttant contre un vertige, Ridgeway tenta d'évaluer ses capacités à nager plus loin, en se doutant que ses chances de s'en sortir étaient quasiment nulles. Il n'avait réussi qu'à dépasser trois quais pour pouvoir rejoindre le chenal principal du port, plongeant profondément sous les embarcadères et reprenant son souffle à l'abri des coques.

À présent, il sentait le froid transpercer jusqu'à la dernière cellule de son corps, chassant même la chaleur provoquée par l'effort. Il n'avait plus qu'une seule alternative : rester là, collé contre le pilier et mourir de froid dans l'eau ou bien grimper là-haut en prenant le risque d'être abattu par ses assaillants.

Il avait entendu bien des histoires concernant l'hypothermie, combien il était agréable de se laisser glisser dans une douce chaleur inconsciente. On disait même que les survivants se fâchaient parfois contre les sauveteurs qui les avaient ramenés de ce paradis. Il ferma les yeux et sa tension se relâcha.

L'eau était tiède et Zoé tenait la barre. La grande voile était hissée et, à l'horizon, on distinguait l'île de Salt Cay. Lui, Ridgeway consultait le compas et la carte étalée sur ses genoux. L'île de Jost Van Dyke se dessinait droit devant. Il tourna son visage vers le soleil et songea avec délice aux homards frais et aux Pina colada du *Foxie's Restaurant*. Il ferma les yeux, laissant le soleil rougeoyer à travers ses paupières closes. Les doigts de Zoé jouaient dans ses cheveux…

Soudain, de l'eau salée l'étouffa. De la boue obscurcissait ses yeux. Il avait lâché le pilier ! Il coulait. Ses bras semblaient complètement gelés et ses jambes étaient raides, sans vie. Pourtant, elles réagirent lorsqu'il donna un coup de pied. Ce fut comme si sa tête explosait quand il surgit à la surface, respirant avidement mais sans faire de bruit. De toute façon, la tempête couvrait tous les sons.

Sur le quai, à sa droite, une corde formait une large boucle. Ridgeway tenta de la saisir en prenant autant d'élan que possible. Il réussit à la toucher du bout des doigts, mais il ne put l'attraper. Il se reposa un instant, puis, à nouveau, de toutes ses forces, se propulsa en avant. Cette fois-ci, ses mains réussirent à s'agripper. Il commença à grimper le long du cordage tendu entre le quai et une vedette rapide dansant sur les flots.

Ridgeway se hissa jusqu'à la bitte d'amarrage. Il fit une halte pour observer les alentours. Les passerelles et l'impressionnante silhouette d'un paquebot lui bouchaient la vue.

Prenant appui sur la corde, il lança une jambe sur le quai. L'espace d'un interminable moment, il resta suspendu là, quasi immobile. L'instant d'après, il se retrouva sur le quai, couché sur le dos, bras et jambes écartés et raides, incapable de bouger. Comme pour le réveiller, la pluie lui fouettait le visage. Il dut déployer un immense effort pour tourner la tête et recracher l'eau salée avant d'engloutir avidement l'air mordant et humide. Une violente quinte de toux le secoua pendant quelques secondes.

Tentant de réprimer ses toussotements pour ne pas se faire repérer, il prit appui sur ses coudes et parvint à s'asseoir. Sur sa gauche, l'un des assaillants se dirigeait vers le côté opposé du port. Seth réussit à se mettre debout, mais dut attendre quelques instants avant que l'engourdissement ne s'estompe.

Lentement, il s'avança vers la partie centrale de la jetée. Automatiquement, sa main droite fouilla dans la poche droite de son peignoir : le revolver n'était plus là ! Tout ce que touchaient ses doigts, ce fut l'épaisse liasse de billets. Chassant toute pensée concernant l'arme ou l'argent, il avançait d'un pas décidé.

À l'endroit où il s'était hissé sur le quai, une grande vedette l'avait caché à la vue de ses poursuivants, mais, maintenant, en se dirigeant vers l'avant du bateau et en s'approchant du quai central, il se trouvait à découvert entre la digue et les bâtiments. Il en voyait nettement la clôture se dessiner à l'horizon. Il n'y avait qu'une chose à faire : bouger, et vite !

Rassemblant toute son énergie, Ridgeway se mit à courir aussi rapidement qu'il pût en direction de la passerelle qui, très raide, montait vers la terre ferme. Il essaya également d'apercevoir le second gangster : que faisait-il et où pouvait-il bien se cacher ? Presque arrivé à la rampe, il s'immobilisa quelques secondes pour inspecter le haut de la digue. Pas la moindre trace d'une silhouette en ciré jaune.

Et si l'autre l'avait vu et attendait – caché quelque part – qu'il escalade la rampe ? De toute manière, Seth n'était certain que d'une chose : il n'avait pas le choix et il devait monter. Peu importe ce qui l'attendait à terre. Rester sur le quai signifiait mourir. Prenant une profonde inspiration, il entama la montée abrupte.

Il avait presque atteint le haut de la passerelle lorsqu'il vit, comme un éclair, une forme jaune sur sa gauche. Sans réfléchir, il s'aplatit instantanément. Il ne bougea plus. Une fois de plus, il fallait, très vite, passer en revue les différentes possibilités. En continuant la montée, il se trouverait en face de l'homme à la mitraillette. Redescendre à découvert était tout aussi dangereux. Instinctivement, il commença donc à ramper vers l'extrémité du plan incliné.

À peine arrivé en haut, Ridgeway rassembla ce qui lui restait de forces et, se détendant comme un ressort, piqua un sprint désespéré en direction des voitures. Il dépassa la berline noire des gangsters, puis la salle d'attente de l'embarcadère. Il sentit enfin le contact de ses pieds nus sur l'asphalte mouillé et, brièvement, se réjouit qu'ils aient retrouvé leur sensibilité. Le vent déchaîné le poussa en avant. Il ne s'arrêta pas à sa propre voiture – les clés étaient restées sur la *Walkyrie* – et continua tout droit en direction de la limousine. Peu importait ce qu'ils avaient fait à Benjamin, Ridgeway espérait que la clef de contact s'y trouvait toujours.

L'eau gicla à des mètres à la ronde lorsqu'il traversa en courant les immenses flaques. Il dut enjamber des caniveaux qui recrachaient des torrents et traverser une rangée d'arbustes anémiques avant d'atteindre la limousine de Rebecca Weinstock. Le bruit de sa respiration rauque couvrait, dans ses oreilles, jusqu'aux hurlements du vent. Il s'abattit de tout son poids sur le capot de la voiture en suppliant ses genoux de ne pas l'abandonner. Pas maintenant !

Levant la tête pour regarder derrière lui, il aperçut l'un des deux hommes courant dans le secteur de la cale sèche. Le deuxième, lui, était toujours plaqué contre la clôture, à une cinquantaine de mètres de distance.

Dans un ultime sursaut, Ridgeway, tremblant, rassembla l'énergie nécessaire afin de se dégager du capot et se remettre sur ses jambes vacillantes. Il parvint jusqu'à la portière du conducteur et l'ouvrit. L'odeur chaude et vaguement douceâtre du sang répandu le prit tout de suite à la gorge.

Lorsqu'il était débutant dans la police new-yorkaise et affecté à la circulation, Ridgeway avait vu des corps déchiquetés, des membres sectionnés, des torses écrasés et des organes à vif. En sa qualité d'agent à la criminelle, il avait découvert ce que toutes sortes de pervers pouvaient inventer pour répandre le mal. Mais jamais, non jamais, il n'avait contemplé quelque chose d'aussi effroyable que ce qui l'attendait à l'intérieur de cette limousine.

Le garde du corps de Rebecca Weinstock gisait à l'avant, bras et jambes écartelés et attachés avec une grosse corde aux sièges et aux portières. Il était complètement nu et une main horriblement experte l'avait ouvert de bas en haut, du pubis jusqu'au sternum. Les intestins sortaient par la déchirure et s'étaient répandus sur les sièges en cuir.

Au bruit de la portière, le corps ensanglanté émit un grognement. Benjamin était toujours vivant. Son visage, de couleur ardoise, se tourna vers Ridgeway. Lentement, les yeux s'ouvrirent et, après de longues secondes, se remplirent d'un triste éclair de reconnaissance. La bouche s'ouvrit pour parler, mais se referma aussitôt sans parvenir à former un mot, comme si ce seul mouvement avait déjà épuisé toute sa force vitale. Les yeux se refermèrent et la tête de l'homme s'affaissa sur son épaule.

Ridgeway eut la chair de poule et sa bouche se remplit de l'acidité âcre d'un mélange de peur et de nausée. Il lui fallut faire un terrible effort pour détacher ses yeux de l'horrible spectacle et ses jambes ne lui obéirent qu'avec hésitation. Il ouvrit la portière, n'ayant plus qu'une seule idée : courir ! Lorsqu'il se retourna, il se trouva face à un jeune homme, un couteau dans une main, une mitraillette dans l'autre et un sourire triomphant sur les lèvres.

— Nous vous attendions.

Son anglais avait un lourd accent guttural. Jetant un regard ironique vers le siège du conducteur de la limousine, l'homme fixa Ridgeway d'un œil froid.

— Nous vous attendions, Benjamin et moi.

L'individu portait un jean, un coupe-vent par-dessus un pull-over marin et des baskets. Ses vêtements étaient trempés et il était couvert de boue de la tête aux pieds. Elle avait même transformé ses cheveux coupés en brosse en un casque difforme. Il devait avoir la trentaine, avec la musculature mince et anguleuse d'un coureur de marathon. Dans ses yeux brûlait le feu de la folie.

Ridgeway recula vivement, incapable de répondre quoi que ce soit. Essayant fiévreusement de reprendre ses esprits, il sentait dans son dos le métal froid de la limousine. Il pria pour que ses anciens instincts et son sang-froid, qui lui avaient tant de fois sauvé la vie lorsqu'il était policier, viennent à son secours, une fois encore. Ses yeux balayaient désespérément l'horizon dans toutes les directions à la recherche de secours, d'une arme, d'un moyen de fuir.

Le bruit métallique du chargeur du pistolet mitrailleur le ramena brutalement à la réalité. Il était face à un homme armé, aux allures de tueur professionnel, qui lui barrait le chemin. Courir était totalement sans espoir.

— N'essayez même pas…

L'homme avait prononcé ces mots comme s'il avait lu dans les pensées de Ridgeway.

— Il est inutile d'essayer de fuir. Nous avons à parler, tous les deux.

— Une discussion comme celle que vous avez eue avec Benjamin ?

Ridgeway le dit amèrement en essayant de ne pas regarder l'horrible boucherie derrière le volant de la limousine.

— Seulement si c'est nécessaire.

Ridgeway concentra toute son attention sur l'homme qui lui faisait face, sur ce qu'il disait, sur son attitude. Il fallait à tout prix détacher ses pensées du chauffeur assassiné, du froid glacial, du danger mortel.

— Je ne pense pas que vous aurez à vous servir de ceci.

Ridgeway désigna le couteau.

— Gardez vos mains près du corps !

L'ordre claqua. L'homme referma le couteau d'un geste théâtral et le remit dans la poche d'où il avait surgi.

— On verra dans une minute si j'ai besoin d'user de ce genre de moyen de persuasion… Maintenant, allez-y, montez dans la voiture. À l'arrière !

Rien qu'à l'idée de l'odeur douceâtre de la mort qui l'attendait à l'intérieur, Ridgeway sentit son estomac se tordre. Mais il n'avait pas le choix. L'homme se posta à l'arrière et surveilla étroitement son prisonnier tout en ouvrant la portière. Immédiatement, l'odeur nauséeuse les enveloppa.

— Regardez devant, vous verrez une paire de menottes, l'une attachée à la portière et l'autre à la pédale des freins. Asseyez-vous et je vous montrerai comment vous attacher vous-même.

Ridgeway s'assit sur la banquette trempée de sang. L'homme se rapprocha.

— Regardez de l'autre côté ! Attachez maintenant la menotte du haut à votre poignet gauche et l'autre à votre cheville gauche.

Ridgeway prit subitement conscience que l'homme éprouvait visiblement un plaisir sadique à tous ces préparatifs et n'hésiterait pas une seconde à l'éventrer. Peu importe qu'il coopère ou non.

À ce moment-là, Benjamin se mit à pousser un long cri rauque d'atroce douleur venant du plus profond de ses pauvres entrailles torturées. Ce fut un hurlement interminable, gagnant en intensité jusqu'à remplir complètement la tête de Ridgeway. N'y laissant plus subsister qu'une seule envie, une seule pensée : fuir ! Avec l'énergie du désespoir, il se jeta sur la portière opposée, préférant une mort rapide par balle à une horrible et lente vivisection. La portière ne céda pas. Il cogna encore, de tout son poids. Puis, son poing s'abattit sur la vitre. Elle se fissura.

Dans son dos, une rafale de mitraillette stoppa net le terrible cri de Benjamin. Ridgeway recula, horrifié, lorsque quelque chose de jaunâtre provenant du cerveau du garde du corps l'atteignit à la tempe avant de s'écraser sur la vitre. La voix de l'assassin lui parvint comme à travers du coton.

— Mettez les menottes !

La voix n'était plus que menace. Au moment où Seth s'était mis à calculer la vitesse à laquelle il mourrait sous les balles s'il se précipitait brusquement sur le tueur, il perçut un mouvement si ténu qu'il semblait faire partie de la grise pluie matinale.

Une fraction de seconde plus tard, un bras jaillit derrière l'assassin et, d'un geste sec, tira sa tête en arrière. Par réflexe, le tueur appuya sur la détente. Ridgeway eut juste le temps de se jeter sur le plancher. Le tir fusa et les balles trouèrent portière, sièges et toit de la limousine.

Levant les yeux, Ridgeway vit les yeux du boucher s'élargir, d'abord de surprise puis de douleur. Le regard devint vitreux. Il ne bougea plus.

Se hissant sur la banquette, Ridgeway entrevit le corps de son assaillant jeté sur le côté par une main invisible. Dans la portière ouverte apparurent deux longues jambes dans un pantalon gris et trempé, puis un blouson bleu marine. Le visage était toujours invisible. Ridgeway eut, malgré lui, un frisson lorsqu'un des bras brandit un long couteau à cran d'arrêt. Il venait de l'arracher d'entre les omoplates du tueur. L'autre main tira un mouchoir en tissu de la poche de son pantalon et, soigneusement, essuya le sang de la lame. L'instant d'après, la main replia le couteau et le fit disparaître dans une des poches du blouson bleu. Puis, la silhouette se pencha.

— Ridgeway ? demanda la voix inquiète. Ridgeway, êtes-vous O.K. ?

En face de Seth se trouvait le visage rasé de près de George Stratton. De surprise, Ridgeway ne put formuler qu'une pensée totalement incongrue : quel revers lamentable cet homme avait lorsqu'ils jouaient ensemble au tennis, à Zurich.

CHAPITRE 8

Zoé suivait l'imposant Hulk à travers les interminables couloirs et passages sombres de l'entrepôt. Les menottes, qui liaient leurs poignets, grinçaient lamentablement. Thalia marchait derrière eux. Tous trois avançaient, en silence, vers une structure semblant avoir été construite spécialement pour le tournage d'un film de science-fiction et ressemblait à une grande boîte avec un toit plat posé sur le sol en béton. À peine visibles dans l'obscurité, des câbles électriques serpentaient du plafond de l'entrepôt et disparaissaient dans l'étrange construction.

Cent quatre-vingt-seize. Silencieusement, Zoé continua à compter les pas. *Cent quatre-vingt-dix-sept, cent quatre-vingt-dix-huit…*

Ils s'arrêtèrent devant une porte métallique dissimulée dans la partie plus étroite de la construction. Entre sa cellule et ce lieu où elle travaillait quotidiennement, Zoé avait compté cent quatre-vingt-dix-huit pas. Chaque jour, le trio suivait le même trajet : cent quatre-vingt-dix-huit pas à l'aller et autant au retour. D'abord, cette monotonie avait irrité ses nerfs, mais au cours des derniers mois, ce rythme s'était transformé en une sorte de réconfort. Un rituel qui fixait solidement les frontières physiques de sa vie actuelle.

Hulk, le garde, inséra la clé dans la serrure et entra, entraînant sans ménagements Zoé à sa suite. L'instant d'après, la pièce fut inondée d'une lumière blanche généreuse. Le garde actionna une multitude d'interrupteurs. Les nombreux néons suspendus au plafond très haut éclairaient une salle aux murs neutres, deux fois plus longue que large. Sous cette lumière crue, chaque détail apparaissait avec netteté.

Une partie de la salle ressemblait à une véritable galerie d'art. Un coin de repos élégamment aménagé avec du mobilier Bauhaus et van der Rohe provenant de la propriété pillée de Willi Max, servait de salon de réception. À l'autre bout, se trouvaient les ateliers et de longs rayonnages. Les outils de base pour extirper les tableaux des cadres jonchaient les plans de travail. Plus loin, il y avait des lampes spéciales destinées à détecter des restaurations cachées, de l'alcool, des solvants et toutes sortes de substances chimiques pour tester et nettoyer. Des tableaux sur des chevalets, toute une enfilade de tables couvertes de sculptures, des reliques et des bijoux anciens complétaient la scène surréaliste.

Un jeu de paravents permettait d'isoler la partie atelier du salon aménagé pour recevoir les acheteurs potentiels. C'est Thalia qui était chargée des ventes. Afin de la motiver pour obtenir les prix les plus élevés, sa commission participait au remboursement des dettes de son père.

Parmi les clients qui venaient à l'atelier, il y avait régulièrement des conservateurs de musées célèbres et des représentants d'éminents collectionneurs fortunés à la recherche de la perle rare.

Tous laissaient leur sens moral au vestiaire. En dégustant de fameux vins français de plusieurs décennies d'âge, ils regardaient défiler les chefs-d'œuvre. De gros chèques changeaient de main et des ambitions s'assouvissaient. Chaque matin, quand Zoé revenait à l'atelier, de nouvelles pièces manquaient.

Tout cela était le décor d'un drame qui – elle le savait – approchait de son dénouement. Elle était sûre d'une chose : lorsque toutes ces œuvres seraient vendues, ils la tueront. Mais ce soir, une fois de plus, sa passion pour l'art reprit le dessus. Elle réussit à repousser la perspective de sa mort, à ne plus y penser jusqu'au moment où elle se retrouverait à nouveau seule dans sa cellule.

Thalia et Zoé se dirigèrent ensemble vers l'angle de la salle où étaient regroupés des chevalets et plusieurs plans de travail, témoins d'une activité intense. Derrière elles, Hulk claqua la porte et tira lourdement le double verrou. Les voilà, de nouveau, prisonnières, la salle ne comportant aucune autre issue.

Arrivée dans la partie qu'elles avaient baptisée le « coin des faussaires », Zoé désigna plusieurs pièces.

— Regardez ce que j'ai mis de côté pour vous.

Il y avait là un splendide Vermeer, un lourd plateau en argent avec la scène primitive d'Adam et Ève chassés du Paradis, deux Renoir presque identiques – l'un, d'évidence, la copie de l'autre –, une relique en argent ayant la forme d'un doigt et une collection d'une douzaine de Corot.

— Tous les autres ont été marqués, vendus et expédiés.

— Cela en ruinera des carrières artistiques quand on découvrira les falsifications !

Thalia fit ce commentaire sans trace d'une quelconque émotion.

Zoé répliqua de manière incisive.

— Ils le méritent bien, non ?

Pendant qu'elles parlaient, Thalia s'était mise à examiner attentivement les œuvres en face d'elle.

— Qu'est-ce qui ne va pas avec celui-ci ? demanda-t-elle en désignant le plateau en argent massif.

Zoé s'anima.

— C'est une belle pièce, vous ne trouvez pas ? Mais, il y a juste un petit détail : ce plateau ne date pas du Ve siècle, comme on le prétend.

— Comment pouvez-vous le savoir ?

— Les feuilles de vigne qui cachent les parties génitales des personnages… Ce genre de pudibonderie n'est entrée dans les mœurs que vers la fin de la Renaissance.

Zoé était dans son élément.

— À la soi-disant époque d'origine de cette pièce, on ne cachait pas le sexe. Le sexe n'avait rien de honteux jusqu'à ce que l'Église catholique le mette au pilori à la fin du premier millénaire.

— Vous avez raison, j'aurais dû y penser. Bien sûr ! répliqua Thalia.

— D'après les documents qui accompagnent cette œuvre, il est évident que pas mal de sommités et d'experts sont également passés à côté de ce détail.

— C'est surprenant, non ? demanda Thalia pensivement. Comment expliquez-vous cela ?

— Aveuglés par la beauté de l'œuvre. Ou peut-être, simplement, parce qu'ils voulaient croire que c'était ancien. L'art est dans notre mental et apparaît donc comme nous le désirons et l'imaginons. Et puis, bien entendu, cela a pu les arranger de croire à l'authenticité de l'œuvre, parce que c'est souvent la garantie d'un meilleur prix.

Thalia murmura quelques mots d'approbation avant de désigner les deux Renoir.

— Il est clair que celui de droite est le faux, non ? Il manque de finesse.

Zoé gloussa joyeusement.

— En fait, tous deux sont de la main de Renoir. Quand l'artiste manquait d'argent, il faisait, à toute vitesse, une copie d'une de ces œuvres, et la vendait.

Là encore, Thalia fut contrite.

— Cela aussi, je le savais. J'aurais vraiment dû m'en souvenir, même si, depuis longtemps, je ne m'occupe plus de créations aussi récentes. La plupart des objets sur lesquels j'ai travaillé ces dernières années étaient vieux de sept mille ans et plus.

Compréhensive, Zoé hocha la tête. Thalia passa d'un Renoir à l'autre.

— Cela pose le problème de l'authenticité, non ? Je sais bien que les deux sont de vrais Renoir, mais…

Elle réfléchit.

— Je suppose qu'un artiste a parfaitement le droit de se copier lui-même, n'est-ce pas ?

— En effet, approuva Zoé.

— C'était même assez courant. Certains, comme Renoir, le faisaient pour de l'argent. D'autres artistes étaient si profondément attachés à un concept, qu'ils reprenaient le même thème plusieurs fois. Mais, le plus souvent, les peintres ou les sculpteurs travaillaient exactement le même sujet – à des époques différentes – parce qu'ils étaient persuadés d'avoir évolué. Persuadés qu'ils seraient capables de mieux traiter les thèmes qu'ils affectionnaient particulièrement.

Le léger grondement d'un train au loin rompit le silence de la salle. Sous leurs pieds, elles pouvaient sentir de faibles vibrations.

— Qu'en est-il de ce Vermeer ? demanda Thalia en pointant son index pour désigner le tableau *Joseph se fait connaître de ses frères en Égypte*.

Malicieusement, Zoé corrigea :

— Les Vermeer. Au pluriel.

En parlant, la jeune femme se pencha et saisit un second tableau dissimulé derrière le premier, le brandissant presque triomphalement.

Thalia eut une exclamation de surprise.

— Zoé !… Ce Vermeer – *Miracle à Galilée* – que fait-il ici ?

— Je l'ai ajouté à la collection cet après-midi, juste avant la pause. Il se trouvait dans un coin et je ne l'avais pas remarqué jusque-là.

Les yeux de Thalia devinrent étrangement fixes.

— Ne dites pas que celui-ci aussi…

Zoé émit un grognement indistinct, puis elle hocha vivement la tête.

— Eh oui. Sans l'ombre d'un doute il s'agit d'une autre œuvre de Van Meergeren. Chaque Vermeer de cette collection est un faux, à l'exception de celui qui m'avait tant émue lors de mon unique rencontre avec Max. Hans Van Meergeren était probablement le faussaire le plus célèbre des temps modernes. C'était était un peintre de grand talent, mais de petite inspiration. Il devait sa renommée à ses magnifiques copies du génie de Delft, Johannes Vermeer. Van Meergeren a exécuté des œuvres qui avaient été reconnues comme étant de la main du maître par nombre de collectionneurs et de spécialistes du monde entier, et attribuées aux « années perdues » de Vermeer en Italie. Ses contrefaçons si parfaitement façonnées ont été exposées après la Seconde Guerre mondiale et on avait alors reproché à Van Meergeren d'avoir collaboré avec les nazis et de leur avoir vendu des trésors nationaux. Pour sauver sa peau, le faussaire avait dû avouer que ces tableaux – y compris *Le Christ et l'Adultérine* acquis par le Reichsmarschall Hermann Goering – avaient été peints par lui-même.

Thalia pâlit subitement.

— Vous êtes sûre de cela ?

Son inquiétude était visible. Avec sollicitude, Zoé lui toucha l'épaule.

— Qu'est-ce qui vous arrive ?

Il fallut quelques secondes à Thalia pour reprendre le contrôle de sa respiration.

— Celui-ci est à moi.

— Oh, non… non !

Zoé fut à la fois incrédule et désolée. Thalia confirma, tristement.

— Comment est-ce possible ?

— Puisque les riches collectionneurs du monde entier défilent ici, j'ai eu l'idée d'en profiter en vendant quelques pièces appartenant à mon père. Celui-ci était son meilleur tableau…

— Je suis désolée.

Zoé fut consciente de la pauvreté de ses mots pour réconforter la jeune femme.

Celle-ci s'était rapprochée de la toile. Immobile, elle la contempla longuement. Revenant près de Zoé, elle poussa un profond soupir.

— Vous êtes certaine que c'est un faux ?

Zoé fit une grimace.

— J'aimerais tant ne pas l'être…

— Mais dites-moi, comment vous pouvez avoir une telle certitude ? Franchement, quand je regarde, je ne vois que deux Vermeer à l'air parfaitement authentiques.

— Honnêtement, moi-même je ne sais pas exactement comment ça fonctionne. Je regarde une œuvre et… j'ai une certaine émotion. Un ressenti. Elle me touche d'une certaine façon… Je sais alors immédiatement si je suis en présence d'un faux ou non.

Thalia insista.

— Elle vous touche ?

Cette fois-ci, Zoé hésita imperceptiblement.

— Seth est le seul être vivant qui est au courant de cela.

Les mots ne venaient qu'avec réticence. La curiosité de Thalia était maintenant pleinement éveillée. Zoé finit par se décider.

— Je vous dois la vie et vous êtes, désormais, comme une sœur pour moi. Jurez-moi de garder ce secret !

Thalia se contenta de hocher la tête.

— J'entends des sons quand je regarde une peinture, quand je vois des couleurs…

Sa voix était à peine audible.

Thalia fronça les sourcils comme si elle avait du mal à comprendre.

— Des sons ?

— Oui. Rouge, par exemple, c'est un son médium comme un violoncelle et jaune très aigu comme le son d'un piccolo.

D'étonnement, les traits de Thalia n'étaient plus qu'interrogation. Zoé développa.

— D'aussi loin que je me rappelle, j'ai toujours « entendu » les couleurs. Et pendant des années, j'étais convaincue qu'il en était de même pour tout le monde. Mais, à mesure que je grandissais, l'inquiétude de ma famille augmentait. Ma mère était même convaincue que sa fille était possédée par des démons. À sa demande, l'assemblée des fidèles de son Église priait pour le salut de mon âme, dimanche après dimanche. Mon père, lui, m'amena discrètement chez un psychanalyste aux honoraires bien au-dessus de nos moyens. Ce fut le début d'un long conflit entre nous. Mais il y avait du positif puisque, d'entrée, le psychanalyste décréta que j'avais une synesthésie.

Si Thalia ne comprenait pas le terme, elle ne le montra pas.

— Moi, je me sentais soulagée : au moins, je n'étais pas folle !

Thalia semblait plutôt sceptique. Zoé parlait avec plus d'assurance maintenant.

— Synesthésie, c'est un phénomène qui n'a rien d'inquiétant. Il s'agit d'une sorte de croisement de neurones – un peu comme des communications simultanées dans un téléphone – où les différents sens se mélangent, se croisent. Certains « synesthésiques » perçoivent le goût des formes, d'autres l'odeur des couleurs. Des drogues psychédéliques comme le LSD et le peyotl peuvent procurer les mêmes effets. Nous sommes apparemment environ 25 000 dans le monde à vivre ces phénomènes naturellement, sans doute parce que nos cerveaux ont été « câblés » différemment. Avant même notre naissance. La plupart d'entre nous sont des femmes, gauchères – comme moi – et la forme la plus répandue de la synesthésie est de voir les sons en couleur, exactement le contraire de ce qui se passe pour moi.

Thalia n'en revenait pas. Après un court silence, elle rétorqua, avec une once d'agressivité :

— Jusqu'à présent, je croyais que la découverte des falsifications se faisait plus par des moyens scientifiques que par une simple intuition : une datation par carbone 14 ou des analyses spectrales...

Zoé sourit en secouant la tête.

— Vous savez, chaque fois que la science fait un pas en avant, les faussaires, eux, en font tout autant. La malhonnêteté s'arrange toujours pour rester au même niveau que la science – l'avidité et l'ambition font le reste. Van Meergeren a réussi à tromper la technologie, pour peindre des tableaux médiocres du XVIIe siècle, en grattant la peinture jusqu'à l'apprêt de la toile – généralement un badigeon beige. Puis il peignait sur ce fond authentique, en utilisant des peintures artisanales contenant des pigments identiques à ceux du vrai Vermeer. Le scientifique qui passe le tableau au spectrographe en testant les pigments ne trouvera rien de suspect. Bien sûr, la bakélite ou certaines huiles peuvent trahir les faussaires, mais seulement si les experts font des vérifications très spécifiques. Vous savez, Thalia, la fenêtre de la science est étroite, mais la palette du faussaire est immense.

Thalia murmura un vague acquiescement. Zoé poursuivit son raisonnement.

— À propos, les personnes qui s'intéressent à l'art fonctionnent essentiellement avec l'hémisphère droit de leur cerveau. Ils ne se fient guère aux méthodes scientifiques et ne font que rarement appel à la science. Dans la réalité, ces tests sont réalisés lorsqu'il existe déjà un doute, un soupçon, quant à l'authenticité d'une œuvre. C'est l'intuition qui vient quasiment toujours en premier.

Thalia s'anima pour protester.

— Mais il existe tout de même un certain nombre de « pisteurs de faux » efficaces et qui ne possèdent pas votre fameuse synthèse…

— Synesthésie.

— Oui, c'est ce que je voulais dire. Mais ce court-circuit dans votre cerveau ne vous a pas automatiquement transformée en un expert ès falsifications, n'est-ce pas ? Lorsque vous étiez petite fille, vous n'avez sûrement pas demandé à aller au Getty Museum afin d'y détecter les contrefaçons ?

Zoé ne releva pas l'ironie.

— C'est vrai, le don seul ne suffit pas. Il a besoin d'être développé et surtout exercé. En ce qui me concerne, je n'avais pas soupçonné un seul instant que ce sixième sens pourrait être un jour d'une quelconque utilité. Mais, puisque cela touchait les couleurs et la musique, je m'y suis tout naturellement intéressée dès l'enfance. Je suppose que les enseignements et les apprentissages furent alors une sorte de logiciel pour mon cerveau. En fait, à chaque fois que je regardais une œuvre d'art, j'alimentais mes circuits. Absorbée par la vigueur du pinceau, les reflets sur une sculpture, les ombres sur un visage, le drapé d'un tissu – bref, un million de détails que j'aurais été incapable d'exprimer par des mots, mais que mon cerveau traduisait facilement en musique.

Thalia prit une profonde inspiration.

— Cela devient vraiment mystique. D'abord des sons, maintenant toute une musique ?

Patiemment, Zoé replongea dans ses explications.

— Des flûtes jaunes, des violoncelles rouges, des timbales noires, avec toutes les couleurs, toutes les nuances picturales – comme les milliers de conjugaisons de gris dans un marbre – il y a de quoi, je vous l'assure, composer une puissante œuvre orchestrale ! Un tableau aux lignes simples sonnera comme du jazz ou du rock ou du swing. À mesure que je perfectionnais mon éducation musicale, les œuvres s'exprimaient avec de plus en plus de richesse, de plus en plus de nuances. Eh, oui, dans ma tête, il y a de la musique.

Thalia se racla la gorge.

— Vous savez, en Russie, ils enferment des gens pour cela, afin qu'ils ne soient ni un danger pour eux-mêmes ni pour les autres !

Elle fit un clin d'œil à Zoé et se tapota la tempe avec l'index.

— Êtes-vous sûre de ne pas entendre des voix de Martiens ou des messages de la CIA qui vous incitent à tuer plein de gens ?

Elles éclatèrent de rire au même moment et toute tension disparut. Reprenant un air plus sérieux, Thalia revint à des préoccupations plus immédiates.

— Et mon Vermeer alors : quelle est la musique qui en émane ?

Zoé tourna un visage attentif vers le tableau et resta immobile quelques secondes.

— Il sonne comme un orchestre de renommée mondiale avec des violons de second ordre.

Tel un écho, Thalia répéta :

— Des violons de second ordre ?

En réponse, Zoé immobilisa sa tête et pinça sa lèvre supérieure entre les dents pour mieux trouver les mots justes.

— Le son des violons est subtil. Regardez bien votre tableau. Il possède cette merveilleuse luminosité profonde, comme s'il était saupoudré de ce givre de lumière propre à la peinture de Vermeer. Les reflets flamboyants et les profondes ombres réalistes, aussi, sont parfaitement fidèles au style du maître.

La remarque de Thalia ne fut ironique qu'à moitié.

— Jusqu'ici, c'était la partie positive de l'orchestre ?

— Oui, mais voyons la suite. Maintenant, examinez les visages des personnages.

Du doigt, elle désigna d'abord le visage du Christ puis ceux de la foule rassemblée au bord de la mer.

— D'abord, vous remarquerez qu'ils sont complètement figés et n'expriment ni émotions ni sentiments. Ce ne sont que des visages sans expression. Et ici, regardez le bateau de pêche : il est comme écrasé et totalement disproportionné. On sait que Vermeer, lui, était à cheval sur l'exactitude et la précision des perspectives.

Restée songeuse un long moment, Thalia se pencha en avant. Elle leva la tête comme émergeant d'un rêve, se concentra et fixa Zoé droit dans les yeux.

— Vous avez raison. Je ne l'avais jamais remarqué auparavant.

Elle soupira avec résignation.

— Je pense que vous avez sans doute été distraite par l'étonnante luminosité et le magnifique jeu d'ombres et de lumière que le peintre a si magnifiquement saisi. Il est compréhensible que votre cerveau vous ait dit qu'en présence d'une telle qualité vous pouviez faire taire votre esprit critique.

Bien que tout à fait convaincue à présent, Thalia avait encore une foule de questions.

— Mais comment votre tête sait-elle distinguer la bonne musique d'un vulgaire bruit ? Comment avez-vous pu décrypter que tels sons viennent de faux et, qu'à l'inverse, telles peintures sonnent comme du Bartok ? Vous êtes sûrement d'accord avec moi : un authentique Jackson Pollock émet quelque chose qui fait penser à Bartok exécutant mal ses gammes, non ?

Elles rirent de concert. Redevenue sérieuse, Zoé reprit sa démonstration.

— À nouveau, c'est une question de programmation. Tout musée de qualité possède une cave ou une réserve où sont stockés les faux. C'est là que les étudiants apprennent à reconnaître les copies, les falsifications. Le moins que puisse faire l'honnête conservateur est, quand il s'en rend compte, de retirer les éventuelles copies de son musée et de les réserver au seul usage des étudiants. Ce sont les mauvais musées qui n'ont pas de faux dans leurs placards. Ils exposent les copies à côté des œuvres authentiques et refusent de reconnaître leurs erreurs, le plus souvent pour ne pas mécontenter un généreux mécène ou un donateur.

Elle fit une pause.

— Quant à moi, si j'additionne les heures passées dans ces « archives des falsifications », j'ai consacré plusieurs années à apprendre à distinguer le vrai du faux.

Thalia hocha la tête pensivement puis, avec un regard amoureux vers son « Vermeer », elle se tourna vers Zoé :

— Est-ce vraiment si important ?

— Que voulez-vous dire ? demanda Zoé avec une certaine perplexité.

Presque timidement, Thalia s'expliqua.

— Si une peinture inspire de la joie… et si même les experts ne sont pas sûrs de leur affaire, est-ce qu'il importe vraiment à son propriétaire ou au public qu'elle soit authentique ou non ?

Une nouvelle fois, la jeune femme contempla amoureusement son Vermeer.

— Vous savez, j'adore ce tableau depuis que je suis toute petite.

Discrètement, elle essuya rapidement ses yeux remplis de larmes.

— Bien sûr, que cela a de l'importance.

Zoé dut lutter contre l'émotion qui la gagnait.

— Aimer un faux tableau, c'est comme aimer un homme, infidèle… ou comme l'adoration d'un faux dieu. C'est… malsain.

Thalia eut un sourire désabusé.

— Est-ce mal, même si votre cœur l'ignore ? S'il ne l'apprend jamais ?

— Donc, pour vous, il est préférable de l'ignorer ?

— Peut-être. Oui, peut-être.

Zoé secoua violemment la tête.

— Je ne peux accepter ça. Impossible. Non, je suis convaincue que…

Elle avala le reste de la phrase. Elle ne voulait pas prononcer des paroles trop fortes, une vérité trop dure qui, de toute manière, n'apporterait aucun réconfort à Thalia. Au contraire. Celle-ci s'était rapprochée de Zoé et lui toucha doucement l'épaule.

— Je sais bien ce que vous pensez et avec quelle force vous le pensez. Je ne prétends aucunement que l'ignorance est la meilleure manière de réagir. Simplement, je pense que ceux qui choisissent de rester dans l'ignorance sont souvent bien plus heureux… avec leur dieu ou leur compagnon…

Ses yeux faisaient l'aller et retour entre son « Vermeer » et Zoé.

— … et avec leurs tableaux.

Un profond soupir lui échappa.

— Eh bien, maintenant au moins, je sais pourquoi mon père refusait toujours de vendre cette toile.

Résignée, elle soupira à nouveau.

— Je suppose que, désormais, il me sera plus facile de m'en séparer.

Elle lança comme un regard d'adieu vers son faux Vermeer, s'en approcha et le dissimula à nouveau derrière l'autre toile. Puis, elle tourna le dos de ce mouvement brusque que Zoé avait appris à interpréter comme signifiant une sorte de point final. Plus de discussion.

— D'accord. Vous avez donc toutes ces mélodies dans votre tête et possédez le meilleur apprentissage du monde pour détecter les falsifications. Est-ce cela qui fait de vous la championne des chasseurs de faux ?

Tout en admirant la vitesse à laquelle son amie s'était ressaisie, Zoé s'empressa de répondre.

— Non, ce n'est pas juste cela. L'une des meilleures façons de parfaire votre éducation de détecteur de faux est de connaître personnellement un faussaire. Un faussaire qui vous enseigne ses secrets. Je vous assure que si vous avez pu observer un faussaire talentueux créer un chef-d'œuvre, vous saurez comment détecter les contrefaçons.

— C'est sûrement vrai, mais regarder un faussaire travailler n'est pas à la portée de tout un chacun.

Zoé sourit malicieusement.

— Ce n'est pas facile, mais pas impossible.

Thalia leva les sourcils.

— Comme ça, vous avez connu un faussaire ?

Zoé hocha la tête.

— Euh… oui. Bibliquement, si vous voyez ce que je veux dire.

Le visage de Thalia s'éclaira.

— Oh, faisons une pause : je veux connaître tous les détails !

CHAPITRE 9

Le motel était coincé sur une étroite bande de terre, entre le macadam de l'autoroute côtière du Pacifique et un talus raviné qui descendait en pente abrupte vers la plage. Les lettres faiblement lumineuses de son enseigne tentaient de trouer l'obscurité de la nuit tombante pour attirer les rares clients. La plupart des automobilistes préféraient rejoindre l'autoroute n°5 avec sa chaîne de motels modernes proches des échangeurs, quelques kilomètres plus loin.

Le réceptionniste fatigué, qui avait mollement accueilli Ridgeway, Stratton et les autres une heure auparavant, contemplait d'un œil morne et indifférent à travers la vitre blindée les voitures qui passaient. Fugitivement, les phares imprimaient d'éphémères petites trouées de lumière dans l'obscurité. Si cette nuit se déroulait comme toutes les autres, il aurait certainement comme client un conducteur inattentif ayant quitté trop tôt la A 5 vers l'ouest ou bien un marin du Camp Pendleton avec sa petite amie ou avec l'épouse d'un autre. Pour lui, c'était O.K. De toute façon, il n'avait que quatre chambres à louer.

Le motel était un de ces lieux que les locaux s'attendent à voir fermer sous peu ou à sombrer dans l'océan un jour ou l'autre. Les gérants et les employés changeaient à un rythme qui ne leur permettait guère de faire connaissance avec les gens du coin. Personne ne prêtait attention au fait que l'établissement n'avait eu qu'un seul propriétaire depuis 1963, date à laquelle la NSA – la National Security Agency – l'avait acheté.

Le réceptionniste avait donné à Stratton la clé d'une suite à l'arrière de l'établissement, avec vue sur la mer. Lors des belles journées calmes et ensoleillées, ces chambres bénéficiaient d'une magnifique vue panoramique sur l'océan allant de San Onofre à Oceanside, avec ses vagues enjouées, qui portaient nombre de surfeurs, de pêcheurs et de voiliers. Mais ce soir-là, les derniers assauts de la tempête firent gémir le motel, soupirer sa charpente, craquer ses volets et siffler l'air sous les portes. Les rideaux que Stratton avait tirés se balançaient à chaque nouvelle bourrasque.

— Soyez maudit !

Ridgeway aboyait ces mots en direction de Stratton.

— Vous n'aviez pas le droit ! Non, pas le droit !

Toutes ces heures de folie furieuse. Encore et encore, la même scène se rejouait dans sa tête, encore et encore, Ridgeway en revoyait tous les horribles détails : le garde du corps de Rebecca Weinstock derrière le volant de la limousine, hurlant de douleur. La tête du tueur tirée brutalement en arrière et son visage devenant un masque sans vie et le sang qu'une main essuyait d'un couteau.

Ridgeway avait immédiatement reconnu Stratton. Mais avant que le moindre mot ne fût prononcé, des mains vigoureuses l'avaient extirpé de la limousine pour le précipiter dans une voiture dont le moteur tournait. Trempé jusqu'aux os, Ridgeway tremblait sur la banquette arrière lorsque le véhicule sortit du parking. Jordan Highgate, l'associé de Stratton, était au volant.

Highgate prit la direction de l'ouest pour quitter Marina del Rey. Ils s'arrêtèrent dans un centre commercial près de

Long Beach et y restèrent une demi-heure. En ressortant, ils étaient chargés de vêtements neufs, un sac contenant des affaires de toilette et – de loin le plus important – d'un gobelet de café brûlant. Les mains de Ridgeway tremblaient tellement que Stratton dut tenir le café et le lui administrer par petites gorgées comme à un enfant.

Conduite d'une main experte par Highgate, la puissante limousine ronronnait silencieusement. Le conducteur sut éviter les routes encombrées en mettant le cap au sud. Ridgeway, lui, avala son café chaud et mit des vêtements secs. Il prit soin de garder près de lui la robe de chambre trempée d'eau et de sang, dont la poche contenait toujours les billets de mille dollars.

Au cours de la première demi-heure, Ridgeway était heureux d'être en vie, au sec et au chaud. Mais, à mesure que son corps retrouvait la chaleur, la gratitude devint suspicion puis finit par se transformer en colère. Surtout quand Stratton expliqua que lui et Highgate travaillaient en réalité, l'un et l'autre, pour les Services de sécurité de l'État, la National Security Agency.

— Ce n'était donc pas un hasard quand je vous ai rencontré à Zurich ?

Ridgeway regardait fixement Stratton alors que les pneus glissaient à toute allure sur la chaussée mouillée.

— Et depuis Zurich, vous m'avez constamment suivi ?

Stratton acquiesça.

— En fait, depuis le jour où vous êtes entré au consulat, précisa-t-il.

La voix de Ridgeway se fit amère.

— Vous m'avez donc utilisé comme appât en espérant que quelqu'un mordrait. Vous vouliez attraper les gens qui m'ont rendu visite sur le bateau aujourd'hui, n'est-ce pas ?

Nouveau hochement de tête de la part de Stratton. Ridgeway s'énervait pour de bon.

— Qu'est-ce qui vous donne le droit de jouer à Dieu avec ma vie ?

— Ce n'est pas une question de droit...

La voix de Stratton venait du fond de la pièce.

— Nous vous avons déjà tout expliqué. Il serait temps maintenant que vous laissiez tomber votre colère pour que nous puissions, enfin, discuter de choses sérieuses.

— Il n'y a rien à discuter.

La voix de Ridgeway claqua comme un fouet. Il se détourna de la fenêtre pour foudroyer du regard Stratton assis au bout du lit. Impassible, Highgate demeurait dans l'encadrement de la porte alors que Ridgeway évaluait ses chances de s'échapper par les portes ou les fenêtres de la suite. Stratton le comprit immédiatement.

— N'y pensez pas !

Ce n'était pas un conseil : c'était un ordre.

— Le bâtiment est fermé comme un coffre-fort : portes d'acier, vitres blindées, air filtré. Les portes ont toutes des serrures électroniques. Personne ne peut sortir. Le réceptionniste doit appuyer sur les bons boutons dans son bureau et il ne peut le faire que si je lui donne le code. Personne ne sort, personne n'entre.

Il s'assit dans le fauteuil.

— Franchement, je ne vois aucune raison qui nous empêcherait de parler tranquillement... de coopération, par exemple.

Ridgeway fut sur le point d'exploser une nouvelle fois. Il s'approcha de Stratton.

— Vraiment, vous ne doutez de rien. Vous m'enfermez dans une sorte de prison et vous me demandez de m'asseoir pour discuter avec vous ?

Il secoua sa tête avec colère et retourna à la fenêtre.

— Ça marche peut-être avec d'autres, *monsieur* Stratton, mais pas avec moi. Je n'ai rien à discuter avec vous. Plus rien.

— Pourtant, nous pourrions vous apporter une aide efficace. Vous avez besoin de nous pour retrouver votre femme.

— Cela, vous auriez pu me le dire à Zurich, non ? grogna Seth. On aurait pu travailler ensemble alors.

— Nous en avons déjà parlé… répondit Stratton en s'efforçant de rester calme. Mais à ce moment-là, nous ne savions pas tout ce que nous connaissons maintenant.

— Pourquoi ne pas m'avoir parlé, au moins, de ce que vous aviez ?

— Je ne pouvais pas…

Toujours en colère, Ridgeway lui coupa la parole.

— Si. Vous auriez dû, ne serait-ce que pour des raisons morales.

Stratton se concentra quelques instants avant de répondre lentement.

— C'était une question de sécurité.

Il poussa un profond soupir et continua à voix basse, comme se parlant à lui-même.

— Il me fallait des autorisations, le feu vert de ma hiérarchie. Il s'agissait – il s'agit toujours – d'un dossier ultrasecret. Et dans un tel cas, cela prend du temps pour obtenir toutes les autorisations nécessaires.

Seth s'enflamma de plus belle.

— Secret ? Le fichu incendie n'était pas secret. La disparition de Zoé n'était pas secrète. Qu'est-ce qu'il y avait donc de si secret dans cette affaire ?

Stratton parvient à rester placide.

— Écoutez, il n'y a aucune raison de s'énerver. De plus, cela ne nous aidera pas à résoudre cette affaire.

Ridgeway regarda Stratton fixement, comme s'il ne pouvait en croire ses oreilles. Mais il ne répliqua rien.

— D'accord, vous êtes en colère, constata Stratton qui, à l'évidence, voulait rester conciliant. C'est parfaitement compréhensible, vous avez toutes les raisons de l'être. Mais je vous assure, une fois de plus, que la meilleure façon pour vous de retrouver votre femme, c'est de collaborer avec nous.

Tout en Ridgeway exprimait un violent refus, mais il resta muet.

— Tout de même, je vous ai sauvé la vie. Est-ce que cela ne compte donc pas du tout pour vous ?

— Vous m'avez utilisé comme appât ! Vous n'avez rien fait d'autre que de me sauver d'une situation que vous auriez pu m'éviter. Vous avez violé ma vie privée, mis mon téléphone sur écoute. Vous m'avez fait suivre et espionner sur mon bateau, dans un seul but : les cueillir. Ces assassins dont j'ignore tout ! Par ailleurs, vous avez fait votre job – si secret et si important – de telle manière qu'à l'heure actuelle quasiment tout le monde est mort ou presque, moi y compris… Et vous estimez que ce sont là des raisons incitant à vous faire confiance ?

Pour se calmer, il prit une autre gorgée de café.

Stratton se leva et s'approcha de la table où étaient servies des boissons. Il prit une tasse en plastique mais, changeant d'avis, la reposa. Avec lassitude, il se laissa lourdement tomber dans un fauteuil d'inspiration scandinave. Il s'essuya longuement le visage du dos de la main, puis se renversa en arrière.

— Je commence à penser qu'il aurait mieux valu laisser le tueur vous ouvrir le ventre, comme au garde du corps.

Ridgeway réagit au quart de tour.

— Oui, peut-être auriez-vous dû, car je ne vous serai d'aucune utilité, je vous le jure !

Incrédule, Stratton agita les bras.

— Qu'est-ce que ça nous coûterait ?

— Quoi ?

Stratton ferma les yeux et fit une grimace. Prenant une profonde inspiration, il expira de manière audible avant de grommeler.

— Qu'est-ce que vous exigez pour travailler avec nous ?

Navré, Seth grimaça à son tour. Sans dire un mot, il prit son café et alla s'installer près de Stratton.

— Vraiment, vous vous obstinez à ne rien comprendre ! Je ne vous fais pas confiance et je ne peux pas travailler avec quelqu'un dont je me méfie.

Stratton fit un effort surhumain pour garder son calme.

— Monsieur Ridgeway, j'admire vos principes.

L'ironie était nette.

— Mais ces principes sont un luxe que nous ne pouvons pas nous permettre. Nous sommes impliqués dans quelque chose qui risque d'affecter profondément la stabilité du monde occidental et il semblerait que vous déteniez la clé de toute l'affaire. Mais vous, vous préférez rester tranquillement assis dans votre coin – assis sur vos sacro-saints principes – pendant que le reste du monde est menacé...

L'indignation dilata les pupilles de Ridgeway lorsqu'il se leva et retourna d'un pas nerveux près de la table.

— Vous êtes un vrai maniaque. Vous et votre pote.

Il se versa nerveusement un autre café.

— Ce n'est pas la première fois que j'entends parler quelqu'un de cette façon : « Oh, nous ne pouvons nous permettre d'avoir des principes actuellement... »

Il imita ironiquement la voix de Stratton.

— Ce sont généralement des criminels et des fous furieux qui ont pris le contrôle. Des temps exceptionnels exigent des hommes exceptionnels... C'est exactement ce que les nazis, chaque communiste et tous les leaders d'extrême droite ont toujours affirmé.

S'échauffant de plus en plus, Ridgeway haussait le ton.

— Tout cela, je l'ai entendu et plus d'une fois ! Au commissariat, dans les rues, à l'armée...

Stratton arbora le sourire blasé d'une prostituée écoutant un sermon de l'Armée du Salut.

— En temps ordinaires, je serais tout à fait d'accord avec vous. Mais les faits dans cette affaire sont tellement uniques et exceptionnels... Moi-même, au début, j'avais du mal à croire cette étrange histoire.

Ridgeway planta son regard dans les yeux de Stratton.

— Pourquoi ne me livreriez-vous pas certains de ces faits pour commencer ?

— Je n'en ai pas le droit tant que vous ne promettez pas d'en garder le secret absolu.

D'un geste exaspéré, Ridgeway se détourna.

— Vous savez très bien que je ne peux pas vous faire une telle promesse. Alors, pourquoi ne pas simplement laisser tomber vos règlements, vos menaces et vos dossiers top secret, et me dire toutes ces choses que, selon vous, je ne pourrais pas accepter ?

Une bourrasque de pluie s'écrasa brusquement contre le mur du motel telle une forte décharge de chevrotine. Silencieux, les deux hommes écoutèrent quelques instants la pluie en colère à l'extérieur. Stratton plissa le front.

— D'accord, je peux vous révéler certaines choses. Mais vous aurez du mal à les croire.

Ridgeway examina longuement le visage de l'homme assis en face de lui. Il s'évertua à chercher des signes de duperie dans les traits francs et ouverts de l'homme. Si cet officier de la NSA ment, pensa-t-il, il est sacrément bon acteur.

Il dit rapidement, comme s'il se jetait à l'eau :

— J'opte pour la vérité.

Stratton esquissa un léger sourire. Puis, il se mit à se triturer la lèvre inférieure et à regarder ses pieds. L'attitude d'un homme embarrassé qui a du mal à trouver ses mots. Et soudain, Ridgeway ne vit plus en face de lui le visage d'un vil manipulateur mal intentionné, mais celui d'un homme pensif et droit qui tentait de rassembler ses pensées.

Stratton finit par rompre le silence.

— Mes agents au bureau de la NSA ont intercepté divers indices d'un trafic mêlé à une gigantesque opération menée par le KGB et la Mafia moscovite. Une machination qui concernerait un grand nombre d'œuvres d'art et d'objets religieux volés par les nazis. À l'époque, ce n'était un secret pour personne : une crise économique chassant l'autre, la Russie avait un grand besoin de solides devises occidentales. Au bord du gouffre, Moscou acceptait tout : des dollars, des marks, des yens. Tout. De n'importe quelle source et par n'importe quel moyen. Et personne ne posait des questions… Nos informations sont un peu sommaires. Elles proviennent pour la plupart de nos écoutes téléphoniques et de télégrammes interceptés. Toujours est-il que nos services nous ont signalé un nombre considérable de ces trafics dont l'objectif est toujours le même : obtenir un maximum de cash. Et l'une de ces opérations émanerait d'une alliance entre des agents secrets du KGB et des mafiosi de Moscou associés aux « Faucons » de Zhirinowski – les individus qui ont failli avoir votre peau ce matin. Tout ce beau monde, au départ, ne cherchait que de gros paquets de fric facile. Ils sont tombés sur d'anciens rapports d'agents secrets concernant des œuvres d'art volées et cachées par les nazis pendant la Seconde Guerre mondiale. Un butin d'une telle valeur qu'il pourrait, à lui seul, sauver les finances de la Russie tout entière. Mais, plus important encore : un des tableaux a été utilisé par les nazis pour faire chanter le Vatican.

À mesure que Stratton avançait dans ses révélations, Ridgeway se détendait.

— Un tableau ?

Un malaise diffus le saisit lorsqu'il se rappela les derniers mots de Rebecca Weinstock peu avant qu'elle ne fût tuée.

— À vrai dire, nous n'en savons pas grand-chose. Il semblerait que ce tableau ait été peint par un obscure artiste du nom de Stahl… mais peu importe. Ce qui est capital dans l'affaire, c'est le fait que les Services secrets du Vatican sont à la recherche de la relique disparue depuis des siècles. Nous sommes au courant parce que le KGB avait mis leur téléphone sur écoute et que nous avons mis sur écoute celui du KGB.

— Pour Zhirinowski, le Vatican est la cible principale.

Jordan Highgate intervint à son tour. Ridgeway tourna la tête dans sa direction. L'homme se tenait toujours debout dans l'embrasure de la porte, droit comme un piquet, le visage dépourvu de toute expression tel un horse guard de Buckingham Palace.

— Les ultranationalistes russes cherchent un moyen de neutraliser l'influence du Vatican. Et ils sont convaincus que ce qui a marché pour Hitler, fonctionnera aussi pour eux.

Highgate regarda Stratton qui confirma.

— Incidemment, ce qui s'avère efficace contre le Vatican le serait très probablement aussi contre l'Église orthodoxe de Russie, dont Zhirinowski et les siens ont grand besoin s'ils veulent prendre le pouvoir. Cela – vous vous en doutez – modifierait de la pire façon les équilibres mondiaux. N'oublions pas, par ailleurs, que Zhirinowski a menacé d'occuper l'Azerbaïdjan, cet état islamique riche en pétrole. Il a l'intention de l'annexer et de le ramener dans le giron de la Russie, même s'il faut procéder à une épuration ethnique. Vous ne l'ignorez pas, tout le programme électoral de Zhirinowski est centré sur l'annexion de toutes les anciennes républiques de l'Union soviétique et leur « nettoyage » afin de garantir une rassurante russification.

Highgate fit une pause.

— Jusqu'au moment où la bande de Zhirinowski a appris l'existence du corps expéditionnaire du Vatican, ils croyaient – comme tout le monde – que les rumeurs d'un chantage nazi exercé sur Pie XII étaient dépourvues de tout fondement. Comme tant d'autres affabulations concernant le IIIe Reich. Quant à moi, je n'y ai jamais cru non plus, jusqu'aux révélations obtenues grâce à nos écoutes. Même si nos informations manquent encore de précisions, nous sommes sûrs que quelque chose de très sérieux se trame.

— Mais quoi ?

La curiosité de Ridgeway était pleinement éveillée à présent. Stratton secoua la tête de façon désolée.

— Vraiment, je ne sais pas de manière précise. J'ignore – nous ignorons – absolument quelle signification peut bien avoir ce tableau.

Ridgeway fut à nouveau gagné par l'énervement. Serrant les poings dans les poches du pantalon que Stratton lui avait acheté, il s'adossa au mur près de la fenêtre.

— Comment Zoé a-t-elle été mêlée à tout cela ?

Placidement, Stratton poursuivit ses explications.

— Cela faisait maintenant une semaine que nous suivions Rebecca Weinstock. Son nom est apparu pour la première fois dans un des enregistrements du KGB. Elle est – était – apparemment une collectionneuse de tableaux autrichienne. Elle avait fait des démarches pour acquérir la collection de Kreuzlingen. Cette collection qui – selon le KGB – comprend le tableau qu'ils recherchent avec tant d'ardeur. Grâce à leurs complices autour de Zhirinowvski, le KGB a malheureusement retrouvé la trace de madame Weinstock – et la vôtre – avant nous.

Il y eut une note d'excuse dans sa voix.

— Avez-vous dans vos informations un indice qui permettrait de savoir où Zoé peut bien se trouver ? demanda Ridgeway.

Seth attendit la réponse avec un mélange d'espoir et de résignation.

— Non, répondit Stratton d'un air désolé. Mais nous espérons qu'elle se trouve toujours en Suisse. Et toujours en vie.

Ridgeway hocha tristement la tête. Puis, il se redressa et souleva un coin du rideau. Longtemps, il resta ainsi, contemplant d'un regard vide le vent en colère. La furie de la tempête était au diapason avec ce qu'il ressentait à l'intérieur de lui-même. Il devait coopérer avec eux, décida-t-il. Il n'avait pas d'autre choix possible, car, jamais, il ne retrouverait Zoé par ses seuls moyens. Mais il était bien déterminé à ne pas se laisser utiliser. La NSA était réputée pour la brutalité de méthodes dont n'importe quel Borgia serait fier.

Ridgeway se retourna vers eux.

— Je suis d'accord. Je travaillerai avec vous.

Stratton sourit.

— J'étais sûr que vous écouteriez la voix de la sagesse.

— Je pose cependant quelques conditions, si vous permettez.

Seth parla d'un ton ferme et décidé.

— Je travaille de manière indépendante. Nous échangeons nos informations respectives. Je refuse que vous me suiviez à la trace. Si jamais les Russes arrivent jusqu'à vous, j'aimerais autant qu'ils ne trouvent pas ma piste en même temps.

Stratton feignit l'indifférence.

— Si c'est vraiment ce que vous voulez… J'avoue que j'avais espéré une collaboration plus étroite.

— Je ne changerai pas d'avis, répondit fermement Ridgeway.

Comme deux adversaires qui se mesurent, ils se fixèrent longuement du regard, chacun voulant décrypter les pensées de l'autre. Stratton hésita avant de répondre. Ses yeux quittèrent ceux de Seth, allèrent de Highgate au plafond pour se poser à nouveau sur Ridgeway.

— O.K. Vous avez gagné.

Zoé suivit Thalia dans la partie salon de la pièce et se laissa glisser dans un profond fauteuil Mies van der Rohe en cuir souple. Thalia lui tendit un verre de vin avant de s'asseoir près d'elle sur un canapé en chrome et en cuir.

Plusieurs fois déjà, elles s'étaient ainsi octroyé des moments de détente, surtout pendant la nuit quand elles étaient obligées de travailler tard. Délibérément, elles ne touchaient jamais aux grands vins. Une attitude qui – si elle n'empêchait pas les mauvais regards et quelques remarques acerbes de la part de leurs geôliers pour leurs incursions dans la cave pillée de Willi Max – leur évitait au moins d'être punies.

Visiblement connaisseuse, Thalia, les yeux fermés, tournait la gorgée de vin longuement dans sa bouche avant de l'avaler. Ouvrant les yeux, elle se mit à parler.

— Un des phénomènes les plus bizarres que j'aie rencontrés lorsque j'habitais à New York, c'était l'art des Américains – surtout de certains hommes – à enlever tout plaisir à la dégustation du vin.

Zoé leva la tête.

— Bizarre ? Comment cela ?

— Je suis persuadée qu'ils en ont peur.

Elle s'anima.

— En fait, la sensualité du vin… Sa sexualité leur pose problème.

Elle tourna lentement son verre en contemplant le liquide d'un rubis profond.

— Ils veulent parler du vin et le penser, l'analyser. Surtout, ne pas le sentir ! Le ressenti leur fiche une peur bleue. Aussi s'acharnent-ils à dénier au vin toute sensualité en le disséquant et en le quantifiant : ils parlent de lui en chiffres et en pourcentages, en acides et en sucres. Ils écrivent interminablement sur la vigne, les viticulteurs, les cépages, la quantité de pluie et de soleil qui est nécessaire aux grappes… En fait, ils en font un objet de collection voire d'une véritable passion. Ils ont leurs prêtres auto-ordonnés et leurs saints hommes – sommeliers, collectionneurs et bouffons – qui communiquent dans un jargon hermétique pour le non-initié. Ils ont érigé des dogmes pour décider si un vin est ou non de qualité. Quel vin se boit avec quel mets, dans quel genre de verre il doit être servi – l'ensemble de leurs rituels rendrait jalouse toute religion qui se respecte. Ils ont même des livres et des magazines qu'ils traitent comme des textes sacrés et qu'ils apprennent par cœur. Ils adorent davantage le concept du vin que l'expérience sensuelle de sa dégustation.

De sa main droite, elle fit un geste de dédain.

— Finalement, ils ressemblent à des adeptes dociles d'une secte. Le pire, c'est qu'ils se prennent terriblement au sérieux et finissent par croire en leurs propres conneries. Au point de ne jamais goûter le plaisir sensuel que peut procurer le vin !

Elle devint quelque peu sentencieuse.

— Et le comble : je suis sûre qu'ils le font délibérément ! Tout ce qu'ils ne peuvent quantifier et évaluer leur fait peur. Quantification, cela signifie contrôle. Je pense que cela a fonctionné de la même manière pour les religions. La peur des sensations – ce terrorisme abject concernant à la fois les choses que vous ressentez et celles que vous ne pouvez pas éprouver – explique pourquoi les religions à dominance masculine ont chassé la Grande Déesse : elle était sensuelle. Sexuelle. Ces gars avaient besoin de réduire Dieu, exactement comme ils le font avec le vin.

Elle s'interrompit pour reprendre une gorgée. Zoé ne cacha pas son étonnement.

— Vous déduisez tout cela du fait que les hommes ne savent pas vraiment apprécier le vin ?

Thalia haussa les épaules.

— Déguster le vin, c'est faire l'expérience de ce qui ne peut être décrit. De préférer le ressenti à la pensée. De ce point de vue, il y a de nombreuses similitudes entre le vin et le Créateur de l'univers. Tous deux sont sensuels, tous deux doivent être ressentis. Il faut en faire l'expérience directe au lieu de discourir à leur sujet et les analyser sans fin. Certes, la logique a structuré la civilisation occidentale, mais cette même logique n'est pas capable d'appréhender ni l'infini ni le sensuel. La Déesse, c'était la création, le monde, la vie. La procréation est liée à la sexualité et, depuis le fond des âges, c'est une affaire des femmes, quelque chose que les hommes ne pouvaient pas contrôler. Et voilà le problème : ils voulaient absolument exercer leur contrôle dans ce domaine vital et, puisqu'ils ne parvenaient pas à contrôler leurs désirs, leurs pulsions, ils ont décidé de contrôler l'objet de leur désir.

Thalia s'échauffa.

— Avez-vous remarqué, Zoé, que la plupart des lois concernant la vie sexuelle s'occupent de la conduite des femmes, pas de celle des hommes ? Lorsque le mâle se rend coupable de transgressions, il s'en vante. La femme, elle, est mise au pilori, lapidée ou brûlée sur le bûcher. Tout au long des âges, les faiseurs de religions – dirigées par les hommes dépassés par l'incompréhensible nature sensuelle de la Grande Déesse créatrice – se sont arrangés pour, graduellement, la réduire et la transformer en une déesse locale de la fertilité. Dans la foulée, ils ont réussi à changer la sexualité – expérience spirituelle par excellence et plaisir sain – en un petit acte honteux et sale. C'est la seule chose qu'ils ont pu inventer pour gérer ce qui les tourmentait tant.

Impressionnée, Zoé hocha la tête. Elle reprit du vin.

— Eh bien, en voilà une théorie !

Sans se troubler, Thalia poursuivit.

— Il est vrai que j'ai eu tout loisir, pendant plusieurs années, d'échafauder ma théorie sur les andouilles… Mais laissons cela. Ce n'est pas pour parler des andouilles que nous avons fait cette pause : je tiens à tout savoir sur votre amant faussaire.

— Pas de chance, c'était une andouille également !

Zoé eut un sourire malicieux auquel Thalia répondit par un signe de tête plein de sympathie.

Elles éclatèrent de rire en même temps. Thalia renversa un peu de son vin et rit de plus belle.

— Allons, ne me faites pas languir, racontez !

Les yeux de Zoé se firent rêveurs.

— J'ai rencontré Eric à Amsterdam. Au cours de mes premières années à l'université, j'ai fait un stage au Stede-lijk Museum et je vivais chez une famille hollandaise qui habitait dans une maison donnant sur le Vondelpark – le grand parc de la ville – près du musée. Je ne travaillais que depuis peu au musée lorsque, un après-midi, l'assistant du conservateur vint me demander de l'accompagner dans sa tournée habituelle de restitution de tableaux. Il fallait rendre les toiles refusées aux artistes qui avaient espéré pouvoir les exposer au musée.

À ce souvenir, Zoé secoua la tête.

— Croyez-moi, ce fut une des journées les plus tristes de ma vie. Cette morosité...

— C'est vrai, approuva Thalia. Refuser l'œuvre signifie rejeter son auteur.

Zoé soupira et ferma les yeux comme pour mieux se plonger dans le passé.

— La dernière étape de cette tournée nous mena dans un grand immeuble de brique situé dans la partie occidentale du Zeedijk – le quartier chaud de la capitale. Nous devions rendre plusieurs toiles surréalistes à un peintre hollandais nommé Eric van Broek.

Thalia sursauta.

— Van Broek ? Mais il est célèbre et ses œuvres se vendent à des centaines de milliers de dollars !

— Oui et déjà, à l'époque, je trouvais sa peinture formidable. D'ailleurs, mes toutes premières commissions comme négociatrice provenaient de la vente des tableaux d'Eric en Amérique. Mais à cette époque, les critiques démolissaient tout ce qu'il faisait.

— Ah, les critiques !... dit Thalia d'un air un peu méprisant.

— Des vicieux, des ratés sans talent qui remplissent leur vacuité artistique en brûlant les œuvres de ceux qui sont capables de créer.

Zoé leva les sourcils.

— Je vois que vous avez rencontré les mêmes que moi.

Un sourire complice les unit.

— Ainsi, comme c'était la dernière adresse sur notre liste, je montais toute seule les marches vers le vaste loft, les toiles sous le bras. C'était un ancien dépôt de marchandises situé au troisième étage. Quand Eric ouvrit la porte à l'inconnue que j'étais, il avait le visage souriant, couvert de sueur. Ses yeux brillaient de cet étrange éclat que seuls les yeux verts possèdent. Il était très, très grand, comme tant d'hommes hollandais. Et si svelte et musclé… comme un joueur professionnel de basket.

Une nouvelle fois, Zoé ferma les yeux et se tut un moment.

— Ses bras vigoureux saillaient d'un sweat-shirt sans manches et couvert de taches multicolores. Son short laissait libres des jambes incroyablement musclées et une serviette-éponge était jetée sur ses épaules.

Ouvrant les yeux, elle regarda Thalia.

— À travers la porte ouverte, je voyais des haltères sur le plancher usé de la pièce. La transpiration faisait briller la peau de son corps…

Thalia l'interrompit.

— À vous entendre, ça ressemble à un véritable coup de foudre.

Un profond sourire lui donna raison.

— On peut le dire ! J'ai été subitement comme électrisée. En un instant, il n'y eut plus rien d'autre… Le monde disparut. Était-ce l'odeur de sa transpiration ou la vue de ce corps si parfaitement entretenu ? Toujours est-il qu'une sorte de foudre m'avait touchée. J'avais vingt ans et, jusque-là, jamais rien ne m'avait terrassée ainsi.

Elle fixa l'espace devant elle. Thalia la ramena à la réalité.

— Et ensuite ?

— J'ai été si émue que les deux tableaux me tombèrent littéralement des mains. J'entends encore l'horrible bruit qu'ils ont fait en touchant le sol du couloir. Eric, de son côté, avait compris le motif de ma venue. Ramassant rapidement ses toiles, il me claqua violemment la porte au nez.

— Apparemment, ça n'a pas été suffisant pour vous décourager. Je me trompe ?

— Oh, non. Pas le moins du monde ! J'étais littéralement fascinée par cet homme. À partir de cet instant-là, je pensais constamment à lui : avant d'aller travailler et après… À la pause déjeuner, j'avais pris l'habitude de traîner dans un petit bar de l'autre côté du canal en face de son immeuble, attendant qu'il sorte. En peu de temps, je savais quel genre de personnes venait chez lui : des livreurs, des visiteurs arrivant en limousine avec chauffeur, et d'autres dans de très belles voitures de sport. Je me rendis vite compte qu'il n'était pas le moins du monde un artiste crève-la-faim. Rapidement aussi, j'aimais passionnément sa manière de peindre.

— Avant ou après que vos hormones aient chamboulé votre vie ?

— Avant…et encore davantage après…

Zoé eut un sourire tendre.

— En tous cas, chaque fois qu'il quittait son immeuble, je le suivais.

— En d'autres termes, vous étiez en train de le filer ?

— On peut le dire ainsi. Mais, au bout d'une longue semaine, je savais que chaque soir vers huit heures, il allait dîner dans un petit restaurant indonésien sur le Rembrandtsplein. Il était réglé comme une horloge.

— C'est à ce moment-là que vous vous êtes découvert une passion irrésistible pour la cuisine indonésienne ? demanda Thalia malicieusement.

— Laquelle est excellente, au demeurant. Le premier soir, j'étais assise à une des tables lorsqu'il entra. Il me décocha un regard mécontent et ressortit immédiatement. Le lendemain, il fit semblant de ne pas me voir et demanda la table la plus éloignée de la mienne.

— Et le troisième soir ?

— Ce jour-là, j'avais mis au point un plan d'attaque. J'avais fait les boutiques de la Kalverstraat et acheté le bustier le plus décolleté, le plus transparent, bref, le plus affolant aux yeux d'un homme. J'avais pris soin de le choisir une taille en dessous et de le porter sans soutien-gorge. Pour me rendre au restaurant, j'avais mis une veste que j'enlevai bien vite quand Eric entra.

D'une voix enjouée, Thalia intervint.

— Laissez-moi deviner : il s'est assis à votre table.

— Eh oui. Pas vraiment à l'aise d'ailleurs.

— Et puis ?

— Je ne me souviens plus de ce que nous avons mangé et de quoi nous avons parlé. Mais je me rappelle parfaitement le feu d'artifice qu'a été cette première nuit dans son loft.

— Votre premier orgasme ?

— Le premier, en tout cas sans piles.

Un fou rire les secoua toutes deux.

— Quoi qu'il en soit, à partir de là, je le vis tous les jours pendant un mois. Notre emploi du temps était réglé comme du papier à musique : dîner indonésien et sexe au loft. Mais petit à petit, on passait de plus en plus de temps à discuter de l'art en général et de la restauration de tableaux en particulier. Activité dont il disait qu'elle constituait l'essentiel de ses revenus. Curieusement, plus il se fâchait à propos des critiques ou du marché, et plus notre nuit d'amour gagnait en intensité.

— Un matin…

Visiblement, Zoé était à des années-lumière ailleurs.

— … Je me rappelle, c'était au mois de juillet. Je m'étais levée avant Eric et me promenais à travers les pièces. Je me souviens très bien de cette lumière si typique du ciel hollandais qui tombait des lucarnes tachées de goudron. Elle transformait l'atelier dans une sorte de flamboyant Vermeer, une nature morte de pinceaux, palettes, tubes, solvants et spatules. Traversant l'atelier et un petit couloir, j'atterris dans une autre pièce où Eric faisait ses restaurations. Une demi-douzaine de toiles sur des chevalets étaient en cours de nettoyage ou de restauration. Je me rappelle un Cézanne envoyé par une galerie allemande et un Gainsborough d'un collectionneur américain. Des critiques avaient beau démolir Eric : même ses ennemis s'accordaient sur ses extraordinaires talents de restaurateur.

Zoé posa son verre sur la table en chrome, se leva et s'étira longuement. Elle reprit le fil de ses souvenirs.

— Avant ce matin-là, je ne m'étais jamais aventurée plus loin que cette pièce. Voyant que la porte du fond – ordinairement fermée avec un cadenas – était entrebâillée, je continuais mon exploration des lieux. Ici, la lumière naturelle était encore plus abondante et plus belle que dans l'atelier de restauration. Comme là-bas, plusieurs chevalets se dressaient dans la pièce. J'y découvris des chefs-d'œuvre jamais vus et dont je n'avais jamais même entendu parler. Ici un Monet, là un Van Gogh à côté d'un Mondrian… Les examinant de près, je me rendis compte qu'aucun de ces tableaux n'était signé. Le Monet n'était d'ailleurs pas terminé, pareil pour le Van Gogh ! Exactement au moment où je compris, j'entendis des pas derrière moi. Je me retournai et me trouvai face-à-face avec Eric. Son visage exprimait un mélange de colère, de surprise et de peur. L'espace d'un instant fugace, il y eut du désespoir et une envie de meurtre dans ses yeux. Mais cela avait été si bref que, aujourd'hui encore, je ne suis pas vraiment certaine de l'avoir vue.

Thalia ne put s'empêcher de faire un commentaire.

— Vous savez, des gens ont tué pour bien moins que des ambitions d'artiste. Sans parler des sommes importantes en jeu…

Zoé se mit à arpenter lentement la pièce.

— C'était terrible de le voir si bouleversé.

Doucement, elle caressa du bout de l'index la joue d'un buste grec en marbre du IIIe siècle, puis elle se tourna vers Thalia.

— Tout ce qu'il trouva à dire fut un truc du genre : « Écoute, ma puce, ceci reste notre petit secret, d'accord ? » Puis il mit son bras autour de ma taille et je commençai – comme tant de fois – à fondre. J'avais déjà hoché la tête pour lui dire mon accord quand – je ne sais pas comment – j'eus soudain la présence d'esprit et suffisamment de sang-froid pour reculer d'un pas et entamer une négociation. Je lui ai dit que j'étais d'accord, mais à une seule condition : qu'il m'enseigne tous ses trucs et astuces. On aurait dit que je l'avais giflé ! Encore une fois, je vis cette lueur meurtrière dans ses yeux… Puis, il se décida à accepter.

Zoé revint s'asseoir dans son fauteuil.

— Ce fut la fin de nos moments de bonheur au lit. Pour lui, désormais, je n'étais plus qu'une élève, une menace, une obligation. Et pendant le reste de l'été, ses draps furent réchauffés par des groupies d'artiste, comme avant. Je compris rapidement à quel point il était en réalité superficiel. Rien d'autre que sa peinture ne comptait pour lui. De toute manière, il m'aurait laissée tomber au bout de quelques semaines, c'est certain.

— Ça a dû faire mal.

Zoé secoua la tête.

— Même pas. En fait, c'est à ce moment-là que j'ai pris conscience que j'étais, moi-même, passionnée par mon boulot dans le domaine de l'art. D'accord, le sexe avait été important, formidable, et m'avait aidé à mûrir. Mais ce qui avait été essentiel pour moi, c'étaient toutes ces heures passées à apprendre les méthodes des meilleurs faussaires – dont beaucoup sont aujourd'hui encore igno-rées par les experts.

Thalia apprécia.

— Remarquable. À propos, est-ce qu'il fait toujours des copies des maîtres depuis que ses propres créations se vendent bien dans le monde entier ?

Le bruit familier d'une porte métallique claquée avec vigueur quelque part dans le vaste dépôt retarda la réponse.

— Le voilà qui revient.

Avec des gestes rapides, Thalia fit disparaître les témoins de leur nouvelle incursion dans la collection des grands crus de Willi Max. De son côté, Zoé rapporta les verres dans l'atelier et les cacha sous une étagère.

— Non, il ne fabrique plus de faux. Mais en vérité, les copies sont à la base de son succès au même titre que son propre talent.

— Comment cela ?

— D'abord, il les a faites pour de l'argent et ensuite pour se venger.

— Se venger ? répéta Thalia, étonnée.

— Oui. Ses cibles étaient les critiques d'art qui avaient rejeté ses œuvres. Presque tous, en fait. Comme vous le savez, ce sont des individus qui surfent sur les vagues des modes et des renommées plutôt que sur celles des vraies valeurs et du jugement impartial. Au début, il voulait les détruire – et il a ruiné plusieurs d'entre eux.

Par exemple, Von Gleick à Hambourg avait été un de ses détracteurs les plus acharnés. Sa réputation a totalement sombré dans une affaire de faux. Von Gleick avait passé son temps à s'autoproclamer grand connaisseur et spécialiste de Jackson Pollock devant le monde entier. Eric sauta sur l'occasion : en peu de temps, il « découvrit » plusieurs Pollock – chaque toile ne lui prit qu'une demi-heure de travail… Grâce à ses restaurations, il put les placer adroitement dans des collections insoupçonnables. Comme il l'avait escompté, Von Gleick fut séduit par les Pollock découverts, en fit des critiques dithyrambiques et n'hésita pas un instant à les authentifier. La deuxième étape consistait à semer le doute chez les conservateurs de musées et dans les galeries qui avaient acquis ces « Pollock » en signalant de petites anomalies placées sciemment dans ses copies. Résultat : Van Gleick perdit toute crédibilité, fut ruiné en peu de temps et se suicida.

— En quelque sorte, c'était en vérité un meurtre.

Thalia le dit d'une voix douce et indifférente.

— Eric ne s'en soucia pas.

Zoé parla plus rapidement à mesure que les pas dans les couloirs se rapprochaient.

— Harper-Bowles à Londres et Lesseps à Paris furent moins émotifs, mais leurs carrières furent aussi totalement détruites.

— Ce qui ne fut pas vraiment une perte pour le monde de l'art, murmura Thalia.

Les pas s'étaient arrêtés derrière la porte. Elles entendirent le tintement métallique des clés.

— Quoi qu'il en soit, Eric se rendit compte qu'à long terme, détruire les critiques n'était pas aussi utile que de les mener par le bout du nez. De les manipuler. Il y eut une rumeur – orchestrée par Eric, j'en suis certaine – qu'il avait émis des faux impliquant un certain nombre de critiques d'art. Spécialement tous ceux qui avaient démoli son œuvre.

Nouveau commentaire de Thalia.

— Une façon de les faire chanter.

— Seulement au début. Car, très vite, les critiques négatives à son égard se sont arrêtées. Ses tableaux eurent enfin une chance d'être appréciés à leur juste valeur.

Une clé grinça. L'instant d'après, la porte s'ouvrit et Hulk, le gardien, pénétra dans la salle. À son poignet pendaient les menottes destinées à Zoé.

CHAPITRE 10

Lorsque Seth Ridgeway engagea la Volvo sur le chemin devant sa maison à Playa del Rey, les lourds nuages de la tempête avaient cédé la place aux derniers rayons du soleil couchant. Il prit le temps d'observer la manière dont la lumière luttait obstinément afin de séparer la mer grise du ciel couleur ardoise. Agrippé au volant de sa voiture, il se rappela avec tristesse toutes les fois où Zoé et lui, debout côté à côte, se serrant l'un contre l'autre, avaient admiré ce spectacle. C'est pour cette vue qu'ils avaient acheté la maison.

C'était un joli petit bungalow blanc construit en 1930 dans le style typique du littoral de Californie. Le premier propriétaire l'avait conçu comme maison de vacances à louer toute l'année et l'avait construit presque au bord d'une falaise abrupte surplombant la mer, à une vingtaine de mètres au-dessus de la plage. Par beau temps, Santa Catalina Island semblait attendre au bout du chemin qui montait vers la maison.

Éteignant les phares, Seth s'immobilisa derrière le volant pendant quelques minutes. Il écouta les rugissements du vent au-dessus de la mer, exhalant sa dernière colère. À contre-cœur, il détourna son regard du Pacifique

et contempla la maison, leur maison… Sa maison, maintenant. La lumière dorée du couchant avait changé la blancheur du stuc en jaune chaleureux. Les cèdres tranquilles
et élancés – ils les avaient plantés dès leur emménagement
– couchaient de longues ombres profondes sur le gazon et
sur la façade de la maison. Une des larges fenêtres du salon
réfléchit soudain si pleinement un rayon de soleil qu'il
en fut ébloui. Mais la lumière ne parvint pas à éclairer sa
mine renfrognée.

Les deux derniers jours avaient été totalement éprou-
vants et malsains et il ne savait toujours pas s'il fallait être
en colère ou effrayé. Il avait passé la nuit au motel de la
NSA en proie à des cauchemars. Des rêves bizarres avaient
peuplé son sommeil léger et agité.

Ce qui l'irritait tout particulièrement, c'était la manière
dont Stratton et ses hommes l'avaient traité, l'avaient
manipulé. L'équipe des « nettoyeurs » de la NSA était
arrivée quelques instants après que Ridgeway avait été
extirpé de la limousine. En un rien de temps, ils avaient
vidé la *Walkyrie* avant de la saborder au large. On l'avait
informé que les objets récupérés à bord l'attendaient dans
son garage.

Ridgeway était tout à fait conscient que ce « nettoyage »
le mettait à l'abri de questions plutôt embarrassantes. Ce
qui ne l'empêchait pas d'être en colère : il était évident que
ces gars avaient fouillé minutieusement toutes ses affaires
personnelles sur la *Walkyrie*. Pour retrouver le tableau, bien
sûr. Par ailleurs, il y avait fort à parier que les hommes de
Stratton étaient également pour quelque chose dans les
cambriolages de sa maison alors qu'il s'était installé à bord
de la *Walkyrie*. Il était clair que ces « visites » étaient, elles
aussi, liées au tableau.

Il eut un sourire ironique en sortant de la voiture pour
ouvrir la porte du garage. Le tableau ne se trouvait pas
ici et n'y avait même jamais été. Jusqu'à ce matin-là, lui-
même ignorait son existence. Ce n'était que depuis quel-

ques heures qu'il était au courant et savait une chose : le tableau était en sécurité. Pas une seconde, il n'avait songé à en informer Stratton ou quelqu'un d'autre.

Sur le sol du garage gisaient en plusieurs tas des voilures et ses affaires personnelles, jetées pêle-mêle, par les hommes de Stratton. Un véritable marché aux puces nautique. Pensivement, il parcourut l'amoncellement du regard. Ses yeux s'arrêtèrent sur une sorte d'épais agenda de la taille d'une encyclopédie de poche. C'était le livre de bord de la *Walkyrie* que Zoé lui avait offert à Noël trois ans auparavant. Il se pencha pour le ramasser. Le cuir qui le couvrait avait souffert de la pluie. Lorsqu'il l'ouvrit, une photo tomba. Seth l'attrapa au vol.

Doucement, il referma le petit volume et, dans la pénombre, fixa le cliché d'un regard vide. L'instantané les montrait, tous les deux, très peu de temps avant leur voyage en Suisse. C'est Doug Denoff, leur témoin au mariage, qui les avait surpris là en plein nettoyage du pont de la *Walkyrie* après un long week-end de voile à Catalina.

Il sentit le vide se creuser davantage dans sa poitrine à mesure qu'il s'absorbait dans la contemplation de la photo. Zoé avait cette sorte de beauté tranquille qui ne s'affichait pas, cette beauté qui était là tout simplement. Une promesse prête à être découverte. Il tenta de se rappeler les détails de cette journée-là, une de celles dont l'importance ne devient évidente que bien plus tard. C'était la dernière fois qu'ils avaient navigué ensemble. Comme il regrettait de ne pas avoir eu conscience, ce jour-là, du caractère remarquable de cette sortie ! Mais dans la vie, tant d'occasions particulières ne se remarquent pas tout de suite. Et lorsqu'on comprend leur importance, il est trop tard…

Après un dernier regard sur la photo, il la fourra dans la poche intérieure de son coupe-vent. Pendant une seconde, il dut lutter pour refouler des larmes. D'un geste sec, il referma le livre de bord et le replaça sur les objets provenant de la *Walkyrie*. Voilà, son bateau aussi était parti.

Il avait été à Hawaï avec lui, il avait affronté un cyclone du Pacifique devant Los Cabos. La plupart des moments heureux avec Zoé avaient eu pour cadre la *Walkyrie*. Ce bateau avait été tout le temps si intimement lié à Zoé qu'il lui semblait presque logique que tous deux fussent partis. Tous deux enlevés par des hommes pris de folie et ne reculant devant rien pour récupérer une toile quelconque peinte par un médiocre artiste nazi.

Tapotant une dernière fois l'instantané dans sa poche, Ridgeway enjamba ce qui restait de la *Walkyrie* et se dirigea vers la porte menant à la cuisine. Il pensa à Stratton et à Rebecca Weinstock, au tueur sur le quai. Tous voulaient le tableau. Tous le voulaient à tout prix… Rien qu'à cause de cela, il était bien décidé à le garder. Pour le moment, en tout cas. Car il était son seul atout, son seul moyen de pression. La vie de Zoé, ainsi que la sienne, dépendaient maintenant étroitement de cette toile. Il ne la céderait qu'une fois qu'il serait certain que Zoé reviendrait saine et sauve. Si elle était toujours en vie.

Elle l'était, elle devait l'être ! Seth Ridgeway repoussa le désespoir qui s'emparait de lui et poussa la porte. La cuisine était plongée dans le noir. Il referma la porte derrière lui et, immobile, y resta adossé un instant. Ses narines se remplirent de l'odeur typique d'une maison fermée depuis longtemps. Quelques faibles rais de soleil rendaient visible la poussière sur la surface des meubles et faisaient briller discrètement les appareils électroménagers. Son regard tomba sur la bible de l'art culinaire que Zoé lui avait offerte pour le premier anniversaire de leur mariage. Il adorait cuisiner alors. Depuis la disparition de sa femme, il se contentait de sandwiches et d'en-cas sommaires.

Sans allumer, il traversa la cuisine et la salle à manger pour se rendre au salon. Partout, la présence de Zoé était palpable. Il n'y avait pas un seul endroit qui ne lui rappelât quelque chose qu'elle avait fait ou dit. Il ferma les yeux et lutta à nouveau contre les larmes qui n'étaient jamais très loin. Ses yeux picotaient encore lorsqu'il les rouvrit. Il se frotta énergiquement le visage comme pour chasser la tristesse. Il étouffa un sanglot en s'approchant de la grande baie vitrée. La plante grimpante que Zoé avait placée là s'était transformée en une chose brune, difforme et totalement desséchée. Il s'apprêtait à chercher un arrosoir dérisoire lorsqu'il la vit : une Toyota de couleur claire, garée de l'autre côté de la rue, quatre maisons plus bas.

Gardant les yeux rivés sur la voiture et sur l'homme assis au volant, Seth recula lentement dans l'obscurité protectrice du salon. Il l'avait déjà vue, cette voiture. Fermant les yeux, il tenta de se rappeler en quelles circonstances. Était-ce quelque part dans la circulation, dans le flot du trafic sur son habituel trajet entre sa maison et la marina ? Ou bien était-ce ailleurs ? Où ?

Ouvrant les yeux, il regarda fixement le véhicule. Il ne pouvait que deviner vaguement la silhouette de la tête et des épaules du conducteur. Soudain, la lumière se fit. Il avait vu la Toyota garée sur le parking de l'hôtel où Stratton l'avait amené. Il le faisait donc suivre !

C'était logique, après tout, pensa Seth. Il aurait fait la même chose à la place de l'homme. D'une certaine manière, c'était même rassurant de savoir qu'il était filé. Cela pouvait se révéler utile si jamais il avait des visiteurs indésirables. En revanche, il serait indispensable de se libérer de cette surveillance pendant quelques heures, le temps de récupérer le tableau. Difficulté supplémentaire : il fallait les semer sans qu'on puisse le soupçonner de le faire exprès.

Il ne tenait pas à rendre Stratton soupçonneux, car il ne manquerait pas de l'arrêter et de l'interroger sévèrement et n'hésiterait pas à recourir à quelques drogues efficaces. Il serait à l'abri d'un tel traitement et pourrait jouir de sa liberté, tant que Stratton resterait convaincu qu'il ignorait tout de la cachette du tableau.

Les moyens de semer cette « ombre » et de disparaître ne manquaient pas. Mais toutes ces méthodes, dont il avait amplement usé en tant que policier, éveilleraient les soupçons de Stratton. Il fallait « perdre » son suiveur de façon naturelle, ce qui excluait des courses poursuites tumultueuses ou des sauts inopinés d'un ascenseur à l'autre. Pendant quelques minutes, Seth demeura immobile pour réfléchir. S'éclipser pendant un match de basket au Forum pourrait marcher. Il avait entendu à la radio que les Lakers jouaient le soir même. Réflexion faite, non, c'était trop hasardeux et son absence serait trop vite remarquée. Le cinéma et le théâtre présentaient les mêmes difficultés.

Il s'assit lourdement quelques instants, le regard perdu dans l'obscurité. Son cerveau rejeta également l'idée d'un simulacre d'incendie ou d'alarme dans un grand magasin pour s'échapper dans la foule. Tout cela était bien trop compliqué. Il fallait rester simple. Mentalement, il fit la liste des endroits où il se rendait fréquemment ainsi que des actes habituels qui ne surprendraient personne.

Il resta ainsi pendant près d'une heure. Concentré et immobile. Lorsqu'il se leva enfin, un large sourire éclairait ses traits.

La bibliothèque de l'université occupait un bâtiment monolithique de sept étages situé dans la partie nord du campus. L'endroit grouillait d'étudiants lorsque Ridgeway arriva. Les jeunes gens – certains d'entre eux le reconnurent et le saluèrent – se déplaçaient d'un pas décidé entre les rayons surchargés de livres.

Sa serviette dans la main gauche, Seth quitta l'ascenseur au cinquième étage. Son porte-documents était rempli d'outils. Peu habitué à un tel poids, il dut le changer plusieurs fois de main. S'arrêtant devant le plan affiché de l'étage, il l'étudia avec application. Il consulta longuement les catalogues cochés et notés dans un cahier jaune, puis les localisa sur le plan.

Quelques instants plus tard, il entendit le ronronnement de l'autre ascenseur qui approchait. Il s'arrêta également au cinquième.

Seth continuait de feindre un profond intérêt pour la disposition des différentes sections tout en surveillant du coin de l'œil la porte de l'ascenseur. Un seul homme en sortit : le conducteur de la Toyota.

L'homme de Stratton avait environ vingt-cinq ans. Il était plus grand que la moyenne, ses cheveux étaient d'un blond terne. Des lunettes aux verres épais donnaient à ses yeux un air étonné. Il portait un jean, un pull ras du cou et un coupe-vent. Le tout semblait avoir été acheté pour l'occasion.

L'inconnu fit deux pas dans le couloir, puis il s'arrêta. De son côté, Seth consulta une dernière fois le plan de l'étage ainsi que son cahier jaune avant de se diriger vers la section histoire de l'art.

Son « ombre » avait effectué une filature rapprochée et très professionnelle, de la Playa del Rey au campus, et du parking à la bibliothèque. Seth avait préparé avec soin un plan de recherche sérieux et convaincant autour des œuvres d'art volées par les nazis, jusqu'au rôle de Stahl.

Avec le même soin, il veilla à laisser sur l'écran de l'ordinateur des traces de ses recherches pour que son suiveur comprenne bien sur quoi il était en train de travailler. Il tenait à convaincre l'autre qu'il agissait comme un universitaire ordinaire, absorbé dans ses recherches.

Au cours des deux heures suivantes, Seth s'activa à prendre des livres, à les marquer de bouts de papier et à en photocopier des pages. Inlassablement, il remplit son cahier jaune de notes avant de s'absenter ostensiblement. La pile des photocopies grandissait à vue d'œil ainsi que celle des livres consultés. À chacun de ses déplacements, il emportait son cartable et une réserve de pièces pour la photocopieuse. Toute personne l'observant ne pouvait voir qu'un universitaire sérieux appliqué à faire des recherches approfondies et dont la serviette en cuir usé contenait tout ce qu'il lui fallait pour ses études.

Toujours avec la même application, Seth fignolait sa mise en scène, soignant sa présence, ses absences. Lorsqu'il se rendait au deuxième étage, il laissait bien en évidence ses notes sur la table et son coupe-vent sur le dossier de sa chaise. Il fallait habituer l'homme qui le surveillait à des absences répétées et de durée variable, ainsi qu'au fait que Ridgeway apportait avec lui, à chaque fois, sa serviette et une pile de livres.

Cela semblait marcher à souhait. L'ombre l'avait suivi à trois reprises aux photocopieuses, puis une seule fois à la cafétéria de l'immeuble voisin. Il l'avait regardé prendre un café avec un beignet ramolli avant de retourner à ses recherches. Après cela, l'homme s'assit à un des pupitres avec un livre qu'il fit semblant de parcourir. Il était sans doute rassuré, persuadé que Seth n'allait pas abandonner l'impressionnante pile de documents et de livres accumulés sur sa table.

Dès l'instant où son suiveur ne se déplaçait plus dans son sillage à la salle des photocopieuses, Ridgeway commença à rallonger ses absences.

Devant ses yeux, les mots imprimés devenaient flous. Il était totalement concentré sur le bon déroulement de son plan. Choisir le moment juste était primordial. Si son scénario échouait, Stratton, lui, ne le raterait pas. La NSA mettrait la main sur le tableau et lui ne disposerait plus du moindre moyen de pression pour exiger le retour de Zoé. Si elle était toujours en vie…

Parvenu à ce point douloureux de sa réflexion, Seth étouffa un juron. Il se frotta énergiquement les yeux et le visage. Oh, les doutes, les peurs, la tristesse, quel redoutable cocktail ! Ils faisaient des ravages sous la surface apparemment calme de son esprit et sapaient les fondations mêmes de ses résolutions. Il fallait qu'elle soit en vie, pensa-t-il pour l'énième fois. Dans le cas contraire, il n'y avait plus qu'une chose à faire : donner le tableau à Stratton et à son équipe.

Il rouvrit les yeux pour consulter sa montre. 9 heures 17. La bibliothèque fermerait ses portes dans deux heures environ. Il lui fallait agir vite.

L'homme leva à peine la tête au passage de Ridgeway armé de sa serviette, son cahier et un gros livre. Du coin de l'œil, Seth le vit tourner la tête puis se replonger dans le volume devant lui.

Seth arrêta l'ascenseur au premier étage où il déposa le livre dans le casier prévu à cet effet, sortit de la bibliothèque et descendit les marches de l'entrée principale. Il se rendit une deuxième fois à la cafétéria du campus nord. Assis devant son café, il ne quittait pas des yeux la porte d'entrée. Cinq minutes passèrent. Personne. Il n'était plus suivi.

S'efforçant d'agir le plus normalement du monde, il se leva, prit sa serviette et, le gobelet de café à la main, sortit de la cafétéria. Longeant le mur en béton, il se dirigea vers la partie sud du campus, croisant des grappes d'étudiants en grande discussion. Personne ne fit attention à lui. Ils devaient être en train de sauver l'humanité, d'inventer un gouvernement d'élite mondial, de disséquer la nature de la vérité et de passer en revue quelques autres obsessions fondamentales, comme des dissertations à rendre, des amourettes envolées et des parents vraiment incompréhensifs. Seth se sentit tout à coup très vieux. Désormais, le monde n'était plus son problème le plus urgent. En vérité, il ne l'avait jamais été, même dans sa jeunesse.

Il hâta l'allure tout en veillant à ne pas paraître trop pressé en traversant l'allée d'arbres dont les squelettes projetaient d'étranges ombres sous la lumière blafarde des lampadaires. Les groupes de jeunes se firent plus rares lorsqu'il s'approcha de la cour centrale du campus. Seth dut faire un effort pour résister à la tentation de tourner la tête : peut-être son ombre avait-elle repris la filature ?

Marchant de plus en plus rapidement, il prit à sa gauche une rampe descendant au sous-sol de Haines Hall. Affichant un air assuré et très occupé, il poussa la porte d'entrée.

La faculté de philosophie était installée à l'étage au-dessus. Si jamais son suiveur faisait une soudaine apparition, il serait tout à fait plausible qu'il soit allé prendre un dossier dans son bureau personnel. Mais, malgré ce plan de rechange rassurant, Seth sentit ses mains devenir froides et moites, ce qui n'était pas seulement dû à la température ambiante. Passant d'abord devant les ascenseurs puis devant l'escalier, il avança d'un pas décidé vers le bout du couloir plongé dans le noir.

Là, Seth demeura un long moment immobile dans l'obscurité, fixant une porte en bois massif. Elle était fermée par un verrou et un solide cadenas. Il essaya avec la clé de son bureau et dut constater – comme il l'avait craint – qu'elle ne s'ouvrait pas. La réserve n'était que peu utilisée et seuls Tony et Karen en possédaient la clé.

Seth posa la serviette avec les outils par terre et l'ouvrit. Elle contenait un arsenal sophistiqué destiné à ouvrir toutes sortes de serrures. Un assortiment de crochets et des pinces dont il s'était souvent servi autrefois. À présent, des années plus tard, il se sentit rouillé lorsqu'il commença le travail. Mais après quelques minutes, les vieux réflexes revinrent. Il est vrai qu'à l'époque, une serrure de ce type lui aurait pris quelques secondes, pas plus. Avec quelques craquements, le mécanisme finit par céder.

Il s'attaqua à la seconde fermeture. Repoussant une mèche de cheveux, il se rendit compte que son front était couvert de sueur, comme l'était d'ailleurs sa lèvre supérieure et sa nuque.

Prenant une profonde inspiration, Seth s'approcha de la serrure. Pour mieux en distinguer les détails, il sortit une minuscule lampe de poche de son cartable. Grâce à ce petit filet de lumière, il put étudier de près les marques du mécanisme. Ce dernier était de qualité médiocre et pas vraiment compliqué. Après tout, la réserve ne contenait rien d'autre que des vieux livres, du matériel vieillot ou usé, des chaises, une collection complète de la revue *National Geographic*, le courrier en souffrance de Seth Ridgeway, des monceaux de journaux et… un tableau d'une valeur apparemment inestimable.

Il était presque arrivé à bout du mécanisme lorsqu'il entendit des voix se rapprocher dans la cage d'escalier. Il éteignit immédiatement sa lampe et se figea. Les voix étaient tout près maintenant. C'était un garçon et une fille. En même temps, il perçut de plus en plus nettement le claquement des talons hauts accompagné d'un pas masculin plus lourd. Le couple pénétra au sous-sol. À toute vitesse, Ridgeway ramassa ses outils et sa serviette, puis se réfugia dans l'ombre protectrice, sous les marches.

À présent, il pouvait distinguer les paroles échangées. Elle se plaignait. Sa colocataire était excédée de devoir quitter chaque fois le studio pour que, eux, puissent rester seuls. Qu'attendait-il pour déménager enfin ? Pour quitter le foyer d'étudiants et prendre un petit appartement à lui ? Il répondit calmement que, pour le moment, tout ce dont ils avaient besoin, c'était un coin tranquille, sombre et confortable. Pourquoi pas l'un des bureaux, vides à cette heure-ci ?

Seth était presque sûr de reconnaître dans la voix masculine l'un de ses propres étudiants. Tout en discutant vivement, les jeunes gens étaient parvenus aux dernières marches de l'escalier. Elle en était à déclarer avec véhémence que faire l'amour à la sauvette dans un bureau resté ouvert par hasard était plutôt dégradant et pas romantique du tout. Entre-temps, la voix du jeune homme s'était transformée en une plainte d'adolescent manquant d'assurance. Seth était désormais sûr de son identité car, maintes fois, il avait entendu cette voix plaintive. Elle appartenait à un étudiant largement en dessous de la moyenne et menacé d'exclusion de l'université.

Le couple continuait à se chamailler de plus belle. Partez, pour l'amour du ciel, partez ! pensa Seth en consultant anxieusement le cadran lumineux de sa montre. Le temps avançait à toute allure. Il était déjà 10 heures passées et le cerbère de Stratton n'allait pas attendre éternellement.

À quelques mètres de Seth, le couple était toujours en train de discuter. Elle était décidément la plus forte dans les négociations qui s'étaient entamées. Sans avoir l'air d'y toucher, elle manœuvra habilement, amenant insensiblement son amoureux à faire des promesses qu'il aurait le plus grand mal à nier plus tard. En attendant, ses concessions la rendaient plus perméable à ses suggestions du moment.

— Je me rappelle qu'ils ont une réserve quelque part ici, en bas. Parfois la porte reste ouverte et il y a même un canapé à l'intérieur.

Seth se figea. Il devenait impossible d'éviter qu'ils le découvrent.

— Tu sembles en savoir long sur cet endroit.

La voix de la jeune femme était devenue glaciale.

— Tu y amènes souvent tes conquêtes ?

Le jeune homme ne savait plus comment la convaincre.

— Non, non... La réserve appartient à la faculté de philosophie et j'ai aidé une fois à y ranger des dossiers. Je n'y ai jamais emmené quelqu'un, c'est juré !

Il y eut un long silence, puis un fou rire de la fille. Derrière l'éclat de rire, Seth distingua nettement le triomphe de la femme.

Avant qu'il n'ait le temps d'approfondir ses observations, le couple avait pénétré dans la zone sombre sous les marches de l'escalier. Soudain, ils se trouvèrent face-à-face. Le jeune homme avait passé un bras autour de la taille de la fille, l'autre main se trouvant déjà dans son corsage.

Surprise, elle poussa un cri aigu avant de reculer en plaquant la main devant sa bouche. Le visage du garçon reflétait un mélange d'émotions : peur, gêne, surprise. Puis, à nouveau, la peur. Leurs deux visages devenus subitement pâles luisaient comme deux lunes jumelles dans la pénombre.

Pendant un temps interminable, personne ne dit mot. Seth sentit son estomac se nouer. En même temps, son cerveau carburait à toute allure. Après tout, il était professeur et possédait une autorité incontestée. De plus, en tant qu'enseignant de la faculté de philosophie, il avait parfaitement le droit de se trouver là, devant la réserve. Mais il était déjà plus délicat d'expliquer de manière plausible pourquoi un membre respectable de la faculté se cachait dans un couloir sombre sous un escalier.

— Professeur…

Le jeune homme tenta de parler, mais les mots s'étouffaient dans sa gorge.

— Bonsoir.

Seth avait répondu d'un ton sec. Une réplique tout à fait idiote, pensa-t-il, mais il n'avait rien trouvé d'autre. Brusquement, l'étudiant se mit à parler avec véhémence, se confondant en explications et en excuses ce qui augmentait encore son embarras. Sa compagne, elle, avait visiblement gardé la tête bien plus froide. Assez tranquillement, elle lui intima l'ordre de se taire et le tira par le bras vers la partie éclairée du couloir.

D'une voix polie qui avait retrouvé toute son assurance, elle salua Ridgeway :

— Bonsoir, professeur ! C'était … intéressant de tomber sur vous.

Alors que leurs pas s'éloignaient puis disparurent complètement, Seth se demanda si le jeune homme avait une idée de ce à quoi il venait d'échapper. Entendant la porte se refermer à l'autre bout du couloir, Seth poussa sa serviette dans le coin sous l'escalier et se remit à l'ouvrage.

Cette fois-ci, il ne lui fallut pas plus d'une minute avant de faire jouer la serrure. Il prit le temps de ranger soigneusement ses outils dans le porte-documents avant de pousser la lourde porte.

La pièce était plongée dans le noir et Seth s'immobilisa. Quelque chose bougeait là-dedans ! La faible lumière du couloir ne parvenait pas jusqu'à l'intérieur et Seth chercha fiévreusement l'interrupteur. Mais il avait beau le tourner, aucune lumière ne jaillit. Sans doute l'ampoule. Encore quelque chose qui rendrait Tony mécontent, lui qui avait l'habitude – pour se changer un peu les idées de temps à autre – de venir là, s'asseoir sur le vieux canapé et déguster des sandwiches. Seth prit sa lampe de poche et franchit le seuil d'un pas rapide. À nouveau, ces bruits inhabituels, toute une série de grattements, d'étranges bruissements.

Le rayon de lumière éclaira une scène invraisemblable : partout régnait un véritable chaos, un désordre indescriptible. Quelqu'un avait tout retourné, jeté, cassé. Le sol était jonché de dossiers, de chaises cassées, de papiers déchirés. Il vit que les enveloppes de son courrier avaient été ouvertes. Quelqu'un avait fouillé méticuleusement toutes ses affaires.

Son cœur fit un bond dans sa poitrine : à coup sûr, ils avaient trouvé le tableau ! Ce dernier faisait partie d'un envoi volumineux posté par la direction de *L'Eden au lac*. L'hôtel lui avait retourné le contenu de la boîte que Zoé et lui avaient déposée dans le coffre-fort et qu'il avait oublié de réclamer. Tout était fichu. Son seul moyen de pression s'était envolé et il ne possédait plus de monnaie d'échange pour obtenir le retour de Zoé.

Machinalement, il continua cependant à promener sa lumière à travers la pièce lorsque l'effroi le cloua sur place. Il fut confronté à une scène si horrible et à laquelle même les pires moments de sa carrière de policier ne l'avaient pas préparé.

Dans un coin de la pièce gisait Tony, un petit trou rouge au milieu du front comme un troisième œil. Sur son épaule, un gros rat brun plongeait son museau dans la nuque du cadavre. La bête tourna sa tête vers Seth, le fixant de ses petits yeux arrogants, sans donner le moindre signe de peur. Ses yeux rouges clignaient dans le rai de lumière.

Ridgeway était totalement paralysé. Les yeux rivés sur l'horrible spectacle, il eut un sursaut en voyant émerger un autre rat du pantalon du mort, le museau rouge de sang. Dégoût et panique le firent réagir. Il se baissa pour ramasser des projectiles à lancer sur les rongeurs. Quelque chose de chaud et de poilu lui frôla la joue. Sa respiration se bloqua, il arracha la chose sombre et la lança violemment loin, contre le mur. Il n'avait pas encore retrouvé ses esprits quand il entendit le bruit mat de quelque chose s'écrasant contre le mur. Serrant la lampe dans ses mains tremblantes, il dirigea la lumière vers cette zone, juste assez rapidement pour voir le gros rat étendu immobile sur le sol. Une seconde plus tard, la bête se releva et disparut.

Seth dut rassembler toutes ses forces pour maîtriser la crise d'hystérie. Frénétiquement, il fouilla partout jusqu'à ce qu'il trouve ce qu'il cherchait. Essayant d'ignorer les horribles petites morsures mouillées que lui infligeaient les rats dans le noir, Seth se saisit du manche à balai.

Toute sa colère, son dégoût et sa tristesse étaient concentrés dans les violents coups avec lesquels il chassait les rongeurs du corps de Tony. La petite pièce sans fenêtre s'était remplie d'un affreux concert de grattements, de morsures, de couinements et de sifflements furieux. Seth continua encore à battre l'endroit autour du mort avec le balai alors que la dernière des bêtes avait déjà disparu dans le couloir.

Finalement, il jeta le balai et s'agenouilla près du cadavre. Doucement, il lui toucha le cou. La peau était encore tiède : Bradford n'était pas mort depuis longtemps. Il examina les alentours. Les assassins n'avaient pas battu Tony. Les dommages physiques – à part le trou laissé par la balle de gros calibre – étaient dus aux rats.

Sans trop savoir ce qu'il faisait, Seth avait commencé à reculer vers le couloir. Sa tête se remplit d'un angoissant halètement rauque et paniqué. C'est seulement après plusieurs regards jetés rapidement autour de lui qu'il réalisa que ces sons émanaient de lui.

Émergeant enfin de la réserve aux odeurs douceâtres de mort et de sang, Seth s'immobilisa quelques instants dans le noir, adossé contre le béton froid du couloir. Tout en essayant de mettre un peu d'ordre dans ses pensées, il s'efforça de ne pas flancher.

L'enchaînement des événements se dessinait avec de plus en plus de précision. Quelqu'un avait appris que Karen gardait son courrier ici, dans la réserve. Qui ? Pas les hommes de Stratton, car ils l'auraient interrogé. Par ailleurs, toute filature serait devenue inutile puisqu'ils auraient récupéré le tableau. Non. Il ne restait donc que les tueurs qui l'avaient attaqué sur la *Walkyrie*.

Mais comment ? De quelle manière avaient-ils été informés ? Seth réfléchit et se souvint de ses conversations téléphoniques le matin avec Karen et Tony Bradford. Par malheur, tous deux avaient mentionné la réserve et son courrier personnel stocké là-bas. À coup sûr, son téléphone avait été mis sur écoute. Sans doute avaient-ils forcé la porte du réduit de la même façon qu'il l'avait fait, lui. Et sans doute, Tony était-il venu, à ce moment-là, mettre sa menace à exécution : jeter à la poubelle le courrier de Ridgeway. Probablement, les avait-il surpris en pleine action. Et ils l'avaient tué.

Une violente nausée monta en Seth et des vomissements spasmodiques l'obligèrent à se plier en deux. Lorsque ce fut fini, il tremblait des pieds à la tête. D'un geste lent, il s'essuya la bouche avant de faire quelques pas chancelants. Il ne sut jamais comment il réussit à fermer la serviette, mettre un peu d'ordre dans sa tenue et atteindre les toilettes pour hommes du second étage sans être vu. Il obstrua un des lavabos avec du papier hygiénique et le remplit d'eau froide. Y plonger son visage fut un véritable délice et la fraîcheur de l'eau le lava de la nausée. Longuement, il demeura là, les yeux fermés, à attendre que son cœur retrouve un rythme plus calme.

Petit à petit, des pensées rationnelles reprirent le dessus. Il fallait appeler la police et leur signaler le meurtre. Mais avant, il devait alerter quelqu'un pour que les rats ne puissent pas retourner dans la réserve. Ce n'était plus maintenant, pour lui, une question d'être ou non impliqué. Avant, il fallait à tout prix éviter d'avoir à faire à la police, car le déclenchement d'une enquête criminelle à propos des morts sur son bateau aurait fait de lui un suspect, restreignant ses mouvements et l'empêchant de retrouver la toile et Zoé.

Mais voilà, maintenant, tout était fini. Il n'y avait plus de tableau. Il ne pouvait penser à rien d'autre en marchant d'un pas encore incertain vers les bureaux administratifs de la faculté de philosophie. Lui-même n'avait plus la moindre chance d'avancer dans ses recherches pour retrouver Zoé. Il était bien obligé de passer la main à des gens mieux équipés pour ce genre d'investigations. S'appuyant un instant contre le mur à côté de la porte du bureau, il chercha la bonne clé dans ses poches.

Il ouvrit la porte et alluma les néons qui, après quelques clignotements hésitants, inondèrent les bureaux de leur lumière crue. L'illumination bleuâtre souligna l'usure du vieux secrétaire en bois de Karen avec sa rangée de chaises assorties. Il prit sur sa droite et descendit quelques marches vers l'étroit couloir qui menait à son propre bureau. La porte s'ouvrit sur une petite pièce meublée de manière standardisée et sans le moindre goût. Tous les enseignants de la faculté avaient droit au même genre de cagibi. Alors que les membres de l'administration, eux, étaient logés dans de belles pièces avec moquette épaisse et boiseries, ceux qui assuraient réellement le travail universitaire jouissaient d'un mobilier obsolète coincé dans quelques mètres carrés sans âme et propices à la claustrophobie.

Ses yeux se posèrent sur la petite broderie multicolore accrochée au mur, que Zoé avait confectionnée pour lui :

Ceux qui sont capables, font.
Ceux qui ne le sont pas, enseignent.
Et ceux qui ne savent pas enseigner,
deviennent des administrateurs.

Ces paroles exprimaient parfaitement ce qu'il pensait, ce qui n'avait évidemment pas amélioré sa popularité auprès des membres éminents de sa hiérarchie. La vérité n'est pas toujours bonne à dire.

Installé dans son fauteuil, il tendit la main pour s'emparer du téléphone. Sur le point de composer le numéro de la police, son attention fut attirée par une enveloppe portant son nom, écrit de la main de Karen. Elle l'avait scotchée – bien en évidence – sur sa lampe de bureau. Il reposa l'écouteur et prit l'enveloppe. À l'intérieur, il n'y avait que quelques lignes.

« Cette fois-ci, Tony est vraiment très en colère. Mais moi, je suis consciente à quel point la disparition de Zoé vous affecte. Vous n'êtes plus vous-même depuis lors. Comme je craignais que Tony jette vraiment votre courrier, je suis vite descendue à la réserve ce matin, mettre en lieu sûr au moins les lettres et colis semblant importants. Je les ai mis dans le dernier tiroir de mon secrétaire. Ci-joint la clé. »

Un « K » signait la note. D'une main tremblante, Seth sortit la clé de l'enveloppe. Il se leva si rapidement qu'il renversa sa chaise, qui tomba sur le sol dans un bruit sec. Il se précipita vers le bureau de Karen. Les cris commencèrent lorsqu'il était en train d'insérer la clé dans la petite serrure du tiroir du bas.

D'abord, il y eut une voix féminine qui poussait un long cri de surprise devenant, rapidement, un cri strident de terreur. Ensuite, ce fut une voix d'homme poussant plus une exclamation qu'un cri. Puis, à nouveau, la voix de la femme, de plus en plus aiguë, frisant l'hystérie.

Ridgeway reconnut immédiatement les deux voix. Le couple était donc retourné au sous-sol, toujours en quête, supposa-t-il, d'un endroit tranquille. Il n'avait pas refermé la porte de la réserve et ils avaient très vite découvert le cadavre de Tony Bradford. La femme continuait à crier. Ses hurlements redoublèrent de volume, soit parce qu'elle avait de bons poumons soit parce que le couple était en train de remonter l'escalier.

Seth tourna la clé. Il devait se dépêcher. Les bureaux administratifs de la faculté de philosophie étaient les premiers en haut des escaliers. Ils verraient la lumière et y entreraient pour appeler la police. Il ne réussirait alors jamais à regagner à temps la bibliothèque. Or, il demeurait essentiel que Stratton ne puisse rien soupçonner.

Le tiroir s'ouvrit facilement et Ridgeway en sortit la pile de lettres et de petits colis à son nom. Complètement sourd aux cris, il se mit à fouiller frénétiquement son courrier. Très vite, ses doigts trouvèrent ce qu'il cherchait : une épaisse enveloppe entourée de papier kraft portant le tampon de *L'Eden au lac*.

En quelques secondes, Seth avait déchiré le papier et ouvert la boîte en carton entourée d'une protection en plastique. Devant ses yeux ébahis apparut un paysage alpin. Au dos du cadre, se trouvait le nom : *La Demeure de Notre Dame rédemptrice*.

Sommairement, il enveloppa le tableau et l'emporta avec le reste de son courrier dans son propre bureau. Sans perdre de temps, il fourra le tout dans sa serviette et courut vers la porte.

Arrivé dans le couloir extérieur, Ridgeway entendit les pas du couple montant les escaliers. Le garçon essayait de calmer sa compagne qui avait du mal à retrouver ses esprits. Sa serviette sous le bras, Seth quitta le bâtiment en courant aussi vite qu'il pût.

Zoé lutta contre la tentation de prier lorsqu'elle se retrouva seule, à nouveau enfermée dans sa prison.

Avant d'être retenue prisonnière dans cet endroit, elle n'avait jamais cru en un Dieu qui exauçait les prières. D'ailleurs, se mettre à prier maintenant serait exactement – à ses yeux tout au moins – une de ces hypocrisies qu'elle méprisait tant.

Sa mère avait pourtant tout tenté pour faire de sa fille une bonne protestante, fondamentaliste de surcroît. Chaque dimanche, elles se rendaient dans une petite église en brique à Orange County, au sud de Los Angeles. Selon le Credo intégriste, danser était un péché et tous les hommes politiques, plus à gauche que Ronald Reagan, étaient des adeptes de l'antéchrist. Les fidèles savaient que le monde avait été créé en 4004 av. J.-C. puisque c'était écrit dans la Bible. Par ailleurs, chaque mot en avait été dicté personnellement par un Dieu terrible, qui pouvait vous expédier directement dans un horrible enfer éternel si vous ne croyiez pas en Son Fils unique.

Son père ne les accompagnait jamais à l'église, ce qui donnait – ainsi que sa faculté d' « entendre » des couleurs – matière à des disputes interminables et à beaucoup d'aigreur. À un moment propice – elle devait avoir douze ans –, son père lui expliqua que « avec toutes les églises différentes dans le monde et toutes les croyances qui existent, il serait tout de même incroyablement arrogant que quelqu'un puisse penser faire partie des élus alors que tous les autres seraient promis à l'enfer. Il serait bien mieux d'étudier toutes les religions et de rechercher la parcelle de vérité que chacune contient ! »

Il fut facile à Zoé de se rebeller contre le Credo de l'église. Il suffisait d'aménager quelque peu les convictions de son père. Là où celui-ci acceptait les semences de vérité contenue dans chaque religion, elle, Zoé, décidait que – étant donné les conflits haineux entre les religions – aucune d'elles ne contenait la moindre trace de vérité.

Lorsque Zoé déclara qu'elle n'irait plus au temple, sa mère redoubla de fanatisme. Un dimanche, à l'issue d'une dispute particulièrement vive lors du petit déjeuner, sa mère se rendit à l'église et ne revint jamais. Il en fut, paraît-il, de même pour l'un des barytons de la chorale. En tout cas, Zoé n'eut plus jamais de ses nouvelles.

Cette disparition acheva de la convaincre que Dieu était un arnaqueur et les fidèles des imbéciles. Elle estima que, dans ce domaine au moins, Karl Marx avait vu juste.

C'est ainsi qu'à présent, enfermée dans cet entrepôt quelque part à Zurich, Zoé dut livrer un combat intérieur contre sa propre hypocrisie et sa soudaine envie de prier. Un proverbe dit qu'on ne trouve pas d'athées dans un terrier de renard. À ses yeux, cela signifiait que le désespoir attirait les gens dans le giron de la foi, où ils trouvaient un confort fallacieux et illusoire. D'abord, cette impulsion irrésistible de prier l'avait étonnée, puis elle avait réussi à la comprendre et, ainsi, préserver sa dignité, c'est-à-dire éviter de s'abandonner au point de mendier sa libération auprès d'un Dieu en qui elle n'avait jamais cru auparavant.

Maintenant, elle aimerait croire en Dieu, suffisamment au moins pour Lui proposer une transaction : *Faites-moi libérer, je croirai en Votre existence et je ferai tout ce que Vous me demanderez.*

Elle secoua la tête, honteuse d'avoir de telles pensées. Que valait un dieu avec lequel vous pouviez passer des contrats au gré des situations ? *Il n'y a aucun espoir.* Elle avait prononcé ces mots à voix haute. Durant la journée, Thalia l'aidait énormément à garder son énergie et son optimisme, mais lorsqu'elle se retrouvait dans sa cellule, toute seule dans la nuit, la déprime, tapie dans les coins sombres de la pièce délabrée, semblait lui sauter dessus.

Lentement, ses yeux firent le tour de sa prison, examinant l'un après l'autre chacun des murs en béton brut. Dans le quatrième, une ouverture avait été faite grossièrement pour laisser place à une épaisse porte métallique pourvue de plusieurs serrures et verrous, et dont les gonds avaient été soudés très sommairement. Le ventilateur bruyant était également coulé dans le béton près de la porte. Mais le trou n'était même pas assez grand pour y passer sa tête. Son regard allait de la dalle en béton sous ses pieds au plafond. Elle tendit l'oreille pour détecter – en dépit des divers bruits énervants de sa cellule – une éventuelle présence dans les bureaux à l'étage au-dessus.

Le vide oppressant de son désespoir enserrait son cœur comme une chape de plomb et elle se sentait aspirée par le trou noir de sa tristesse.

Tu dois absolument penser qu'il y a toujours un chemin. C'était son père qui, maintes fois, avait prononcé ces mots. *Et ton devoir, c'est de découvrir la solution, peu importe la difficulté. Il n'y a rien à gagner en acceptant l'échec.*

Cela faisait bien dix ans qu'elle n'avait plus pensé à ces paroles. La soudaine présence de ces phrases – comme si son père venait de les prononcer – l'émut profondément et lui mit le feu aux joues. Tout à coup et avec netteté, l'atelier de son père, où la scène au cours de laquelle cette conversation avait eu lieu, lui était revenue en mémoire. Il avait travaillé pendant des heures sur un cube d'acier de quatre tonnes destiné à être la pièce maîtresse le jour de l'ouverture de sa galerie. La sculpture avait été baptisée *Feu de l'esprit* et l'enjeu consistait à faire paraître cette gigantesque masse d'acier plus légère que l'air.

Zoé tournait en rond au milieu de sa cellule. Mais ce qu'elle voyait se trouvait bien au-delà des murs en béton, et à des années-lumière de l'instant présent. *Quand la logique ne fonctionne pas, essaye l'illogique.*

Pour finir, son père avait improvisé une méthode de polissage de l'acier, utilisant des coquilles de noix et un appareil électromagnétique compliqué. *Quand tu n'y arrives pas, cherche la réponse dans ton esprit.*

Feu de l'esprit fut acheté à un prix qui dépassait ce que son père avait gagné comme mécanicien pendant sept ans et il était mort sept ans plus tard. Zoé avait créé sa première galerie grâce à l'héritage paternel.

Imagine clairement ton chemin à travers les obstacles. Sa voix lui parvenait avec toujours la même clarté. *À un moment donné, arrête le mental et écoute ton ressenti.*

— Donne-moi l'inspiration, papa ! chuchota-t-elle en luttant contre ses larmes. Il faut que je réussisse mon chef-d'œuvre d'imagination. Aide-moi, papa !

CHAPITRE 11

La Nochspitze est un éclat de granit escarpé s'élevant, tel un gigantesque doigt pointé vers le ciel, à près de 5 000 mètres au-dessus du niveau de la mer dans le Tyrol autrichien, au sud-ouest d'Innsbruck. C'est une montagne peu accueillante : froide, escarpée et totalement dépourvue de végétation. Inaccessible à tout être vivant excepté les aigles, des alpinistes chevronnés et les rares privilégiés ayant accès au téléphérique privé aboutissant directement au chalet massif perché tout près du sommet.

À l'origine, ce chalet avait été construit par un restaurateur autrichien en 1921 pour servir de pension aux skieurs. Il contenait vingt-cinq chambres – chacune avec salle de bains et cheminée – et un restaurant aux immenses baies vitrées avec une vue splendide sur l'impressionnant précipice.

Curieusement, l'atout même de l'hôtel – sa situation isolée inégalée – s'était également révélée un frein à son succès. Les hôtes devaient parcourir une interminable route en lacets à partir d'Innsbruck pour arriver jusqu'à la petite station du téléphérique sise au pied de la montagne. À cette époque, la voie d'accès n'était ni pavée ni goudronnée et le trajet ne pouvait s'effectuer qu'en voiture tirée par des chevaux. Par temps froid et humide ou lorsqu'il neigeait, ce voyage était soit impossible soit tellement ardu qu'il dissuadait même les plus motivés. L'hôtelier fit faillite en 1924 lorsque la chute de la cabine du téléphérique causa la mort de cinq personnes. Deux ans plus tard, un industriel italien acheta l'hôtel pour en faire un lieu de repos et de séminaires. Mort sept ans plus tard, il légua l'endroit à l'Église catholique.

Le cardinal Neils Braun, archevêque de Vienne et chef du Secrétariat papal pour les non-croyants, se tenait derrière l'une des baies vitrées de ce qui, autrefois, avait été le restaurant. Son attitude était quasi militaire : dos droit, pieds écartés, les mains sur la couture du pantalon. Il était vêtu d'un épais pull-over et d'un pantalon de laine. De solides chaussures d'alpiniste en cuir complétaient l'ensemble. Ses robes pourpres étaient rangées dans la penderie de sa chambre, comme toujours lorsqu'il séjournait ici. Il passa distraitement une main dans ses épais cheveux poivre et sel en contemplant d'un regard absent les minuscules silhouettes des skieurs glissant sur les pentes.

Ses yeux firent le tour de la vallée et il essaya de trouver à l'horizon un sommet qu'il n'avait pas encore escaladé. Au loin, on distinguait la piste olympique de slalom géant du Axamer Lizum où Jean-Claude Killy avait remporté sa mémorable victoire en 1968. Le cardinal dut plisser les yeux, ébloui par une soudaine percée du soleil à travers les nuages, imposant des ombres dures à ce paysage d'une impitoyable blancheur. Plus haut, les nuages floconneux s'étaient mis à naviguer à toute allure dans le ciel tourmenté. Une violente tempête sur le Tyrol autrichien avait déposé un mètre de neige autour du chalet la nuit précédente.

Dans la vallée en dessous, les sombres méandres de l'Inn serpentaient entre les talus enneigés. Les eaux de la rivière n'étaient pas encore complètement gelées, au grand regret des patineurs. Les yeux du cardinal suivaient maintenant le cours de la rivière épousant les hiéroglyphes que dessinaient les pistes de l'aéroport avant de pénétrer au cœur même d'Innsbruck. Lorsque son regard s'immobilisa finalement sur les toits givrés des constructions gothiques de la ville, il repensa à l'homme qu'il allait rencontrer ce matin même : Hans Morgen, un simple curé de village au passé très compliqué. Et, très probablement, privé de tout avenir.

Neils Braun se détourna des pistes enneigées avec leurs skieurs pour examiner la grande salle de conférence. Conçue à l'origine assez vaste pour accueillir une centaine de personnes, elle ne contenait plus maintenant qu'une immense table de monastère en chêne massif. À l'autre bout de la salle, des braises se consumaient en crépitements rougeoyants dans une grande cheminée en pierre. Douze lourdes chaises entouraient de manière symétrique la table. La salle ne contenait pas d'autres meubles.

Il était exactement 15 heures quand on frappa à la porte. Braun jeta machinalement un regard sur sa montre pour constater avec satisfaction la ponctualité de son visiteur.

— Entrez !

Sa voix résonna fortement dans le silence.

Hans Morgen ouvrit la porte avec vigueur. Il resta quelques instants debout dans l'embrasure de la porte, plissant les yeux dans la lumière éblouissante, qui entrait à flots par les baies vitrées. C'était un homme mince et plus grand que la moyenne, tout en muscles et en tendons. Des yeux d'un bleu très clair étincelaient dans un visage ascétique. La lumière crue dessinait de profondes ombres sur ses traits accentués, soulignant le menton volontaire au-dessus de son col de prêtre. Il tenait une canne, mais n'en avait visiblement pas le moindre besoin ce jour-là.

Le cardinal fut surpris par la vigueur et l'attitude assurée de l'homme. Le vieux prêtre souffrait d'un éclat d'obus logé dans le corps qui, à tout instant, pouvait le tuer en quelques secondes. Mais il est vrai, songea Braun, que nous sommes tous deux des Autrichiens très actifs et aux gènes solides. Ayant consulté les rapports détaillés réunis par les agents de la Congrégation de la doctrine de la foi sur Morgen, le cardinal savait qu'il avait passé chaque jour de sa vie – exception faite des années au séminaire – à skier et à escalader les cimes surplombant son petit village d'Alt Aussee. Depuis sa plus tendre enfance, il s'était baigné dans les lacs froids de sa montagne en été et y avait patiné en hiver. Selon ces renseignements, l'intrépide curé connaissait mieux que quiconque cette région.

— Bonjour, Votre Éminence.

D'un regard pénétrant, le visiteur enregistra chaque détail de la salle : les combles, la grande cheminée en granit, la table massive fait main avec ses douze chaises, l'espace vide de cette vaste pièce. Finalement, il traversa la salle en direction de Braun. Les talons en cuir durci produisirent, à chaque pas, un claquement sonore sur le parquet ciré luisant.

Le cardinal vint à sa rencontre.

— Merci d'être venu.

Il parla d'une voix polie, observant son visiteur d'un regard incisif. Il lui tendit une main indifférente. Morgen hésita imperceptiblement et examina le visage du cardinal, ce qui déstabilisa un bref instant son habituel aplomb. La poignée de main eut lieu en silence. Ils s'assirent.

D'une voix neutre, le visiteur parla le premier.

— À vrai dire, je ne m'étais pas rendu compte que j'avais le choix d'accepter ou non votre convocation.

Le cardinal ignora la remarque qui constituait, en fait, un affront – surtout, de la part d'un simple curé – passible d'une sévère mesure disciplinaire. Au lieu de s'en offusquer, Braun fit un geste d'invitation.

— J'ai pris la liberté de nous faire préparer du thé.

Il se leva rapidement et se dirigea vers la porte. Morgen, de loin, regarda l'archevêque de Vienne recevoir un plateau en argent des mains d'une personne qui restait invisible dans l'ombre au fond de la salle. Braun remercia le domestique et revint poser le plateau au milieu de la table.

— Servez-vous, je vous en prie.

Il désigna le plateau avec sa théière en argent accompagnée de tasses de porcelaine fine et de biscuits.

— J'ai pris l'habitude d'un thé substantiel l'après-midi quand j'étais étudiant à Oxford.

Tout en parlant, il se servit généreusement.

— J'estime que c'est une façon très civilisée de faire une pause méritée afin de recharger ses batteries et de méditer un peu au milieu d'une journée de labeur.

Le visiteur murmura quelque chose d'inaudible, tout en se levant pour se servir à son tour. Debout, à la droite du cardinal, il se servit en silence un thé au citron. Les deux hommes se regardèrent.

De la main droite, Braun désigna la chaise au bout de la longue table. Le vieux prêtre s'assit sur le siège indiqué alors que le cardinal, de son côté, prit place à l'opposé. À nouveau, un long silence s'installa. Les deux hommes s'observèrent comme deux adversaires qui se mesurent, se jaugent.

— Vous avez dû être surpris que je vous invite ici.

Hans Morgen savait bien pourquoi, mais il se gardait de parler. Toujours silencieux, il but son thé par petites gorgées, attendant tranquillement. Son regard s'arrêta sur un magnétophone et un micro posés sur la table.

Le cardinal prit du thé et reposa la tasse avant de parler.

— J'aimerais que vous me parliez de votre vie à Alt Aussee. Plus spécialement du jour où…

— Du jour où j'ai failli mourir.

Braun hocha la tête.

— Mais j'ai déjà relaté cette histoire, remarqua Morgen sans la moindre trace de contrariété. Deux fois, même. Une fois aux enquêteurs de la Congrégation de la doctrine de la foi et une fois au… tribunal.

Braun s'impatienta.

— Je sais, je sais. Mais j'avais l'espoir que, peut-être, de nouveaux détails vous seraient revenus en mémoire. Des détails… enfouis quelque part dans votre cerveau.

La réponse du prêtre vint immédiatement.

— Les cellules endommagées du cerveau ne se guérissent guère. Pas du tout même, selon certains. J'ai appris à vivre avec les traumatismes causés ce jour-là. Malheureusement, je n'ai pas constaté une quelconque amélioration de ma mémoire.

Braun resta impassible.

— Peut-être pouvons-nous espérer un miracle ? Vous croyez toujours en l'existence des miracles, n'est-ce pas ?

La réponse vint avec la même impassibilité.

— Bien sûr que je crois aux miracles. Chacune de mes respirations en est un.

— Bien. Alors, voyons un peu ce dont vous vous souvenez aujourd'hui.

Le cardinal se pencha pour enclencher le magnétophone.

— Comme vous voulez, Votre Éminence.

Le prêtre réprima un soupir. Résigné, il commença son récit.

— Le soleil levant avait déjà plongé l'horizon dans un rouge flamboyant alors que je n'étais encore qu'à mi-chemin du lac. J'avais espéré franchir l'Alt Aussersee gelé avant l'aube, mais la profondeur de la neige m'avait retardé. Cela faisait plus de trois heures que je fuyais les SS et je savais qu'ils se rapprochaient de plus en plus. C'était comme un de ces cauchemars, quand vous courez avec des jambes entravées. Plus vous courez et moins vous avancez, alors que, dans un vacarme infernal, une locomotive fonce sur vous…

Le visage du cardinal affichait un sourire de compassion.

— J'espère qu'à présent vous ne faites plus ce cauchemar ?

Avant de répondre, le visiteur scruta le visage qui lui faisait face pour en évaluer la sincérité.

— Je ne me réveille plus en hurlant.

Le cardinal eut un hochement de tête.

— Donc, que faisiez-vous ce matin-là ?

— Je courais de toutes mes forces. Je priais et je récitais le psaume 23, encore et encore.

Il s'interrompit, comme s'il attendait une réaction. Le cardinal garda le silence.

— J'avais couru tout le chemin depuis le Salzbergwerk – les mines de sel du mont de Habersham. J'avais vu la relique dans la mine désaffectée. J'avais réussi à m'y introduire en compagnie du sergent. Les gardes SS postés à l'entrée pensaient que j'étais l'un de ces prêtres collaborant avec le Reich. Ils m'ont donc laissé voir le Suaire.

Le visage de Morgen pâlit et sa voix devint songeuse.

— Je l'ai tenu dans mes mains !

Il ne put s'empêcher de lancer un regard de triomphe en direction du cardinal.

— Oui, je l'ai tenu dans mes mains : le fameux coffret en or avec ses pierres précieuses ! J'ai pu voir tous les objets à l'intérieur. Et j'ai lu une grande partie des parchemins enfermés depuis près de deux mille ans dans cette cassette. Maintenant encore, j'ai du mal à croire que ces reliques ont pu faire tomber des papes, renverser des gouvernements et causer le déclin de plusieurs empires depuis vingt siècles. Chaque jour, lorsque j'y pense – et je vous assure, Votre Éminence, j'y pense tous les jours –, il m'est impossible de comprendre comment quelque chose d'aussi sacré a pu inspirer autant de mal. Au nom de Dieu, des hommes ont corrompu, assassiné, menti et volé. Comment ce trésor a-t-il pu rendre Pie XII aveugle et muet en face des crimes du IIIe Reich ?

D'une voix mordante, le cardinal coupa net.

— Ne parlons pas de cela, maintenant.

Sous un sourire de façade, Morgen bouillonnait. Une colère juste souleva sa poitrine, étouffant sa peur et calmant ses nerfs. Que quelqu'un puisse faire cela à son Église et au nom de Dieu ! Le vieux prêtre leva la tête et regarda autour de lui. Sa perception des alentours devenait plus claire et précise. Calmé, il poursuivit.

— Ils me traquèrent, descendant de la montagne au-dessus de Fischerndorf. De loin, je pouvais voir les points lumineux de leurs torches électriques. J'avais l'impression qu'ils étaient moins nombreux, mais mon avance se réduisait de seconde en seconde… Déjà, je pouvais distinguer leurs voix.

Braun leva la main pour l'interrompre.

— Racontez-moi tout ce que vous pouvez sur les Allemands installés au village à l'époque. Quand sont-ils arrivés exactement, leurs noms et tout ce dont vous vous souvenez… Je sais bien que, pour vous, le souvenir le plus marquant de ce jour-là est sur le lac, mais les autres détails sont également susceptibles de nous être utiles.

Morgen reprit une gorgée de thé. En contemplant pensivement le chandelier sur la table, il continua à dévider ses souvenirs.

— Au début, seul un petit nombre de nazis arriva à Alt Aussee et ce dans le plus grand secret. Hitler aussi est venu au village. Il s'est promené sur les sentiers de la montagne au-dessus de notre petite ville et il a déjeuné au restaurant local avec les gens d'ici. Il avait même acquis un terrain au mont Habersham, où se trouvait une mine de sel abandonnée et profondément enfouie sous terre. Puis, la guerre éclata et les nazis arrivèrent en nombre.

Comme hypnotisé, le visiteur continuait à fixer le chandelier massif.

— Nous, les autochtones, n'avions plus le droit d'approcher de la mine désaffectée ni de ses alentours. Les SS firent construire des baraques pour au moins deux cent cinquante hommes. Ils étaient cantonnés strictement dans cette zone avec l'interdiction formelle de parler aux habitants. Le ravitaillement et des réserves arrivaient dans notre petite ville dans des wagons fermés. Nous prîmes l'habitude de voir des gens importants sur le terrain d'aviation de Bad Aussee. Ils traversaient à toute allure la ville dans d'immenses voitures de luxe. Des rideaux tirés cachaient l'identité de ces personnalités. Un peu avant Noël 1941, une rumeur affirma que Hitler lui-même avait visité en secret la mine du mont Habersham.

Nous, dans notre ville d'Alt Aussee, nous étions bien contents que les SS restent entre eux. Malgré cette stricte séparation et toute la discrétion, il fut inévitable que des rumeurs les plus insensées courent à propos de ce que les nazis pouvaient bien fabriquer dans la mine de sel désaffectée. La curiosité en incita plus d'un à se risquer tout près de la zone interdite, mais jamais personne ne parvint à découvrir autre chose qu'une garnison occupant une région montagnarde ainsi que l'entrée soigneusement gardée d'une mine de sel sans la moindre importance.

Le prêtre fit une nouvelle pause avant de poursuivre.

— Une des hypothèses était que les SS de haut rang se construisaient là un lieu de repli dans l'éventualité d'une défaite du Reich. D'autres supposaient que la mine servait de laboratoire secret au développement et à la construction de la fameuse arme secrète de Hitler. En fait, on pouvait tout supposer… Les couloirs souterrains avec leurs fraîches parois d'albâtre blanc du Salzbergwerk étaient suffisamment solides pour constituer une protection efficace contre toute arme connue. La roche était stable, il n'existait aucun risque d'infiltration et la température ainsi que le degré d'humidité étaient constants. Toutes les conditions étaient donc réunies pour garantir un certain confort. Bref, cette mine était un endroit idéal : on pouvait y cacher n'importe quoi en toute sécurité.

Morgen finit son thé et il eut la satisfaction de voir le cardinal jouer pleinement son rôle d'hôte attentif en se levant pour le resservir.

— Merci.

L'autre fit un signe poli de la tête.

— Le Salzbergwerk du mont Habersham demeura le seul exemple d'une présence nazie dans les montagnes autour d'Alt Aussee jusqu'à l'arrivée, en 1945, d'un nombre impressionnant de wagons et de conteneurs remplis de tableaux inestimables, de sculptures, d'objets religieux, de manuscrits et de livres rares.

Le prêtre dut reprendre son souffle.

— Vous n'ignorez pas que Hitler avait fait piller les plus grandes collections d'art, publiques et privées, dans tous les pays occupés par ses troupes. Ceci dans le but avoué d'enrichir le *Führermuseum* destiné à devenir la collection la plus importante du monde. Ce musée, le Führer l'avait rêvé comme une magnifique construction qu'il voulait ériger au centre de Linz en Autriche, où il avait grandi. Adolf Hitler, l'artiste frustré et raté, voulait offrir à sa ville un centre d'art de renommée mondiale – le plus grand de tous les temps – pour qu'elle n'oublie jamais son illustre fils, lui. Mais les bombardiers des Alliés ont empêché la réalisation des projets ambitieux et démesurés du Führer. Aussi, fit-il déménager son précieux et volumineux butin dans les mines de sel du Salzkammergut, où il serait protégé des bombardements devenus quotidiens.

Morgen s'éclaircit la gorge.

— Contrairement aux unités SS aux allures glaciales et secrètes, les troupes de la Wehrmacht, qui convoyaient le transport des œuvres d'art, n'étaient constituées, pour la plupart, que d'hommes effrayés. Bien qu'étant reconnaissants de pouvoir s'éloigner des dangers du front, ils étaient parfaitement conscients de la nature des convois et savaient qu'ils étaient affectés comme gardiens d'œuvres volées inestimables. Ils créaient beaucoup d'agitation dans le pays en recherchant et confisquant toutes les mines de sel sur lesquelles ils pouvaient mettre la main. Toutes les mines existantes autour de Bad Ischl et de Bad Aussee et, tout particulièrement, les vastes mines de Steinberg et

Moosberg furent ainsi bourrées à craquer d'œuvres. Les soldats étaient accompagnés de conservateurs de musée – beaucoup d'entre eux étaient prisonniers de guerre – qui devaient veiller sur les œuvres du Führer. On les voyait, assis à l'arrière des camions qui peinaient sur les routes de montagne raides, sinueuses et verglacées. Les convois traversaient notre petite ville jour et nuit, faisant le bonheur des commerçants locaux.

Tout ce petit monde fréquenta aussi mon église et je fus très sollicité en tant que prêtre. Au point, d'ailleurs, de ne même plus avoir le temps de penser à la mine de sel du mont Habersham. Mes nouveaux paroissiens de la Wehrmacht venaient se confesser et j'eus à entendre de telles horreurs que je doutais maintes fois que notre Seigneur puisse avoir assez de miséricorde pour leur accorder l'absolution.

Sévère, le cardinal intervint.

— La miséricorde infinie de Notre Père céleste peut pardonner tous les péchés du monde.

Voilà une façon pompeuse de s'exprimer, estima Morgen en son for intérieur. Il ne put s'empêcher de répliquer assez sèchement :

— Je vous demande pardon, Votre Éminence, mais je le sais bien. Néanmoins, je n'étais qu'un homme – je *suis* seulement un homme – et loin de posséder une patience et une sagesse infinies.

— C'est ce qu'on m'a raconté, lâcha le cardinal avec un sourire condescendant.

— M'avez-vous convoqué pour que je raconte mon histoire ou pour vous moquer de moi ?

Pour seule réponse, le cardinal darda sur son visiteur un regard sévère. Puis, d'une voix neutre, il l'invita à continuer.

Poussant un soupir, le curé reprit son récit.

— Tout fut déclenché par la trop forte curiosité d'un adolescent. Environ deux mois après le début des transports des œuvres d'art, un garçon du village – Johann Hoffer âgé de treize ans – avait skié un après-midi sur les pentes au-dessus d'Alt Aussee. À un moment donné, il s'aventura trop près de la mine de Habersham. On lui tira dessus et il mourut. Le lendemain matin, dès l'aube, un jeune sergent SS sonna à ma porte et demanda à être entendu en confession. Il s'appelait Willi Max et la mort de l'adolescent l'avait profondément perturbé. Le jeune homme avait été témoin de la scène et il me raconta que des SS avaient tiré sur l'enfant pour s'amuser. Deux lieutenants l'avaient pris pour cible lors de leur exercice de tir. Venant chercher le pardon divin auprès de moi, le jeune sergent me parla du Messie secret. Depuis, je regrette chaque jour d'avoir entendu cette confession.

Tout de suite, je compris qu'il fallait agir. Faire quelque chose et rapidement. Puisque les SS n'avaient pas le droit d'entrer en contact avec les autochtones, j'avais réussi à arranger – avec la complicité du jeune sergent – des messes à l'intérieur même de la garnison. Lors de ma première venue, d'alarmantes nouvelles de l'avancée rapide des Alliés avaient semé une véritable panique parmi les jeunes soldats. Pendant la messe, ils priaient avec la ferveur d'hommes désespérés. Les troupes ennemies seraient même déjà sur le sol autrichien, disait la rumeur. Ce qui terrifiait tant les SS, c'était la perspective qu'on leur réserve le même traitement qu'eux-mêmes avaient infligé à d'autres. Des lendemains difficiles pour des hommes qui, au cours de ces six années de guerre sans merci, avaient presque totalement perdu tout sentiment humain. Les plus inquiets se confiaient à moi sans retenue et me demandaient même de leur procurer des vêtements civils pour les aider à s'évader. Lors de ces entretiens, je compris qu'aucun d'entre eux ne semblait savoir ce qu'ils gardaient là, au cœur des montagnes du Salzkammergut. Apparemment, c'était un secret que seule une poignée d'hommes, choisis avec soin, connaissait. Parmi eux se trouvait le sergent qui était venu se confesser à mon église d'Alt Aussee.

Une nuit, après la messe réservée aux hommes de la garnison, Willi Max – le sergent – et moi, nous nous éloignâmes des baraques. Nous cachant soigneusement, nous entrâmes dans la mine. La grande caverne centrale avait été transformée en une véritable forteresse. Les nombreuses galeries étaient truffées d'armes, de munitions, d'explosifs et de pièges mortels. Max me mit en garde contre ces différents dispositifs de défense. Dès l'entrée, tout était miné. Puisque je me trouvais en compagnie du sergent qui se portait garant pour moi, les soldats me laissèrent passer sans poser de questions. Il n'y eut pas de difficulté non plus lorsque j'exprimai le souhait de visiter la mine.

Ce seul souvenir ranima la colère et le dégoût du prêtre. Il jeta un regard d'acier sur le cardinal.

— Vous le savez bien mieux que moi, Votre Éminence, nombreux furent ceux d'entre nous – et tout spécialement les antisémites, bien sûr – qui ont servi avec zèle le IIIe Reich et ses œuvres.

Ignorant le froncement de sourcils du cardinal, il continua.

— Je ne voulais pas croire l'histoire que le sergent m'avait racontée. Mais quand, dans une petite grotte, il enleva les cadenas de la cachette et qu'apparut le précieux coffret, toute trace de doute disparut sur-le-champ. Je n'étais plus qu'adoration. J'avais sous les yeux la Passion de Sophia, son linceul et les autres reliques sacrées. Quand la sentinelle eut refermé la grotte, il accepta de nous montrer l'original du pacte signé entre Hitler et le pape Pie XII.

Morgen ne quittait pas les yeux du cardinal.

— Lisant le texte des concessions faites par le Pape, j'ai ressenti dans ma poitrine une violente implosion de ma foi.

Le prêtre secoua longuement sa tête, en proie à une violente émotion, toujours intacte un demi-siècle plus tard.

— Je me revois encore : j'étais comme détaché de mon corps. Comme si quelqu'un d'autre en avait pris le contrôle. Soudainement, mon poing droit frappa de toute sa force la nuque de l'un des gardes. Une volonté inconnue obligea mes bras à saisir le SS et à lui cogner la tête contre le sol jusqu'à ce qu'il perde connaissance.

La respiration de Morgen devint plus forte et s'accéléra, comme si son corps revivait une seconde fois cette explosion de violence.

— Puis, je tentai de m'emparer du coffret. Dans mon dos, une voix claqua : « Arrêtez ! » Me retournant, je vis le jeune sergent braquer son Luger de service sur ma poitrine. « Tuez-moi, lui dis-je calmement. Je suis prêt à mourir. » Il secoua la tête et me cria avec insistance : « Non, non ! Vite, sortez ! » Derrière moi, j'entendis la porte automatique du coffre-fort de la grotte se refermer toute seule. Une nouvelle fois, je tentai de saisir la boîte en or, mais le sergent fit un bond en avant et me plaqua au sol. D'un claquement métallique, le dispositif de sécurité joua. Le sergent m'avait sauvé la vie. Sans lui, j'aurais été piégé, enfermé avec les reliques.

L'émotion le fit tressaillir.

— Il m'arrive parfois de souhaiter que le piège se fût refermé sur moi à ce moment-là.

Sa main tremblait lorsqu'il porta la tasse à ses lèvres.

— Il m'expliqua alors que le dispositif de sécurité était tel que toute personne qui tenterait de dérober le trésor serait tuée à coup sûr. Soudain, des voix s'approchèrent à l'extérieur et je compris que – pour le moment – il était plus important de rester en vie afin de pouvoir révéler ce secret au monde. Le convaincre de l'authenticité de ce que je venais de voir. Le sergent réussit – je ne sais comment – à créer une diversion et je pus m'échapper de la mine. Je dévalais déjà la pente lorsqu'ils commencèrent la traque.

Des pensées obsédantes rendirent le prêtre silencieux un très long moment. Il fut tenté de se confier à son supérieur, mais se retint, au dernier moment. Il était si reconnaissant que son propre fils – dont il n'avait jamais révélé l'existence – ait pu traverser la guerre sans dommage. Pas un jour ne passait sans qu'il demandât pardon à Dieu pour s'être écarté du droit chemin. Pardon pour cette faiblesse menant à la conception d'un enfant. Avec ardeur, il priait constamment aussi que le Seigneur lui pardonne la fierté ressentie, chaque jour, à voir ce garçon devenir un homme.

De retour à Alt Aussee, ce fut une véritable torture de regarder les yeux clairs de l'enfant et de l'entendre dire « père » sans qu'il se doute à quel point cela était vrai. Il brûlait de lui révéler la vérité, mais il savait bien qu'il faudrait encore de longues années avant que le garçon pût accepter la réalité : que son père n'était pas l'Oberleutnant, tombé au combat contre les barbares polonais, mais simplement le curé du village qui avait aimé sa mère bien plus que le mari. Certes, il avait eu tort d'agir comme il l'avait fait, mais parfois…

Souvent, Hans Morgen se replongeait dans ses souvenirs : le restaurant au bord du lac que Anna tenait en l'absence de son mari. Combien de fois, ne s'était-il pas mis à rêver de quitter l'église pour épouser Anna et, ensemble, élever leur fils !

Mais, à chaque fois, sa conscience lui rappelait qu'il était à jamais marié à l'Église – même si des hommes haut placés au sein de cette même église s'étaient largement compromis « au nom d'intérêts supérieurs ». Pour lui, il n'y avait pas d'échappatoire : son fils était le fruit d'un doux péché pour lequel il devait demander pardon.

La voix du cardinal l'arracha à ses souvenirs.

— Où êtes-vous, mon père ?

— Où ?…

Morgen eut quelques difficultés pour revenir à la réalité présente.

— J'étais en train de courir vers une petite maison en pierre au bord du lac où Jacob Jost m'attendait.

Morgen sentit un poids oppresser sa poitrine. Il s'était tellement laissé absorber par la pensée de son fils, qu'il avait, un bref instant, baissé la garde.

Braun poussa un cri de triomphe :

— Vous voyez, vous venez de vous rappeler quelque chose de nouveau !

Le cardinal eut un large sourire de satisfaction.

— Alors, qui est ce Jacob Jost ?

S'étant ainsi laissé surprendre, le prêtre savait qu'il n'avait pas le choix : il fallait continuer. Tout ce qu'il pouvait faire maintenant, c'était essayer de fournir aussi peu de détails que possible, tout en restant près de la vérité.

— Jost entretenait des contacts avec un réseau de la Résistance. Je l'avais informé peu de temps après la première confession du sergent. J'espérais qu'il pourrait transmettre le secret aux Américains et, à travers eux, au monde entier. J'étais sûr qu'il le ferait même au péril de sa propre vie. J'avais presque atteint sa petite maison lorsqu'un tir des SS me toucha. Pas gravement, mais suffisamment pour ralentir ma fuite. Ils étaient sur le point de m'attraper quand la divine providence intervint.

Le cardinal fronça les sourcils comme s'il n'avait pas déjà lu tout cela dans la transcription des précédents entretiens.

— À ce moment-là exactement, des troupes américaines étaient parvenues au village et un groupe d'artilleurs s'était involontairement écarté un peu de la route. Ils s'étaient trouvés sur le lac gelé, entre moi et mes poursuivants… Jamais, je n'oublierai l'explosion : l'épaisse surface se disloqua entraînant les SS dans l'eau d'un vert profond. Une pluie de cristaux retomba sur les immenses plaques de glace qui, très vite, retrouvèrent leur place tels les morceaux d'un gigantesque puzzle. Soudain, il n'y eut plus personne… Paniqué et soulagé à la fois, je continuai jusqu'à la maison où je devais rencontrer Jost. Arrivé au portail, je vis la porte s'ouvrir : sur le seuil apparut un homme. Il était grand et portait le redoutable uniforme des SS.

La voix du curé n'était plus qu'un chuchotement :

— Immédiatement, il me tira une balle dans la tête.

Toute la pièce semblait résonner de cette dernière déclaration. L'amorce du coucher de soleil hivernal faisait baisser l'éblouissante clarté du jour. Les deux hommes demeurèrent immobiles et silencieux, observant le soleil disparaître derrière la montagne. Ils prirent soin de s'éviter du regard.

Quand Braun rompit le silence. Sa voix produisit un écho dans la salle.

— Mon père, je mesure tout à fait l'épreuve que représente pour vous l'évocation de ces souvenirs douloureux. Mais je tiens aussi à vous rappeler que tout ceci est de la plus haute importance, surtout le souvenir d'éventuels éléments nouveaux.

Après une courte pause, il choisit soigneusement ses mots.

— La valeur de votre récit n'est pas en cause, mais la question la plus importante demeure celle-ci : parmi les centaines de mines de sel de votre région, vous rappelez-vous laquelle dissimulait la relique du Messie secret ?

Le visiteur s'appliqua de son mieux pour donner au cardinal l'image d'un homme faisant appel de toutes ses forces à sa mémoire.

— Non, et je le regrette, Votre Éminence. C'est un des détails que ma blessure a effacé.

Il mentait.

CHAPITRE 12

Couché sur le dos, Seth Ridgeway fixait, dans l'obscurité, le plafond de la chambre à coucher d'un regard absent. Comme chaque nuit, les draps étaient tout chiffonnés et noués comme une corde. La couverture formait un tas au pied du lit. Une fois de plus, il dut essuyer son visage couvert de transpiration et essaya de trouver une position pour dormir.

Mais le sommeil n'était pas au rendez-vous. À mi-chemin entre l'état de veille et le sommeil, il revoyait les rats courir sur le cadavre de Tony Bradford et en arracher des lambeaux de chair. Ensuite la scène se transformait et mettait en scène Rebecca Weinstock sur le pont de la *Walkyrie*, un trou à la place de la gorge. Il se tourna de l'autre côté. Mais, dès qu'il ferma les yeux, il revoyait toujours ces mêmes images de mort.

Cette nuit-là, il n'avait pu dormir qu'un court moment, juste après être rentré avec le tableau. Il avait ensuite été réveillé par un cauchemar dans lequel il était en train de dormir quand, soudain, quelqu'un allumait la lumière. Il ouvrait les yeux et se retrouvait couché sur le plancher de la réserve au sous-sol de la faculté de philosophie avec Tony Bradford dansant autour de lui. « Lève-toi, feignant !

hurlait son patron tellement fort que son visage devenait rouge brique, les veines de son cou gonflant dangereusement. Lève-toi et assure ton cours ! » Le volume des cris de Tony enflait tellement que Seth ne parvenait plus à comprendre les paroles. En même temps, les plafonniers brillaient de plus en plus fort. Seth fermait les yeux, mais la lumière aveuglante traversait et brûlait ses paupières.

Tout à coup, une immense douleur explosait dans sa poitrine et déchirait ses côtes. Il se retrouvait dans la rue tandis qu'un dealer braquait son arme et que les premières balles atteignaient son coéquipier en pleine face. La seconde salve était pour lui, le touchant en pleine poitrine, puis aux côtes et au dos. Ouvrant les yeux une nouvelle fois, il découvrait le visage de son partenaire vissé, cette fois-ci, sur le corps de Tony Bradford. À nouveau, des hurlements. « Salaud, tu aurais dû me prévenir ! lui lançait son coéquipier avec colère. C'est toi qui aurais dû être à ma place ! C'est toi qui aurais dû mourir, pas moi ! » Il faisait alors des efforts pour se lever, expliquer. Mais ni ses bras ni ses jambes ne lui obéissaient. « Vous êtes un incapable, un dégoûtant incapable. » Le visage se transformait en celui de Rebecca Weinstock, mais la voix qui hurlait était toujours celle de son coéquipier. Seth sentait les larmes de frustration lui couler sur les joues. Il voulait se justifier. Il voulait s'expliquer, mais les mots restaient bloqués dans sa gorge. Le visage au-dessus de lui changeait encore et il voyait Zoé. Et c'était la voix de sa femme qui l'accusait. « Tu les as laissés m'enlever ! Tu les as laissé faire, tout flic que tu es ! »

Quelques instants plus tard, il se retrouvait comme coupé en deux, une partie de lui-même flottant au plafond et observant la seconde moitié couchée sur le sol. Il était là, écrasé dans un coin, un impact de balle au milieu du front. Une multitude de rats le rongeaient et creusaient des trous sanguinolents dans son corps. Une douleur aiguë, fulgurante, le déchirait et il sentait l'affreux grattement des pattes sur ses yeux, le frôlement répugnant des poils sur son ventre.

Il se réveilla en hurlant, baigné de sueur.

Seth se pencha pour consulter le cadran luminescent du réveil sur sa table de nuit. Trois heures du matin. Il avait fait ce cauchemar trois heures plus tôt, mais l'horreur en était toujours aussi palpable. Impossible de dormir.

Il s'assit sur le bord du lit et vit son reflet trouble dans le miroir de la coiffeuse de Zoé. La boîte à bijoux en bois sculpté qu'il lui avait offerte, pendant leur voyage aux îles Vierges britanniques, occupait le côté droit. Sur l'autre partie du meuble se trouvait une collection de ces flacons qui semblent se trouver inévitablement dans le sillage de toute femme. Tous ces petits objets donnaient l'impression de l'accuser de négligence.

Tout en massant sa nuque douloureuse, il se redressa. Les ressorts du lit conjugal grincèrent lorsqu'il se mit debout. Il se souvint des remarques de Zoé qui voulait faire remplacer le sommier parce qu'il était trop bruyant lors de leurs ébats amoureux... Son cœur se crispa douloureusement à l'évocation de ces heures intimes où ils demeuraient enlacés, respirant au même rythme. La retrouverait-il un jour ?

Appuyé contre l'embrasure de la fenêtre, Seth regarda la rue. Le vent avait fini par nettoyer le ciel constellé de brillantes étoiles.

— Qu'ai-je bien pu faire pour mériter pareille chose ? chuchota-t-il.

Son souffle avait laissé une faible buée sur la vitre.

— J'ai toujours prié. J'ai essayé d'être bon. Pourquoi, mon Dieu, avez-vous laissé cela nous arriver ?

En même temps, il dut lutter contre une pensée obsédante qui le taraudait : et si Dieu n'existait pas ? Ou si Dieu, tout simplement, ne se souciait pas des hommes ?

La Toyota avait été remplacée par une conduite intérieure américaine dans laquelle Ridgeway pouvait distinguer deux silhouettes. Cette constante surveillance provoqua un brusque agacement qu'il le réprima tout de suite : Stratton ne faisait que son job, après tout.

Complètement réveillé à présent, il retourna près du lit et s'agenouilla pour extraire le tableau de sa cachette. Posant le colis sur le lit, il enleva le papier. Pendant un moment, il tint le tableau ainsi, le devinant dans l'obscurité. Finalement, il alluma la lampe de chevet pour s'absorber dans un nouvel examen minutieux de la toile.

La scène était exactement comme Rebecca Weinstock l'avait décrite. Un paysage alpin exécuté dans les coloris chauds des maîtres florentins. À droite, un grand rocher faisant face à ce qui semblait être l'entrée d'une mine. Par ailleurs, la toile même ne présentait aucun signe ni un quelconque indice particulier.

Le cadre était en bois noir massif. Le tableau était empaqueté dans du papier kraft tout à fait ordinaire. Dans un coin de cette enveloppe, se trouvait une petite étiquette ovale indiquait le nom du cadreur : « Jacob Jost et Fils : cadres de qualité pour une peinture de qualité, 2 Augustinergasse, Zurich. »

Il ne put en détacher son regard. Le nom de l'artisan cadreur était le seul indice qu'il possédait. Une première question lui traversa l'esprit : pourquoi le cadre avait-il été fait à Zurich et non quelque part en Allemagne ? Il examina de plus près l'adresse. Dans un coin, il y avait une petite inscription, mais l'encre délavée ne permettait plus de la déchiffrer. Il l'approcha de la lumière. Elle restait illisible, mais vue sous un certain angle, il put lire une date – 19 mai 1937 – suivie de deux chiffres : 16-16. C'était avant l'invasion de la Pologne par l'armée hitlérienne, avant les atrocités de l'Holocauste. À l'époque, Hitler était encore un homme d'État respectable et son peuple pouvait voyager sans être arrêté par des combats ou des frontières hostiles.

Ils étaient donc venus à Zurich avec le tableau. Et puis, quoi d'autre ? se demanda-t-il.

À nouveau, il observa longuement le tableau. Son cerveau s'activait fiévreusement. Zurich était renommé pour ses banques et sa situation tranquille. On savait les nazis avides d'or et de tout ce qui avait de la valeur et il semblait donc logique de supposer que des Allemands se soient rendus à Zurich – bien avant la guerre – pour y ouvrir des comptes bancaires. Peut-être, Hitler lui-même ou Stahl ou un autre nazi de haut rang étaient-ils venus ainsi à Zurich et avaient-ils confié, incidemment, la toile à un cadreur de la ville ? En l'occurrence, à Jacob Jost ?

D'un autre côté, s'il y avait quelque chose d'appréciable chez les nazis, c'était leur sens de la préparation, de la méthode. Tout était planifié et ils laissaient peu de place à l'improvisation. Aussi, l'hypothèse que le tableau se soit trouvé là « par hasard » n'était-elle guère plausible.

Il hocha la tête et réfléchit un instant avant de saisir le téléphone. Ayant composé le numéro des renseignements internationaux, il demanda à l'opératrice de lui trouver des indications concernant un atelier Jost à Zurich.

Mais, après la deuxième sonnerie, Seth reposa le combiné. Il y avait fort à parier que son téléphone avait été mis sur écoute – par Stratton ou quelqu'un d'autre. Il ne tenait aucunement à ce que quelqu'un sache ce qu'il cherchait à Zurich. Il était donc préférable d'appeler d'une cabine téléphonique, à l'aéroport par exemple.

Rapidement, Seth mit un pantalon en velours côtelé et un pull-over chaud. Il enleva les outils de sa serviette et, à la place, mit le tableau ainsi que la liasse de coupures de 1 000 dollars donnée par Rebecca Weinstock.

Il ouvrit la boîte à bijoux de Zoé et en tira le premier tiroir. Du fond de la cassette, il s'empara de son passeport ainsi que des francs suisses rapportés de Zurich. Machinalement, il ouvrit son passeport et contempla les visas des dernières pages. Suisse, Angleterre, Pays-Bas, ils y étaient tous : les petits et les grands pays d'Europe, mais aussi les visas pour les Caraïbes visitées avec Zoé. De manière fugitive, il repensa à ces journées paradisiaques, passées à faire de la voile dans les îles. Puis, d'un geste sec, il referma le passeport et fit ses bagages.

Dix minutes plus tard, il observait du coin de l'œil les deux hommes, toujours assis dans la voiture noire, lorsqu'il sortit de la maison et se dirigea vers sa Volvo. Les bagages dans le coffre, il prit le volant et démarra. Il fit demi-tour et descendit la rue très lentement. Parvenu à la hauteur de la voiture noire, il baissa sa vitre, invitant d'un geste ses occupants à faire de même.

— Dites à votre patron que je pars pour Amsterdam.

Sur ces mots, il les salua d'un sourire malicieux et, d'un geste désinvolte, remonta sa vitre et partit.

Une heure plus tard, un large sourire éclairait son visage lorsqu'il raccrocha le combiné du téléphone public au terminal international de l'aéroport de Los Angeles : Jacob Jost et Fils à Zurich était toujours en activité. La nouvelle génération avait repris l'atelier, avait précisé son interlocuteur à l'autre bout du fil. L'ancien propriétaire avait passé la main, mais il était toujours en vie. Seth avait mentionné le tableau et le nom de Stahl, mais ni l'un ni l'autre ne semblaient évoquer quoi que ce soit à l'actuel Jacob Jost. Jost fils avait promis à Ridgeway d'en parler à son père, lequel se ferait un plaisir de s'entretenir personnellement avec le gentleman américain.

Moi aussi, je me ferais un plaisir de m'entretenir avec lui, pensa Seth alors qu'il entrait dans un snack. Non seulement, le café coûtait un prix exorbitant, mais, en plus, il était d'une amertume scandaleuse.

Pour passer le temps, en attendant l'embarquement de son vol, il prit place à l'une des petites tables couvertes de nappes multicolores. Tranquillement assis, Seth – pour la première fois depuis bien longtemps – reprit quelque espoir. Après tout, peut-être existait-il encore une chance de sauver Zoé ? Était-ce la réponse à ses prières ou tout simplement le déroulement naturel des événements ? Il regarda par la fenêtre en essayant de prier encore. Mais aucun mot ne vint.

Luttant contre l'angoisse qui serrait sa gorge, Zoé étira son dos, essayant d'en chasser les nœuds douloureux formés par le stress et la fatigue de cette longue journée où elle était restée constamment debout. Pendant plus de douze heures, Thalia et elle avaient déballé et arrangé la volumineuse collection de figurines de Max. Certaines dataient de 20 000 ans avant notre ère.

S'étirant une dernière fois, Zoé prit le temps de regarder autour d'elle. Ce qu'elle vit la remplissait d'une admiration sans bornes. D'un émerveillement tel qu'il avait, d'ailleurs, rapidement provoqué l'effondrement total des barrières critiques qu'elle avait si soigneusement érigées entre ses émotions et son métier.

Elles étaient là, autour d'elle : tout un bataillon de saintes femmes. Plus de trois cents statuettes, occupant chaque centimètre carré de l'atelier. Chacune d'elles portait un numéro, un descriptif succinct et une identification correspondant aux fichiers du catalogue. Elles étaient faites d'argile, de terre cuite, d'albâtre, de céramique ou de cuivre moulé.

Une grande frise en albâtre provenant d'un temple en Anatolie avait été tronçonnée en plusieurs parties et attendait d'être déballée. Elle contempla une Vénus âgée de neuf mille ans en argile cuite mesurant un peu moins d'un mètre. Ventre, seins étaient fortement soulignés et la statue était assise, les bras reposant sur deux panthères.

Cette vue transportait Zoé dans un monde mystérieusement primitif. En remontant si loin dans le passé de l'humanité, elle chassait totalement de son esprit les peurs d'aujourd'hui qui l'oppressaient. Ces peurs qui transformaient ses rêves en cauchemars et rendaient ses journées douloureuses. À la place de l'angoisse qu'elle éprouvait quand elle pensait à son avenir proche, elle ressentit toute la beauté du message de ces artisans d'antan qui – grâce à leur art – faisaient survivre leur monde disparu.

— Fascinant, n'est-ce pas ?

La voix enjouée de Thalia la sortit brusquement de sa rêverie. Zoé eut un sursaut de surprise.

— Désolée, je ne voulais pas vous effrayer.

Thalia examina à son tour la statue qui avait capté l'attention de son amie.

— C'est aussi une de mes préférées. Il y a une telle pureté dans cette absence de tout artifice et de toute décoration. Elle est faite seulement de boue cuite dans les cendres d'un feu qui, à cette époque-là, constituait encore un grand mystère. On peut imaginer qu'ils étaient assis autour du brasier. Quelqu'un fut tellement hypnotisé par les flammes que – dans une sorte de transe –, il vit soudain l'incompréhensible réalité de l'existence des humains, leur immense vulnérabilité, leur désespoir. Et cela…

Elle pointa une main gantée de blanc vers la statue.

— … traduit sa façon d'y faire face.

— Oui, c'est cela qui rend cette statue si fascinante, elle nous ramène aux origines mêmes des religions.

— Je connais si peu de leur histoire, dit Zoé avec regret.

— De leur préhistoire… rectifia Thalia en posant la main sur la sculpture. Voilà pourquoi nous en savons si peu.

— Dans ma profession par exemple, on n'exige pratiquement aucune connaissance des arts au-delà de 1 000 ans av. J.-C., expliqua Zoé. En fait, seule une poignée de spécialistes remontent aussi loin dans le temps et c'est déjà considéré comme de l'archéologie.

— En vérité, tout art est de l'archéologie, affirma Thalia. L'art est le reflet de la culture et la culture est l'expression de la manière dont l'homme donne un sens à sa vie. Simplement, de nos jours, la plupart d'entre nous ont besoin de l'histoire écrite pour y trouver quelques indices leur permettant d'approcher l'art.

Zoé hocha pensivement la tête.

— Il est facile d'imaginer comment cela s'est passé à l'époque. Cette Vénus a été modelée par les mains et le cerveau de quelqu'un qui était abasourdi par une explosion de connaissances dépassant son entendement. N'oublions pas que c'était le temps de l'invention de la roue, celui où l'homme commençait à domestiquer les animaux, à faire des dessins sur les murs des grottes. À découvrir que des graines semées pouvaient donner des céréales…

— … le temps où Dieu était une femme.

Thalia avait terminé la phrase à la place de son amie.

— Pardon ? Zoé n'en crut pas ses oreilles.

— Regardez autour de vous : Dieu avait des mamelles !

Zoé se renfrogna, mais Thalia continua d'une voix enjouée.

— Quel monde ! Dire que cette femme avait des hanches aussi généreuses que les miennes et que le peuple fit d'elle son Dieu !

Elle eut un rire profond et sensuel qui secoua tout son corps moulé dans un pull noir.

— C'est drôle… murmura Zoé d'une voix douce. Grâce à Seth, je connais plein de choses des religions modernes. Et quasiment rien de tout ceci…

Du bras droit, elle fit un large geste circulaire.

— Je veux dire que je n'ai même jamais réellement pensé à ce qui existait avant… Vous voyez, pour moi, ces statuettes de déesses étaient simplement un lot de sculptures d'idoles appartenant à un panthéon de dieux… d'animaux, de toutes sortes de cultes. Pas vraiment une religion légitime.

— Pas une religion légitime, répéta Thalia qui fixa de nouveau l'impressionnante assemblée de figurines. Voilà une notion que nous devons à mon peuple.

Elle s'interrompt et regarda Zoé droit dans les yeux.

— La Torah et l'Ancien Testament sont remplis d'incitations à détruire les autels païens, à brûler leurs écritures, à les faire disparaître de la surface du monde. Mais, saviez-vous qu'il y a quinze mille ans, ou peut-être vingt-cinq ou même trente mille ans – avant que n'apparaisse la première mention de Yahvé dans les Saintes Écritures – Dieu était une femme ? La Grande Déesse ne faisait pas seulement partie d'un culte de fertilité ou d'une palette de totems animistes. Elle était honorée comme la créatrice de l'univers, la donatrice de toute vie. Ceci pas seulement dans une seule partie du monde, mais partout sur le globe ! Suivez-moi, Zoé...

Elle avança avec une rapidité surprenante dans les allées étroites entre les longues tables. Zoé eut du mal à la suivre. Thalia s'arrêta devant une Vénus en terre cuite.

— Regardez l'étiquette. Celle-ci vient des Sumériens qui l'appelaient Nana ou Innana. Là, juste à côté – une figurine sculptée dans de la serpentine – c'est la Grande Déesse du soleil des Esquimaux, la créatrice éternelle comme celle des Japonais.

Tout en continuant à marcher, Thalia énuméra.

— L'Inde, l'Arabie, l'Anatolie, l'Australie, l'Égypte, l'Afrique : tout autour de la Méditerranée, Dieu était femme. Elle fut appelée Isis.

Sans s'arrêter, elle désigna du doigt une sculpture en albâtre.

— Ishtar, Asherah, Hathor, Anahita, Au Set, Ishara et des centaines d'autres noms. Mais tous – dans n'importe quelle culture – désignent la même entité et tous représentent la Grande Déesse universelle qui créa le monde et tout ce qu'il contient.

Thalia s'arrêta si soudainement que Zoé faillit la télescoper.

— Et, dès le début, c'était du monothéisme ! dit-elle avec un accent de triomphe.

Elles s'immobilisèrent devant la plus haute des statues de Vénus. Elle était en pierre d'Anatolie et représentait une femme donnant naissance à une tête de bélier et à trois têtes de taureau.

— Celle-ci date du VIᵉ siècle avant notre ère. Dans leur culture, béliers et taureaux symbolisaient les hommes. Cette sculpture témoigne que, pour eux, l'homme émane de la femme et non l'inverse comme dans l'histoire d'Adam et Ève.

Zoé s'était approchée de la sculpture pour mieux en examiner tous les détails. Elle écouta avec attention les explications de son amie.

— En ces temps-là, ils n'avaient pas encore établi le lien direct entre le sexe et la procréation. Tout ce qu'ils savaient, c'était que les femmes et les femelles des animaux donnaient la vie. Elles seules pouvaient procréer. Le corps de la femme était en harmonie avec la nature, avec la lune et il obéissait aux mêmes cycles mystérieux que l'univers.

— Je suppose que c'est la raison pour laquelle aujourd'hui encore, nous disons « Mère terre » et « Mère nature ».

— Tout à fait. Vous pouvez essayer de camoufler la Grande Déesse, mais vous ne pouvez pas la faire disparaître. Par ailleurs, souvenez-vous que, en ces temps anciens, on vivait selon les lois du matriarcat – l'héritage et le nom de famille étaient transmis par la lignée de la mère. Pour eux, cela allait de soi, puisque les hommes ne possédaient aucune fonction de transmission. Ils étaient chasseurs et guerriers protecteurs – grâce à leur force et leur taille –, mais ce furent les femmes qui inventèrent l'agriculture afin d'avoir une réserve de nourriture près de la maison.

— Voilà pourquoi elle tient des graines dans la main ? Cela ressemble à du blé, non ? demanda Zoé en désignant les larges mains de la déesse.

Thalia se pencha pour les examiner de près.

— C'est une variété naine d'orge. Mais vous avez raison en ce qui concerne la présence de ces graines. La déesse les tient parce qu'elle est la dispensatrice de la nourriture, au même titre que de la vie.

— D'accord. Alors qu'est-il arrivé ?

Thalia ne comprit pas immédiatement la question.

— Je veux dire : pourquoi Dieu apparaît-il comme un homme maintenant ? précisa Zoé.

— On est à peu près certain que tout commença lorsqu'ils prirent conscience que l'acte sexuel est, en fait, l'acte procréateur. Les débuts de l'agriculture ont également joué un rôle.

Quelque part dans le vaste entrepôt, une porte claqua violemment. Thalia reprit sa démonstration.

— C'est à ce moment que les hommes comprirent qu'ils avaient eux-mêmes le pouvoir d'exercer un certain contrôle à la fois sur leur nourriture et sur leur corps. Que ce n'était pas seulement le fruit d'une mystérieuse magie divine.

Le visage de Zoé s'illumina.

— La connaissance. Ils ont goûté au fruit défendu…

— On peut le formuler ainsi. Jusque-là, les terres cultivées avaient de petites dimensions, en harmonie avec la nature. On obéissait à ses rythmes sans même songer à intervenir, ni pour les cultures, ni pour la procréation. Mais quand les hommes ont pris conscience du rôle clé qu'ils jouaient dans cette affaire, ils sont devenus rapidement beaucoup moins soumis, beaucoup moins respectueux.

Elle montra une table sur laquelle les silhouettes divines avaient considérablement minci.

— Vous voyez celle-ci ?

Zoé regarda la statuette en cuivre fondu aux yeux de lapis-lazuli qui avait, au milieu de la poitrine, une pierre d'ambre formant une figure géométrique. À ses côtés se trouvait une figurine plus petite, représentant indéniablement un homme.

— Vous comprenez ? Le message est clair. Nous sommes 4 000 ans av. J.-C. et le mâle est vu comme un prince consort. La suprématie appartient toujours à la Grande Déesse, mais l'évolution a provoqué des prises de conscience. Résultat : on accepte que la déité englobe les deux éléments masculin et féminin. Ce qui, à mes yeux, n'est pas du tout une forme de polythéisme : ce sont simplement deux faces d'une même réalité.

Une nouvelle fois, une porte se ferma avec fracas dans l'immeuble. Peu après, des voix se firent entendre.

Bien que n'y prêtant aucune attention, Thalia accéléra cependant son débit, comme pour être sûre de pouvoir terminer.

— On vit toujours selon les lois du matriarcat, mais déjà les biens de la famille appartiennent aux deux, à l'homme et à la femme. C'est le début de l'âge de bronze avec ses premières villes. Les propriétés s'agrandissent et les conflits pour les territoires de chasse et pour les champs cultivés se multiplient. Jusque-là, la sécurité de tous était ancrée dans l'adoration de la divinité et une vie en harmonie avec la nature. À présent, les lances et les épées sont les instruments décisifs de la société. La part masculine de Dieu gagne en force et…

Une clé tourna dans la serrure et la lourde porte métallique s'ouvrit violemment. Un homme de taille normale, dont Zoé savait qu'il s'appelait Sergejew, entra le premier, suivi de près de son geôlier aux allures de Hulk. La grande bouffée d'air froid qui les précédait ne glaça pas seulement les pieds de Zoé.

— Vite, parlez des dates.

Thalia avait lancé l'ordre rapidement et en anglais. Avec aisance, elle salua ensuite les deux hommes en russe. Un double bêlement lui répondit.

Avec un profond soupir, Zoé se détourna de la statuette : la sombre réalité du présent l'avait rattrapée.

— Venez !

L'ordre claqua comme un fouet.

Comme tous les soirs depuis si longtemps – au point que Zoé ne songeait même plus à les compter –, la jeune femme se retourna et tendit sa main droite. Hulk-le-gardien prit la même position, les menottes déjà attachées à son imposant poignet gauche.

À peine Sergejew eut-il refermé le bracelet en acier autour du poignet de Zoé, que Hulk, sans prononcer le moindre mot, se dirigea d'un pas rapide vers la porte.

CHAPITRE 13

À mi-chemin entre Washington D.C. et Baltimore, sur un vaste terrain de mille hectares – des champs et des forêts à perte de vue –, se trouve un complexe tentaculaire de vingt bâtiments entourés d'une triple clôture de plusieurs mètres de haut. Le fil de fer barbelé aux pointes acérées qui la renforce semble n'avoir qu'une destination : écorcher de la chair humaine. Un des grillages est électrifié et des gardes armés jusqu'aux dents et accompagnés de chiens d'attaque patrouillent régulièrement dans ce no man's land.

Durant la journée, plus de cinquante mille personnes circulent dans ce complexe étroitement surveillé. Elles viennent travailler dans les bureaux, acheter des timbres à la poste, se faire faire une permanente chez le coiffeur, chercher des médicaments à la pharmacie, aller en classe au collège ou suivre les programmes diffusés par la station de télévision qu'alimente la centrale électrique du complexe.

Le voyageur circulant sur Parkway entre Baltimore et Washington, qui prendrait par erreur la sortie vers Fort Meade et qui, une fois sur le terrain de la base militaire, tournerait à gauche, découvrirait soudain, derrière les multiples grillages, le gigantesque bâtiment central au pignon couvert de tuiles vertes. Il se trouverait alors en face du « Ritz de l'espionnage », du « Taj Mahal de l'écoute », du « Colisée de l'intelligence », autrement dit au quartier général de l'Agence nationale de sécurité, la NSA.

C'est un bâtiment qui, à lui seul, contient plus de mètres carrés de bureaux que le siège de la CIA à Langley et que le Capitole américain réunis. Au sous-sol, se trouve la plus grande concentration d'ordinateurs au monde, dont les disques durs contiennent des kilomètres d'archives. Les estimations les plus récentes chiffrent la quantité d'informations ici réunies à plus de onze hectares – assez pour assurer la gestion de toutes les activités économiques des États-Unis.

Mais tous ces ordinateurs ne sont réservés qu'à une seule activité : l'espionnage. Certains, au département de cryptographie, s'occupent uniquement du décodage des messages secrets. D'autres traduisent les messages provenant de l'étranger. Mais la part du lion de ce gigantesque complexe revient sans conteste à l'analyse des signaux et des conversations interceptés par le système d'écoute de la NSA.

Tel un micro géant, ce réseau enregistre à chaque seconde des billions et des billions de messages envoyés et reçus dans le monde. Des satellites espions balayent sans relâche l'espace, repérant des signaux télémétriques émis par les bases de lancement de missiles russes ou chinoises. Partout sur la planète, des avions espions peuvent intercepter des conversations entre les pilotes d'avions de chasse et leur base et n'ont pas la moindre difficulté à enregistrer les conversations des officiels du Kremlin circulant en voiture.

En plus de l'écoute des ennemis potentiels de l'Amérique, l'agence travaille également à la détection des ennemis à l'intérieur même du pays. À découvrir quel citoyen des États-Unis est, en vérité, un espion camouflé. Aussi, les antennes gigantesques de la NSA interceptent-elles les communications téléphoniques, télégrammes, fax et e-mail de gens tout à fait ordinaires.

La communication passée par Seth Ridgway à Jacob Jost fit l'objet d'un rapport d'écoute de la NSA. Ce document notait que l'appel provenait d'une cabine téléphonique située à la mezzanine du premier niveau de l'aéroport international de Los Angeles. La qualité du signal téléphonique avait été signalée comme étant en dessous de la moyenne, proche du niveau de transmission rudimentaire rencontré dans les pays en voie de développement.

L'appel de Seth Ridgway avait transité par des lignes terrestres jusqu'à la centrale des communications longue distance de la COMSAT à Jamesburg, en Californie. À ce moment-là, tous les circuits de leur satellite étaient occupés et l'ordinateur central avait dirigé la communication sur les lignes transcontinentales du circuit TAT 6 (câble transatlantique 6) à Rhode Island. De là, l'appel franchit les cinq mille kilomètres qui le séparaient des côtes françaises. Près de Deauville, il fut dirigé sur les lignes des Télécommunications françaises, transporté par micro-ondes au Centre des télécommunications situé à l'est de Paris. Puis il passa par câble interurbain sur l'ordinateur central de la poste suisse, laquelle le transmit à Zurich. En quelques instants, le système localisa le numéro de Jacob Jost et établit le contact. Le téléphone de l'atelier d'encadrements à Zurich sonna enfin.

Au cours de ce processus hautement complexe, Ridgway ne prêtait guère attention aux différents déclics et échos émis dans son combiné. Son esprit était bien plus préoccupé par ce qu'il allait dire à son lointain interlocuteur que par les crépitements de la ligne.

La conversation fut somme toute banale. Seth demanda à parler à Jost père qui était sorti. À l'autre bout du fil, c'est son fils qui demanda de quoi il s'agissait. Un tableau peint par un homme nommé Stahl encadré dans leur atelier plusieurs décennies auparavant ? Un paysage des

Alpes autrichiennes et le nom du tableau était *La Demeure de Notre-Dame rédemptrice* ? Le fils dit qu'il n'était pas au courant, mais qu'il ne manquerait pas d'en parler à son père. Ce dernier recevrait avec plaisir Herr Ridgeway.

Cette conversation fut du plus haut intérêt pour d'autres oreilles. À Fort Meade à Maryland, le numéro de téléphone, la mention de Stahl ainsi que du nom du tableau furent détectés par un programme sentinelle surveillant les onze hectares de disque dur.

Puisque ces données déclenchaient une alerte prioritaire, le premier ordinateur en informa immédiatement un second connu sous le nom de Lodestone. De même que pour les humains, les ordinateurs ont leur hiérarchie propre et Lodestone se trouvait dans les sphères supérieures.

À toute vitesse, Lodestone analysa la communication et vérifia l'identité de la personne à l'origine des mots clés d'interception : le numéro de téléphone, le nom de Stahl et le titre de l'œuvre. Le système constata que l'auteur du programme et des codes était un agent portant le nom de « Byzantium ». Il prit note, par ailleurs, que toute information en relation avec ces mots clés était à classer top secret « Umbra ». Tout message devait donc être transmis exclusivement à Byzantium.

Moins de trois minutes après la fin de la communication, un message codé partait, destiné à l'agent Byzantium, qui était à ce moment-là en route pour l'aéroport international de Los Angeles.

Dans une aile nouvellement rattachée au Centre des télécommunications à l'est de Paris, un ordinateur de France Télécom était en train d'enregistrer toutes les informations émises à son intention par TAT 6. Il était bien plus petit, plus lent et – selon des critères humains – plus bête que son confrère Lodestone de l'autre côté de l'Atlantique. Mais il était aussi beaucoup moins chargé : il n'avait que deux mille communications à la fois à gérer ce qui était largement dans ses capacités. Plusieurs techniciens s'affairaient autour de l'ordinateur.

Dans une pièce voisine, un homme en blouse de travail était assis. C'était un agent de la DGSE, la Direction générale de la sécurité extérieure. C'était l'un des trois qui, vingt-quatre heures sur vingt-quatre, surveillaient l'ordinateur, dans l'attente d'une alerte déclenchée par la détection d'un des mots clés du programme d'interception.

Chez France Télécom, on n'était pas spécialement ravi d'être obligé de consacrer une partie des capacités informatiques à une activité d'espionnage. De leur côté, les hommes de la DGSE assignés à cette tâche monotone de surveillance, assis dans cette pièce à côté de l'ordinateur pendant des heures, ne débordaient pas d'enthousiasme. Les représentants des deux entités faisaient en sorte que leurs chemins se croisent le moins possible.

Cette nuit-là, l'agent assurant la permanence, Lepin, s'était à peine installé avec son douzième gobelet de café et les mots croisés du *Monde*, quand l'agent de France Télécom frappa discrètement à la porte pour l'informer que l'ordinateur venait de cracher un message codé incompréhensible.

Avec une certaine léthargie, Lepin suivit l'homme dans la salle de l'ordinateur central pour en prendre connaissance. Dès le premier coup d'œil, toute son attention fut en éveil. Le programme d'interception fourni par son officier de liaison du KGB avait porté ses fruits ! Dissimulant le tremblement de ses mains, il se hâta de porter le document dans son bureau.

Le code utilisé pour le cryptage du message avait été élaboré à partir d'un livre. Seul pouvait le décoder quelqu'un connaissant cet ouvrage. Il était tout excité. Après des années d'une activité sans grand intérêt, il pouvait enfin servir vraiment la cause socialiste qui lui tenait à cœur. Il plia soigneusement le papier et le mit dans sa poche. Il avait hâte de consulter l'ouvrage et de déchiffrer le code. Avec un sourire sarcastique, il pensait à l'ironie d'avoir choisi comme livre de cryptage *La Richesse des nations*, d'Adam Smith.

Moins de dix minutes après avoir pris connaissance de l'appel de l'Américain, Jacob Jost senior s'isola dans son bureau et demanda une communication longue distance avec Munich. La sonnerie de l'appel résonna longtemps dans les couloirs sombres de la Jesuitenresidenz, située dans un vieil immeuble baroque en pierre de taille, en face de la Sparkassenstrasse au cœur du centre historique de la ville.

Le quartier ancien de la capitale bavaroise est un imbroglio de bâtisses datant du Moyen Âge et de la Renaissance ainsi que d'immeubles baroques, dont les toits et les caves se touchent étroitement. Ils sont imbriqués les uns dans les autres et reliés par d'étroites ruelles pavées à l'ancienne. Bien que ce quartier ne dépasse guère un diamètre de un kilomètre et demi, une douzaine d'églises s'y pressent autour d'anciennes halles, de somptueuses résidences privées et d'imposants immeubles officiels. La cathédrale et église paroissiale de Notre-Dame – la Dom und Pfarrkirche Unserer Lieben Frau – communément appelée Frauenkirche, est la plus connue des églises munichoises.

Construite en 1271 en qualité de chapelle dédiée à la Vierge Marie, la Frauenkirche est aujourd'hui une sorte de marque de fabrique et le symbole de Munich. Les deux flèches jumelles, chapeautées de curieux dômes, qui ressemblent aux calottes portées par les membres du clergé de l'Église catholique, figurent sur plus de prospectus touristiques et de cartes postales que tout autre monument de Munich.

Au-delà de son impact touristique, la Frauenkirche fait également fonction de cathédrale et d'église paroissiale accueillant les nombreux catholiques pratiquants de

Munich. De ce fait, elle compte un nombre important de prêtres permanents, la plupart résidant à la Jesuitenresidenz voisine.

Le téléphone avait sonné plusieurs fois avant qu'un novice de la résidence décroche. Il répondit poliment et demanda à son interlocuteur de patienter, le temps qu'il prévienne le père Morgen.

Ce père Morgen était un homme étrange, pensa le jeune novice pendant qu'il traversait le hall d'un pas rapide avant de prendre l'escalier menant au troisième étage. Il avait des yeux bleus d'une grande bonté mais qui semblaient toujours empreints d'une profonde tristesse. Le Père supérieur lui avait expliqué que c'était à cause des graves blessures que Morgen avait reçues à la fin de la Seconde Guerre mondiale.

Le jeune prêtre s'arrêta au bout du couloir, devant une porte en bois massif portant une croix. Il attendit un instant avant de frapper. Il entendit le père Morgen chantonner à l'intérieur. Cela ressemblait au *Concerto brandebourgeois*. Le novice s'étonna encore une fois que l'abbé n'autorise pas le père Morgen à avoir son propre téléphone. Il était âgé et fragile, et recevait de nombreuses communications. Vraiment, on devrait faire une exception à la règle, pensa-t-il. Cela ne devait, tout de même, pas coûter bien cher. De plus, la paroisse n'aurait certainement pas à payer pendant longtemps : le temps du père Morgen semblait être compté.

Il frappa doucement quelques coups.

— Entrez ! lui répondit-on à travers la porte.

Le novice s'exécuta et vit le prêtre assis, regardant par la fenêtre en direction de la Frauenkirche

— Un appel pour vous, mon père.

Il s'avança vers le fauteuil et tendit une main secourable au vieux prêtre. Morgen sourit et déclina aimablement son offre. Il n'avait nul besoin d'assistance : pourquoi ne voulaient-ils pas comprendre qu'il n'était pas invalide !

Se levant – sans la moindre difficulté –, Morgen s'immobilisa un instant et contempla la photo de son fils suspendue au mur. C'était un bel homme à présent, puissant et admiré, au seuil d'une grande destinée. Son cœur se serra, comme à chaque fois lorsqu'il réalisait que son enfant ne connaîtrait jamais son véritable père. Car c'était devenu impossible à présent. La mère de l'homme sur la photo – la seule personne à connaître la vérité – était morte d'un infarctus une dizaine d'années auparavant. Désormais, Morgen et Dieu seuls connaissaient le terrible secret.

Après un dernier regard jeté sur la photo, il ferma la porte derrière lui. Descendant l'escalier, il espérait qu'il s'agisse d'une bonne nouvelle, ce qui allègerait un peu ses douleurs physiques. La souffrance et la faiblesse changeaient d'un jour à l'autre, et il en était de même de sa mémoire. C'était à cause des éclats, lui avait-on expliqué. Les balles de l'Oberleutnant avaient touché ses côtes et son crâne ce jour-là, au bord du lac dans le Salzkammergut. Six des balles auraient pu lui être fatales, à quelques millimètres près. De toute manière, il serait mort à l'heure actuelle si Jost n'avait pas tué l'Oberleutnant et conduit Morgen rapidement auprès d'un médecin américain. Un sourire reconnaissant éclaira brièvement ses traits pendant qu'il descendait prudemment les marches. Au cours de ces cinquante années passées, il avait appris à se mouvoir avec précaution. À éviter des mouvements brusques qui risqueraient de déplacer les redoutables petits fragments éparpillés dans son corps.

Grâce à Dieu, il avait connu des moments où il s'était senti parfaitement bien si l'on faisait abstraction de la cécité de son œil droit. Ces jours-là, il aurait adoré skier ou patiner sur le lac, mais il savait que cela aurait été suicidaire. Alors, il s'était contenté de marcher beaucoup, de garder une bonne condition physique par des moyens moins risqués.

Parvenu sur le palier du second étage, il suivit le long corridor sombre où se trouvait le téléphone. Le jeune prêtre, de son côté, ne l'accompagnait plus. Il avait bifurqué rapidement vers le bureau du Père abbé. Doucement, il frappa à la porte.

— Le père Morgen vient d'avoir un autre appel téléphonique, Votre Éminence.

Tout en parlant, il pénétra dans le bureau meublé très sobrement du Père supérieur.

— Merci beaucoup.

Le Père abbé remercia le novice d'un léger signe de la tête.

Plus d'une fois, le jeune prêtre avait été tenté d'informer le père Morgen de l'ordre reçu concernant ses communications. Dès le début, il avait, en effet, jugé cette consigne plutôt étrange. Car lui et le second novice devaient informer le supérieur ou son adjoint de chaque appel téléphonique que le père Morgen recevait. Ces instructions avaient été données par le Père supérieur sans la moindre explication. Il est vrai qu'il n'était guère dans les habitudes du clergé de fournir des explications aux novices. Un novice, ça obéit aveuglement. Sans poser de questions. Néanmoins, le jeune prêtre, en son for intérieur, estimait qu'il y avait dans cette affaire quelque chose de... malhonnête.

Dans son bureau, le Père supérieur pensait plus ou moins la même chose en ouvrant le tiroir de son secrétaire pour vérifier que le petit magnétophone – placé là par les hommes de la Congrégation de la doctrine de la foi – fonctionnait bien. Les hommes du Vatican étaient arrivés en 1962, deux jours après Pâques, et tout de suite après le père Morgen avait été assigné à la paroisse. Lui, le Père abbé, alors bien plus jeune, s'était élevé vigoureusement, à la fois contre la mise sur écoute du téléphone de la résidence et contre l'espionnage de l'un de ses propres prêtres. Ses protestations avaient d'abord abouti chez l'archevêque du diocèse, puis chez un cardinal du Vatican. Finalement

– puisqu'il continuait à ruer dans les brancards–, il avait été convoqué à Rome où l'on lui avait signifié très clairement que plus aucune autre contestation ne serait tolérée. Mais personne ne lui avait jamais donné la moindre explication à propos de cette surveillance.

Bravant les instructions reçues, il avait essayé de découvrir par lui-même les raisons de cet espionnage en écoutant les conversations enregistrées. Les communications téléphoniques du père Morgen concernaient un large éventail de gens : des marchands de tableaux et des collectionneurs – notamment un Zurichois du nom de Jost – ainsi que des enquêteurs de la police et des officiels du gouvernement. Les appels, qui provoquaient invariablement des froncements de sourcils de la part du Supérieur, étaient ceux provenant ou destinés à d'anciens nazis. Au début, il avait supposé que le Vatican soupçonnait peut-être Morgen d'être lui-même un ex-fasciste. Mais cette hypothèse ne collait pas du tout avec les circonstances dans lesquelles le père Morgen avait été blessé. À présent, il voyait en ce prêtre un vieil homme fragile, plein de bonté, et incapable d'assumer pleinement une charge cléricale. Et que la hiérarchie autorisait à pratiquer son hobby : la localisation et la restitution d'œuvres d'art volées par les nazis.

Ses recherches avaient même été couronnées de certains succès modestes, relatés dans les colonnes de la *Abendzeitung* de Munich par Johanna Kerschner. Par ailleurs, cette journaliste avait montré un grand intérêt pour le prêtre et ses enquêtes.

En fin de compte, le Supérieur de la Jesuitenresidenz de Munich était parvenu à la conclusion que Dieu avait conféré aux hommes plus haut placés que lui-même davantage de responsabilités. Une foi indéfectible ainsi qu'une obéissance aveugle étaient tout ce qu'on lui demandait. Il avait donc expédié chaque semaine les enregistrements à Rome.

Depuis, au cours de toutes ces années, d'autres hommes étaient venus remplacer le vieux magnétophone par des appareils plus modernes. Ils avaient mis en place des programmations automatiques, déclenchant le dispositif sans intervention manuelle. Mais le Père abbé avait gardé l'habitude de vérifier à chaque fois le bon fonctionnement de l'enregistrement.

Pendant quelques secondes, le Supérieur garda les yeux fixés sur le petit appareil. La cassette tournait. Il soupira avant de fermer lentement le tiroir et de retourner à ses paperasses. Ah, ces paperasses, pensa-t-il. Est-ce que Dieu, Lui, tenait le Livre de la vie en trois exemplaires ? Tout de suite, il fit le signe de la croix et demanda pardon pour avoir eu de telles pensées irrévérencieuses. Puis, il se replongea résolument dans les dossiers étalés sur son bureau.

À dix mille kilomètres de là, Seth Ridgeway s'installa à bord du 747 de KLM. Il choisissait toujours KLM, la dernière compagnie professionnelle, selon lui, qui desservait l'Europe. Il ajusta les écouteurs sur ses oreilles, en régla le volume et se tourna, confortablement recroquevillé, vers le hublot.

Il ferma les yeux et, immédiatement, Zoé apparut. Elle était quelque part, il le savait dans son cœur. Elle était en vie et, cette fois-ci, il allait la retrouver. Il était déjà profondément endormi quand l'avion commença à rouler sur la piste.

À cet instant, Seth Ridgeway n'avait pas la moindre idée d'événements qu'il venait de déclencher dans diverses parties du monde.

CHAPITRE 14

L'Américain était assis dans sa suite luxueuse à la *Nochspitze* et relisait une fois de plus le matériel que le cardinal Neils Braun lui avait donné dès son retour des États-Unis.

Profondément troublé, il se leva et se dirigea vers la porte qui donnait sur un étroit balcon avec une vue magnifique sur l'Inn. La nuit profonde et fraîche allégea un peu la chaleur brumeuse, qui régnait dans son cerveau. S'appuyant sur la balustrade du balcon, il ressemblait à un prédicateur devant son pupitre. Prêt à faire son sermon.

Une fois de plus, il passa en revue ce que Braun lui avait raconté. Un second Messie et qui était une femme, un assassinat – le massacre de tout un village orchestré par le pape de l'époque, la falsification des Écritures, le maquillage de l'histoire… Dissimuler l'existence d'un second Messie avait été chose presque aisée, en somme.

Le cardinal avait été tout à fait sincère et convaincant en soulignant que l'existence d'un second Suaire ne devait pas faire de différence. Ce qui importait, c'était le symbole de la résurrection et du salut… et de la foi en Dieu. Le peuple n'était pas prêt, ne voulait, ne pouvait tout simplement pas accepter un second Messie. La révélation de son existence ébranlerait les fondements mêmes de la croyance des fidèles en l'Église et entraînerait de grandes souffrances. La vérité ne les rendrait pas libres, mais seulement malheureux.

Bien sûr, ils avaient aussi parlé de la violence sectaire et des émeutes qu'une telle révélation provoquerait. Comment des gens comme Zhirinowski pourraient exploiter la situation et accroître leur influence en Russie et au-delà. Ses partisans de Zhirinowski étaient des fous furieux, ressemblant davantage à Idi Amin et à Staline, ces monstres qui, à eux deux, avaient massacré plus de gens innocents que Hitler. Le mécontentement populaire, qui avait suivi la chute du régime communiste, avait donné à la bande de Zhirinowski le statut de favori. Il était clair que si jamais lui et ses partisans parvenaient à exercer le contrôle dans ce pays, le prochain bain de sang ne serait qu'une simple question de temps…

L'Américain scruta fixement l'obscurité comme pour y chercher des réponses. Des réponses qui restèrent aussi lointaines que les milliers de points scintillants dans cette voûte céleste.

Ses cellules grises, son intellect, toute son expérience, tout lui disait que le cardinal avait raison. Aucune vérité ne devrait avoir le pouvoir de provoquer une telle explosion de violence, de mort et de déstabilisation générale. Mais son cœur n'était pas d'accord.

S'arrachant à la nuit étoilée, l'Américain retourna dans sa chambre et ferma la porte. Il s'immobilisa quelques instants, contemplant les gros volumes étalés sur le bureau et à même le sol. L'histoire complète de Sophia. La transcription de tous les entretiens avec elle et les habitants de son village, les décrets de l'empereur Constantin et la description minutieuse du contenu du coffret disparu d'un château bavarois au début des années trente.

Frottant ses yeux pour en chasser la fatigue, l'Américain consulta sa montre. Minuit passé, mais il n'avait toujours pas sommeil. Il s'adossa à sa chaise, s'empara son cahier jaune et se plongea dans la relecture de ses notes.

Après le massacre du village, le linceul de Sophia accompagné du document attestant son authenticité et les divers témoignages avaient été enfermés dans une cassette en or incrustée de pierres précieuses. Elle fut scellée avec de l'or fondu dans lequel étaient imprimés les sceaux de l'empereur Constantin et du pape Sylvestre Ier.

Le précieux coffret fut alors dissimulé dans une petite grotte sous l'emplacement qui, plus tard, deviendrait la basilique Saint-Pierre. C'est là que ces preuves ont dormi en paix pendant plus de sept cents ans.

C'était comme regarder un vieux film d'horreur, pensa l'Américain, lorsqu'à minuit, l'archéologue et sa belle assistante ouvrent la tombe de la momie, libérant en même temps la terrible malédiction. Mais cette fois-ci, il s'agissait d'une vérité ancienne, concernant Dieu et des assassinats, revenant de son lointain passé hanter le monde. Poursuivant sa lecture, il essaya de trouver un sens à tout cela.

Le linceul et son certificat d'authenticité étaient toujours en place quand les travaux de construction de la basilique Saint-Pierre débutèrent. Et chaque pape transmettait le secret de son existence à son successeur. Le précieux coffret ne fut découvert ni pendant le sac de Rome par les Wisigoths en l'an 410, ni par celui des Vandales en 455.

Ce sont la débauche et les jalousies politiques qui, finalement, menèrent à sa découverte. À la fin du premier millénaire, la conduite de l'Église chrétienne et de ses dignitaires ressemblait fortement à celle – dissolue – des premiers empereurs romains. Cupidité, débauches sexuelles et excès de toutes sortes étaient alors monnaie courante au Vatican. Certains papes, lors de nuits d'ivresse et de stupre, commencèrent à parler du secret de la Passion de Sophia. La hiérarchie de l'Église devait intervenir d'urgence.

En 1045, Grégoire VI obligea Benoît IX à abdiquer. Mais, au lieu d'apaiser les tensions au sein de l'Église, cette capitulation les raviva au contraire. Une faction convainquit Benoît IX de revenir sur sa démission. Deux papes clamèrent alors leur droit au Saint-Siège. Devant l'échec des négociations pour obtenir le retrait d'un des prétendants, une troisième faction de l'Église proposa un pontife de compromis en la personne de Sylvestre III. Mais les deux autres camps ne se résignèrent pas à cette solution.

Résultat, à la fin de l'année 1045, trois papes se battaient et revendiquaient – et cela pesait lourd dans la balance – les immenses richesses et le pouvoir considérable de l'Église. Alors que les trois prétendants s'affrontaient, des bureaucrates haut placés et avisés eurent la présence d'esprit de changer de place le coffret contenant le Suaire de Sophia. Ils le cachèrent dans le labyrinthe des corridors du Vatican avec d'autres inestimables reliques, faisant ainsi en sorte qu'aucun des prétendants ne puisse les utiliser ou les voler.

Les mêmes bureaucrates dépêchèrent alors des émissaires auprès d'Henri III, l'empereur du Saint Empire, lui demandant d'intercéder. En l'an 1046, Henri III proposa, à la place des trois prétendants, un quatrième homme : Clément II. Sa puissante armée donna un poids certain à cette décision. Une grande instabilité s'ensuivit et perdura jusqu'à la mort d'Henri III, en 1056. Son fils et successeur – Henri IV – était âgé de six ans lorsque son père mourut.

L'Américain ferma les yeux et se pinça distraitement la racine du nez. Comment, par tous les diables, un quelconque pape pouvait-il encore avoir l'audace de prétendre à l'infaillibilité ? Bestialité, nécrophilie, cupidité, avarice, une insatiable soif de pouvoir : tous ces péchés avaient été commis par des papes…

Rouvrant les yeux, l'Américain se replongea dans le déchiffrage de ses notes manuscrites. Peu à peu, les lettres se mirent à danser devant ses yeux, le sommeil n'était plus très loin.

En 1061, le pape Nicolas II mourut et Alexandre II lui succéda. Ce dernier était en conflit ouvert avec les évêques de la cour d'Henri IV et, grâce à un vice de forme – à cette époque, toute désignation d'un pape devait être approuvée par l'empereur – le Synode impérial de Bâle déclara nulle l'élection d'Alexandre II et nomma à sa place son propre pape, Honorius II.

Henri IV, le jeune empereur, était alors âgé de onze ans. Entre lui et les représentants du clergé, parmi ses conseillers à la cour, les premières divergences se firent jour. Aussi, pour garantir que ses évêques gardent leur pouvoir, l'archevêque Annon de Cologne fit enlever Henri IV en 1062 et régna en son nom.

Devenu un jeune homme volontaire, l'empereur Henri IV fut libéré en 1066, et régna sur son empire – en parfaite harmonie avec l'Église – pendant près d'une décennie. Mais en 1076, les évêques germaniques, qui jouissaient d'une grande influence à la cour de l'empereur, entrèrent, une fois de plus, en conflit avec Rome. Ils refusèrent d'approuver l'élection de Grégoire VII comme pape et le déclarèrent destitué lors du Synode impérial de Worms.

La réponse de Grégoire VII ne se fit pas attendre : il excommunia aussi bien Henri IV que les évêques allemands. Privé du saint mandat de gouverner, Henri IV dut faire face à une guerre civile, connut une grande révolte paysanne et, finalement, perdit son empire. Le monarque se repentit en 1077 et obtint le pardon officiel de Grégoire VII, qui le fit rétablir sur son trône.

Mais le repentir d'Henri IV n'avait été qu'une mystification, élaborée par lui et ses évêques pour gagner du temps. La même année, l'empereur et les évêques allemands destituèrent Grégoire VII et nommèrent Clément III à sa place.

Furieux, Grégoire VII prononça immédiatement l'excommunication d'Henri IV et de ses évêques. De surcroît, il offrit la cape des empereurs du Saint Empire en cadeau au rival direct d'Henri IV, Rudolf de Souabe. En 1079, les troupes d'Henri IV tuèrent Rudolf de Souabe et massacrèrent tous ses partisans avant d'envahir l'Italie. Quatre ans plus tard, Henri IV entrait dans Rome et condamnait Grégoire VII à l'exil. Une fois Rome vaincue, l'empereur installa Clément III comme pape légitime et repartit. Non sans emporter un certain coffret en or incrusté de pierres précieuses au titre de butin de guerre.

L'Américain se leva. Il en avait assez de lire, et suffisamment de matière à réflexion pour le reste de sa vie. Il s'approcha du lit et du contenu de sa valise éparpillé sur les couvertures. Son esprit était encore entièrement accaparé par le linceul de Sophia.

On ne sait pas grand-chose sur la destinée de la Passion de Sophia et du Suaire au cours des neuf siècles à partir du moment où Henri IV les avait emportés du Vatican. D'après les maigres archives de l'empereur et de ses successeurs, il apparaît qu'aucun d'eux ne connaissait la véritable valeur des reliques. Nulle part, on en trouve la moindre mention, ni dans les notes personnelles du roi ni dans les annales de la cour. Pour différentes raisons, le coffret secret avait été oublié au milieu d'une multitude de butins provenant d'autres guerres. Plus personne n'entendit parler de la précieuse cassette jusqu'à sa réapparition en 1935, en Bavière.

En se déshabillant et en enfilant son pyjama, l'Américain repensa à toutes les hypothèses savantes avancées par les historiens de l'Église concernant l'histoire probable du coffret. Ils supposèrent que l'objet avait dû être donné en offrande à quelque noble méritant du royaume. Au cours des siècles, il serait alors passé d'une génération à l'autre, fidèlement gardé comme un trésor familial. Jusqu'au jour où un membre de cette longue lignée décida de vendre la précieuse cassette, sans doute par besoin d'argent. Toujours est-il qu'on en retrouve la trace à partir du printemps 1935.

Hitler parvenu au pouvoir en Allemagne, le gouvernement commença à taxer lourdement les citoyens juifs du IIIᵉ Reich. Ceux qui n'étaient pas en mesure de s'acquitter de ces impôts exorbitants se virent acculés à vendre leurs biens, leurs maisons et leurs commerces à des officiels du régime ou à leurs amis.

L'Américain finit par boutonner le haut de son pyjama et traversa la chambre afin d'éteindre la lumière. Pensivement, il resta là quelques secondes, tiraillé entre la fatigue et la passionnante découverte qu'il avait faite le jour même. Finalement, il retourna à son bureau et saisit son cahier jaune.

L'homme s'appelait Sheldon Brucker. Ce Brucker avait été antiquaire à Bad Tolz, un petit village au sud de Munich. Il avait utilisé un coffret en or incrusté de pierres précieuses comme moyen de paiement de la taxe punitive infligée aux juifs par le gouvernement nazi.

À cette époque, Hitler n'avait pas encore créé le Sonderauftrag Linz – cette organisation chargée de collecter des œuvres d'art pour le futur Führermuseum – mais, dès 1935, il fut conscient qu'il fallait contrôler sévèrement les œuvres volées aux juifs afin d'éviter que des objets de valeur ne soient détruits.

Tout ce qui provenait de marchands de tableaux, d'antiquaires ou de solides fortunes familiales fut donc examiné avec un soin tout particulier. Les experts et les spécialistes en histoire de l'art, enrôlés de force par le IIIᵉ Reich, reconnurent très probablement l'importance du coffret dès la découverte des sceaux de l'empereur Constantin et du pape Sylvestre.

Tout aussi probablement, le coffret avait dû être ouvert – avec les précautions qui s'imposaient pour ne pas l'abîmer – et les documents traduits en allemand. Dès l'instant où Hitler fut informé de cette découverte, le Suaire de Sophia devint l'objet de mesures de sécurité maximales. Plus tard, les reliques et leur certificat d'authenticité seraient, en effet, utilisés par Hitler comme un moyen de pression afin de s'assurer du silence du Vatican à propos de l'Holocauste. L'Église fermerait les yeux devant un mal afin de sauver le monde d'un autre mal, qui risquait d'être encore plus grand.

L'Américain se leva pour, enfin, éteindre la lumière, puis il chercha à tâtons son chemin dans le noir à travers la pièce. Hitler avait tellement bien caché le coffret – lui avait raconté le cardinal – que, dans le chaos qui suivit l'effondrement du IIIe Reich, il avait totalement disparu. Comme s'il n'avait jamais quitté la petite grotte au cœur du Vatican, mille ans auparavant.

Il se glissa voluptueusement entre les draps frais et soyeux, mais, longtemps encore, les horreurs de l'histoire l'empêchèrent de trouver le sommeil.

Debout, au milieu de sa cellule, Zoé était à l'écoute de l'habituelle cacophonie des lieux. Cette fois-ci, elle ne s'était pas bouché les oreilles pour atténuer tous ces bruits. Bien au contraire. Elle voulait s'imprégner de chaque son, enregistrer le moindre détail dans son cerveau. Si une issue existait, la pièce même la lui indiquerait, il suffisait d'être attentive.

Avec une extrême lenteur, ses yeux firent le tour de la pièce : le vieil ordinateur sur le bureau bosselé, la chaise bancale et la lampe de bureau, dont le fil usé et dénudé représentait un danger mortel pour qui n'était pas prévenu. Les reliefs de son dîner frugal étaient restés près de l'ordinateur. Elle tourna la tête vers la droite : la lourde porte métallique avec son ventilateur rudimentaire puis, dans le coin, le seau hygiénique. Un peu plus loin, c'était le lit. Sa tête tourna encore : là, c'étaient les caisses où elle rangeait les vêtements qu'ils lui avaient donnés. Lentement, ses yeux revinrent en arrière.

Ni le sol ni les murs en béton n'offraient la moindre échappatoire. Et il y avait constamment quelqu'un dans le bureau à l'étage supérieur. Zoé s'approcha de la porte et l'examina attentivement, comme elle le faisait chaque soir, avec l'espoir d'avoir une soudaine inspiration. Mais c'était toujours le même métal inviolable, les mêmes gonds soudés dans le béton et les mêmes verrous lourds.

Elle sentit les battements de son cœur – lents, profonds et forts – jusque dans la gorge. Il existait pourtant une issue, un chemin vers la liberté. Elle en était certaine. Le tout, c'était de la trouver. Un instant, elle caressa l'idée de provoquer un incendie avec son radiateur électrique. Le feu brûlerait le plafond en bois. Mais évidemment pas avant qu'elle ne meure, elle, dans les flammes, pensa-t-elle.

Il était évident qu'elle devait chercher une autre solution. Elle devait les inciter à ouvrir la porte à un moment où elle n'était pas enchaînée à son geôlier, à un moment où Sergejew n'avait pas le doigt sur la détente. Quelque chose d'inhabituel à un moment inhabituel. Les prendre par surprise. Quelque chose qui n'arriverait pas tout seul et qu'il fallait donc provoquer.

Les mots tournoyaient comme une rengaine lugubre dans sa tête. Elle avait eu des mois et des mois pour inventer un moyen d'évasion. Pourquoi, après tout, trouverait-elle quelque chose juste maintenant ? Une sorte de miracle, cinq minutes avant la fin ? Car, elle le savait bien, il y avait urgence.

Le désespoir emplit son cœur comme les ombres du crépuscule. Une fois de plus, elle vit les yeux de Seth, et – l'espace d'un instant – tout le visage de son mari lui apparut avec une étonnante précision. Les larmes embuèrent ses yeux, son cœur battait douloureusement.

Arrête ça, Zoé Ridgeway ! se dit-elle. Mais l'ordre donné à voix haute n'eut pas le moindre effet. À moitié aveuglée, elle chancela légèrement en se dirigeant vers le lit.

Lorsqu'elle s'y laissa tomber, les ressorts fatigués firent entendre leur longue plainte rouillée.

Elle avait perdu toute notion de temps quand ses pleurs furent enfin épuisés. Soudain, elle ressentit une irrésistible envie de prier, mais elle s'indigna aussitôt contre cet élan. Elle secoua violemment la tête, luttant toujours. Puis elle se leva pour chercher le rouleau de papier hygiénique et se moucha fortement avant de frotter ses joues avec vigueur.

Merde !

Le mot claqua comme une déclaration de guerre. Elle se reprit rapidement. D'une main adroite, elle fit atterrir le papier en boule dans la poubelle.

Mais, tout à coup, la prenant par surprise, une véritable compulsion de prier la saisit tout entière, avant qu'elle puisse ériger ses barrières habituelles. L'espace d'une fraction de seconde, elle eut la vision de sa cellule remplie de déesses de la préhistoire. En même temps, elle entendit les paroles que Thalia avait prononcées.

Zoé s'assit, très droite, sur le bord du lit, puis réunit ses mains faisant le geste éternel de la prière. Elle baissa la tête. *L'Éternel est mon berger…*

D'une voix tranquille, elle récita le Psaume 23, appris par cœur au catéchisme et répété à chaque début de classe autrefois. Seulement, cette fois-ci, dans son cœur, le divin Berger avait une tête de femme.

Je ne dois pas vouloir… Zoé cherchait ses mots, devenus flous à travers des décennies de pratique négligée. *Elle me fait reposer dans de verts pâturages. Elle me dirige près des eaux paisibles… Elle me conduit dans les sentiers de la justice. À cause de son nom. Quand je marche dans la vallée de l'ombre de la mort, je ne crains aucun mal. Car Tu es avec moi. Je ne crains aucun mal.*

Cette pensée parvint à dissoudre instantanément le nœud de douleur dans son cœur. Elle se leva et marcha de long en large, essayant d'exhumer les paroles si profondément enfouies.

Ta houlette et Ton bâton me rassurent. La prisonnière eut un faible sourire en évoquant les plaisanteries douteuses des garçons à propos de ce passage et la brûlure honteuse de ses joues lorsqu'elle en avait compris la raison.

Tu dresses devant moi une table. En face de mes adversaires, Tu oins d'huile ma tête. Et ma coupe déborde...

L'idée la frappa comme la foudre. Elle ne put faire le moindre mouvement : oh, mon Dieu, pensa-t-elle, bien sûr, c'est ça ! C'est ça !

Un large sourire illuminait son visage lorsque, à nouveau, elle fit du regard l'inventaire de sa cellule. C'était comme si elle la voyait pour la première fois.

Son corps était comme électrisé et son cerveau en pleine ébullition. Tout se trouvait sous ses yeux depuis des mois, depuis le début. Rien n'avait changé. Tout était là depuis toujours. Bien sûr, elle pouvait toujours essayer de l'expliquer par les mois de préparation mentale, par l'enregistrement répété du moindre détail, par la constante élaboration de scénarios, de combinaisons, de re-combinaisons — tout cela renforcé et concentré par l'approche d'une mort inévitable.

On pouvait toujours l'expliquer ainsi, pensa-t-elle. Mais, tout de suite après, elle songea à celui dans la Bible dont les yeux avaient été dessillés.

CHAPITRE 15

À proximité des lignes du tram, à l'ouest de la gare centrale d'Amsterdam, se trouve un bar où on sert du gin depuis cinq cents ans. Pas le fade gin qu'affectionnent les joueurs de cricket britanniques ou les tennismen américains, mais le solide gin hollandais richement aromatisé de genièvre.

C'est un vieux bar peu éclairé avec de sombres boiseries noircies par plusieurs siècles de fumée de tabac. Les larges lattes de son plancher en bois ont été usées jusqu'à la corde par la multitude de pas qui les ont piétinées durant des centaines d'années. Les profonds interstices sont remplis, aujourd'hui encore, d'une crasse tombée des chaussures portées par des contemporains de Rembrandt et de Van Gogh. À l'intérieur, les conversations animées et l'épaisse fumée font toujours régner la même ambiance chaleureuse.

Seth Ridgeway était assis au bar en acajou massif, très absorbé par son gin et par la surveillance de l'homme qui le filait depuis trois jours. L'individu avait une figure pâle, ascétique, avec d'épais sourcils foncés et des yeux brûlants, comme ceux des fous dans certains tableaux des maîtres anciens. Son manteau était suspendu à une patère derrière lui. Ses rares cheveux semblaient de couleur châtain.

Ridgeway savoura une gorgée de son gin épicé au genièvre. Il le garda quelques instants en bouche avant de l'avaler avec délectation. Dans le grand miroir derrière le bar, Seth voyait l'homme assis seul à une table, une bière blonde devant lui, apparemment absorbé par la lecture d'un livre de poche.

Il l'avait remarqué dès l'aéroport Schiphol, attendant dans le couloir près des douanes. Son complet ne lui allait guère et semblait sortir directement d'un magasin de fripes. Il ressemblait à l'un de ces milliers de clochards et d'individus paumés, qui espéraient se faire une nouvelle vie, meilleure, dans cette Hollande très libérale.

Quand, à l'aéroport, il était passé devant l'individu, ce dernier avait tenté de croiser son regard. Il avait même fait un pas dans sa direction. Immédiatement, Seth avait détourné les yeux et accéléré le pas. Il ne tenait pas à être confronté à l'inévitable demande d'argent. Dans le taxi qui le conduisait au centre d'Amsterdam, il avait rapidement oublié le clochard. Fatigue et décalage horaire avaient miné son énergie.

Le lendemain matin à l'hôtel *Victoria*, lorsqu'il descendit pour son petit déjeuner, l'homme était de nouveau là, assis dans le hall.

Seth vida son verre et fit signe au barman de lui en servir un autre. Il sa cala confortablement dans son siège. Le 357 Magnum dans la poche de son manteau – acheté la veille pour une somme raisonnable – cogna légèrement contre le bar.

Il était persuadé que l'homme travaillait pour Stratton jusqu'au moment où il avait mentionné cette filature, en téléphonant à la NSA. Stratton avait paru inquiet, alarmé même.

— Un homme à nous ? Nous n'avons actuellement aucun agent à Amsterdam, je vous l'assure. Pour le moment, en tous cas.

Seth se sentit blêmir. Il n'avait plus été sur ses gardes, n'avait plus vraiment fait attention. Son suiveur avait eu plusieurs occasions de l'agresser, mais il n'en avait pourtant rien fait. Il en parla à Stratton.

— Cela ne signifie pas qu'il n'a pas l'intention de s'en prendre à vous.

Même à des milliers de kilomètres, l'inquiétude de Stratton était palpable.

— Nous avons été informés, ces dernières vingt-quatre heures, qu'il y a plus de joueurs dans cette partie que nous le pensions. Et ils sont tous dangereux.

— Des joueurs ? Une partie ?

Seth n'en crut pas ses oreilles.

— Mais ce n'est pas un jeu ! Il y va de ma vie et de celle de ma femme !

Les derniers mots, il les avait criés.

À l'autre bout, Stratton resta très calme.

— Si, Seth. C'est un jeu. Et c'est uniquement si vous le prenez au sérieux que les problèmes commenceront. Vous risquez alors de perdre votre objectif. Voilà pourquoi il vaut mieux coopérer étroitement avec nous. Vous le savez, nous pouvons vous protéger. Vous savez également que ça n'a absolument rien à voir avec vos activités dans la police. Ici, nous sommes confrontés à tout autre chose…

Ridgeway ne sut que répondre. Possible que ce soit un jeu, mais possible aussi que non. Mais Stratton avait raison en un point : tout cela n'avait rien de commun avec son expérience de flic. Le tableau – pour l'heure bien en sécurité dans un casier à l'aéroport d'Amsterdam – représentait un secret trop dangereux pour lui. De plus, le jeu de Stratton semblait bien complexe et il n'en connaissait pas toutes les règles.

Dans l'écouteur, la voix insistait.

— Restez dans votre chambre, Seth. Prenez-y également vos repas et ne vous promenez pas dans les rues. Attendez mon arrivée !

Seth se rappelait très clairement les paroles de Stratton. Le barman posa un verre plein devant lui. Cela remontait déjà à deux jours. Depuis, plus de nouvelles. Que lui était-il arrivé ? Le numéro que l'agent lui avait donné, restait muet. Et aucun message ne l'attendait à l'hôtel.

Ostensiblement, Ridgeway consulta sa montre, puis tira de ses poches une liasse de gulden. Il tendit deux billets au barman en règlement de ses consommations avant de finir son genièvre cul sec. Il se laissa lentement glisser de son siège et, l'air le plus naturel possible, se dirigea vers la sortie. L'homme aux yeux fous ferma son livre et se leva à son tour.

Dehors, la rue grouillait de toutes sortes de véhicules et d'engins : des bicyclettes, des trams, des bus et un étonnant mélange de voitures, des Fiat et des Citroën cabossées, côtoyant de luxueuses Mercedes rutilantes. Ensemble, tout ce petit monde participait à un ballet mécanique délicat : essayer de changer de voie, de trouver une place de parking ou un peu d'espace pour pouvoir accélérer pendant quelques secondes. Devant la vitrine d'un joaillier, Ridgeway s'arrêta brusquement comme si quelque chose d'extraordinaire avait attiré son attention. Dans le reflet de la vitrine, il vit l'homme aux yeux fous sortir rapidement du bar et s'immobiliser en l'apercevant.

Seth se détourna de la vitrine et marcha d'un pas rapide en direction de la gare centrale. Un plan était en train de prendre forme dans son cerveau. L'homme ne lui avait rien fait. Pour qui travaillait-il ? Si ce n'était pas pour Stratton, ni pour le KGB, alors pour qui ? La foule devenait plus dense à mesure qu'il approchait de la gare. La plupart des passants étaient chargés de paquets multicolores : des cadeaux de Noël. C'étaient en majorité des femmes – venues de leur banlieue – se plonger dans une matinée de shopping. Noël, pensa Seth. Merde. Il regarda le calendrier sur sa montre. Encore cinq jours avant Noël.

Les femmes avec leurs sacs et leurs paquets se massèrent autour de lui en attendant que le feu passe au vert pour les piétons, au carrefour de la Spuisstraat et le Prins Hendrik-kade. Il était littéralement plongé dans un océan de cadeaux et de papier, qui crissait joyeusement. Les femmes bavar-daient en hollandais. Ridgeway n'en saisissait que quelques mots, essentiellement ceux qui ressemblaient le plus à de l'allemand. Mais il comprenait assez pour savoir qu'elles étaient heureuses, satisfaites et impatientes de retourner à la maison, dans leurs familles. Tout ce bonheur redoublait encore cette impression que, lui, vivait un enfer. Lors du passage au vert, la foule quitta le croisement et se déversa massivement dans la vaste gare centrale.

Seth se faufila rapidement à travers la cohue et entra dans le grand hall des départs également noir de monde. Il passa à vive allure devant le kiosque à journaux et s'arrêta devant les horaires des départs. Il repéra la ligne allant à l'aéroport. Il y avait un train dans cinq minutes. Il en nota le numéro et se dirigea vers les guichets.

Du coin de l'œil, il vit que l'homme, aussi, s'était arrêté devant le kiosque où il fit mine de regarder les livres.

Seth se fraya un chemin à travers les voyageurs. Parvenu rapidement au guichet, il acheta son billet de train. À présent, son suiveur faisait la queue au guichet voisin. Au-dessus de leurs têtes, les trains firent un vacarme étour-dissant et Seth sentit le sol trembler sous ses pieds.

Arrivé sur son quai, il constata qu'il n'y avait que peu de voyageurs. Presque tous étaient chargés de multiples bagages. Il marcha nerveusement de long en large et, pour la troisième fois, consulta sa montre. 13h20. Toujours pas de train. Cela avait de quoi surprendre car les trains néer-landais sont réputés pour leur ponctualité.

Ridgeway s'apprêta à marcher vers l'autre bout du quai lorsque son suiveur émergea soudain du passage souterrain. Il vit Ridgeway et, immédiatement, se détourna, affichant maladroitement la plus grande indifférence. Ridgeway fut perplexe. Soit cet homme était totalement maladroit, soit ses supérieurs voulaient que Ridgeway sache qu'il était filé.

Quelques instants plus tard, le train pour Schiphol entra en gare et s'arrêta en poussant de grands soupirs métalliques. Dans une détente sonore, les portières s'ouvrirent, libérant des flots de voyageurs. Ils avaient les traits tirés et les bras encombrés de grandes et robustes valises : le vol de l'après-midi en provenance des États-Unis était arrivé !

Seth se mit un peu sur le côté pour pouvoir observer à son aise. L'homme maigre aux yeux fous avait déjà grimpé dans le train. Encore un indice : un professionnel aurait attendu jusqu'à la dernière seconde avant de monter.

Avec un grand déclic, les portières se fermèrent et, progressivement, le train prit de la vitesse. Déjà, la gare était loin et un soleil éclatant inondait les compartiments. Les rails suivaient à présent le tracé sinueux entre le port et le Oosterdock.

Traversant d'abord des zones industrielles au sud-est, il prit la direction du sud. Une fois passé la gare d'Amstel, ce fut la région des polders, ce marais typiquement hollandais.

Ridgeway ressentit un malaise en pensant à l'image de l'homme maigre aux yeux inquiétants qui l'observait depuis le compartiment voisin. Quel pouvait bien être son lien avec Zoé ou avec les morts de Los Angeles ? Brièvement, un doute le traversa : agissait-il comme il fallait ? Aurait-il dû, malgré tout, attendre Stratton ?

Le train ralentit. Il entra à Amstelveen, une banlieue au sud d'Amsterdam séparée de l'aéroport par de grands espaces verts joliment boisés, le Amsterdamse Bos. Ridgeway descendit en même temps qu'une demi-douzaine d'autres voyageurs qui, eux non plus, ne se rendaient pas à l'aéroport. Il ne tourna même pas la tête pour vérifier. Il était sûr que l'homme frêle n'était pas loin.

D'un pas alerte, il prit la direction de l'est pour se rendre directement au Amsterdamse Bos. Le souvenir d'un jour d'été lui revint, une belle journée ensoleillée pendant laquelle Zoé et lui avaient pique-niqué. Ils s'étaient installés dans un pré au bord d'un lac très bleu au cœur du Amsterdamse Bos. À l'époque, Zoé était encore étudiante et lui était venu approfondir ses connaissances sur les magnifiques peintures de la collection privée du musée Van Gogh. Il l'avait enlevée à ses études et elle lui en fut reconnaissante.

Ils avaient loué des bicyclettes et roulé dans le parc, presque jusqu'à la tombée de la nuit. Le paysage et tout ce qu'ils avaient fait ce jour-là étaient gravés à jamais dans sa mémoire.

Ridgeway prit le chemin vers la partie ouest du parc. Le sol était détrempé par les pluies hivernales et les feuilles mortes et humides formaient un tapis épais. Ici et là, entre les squelettes pâles des arbres dénudés qui attendaient le renouveau du printemps, des conifères offraient une touche de couleur d'un vert profond dans la grisaille de l'hiver hollandais. Comme quelqu'un qui sait où il va, Seth s'enfonça rapidement dans les bois.

Il traversa une petite route goudronnée avant de franchir un talus menant dans un petit bois de jeunes cèdres. D'ici, il pouvait facilement surveiller la route. Un endroit idéal pour guetter. Le temps semblait s'être arrêté. Seth observa la grande aiguille de sa montre. Un tour, un deuxième… et toujours personne à l'horizon. Avait-il, finalement, semé l'homme qui le suivait ?

Il resta immobile. Son haleine demeurait comme suspendue un instant dans l'air froid et humide. Au loin, il entendit la plainte de réacteurs suivie, quelques instants plus tard, par le vrombissement d'un avion s'arrachant à la terre. Puis, ce fut le silence. Pas le moindre bruit de circulation, pas une seule voiture sur la petite route et – plus important – pas trace de l'homme aux yeux fanatiques.

Tout à coup, à l'instant même où Ridgeway avait décidé de rebrousser chemin pour retrouver la trace de l'inconnu, il apparut entre les arbres à l'autre bout de la route. Il avait l'air d'un animal sauvage hésitant à s'aventurer dans un espace trop à découvert. Soudain, il se remit en marche, franchit rapidement la route et s'engouffra dans le bois. Il gardait la tête curieusement baissée en marchant. Ridgeway mit quelques secondes à réaliser qu'il suivait, en fait, la trace de ses pas sur le sol détrempé.

Rien d'autre que ces empreintes ne semblaient exister pour cet homme. Il avait déjà atteint les premiers cèdres quand il leva les yeux. Se trouver ainsi nez à nez avec Ridgeway le prit totalement par surprise. Seth le mit en joue avec son Magnum et observa avec intérêt une peur intense déformer son visage.

— Non, s'il vous plaît !

L'homme leva les bras en signe de dénégation.

— Je ne vous veux aucun mal !

— Alors, pourquoi n'arrêtez-vous pas de me suivre ?

— Pour découvrir… découvrir ce que vous cherchez.

L'homme avait répondu sans baisser les yeux. Seth continua son interrogatoire.

— Qui veut le savoir ?

L'homme avait repris un peu d'assurance.

— Beaucoup de gens… Vous le savez certainement.

— Oui, je le sais, confirma Seth.

— Et je sais également qui appartient à quel camp. J'ai parlé de vous à ceux de mon bord, et ils ne vous connaissent pas.

— Peut-être ne sont-ils pas du bon côté ? demanda Seth d'une voix douce, plutôt gentille.

— Peut-être, mais je ne le pense pas.

Lorsque Seth fit un pas en avant, l'homme frêle recula et trébucha sur la racine d'un immense chêne complètement dénudé. Il se retrouva assis sur le sol, le dos contre le tronc de l'arbre.

Debout au-dessus de lui, Seth répéta sa question.

— Pourquoi m'avez-vous suivi ?

— Les gens pour qui je travaille s'intéressent à vous et au tableau.

Tâchant de paraître indifférent, Ridgeway insista.

— Comment êtes-vous au courant du tableau ?

— Nous savons, c'est tout.

Seth fit rapidement un pas en avant, levant le bras pour frapper l'homme.

— Arrêtez !

L'ordre contenait une force qui incitait Seth à obéir. C'était, à présent, la voix d'un homme habitué à voir ses ordres exécutés. Si Seth en fut surpris, il ne le montra pas.

— O.K. J'arrête, mais, en retour, j'exige quelque chose. Je veux des informations.

L'autre fit un signe d'assentiment.

— Je vous dirai ce que vous voulez savoir, monsieur Ridgeway. Mais pas avec une arme pointée sur moi.

Seth le regarda longuement, puis hocha la tête. Après avoir reculé de plusieurs pas, il enfouit le Magnum dans la poche de son manteau. En face de lui, l'homme s'était remis debout et était en train d'épousseter la terre et les feuilles de son manteau.

— Je m'appelle Kent Smith. Je suis prêtre et je travaille comme archiviste au Vatican.

— Et vous voulez également le tableau ?

Smith répondit d'une voix ferme.

— En effet, ceux pour qui je travaille, le veulent, ce tableau.

Seth s'énerva.

— Où que je me tourne, il y a toujours quelqu'un qui veut ce tableau !

Nouvelle grimace de l'archiviste du Vatican.

— Vous en découvrirez encore davantage tant que vous le garderez… Nous pouvons vous en débarrasser.

Il questionna Ridgeway du regard.

— Qui est-ce, ce « nous » ?

— Nous sommes un petit groupe d'hommes déterminés et puissants à l'intérieur du Vatican. Et nous sommes bien décidés à tout mettre en œuvre pour que ni le tableau ni les inestimables reliques ne soient abîmés ou utilisés par des gens sans scrupule.

Seth soupira.

— Donc, c'est vous, les gentils dans l'histoire ? C'est bien ça que vous affirmez ?

— S'il vous plaît, monsieur Ridgeway, ne banalisez pas tout cela. Nous sommes confrontés à des choses qui pourraient changer le cours de l'histoire !

La voix de l'ecclésiastique était devenue stridente et quelque peu dramatique.

— Cela dépasse de loin – de très loin – tout ce que vous pouvez imaginer. Vous n'en avez aucune idée... et tout cela est plus important que vous ou moi ou votre épouse.

— Je ne m'intéresse pas à toutes ces conneries, réagit Seth avec véhémence. Ce qui m'importe, c'est de retrouver ma femme.

Smith eut un geste apaisant.

— Je vous le répète : nous pouvons vous y aider. Nous sommes un groupe chargé d'éradiquer les abus, les conflits politiques et les jeux de pouvoir inévitables au sein d'une aussi grande structure que la nôtre. Les choses... et les gens, voyez-vous, ne sont pas toujours ce qu'ils semblent être.

— Par exemple, des archivistes du Vatican jouant les espions à Amsterdam ?

Pour la première fois, Smith sourit.

— Exactement. De même qu'il y a des gens – aussi bien dans votre gouvernement que dans mon Église – qui ne sont pas ce qu'ils prétendent être.

Sur le manteau du prêtre, au milieu de sa poitrine, Ridgeway vit soudain apparaître – l'espace d'une fraction de seconde – un minuscule point rouge. Immédiatement après, le claquement d'un coup de feu déchira le silence de l'après-midi. C'est alors seulement que Seth l'identifia.

C'était la trace d'un faisceau de visée laser monté sur le fusil d'un tireur embusqué. Il vit l'impact dans la poitrine de Smith. L'homme frêle fut comme cloué au tronc du chêne.

Luttant contre la panique, Ridgeway fit appel à ses vieux instincts de survie. Agrippant Smith par le devant de son manteau, il le traîna à l'abri des cèdres avant de s'aplatir sur le sol à ses côtés. Plusieurs rafales explosèrent alors autour d'eux.

Où étaient-ils ? Fiévreusement, il tira le 357 Magnum de sa poche. Avec des fusils-mitrailleurs sophistiqués à faisceau laser, ils pouvaient être très loin, n'importe où en fait. Hors de la portée de son Magnum. Depuis quelques secondes, les bois étaient retombés dans le silence. Seth tendit l'oreille en direction de ses ennemis invisibles, mais il n'entendit rien d'autre que la respiration rauque de Smith. Il se pencha pour mieux comprendre ce que l'homme essayait de lui dire.

— Brow… brun…

La voix devint inaudible.

Ridgeway se rapprocha encore afin de capter ses dernières paroles. Mais il était trop tard. Il sentit le corps s'affaisser dans ses bras.

Brow, brun… Dans sa tête, Ridgeway retourna encore et encore ces syllabes décousues. Finalement, il opta pour « brown ». Qu'est-ce que cela pouvait-il bien signifier ?

Mais il n'eut guère le temps de s'éterniser sur les mots prononcés par le prêtre. Il entendit un nouveau coup de feu et, tout près de lui, l'impact fit éclater l'écorce. La balle l'avait manqué de quelques centimètres.

Seth laissa le corps de Smith glisser à terre et fit rapidement quelques roulades pour s'éloigner de l'arbre. C'est alors qu'une nouvelle rafale en déchiqueta le tronc. D'un mouvement rapide, il se remit debout, le Magnum à la main. Mais dans quelle direction tirer ? Il n'avait pas la moindre idée de l'endroit où se trouvait le tireur. Avant qu'il pût répondre à sa propre question, deux nouveaux impacts firent voler les feuilles juste devant ses pieds. À ce moment, il les vit : deux minuscules points rouges, puis, trois. Tournoyant et dansant autour de lui et même sur ses vêtements comme une agaçante nuée d'insectes mortels. Il en était sûr à présent : ce n'était pas un tireur isolé. Sa respiration s'accéléra.

Il plongea aussi loin qu'il pût et eut juste le temps de voir de multiples impacts faire exploser la terre à l'endroit même qu'il venait de quitter.

Soudain, il entendit leurs voix. Elles étaient derrière lui. Non, plutôt en face. Mon Dieu, ils étaient tout autour, partout. Seth était encerclé. À nouveau, les insectes rouges dansaient autour et sur lui et il plongea une fois de plus. Les tirs devenaient de plus en plus précis, méthodiques. Seth pointa son arme et fit feu. Aucun cri de surprise ou de douleur ne se fit entendre. En revanche, une nouvelle rafale éclata et il sentit une douleur fulgurante lui déchirer le flanc droit.

Sa main gauche, rouge de sang après avoir tâté la blessure, le rassura : la blessure n'était pas grave. À quelques millimètres près… Il fourra le Magnum dans la poche de son manteau et grimpa sur le talus, comptant reprendre le chemin par lequel il était venu.

Il avait presque atteint l'accotement de la route quand il vit l'homme sortir du bois, en face de lui. D'un geste vif, l'individu leva son fusil. Ridgeway se laissa tomber, face contre terre et, instinctivement, saisit son Magnum. Une fraction de seconde plus tard, une giclée d'éclats de bois et de pierres explosa devant son visage. Oubliant le tireur de derrière, il sauta sur ses pieds en braquant son revolver. Si un fusil est une arme redoutable, terriblement efficace sur une grande distance, un pistolet est bien plus maniable. Ridgeway visa la poitrine et appuya. Il vit l'homme tournoyer, comme soulevé du sol, avant de s'écrouler. Il ne bougeait plus.

Ridgeway rengaina l'arme dans sa poche. Aussi vite qu'il put, il se jeta à terre et parvient à atteindre l'entrée d'une canalisation, sa seule issue. Traverser la route à découvert était beaucoup trop dangereux, il ferait une cible idéale pour ses ennemis.

Derrière lui, il entendit les craquements de pas de plusieurs hommes courant rapidement dans la forêt. Ridgeway eut un bref regard dubitatif vers le conduit : ses épaules étaient larges et le passage plutôt étroit. Si jamais il restait bloqué au milieu ou s'il avançait trop lentement, la canalisation deviendrait un piège mortel. De toute manière, il n'avait pas le choix.

Il se roula dans la boue qui s'était accumulée à l'entrée de la canalisation. Puis, il plongea à l'intérieur. Tout de suite, le bruit de sa respiration – amplifié par l'espace réduit – lui remplit les oreilles. Son souffle rapide semblait se transformer en cri d'angoisse. Laborieusement, Seth rampa, centimètre par centimètre, donnant l'élan avec les pieds et repoussant la paroi avec les épaules. Ses ennemis se rapprochaient. Il pouvait distinguer leurs voix à présent.

— Je ne le vois plus ! lança l'un d'eux.

Sa voix parvint plus faiblement aux oreilles de Seth.

— Ce qui est sûr, c'est qu'il n'a pas encore traversé la route. Je ne l'ai pas quittée des yeux.

Une troisième voix répondit.

— À mon avis, il se cache dans les broussailles à côté de la route.

Seth avait bien avancé, mais, arrivé à peu près à mi-chemin, le conduit sembla se rétrécir. Tout près, il entendait des pas dans les broussailles. Désespérément, il se tourna, essaya de pousser avec les épaules. Rien. Il resta bloqué. Le poids de la route avait dû provoquer un affaissement, qui avait légèrement déformé la canalisation.

Dehors, il entendit quelqu'un crier.

— Là, il y a une buse qui passe sous la route !

Seth eut l'impression que l'homme se tenait tout près. Sa propre respiration s'emballa et ses mains se mirent à trembler. Il avala sa salive pour lutter contre l'affolement qui commençait à le gagner.

— Apporte ta lampe !

Le désespoir décuplait ses forces. Il se tordit dans tous les sens. Il sentit des éraflures sur les mains et le visage, tandis que ses vêtements restaient accrochés aux aspérités.

— Attrape ! Je te lance la lampe ! Mais fais attention, s'il est là-dedans, il est sûrement prêt à tirer.

— Oui ! Le mieux serait de lancer quelques pruneaux dans le tuyau, histoire d'être sûr.

À force de tirer et de pousser, Seth avait des étoiles devant les yeux. Soudain, il sentit son corps progresser. Très lentement d'abord, puis de plus en plus vite. Il avançait.

Il avait engagé une terrible course contre la montre. Allait-il atteindre à temps la sortie de la buse ? Si ce n'était pas le cas, toute balle tirée dans la canalisation le toucherait à coup sûr.

Il rampa frénétiquement, sans sentir les aspérités du revêtement qui lui déchirait les mains.

Devant lui, le cercle de lumière grandissait à vue d'œil. Encore quelques centimètres, et sa tête émergea, puis son corps. Il était libre !

Cherchant son souffle, il se roula sur le côté et resta ainsi, sans bouger, pendant quelques secondes.

— Ne bougez pas, monsieur Ridgeway.

Son sang se glaça. Le temps s'arrêta.

— Tournez-vous lentement et levez-vous.

Seth se laissa rouler sur le dos et, lentement, se remit debout. En face de lui se tenait un homme à moustache et coiffé d'un feutre.

À la main, il tenait une arme redoutable : le fameux MP 5A, le pistolet-mitrailleur préféré des commandos d'intervention spéciaux britanniques et allemands. Une arme rapide et mortelle, surtout à bout portant. L'homme vit son regard.

— Ne tentez rien de stupide. Cela raccourcirait considérablement votre vie.

— Allez-y !

L'ordre provenait de l'autre bout de la canalisation. La voix était légèrement déformée, comme par un vieux mégaphone. Tout de suite après, il y eut un coup de feu, puis trois autres. L'homme au feutre sursauta et regarda dans la buse. C'était toute la diversion dont Ridgeway avait besoin. Il sauta sur son agresseur, lui décocha violemment un coude dans la figure et lui flanqua un genou dans l'entrejambe. L'homme hurla de douleur.

Seth lui arracha le pistolet-mitrailleur et s'apprêta à déguerpir.

— Par ici, il est ici ! hurla l'homme.

Seth vida tout le chargeur de la mitraillette dans le corps du tueur. Puis, il jeta l'arme sur le sol et courut de toutes ses forces à travers les bois en direction d'Amstelveen.

CHAPITRE 16

L'homme de Moscou qu'ils appelaient « le patron »
se tenait debout à côté du secrétaire dans le bureau
de l'entrepôt. D'un air mécontent, il observait les hommes
qui prenaient leur déjeuner. Partout traînaient des sacs en
papier tachés de graisse provenant de chez McDonald's.

En fait, le patron n'appréciait pas trop ce genre d'individus. Tous étaient du KGB. Tous touchaient des pots-
de-vin de la Mafia moscovite et tous étaient dévoués à la
cause de Zhirinowsky. Ils avaient tous le genre de menta-
lité qui avait pavé le chemin de Hitler vers le pouvoir.
Là-bas, c'était le colonel Edouard Molotov.

À côté de lui, un homme du nom de Sergejew. Son
voisin le dépassait de plusieurs têtes, un véritable géant :
jamais l'homme de Moscou n'avait vu un individu aussi
immense. Il demeura absorbé dans ses réflexions. Eux,
c'étaient encore les meilleurs du lot. Ils les avaient tous
ramassés dans le ruisseau, ils étaient bien payés, chacun
selon ses talents particuliers, son appartenance politique,
son dévouement.

Le patron s'adressa à eux.

— Nous avons reçu l'information selon laquelle l'un
des services secrets étrangers à la recherche de la Passion

de Sophia approche du but. Cette opération dure depuis trop longtemps déjà et, c'est fatal, on laisse des traces.

Il fit une courte pause.

— Combien de temps cela prendra-t-il de... liquider nos affaires ici ?

C'est Sergejew qui répondit.

— Pas longtemps. L'entrepôt a quasiment été vidé. Ces fichues grosses poupées sont emballées, prêtes à être embarquées. Les deux bonnes femmes sont en train de s'extasier en bas devant un mystérieux panneau en pierre... Tout pourra être enlevé pour demain soir. Le seul détail à régler...

Il pointa le doigt vers le bas, en direction de la cellule de Zoé qui se trouvait sous leurs pieds.

— Oui.

Le patron avait répondu froidement avant de sourire.

— Si j'ai bien compris, la fille est plutôt attirante ?

Les hommes eurent des sourires entendus.

— Bien, bien. Ainsi, tout sera vide ici, demain soir. Ne laissez aucune trace qui pourrait mener à l'un de nous. N'oubliez pas de téléphoner au consulat à propos du camion. Tous les dossiers concernant notre opération doivent être soigneusement chargés. Le poids-lourd sera scellé. Vous disposerez ensuite de la fille... Ce que vous ferez avec elle ne m'intéresse pas. Amusez-vous comme vous voulez. Considérez-la comme la prime de ce mois-ci.

Le gigantesque Hulk grimaça un sourire.

— Vous êtes très généreux, patron.

Thalia et Zoé rampaient sur les genoux et les mains, le visage collé tout près d'une lourde pièce en albâtre de près de quatre mètres de diamètre. Elle était arrondie à la manière des pierres calendrier des Mayas et couverte d'une élégante écriture et de signes sculptés en relief. La frise trônait, seule, au centre de l'atelier improvisé, ce qui lui donnait l'air d'un artiste qui attend le tomber de rideau final.

Le matin, Zoé avait suivi ses geôliers comme d'habitude dans les longs couloirs menant jusqu'à l'atelier. Elle craignait que sa révélation de la veille n'ait laissé des traces sur son visage ou dans son comportement. De quoi éveiller leurs soupçons ou l'intuition fine de Thalia. Mais, dès la première minute où elles avaient déballé la frise, Zoé ne s'était plus souciée de rien d'autre. Toutes ses pensées et toutes ses émotions étaient concentrées sur le seul mystère de cette pierre.

— C'est l'œuvre d'art la plus étonnante qu'il m'ait été donné de voir de toute ma vie, dit Zoé d'une voix débordant d'admiration.

— Je pense que cela doit faire une centaine de fois que vous l'avez répété aujourd'hui...

Fascinée par les signes inconnus, Zoé ne répliqua pas. C'était le récit de l'histoire de Dieu qui était gravé dans la pierre.

Exactement au milieu, le sculpteur présentait sa conception de la naissance de l'univers. Dieu était représenté par une trinité de formes, androgyne, hermaphrodite et en tant que Trinité – père, mère, enfant. On voyait ensuite partir de ce Dieu les avatars anthropomorphiques dont les peuples avaient fait leurs objets d'adoration. Émergeaient en spirale à partir du centre, d'abord la Grande Déesse, puis une multitude de Vénus. D'abord, elles ont partagé leur prééminence puis, graduellement, elles durent céder la place aux représentations masculines.

— Je n'arrive pas à identifier la langue utilisée...

— C'est de l'araméen, répondit Thalia avec passion. Ce qui m'amène à penser que cette pierre a été gravée environ 1 000 ans av. J.-C.

Elle désigna l'une des lignes.

— Ici, vous voyez la Grande Déesse qui commence à partager l'espace avec un consort mâle, la plupart du temps sous la forme d'un fils ou d'un amant. Cela commence dès l'instant où la société fait le rapprochement entre l'acte sexuel et la procréation. Un peu plus loin – elle déplaça son doigt – Déesse et Dieu ont déjà la même taille.

Son index suivait la spirale.

— Là, les choses s'accélèrent : les déesses se font de plus en plus petites. Ici, c'est la fin de l'histoire…

La spirale mène à une grande silhouette mâle isolée – désormais sans plus aucune trace d'une déesse – au milieu d'un cercle formé par des serpents et des feuilles. Une très fine inscription mettait le point final.

— Que dit ce texte ?

Thalia n'eut pas besoin de réfléchir.

— Yahvé.

Zoé se leva en se frottant les yeux. Ils brûlaient de fatigue après tant d'heures passées à déchiffrer ces signes minuscules.

— Vous m'avez dit que la modification de la forme divine dépend étroitement de l'évolution des cultures.

— Oui, il n'y a pas le moindre doute là-dessus.

Thalia parla tout en tendant une main à Zoé.

— Aidez-moi à me relever, voulez-vous ?

Zoé baissa les yeux vers la femme assise par terre. Une brillante universitaire, piégée par les problèmes de son père. Durant ces derniers mois, elle n'avait pas émis une seule plainte à propos du fait qu'elle se trouvait là en service forcé. Le cœur de Zoé se serra à la pensée qu'elle ne la reverrait plus. Lorsque Thalia lui toucha la main, la jeune femme ressentit de la force et de l'amour et cette impression rare d'avoir trouvé une âme sœur. Un lien qui s'était renforcé au fil de ces mois durant lesquels elles avaient partagé des efforts intellectuels intenses. Non seulement Thalia lui avait transmis de la force, jour après jour, mais, à son contact, Zoé avait acquis une meilleure compréhension des lointains échos de la culture humaine.

Thalia la regarda droit dans les yeux. Ses traits exprimaient de l'inquiétude. En l'aidant à se lever, Zoé s'efforça d'éviter son regard.

— Tout va bien ?

Une fois de plus, Zoé se détourna de son amie.

— Oui, oui, ça va.

Avec douceur, Thalia insista.

— Je veux dire que… si vous voulez en parler…

Déjà, la séparation imminente créait une ombre entre elles. Toutes deux savaient que cela signifiait la mort de la prisonnière.

Zoé préféra mentir.

— Non, non. Il n'y a rien à dire…

Mais, si ! Il y avait plein de choses à dire ! Elle ressentait le besoin irrépressible de rassurer son amie. De lui raconter comment elle comptait s'évader. En même temps, elle savait que la moindre indication, le moindre mot pourraient faire échouer ses plans. Déjà, leur réalisation présentait de grandes difficultés. Tout devait impérativement se dérouler dans le secret absolu.

Sans parler, les yeux dans les yeux, elles demeurèrent ainsi un très long moment : l'Américaine, svelte et sportive, à la peau claire, et l'imposante Russe au teint olivâtre et avec ses boucles rousses. Zoé crut lire de la compréhension dans les yeux de Thalia lorsqu'un sourire doux adoucit le voile d'inquiétude inscrit sur son visage.

De la main, elle indiqua la pierre circulaire.

— Ce qui me tient véritablement à cœur, c'est d'en savoir plus sur ceci… Je veux dire que les mâles de la création ne se sont pas réveillés un beau jour en se disant : puisque nous sommes une partie indispensable du processus de la procréation, et puisque nous sommes plus forts qu'elles, occupons le territoire tout entier !

Avec un long regard appuyé et incrédule vers son amie, Thalia prit soin de détacher chaque mot lorsqu'elle parla.

— J'ignore ce que vous avez l'intention de faire et je ne veux pas le savoir. Mais j'espère de tout cœur que Dieu vous protègera.

— Il le fera.

La profondeur de sa conviction la surprit elle-même.

L'essentiel ayant été dit, elle revint vers la pierre et son mystère.

— Parlez-m'en encore.

Thalia ne se fit pas prier.

— Cette transition se déroula sur une longue période. Rappelez-vous qu'il avait fallu entre six et huit mille ans pour que les différentes civilisations réalisent la transition de la Grande Déesse à Jahvé. Je pense qu'à l'époque du Paradis, les petites peuplades vivaient tranquillement et presque sans contact les unes avec les autres. Mais les femmes ont changé cet état de fait et ont préparé du même coup le déclin de la Grande Déesse.

C'est parce qu'elles étaient condamnées à une certaine immobilité et lestées de leurs enfants que les femmes inventèrent l'agriculture. Quand vous êtes en train de donner le sein à votre nourrisson ou de vous occuper constamment des petits, vous finissez par inventer des choses comme le tissage ou la culture des graines sauvages. Vous n'inventez guère cela lorsque vous êtes à la chasse ou en train de guerroyer contre les ennemis de votre tribu. Ainsi, les femmes se mirent à planter et toute la communauté comprit rapidement qu'on pouvait garantir la nourriture de cette manière.

À mesure que l'agriculture se développa, les familles se mirent à grandir. Dans une société nomade, qui vit de la chasse et de la cueillette, il était difficile pour les femmes d'accueillir un trop grand nombre de nouveaux-nés. Dès l'instant où les familles se mirent à cultiver leurs champs, la mobilité qui permettait d'assurer la survie perdait son sens. Et avec la sédentarisation, le nombre des naissances put alors augmenter de manière importante. Dans cette nouvelle forme de société, la force physique des hommes prenait une place de plus en plus importante. Au fur et à mesure que les villages et les communautés s'agrandirent, les rivalités s'accrurent.

C'est à ce moment que l'agriculture se développa vraiment parce que la nouvelle société avait un grand besoin de paysans, à la fois pour nourrir une armée efficace, les fonctionnaires du gouvernement, etc. Mais l'agriculture n'apporta pas que des avantages. Pour cultiver, il fallait des terres. Et ces terres, il fallait les protéger et, le cas échéant, se battre pour les garder. Par ailleurs, la pratique de l'agriculture provoqua un essor démographique très important. Plus il y avait de terres et plus grand fut le nombre de personnes à y vivre. Cette forte augmentation des populations entraîna, bien entendu, nombre de conflits. Rares dans le passé, ces affrontements pour protéger le foyer et la communauté se multiplièrent alors. En fait, c'est le besoin de sécurité qui transforma cette civilisation de micro-communautés en de véritables sociétés structurées avec, à leur tête, un gouvernement.

Zoé avait écouté très attentivement.

— Si l'on adopte ce raisonnement, on arrive à la conclusion que les hommes prirent alors leur nouveau pouvoir très au sérieux. Ils se rendirent compte qu'ils n'étaient plus à la merci de la Grande Déesse à laquelle ils vouaient un culte. Voulant jouer un rôle, eux aussi, ils finirent par introduire la divinité mâle.

Thalia hocha la tête.

— Ils voulaient aussi leur part du gâteau des biens terrestres. Dans le système du matriarcat, l'héritage se faisait de mère à fille. Tout passait par les mères qui, elles seules, légitimaient l'enfant puisque les paternités étaient des plus incertaines. En théorie, les hommes étaient alors parfaitement capables de provoquer d'importants changements. Ils étaient plus grands et plus forts que les femmes, mais les croyances et les coutumes religieuses avaient un tel poids qu'ils ne pouvaient concevoir de déposséder les femmes.

Et puis, au cours des siècles, des lois maritales et régissant la sexualité furent introduites et conférèrent un poids légal de plus en plus grand à la paternité. La pratique de la monogamie ainsi que l'interdiction des relations hors mariage donnaient aux hommes une légitimité de leur paternité. Désormais, ils eurent les mêmes droits que les femmes concernant la transmission du nom et des biens. Il y eut toute une période pendant laquelle hommes et femmes se partageaient les droits et les devoirs, mais les mâles ne purent résister à la tentation de tout prendre. En même temps, ils réduisirent la femme au rang de simple objet leur appartenant. Mais pour pérenniser le nouveau système et s'assurer de l'obéissance de tous, il était indispensable d'avoir l'autorité de Dieu de leur côté.

— En d'autres termes, vous êtes en train de dire que les mâles se sont créé le Dieu dont ils avaient besoin.

Zoé avait parlé d'une voix atone. Éprouvant un léger malaise, elle se remémora ce qu'elle avait dit la nuit précédente. Sa première prière après tant d'années résonnait encore dans son cœur. Elle poursuivit :

— Dieu serait une création des hommes destinée à expliquer opportunément l'inconnu. De plus, ils Le – La – façonneraient selon leurs besoins…

Avant de répondre, Thalia tourna la tête vers la frise et fit un signe de la main en sa direction.

— Dieu ne change pas. En tout cas, telle est ma conviction. Je pense que notre interprétation de Dieu s'est modifiée avec le changement des civilisations et des cultures. C'est ainsi que je comprends le message de cet artiste.

Elle toucha un endroit où se trouvait une ligne isolée. Une fine écriture en araméen inscrite à côté de la gravure de la Grande Déesse. Lentement, elle traduisit.

— Cela parle du changement de la loi punissant le viol. À mesure que l'influence de la Déesse diminuait, cette loi changea. Chez les Sumériens, 2 000 ans av. J.-C., le violeur était exécuté, peu importait le statut marital de la victime. Mille ans plus tard, dans la même société, si un homme violait une femme non mariée, le père de la victime avait le droit – en guise de représailles – de violer l'épouse du violeur. Une alternative à cette loi exigeait que la victime se marie avec le violeur.

— Quelle folie !

— Hum. Tout ceci, on le trouve textuellement aussi dans la Torah. Et vous verrez, il y a pire. Si la femme violée était mariée ou fiancée, elle était tuée. N'oubliez pas que les fondamentalistes modernes – chrétiens, musulmans ou juifs – clament qu'il faudrait appliquer ces lois à la lettre.

Zoé fit une moue de dégoût.

— Que c'est déprimant ! D'abord, avec le déclin du culte de la Grande Déesse, les femmes perdirent leurs biens et leurs terres ainsi que le privilège de transmettre leur nom à leurs enfants, et, ensuite, elles furent considérées comme des morceaux de viande – des objets de jeu pour les hommes.

Thalia renchérit.

— Aujourd'hui encore, les juifs orthodoxes apprennent à faire une prière quotidienne qui commence par : « Soyez béni, ô Seigneur notre Dieu, roi de l'univers, de ne pas m'avoir fait naître femme... » Le prophète Mahomet dit que, quand Ève fut créée, Satan se réjouit...

Thalia tapota légèrement sur la pierre gravée.

— Tout est là. Et vous trouvez tout cela également dans la Torah, le Coran et la Bible. Les lois et les punitions concernant la sexualité visaient les femmes et étaient appliquées à elles seules. Toujours et encore ce double critère : moralité et virginité sont imposées à la femme afin de garantir la paternité de l'homme.

Un long silence les enveloppa. Elles sentaient peser sur elles le poids de cet héritage millénaire. Zoé parla la première.

— Que signifient donc les serpents et les feuilles là, au bord ?

— En quelque sorte, c'est un acte de courage de la part de l'artiste. Un acte blasphématoire pour être plus précise.

— C'est-à-dire ?

Thalia prit un ton docte.

— Nous avons sous les yeux la conviction de l'artiste que le pouvoir en place n'a pas réussi à se débarrasser de la Grande Déesse. Le serpent et la feuille – une feuille du figuier sycomore – sont deux des symboles les plus puissants de la Grande Déesse. Voilà pourquoi les auteurs de la Genèse représentent Satan comme un serpent. Une façon de dire que la Déesse était le mal. Il fallait la faire paraître aussi malfaisante que possible afin de justifier la fermeture de ses temples et l'interdiction de son culte.

— Jolie manipulation…

— En fait, ce figuier était son temple, continua Thalia.

— Voilà pourquoi vous voyez les prophètes de la Torah pester contre les autels dressés sous les arbres. Car c'est là que le peuple rendait son culte à la Déesse, et ce encore bien après la proclamation de Yahvé comme la seule déité officielle. Culte et communion impliquaient la consommation du fruit du sycomore – une figue comestible ressemblant plus à une grappe de petits raisins qu'au fruit tel que nous le connaissons. En mangeant cette figue, le fidèle ingérait une partie du corps de la Grande Déesse.

— Voilà l'ancêtre de notre communion chrétienne ? demanda Zoé.

Thalia hocha la tête.

— C'est simplement un des nombreux éléments que chrétiens et juifs ont emprunté au passé. Une manière adroite d'incorporer juste assez de l'ancienne religion désormais interdite pour satisfaire l'immense soif qu'avait le peuple de son ancien culte… Cooptez et conquérez… Même si la Grande Déesse n'a jamais disparu totalement.

— Comment cela ?

— Les Grecs l'ont transmutée en Cybèle et Artémis. Lorsque Constantin décréta la fin de toute adoration de la Grande Déesse dans son empire, les fidèles dédièrent ses lieux de culte à… la Vierge Marie. C'est d'ailleurs l'un des aspects du passé qui gêne le Vatican. Les autorités catholiques savent trop bien que l'adoration si répandue de Marie n'est en vérité, et la plupart du temps, que la réminiscence du culte à la Déesse légèrement déguisé.

Avec gravité, Thalia poursuivit.

— C'est d'ailleurs également la raison pour laquelle les Romains et mon peuple furent obligés de tuer l'homme Jésus. À ses yeux, hommes et femmes étaient égaux. Les gnostiques juifs et chrétiens croyaient en un Dieu réunissant les deux. Les Esséniens, qui ont rédigé les Manuscrits de la mer Morte, voyaient également un Dieu englobant les deux principes, les deux sexes. Masculin et féminin. Il avait été impossible de censurer tous les anciens écrits religieux selon leur bon vouloir. Le Livre des Proverbes et celui de la Sagesse de Salomon sont très clairs là-dessus lorsqu'ils se réfèrent à la Sagesse comme étant féminine. « Sophia » est le mot grec pour sagesse.

— Sophia ? demanda Zoé qui se sentit touchée au cœur. Sa peau était comme électrisée et un frisson d'excitation lui parcourut le dos. Je crois qu'elle était, peut-être… un autre Messie.

La réponse de Thalia fusa.

— Moi, je *sais* qu'elle l'était. J'ai entendu nos gars de la Mafia parler du véritable but de l'opération Kreuzlingen.

— Oh, Seigneur…

Zoé s'était mise à chuchoter.

— Tout concorde.

Thalia hocha la tête d'un air entendu.

— Je suis certaine que le Concile de Nicée fut autant consacré à Sophia qu'au Christ. Les chrétiens orthodoxes s'étaient arrangés pour changer le mot féminin de « Sagesse » en celui – masculin – de « Logos ». La vraie bataille cependant se livrait du côté des hérétiques qui demandaient que l'Église revienne à ses vraies racines, vers Sophia et non pas vers le Logos, et que soit reconnu qu'Elle est partie intégrante et inséparable du Créateur.

Ils affirmaient que c'était une faute grave de vouloir limiter Dieu à un seul genre, à une seule forme ou à un seul peuple. Appliquer des limites humaines à l'illimité était, selon eux, un péché grave. Un blasphème.

— Manifestement, ils ont perdu, commenta Zoé.

— Jusqu'à présent, oui.

Thalia reprit sa démonstration.

— C'est exactement le concept que notre artiste exprime. Vous voyez ces inscriptions qui tournent tout autour ? C'est la répétition du nom qui, en lui seul, réunit tout, Dieu, homme, femme, enfant : tout est contenu en Yahvé.

Zoé s'agenouilla et passa doucement ses doigts sur les lettres anciennes gravées dans la pierre. Elle fut à peine surprise de ce que Thalia ajouta alors.

— Ces lettres araméennes disent toujours et encore un même mot : Sophia.

Zoé retira vivement ses doigts. Comme si elle avait ressenti une brûlure au contact des mots.

CHAPITRE 17

Dans l'obscurité de la nuit profonde, Zoé Ridgeway s'activait devant l'écran du vieil ordinateur de sa cellule en proférant quelques jurons bien sentis. Elle martela le clavier d'une main énervée.

Je n'ai pas besoin de ces conneries-là… Juste maintenant ! Ce n'est pas vrai !

Le disque dur continuait à télécharger les fichiers du serveur central. Tout y était : les éléments scannés de leur travail, les photos, les documents, et même les registres tenus si méticuleusement par Max.

Elle ouvrit Windows Explorer à la recherche d'autres fichiers à télécharger. Par bonheur, ils n'avaient pas encore enlevé l'ordinateur du studio d'art situé en bas et elle pouvait toujours accéder au serveur principal. Le reste du mobilier avait déjà été transporté ailleurs. Pendant le trajet du retour – menottée comme tous les soirs –, elle avait bien remarqué l'intense activité tout à fait inhabituelle qui régnait un peu partout dans l'entrepôt. Le dîner avait également été apporté plus tard et les sacs en papier ne provenaient pas de Mövenpick comme d'habitude, mais de McDonald's. La monotonie de tous ces mois venait d'être balayée par une urgence qu'elle pouvait – Zoé l'aurait juré

– percevoir sur les hommes. Elle supposait même qu'ils s'en rendaient compte. Mais la perspective de la liberté la remplissait d'une telle allégresse que toute peur avait disparu de son esprit.

Les fichiers se téléchargeaient à un rythme endiablé. Pour disposer de davantage de place, elle supprima du disque dur toute image, fichier ou application pas vraiment nécessaire. Puis, elle vida la corbeille. Elle venait de récupérer 160 M⁰. Oui, elle était bien décidée à copier autant de documents que possible !

La petite horloge en bas de l'écran semblait avancer à toute allure. Pendant que les fichiers étaient enregistrés, Zoé vérifia une fois de plus les divers préparatifs nécessaires à son évasion. Elle avait démonté le lit tandis que le radiateur gisait sur le sol près du vieux bureau, branché dans la prise de courant à côté de la porte.

Elle frotta énergiquement ses mains froides l'une contre l'autre, puis les garda quelques instants sous ses aisselles. Le vieux radiateur avait toujours été très bruyant et pathétiquement asthmatique, mais, depuis qu'il était arrêté, le froid avait véritablement envahi sa cellule. Ses geôliers ne lui avaient jamais donné de manteau. Aussi, cette nuit, elle portait tout ce qu'elle possédait : deux tee-shirts, un chemisier en flanelle et un pantalon en laine. Les chaussures plates, en imitation cuir bon marché qu'elle avait aux pieds, tombaient en lambeaux, mais elles la porteraient bien, aussi loin qu'elle pourrait aller cette nuit-là.

Un coupe-ongles et une petite lime assortie – l'outil le plus dangereux qu'ils lui avaient laissé – se trouvaient à côté de la souris de l'ordinateur. Le petit instrument s'était tordu lors des assauts sur le cache de l'ordinateur et la plaque entourant le radiateur.

Lorsqu'elle entendit le déclic et le vrombissement du disque dur, elle leva les yeux au plafond où était suspendue la grille en fil de fer qui avait servi de sommier à son matelas. Elle l'avait fixée à l'arrivée d'eau du dispositif anti-incendie avec des draps noués. Un bout de ce lien improvisé était attaché au milieu du grillage, lequel pendait, tel un V inversé, puis s'enroulait autour de la conduite d'eau avant de redescendre. Elle attacha l'autre bout à un pied du bureau.

La jeune femme était à ce point absorbée par sa tâche qu'elle n'entendait plus la progression laborieuse du disque dur, qui continuait à enregistrer les fichiers. Ses yeux et ses pensées passèrent en revue une fois encore et, en détail, tout le dispositif. Il fallait à tout prix détecter le moindre défaut, la moindre faille ! Chaque étape devait se dérouler parfaitement si elle voulait revoir le soleil.

Revoir Seth.

Le radiateur et la grille suspendue étaient reliés par un fil électrique. Avec le coupe-ongles, elle l'avait dénudé. Elle avait procédé de la même façon avec la rallonge du radiateur : après avoir supprimé les prises à chaque extrémité, elle avait également retiré l'isolation de deux des trois fils. Puis, à un bout de la rallonge, elle avait relié les deux fils du radiateur. Elle les connecta très soigneusement et, après les avoir entortillés ensemble, elle les entoura de bandes de drap déchiré, plus pour consolider la connexion que dans un souci d'isolation. Pour finir, des lanières de tissu servirent à attacher solidement l'ensemble au pied du bureau. Il fallait, à tout prix, éviter qu'un quelconque mouvement empêche le courant de passer.

Zoé noua solidement l'autre bout de la rallonge au treillis métallique du sommier en plusieurs endroits avant de raccorder les fils dénudés de la rallonge aux ressorts métalliques. Là encore, elle consolida le tout grâce un bandage de draps. Ainsi, avant de transiter par le radiateur, le courant ferait un détour par les fils trafiqués de la rallonge et traverserait le treillis du sommier avant de revenir au radiateur et, de là, aboutir à l'élément de chauffage proprement dit.

Ou peut-être, l'électricité passait-elle dans l'autre sens, se demanda-t-elle ? Mais non, si elle se rappelait bien les leçons de son père, le courant était alternatif et passait donc bien dans les deux sens. Donc, pas de problème. Ce qui était essentiel, c'est que le support métallique du matelas conduise l'électricité. Ainsi, le sommier tout entier serait chargé d'un courant de 220 volts ! Un redoutable piège mortel.

Distraitement, Zoé sentit dans la poche de son pantalon l'une des fiches de la rallonge qu'elle avait récupérée. À ce contact, elle passa, mentalement, en revue les différents fils, séparés et dénudés d'abord, puis connectés ensemble. Cela devait fonctionner.

Elle n'entendit pas que le disque dur avait fini le téléchargement des fichiers. Le transfert était complet. Un craquement de pas au-dessus de sa tête la ramena brutalement à la réalité. La peur serra son cœur comme une main d'acier. Durant ces mois de captivité, ils avaient plusieurs fois procédé à des inspections inopinées de sa cellule. De préférence à une heure avancée de la nuit.

Le feraient-ils encore, si près de la fin ? Viendraient-ils maintenant tout « nettoyer » derrière eux ?

De nouveau, les pas. Quelqu'un marchait dans le bureau situé à l'étage.

Littéralement galvanisée par la crainte d'une visite d'inspection du tandem Hulk-Sergejew, alors que ses préparatifs d'évasion n'étaient pas encore tout à fait terminés, Zoé se leva d'un bond. Plus question maintenant de vérifier si tous les fichiers avaient bien été téléchargés. D'un geste sec, elle éteignit le PC. L'espace d'un bref instant, elle eut le temps de penser que c'était sans doute la première fois qu'elle quitta le système sans sauvegarder les données. D'ailleurs, durant les prochaines minutes, elle s'apprêtait à faire une foule de choses sans songer à la moindre sauvegarde.

Le PC fermé, Zoé enleva les câbles et extirpa le disque dur de l'ordinateur, qui avait l'épaisseur d'un livre de poche, légèrement plus petit. C'était parfait, il entrait exactement dans la poche arrière droite de son pantalon.

La pièce au-dessus avait retrouvé le silence.

Même si les hommes ne venaient pas inspecter sa cellule, il n'y avait aucune raison de différer le compte à rebours de la séquence qu'elle avait si souvent répétée depuis que ce plan d'évasion avait germé dans sa tête, la nuit précédente.

À l'étage, la chasse d'eau fut tirée et le flot descendit en cascade dans la canalisation noire, qui passait dans l'angle de sa cellule. Ouf, quelqu'un se trouvait dans la salle de bains, ce qui était plutôt bon signe.

À partir de cet instant, Zoé se mit sur pilotage automatique, accomplissant chaque geste exactement comme prévu. Avant de commencer, elle dégagea le bureau du PC et de l'imprimante. Ensuite, elle replia son mince matelas usé jusqu'à la corde trois fois et le posa sur le bord du bureau.

La prochaine étape consistait à réunir les différentes pièces du lit démonté et d'en fabriquer, à l'aide des dernières bandes de tissu, un piège à hauteur des chevilles. De quoi faire trébucher toute personne qui marcherait dessus. Elle avait du mal à maîtriser le tremblement de ses mains. Elle s'efforça de faire chaque geste calmement, lentement. Elle ramassa ce qui restait du lit : un pied avec une longue vis à ailettes. Elle le posa également sur le bureau avant de défaire très prudemment le nœud de la corde qui maintenait le sommier, à présent électrifié.

Ses oreilles bourdonnaient des battements affolés de son propre cœur. Elle essuya ses paumes moites et grimpa sur le bureau.

Une prière s'imposa à elle : *S'il Te plaît, aide-moi ! Je n'y arriverai jamais toute seule.*

Ressentant une force tranquille, elle prit alors une profonde inspiration, puis, d'un geste rapide et déterminé, elle lança le pied du lit contre un des déclencheurs du dispositif anti-incendie au plafond. Le choc produisit instantanément un grand fracas métallique qui, aussitôt, provoqua des cris à l'étage au-dessus. Ce n'est pas ce qu'elle avait prévu.

Merde !

Elle le lança à nouveau, mais, cette fois-ci, il s'échappa de ses paumes, moites de transpiration, et cogna contre la canalisation. Au-dessus de sa tête, les cris et les exclamations redoublèrent.

Ignorant la panique qui montait de son ventre, Zoé redescendit du bureau pour récupérer le pied du lit tombé par terre. Une fois remontée, et de toutes ses forces, elle le projeta de nouveau vers le plafond. Elle avait visé la tête du déclencheur, là où se trouvait le fusible de cire réactif à la chaleur. Mais elle avait lancé son projectile avec une telle force qu'il cassa complètement le mini-extincteur.

La réponse fut un torrent d'eau qui, instantanément, inonda le sol de la cellule. Puis, il y eut une sonnerie : l'alarme incendie de l'entrepôt, déclenchée par la diminution de la pression d'eau. Pour Zoé, le hurlement de la sirène fut une douce musique. Elle sentit le soulagement détendre tout son corps. Jusqu'à cet instant, elle ignorait complètement si le système anti-incendie déclencherait directement l'eau ou s'il actionnerait seulement l'alarme.

Merci, mon Dieu !

Pendant une seconde, elle se demanda combien de temps mettraient les pompiers de Zurich pour arriver sur les lieux de l'incendie. Mais peu importait la réponse. Ce ne serait jamais assez rapide pour elle. À l'étage, les bruits de confusion générale se mêlaient aux hurlements de la sirène.

Parfaitement calme à présent, Zoé éteignit la lumière et attendit. Dans le noir, les différents sons se firent plus intenses. Celui du déclencheur cassé devint plus grave à mesure que le niveau d'eau augmentait dans la pièce. Après ce qui lui sembla une éternité, des pas se rapprochèrent dans le couloir menant à sa cellule. Tout de suite, elle reconnut les voix en colère de son geôlier géant et de Sergejew. Un instant plus tard, les verrous grincèrent, la porte s'ouvrit avec le fracas habituel et les deux hommes apparurent sur le seuil. Le corridor étant chichement éclairé par une ampoule de faible puissance, aussi la lumière jaunâtre donna aux choses des ombres chinoises floues et irréelles. Déjà, l'eau s'écoulait rapidement hors de la cellule.

Se plaquant étroitement contre le mur, elle lâcha brusquement la corde. Hulk entendit le son. Il leva la tête et tendit la main vers le sommier. Une fraction de seconde plus tard, l'immense gardien hurla de douleur. Un bourdonnement électrique de grande intensité emplit la pièce. Des arcs de lumière jaillirent dans le noir, comme les flashes d'un appareil photo. Le géant fit encore quelques pas, puis, pris dans le piège, il trébucha et s'abattit de tout son long sur le sol.

Derrière lui, Sergejew, surpris par l'eau, avait été déstabilisé. Avant même de rejoindre son camarade électrocuté, il lâcha son arme et se tordit de douleur lorsque le courant mortel l'atteignit, l'eau faisant un excellent conducteur. Zoé resta là pendant ce qui lui parut une éternité.

Toujours plaquée contre le mur, elle était paralysée et fixait d'un regard hypnotisé les deux hommes agonisant à ses pieds. Soudain, Hulk devint silencieux et ses convulsions se firent plus faibles. Sergejew, lui, parvint à se remettre sur les genoux et à se tourner vers la porte. Mais la décharge suivante lui fut fatale et il retomba comme une masse dans l'eau.

Zoé attendit. Lorsque la pièce, qui avait été sa cellule, se remplit d'odeurs nauséabondes – un mélange d'urine et de matières fécales –, elle sut que les hommes étaient morts. Elle étala le matelas sur le sol pour pouvoir atteindre la porte. Puis, gravant la scène avec précision dans sa mémoire, elle se coucha sur le bureau et débrancha le radiateur.

De sa poche, elle tira la fiche de la rallonge dont elle avait noué les trois fils ensemble et, d'un geste décidé, la brancha dans la prise de courant. Instantanément, la lumière lugubre du couloir s'éteignit. Un parfait court-circuit. Des jurons éclatèrent à l'étage.

Elle brandit le pied du lit comme un club de golf et se dirigea vers la porte, en prenant soin de rester sur le matelas. Et en essayant d'ignorer l'odeur de la mort. D'oublier les cris de l'agonie qu'elle avait infligée aux deux hommes.

Parvenue dans le couloir, elle entendit plus fortement les sirènes stridentes. Son cœur faisait des bonds angoissés dans sa poitrine lorsqu'elle avança à tâtons le long du mur menant à la porte, qui donnait sur le bâtiment central de l'entrepôt. Au loin, elle vit des lumières en mouvement. C'étaient des hommes armés de lampes de poche puissantes. Elle reconnut deux d'entre eux, des hommes de Hulk qui couraient vers les ateliers.

La jeune femme se dirigea aussitôt vers la rampe de chargement, située de l'autre côté du dépôt de marchandises. Lorsqu'elle passa la porte et plongea dans la pureté froide et noire de la nuit, elle dit spontanément une prière de remerciement. Aussi vite qu'elle put, elle courut dans une allée pavée vers des néons, qui éclairaient la façade du bâtiment central. Soudain, deux ombres, tapies dans la nuit, jaillirent devant elle.

— Vite !

L'ordre claqua dans l'obscurité.

Un homme saisit la jeune femme tandis que l'autre lui arracha sa matraque improvisée.

CHAPITRE 18

Les phares de l'impressionnante armada de voitures de police et de pompiers, d'ambulances et autres véhicules d'urgence, s'agitaient dans la nuit. Ils éblouirent Seth Ridgeway assis seul dans son compartiment, la joue pressée contre la vitre froide. À l'approche de la gare centrale de Zurich, le train n'avançait plus que très lentement.

Seth fut littéralement hypnotisé par ces points flamboyants. Continuant à les fixer à travers la fenêtre du compartiment, il se mit debout afin de se dégourdir un peu les jambes. Ce voyage en train avait été très long. Plus de dix heures. Détachant ses yeux des faisceaux de lumière, il plongea son regard longuement dans les ombres de la nuit.

Où es-tu ?

Il avait chuchoté très doucement. La vitre lui renvoyait son reflet.

Es-tu là, dehors quelque part ? Est-ce que je vois peut-être la lumière qui t'éclaire en ce moment même ? se demandat-il.

Frottant ses paupières tristement, Seth se rassit sur la banquette, ferma les yeux et essaya de détendre son front douloureusement soucieux. Une fois de plus, il se félicita d'avoir acheté les six places, ainsi avait-il pu bénéficier du compartiment pour lui tout seul pendant tout le voyage. Il éprouvait un besoin impérieux de réfléchir en toute tranquillité. Toute distraction de la part d'autres voyageurs l'aurait immanquablement dérangé. Par ailleurs, il tenait à s'assurer que le tueur ne soit pas assis près de lui. D'accord, il avait dû payer les billets cher, mais il ne regrettait pas la dépense. C'est l'argent de Rebecca Weinstock qui avait servi à les régler.

Les heures, qui avaient suivi la fusillade au parc d'Amsterdamse Bos, lui apparurent comme un lointain cauchemar. En fait, les six derniers mois ou les vingt-quatre heures, qu'il venait de vivre, ne semblaient pas plus réels pour lui. Il avait erré dans les rues d'Amstelveen jusqu'à trouver une boutique de confection pour hommes. Si le vendeur avait d'abord été choqué par l'apparence de son client, il fut consterné lorsque Seth lui expliqua qu'il avait été agressé. Ce qui était vrai, dans un sens.

— Mon Dieu, j'ai honte ! lui avait-il affirmé, sincère et désolé. J'ai honte ! Cela ne ressemble pas à notre Hollande. Les Hollandais sont plutôt des gens paisibles, vous savez.

Il continuait à se confondre en excuses tout en aidant Seth à choisir de nouveaux vêtements, puis, le prenant par la main, il l'emmena dans la boutique d'un ami qui vendait de la maroquinerie. Seth dut fortement insister afin de convaincre l'homme d'accepter un paiement pour les articles achetés. De retour dans le premier magasin, il mit des vêtements neufs dans la valise et fourra ses habits sales et déchirés dans le grand sac en bandoulière. À l'intérieur, il avait dissimulé son 357 Magnum, lourd et encombrant, mais ô combien efficace !

La scène devait se répéter dans le petit hôtel de voyageurs situé près de la gare. La propriétaire le couvait comme une mère poule ses poussins. Elle avait insisté pour pouvoir enlever les faux plis de ses vêtements neufs par un bon repassage. À l'instar du vendeur de vêtements, elle n'arrêtait pas de s'excuser pour l'agression. « Car, disait-elle, tout de même, ici on n'est pas en Amérique où ce genre de choses arrive tout le temps, n'est-ce pas ? »

Après un long et agréable bain suivi d'une bonne sieste revigorante, il avait appelé un taxi pour se faire conduire à l'aéroport Schiphol. Sur place, il avait demandé au chauffeur de l'attendre, le temps de retirer du casier le tableau et le reste de l'argent de Rebecca. D'un téléphone de l'aéroport, il avait réussi à laisser un message à l'intention de George Stratton. L'incident à Amstelveen l'avait persuadé qu'il était temps d'arrêter ses investigations en solo. Dorénavant, il était prêt à coopérer. Dans son message, Seth avait raconté ce qui s'était passé et annoncé qu'il était sur le point de se rendre à Zurich. Pas un mot, cependant, du tableau ou de son rendez-vous avec Jacob Jost. Il fallait tout de même garder un atout pour avoir de quoi marchander.

Un peu plus tard, il avait dégusté le chocolat chaud que le garçon de l'hôtel lui avait monté dans sa chambre avant de se glisser entre les draps d'une apaisante fraîcheur amidonnée. Sa nuit fut très agitée, hantée par une foule de scènes peuplées de cadavres. Lesquels, à chaque fois, avaient son propre visage.

Sa décision, le lendemain matin, d'annuler son billet d'avion et de prendre plutôt le train pour se rendre à Zurich, s'imposait presque. Il n'aurait pas pu passer les fouilles à l'aéroport avec son arme. Les trains, eux, sont moins surveillés : pas de file unique obligatoire, pas de portail de sécurité et pas de zones de départ étroitement surveillées. Et, à tout moment, on pouvait s'en échapper. Voilà pourquoi il avait spontanément choisi de faire ce long voyage à bord d'un train, qui s'arrêtait toutes les vingt ou trente minutes.

Il avait cependant l'impression qu'il aurait dû faire davantage. Mais quoi ? Ce n'était pas évident de fuir devant un danger dont on ignore tout. Comment échapper à un ennemi qu'on ne connaît pas ? D'ailleurs, comment avaient-ils fait pour retrouver sa trace ? Cette question n'arrêtait pas de le tarauder. Était-ce la communication téléphonique passée de l'aéroport ? Il écarta cette hypothèse. Qui aurait pu prévoir qu'il appellerait de là-bas ?

Quelqu'un, inconnu de lui ou de Stratton, le filait peut-être depuis le début ? Peu probable, également. Stratton ? Il avait effectivement informé l'agent – celui qui surveillait sa maison à Playa del Rey – de son voyage à Amsterdam. Mais, alors, cela signifierait…

Un frisson glacial lui parcourut l'échine comme si quelqu'un lui avait déversé, brusquement, un seau d'eau froide sur la tête. L'homme de Stratton serait à la solde de quelqu'un d'autre ?

Brown…

L'homme qui l'avait suivi à Amsterdam, et qu'il avait également soupçonné faire partie du réseau de Stratton, s'était finalement révélé être un prêtre du Vatican. Qu'est-ce qu'un prêtre pouvait bien fabriquer dans une telle affaire ?

Un petit groupe puissant à l'intérieur du Vatican… des choses dont vous ne pouvez mesurer l'importance… avec la bénédiction du Pape…

Les dernières paroles du prêtre résonnaient encore à ses oreilles et il fut stupéfait des éventuelles implications possibles.

Les choses et les gens, voyez-vous, ne sont pas toujours ce qu'ils semblent être… Il y a des personnalités haut placées – au sein de votre gouvernement, comme de mon Église – qui, en réalité, ne sont pas ce qu'ils prétendent être.

Les mots lui revenaient sans cesse en tête comme un refrain. Qui n'était pas ce qu'il prétendait être ? Peut-être même Stratton travaillait-il en vérité pour quelqu'un d'autre ? Et le prêtre ? Et que savait-il de Rebecca Weinstock ?

Combien d'individus étaient donc impliqués dans cette étrange affaire ? Stratton lui avait dit que Rebecca avait été tuée par des hommes de Zhirinowski, infiltrés au KGB. Ceux-là défendaient les intérêts de qui ? Seulement ceux de Zhirinowski ou ceux de la Russie ?

Nous sommes un groupe chargé d'éradiquer le pire : des abus, des intrigues politiques et des jeux de pouvoir...

Mais que pourraient-ils bien fabriquer avec le tableau d'un obscur peintre nazi ?

Seth secoua sa tête dans laquelle toutes ces questions s'entremêlaient. À chaque fois qu'il trouvait une réponse, elle soulevait deux ou trois interrogations. C'était comme si...

Tout à coup, Seth remarqua un homme planté dans le couloir juste devant son compartiment. Il était là depuis déjà quelques minutes. L'individu était de grande taille. Un large manteau en laine ne laissait rien deviner de sa corpulence. Un large manteau de laine... qui pouvait dissimuler n'importe quelle arme, songea Ridgeway. L'homme avait des cheveux châtain clair et son visage n'avait rien qui sortait de l'ordinaire. Seul son nez donnait l'impression d'avoir été cassé une, sinon plusieurs fois. Leurs yeux se rencontrèrent un court instant. L'homme hocha poliment la tête avant de se détourner et de regarder par la fenêtre.

Intrigué, Seth se leva pour attraper son sac dans le filet au-dessus de sa tête et le posa devant lui sur la banquette. Que signifiait le regard que l'homme lui avait lancé ? L'avait-il reconnu ou était-ce simplement un signe de courtoisie entre voyageurs ? Ou bien cette personne le connaissait-il ? Fébrilement, Seth tenta de se rappeler les derniers jours, d'identifier un visage parmi les foules croisées dans les aéroports, les rues, la gare. Mais il eut beau essayer, cet inconnu n'évoquait rien dans son esprit et lui restait étranger.

D'un autre côté, on sélectionnait précisément de tels individus – quelconques, sans signe distinctif – pour les utiliser comme espions ou tueurs. L'homme ordinaire fait le meilleur criminel car il est très difficile de s'en rappeler pour un témoin ou de le reconnaître dans une foule. Celui-ci était-il un assassin ? L'avait-on envoyé pour finir le travail raté à Los Angeles et à Amsterdam ?

En tout cas, Seth était bien décidé à ne pas courir de risques. Il ouvrit la fermeture Éclair de son bagage et en extirpa le Magnum. Il replaça ensuite l'arme sur le dessus – où il pourrait la saisir rapidement – avant de rabattre les côtés du sac, mais sans le fermer. Il s'assit à côté, feignant d'être profondément absorbé par le contenu du International Herald Tribune.

L'homme dans le couloir ne bougeait pas. Il restait là, debout, les deux mains dans ses poches. À un moment, il passa sa main dans l'ouverture de son manteau, invisible pour Ridgeway. Était-il en train de saisir une arme ? Sans réfléchir davantage, Seth saisit rapidement son fidèle Magnum dans son sac, l'index sur la détente. L'homme retira l'autre main de sa poche. Seth, sous tension, était prêt à sortir le Magnum. Lorsque l'homme du couloir se retourna, Seth vit qu'il tenait un paquet de cigarettes américaines et un briquet.

L'inconnu avait remarqué le regard de Ridgeway. Il sourit et lui tendit son paquet. Se jugeant complètement idiot, Seth refusa d'un geste poli et sourit en retour. Un échange courtois entre étrangers, rien de plus. Entre-temps, l'homme avait allumé sa cigarette qu'il plaça entre ses lèvres. L'opération terminée, il avança, entouré d'un nuage de fumée bleu clair, vers le fond du couloir.

Le cœur battant la chamade, Seth s'écroula sur la banquette. Il ferma les yeux. Des gouttes d'une sueur froide coulaient de son front. Il ouvrit les yeux et essuya la transpiration. Le couloir était toujours noyé dans le halo bleu pâle. Un nuage magique laissé par un prestidigitateur.

Voilà où il en était ! Il voyait des démons là où il n'y en avait aucun. Des ombres où il n'y avait que de la lumière. Il devenait paranoïaque.

En fermant un instant les yeux, il se retrouva assis dans une voiture de patrouille entre Manchester et la 89e Place, dans une nuit noire et angoissante. L'air respirait la mort et son coéquipier lui donna un conseil : « Écoute, mon gars, souviens-toi de ce que je te dis : il faut être paranoïaque quand tout le monde te court après. »

Ce n'était pas un hasard si ce souvenir lui revenait à ce moment précis. Après quelques derniers soubresauts, le train s'immobilisa brusquement le long du quai de la gare centrale de Zurich.

CHAPITRE 19

Zoé contemplait la nuit et ses lumières à travers ses paupières mi-closes. George Stratton conduisit adroitement la Volvo de location le long des rues enneigées de Zurich. À l'arrière était assis un homme qui lui avait été présenté sous le nom de Gordon Highgate.

Bien que ses yeux soient lourds de fatigue et de douleur, elle se sentait trop excitée pour dormir. Les images des deux dernières heures étaient encore trop vivaces, riches en émotions. Un incroyable mélange de peurs et d'exaltation, de douleur et de victoire. La course désespérée vers la liberté, la panique, puis des mains inconnues la tirant dans la nuit noire vers la liberté. Et le soulagement, enfin.

Ils l'avaient emmenée en camionnette dans une sorte de bureau d'où elle avait téléphoné à Seth, mais il n'était pas à la maison. Elle essaya trois fois et, à chaque appel, le répondeur s'enclenchait. Où pouvait-il bien être ? Elle prit subitement conscience du décalage horaire : dix heures la séparaient de Los Angeles. Là-bas, il n'était donc que onze heures du matin. Elle appela son bureau à l'université. Pas de réponse non plus.

Elle finit par se tourner vers les deux hommes.

— Quel jour sommes-nous donc ?

— Dimanche.

Voilà qui expliquait tout. Il ne serait pas facile de laisser tomber ses habitudes de captive et de retrouver les réactions d'une personne « normale ». Bien sûr, il devait être sur la *Walkyrie* !

Mais là aussi, le téléphone sonna dans le vide… Elle était impatiente de parler à Seth, d'entendre sa voix. Au lieu de cela, elle devait ravaler sa déception. Elle essaya encore plusieurs fois à la maison, puis laissa un message sur le répondeur. « Je t'aime », dit-elle simplement, encore et encore. Pour terminer, avant que la bande soit saturée, elle lui avait demandé de la rappeler à l'hôtel *L'Eden au lac*.

À présent, il y avait surtout de la colère en elle. Six mois d'une rage contenue ! Ces abrutis à l'entrepôt lui avaient volé six mois de sa vie. La moitié d'une année.

Stratton et Highgate auraient préféré qu'elle passe la nuit dans une maison sûre à l'extérieur de Zurich, mais elle était restée intraitable : ce serait *L'Eden au lac* et rien d'autre, sinon ils ne vaudraient pas mieux que ces brutes qui l'avaient kidnappée ! La discussion fut vive, mais c'est Zoé qui l'emporta.

Alors que la Volvo traversa la place devant la gare, Zoé se pencha vers Stratton.

— Pourriez-vous vous arrêter quelques instants ?

De la main, elle désigna la Bahnhofstrasse avec son foisonnement de boutiques.

— On m'a retenue prisonnière pendant six longs mois et je n'ai plus rien à mettre.

Regardant son jean usé, elle ajouta avec un soupçon de coquetterie :

— Je n'aimerais pas trop entrer comme ça à *L'Eden au lac*.

Stratton ne put s'empêcher de sourire. Aussitôt, il répliqua, non sans galanterie.

— Bien sûr !

Il manœuvra adroitement la Volvo à travers la foule des passants dans l'étroite rue commerçante. C'est Highgate qui accompagna Zoé dans les boutiques pendant que Stratton tournait dans le quartier où il n'y avait pas une place de stationnement libre.

Cela prit bien plus que quelques instants. Presque une heure plus tard – dont la moitié avait servi à convaincre American Express que, oui, elle était bien vivante ! –, Highgate et elle réapparurent sur le trottoir. Zoé portait une robe en lainage rouge vif et des chaussures italiennes. Un manteau chaud à la mode complétait l'ensemble. Elle avait les bras chargés de paquets enveloppés de papier brillant. Highgate, lui, les mains libres, au cas où il devrait se servir d'une arme, scruta attentivement le trottoir avant de se diriger vers la voiture. Sans plus s'arrêter, ils partirent alors directement pour l'hôtel.

Zoé laissa sa tête aller nonchalamment contre le coussin de son siège. Elle ferma les yeux pour mieux pouvoir imaginer l'expression du visage de Seth en découvrant ses messages. Elle espérait qu'il ne rappellerait pas avant qu'elle soit arrivée dans sa chambre à l'hôtel. Elle se voyait déjà renouer avec lui à l'endroit même où toute cette histoire avait débuté, six mois plus tôt. Il prendrait immédiatement l'avion pour la rejoindre et elle irait acheter plein de nouvelles robes pour l'occasion. Elle se ferait belle à nouveau, elle essayerait en tout cas.

La jeune femme était presque endormie quand la Volvo s'arrêta sur le parking devant l'entrée principale de *L'Eden au lac*. Ouvrant les yeux, elle regarda avidement autour d'elle.

À quelque pas de là, un portier, arborant plus de galons dorés qu'un général russe, était occupé à sortir du coffre d'une rutilante Mercedes une collection de bagages de luxe. Son collègue, vêtu d'un uniforme similaire, ouvrait la porte d'entrée à un gentleman aux cheveux blancs accompagné d'une dame couverte de tout un assortiment de zibelines. À travers les hautes fenêtres, Zoé pouvait voir, dans le halo douillet des lampes, tous ces gens confortablement installés.

C'est ici qu'elle et Seth avaient été séparés. Il n'existait donc pas au monde de meilleur cadre pour leurs retrouvailles.

Un homme de grande taille, tout en muscles, se détacha d'un petit groupe de personnes devant l'entrée et se dirigea vers eux. Stratton se tourna vers Zoé.

— Voici votre garde du corps principal, Richard Cartière, dit-il en coupant le moteur. Il éteignit les feux de position.

— S'il y a quoi que ce soit, Richie sera à votre disposition. C'est un ex-agent SAS des forces spéciales britanniques, 120 kilos de défense contre tout individu cherchant à vous nuire.

Zoé pensa qu'il ressemblait à une vraie montagne en mouvement lorsqu'il vint de son côté pour lui ouvrir la portière.

— Bonsoir, dit Zoé.

L'homme sourit et lui retourna son salut en inclinant la tête. Plus tard, elle comprendrait que Cartière était un homme d'action, pas de discours inutiles.

Elle sortit de la voiture et suivit son impressionnant garde du corps dans le hall de l'hôtel. Un des portiers s'avança pour la débarrasser de ses paquets.

Seth Ridgeway étouffa un juron lorsque le taxi s'arrêta devant l'entrée de *L'Eden au lac*. C'était incroyable : voilà donc le seul hôtel correct de la ville où il avait été possible de dénicher une chambre sans réservation. Depuis la gare, il avait appelé un hôtel après l'autre. « Désolé, mein Herr, lui avait-on systématiquement répondu. Mais c'est Noël et tout le monde vient acheter des cadeaux, fêter en famille… Désolé, nous sommes complet pour les prochaines semaines… »

Chaque fois, Seth avait remercié poliment avant de raccrocher et appeler le numéro suivant sur sa liste. Finalement, il s'était décidé à faire lui-même la tournée des hôtels. Avec les mêmes résultats. Au *Schweizerhof*, ils avaient été très aimables et le réceptionniste avait même appelé plusieurs de ses collègues. Après de nombreux essais infructueux, il s'était triomphalement tourné vers Ridgeway.

— Tout de même ! Je vous ai trouvé une chambre. C'est à *L'Eden au lac*, un très bon hôtel, mais un peu éloigné de notre centre commerçant, ce qui n'arrange pas la clientèle de Noël. Une chance pour vous…

Seth dut faire un effort pour paraître content afin de ne pas décevoir le serviable réceptionniste. Il lui donna un généreux pourboire et remonta dans son taxi.

Dans le but de retarder encore un peu ce retour dans un établissement qu'il détestait entre tous, il invita le chauffeur à dîner. Pendant toute la durée du repas, le compteur tournait et Ridgeway paya le tout. Le taxi venait de Turquie, parlait un peu d'allemand et pas un mot d'anglais. Sa famille était restée au pays et il envoyait là-bas la majeure partie de ce qu'il gagnait. Il était le père de sept enfants, dont l'aîné avait douze ans. Sa famille lui manquait cruellement. Rapidement, les mots s'épuisèrent, la barrière de la langue rendant impossible toute conversation véritable.

Ils peinaient quelque peu, utilisant gestes et mimiques pour communiquer. Ils se portaient mutuellement des toasts en buvant une bonne bouteille de Château Latour que Seth avait commandée. L'un ne comprit pas à quoi l'autre buvait, mais tous deux se sentirent honorés. Ils étaient en communion, partageant ce langage universel des étrangers loin de chez eux et séparés de leurs proches.

Mais l'heure tournait et Seth devait rejoindre l'hôtel s'il ne voulait pas que sa chambre soit donnée à quelqu'un d'autre.

Sitôt arrivé devant *L'Eden*, le chauffeur de taxi, avec diligence, bondit de la voiture pour lui ouvrir la portière. Ensuite, il fit signe au porteur. Avec les quelques mots d'allemand dont il disposait, il lui demanda avec une certaine autorité de prendre bien soin des bagages. De son côté, Seth tira la liasse de Rebecca de sa poche, compta la somme due puis la doubla.

Il tendit l'argent au chauffeur.

— Joyeux Noël !

L'homme était très ému. Il enlaça Seth et l'embrassa spontanément sur les deux joues.

Pendant quelques instants, l'Américain resta là, à regarder dans la direction où le taxi venait de disparaître. Il ne vit pas les regards étonnés des porteurs lorsqu'il s'approcha de l'entrée. Il espérait que cet argent améliorerait un peu les fêtes de Noël pour un mari travaillant dur loin de sa famille.

Un chasseur aux allures de noble prussien porta les bagages dans la chambre, suspendit les vêtements, régla le thermostat et ouvrit le couvre-lit. Avec un grand sourire, il présenta le minibar avec son stock de whisky et du cordial, puis le réfrigérateur contenant champagne, vin blanc, jus de fruits et eaux minérales. Il s'appelait Klaus et son anglais était impeccable.

Seth lui donna un pourboire généreux. Il était bon de s'assurer que l'employé, le cas échéant, accepterait de lui rendre service. Pendant un instant, Seth envisagea d'ouvrir une bouteille de jus d'orange et s'allongea sur le lit pour y réfléchir. Il n'eut pas le temps de trouver une réponse, car il s'endormit instantanément, tout habillé.

Plus au sud, le vent autrichien balayait de ses hurlements la vallée de l'Inn et lançait ses assauts glacés contre les lourdes poutres massives du chalet haut perché. Les craquements et les soupirs du vieux bois de chêne redoublaient à mesure que les rafales se faisaient plus violentes.

Il était deux heures du matin et une seule fenêtre était éclairée, tout en haut. Derrière, le cardinal Neils Braun arpentait sa chambre à coucher tout en écoutant attentivement la voix de l'homme à l'autre bout de la ligne.

— Très bien, se félicita le cardinal en souriant dans le combiné. J'ai eu raison de vous faire confiance.

Gardant le téléphone sans fil contre l'oreille, Braun continua à écouter le rapport de son interlocuteur tout en passant dans son bureau personnel, attenant à la chambre. Il alluma la lumière dans la pièce froide. Le plafonnier inonda les longues rangées d'ouvrages. Parmi ceux-ci, il y avait ses ouvrages à lui. Sept en tout. Tous publiés par des maisons d'édition de renommée internationale. Philosophie, théologie, histoire. Grâce à ses écrits, son influence s'était répandue bien au-delà de la hiérarchie du Vatican.

Écoutant toujours la voix affolée à l'autre bout, Braun s'arrêta devant sa bibliothèque. Il prit celui des sept volumes qui avait fait parler de lui dans le monde entier, l'élevant du même coup au rang d'un prétendant sérieux au trône de Saint-Pierre. Il contempla le livre d'un regard quelque peu absent : *Le Communisme – l'Antéchrist ?* C'était le résultat de nombreuses années de recherches et de son expérience secrète à la tête du Secrétariat pour les non-croyants. Il l'avait destiné aussi bien aux laïcs qu'aux membres du clergé. Au cours des pires périodes de la guerre froide, ce livre était devenu une sorte de bible pour ceux qui s'intéressaient de près aux conflits entre l'Église et l'État. Il devint également un best-seller dans tous les pays du monde libre. Ce succès l'avait également transformé en cible de choix pour des tueurs.

Dès la parution, le cardinal était devenu un invité courtisé par les télévisions et un conférencier recherché pour les événements religieux et mondains. Tout cela n'avait aucunement nui à son ascension au Vatican. Grâce à son succès d'édition, il n'eut aucune difficulté à recruter les hommes les plus actifs pour le Conseil œcuménique. Il eut vite fait de remplacer les membres du Conseil les moins influents par de plus puissants. Et ceux, qui refusaient de démissionner et de laisser la place, se retrouvaient, avec une surprenante régularité, trop malades pour assurer leurs fonctions. L'influence du Conseil œcuménique grandissait en même temps que la sienne. Il devint une cible pour la propagande et les dénigrements violents des Soviétiques.

Après chaque attaque, chaque tentative d'assassinat, son influence et son pouvoir à l'intérieur de l'Église se trouvaient renforcés. Un cardinal après l'autre venait le trouver, et ils disaient tous la même chose : Neils Braun serait le prochain pape. Ce n'était qu'une question de temps…

Mais, ce ne fut pas qu'une question de temps, pensa-t-il, sentant la colère monter en lui. D'un geste vif, il repoussa le livre sur l'étagère avant de retourner vers son secrétaire. Sacrés Soviétiques ! Maudite soit leur totale incompétence ! Son travail de sape secret, dans les coulisses, avait affaibli le régime et accéléré la chute du communisme dans le monde. Mais tout cela avait été trop rapide.

Il évita soigneusement de regarder le portrait du Saint-Père accroché au mur derrière son bureau. Le voir ravivait encore sa colère. C'est sa photo à lui qui aurait dû se trouver là ! Quand le communisme avait implosé, aspiré de l'intérieur par le trou noir de son propre vide, l'attention dont il avait été l'objet, s'était portée ailleurs.

Tournant résolument le dos à l'effigie pontificale, il se laissa tomber dans son fauteuil derrière le bureau. Oh, il n'avait jamais montré sa colère ! Pas même devant ses alliés et ses proches au sein de la Curie. Toujours, il avait su donner l'image d'un homme digne et magnanime dans la défaite. « Il était encore jeune », disaient ses partisans. Un autre temps propice viendrait un jour ou l'autre.

Assis là, derrière son bureau, le cardinal jura silencieusement en repensant à sa défaite. Le temps passait si vite… Chaque jour, les croyants du monde entier souffraient toujours plus. Les non-croyants, les athées gagnaient constamment du terrain. L'Église perdait de son influence jour après jour. Elle n'avait plus de colonne vertébrale et délaissait de plus en plus discipline et dureté, ces lumières phares pour les croyants du monde. Ils étaient bien trop préoccupés par leurs demandes de pardon au nom du passé et incapables d'élaborer une vision de grandeur future.

Personne n'en avait conscience, ni l'actuel pape, ni le Collège des cardinaux. Personne ne semblait se douter du peu de temps qui leur restait. Seul le cardinal archevêque de Vienne savait. Et même le peu de temps encore disponible se réduirait rapidement si les infidèles mettaient la main sur le Suaire de Sophia. Il fallait absolument agir, faire quelque chose et, il le savait, il n'y avait personne d'autre que lui : il était le seul homme à pouvoir faire ce qu'il fallait.

Ses ruminations furent interrompues, son interlocuteur avait terminé son rapport.

— Vous allez continuer à bien faire votre travail et notre mission sera bénie tant que nous restons fermement établis dans notre foi en Jésus-Christ, affirma Braun de sa voix pastorale la plus apaisante.

Reposant le combiné, le cardinal reprit sa méditation. Il regarda autour de lui : tout ceci changerait à partir du moment où il entrerait en possession de la Passion de Sophia, le testament d'un Messie qu'il était bien décidé à garder secret. À tout prix.

Lorsqu'il serait devenu pape grâce aux secrets de Sophia, il organiserait une série de rencontres avec les responsables des principales religions. Grâce à la puissance de la Passion de Sophia et la menace qu'elle représentait, il pouvait exiger des concessions d'une énorme portée historique. Cela n'irait peut-être pas jusqu'à une réunification, mais – au minimum – à un réalignement, un rassemblement général des forces religieuses du monde entier. Sous sa direction, bien entendu.

Il ne doutait pas le moins du monde que cela fonctionnerait. Braun connaissait bien l'instinct de conservation si profondément enraciné dans les bureaucraties de toutes les religions officiellement reconnues. Le secret de Sophia mettait en péril la structure même des religions du monde occidental. Et le cardinal savait aussi que les puissants au sommet de ces structures ne reculeraient devant rien afin de préserver leurs Églises et leurs positions au sein de leurs hiérarchies.

Les ennemis de l'Église et les ennemis de l'État seraient alors les mêmes. Les oppositions politiques mourraient avec les divergences religieuses. En fait, il n'envisageait rien de moins qu'un retour vers le Saint Empire où empereurs et papes se reconnaissaient mutuellement, où chacun gouvernait avec l'appui de l'autre, toujours au nom de Dieu. Mais ce qui était nouveau et ce qui lui tenait vraiment à cœur, c'était l'unité. La paix et l'harmonie grâce à l'union des religions. C'était cela, sa croisade. Une chaleur apaisante se répandit dans sa poitrine.

D'ailleurs, les temps étaient mûrs dans le monde occidental. Politiciens, responsables militaires et même citoyens ressentaient avec frustration leur impuissance face au terrorisme et à la décadence générale. Ils saisiraient la première opportunité prometteuse pour les sortir de cette impuissance insupportable.

Il commencerait par la création d'une véritable autorité morale. En même temps, il consoliderait sa propre toute-puissance. Celle-ci une fois bien assise, Braun traiterait avec ceux dans les gouvernements et les armées qui auraient besoin d'un paravent de moralité derrière lequel s'abriter.

À partir de là, la redoutable machine à façonner l'opinion publique se mettrait en marche. Une vaste armée de propagandistes, munis de leurs outils sophistiqués de manipulation des faits, se mettrait au travail. Et ce qu'ils ne réussiraient pas à manœuvrer, ils le classeraient secret.

Ces hommes-là connaissaient leur affaire. Ils savaient comment utiliser Dieu et le patriotisme pour convaincre le peuple. Ils sauraient parfaitement quelle corde toucher afin de faire résonner les sentiments souhaités. Les fondements souterrains étaient en place.

Le Droit chrétien s'était déjà fait piéger, de même que les ayatollahs et les rabbins orthodoxes en Amérique et en Israël. Ils étaient alimentés par une rivière de violence souterraine et lui, Braun, les maîtriserait tous.

CHAPITRE 20

La Bahnhofstrasse de Zurich s'étire sur un kilomètre et demi de la gare centrale jusqu'au lac. Devant le visiteur, elle étale tout ce qui fait la renommée internationale de cette petite ville suisse. L'or et l'argent.

La rue est littéralement bordée de banques et de bijouteries. Dans les coffres-forts des temples bancaires s'amoncellent argent, pierres précieuses et objets plus précieux encore. Les bijouteries, elles, vendent de l'or et des gemmes.

Pendant longtemps, banquiers et bijoutiers ont été des alliés et, nulle part ailleurs, ces liens furent plus étroits qu'ici, dans la Bahnhofstrasse de Zurich. Tous les grands s'y trouvent : Swiss Credit, Union Bank, J.Vontobel & Co, A. Sarasin & Cie et tant d'autres.

Entre les imposants établissements bancaires aux façades audacieuses, leurs lourdes portes en acajou luisant et leurs plaques de marbre, se blottissent les banques privées. Plus petites, exclusives : les plus discrètes au cœur du si secret secteur bancaire. Les plaques en cuivre portent un seul nom comme Bertholdier et Fils ou toute une guirlande de patronymes à l'instar des grands cabinets d'avocats. Rien n'indique qu'il s'agit d'une banque. De toute manière, le visiteur, qui ignore que derrière ces portes se trouve un tel organisme, n'a rien à y faire.

Les bijouteries de luxe, qui séparent les banques, fonctionnent à peu près de la même façon. Les grandes boutiques, aux vastes vitrines étincelantes, attirent les bourgeois avec une profusion de lumières. Et puis, il y a les autres : accessibles uniquement par ascenseur privé et sous bonne escorte. Elles offrent de confortables salons accueillant ceux qui, très probablement, viennent de faire un tour dans l'une des petites banques ultra-secrètes voisines.

Seth régla son taxi à l'endroit où la Bahnhofstrasse aboutit au lac. C'était une splendide journée ensoleillée et il vit, au loin, un voilier isolé braver les eaux glacées. De là où il se trouvait, le bateau ressemblait à la grande cape blanche d'un magicien fendant les flots. Seth s'immobilisa quelques instants et pensa à cette autre belle journée d'été, il y avait de cela déjà plus de six mois. Il avait loué un petit bateau pour se promener sur le lac – il était allé jusqu'à Zillikon – en attendant le retour de Zoé.

Il se détourna rapidement, à la fois de ses souvenirs et des lieux qui les ravivaient. Avançant d'un pas décidé, il traversa un petit square puis plongea dans la foule de plus en plus dense des acheteurs de Noël. On était le 22 décembre, deux jours avant le réveillon.

Les trottoirs de la Bahnhofstrasse étaient noirs de monde : acheteurs, badauds, touristes, marchands, enfants libérés de l'école, et quelques hommes et femmes vêtus avec élégance se faufilant dignement entre les limousines, les banques et les bijouteries.

Seth ralentit le pas pour adopter le rythme de la foule en se dirigeant vers la gare. Sur une petite place triangulaire, il fit un bref arrêt afin de consulter le plan de la ville que le réceptionniste de *L'Eden* lui avait donné ce matin-là. Il le tourna afin de s'orienter dans la bonne direction.

Sur sa droite, c'était le centre historique. Le vieux Zurich avec ses ruelles pavées, serpentant entre les vénérables maisons du Moyen Âge et de la Renaissance. Le magasin de Jost se trouvait dans l'une des rues étroites coupant la Bahnhofstrasse un peu plus haut. Lorsqu'il enfouit le plan dans la poche de son manteau, Seth sentit le contact froid et rassurant du canon de son Magnum.

En avançant au milieu de la foule joyeuse, il pensa que la mort le suivait vraiment comme une ombre. D'abord, Rebecca Weinstock sur son bateau, puis Tony Bradford, ensuite le prêtre à Amsterdam…

Et Zoé. Arrête ! s'ordonna-t-il. Elle est vivante ! Elle doit être en vie.

Enfonçant les mains profondément dans les poches de son manteau, il courba un peu la tête et pressa le pas comme pour fuir les pensées qui l'obsédaient. Si elle était morte… Il se raccrochait à ce si… De toute façon, il lui était impossible d'imaginer une vie sans Zoé. Il accéléra encore l'allure.

Il était sur le point de prendre à droite vers le vieux quartier quand il entendit un son inhabituel, long et grave. Une note qui domina tous les bruits de la rue et qui fit vibrer tout son corps, et pas seulement ses oreilles. Il s'arrêta, regarda autour de lui en essayant de localiser la source de ce son étrange et captivant à la fois, et qui venait de partout et de nulle part. La plupart des passants, étonnés, s'étaient arrêtés comme lui.

À côté de lui, une femme se penchait vers sa petite fille : « Là-bas ! »

Elle avait parlé en allemand. La petite courut, se frayant un chemin à travers la foule. Sa mère la suivit. Seth également.

Sur le trottoir d'en face, un jeune homme d'une vingtaine d'années, barbu et portant le costume traditionnel des montagnards des Alpes – son chapeau posé à côté de lui sur le trottoir – soufflait solennellement dans un Alpenhorn. L'instrument en bois était long de plusieurs mètres et avait la forme d'une immense pipe d'écume. À chaque nouveau son, l'étrange instrument semblait s'embraser avant d'envoyer ses vibrations résonner entre les immeubles.

Une dame élégamment vêtue s'avança vers le jeune musicien et déposa un billet de banque dans le chapeau avant de retourner dans la foule. Rapidement, de nombreux passants suivirent son exemple, surtout lorsque le jeune homme se mit à jouer des airs et des refrains simples connus de tous, des mélodies grâce auxquelles, auparavant, les montagnards communiquaient entre eux de sommet à sommet.

Seth écouta avec son corps tout entier. D'abord une note réjouit son oreille, ensuite une seconde fit vibrer sa poitrine et une autre résonna dans sa tête. Il finit par déposer un billet de cinq dollars dans le chapeau et, un peu à contre-cœur, continua sur sa droite. Il n'était plus très loin, à présent, de l'atelier de Jacob Jost, dont il espérait des réponses importantes.

Moins de dix minutes plus tard, Seth Ridgeway se trouvait devant le magasin. L'adresse était toujours la même que celle indiquée sur la petite étiquette collée au dos du tableau qui se trouvait, à nouveau, en sécurité dans le coffre-fort de *L'Eden au lac.*

Le magasin s'était agrandi plusieurs fois au cours de toutes ces années et occupait à présent plusieurs numéros de la rue. Ridgeway trouva l'entrée principale au numéro 13 Augustinergasse, un peu plus bas.

Sur le bord du trottoir, il attendit un moment en regardant la devanture. Il avait imaginé un petit magasin poussiéreux chichement éclairé, la vitrine encombrée de cadres aux couleurs passées par le soleil. Au lieu de cela, il découvrit un établissement qui ressemblait beaucoup aux élégantes bijouteries de la Bahnhofstrasse. « Jacob Jost et Fils, Beaux-Arts » disait la plaque de laiton discrètement polie, fixée sur le mur en pierre. Le rez-de-chaussée était de style Renaissance. Ce n'était plus un magasin ou un atelier d'encadrement, mais une galerie d'art huppée. Incrustées dans le mur de la façade, à hauteur du premier étage, se trouvaient une demi-douzaine de vitrines contenant des tableaux merveilleusement encadrés. Nulle part, la moindre indication de prix. Soit ils n'étaient pas à vendre, soit ils étaient destinés à ceux qui, de toute manière, en connaissaient le prix.

Ayant du mal à réprimer son excitation, Seth traversa le trottoir devant la galerie et, d'un geste décidé, poussa l'élégante porte d'entrée en verre.

À l'intérieur, il se retrouva dans une pièce élégante et confortable, agréablement chauffée. Les murs étaient couverts de tableaux de tous styles et de toutes époques. La pièce même était vide, hormis un ensemble de quelques meubles élégants en acajou. Six fauteuils recouverts de velours d'un beau rouge sombre, plusieurs guéridons à bord sculpté et, au centre, une belle table en marbre. Sur les accoudoirs de deux fauteuils, on avait posé des manteaux de fourrure qui gisaient là comme des animaux morts.

Au milieu de la table, sur un plateau en argent, Seth vit une carafe de cristal remplie de moitié de ce qui semblait être du sherry. Faisant cercle autour, il y avait plusieurs verres assortis. Il remarqua deux espaces vides dans ce cercle et, continuant à balayer la pièce du regard, il aperçut deux dames aux cheveux blancs, en train de déguster leur liqueur. Élégamment vêtues, elles étaient debout, entourant un petit homme grassouillet dans la trentaine qui chuchotait avec volubilité, d'un ton très respectueux, gesticulant beaucoup et désignant d'abord un tableau, puis un autre. Les deux clientes approuvaient régulièrement de la tête pendant qu'il parlait.

— Puis-je vous être utile, Sir ? fit une voix en anglais.

Surpris, Ridgeway se retourna et vit une version plus jeune, mais aussi grassouillette de l'autre homme, surgir sur sa droite. Dans son costume noir, avec sa cravate sombre et ses manières obséquieuses, il ressemblait fort à un entrepreneur en pompes funèbres. Ridgeway resta un bref instant sans répondre, fixant son interlocuteur. Il n'avait pas imaginé trouver Jacob Jost et Fils dans un environnement aussi huppé et élégant.

— Désolé, si je vous ai surpris.

Après une courte pause, l'autre reprit, très à l'aise.

— Vous êtes bien Américain, n'est-ce pas ?

Tout en parlant, ses yeux détaillèrent l'allure de Ridgeway. Une tenue plutôt nonchalante : pantalon de flanelle grise, chaussures de sport noires, pull-over bleu marine et, par-dessus, anorak de ski rouge. Les yeux du jeune homme disaient clairement que, tout en n'approuvant pas une telle mise dans sa galerie raffinée, il respectait tout à fait les excentricités d'un Américain qui pourrait très bien se révéler… riche.

Le rythme cardiaque de Ridgeway ne s'était pas encore tout à fait calmé.

— Oui. Je suis en effet Américain. Mais je parle plutôt bien l'allemand. Si cela est plus aisé pour vous ?

L'autre secoua négativement la tête.

— Pas de problème pour moi. Je suis Félix Jost et, pendant deux ans, j'ai fait des études au Getty Museum en Californie.

Spontanément, il tendit la main à Ridgeway. Celui-ci fit de même. Un contact charnu, mais ferme et chaleureux.

— Je saisis toujours la moindre opportunité pour parfaire mon anglais.

Seth sourit aimablement et se présenta.

— Mon nom est Seth Ridgeway. J'ai appelé votre père, il y a quelques jours, pour parler… d'un certain tableau.

Pendant un bref instant, un froncement de sourcils assombrit le visage de Jost, mais disparut aussi rapidement qu'il était venu. De son portefeuille, Seth retira l'instantané du tableau que Rebecca Weinstock lui avait donné.

— C'est de cette peinture que je voudrais discuter avec votre père.

Il tendit la petite photo au jeune homme qui l'étudia longuement de son regard aux paupières tombantes. Un silence s'installa entre eux.

De l'autre bout de la galerie leur parvenait le dialogue animé entre les deux dames aux cheveux blancs. L'une voulait investir dans un tableau pour faire un placement et l'autre qualifiait ledit tableau « d'horreur ». « Mais, ma chère, une horreur de grande valeur ! » lui répondit son amie avec humour.

Elles continuèrent encore à se disputer gentiment sur le même ton, alors que le silence entre les deux hommes se fit de plus en plus pesant. Seth eut l'impression que le jeune homme avait du mal à détacher ses yeux de l'instantané qu'il tenait toujours à la main.

— On m'avait dit au téléphone que votre père serait ravi de me rencontrer, hasarda Seth en rompant le silence.

Le geste, que Félix Jost fit alors, prit Ridgeway totalement par surprise. Le jeune homme lui jeta littéralement l'instantané au visage, en crachant des mots hostiles.

— Reprenez votre saleté et fichez-nous la paix !

Seth reprit sa photo et fixa Jost d'un regard de stupéfaction totale.

— Êtes-vous sourd ?

Jost s'énerva de plus belle.

— Nous sommes des gens honnêtes ! Et nous n'avons aucune envie d'être harcelés, encore et encore, à cause d'une seule faute commise il y a plus de quarante ans. Sortez d'ici ! Sortez de chez nous ou je serai obligé d'appeler la police !

Seth tenta de trouver des mots apaisants, mais rien ne lui vint à l'esprit. Qu'est-ce qui avait mal tourné ? Et à quel moment ? Ce fichu tableau était son seul indice pour retrouver Zoé. Et le nom de Jost était son unique piste pour découvrir ce que signifiait cette peinture. Qu'est-ce qui avait changé l'attitude de Jost ? Avait-il parlé à quelqu'un entre-temps ?

Jost saisit Ridgeway par le bras et essaya de le tirer hors de la galerie.

— S'il vous plaît, Mr Ridgeway ou qui que vous prétendiez être… S'il vous plaît, partez ! Nous ne cherchons pas les problèmes et nous n'avons aucune envie d'avoir affaire à ce maudit tableau !

— Mais pourquoi ?

Seth fit un mouvement pour dégager son bras avant de regarder Félix Jost droit dans les yeux. L'autre avait une tête de moins que lui.

— Moi, je ne sais rien de ce tableau sauf qu'il est étroitement lié à la disparition de mon épouse et qu'il a causé la mort d'au moins trois personnes ! reprit Seth.

Le jeune Jost écarquilla des yeux en entendant ces mots. Mais son hostilité n'avait pas diminué.

— C'est justement à cause de cela que nous ne voulons pas avoir affaire avec le tableau dont vous parlez !

Dans l'énervement, le jeune homme perdit quelque peu son bon anglais et retombait dans une construction germanique de ses phrases. À nouveau, il agrippa Ridgeway afin de le pousser hors de la galerie.

— Je vous en prie, ne m'obligez pas la police à appeler ! Je le ferai si vous ne partez pas tout de suite.

Pour la seconde fois, Seth repoussa l'autre afin de libérer son bras. Le dos à la porte, il tremblait de colère et de frustration, un regard noir fixé sur Jost. Ses lèvres s'agitaient fébrilement comme pour évacuer la rage qui s'était emparée de lui.

Il finit par poser fermement sa main droite sur la molle poitrine grassouillette de Jost fils et le poussa si violemment en arrière que le petit homme potelé trébucha et tomba au beau milieu des verres en cristal sur la belle table en marbre.

Les tintements aigus du cristal brisé accompagnèrent la sortie de Ridgeway. Il ne s'arrêta qu'en entendant, derrière lui, la porte se refermer avec fracas.

— Il est parti !

Le Père supérieur sursauta en entendant les mots prononcés par le novice. Ses préoccupations à propos de la situation financière de la résidence s'envolèrent instantanément lorsqu'il laissa son regard glisser sur les flèches jumelles de la Frauenkirche par-dessus les toits du vieux Munich. Avec lenteur, il se retourna vers le jeune prêtre.

— Que voulez-vous dire par « parti » ?

L'abbé parlait d'une voix douce mais tranchante comme une lame de rasoir. Le novice eut un regard de jeune chien battu.

— Je…

Il tenta plusieurs fois d'éclaircir sa gorge en toussant nerveusement.

— À midi, nous avons frappé à sa porte pour lui apporter son déjeuner. Alors, il… il a répondu qu'il ne se sentait pas très bien… Il était resté au lit toute la matinée. D'ailleurs, il est très…

Perdant patience, le Père supérieur l'interrompit.

— … malade. Oui, oui, je sais. Je connais son dossier médical mieux que le mien. Continuez !

— Il avait demandé qu'on le laisse tranquille toute la matinée… aussi, nous pensions qu'il dormait. Cela lui était déjà arrivé de temps à autre, vous savez, mon père.

Le jeune prêtre fixait, un regard plein d'espoir, son supérieur, cherchant vainement un signe d'adoucissement sur son visage glacial. Résigné, il continua.

— Nous sommes retournés le voir, il y a seulement quelques minutes. Ne recevant pas de réponse aux coups frappés à sa porte… nous avions peur que… qu'il soit mort ou quelque chose comme ça… Nous sommes donc entrés dans sa chambre et il était… parti !

— Parti ? Simplement comme ça ? Vraiment parti ?

À chaque question du Père supérieur, le novice répondait par un hochement de tête désolé.

L'abbé émit d'abord un grognement sourd, comme le lointain tonnerre avant l'orage, puis son volume augmenta jusqu'à ce que ses hurlements foudroient littéralement le novice qui se courba sous l'assaut.

— Je vous ai confié, à vous et aux cinq autres individus parfaitement incompétents, et qui se prétendent prêtres, la tâche de surveiller un vieil homme faible et à moitié invalide, et vous venez me dire que ce vieillard a tout simplement disparu ! Sous vos yeux et en plein jour ! Je…

Des tremblements de rage secouèrent le Père supérieur. Le rouge de la colère envahit son visage et ses poings serrés battaient l'air. Il foudroya le novice d'un long regard.

— Dehors ! Vous et vos acolytes êtes consignés dans vos chambres. Je m'occuperai de vous plus tard !

Le jeune prêtre était pétrifié.

— Sortez ! Dehors !

Comme touché par l'éclair, le novice courut vers la sortie. Le Père supérieur, lui, se dirigea vers la porte de son bureau et la ferma calmement. Revenu vers son secrétaire, il se laissa lourdement tomber dans le fauteuil. Pourquoi moi ? pensat-il en se frottant les yeux avec ses paumes. Pourquoi ?

Il tendit le bras pour saisir le téléphone. Mais avant de toucher le combiné, il hésita un long moment comme s'il s'agissait d'un serpent venimeux. Ses mains tremblaient – pas de colère mais de peur – lorsqu'il composa le numéro de l'Office de la Congrégation de la doctrine de la foi.

Le cardinal Neils Braun n'était pas homme à prendre une telle faute avec sérénité.

CHAPITRE 21

Il était suivi. Il n'y avait pas le moindre doute possible. Ridgeway porta le verre de Tokay pinot gris d'Alsace à ses lèvres. Discrètement, il balaya du regard le café où il se trouvait. Il le vit tout de suite. C'était un homme de grande taille aux cheveux châtains bouclés, coupés de telle façon qu'il pouvait très bien appartenir à la police ou à l'armée.

Maigre et osseux, il avait l'air sans âge des officiers en activité qui s'astreignent toute leur vie à un entraînement physique soutenu. En le regardant, Ridgeway prit soudain conscience des sept kilos qu'il avait pris depuis la disparition de Zoé. Comme elle lui pesait, cette ceinture de graisse qui entourait sa taille !

Les mouvements de l'homme traduisaient une aisance physique et une solide confiance en lui. On devinait une grande force dissimulée sous un épais manteau en laine. Il portait un costume d'homme d'affaires avec une étroite cravate nouée de manière impeccable. Le large pardessus pouvait aisément dissimuler une arme à feu. Même à cette distance – quasiment la longueur de la salle à manger bondée –, on remarquait l'intensité de ses yeux d'un bleu de glacier.

Seth posa lentement son verre sur la table, faisant semblant d'être très absorbé par les galettes frites de son assiette. Il fut à peu près sûr que l'homme n'était pas un professionnel de la filature. Espionner des gens n'était certainement pas son métier. Pensivement, il donna la chasse aux petites pommes de terre du plat avec sa fourchette.

L'individu était bien trop visible, trop évident. Il regardait avec trop d'insistance et ne gardait pas assez de distance, au point de risquer un contact visuel. À moins, songea Ridgeway, à moins que quelqu'un veuille qu'il sache qu'on le surveillait. Mais qui pourrait agir ainsi ? Peut-être un complice ou un associé du prêtre qui l'avait suivi à Amsterdam ? Ou – une fois de plus – quelqu'un qui voulait l'éliminer ?

Il repoussa très vite cette dernière hypothèse. Non. Si l'homme avait de telles intentions, il aurait pu lui tirer dessus quand il avait traversé seul le parc désert longeant l'église Saint-Pierre. C'est d'ailleurs là qu'il l'avait remarqué pour la première fois, quelques minutes après avoir poussé Félix Jost dans son sherry et ses verres en cristal.

C'est en montant les dernières marches de la In-Gasse que Ridgeway commença déjà à regretter son accès de colère. Il venait à peine de décider de retourner à la galerie d'art, pour présenter ses excuses à Jost et lui proposer un dédommagement pour les dégâts causés, quand il avait remarqué l'homme.

Ridgeway s'était arrêté et son suiveur avait fait de même alors qu'un professionnel aurait continué et même dépassé l'objet de sa filature. L'individu aux allures militaires s'était donc immobilisé également, ne sachant visiblement plus trop que faire. Reprenant son ascension, Ridgeway avait aussitôt chassé l'image de cette rencontre, la jugeant fortuite. Pas pour longtemps cependant, car il avait revu la même personne en train de le suivre dans le cimetière en haut de la In-Gasse, autour de l'église et encore lors de la traversée de l'autre cimetière situé derrière l'église. Tout en marchant, Ridgeway avait enlevé le gant de sa main droite et avait saisi fermement son bon vieux Magnum. L'homme avait peut-être une arme munie d'un silencieux ou des complices qui le guettaient au prochain tournant. Mais rien ne s'était passé.

L'inconnu, qui le surveillait, avait donc eu plusieurs fois l'occasion de le tuer et de s'enfuir sans être vu. Mais, il s'était contenté de poursuivre sa filature maladroite. Furtivement, Ridgeway glissa un regard en coin dans le café. L'homme tentait de se dissimuler derrière les pages du *Neue Züricher Zeitung* dont Ridgeway pouvait distinguer les grands titres.

Subitement, il sut ce qu'il devait faire. Il reposa rapidement la fourchette dans son assiette et chercha dans ses poches de quoi régler les consommations. Il laissa la monnaie sur la table et se leva rapidement.

Tout en se dirigeant vers l'homme où il était assis, il plongea sa main au fond de la poche de sa parka. Il serra l'arme dans sa main – comme rassuré par le contact froid du métal et, l'index sur la détente, s'approcha de l'inconnu.

Le journal s'agita brusquement et Ridgeway vit l'expression d'étonnement et de confusion sur le visage de son suiveur lorsqu'il l'aperçut près de sa table. L'homme fut si surpris et pris de court qu'il renversa sa tasse de thé lorsqu'il tenta de se mettre debout.

— Ce n'est pas la peine de vous lever.

Seth avait parlé en allemand, d'une voix ferme. De la main gauche, il fit un geste d'autorité pour obliger l'autre à se rasseoir. L'homme s'immobilisa. À moitié debout, à moitié assis.

— Allez ! Reprenez votre place !

Baissant la voix, Seth chuchota en fixant son interlocuteur.

— Dans ma poche, j'ai un revolver pointé sur vous.

Le regard de l'inconnu vacilla et se posa quelques instants sur la main dissimulée de Ridgeway. La peur dilatait à présent ses pupilles.

— Il me suffit d'un tout petit geste et cette arme fera dans votre ventre un trou de la dimension de votre assiette. Ne faites pas le moindre mouvement que je ne vous aurais pas dit de faire. Vous avez compris ?

L'inconnu hocha froidement la tête.

— Que me voulez-vous ?

Visiblement, l'homme avait très rapidement repris ses esprits. Il parlait d'une voix calme et assurée. Il faisait peut-être de piètres filatures, mais, confronté au danger, il savait remarquablement bien garder son calme. Seuls ceux qui ont connu et survécu au danger possèdent une telle capacité.

— Ce serait plutôt à moi de vous poser cette question, non ? dit Seth en s'efforçant d'adopter le même ton tranquille. Et, puisque c'est moi qui tient l'arme, pourquoi ne pas répondre le premier ?

Il tira la chaise faisant face à l'homme et s'assit.

Seth reprit son ton autoritaire.

— Passez-moi votre portefeuille.

Les mains de l'inconnu firent un mouvement rapide.

— Tout doux ! Lentement !

Seth ne voulait courir aucun risque.

— Ne tirez aucune surprise de vos poches.

De nouveau, l'homme hocha calmement la tête. S'inclinant légèrement de côté, il retira d'un geste lent ses papiers de son manteau. De manière très détendue, il se cala ensuite contre le dossier de sa chaise et jeta un coup d'œil vers Seth, comme pour le jauger. Celui-ci avait posé le portefeuille en cuir sur la nappe et commencé à en parcourir le contenu de sa main gauche. De l'argent – un peu moins de cent dollars américains en francs suisses –, le ticket d'un parking, un jeu de cartes de crédit et un permis de conduire au nom de Jacob Jost. Seth jeta un regard d'acier vers l'autre.

— Vous êtes Jacob Jost ?

Sa voix traduisait une totale incrédulité. Hochement de tête en face.

— Je suis le fils de l'homme que vous avez appelé il y a quelques jours. Je suis Jacob Jost, le second ou junior, comme vous dites en Amérique.

Seth avait du mal à rassembler ses pensées. Il ne sut que dire. Remettant le permis dans le portefeuille, il le referma et le fit glisser vers l'homme.

— Je n'arrive pas à comprendre, bredouilla Seth. Pourquoi me suivre comme ça ?

— Parce que la nuit dernière quelqu'un, qui prétendait être vous, est venu chez nous. Il était accompagné de plusieurs hommes qui voulaient faire du mal à mon père. Cet individu n'est plus en vie… Ses acolytes non plus…

Jost parlait d'une voix neutre. Son sang froid était vraiment remarquable.

— Mais qui était-ce ? Et pourquoi ? demandait Seth.

— Ils n'avaient pas de papiers sur eux… Ils parlaient l'allemand avec un accent russe. Je pense qu'ils travaillaient pour le KGB.

Seth fit signe qu'il comprenait de quoi l'autre parlait.

— Ça n'a pas de sens… mais cela correspond au reste, affirma Seth. Ils ont déjà essayé de me tuer et je pensais que, comme vous me suiviez, vous aussi, vous étiez…

— … l'un d'eux ?

Seth confirma d'un signe de tête. En face, Jacob Jost sourit pour la première fois.

— Non, Mr… Ridgeway ?

Seth fit oui de la tête.

— Nous sommes du même côté.

Spontanément, Jacob Jost lui tendit la main par-dessus la table. Seth hésita un long moment. Était-ce une ruse ? Un piège ? Des papiers d'identité pouvaient être falsifiés, se rappela-t-il. Et, souvent, les meilleurs tueurs sont aussi les meilleurs acteurs. Le regard toujours fixé sur la main tendue amicalement, il repensa à Rebecca Weinstock, au prêtre à Amsterdam, à George Stratton. Tous s'étaient approchés de lui cordialement. Tous avaient semblé dignes de confiance... Stratton lui avait sauvé la vie, les deux autres étaient morts.

Surmontant ses dernières hésitations, Seth décida qu'il fallait faire confiance à Jost. Il choisit également d'ignorer le frisson qui descendait le long de sa colonne vertébrale, et laissa retomber le Magnum dans sa poche.

— O.K. Nous sommes du même côté.

Sa voix ne trembla pas quand il tendit sa main droite. Le contact fut énergique et chaleureux.

— Voilà qui est bien, affirma Jost. Surtout pour vous, car l'homme à la table voisine...

Il tourna la tête légèrement vers la gauche.

— ... pointe sur votre tête une arme bien plus efficace que la vôtre.

En un éclair, Ridgeway se tourna à droite et découvrit un homme trapu avec des cheveux longs et raides. L'individu lui sourit avant de diriger ses yeux, ostensiblement, vers le bas et regarder rapidement à nouveau vers Ridgeway.

Ce dernier suivit son regard et remarqua tout de suite, sur les genoux de l'inconnu, le canon d'un silencieux dissimulé par la nappe en papier.

Tournant son attention à nouveau vers Jost, Ridgeway eut juste le temps d'observer le bref échange muet entre les deux hommes. Jost fit un signe imperceptible et l'individu aux cheveux longs hocha la tête. Sans perdre une seconde, il prit un sac à dos vert foncé sous la table, y fourra son fusil, jeta de la monnaie sur la table et disparut.

— Vous ne courez aucun risque, n'est-ce pas ? demanda Seth.

— Je suis un homme très, très prudent, Mr Ridgeway.

— Même à cet instant ? demanda Seth avec un soupçon d'ironie.

Les sourcils de Jacob Jost se figèrent en un arc interrogateur et Ridgeway répondit à sa question silencieuse.

— Vous courez tout de même le risque que je sois en réalité un agent très doué du KGB, non ?

Jost prit le temps de réfléchir avant de répondre. Ses sourcils se froncèrent davantage et, derrière son front, les pensées défilaient à toute allure. Finalement, il planta un regard droit sur Seth.

— Vous courez les mêmes risques que moi, mein Herr ! Si vous n'étiez pas celui que vous prétendez être, vous n'auriez jamais baissé votre garde, comme vous venez de le faire. Vous auriez agi tout à fait différemment. Êtes-vous d'accord avec moi ?

Seth fit oui de la tête.

— Bien.

Il y avait de la satisfaction dans la voix de Jost.

— Nous devons encore arranger des choses importantes et trouver les réponses à certaines questions avant que vous ne rencontriez mon père, ce soir.

Le soleil éclatant traversait les vitres de la fenêtre du petit salon séparant la chambre de Zoé de celle de Richard Cartière à *L'Eden au lac*.

Avoir pris une suite simplifiait les arrangements pour la sécurité de Zoé. Richard, son garde du corps, avait barricadé la porte de sa chambre. Utilisant sa force, il avait placé tout contre une lourde armoire.

Avec le mur à l'arrière de l'hôtel, en l'absence d'échelles ou d'escaliers de secours à proximité, le seul moyen pour accéder à Zoé passait par la porte de communication avec le salon. Et Cartière, l'ange gardien, passait la nuit en compagnie de Stratton dans cette pièce. Des gens étranges, pensa-t-elle. Bizarres et mystérieux. Ils lui donneraient toutes les explications lorsqu'elle se serait reposée, avait promis Stratton. Elle se détendit. Ils lui avaient sauvé la vie.

À présent, Zoé s'étirait voluptueusement et elle ferma les yeux pendant un très long moment. Elle savourait pleinement cette extase intérieure du prisonnier condamné qui vient d'être miraculeusement gracié.

Spontanément, et avec ferveur, elle récita une intense prière de remerciement. À chaque fois qu'elle priait ainsi, son réconfort grandissait, en même temps que sa conviction que, peut-être, la foi pouvait faire la différence.

Bien qu'il ne fût qu'une heure de l'après-midi, Zoé avait déjà essayé toute la gamme des services proposés par le salon de beauté de *L'Eden au lac*. Après un long bain parfumé, le coiffeur avait pris soin de ses cheveux, faisant des commentaires à voix basse. Sa retenue de rigueur lui interdisait de demander à Madame ce qu'elle avait bien pu fabriquer pour mettre ses cheveux dans un état aussi lamentable. Pendant que le coiffeur tentait de dompter sa chevelure rebelle, la manucure s'acharnait sur ses ongles – en piteux état également – avec l'ardeur du sculpteur s'attaquant à un bloc de marbre.

Ce fut ensuite au tour de l'esthéticienne : nettoyage, gommage, masque, massage. Tout l'arsenal des soins de la peau fut déployé pour que Zoé retrouve figure humaine. Pour parfaire l'œuvre, le conseiller de mode attaché à l'hôtel vint avec toute sa panoplie de catalogues, magazines et échantillons de tissus. Il prit ses mesures et promit de faire toutes les boutiques à la mode de Zurich pour fournir une nouvelle garde-robe à Madame.

Zoé offrit son visage au chaud soleil éclatant puis pencha la tête pour mieux voir le lac en contrebas de l'hôtel. Un voilier solitaire y luttait contre le vent. Cette vue lui serra le cœur. Où donc se trouvait Seth ? Elle l'avait appelé au téléphone encore et encore.

Elle s'était même levée au beau milieu de la nuit pour faire d'autres tentatives. Mais le téléphone sonnait toujours dans le vide. Pas de réponse. Juste la voix de son mari sur le répondeur lui parvenait. Dommage, qu'elle ne pût écouter les autres messages sur l'enregistreur. Cela aurait pu lui donner des indices.

Où pouvait-il bien être ?

Elle fut toute chamboulée par cette impatience grandissante et en eut presque un malaise. Ses pensées s'embrouillaient et elle ne tenait pas en place.

Où es-tu ? Tout en elle posait cette question avec le désir languissant de l'amoureuse. Que faisait-il en ce moment même ? Était-il parti avec la *Walkyrie* à Catalina ? Là-bas, il était deux heures du matin. Seth dormait peut-être profondément, bercé par les mouvements réguliers du bateau qui avait jeté l'ancre dans le port de Cherry Cove ?

Son imagination dessinait parfaitement l'image d'un Seth endormi et une houle de tendresse lui fit monter les larmes aux yeux. Il ressemblait à un enfant quand il dormait ! Ce n'était plus un professeur de faculté respecté, ni un policier solide : il ne restait que le visage détendu de cet homme dont elle savait qu'il était demeuré un petit garçon au fond de son cœur. Elle se rappelait la manière dont il souriait dans son sommeil, poussant de petits soupirs, tel un chiot rêvant qu'il chasse un lapin. Elle se rappelait de quelle façon l'ex-flic à la carrure athlétique, ce dur aux multiples cicatrices venait se blottir tout contre elle avant de s'endormir.

Où es-tu, Seth ?

Elle avait besoin de lui, de sa présence, de sa voix. C'était si lancinant, si intense, qu'il occupait totalement ses pensées et dominait toutes ses émotions. S'il y avait une chose au monde qu'elle désirait encore plus que de savoir où il se trouvait, c'était d'y être avec lui.

CHAPITRE 22

Les lumières bordant le rivage du Zürichsee dessinaient de longs reflets jaune et blanc dans le miroir étincelant que formaient ses eaux. Au coucher du soleil, le vent s'était apaisé. L'air était calme et d'un froid cristallin.

La colère gagnait Seth tout entier pendant qu'il regardait la scène qui ressemblait tant à celle que Zoé et lui avaient partagée la dernière fois qu'ils étaient réunis. Ensemble. La dernière fois qu'il l'avait vue... vivante.

Se détournant d'un mouvement brusque de la fenêtre, Ridgeway se dirigea vers la porte de sa chambre de *L'Eden au lac*. Avant de sortir, il s'arrêta et retira le Magnum 357 de son blouson. Avec soin, il vérifia que toutes les balles y étaient, remit le cran de sûreté et rengaina son arme dans sa parka. Tout aussi minutieusement, il s'assura que l'autre poche contenait toujours les munitions.

Mentalement, il passa en revue les instructions que Jacob Jost lui avait données. La moindre erreur pouvait signifier la mort.

Tout étant bien en ordre, il referma la porte derrière lui. En quelques pas, il avait atteint l'ascenseur. Il appuya sur le bouton d'appel.

Vêtue d'un épais pull-over chaud par-dessus son jean tout neuf, Zoé s'apprêtait à quitter sa chambre. Stratton la précéda afin de vérifier dans le couloir qu'il n'y avait aucun danger pour l'Américaine. Derrière elle, Cartière ferma à clé. Soigneusement, il s'arracha un cheveu et le colla avec sa salive entre la porte et le chambranle. Ainsi, ils pourraient vérifier si quelqu'un était entré pendant leur absence.

Le trio se dirigea vers l'ascenseur. En silence, ils attendirent, l'œil sur l'indicateur lumineux où défilaient les chiffres. L'ascenseur dépassa leur étage et s'arrêta un peu plus haut.

Au-dessus, Ridgeway attendait que la porte s'ouvre. Il avait déjà un pied à l'intérieur de la cabine quand il entendit, dans le couloir, une voix l'appeler.

— Mein Herr !

La voix semblait à la fois étrangère et familière à ses oreilles. Ami ou assassin ? Rapidement, Ridgeway se retourna, les doigts déjà sur le Magnum dissimulé dans sa poche. C'était devenu un réflexe. Près de la porte de sa chambre, il aperçut un homme qui venait à sa rencontre. Il avait l'impression de l'avoir déjà vu. Tout en lui se tendit comme un ressort. Où avait-il rencontré l'inconnu ? Où avait-il déjà entendu cette voix ?

— Je suis si content de vous avoir trouvé avant que vous ne partiez.

L'homme avança vers lui tout en parlant. Il était très brun, mince et portait un manteau.

— La réception a essayé de vous joindre dans votre chambre, mais vous n'y étiez plus. Vous courez un grand danger !

Rien dans l'attitude ou l'expression de l'inconnu ne lui semblait dangereux. Mais tout de même, un étranger dans un couloir d'hôtel qui l'interpellait ainsi ! Comment savait-il où le trouver ? Ridgeway sentit son cœur battre la chamade. Pourtant, l'individu semblait inoffensif.

Seth retira malgré tout le cran de sûreté de son fidèle Magnum. L'homme passa alors dans le cercle de lumière diffuse d'une applique en laiton. C'était le chauffeur de taxi qui l'avait pris à la gare. Dans son dos, la porte de l'ascenseur se ferma avec un léger déclic métallique.

Soulagé, il tendit la main au *Gastarbeiter* turc avec qui il avait, la veille, partagé un repas et ses rêves d'une vie meilleure. Souriant jusqu'aux oreilles, l'homme saisit la main de Ridgeway et la secoua avec enthousiasme. Mais très vite, le sourire disparut de son visage.

— Il y a des hommes qui posent un tas de questions à votre sujet. Ils prétendent travailler pour la police... pour le gouvernement. Mais quelque chose sent mauvais, autour d'eux. Je n'ai que trop souvent vu ce genre d'individus. Ils sont arrogants et vraiment mauvais. Je suis presque certain qu'ils travaillent pour les Russes, la Mafia ou une autre organisation malfaisante... Ils sont habillés comme des banquiers et offrent d'importantes sommes d'argent pour découvrir où vous êtes. Je vous assure, moi, je ne leur ai rien dit ! Vous avez été très bon pour moi...

En écoutant le chauffeur de taxi, Ridgeway sentit, un bref instant, la honte le submerger : il lui avait donné si peu, simplement une petite gratification, et cet homme lui offrait son aide en retour. Mais très vite, ce sentiment fut remplacé par une vague de satisfaction. Il existait encore dans ce monde des gens comme ce simple immigré. Bons, honnêtes, dignes de confiance.

— Combien étaient-ils ? demanda Seth.

— Deux, trois, je crois. Ils sont arrivés par le train du matin et, tout de suite, ils ont montré votre photo un peu partout.

— Ma photo ? Est-ce que vous vous souvenez de quoi il avait l'air, ce cliché ?

Tout en s'efforçant de se rappeler, l'homme fronça les sourcils et plissa le front. Finalement, il eut un sourire.

— C'était une photo en couleur. Et vous y êtes en compagnie d'une dame.

Ses yeux se firent admiratifs.

— Une très jolie dame. Vous êtes assis à une table, dans un café ou peut-être un night-club. Derrière vous, il y avait un nom, une enseigne... mais je ne me rappelle pas ce qu'il y avait écrit...

Seth l'interrompit rapidement.

— Moi, je me rappelle. C'était le *Harbor Reef*, n'est-ce pas ?

Désolé, l'autre secoua lentement la tête.

— Je regrette, mais je n'arrive pas à me souvenir. C'était peut-être comme vous dites... en tout cas, c'était de l'anglais, ça j'en suis sûr. Mais vous savez, à part ma langue maternelle, je ne parle que l'allemand, et encore...

C'était forcément le *Harbor Reef* ! Seth connaissait bien la photo en question.

Elle avait été prise avec un Polaroïd plus de trois ans auparavant quand Zoé et lui avaient visité l'isthme de Catalina. Ils n'en avaient pas fait d'autres depuis. C'est Zoé qui la gardait, depuis trois ans, dans son sac. Que signifiait tout ceci ?

Peut-être cela voudrait-il dire que ceux, qui avaient enlevé Zoé, n'avaient finalement pas obtenu les informations qu'ils en attendaient. Et qu'ils continuaient à présent à courir après Ridgeway ? Une chasse commencée à Los Angeles ?

— ... vont bientôt visiter tous les hôtels pour vous retrouver.

Le chauffeur de taxi avait continué à parler.

— Ce qui est sûr, c'est que vous devez partir d'ici au plus vite.

Partir ? Oui, pensa Seth en consultant sa montre. Le rendez-vous avec les deux Jacob Jost – le père et le fils – était pour bientôt.

Passant sans s'arrêter devant l'ascenseur, il prit la direction de l'escalier.

— Oui, c'est certain. Ils ne vont pas tarder à chercher dans les hôtels.

Ils y sont peut-être déjà, songea-t-il. Si ça se trouve, il y a déjà un homme avec un fusil qui le guettait en bas des escaliers… Rien qu'à cette pensée, il eut des crampes d'estomac.

— Écoutez, d'ici peu, j'ai un rendez-vous très important, très urgent, expliqua Ridgeway en dévalant l'escalier. Je n'ai pas le temps de m'occuper de cela maintenant.

— Je vous conduirai à votre rendez-vous, mein Herr !

Le chauffeur de taxi n'avait pas pris le temps de réfléchir. Il se fit insistant.

— Si d'autres chauffeurs vous reconnaissent, vous ne serez plus en sécurité. Ils vous dénonceront, à coup sûr, pour gagner de l'argent.

Arrivés à l'étage en dessous, ils marchèrent côte à côte. Du coin de l'œil, Seth regarda l'homme. Avant d'entamer la descente de la prochaine volée de marches, il se tourna vers lui.

— Combien offrent-ils donc, ces crapules ?

— Plus de deux mille francs suisses.

Deux mille francs suisses ! Environ mille dollars ! Ce n'était peut-être pas une rançon pour un roi, mais certainement bien plus que quiconque donnerait jamais en pourboire à un chauffeur de taxi. Ils avaient donc vraiment envie de l'attraper !

Ils étaient parvenus au deuxième étage. D'un geste décidé, Seth s'empara de son portefeuille dans la poche arrière de son pantalon. Il en sortit un des billets de mille dollars de Rebecca.

— Par loyauté, vous avez renoncé à une belle somme, je tiens à ce que vous preniez ceci.

Seth lui tendit le billet. L'immigré turc regarda d'abord la coupure puis Seth. Dans ses traits, on lisait qu'il était blessé et se sentait insulté.

Il parla d'une voix blanche.

— Je ne peux accepter ça… Je ne suis pas venu vous voir pour de l'argent ou pour une récompense. Je suis venu parce que j'ai senti que vous êtes un homme bon et que vous êtes en danger.

— Mais votre famille, vos enfants, bredouilla Seth. Ils pourraient – vous pourriez – utiliser cet argent, n'est-ce pas ?

— Cela n'a rien à voir, c'est une affaire d'honneur, dit l'immigré avec fierté. Je suis un homme d'honneur et j'entends agir comme tel.

Du revers de sa main, il repoussa l'argent – poliment mais avec fermeté –, puis fixa Seth droit dans les yeux.

— Venez ! Si vous avez un rendez-vous important, je vous y conduirai.

Profondément surpris et touché, Ridgeway continua à descendre sans ajouter un mot.

— Je n'y crois pas ! Vous êtes bien en train de me dire que – sans téléphoner ou prévenir d'une autre manière – vous avez vidé le coffre que nous avions chez vous et envoyé le contenu simplement par la poste à mon mari ?

Zoé était hors d'elle. Il lui avait fallu faire de multiples démarches avant de vaincre l'administration de *L'Eden au lac*. Ensuite, elle avait réussi à mettre la main sur le gérant alors qu'il était sur le point de rentrer chez lui. Elle le rattrapa au milieu du hall central, près d'une frise réalisée par Bernin. Stratton et Cartière la couvaient de part et d'autre, essayant de passer inaperçus. Ce qui était totalement impossible étant donné la carrure du garde du corps.

— Mais madame Ridgeway, je vous assure, nous n'avions pas le choix !

Par des chuchotements désespérés, le directeur tenta d'abord de la calmer, puis de la convaincre. Après chaque mot, il jetait des regards inquiets autour de lui, prêt à tout pour éviter que les clients de l'hôtel entendent la dispute.

— Lorsqu'un client quitte l'hôtel, nous avons pour règle que tous les objets oubliés dans notre établissement doivent impérativement lui être renvoyés. N'est-ce pas normal ? Ce sont souvent des objets de grande valeur, tout de même !

Zoé s'énerva de plus belle.

— Les règles sont faites pour ceux qui sont incapables de prendre la bonne décision au bon moment. Pas pour le directeur de l'un des meilleurs hôtels au monde !

L'espace d'une seconde, le visage dudit manager s'illumina en entendant ce compliment involontaire de la part de l'Américaine en colère.

— Nous avions supposé que…

Elle lui coupa la parole.

— La valeur de ce tableau est énorme. Inestimable ! Il fallait au moins le faire livrer par coursier. En tout cas, ne pas le laisser à la merci des caprices de la poste !

À la mention du mot « inestimable », le manager était devenu livide.

— Mais les services postaux de la Suisse sont très…

De nouveau, Zoé ne le laissa pas finir sa phrase.

— Oui, oui… Je sais que la poste suisse est fiable. Mais dès que le colis arrive au Service postal américain, il est entre les mains de gens qui ont besoin d'une carte routière pour trouver le chemin de leur salle de bains !

La véhémence de ses paroles redonna vie au visage du gérant, mais ce furent des couleurs blêmes, un rouge malsain avec des taches blanches qui apparurent. De plus en plus désespéré, il jetait des regards aux alentours. Mais personne ne semblait s'intéresser à leur discussion animée. Il y avait d'ailleurs très peu de clients dans le hall et le personnel était occupé à faire les comptes de l'après-midi.

Le directeur s'éclaircit la gorge nerveusement. Il était peut-être temps de jouer sa carte ultime. Au risque de provoquer une crise conjugale faramineuse. Mais dans ce cas, la colère de l'Américaine se retournerait contre son mari ou – la perspective provoqua un nouveau serrement de gorge – contre lui. De toute évidence, la femme ignorait totalement que son mari avait pris une chambre la veille, confiant à nouveau le fameux tableau au coffre-fort de l'hôtel. *L'Eden au lac* tirait sa fierté de respecter par dessus tout la vie privée de sa clientèle. La discrétion était assurée. Les affaires privées des clients devaient rester confidentielles sauf si la situation devenait si complexe ou si désespérée que la réputation de l'établissement risquerait d'en pâtir.

Le directeur estima que le cas présent était particulièrement critique et, résolument, il se jeta à l'eau.

— Votre mari, lui, semblait très satisfait de notre façon d'agir. C'est, en tout cas, ce qu'il m'a confié hier soir quand il a pris une chambre, lâcha-t-il.

Instantanément, la fureur, qui défigurait le visage de Zoé, se dissipa comme les derniers nuages d'orage chassés par un vent subit.

Le directeur poussa son avantage.

— D'ailleurs, j'ai moi-même remis le tableau dont vous parlez dans notre coffre-fort. Je m'en suis chargé personnellement, madame.

Sur les traits de Zoé, il eut tout loisir d'observer la colère céder la place à l'étonnement, puis au soulagement. Tout son visage se détendit et le directeur put apprécier, pour la première fois, à quel point elle était jolie.

Zoé sentit son cœur s'accélérer. Elle n'osait pas encore s'abandonner à sa joie. Seth était ici ! Elle se tourna vers Stratton.

— Est-ce vrai ? Seth est ici, à l'hôtel ? Voilà pourquoi il n'a pas répondu au téléphone !

Elle se tut. Soudain intriguée.

— Mais comment ? Comment a-t-il pu savoir ?

Elle se pencha vers l'hôtelier et lui toucha légèrement le bras. Son ton se fit presque suppliant.

— Quel est le numéro de sa chambre ?

Il lui lança un bref coup d'œil, scrutateur. Franchement, elle n'avait pas l'air d'une épouse jalouse ou en colère. Rien de tel dans ses yeux, seulement un immense soulagement. Cependant, il eut une dernière hésitation.

— Eh bien. Vous savez, normalement, nous ne donnons pas ce genre d'information concernant nos clients, mais…

Elle tenta de le rassurer complètement.

— Nous étions en voyage… chacun de son côté, et on a dû se manquer…

Cette fois-ci, c'est lui qui interrompit l'Américaine.

— Donc, comme je disais, nous ne donnons normalement pas ce genre de renseignement, mais, dans le cas présent, je pense que nous pouvons satisfaire votre requête.

— Merci !

Elle chuchota presque, puis lui emboîta le pas pour se rendre à la réception.

Ridgeway descendit la dernière marche et parcourut le hall du regard. Le chauffeur le retint fermement par l'épaule.

— Pas par là ! Il y a trop de gens qui pourraient vous voir. Venez avec moi ! On sortira par la porte de service. J'ai garé mon taxi exprès derrière, dans la cour.

Seth jeta un dernier coup d'œil autour de lui. Les grandes portes d'entrée se trouvaient juste en face. La réception, sur la gauche, n'était pas visible. À droite, près de la frise, se tenait un espace d'accueil. À part un homme de forte corpulence, le hall était désert. Pendant qu'il observait ainsi les lieux, l'homme massif disparut vers la gauche.

Il se tourna vers son compagnon.

— Montrez-moi le chemin.

Il suivit le Turc dans l'étroit escalier de service menant aux cuisines et aux ateliers. Peu après, ils poussèrent une lourde porte en bois et se retrouvèrent dehors, dans le froid de la nuit.

CHAPITRE 23

Le taxi négocia en douceur le virage du quai de la Limmat au nord de la Wasserkirche. Même à cette heure tardive, le trafic était encore dense. Lorsqu'ils s'arrêtèrent brusquement, le conducteur derrière eux donna un coup de klaxon irrité. Voyant que son geste d'énervement restait sans effet, il les contourna avec sa BMW et – avec un crissement de pneus d'exaspération – continua sa route.

— Je vous conduirai jusqu'à l'endroit de votre rendez-vous, insista gentiment le chauffeur.

— Non, merci. Je suis obligé de suivre des directives.

Son compagnon montra qu'il comprenait.

— Puis-je au moins vous régler le prix de la course ?

Le chauffeur lui lança un long regard appuyé et un léger voile passa sur ses yeux sombres.

— Je vous en prie.

Seth retira plusieurs billets de francs suisses dans son portefeuille.

— De toute manière, j'aurais dû prendre un taxi.

L'autre fit un petit signe d'approbation timide.

— Si vous vous sentez mieux comme ça…

Seth réunit les billets et les plia deux fois avant de les tendre au chauffeur.

— Merci, dit le chauffeur en les acceptant et en les empochant d'un geste plein de dignité.

Seth saisit la poignée et ouvrit la portière.

— Soyez prudent, mon ami.

Il y avait de l'inquiétude dans sa voix.

— Vous aussi, répondit Ridgeway.

Voilà. À nouveau seul. Seth entendit, derrière lui, le véhicule qui démarrait. Lorsqu'il le dépassa, le chauffeur fit un petit signal sonore comme un adieu. Puis, la voiture disparut, rapidement absorbée par le flot du trafic s'écoulant en direction du quai Brucke.

Seth demeura un court instant immobile, souriant à lui-même. Son ami serait déjà à la maison quand il découvrirait le billet de mille dollars glissé au milieu des francs suisses.

Mais à présent, il fallait passer à autre chose. Consultant sa montre, Ridgeway constata que, s'il suivait les instructions de Jacob Jost, il lui restait encore cinq minutes pour atteindre le premier point de contrôle. Il suivit lentement le quai de la Limmat, s'arrêtant de temps à autre devant une vitrine de magasin.

La nuit était douce et Ridgeway ouvrit un peu sa parka pour ne pas trop transpirer. « Foehn » : c'est comme ça qu'ils appelaient ce vent par ici. Parfois, en plein hiver, un courant, qui trouve sa source au-dessus de l'Afrique du Nord, poussait des masses d'air chaud du Sahara vers le nord. Leur rencontre avec l'air froid polaire – lequel domine le climat en Europe pendant l'hiver – produit ce surprenant souffle, qui fait fondre la neige et provoque de dangereuses avalanches dans les Alpes. Seth songea que le foehn ressemblait beaucoup aux vents de Santa Ana, qui soufflaient sur la Californie du Sud en hiver. Mais lui ne provoquait pas de graves incendies de prairies et de forêts en rendant les gens comme fous.

Il s'arrêta quelques instants devant une bijouterie. À travers le rideau de fer, il contempla les bagues serties de pierres précieuses de toutes les couleurs : rouge, vert, blanc, bleu, jaune. Certes, les magasins d'ici n'étaient pas aussi élégants que ceux implantés de l'autre côté du fleuve, dans la Bahnhofstrasse. Ni les prix…

C'est à ce moment-là que Ridgeway perçut derrière lui, sur sa gauche, un bruit de pas traînants sur le trottoir et qui s'arrêtèrent. Son souffle s'immobilisa subitement dans sa poitrine. Il se retourna rapidement, la main déjà sur la détente du Magnum.

Rien ! Seth sentit son cœur cogner dans sa poitrine lorsqu'il balaya d'un regard anxieux les alentours. Il était seul sur ce trottoir.

Malgré tout, il recula prudemment de plusieurs pas et vérifia les entrées des immeubles proches. Personne ne s'y cachait. Toujours prudent, Ridgeway se remit en marche, regardant à droite et à gauche et dans tous les porches. Il demeurait perplexe : il était sûr d'avoir entendu quelqu'un, quelque chose.

Sans doute les nerfs, tenta-t-il de se rassurer lorsqu'il atteignit l'angle de la Torgasse. Quittant le trottoir, il traversa l'étroite allée sombre.

Ses nerfs avaient été soumis à si rude épreuve ces dernières semaines que son habituel sans-froid avait presque disparu. Ses yeux se fatiguaient à force de scruter l'obscurité de la Torgasse. À plusieurs reprises, il crut détecter des mouvements dans le noir.

Les battements de son cœur ne s'étaient pas encore complètement calmés quand il parvint à la Rami-Strasse. Jetant toujours des regards inquiets autour de lui, Seth tira le plan de la ville de sa poche et le consulta sous un réverbère. Jost avait marqué d'un X un endroit du côté gauche de cette rue. C'était un bloc plus loin. Levant les yeux, Seth aperçut, au-dessus, sur la colline, ce qui ressemblait à un petit parc et qui correspondait précisément au X. Un peu avant, et du même côté, se trouvait un bureau de tabac, comme Jost l'avait indiqué.

Un sourire sur les lèvres, Ridgeway remit le plan dans la poche de sa parka et commença la montée assez raide de la Rami-Strasse.

Jacob Jost junior était plutôt étrange, songea Seth en approchant du bureau de tabac. Colonel de l'armée suisse, garde du corps de son père, il était taciturne, de grande résistance physique, mince, musclé et avare de paroles. Les adjectifs pour décrire le plus jeune des Jost s'imposaient avec facilité. Seth eut cependant un rapide froncement de sourcils : ces qualificatifs décrivaient l'homme, mais ne l'expliquaient pas.

Il semblait se dévouer totalement à la protection de son père. Comme s'il en avait fait son métier. Mais pourquoi cela avait-il été nécessaire ?

Et quid des deux frères, doux et rondouillards, qui géraient la galerie d'art de luxe dans Augustinerstrasse ? Le mépris de Jacob Jost junior était palpable quand il en parlait. Comment avait-il pu devenir si différent d'eux ? Les questions succédaient les unes aux autres.

Seth secoua la tête et consulta une nouvelle fois sa montre. Il était précisément 19 heures 30. Exactement comme les instructions de Jost l'exigeaient. Il poussa la porte du buraliste et entra. Sur sa gauche se trouvait un présentoir avec des magazines et des livres de toutes sortes : cartonnés, de poche, d'occasion... Du côté droit, il y avait diverses qualités de tabac, des pipes, des cigares. Et juste devant lui, assis derrière son comptoir, un homme lisait un livre de poche.

Voyant Seth entrer, il se leva.

— Bonsoir ! salua Seth en allemand.

L'autre répondit d'un ton laconique tout en marquant soigneusement la page avec une petite pochette vide. Sans s'en cacher, il dévisagea attentivement Ridgeway.

L'Américain eut la gorge sèche. Est-ce que ses poursuivants étaient déjà passés par ici, en montrant sa photo ? Peut-être avaient-ils laissé un numéro de téléphone où appeler s'il entrait dans le magasin ? Avec difficulté, il ravala sa peur.

— Le *Time Magazine* de cette semaine, s'il vous plaît, articula-t-il mollement.

L'homme désigna le présentoir.

— Là-haut, à gauche, tout à fait au bout de la rangée.

Tout en s'approchant des étagères, Ridgeway chercha des yeux la couverture familière. En même temps, il jeta un coup d'œil anxieux vers la porte d'entrée de la boutique. À chaque instant, les tueurs lancés à sa recherche pouvaient jaillir afin de finir ce qu'ils avaient commencé dix mille kilomètres à l'ouest de Zurich. Il découvrit la revue qu'il cherchait, coincée entre *Der Spiegel* et *The International Herald Tribune*.

Quelques instants plus tard, après avoir acheté aussi un briquet jetable, il retourna dans la nuit, son exemplaire du *Time* sous le bras. Une fois sur le trottoir, il fit quelques pas avant de se retourner. À l'intérieur du bureau de tabac, le vendeur était déjà au téléphone.

Travaillait-il avec Jost ? Cela faisait peut-être partie des précautions prises pour sa sécurité ? Jost lui avait indiqué avec précision quel magazine choisir, quand et auprès de qui. L'homme était sans doute un ami. Du moins l'espérait-il.

Cependant, en suivant la montée raide de la Rami-Strasse, Seth demeura préoccupé. Il aurait préféré savoir à qui l'homme venait de téléphoner.

Cela pourrait être une nuit si agréable, pensa-t-il, en grimpant sur la colline… s'il n'y avait pas quelque part, dans l'obscurité, des hommes à sa recherche. Des individus prêts à offrir une récompense substantielle aux chauffeurs de taxi ou aux réceptionnistes d'hôtel s'ils leur disaient où Ridgeway se trouvait. L'ascension le faisait transpirer et il ouvrit davantage son manteau, trop chaud pour un tel exercice. Il compta les chantiers devant lesquels il passait pour ne pas rater l'endroit indiqué.

Devant un de ces chantiers, Seth s'arrêta une nouvelle fois pour consulter son plan sous l'arc lumineux des néons. C'était comme dans les régions plus froides de l'Amérique, songea-t-il. Profitant des conditions météorologiques favorables, les activités sur les chantiers se poursuivaient même la nuit pour rattraper les retards. Les ouvriers du bâtiment étaient souvent obligés de faire des heures supplémentaires. Regardant autour de lui, il compta au moins six immeubles en construction. Toutes ces zones étaient largement illuminées et grouillaient d'ouvriers en pleine activité.

Il examina son plan. L'endroit indiqué devait se trouver devant, sur la gauche. Il pressa le pas, le gravier crissant sous ses pieds. Il était abasourdi par le bruit des bétonnières et des monte-charge. Accélérant encore, il passa devant un autre chantier, puis bifurqua vers le Heim-Platz. Là, une demi-douzaine de personnes attendaient le prochain tram. Se mêlant à eux, Ridgeway leva la tête afin d'examiner la façade donnant sur le petit square : derrière laquelle de ces fenêtres se trouvait Jacob Jost senior en train de l'attendre ?

À 19 heures 40 exactement, il s'arrêta près des poubelles déposées au carrefour. Il approcha le briquet allumé du *Time,* comme pour y déchiffrer la date de parution. Il jeta le magazine dans la poubelle.

C'était un bon vieux stratagème, apprécia-t-il. Derrière une fenêtre, se tenant dans le noir, le jeune Jacob Jost avait ainsi tout loisir de l'observer et de l'identifier avec certitude à la lueur de la flamme du briquet. Toujours selon les instructions, Ridgeway devait à présent patienter pendant encore cinq minutes, permettant aux deux Jost de l'observer d'une part, et – ce qui était encore plus important – de surveiller les environs afin de vérifier que personne ne le suivait. Si tel était le cas, les plans seraient modifiés.

Le temps s'étirait.

Seth essaya une fois encore de prier, mais ses pensées le tourmentaient. Sans doute, Dieu était-il vraiment mort ?

Une sourde inquiétude pour le salut de son âme avait commencé à titiller ses nerfs lorsque deux bougies furent allumées au dernier étage d'un immeuble situé un peu plus loin, au carrefour de la Rami-Strasse et du Zeltweg.

Seth sentit son pouls s'accélérer lorsqu'il traversa la chaussée en direction de l'immeuble. Deux bougies. Voilà le signal convenu. Tout se déroulait comme prévu. Arrivé de l'autre côté, il dut laisser passer une bétonnière. Le lourd véhicule pénétrait lentement, en marche arrière, sur le chantier voisin.

Patientant derrière la barrière de protection, Ridgeway observa la descente d'une benne vide. Elle était suspendue par des câbles à une immense grue. Regardant vers le haut, Ridgeway vit que la flèche de la grue frôlait la façade de l'immeuble, où habitait Jacob Jost. D'en bas, on avait même l'impression qu'elle la touchait.

Dans un nuage de gasoil, la bétonnière avec sa toupie tournante poursuivit sa démarche éléphantesque sur la petite route d'accès aux travaux. Peu après, la barrière fut soulevée et Ridgeway ainsi qu'un autre piéton – une femme âgée au dos voûté qui portait un filet à provisions avec des légumes – purent continuer leur chemin.

Plus que quelques mètres le séparaient de l'adresse indiquée. Ridgeway monta les quelques marches menant à une grande porte massive. Sur la droite, il y avait une rangée de numéros, mais aucun nom. Il pressa le bouton du 874, une fois très rapidement, puis quatre fois assez longuement.

Il avait à peine terminé lorsque la porte s'ouvrit, débloquée à distance. Il entra rapidement et se dirigea droit vers les ascenseurs. Une cabine vide attendait. Ridgeway appuya sur le bouton du huitième et dernier étage.

Avec un glissement presque inaudible, les portes soigneusement astiquées de l'ascenseur se fermèrent. Dans le silence, il put distinguer le fonctionnement laborieux du mécanisme désuet. Arrivé à destination, les portes ne s'ouvrirent pas. Seth pensa qu'il était peut-être bloqué, mais, au même instant, le téléphone mural sonna. Il s'empara du combiné.

— Ridgeway ?

C'était la voix de Jost junior.

— Oui !

— Mettez-vous au centre de la cabine et enlevez votre manteau !

Seth n'en crut pas ses oreilles.

— Quoi ? Mais pourquoi, je…

— Regardez dans l'angle de l'ascenseur. Vous voyez la vidéo caméra ? Je voudrais simplement vérifier que tout est en ordre.

Ridgeway ne l'avait pas aperçue, mais effectivement, il y avait là, dans le coin, l'œil d'une caméra qui le fixait. Intimidé en quelque sorte, il laissa tomber son manteau. Quelques instants plus tard, les portes de l'ascenseur s'ouvrirent. Elles donnaient directement accès à un hall d'entrée élégamment lambrissé et dont le sol était en marbre immaculé.

En face de lui, se tenait Jacob Jost, un pistolet-mitrailleur pointé sur sa poitrine.

CHAPITRE 24

Huit étages plus bas, dans la Rami-Strasse, une voiture foncée glissait silencieusement dans la nuit. Derrière les vitres teintées de la luxueuse limousine, quatre hommes surveillaient les alentours, à l'affût du moindre danger. Sous leurs costumes griffés, ils portaient des holsters de la meilleure qualité et des armes diablement efficaces. La mort passe plus inaperçue sous un accoutrement prospère dans une ville cossue.

— Là-bas !

C'est l'homme assis à côté du conducteur qui avait poussé un cri. En russe. Tous les occupants de la limousine regardèrent en même temps vers l'immeuble, à l'angle de la Rami-Strasse et du Zeltweg. Le conducteur ralentit et stoppa devant l'entrée d'un chantier.

— Là-haut ! Au dernier étage !

Regardant tous dans la même direction, ils essayèrent d'apercevoir les fenêtres qu'il indiquait. Il y avait de la lumière tout en haut de l'immeuble. D'ailleurs, comme partout sur le vaste chantier en activité. Un bruit de machines transperçait le silence de la nuit.

— Tourne ici et arrête-toi un peu plus loin. On dépasse l'immeuble et on revient à pied.

Après un hochement de tête, le conducteur accéléra et se mêla adroitement au trafic qui commençait à faiblir.

— Baissez ça ! lança Ridgeway d'une voix qui ne tremblait pas.

En sortant de l'ascenseur, l'Américain était plus irrité qu'effrayé.

— J'ai eu mon compte de gens qui pointent leur arme sur moi ! Cela suffit comme ça.

Jost lança un long regard sévère sur lui. Ses yeux observaient intensément le visiteur et, dans sa tête, un ordinateur comparait les données. Finalement, il eut un bref mouvement du menton avant de baisser le canon de son arme vers le sol. Il sourit.

— Désolé pour toutes ces précautions, mais elles ont plus d'une fois sauvé la vie de mon père.

Seth avait retrouvé son calme.

Jost le remercia d'un rapide sourire, puis se détournant d'un mouvement brusque, il marcha rapidement vers le fond du large couloir. Tout en le suivant, l'Américain regarda avec curiosité les tableaux suspendus aux murs : des peintures à l'huile, des gouaches et des aquarelles. Comme si l'on passait dans un musée très étroit, mais d'excellente qualité. En examinant les œuvres d'un peu plus près, Ridgeway reconnut plusieurs de celles que Jacob Jost junior lui avait décrites la nuit précédente.

Jost lui avait alors expliqué la raison des importantes mesures de sécurité entourant l'appartement de son père, et ce depuis plus de trente ans. Il s'agissait, bien sûr, de veiller à la sauvegarde de ces tableaux de grande valeur. Mais, avant tout, il fallait protéger Jost senior, en grand danger à cause de ce qu'il avait vu et appris, autrefois à Alt Aussee.

Après la guerre, avait raconté Jost, son père s'était installé à Zurich, au retour des mines de sel autrichiennes où Hitler avait caché les œuvres d'art volées. Il avait appris à haïr les nazis. À les haïr avec cette intensité que seuls ressentent et comprennent ceux qui ont été confrontés au mal absolu.

De retour à Zurich, Jost fit savoir qu'il était intéressé par l'acquisition des peintures que de nombreux SS monnayaient alors afin d'acheter leur liberté. Il laissait également entendre qu'il disposait de relations et de filières pour conduire les nazis – qui pouvaient y mettre le prix – en des lieux sûrs. Avec deux de ses amis, qui avaient traversé des expériences similaires, Jost senior conviait les fugitifs à son atelier sous prétexte d'évaluer les tableaux. Pendant qu'il les examinait, on conduisait les visiteurs dans une pièce voisine, où ils étaient exécutés par ses deux associés.

Le macabre stratagème avait fonctionné pendant près de dix ans et n'avait toujours pas été découvert. Les nazis venaient individuellement, chacun en secret. Ils avaient appris l'existence de Jost de bouche à oreille. Et quand un fugitif disparaissait, et que personne n'avait plus de ses nouvelles, tous étaient convaincus que Jost avait réussi – une fois de plus – à aider un de leurs *Kameraden* à se planquer quelque part.

Le système s'effondra brutalement en juillet 1949 quand deux ex-Oberleutnants se présentèrent et exigèrent de pouvoir rester ensemble. À la dernière minute, l'un d'eux eut des soupçons et prit la fuite. Depuis lors, expliqua Jacob Jost junior, son père avait été constamment sur le qui-vive. Ces hommes – trop vieux pour aller à la chasse eux-mêmes – étaient cependant assez riches et puissants pour se payer les services des meilleurs tueurs.

Jost avait entrepris de nombreuses recherches dans le but de restituer les tableaux à leurs légitimes propriétaires. Un certain nombre d'entre eux ne furent jamais réclamés, leurs propriétaires étaient introuvables ou morts. Indirectement, ces activités de recherche avaient permis à Jacob Jost père de transformer son modeste magasin d'encadrement en une galerie d'art de luxe.

— Ceux-ci sont ses préférés.

D'un geste ample, Jost junior désigna les tableaux suspendus. Il s'arrêta.

— Il a toujours gardé pour lui-même les meilleurs de ceux que personne ne réclamait.

Seth ouvrit la bouche pour répondre, mais Jost s'était déjà détourné. Il ouvrit la porte du fond.

— Entrez, s'il vous plaît.

Seth franchit le seuil. C'était un large bureau dont les murs étaient tapissés de livres. Plusieurs petites lampes éclairaient, de leur chaude lumière jaune, une très grande table. Partout, il y avait des ouvrages, des cahiers, des notes. Partout aussi, une fine écriture, légèrement tremblée mais encore précise.

Le vieil homme était assis dans un grand fauteuil un peu défraîchi, les jambes recouvertes d'une couverture. Il regardait les flammes d'un puissant feu allumé dans la cheminée en marbre. Une table basse aux bords sculptés, également couverte de bouquins, de dossiers et de documents, séparait son fauteuil d'un second, identique au sien. Une carafe remplie d'un liquide ambré complétait le tableau.

— Père ?

Jost junior appela sans entrer. Le vieil homme tourna la tête vers la porte.

— Oui, Jacob ?

— Voici ton visiteur, Mr Ridgeway.

Jost senior rajusta ses lunettes avant de répondre d'une voix encore ferme.

— Entrez, entrez, et asseyez-vous, Mr Ridgeway !

Il parlait avec une légère impatience.

— J'espère que vous n'envisagez pas de rester là, sur le pas de la porte, jusqu'à ce que vous soyez aussi vieux que moi.

Son fils indiqua le deuxième fauteuil au visiteur et Ridgeway avança. Il s'arrêta près du vieillard. Celui-ci portait une robe de chambre chaude serrée à la taille, un pyjama et des pantoufles en cuir. À le voir de près, Seth lui trouva plus de ressemblance avec ses deux fils rondouillards et replets de la galerie d'art qu'avec son troisième rejeton, le colonel sportif et élancé. Lorsqu'il salua, Jost entendit derrière lui le garde du corps quitter la pièce et fermer doucement la porte. Jacob Jost prit la main du visiteur dans une poignée étonnement ferme et chaleureuse.

— Bienvenue à Zurich, bienvenue chez moi. Je vous prie de m'excuser, si je ne me lève pas... Mais mon arthrite m'en fait voir de toutes les couleurs depuis quelques jours.

Seth lui exprima sa sympathie et prit place dans le fauteuil à la gauche du vieil homme. Il remarqua alors que l'autre main de Jost, restée immobile sur l'accoudoir, était terriblement abîmée et couverte de cicatrices. Le pouce manquait. Bien que Seth ait rapidement porté son regard ailleurs, le vieil homme s'était aperçu de sa réaction. Il eut un sourire triste et leva son bras gauche.

— Ceci fait partie de mon histoire, mais j'aimerais d'abord entendre la vôtre.

Il se cala profondément dans son fauteuil, les yeux posés sur son visiteur.

— Si j'ai bien compris, vous êtes à la recherche de votre épouse. La femme qui est supposée être en possession du tableau *La Demeure de Notre Dame rédemptrice*, n'est-ce pas ?

Seth acquiesça.

— Elle a disparu de notre hôtel, *L'Eden au lac*, il y a six mois.

— C'est ce qu'on m'a dit.

Les yeux du vieil homme se firent soudainement vagues. Dans le silence, on entendit les craquements des bûches dans l'âtre, mais aussi le bruit sourd de la grue proche des fenêtres de l'appartement. Regardant dehors, Seth pouvait clairement distinguer l'impressionnant bras d'acier, presque à portée de main.

Après une longue pause, Jost senior s'arracha à sa rêverie.

— Jamais, je n'oublierai ce tableau… Et jamais, je n'oublierai les hommes qui me l'ont apporté.

Il se tut brusquement.

— Mais cela aussi, ça fait partie de mon histoire. Et je tiens à entendre la vôtre avant. Alors, je vous en prie.

Pendant que Seth lui fit le récit des six derniers mois, Jost saisit une pochette contenant du tabac posée sur une petite table. Seth remarqua qu'elle portait l'adresse du proche bureau de tabac de la Rami-Strasse. Tout en écoutant attentivement l'histoire de Seth, le vieillard bourra le fourneau de sa pipe de bruyère et l'alluma. Une fumée odorante s'en échappait en volutes langoureuses avant de s'évanouir doucement vers la cheminée.

Ridgeway parla de ses recherches à Zurich, de Rebecca Weinstock tuée sur la *Walkyrie*, des tueurs à Los Angeles, des assassins à Amsterdam et des hommes qui, à présent, étaient à sa poursuite ici à Zurich. Lorsqu'il eut fini de parler, Jost senior avait eu le temps de bourrer sa pipe par deux fois.

— Je regrette réellement mon coup de colère hier dans votre galerie, dit Seth très embarrassé. Je vous dédommagerai bien entendu pour les dégâts causés.

— Non, non, ne soyez pas désolé, gloussa le vieil homme. C'est sûrement la chose la plus excitante qui soit arrivée dans la vie douillette de ces deux imbéciles trop gâtés.

Il éclata de rire.

— … Jacob est le seul de mes garçons à avoir un cerveau, affirma-t-il en faisant un signe en direction de la porte. Mais il prend les choses trop à cœur…

Il soupira, puis se pencha et tapota légèrement le culot de sa pipe contre un énorme cendrier en verre. Avec un petit outil adéquat, il en fourragea le fourneau pendant quelques minutes avant de se redresser et de regarder Seth droit dans les yeux.

— Vous savez, rien de ce que vous m'avez raconté ne me surprend. Maintenant, il est sans doute temps que je vous explique pourquoi.

Bourrant minutieusement une nouvelle fois sa bouffarde, Jost senior réfléchit un petit moment.

— Tout a commencé en 1939 quand un homme s'est présenté avec le tableau dans notre atelier d'encadrement. C'était l'été, je venais juste de terminer mes études à l'Université et j'aidais mon père au magasin. J'avais décroché une licence d'histoire de l'art avec l'intention de devenir expert dans la restauration d'objets d'art. Le porteur du tableau avait le comportement d'un fonctionnaire subalterne travaillant pour quelqu'un de très important.

Le vieil homme fixa l'espace pour mieux se souvenir.

— Il était descendu d'une luxueuse limousine noire garée juste devant l'atelier. L'air supérieur, il m'avait présenté le tableau, qui n'avait pas de cadre. La peinture m'avait laissé complètement froid. Il s'agissait d'un paysage alpin gentillet peint sur du bois – la toile était plutôt récente – sans grand intérêt. Exécuté avec quelque talent, mais sans véritable inspiration. Vraiment, rien d'excitant. L'homme avait exigé que le cadre soit terminé le soir même. La demande était inhabituelle, mais elle pouvait être satisfaite. Et j'ai effectivement fini le travail dans les délais exigés. Plus tard, j'ai découvert que l'homme travaillait directement pour Hermann Goering. Cette œuvre d'art était un cadeau destiné au chef de Goering : Adolf Hitler.

Les volutes bleuâtres du tabac se firent plus denses. Jost père tira voluptueusement sur sa pipe avant de continuer son récit.

— La guerre embrasa l'Europe violemment tandis que ma famille suivait avec une sorte de fascination morbide la montée de Goering. Cet homme qui avait été, d'une certaine manière, en relation avec nous… Mais des parents plus éloignés, demeurant à Salzburg, avaient un intérêt d'une autre nature pour cette même personne. En effet, ma tante – une sœur de mon père – s'était mariée là-bas avec un marchand de tableaux, en 1928. La vie y était devenue difficile après l'annexion de l'Autriche par Hitler. Son mari fut incorporé et trouva la mort sur le front peu après. En 1943, mon père m'envoya à Salzburg dans le but de ramener ma tante en Suisse. Mais, avant que je ne puisse quitter Salzburg avec elle, des soldats allemands nous ont arrêtés. À cette époque, ils ratissaient toutes les galeries d'art, les universités et les musées afin d'y dénicher des « citoyens patriotiques » formés, prêts à prendre soin des œuvres d'art inestimables qui arrivaient à Munich en quantité. Elles affluaient de partout en Europe.

Le vieillard expliqua alors à Seth comment sa tante et lui avaient tenté d'expliquer que le véritable expert en beaux-arts – le mari – avait été tué à la guerre. Les soldats ne voulurent rien entendre, estimant qu'elle avait certainement appris des choses utiles de son mari. Ils avaient donc finalement été obligés de monter dans un camion qui les avait conduit à Munich.

La tante mourut d'une pneumonie en 1943, mais Jacob Jost avait continué à travailler au Service central des œuvres collectées à Munich. Il en faisait l'inventaire, établissait des catalogues et veillait sur leur restauration. Les tableaux arrivaient par camions et par wagons entiers.

Jost senior fit une courte pause.

— Je n'étais pas mal traité. On me donnait des cartes de rationnement supplémentaires et un logement que je partageais avec trois collègues de la Collecte centrale. Ils m'ont même alloué un salaire ! La Gestapo m'avait dit qu'ils connaissaient mon père, qu'ils savaient où il vivait. Si jamais, j'avais des idées de fuite, « quelque chose » lui arriverait. Je ne croyais pas trop que la Gestapo eût suffisamment d'agents pour s'occuper de gens comme moi, mais je ne voulais courir aucun risque.

Il grimaça en essayant d'étirer un peu sa jambe.

— Je ne saurai jamais si c'est mon travail qui était vraiment apprécié ou si c'est parce que j'avais écrit une lettre à Goering pour lui signaler dans quelles conditions déplorables les tableaux étaient stockés à la Centrale des collectes. Toujours est-il que j'avais réussi à attirer l'attention de certains proches collaborateurs de Hitler, qui étaient chargés de cette opération spéciale. Parmi eux se trouvait Hans Reger, le directeur du Service central qui me donna de plus en plus de responsabilités.

Un coup frappé discrètement à la porte interrompit le récit.

— Entre !

La porte s'ouvrit et Jost fils fit son entrée. Il portait un plateau avec des sandwiches, de la bière et des sodas.

— J'ai pensé que vous auriez peut-être une petite faim…

Machinalement, Seth regarda sa montre. 21 heures 30. Il n'avait pas vu le temps passer !

— Tu as bien fait, merci.

Le père hocha la tête avec satisfaction, regardant son fils faire de la place sur la table et servir. De deux grandes bouteilles brunes, il versa la bière dans de lourdes chopes en étain avant de se retirer. Avec un léger déclic, la porte se referma derrière lui.

Un long silence s'installa dans la pièce. Ni l'un ni l'autre n'éprouvaient le besoin de parler. À la vue du plateau, Seth sentit son estomac se manifester, se rendant compte qu'il avait effectivement très faim. Tous deux mangèrent en silence.

De nouveau confortablement installés dans leurs fauteuils, ils retournèrent dans le passé.

— Je me retrouvais donc avec de plus en plus de responsabilités. Il est vrai que l'art a toujours été la passion de ma vie et j'ai consacré toutes mes années de collège et d'université entièrement aux beaux-arts. À Munich, loin de ma famille, je vivais en solitaire, constamment dans la crainte à la fois des SS et de la Gestapo. Aussi, je me jetai à corps perdu dans le travail. Après tout, je ne le faisais pas pour Hitler ! Mon objectif était de préserver cet immense et précieux patrimoine de l'humanité. Peu importait qui en était le propriétaire. Jamais, je n'aurais pu me pardonner si ces tableaux de grands maîtres avaient été abîmés.

Jacob Jost contempla pensivement le feu comme s'il y voyait les toiles peintes avec des pinceaux enflammés.

— Ils y étaient tous, vous savez… dit-il avec une vois nostalgique. Le Titien, Rembrandt, da Vinci, Rubens… Tous.

Jost semblait porter le deuil d'un souvenir doux-amer à jamais perdu.

— Seuls les conservateurs des plus grands musées du monde ont pu avoir cette chance extraordinaire de pouvoir côtoyer tant de grands maîtres et prendre soin de ces merveilles inestimables.

Les nazis responsables du Sonderauftrag Linz – l'unité spéciale chargée du vol des chefs-d'œuvre pour Hitler – interprétèrent l'enthousiasme du jeune Jost pour son travail comme une fervente adhésion à leur cause. Jost, lui, ne rectifia pas cette erreur puisqu'elle lui procurait davantage de responsabilités, de privilèges, du luxe même. Et, avant tout, la liberté. Cette liberté lui permit d'entrer en contact avec la Résistance. Grâce à leurs réseaux, il put faire savoir aux Alliés que les plus grands trésors du monde étaient conservés dans de vulgaires entrepôts au centre de Munich.

Tirant sur sa pipe, Jost demeura silencieux quelques instants. Il plissa les yeux comme pour mieux se souvenir.

— Alors que les bombes tombaient de plus en plus près de Munich, j'ai pu obtenir que les œuvres soient transférées dans des abris plus sûrs. C'est moi qui ai suggéré l'idée de les enfouir dans les mines de sel en Autriche. Cela a tout de suite plu. En particulier aux SS, séduits par la tournure wagnérienne de la chose : tenir jusqu'au dernier homme dans la montagne assiégée. Les plus réalistes apprécièrent cette idée parce qu'ils pensaient qu'il serait plus facile de dissimuler le butin là-bas, au fin fond de la montagne autrichienne. Jusqu'au jour fatal où il pourrait leur servir de monnaie d'échange. À partir de ce moment-là, je fis de constants allers et retours entre Munich et le Salzkammergut. J'établis mon quartier général à Alt Aussee, situé proche des mines. J'habitais une petite maison un peu à l'écart, avec un jardin. La route qui allait d'Alt Aussee à Bad Aussee passait juste devant. L'église n'était pas loin et je savais que le curé s'appelait Hans Morgen.

Le vieil homme finit sa chope de bière.

— Évidemment, dans une petite ville comme Bad Aussee, le curé est un personnage important et je fis assez rapidement sa connaissance.

Au début, Morgen était resté sur ses gardes à cause des relations de Jost avec les nazis. Mais à mesure que se développait une véritable amitié entre eux, Morgen apprit à lui faire confiance. Après un certain temps, il révéla à Jost qu'il était une sorte de coursier pour le réseau local de la Résistance. Jost – dont les seuls contacts avec des résistants se trouvaient à Munich – utilisa alors Morgen lorsqu'il voulait faire passer des informations aux Alliés.

— C'était vraiment un personnage héroïque, dit Jost avec une profonde admiration. Il risquait sa vie chaque jour. En vérité, il était à l'opposé de tant d'autres au sein de l'Église catholique qui soutenaient Hitler, soit activement soit par leur passivité. Moi, j'étais plutôt timide, timoré, mais Morgen avait une telle gentillesse qu'il me fit croire que mon rôle était important. Les derniers jours de guerre furent empreints d'une véritable folie. Lorsque l'artillerie et les bombardements s'approchèrent toujours plus près des montagnes, un vent de panique souffla parmi les nazis chargés des mines. L'un d'eux, un colonel à moitié fou déjà, qui était responsable d'une mine de sel au-dessus de Bad Aussee, avait commencé à préparer un plan insensé : faire sauter tous ces chefs-d'œuvre pour qu'ils « ne tombent pas entre les mains de ces juifs » !

Furieusement, ce colonel au cerveau enfiévré ordonnait à ses hommes de disposer des bombes de deux cent cinquante kilos dans les étroits tunnels de la mine, à quelques mètres des statues de Leonardo da Vinci et des magnifiques tableaux de Van Dyck. Ces explosifs étaient déjà en place quand Jost et Morgen se sont rencontrés. Le colonel n'attendait plus que l'expert avant de passer à l'action. Il fallait en effet remplacer les détonateurs de ces engins initialement prévus pour être largués et exploser en heurtant le sol.

À une heure avancée de la nuit, un petit groupe d'hommes se présenta chez Jost. Ils avaient apporté un sac à dos rempli d'explosifs et de détonateurs. Et, avant que les bougies n'aient fait place au lever du soleil, Jacob Jost avait appris comment préparer une charge de plastic. Comment installer correctement un détonateur et régler une minuterie.

Le vieillard interrompit son récit, le temps de changer de position. Le regard absorbé par le feu de la cheminée et par ses souvenirs, il reprit.

— Le lendemain, j'ai placé le tout dans ma serviette et, sous un prétexte quelconque, je me suis rendu dans les mines de sel. Avant de partir, j'ai réglé le détonateur et déposé mon sac à proximité de l'entrée de la mine, suivant scrupuleusement les instructions reçues dans la nuit.

Comme prévu, les explosifs de Jost firent sauter l'entrée de la mine, sans endommager le précieux butin désormais à l'abri à l'intérieur. En même temps, plus personne ne pouvait y pénétrer. Ni le colonel fou ni son expert, qui devait bricoler les redoutables bombes.

Quelques jours plus tard, Jost reçut un message urgent, même désespéré, de la part du curé Morgen. C'est un jeune garçon, le fils de la femme tenant le restaurant du village, qui l'avait apporté.

— Morgen avait toujours fait preuve de tant de calme et de sang-froid que ce message m'alarma immédiatement. Tout y exprimait une extrême anxiété, une sorte d'hystérie même. L'écriture était profondément troublée, déformée. Il disait qu'il détenait un terrible secret. Cela concernerait une relique cachée dans la mine de sel près du mont Habersham, dans les collines au-dessus d'Alt Aussee. Je n'avais jamais entendu parler de cette mine-là et, naturellement, ma curiosité fut éveillée aussitôt. Je commençai à mener ma petite enquête… Mon Dieu, les questions que je posais nous ont presque coûté la vie, à Hans et moi.

Le visage de Jost senior s'était allongé, comme alourdi par ces douloureux souvenirs. Par le poids de la mémoire. Il dut s'interrompre une nouvelle fois, afin de surmonter son émotion.

Sa curiosité valut à Jacob Jost d'attirer l'attention du commandant SS de la mine secrète du mont Habersham. Un Oberleutant fut envoyé à son domicile pour le faire parler.

Au cours de l'interrogatoire musclé, Jost n'avait rien révélé au SS et il se retrouva, menotté à son lit de fer, à attendre la venue de Hans Morgen.

Peu avant le coucher du soleil, les bruits sourds de l'artillerie se firent plus forts, indiquant que les Alliés étaient proches. Jost le comprit rien qu'en entendant les pas agités de l'Oberleutant arpentant sa maison. Puis, à l'instant même où le coucher du soleil teinta d'un rouge sang le ciel, une violente explosion provenant du mont Habersham fit trembler les vitres de la maison.

— J'étais tendu comme un arc, angoissé de ce qui allait se passer. Mon visage tourné, immobile, vers la fenêtre, le regard comme hypnotisé par l'étendue blanche et austère du lac gelé.

Soudain, Jost vit des silhouettes avancer vers sa maison. D'abord, elle furent trop lointaines pour qu'il puisse les reconnaître. Mais très vite, il put distinguer un homme isolé poursuivi par une meute de soldats. Avec effroi, il se rendit compte que c'était son ami Morgen.

Aussitôt, l'Oberleutnant SS revint dans la chambre à coucher. Son visage affichait un large sourire, le premier depuis que les canons alliés avaient rugi dans la matinée.

— Nous aurons très bientôt des réponses, n'est-ce pas ?

En entendant le coup de revolver, Jost fut certain que Morgen venait d'être tué. Il avait vu la silhouette élancée dans sa robe de prêtre trébucher, puis s'affaisser dans la neige. Entre-temps, la bande de tueurs s'était encore rapprochée de Morgen. Contre toute attente, celui-ci parvint à se remettre debout, très lentement. Il leur fit face.

Derrière sa fenêtre, Jost regardait la scène, angoissé à l'extrême. Il vit son ami lever les bras au-dessus de sa tête et tomber en direction de ses ennemis. Ceux-ci s'arrêtèrent à leur tour, momentanément surpris par la réaction imprévue de leur « gibier ».

Il vit alors l'un des assassins mettre en joue et viser à nouveau le curé.

— Jamais je n'oublierai ce qui suivit.

Le vieil homme planta ses yeux embués dans ceux de Ridgeway.

— Ce fut un miracle. Rien de moins qu'un miracle ! Avant que le tueur puisse appuyer sur la gâchette, il tomba. Mort. D'un tertre, près du lac, une mitraillette aboya longuement. Et soudain, une immense explosion fit voler en éclats l'épaisse couche de glace qui recouvrait l'eau. Lorsque le silence retomba, Hans Morgen était toujours en vie et les tueurs qui l'avaient pourchassé, étaient tous morts. Jusqu'au dernier.

— Votre ami est chanceux… dit alors l'Oberleutnant avec un sourire grimaçant. Mais il n'échappera pas à ceci.

Il saisit son 9 mm Luger et le brandit, triomphalement, tout près du visage de Jost. Puis, sans autre commentaire, il tourna les talons et quitta la chambre. Jost, toujours menotté à son lit, entendit le martèlement des bottes dans le salon. Puis, la porte d'entrée fut refermée brutalement. Le nazi s'était posté sous l'étroit portail donnant sur le jardin.

— J'ai hurlé de toutes mes forces pour empêcher Morgen de venir. Mais il ne pouvait pas m'entendre…

L'émotion du vieil homme était à son comble et Seth, captivé par le suspense du récit, sentit la bouchée de son sandwich lui rester en travers de la gorge. La voix de Jost était presque inaudible à présent.

— Prisonnier et impuissant derrière ma fenêtre, j'ai vu Hans avancer vers la maison. Plus près, encore plus près… Il avait du mal à se frayer un chemin dans la neige et il ne se doutait pas qu'un SS l'attendait à l'intérieur pour le tuer… Je suppose que, initialement, l'officier SS avait eu l'intention de nous faire subir un interrogatoire à tous les deux. Mais l'avance rapide des troupes alliées l'avait obligé à modifier ses plans, je pense. Il avait décidé de nous tuer pour gagner du temps.

Jost fit une grimace de douleur en allongeant ses jambes sur l'ottomane installée devant son fauteuil.

— Vraiment, ces derniers jours de guerre furent empreints de démence. Personne n'y échappait tout à fait… On faisait des choses qu'on n'aurait jamais fait avant… Je pense qu'il est impossible de vous expliquer comment c'était…

Jost, toujours menotté à son lit, pouvait être sûr que, Morgen une fois exécuté par l'officier SS, ce serait son tour à lui. Aussi, ce fut autant pour son propre salut que pour celui de son ami qu'il parvint à décupler ses forces. À réussir l'impossible. Lui-même ne sut jamais comment il parvint, malgré son poignet menotté, à atteindre un miroir suspendu au-dessus d'un petit secrétaire en bois. Il frappa de toutes ces forces et la glace se brisa en mille morceaux.

— J'ai saisi le plus grand éclat et…

Le vieil homme leva le bras droit pour que Ridgeway puisse voir sa main mutilée.

— ... j'ai coupé mon pouce, les muscles, les tendons, la chair...

Il avait agi avec le désespoir d'un animal pris dans les mâchoires d'un piège mortel, qui préfère se couper un membre ou la queue pour se libérer, plutôt que de mourir. Encore et encore, il frappa avec le tesson du miroir jusqu'à ce qu'il puisse libérer sa main. Puis, sans se soucier de sa blessure, il bondit hors de la maison, à la recherche de l'Oberleutnant.

— Je ne me souviens pas avoir ressenti la moindre douleur.

Encore maintenant, Jost semblait surpris en contemplant sa main et ses terribles cicatrices.

— En revanche, je me rappelle très bien du désespoir et de la frustration que j'ai ressentie lorsque j'ai couru vers le portail. Dans ma main droite, je brandissais l'éclat couvert de mon sang.

Jost vit alors le SS qui attendait sous le porche, son Luger à la main. Il vit aussi Hans Morgen courir vers la maison. Jost se précipita sur l'officier, le tesson levé au-dessus de sa tête comme une dague. Lentement, soigneusement, l'Allemand mit Morgen en joue, visant sa tête. Le curé s'était arrêté net, un masque de résignation s'étant figé son visage.

— J'ai perçu la détonation une fraction de seconde après avoir planté la pointe de verre entre les omoplates de l'Oberleutnant.

Jost senior secoua tristement la tête.

— À une demi-seconde près et le SS aurait eu le temps de faire feu !

Dans un état second et pris d'une frénésie meurtrière, Jost retira l'éclat tranchant et frappa l'officier encore et encore... Le sang jaillit des artères. Tout autour, la neige se teinta de rouge et le SS tomba.

— Après... je ne me souviens plus de rien, avoue le vieillard avec émotion. Sauf que, le SS à terre, je me précipitai vers Hans.

L'émotion étrangla les mots dans sa gorge.

— Il avait une horrible blessure à la tête. Dans le trou dans son crâne, on voyait de la matière grise... Ensuite, c'est le black-out total. De la démence. Aucun souvenir... jusqu'à l'instant où un soldat américain m'a arraché du corps de l'officier. Il fut obligé de me frapper et de m'enlever de force le fragment du miroir.

Les yeux tristes fixèrent Ridgeway avec une douloureuse intensité.

— Plus tard, le soldat américain m'a raconté que, en arrivant au portail, il m'avait vu, à califourchon sur la poitrine de l'Oberleutnant lui enfoncer mon poignard en verre... encore et encore..

Il chuchotait à présent :

— Il... l'officier était toujours vivant. L'Américain m'a raconté que le SS hurlait épouvantablement alors que je continuais à le frapper...

Un long silence pesait dans la pièce. On ne percevait rien d'autre que le crépitement du bois dans la cheminée et, dehors, les mouvements bruyants de la grue du chantier. Ce qu'ils n'entendirent pas, ce fut le ronronnement feutré de l'ascenseur appelé au rez-de-chaussée.

Dans le hall d'entrée, quatre hommes en complets élégants attendaient.

CHAPITRE 25

Les néons encastrés dans le plafond de la cabine de l'ascenseur privé de Jacob Jost s'allumèrent. Les quatre hommes s'activaient, sans prononcer un mot. Deux d'entre eux finissaient d'attacher les charges explosives à la porte fermée.

— Fais attention, dit l'homme qui avait occupé le siège du passager dans la limousine noire quelques minutes auparavant.

Il était évident que c'est lui qui commandait.

— Après le désastre à l'entrepôt, ce boulot ici doit être parfaitement exécuté.

Entre-temps, l'un d'eux avait grimpé sur la cabine de l'ascenseur et étudiait attentivement le mécanisme. Le câble sectionné du circuit de la vidéo interne pendait dans le vide, à côté de l'œil désormais aveugle de la caméra.

— Vérifie que la charge est arrimée solidement !

Sa voix devint incisive.

— J'aimerais être sûr qu'elle explose à l'extérieur de la cabine. Sinon…

Il ne termina pas sa phrase, mais tous comprirent. Les explosifs pouvaient les faire sauter eux aussi. Ce genre de travail était tout un art.

L'homme qui commandait la petite équipe, prit tout son temps pour examiner soigneusement l'installation réalisée par ses hommes.

Il exprima sa satisfaction.

— O.K. Tous sur la cabine !

Avec l'aide de celui qui était déjà accroupi là-haut, les individus grimpèrent, un à un, au le sommet de la cabine, se dissimulant entre les rouages et les câbles.

— Faites attention aux contrepoids !

Après ce dernier ordre lancé à voix basse, l'homme appuya sur le bouton du huitième étage. À mesure que l'ascenseur s'élevait, il veilla sur le déroulement correct des fils des détonateurs, puis les passa à un de ses sbires. Ensuite, il grimpa à son tour sur la cabine.

Jacob junior venait apporter d'autres sandwiches et d'autres bières. Seth refusa poliment, son estomac était déjà suffisamment barbouillé.

— Après la gifle salutaire du soldat américain...

Le vieil homme, comme s'il était pressé à présent, n'avait pas même attendu que son fils quitte la pièce pour reprendre son extraordinaire récit.

— ... je me suis réveillé, comme d'un mauvais rêve. Je regardais ce que j'avais fait au nazi, puis, subitement, je fus sur le point de m'évanouir... Sans doute à cause de l'importante perte de sang... je n'avais plus de pouce...

D'une voix blanche, le vieil homme continua.

— Pendant de longues années, nous sommes restés en contact, Hans Morgen et moi. C'est longtemps après, lorsqu'il eut retrouvé la plus grande partie de sa mémoire, que Hans m'a confié tout sur ce qu'il avait vu dans la mine secrète d'Alt Aussee. Vous comprenez, il craignait de mourir et que le secret ne disparaisse avec lui. Voilà pourquoi il tenait à me raconter toute l'histoire.

— Mais quelle histoire ? demanda Seth en contenant difficilement son impatience.

— Je pense qu'il vaudrait mieux que ce soit Hans Morgen en personne qui vous la raconte.

Seth n'en crut pas ses oreilles.

— Il est ici, à Zurich ?

Jost senior fit un signe de dénégation.

— Il est à Alt Aussee. Ou, du moins, vous y attendra-t-il jusqu'à ce que vous y arriviez.

— Mais…

Jost leva un bras.

— Écoutez-moi attentivement. La peinture que vous possédez, le tableau…

— Oui… ?

— … c'est la clé de tout. De ce qui vous est arrivé, de l'enlèvement de votre femme, de ce que nous avons vécu, moi et Hans, pendant ces quarante années.

— Comment ? Je ne comprends pas.

— Vous comprendrez, très bientôt.

Le vieil homme le regarda avec bienveillance.

— Mais pour le moment, je vous demande de suivre exactement mes instructions. Vous n'aurez qu'une seule chance. Vous me comprenez ?

Il jeta un regard sévère sur Seth qui acquiesça, docilement, d'un signe de la tête.

— Vous porterez le tableau à la Thule-Gesellschaft Bank qui se trouve dans la Bahnhofstrasse, au nord du Paradeplatz. Là, vous demanderez l'agent responsable du rez-de-chaussée. Vous lui donnerez le tableau en disant que vous voulez accéder à votre coffre. Il saura ce qu'il faut faire.

— Mais qu'est-ce que cela à voir avec…

Jost père eut un geste apaisant.

— Je vous assure que je n'en sais rien. Sincèrement, j'aimerais pouvoir vous expliquer. Mais pendant ces quarante dernières années, Hans et moi, nous avons cherché ce tableau par tous les moyens. Nous savions seulement qu'il est la clé d'un coffre-fort qui se trouve dans une banque. Et que son contenu est d'une importance capitale pour retrouver la Passion de Sophia.

— Quoi ? Mais qu'est-ce que cela a…

La confusion le faisait bégayer.

— Morgen vous expliquera tout.

Seth protesta.

— Mais pourquoi me faire attendre ? Je vous en prie, dites-moi tout maintenant ! Tout ce que vous m'apprendrez m'aidera à retrouver Zoé au plus vite. Et, franchement, retrouver ma femme m'importe bien plus que ce qui est caché dans une mine de sel depuis cinq décennies !

Le visage de son interlocuteur s'illumina d'un large sourire.

— Vous savez, vous n'avez plus à chercher… Votre épouse se trouve ici, à Zurich. Je lui ai parlé moi-même, une petite heure avant que vous n'arriviez.

Seth sursauta dans son fauteuil comme s'il avait reçu une décharge de mille volts.

— Zoé à Zurich ? Mais, comment… ? Pourquoi vous a-t-elle appelé, vous ? Pourquoi ne me l'avez-vous pas dit plus tôt ? Où est-elle ?

Jost l'interrompit.

— Une question après l'autre. S'il vous plaît.

Il se passa la langue sur ses lèvres desséchées.

— Elle m'a appelé, moi, certainement parce que Willi Max a mentionné mon nom. Elle savait qu'il existe un lien entre moi et les œuvres d'art de Kreuzlingen, ne serait-ce que parce que c'est moi qui ai encadré presque tous les tableaux que Max avait… collectionnés. Mais en vérité, elle ne m'a pas appelé pour parler tableaux, mais parce qu'elle espérait que j'aurais de vos nouvelles.

De nouveau, il enveloppa son visiteur d'un sourire bienveillant.

— Et pourquoi ne pas m'avoir parlé d'elle plus tôt ?

— J'étais certain que vous n'auriez alors plus rien écouté de ce que j'avais à vous apprendre.

Jost adopta à nouveau un ton plus grave.

— Sachez que ce que je vous ai raconté est de la plus haute importance pour moi, pour votre femme et – je vous jure que je n'exagère pas – pour le monde entier !

Seth eut l'air de ne plus rien entendre. Les yeux grand ouverts, il questionna avidement.

— Mais où ? Où est-elle ?

Une joie immense montait maintenant en lui. Un soulagement sans bornes.

— À votre hôtel, *L'Eden au lac.*

Seth se leva aussitôt.

— Pendant tout ce temps, elle était… ?

La stupéfaction lui coupait le souffle.

— Après ces longs mois de séparation, nous nous retrouvons, finalement, dans le même hôtel !

Il resta silencieux un long moment, les yeux perdus dans les flammes qui jouaient dans l'âtre. Revenant au présent, il se tourna vers son hôte.

— Merci infiniment pour votre accueil et votre hospitalité, Herr Jost. Mais, je…

— Attendez.

Le visage du vieil homme exprimait subitement une grande angoisse.

— Promettez-moi, Mr Ridgeway, que vous irez à Alt Aussee, y rencontrer mon ami Hans. Il a pris de grands risques pour vous voir là-bas.

— Je…

Seth fut sur le point de répliquer qu'il devait discuter de tout cela d'abord avec Zoé lorsque, sous leurs pieds, le sol se mit à trembler. Tout de suite après, il y eut le feulement sourd d'une explosion.

— Ah, ces ouvriers du bâtiment ! Ils ont à nouveau cogné la maison avec leur fichue grue !

Mais ce n'était pas cela. Tout à coup, ils entendirent les claquements secs du pistolet-mitrailleur de Jacob Jost junior dans le couloir juste derrière la lourde porte en chêne, suivis du toussotement moins bruyant d'armes automatiques pourvues de silencieux.

Soudain, des cris dehors s'élevèrent.

— Père ! Ils sont ici ! Ils sont ici !

Puis, plus rien. Tous deux surent immédiatement que le fils venait de mourir.

Jost réagit le premier.

— Vite, verrouillez la porte, Mr Ridgeway ! Elle est très solide.

Dans le couloir, Seth entendit le son de voix impatientes et étouffées.

En une fraction de seconde, il fut sur pied et plongea vers la porte massive. À l'instant même où la poignée fut tournée de l'extérieur, sa main trouva le verrou. Il le poussa de toutes ses forces.

Il y eut une bordée d'injures derrière, puis les gonds tremblèrent. Quelqu'un s'était jeté de toutes ses forces contre la porte. Elle vibra, mais tint bon.

Tout à coup, Seth se rappela d'autres mitraillettes aux sons presque familiers. D'autres coups de feu, sur un bateau de l'autre côté de l'océan. Il se souvint aussi d'une scène évoquant celle qu'il vivait à présent : une femme inconnue, abattue par des inconnus sous ses yeux. Et cette terrible pluie d'impacts qui avait troué les boiseries de la *Walkyrie*.

Ce fut surtout cette pensée qui provoqua en lui une formidable décharge d'adrénaline.

Comme il l'avait fait alors, il se laissa tomber immédiatement sur le plancher. À la seconde même, le bois massif de la porte fut criblé de balles et des jets de sciure et d'éclats de bois inondèrent le bureau

— Couchez-vous !

Lui-même fit plusieurs roulades à travers la pièce, à la recherche d'un abri. Regardant du côté du fauteuil de Jost, il vit que le vieil homme avait réussi à se laisser tomber par terre et qu'il était en train de ramper avec difficulté en direction du téléphone, qui se trouvait sur une petite table près de la fenêtre.

Les balles transperçaient à présent la porte, mais, par bonheur, le bois massif affaiblissait leur impact. Les projectiles volaient littéralement dans tous les sens.

Au moins une des balles avait, malheureusement, gardé toute son intensité mortelle, sans doute était-elle passée par un des trous. Alors que Seth surveillait anxieusement le vieil homme, rampant péniblement sur le magnifique tapis persan, un projectile l'atteignit au flanc, non loin de l'aisselle. La blessure se teinta aussitôt de rouge quand le sang jaillit de l'artère sectionnée. Sous la violence de l'impact, le corps de Jost senior se raidit et fut soulevé. Ce fut un de ces moments où le temps s'étire à l'infini. Où chaque mouvement se déroule dans une insupportable lenteur. Puis, subitement, le film s'accéléra et Ridgeway vit le corps du vieil homme projeté à travers la pièce avant de s'écraser devant la cheminée, au milieu des bûches.

Seth atteignit la chaise où il avait laissé son manteau. Il réussit à saisir le Magnum dans la poche et eut tout juste le temps de s'abriter derrière la chaise quand la porte céda avec fracas.

Le premier individu qui pénétra dans la pièce, hurlait quelque chose dans une langue que Ridgeway ne comprit pas. Du russe peut-être ? L'homme jeta un rapide coup d'œil sur le corps sans vie gisant devant la cheminée et tira à plusieurs reprises. Sous les balles, le cadavre eut des soubresauts comme une poupée macabre.

Seth pointa son Magnum sur l'assassin, un homme mince et élancé, vêtu d'un costume élégant et le toucha en plein dans le ventre. Il fut projeté en l'air avant de s'affaisser comme une masse. La balle avait traversé les intestins et fait éclater le bas de sa colonne vertébrale. Il était mort avant de toucher le sol.

D'autres hurlements envahirent le couloir. À présent, Seth était sûr que c'étaient des Russes. Comment avaient-ils réussi à le trouver ? Est-ce qu'ils avaient pu le suivre, malgré toutes les précautions prises par Jost junior ?

Mais ce n'était guère le moment de réfléchir. Il fallait agir vite s'il voulait s'en tirer vivant ! Il tira une seconde fois, en direction des silhouettes qui se profilaient dans l'embrasure de la porte déchiquetée. Des voix agitées fusaient de toutes parts. Ils tentèrent de se regrouper.

Il savait qu'ils n'allaient pas tarder à revenir à la charge. S'abritant derrière le cadavre de Jacob Jost, il progressa jusqu'au téléphone. Pas de tonalité.

Il sentit la panique le gagner. Il était seul, coupé de tout. Les deux Jost étaient morts.

En rampant, il fit le chemin en sens inverse pour récupérer la poignée de munitions restée dans son manteau. Douze coups de plus. Quatre restaient dans le barillet. Seize chances. Seize rounds. Contre combien d'adversaires ?

Quelques instants plus tard, de nouvelles rafales déchirèrent la pièce, provoquant de minuscules explosions sur les murs, le plafond, le parquet. Instinctivement, Seth se fit le plus petit possible, se recroquevillant comme un animal blessé. Les balles sifflaient dans tous les sens. Partout la mort guettait. Il tira la chaise vers le mur et s'abrita derrière, conscient que ce n'était là qu'une protection bien fragile.

Les années d'entraînement à l'École de police et les années de pratique comme flic des rues avaient laissé des traces. Tous les réflexes lui revinrent. Survivre. Avant tout, survivre ! Seth fit feu à deux reprises en direction du couloir. Un coup de chaque côté de la porte. Puis, d'un bond, il plongea du côté de la fenêtre, faisant basculer une lourde table dont le plateau était en marbre. Il s'accroupit derrière. Une nouvelle rafale traversa la pièce, laissant une traînée de bois et de plâtre derrière elle. Les sifflements avaient quelque chose d'infernal.

À nouveau des cris dans le couloir, des ordres hurlés. Un des hommes se profila brièvement dans l'encoignure de la porte. Seth tira, mais l'autre s'était déjà plaqué contre le mur du couloir. Il aurait dû le savoir ! Seth s'injuria. Cela n'avait été qu'une manœuvre pour lui faire perdre une cartouche.

Une seconde plus tard, il entendit un déclic sec suivi du bruit d'un objet métallique roulant sur le sol. En examinant rapidement le parquet, Seth découvrit le reflet métallique luisant d'une petite grenade à main, tout près de la table.

Sans réfléchir une seconde, il laissa choir son Magnum et fit un plongeon en avant pour ramasser la grenade. La tenant entre ses mains, il sentit son poids mortel, sa puissance maléfique. Comme un petit animal hypnotisé et paralysé face à un serpent à sonnette, Seth hésita une fraction de seconde qui parut durer une éternité. Il se ressaisit et lança le projectile à toute volée dans le couloir. Lui-même se jeta immédiatement contre terre.

La secousse fut si violente qu'elle souleva la table et l'écrasa sur lui. Seth fut coincé contre le mur. L'espace d'un instant, une sonnerie stridente vrilla ses tympans, puis un formidable rugissement déchira ses oreilles lui rappelant son premier jour à l'École de police quand il avait oublié de mettre son casque antibruit, obligatoire lors du maniement des explosifs.

À travers ce voile de foudre et de fureur, Seth distinguait des voix. Il tenta de se dégager du poids de la table, qui venait de lui sauver la vie. À peine fut-il débarrassé de son fardeau – il avait réussi à le pousser sur le côté – que deux hommes, armes à la main, firent irruption dans la pièce. L'un d'eux fit feu dans sa direction. S'abritant une nouvelle fois derrière la lourde table, il vit des éclats de marbre jaillir. Fiévreusement, il chercha son revolver. Où donc était-il tombé ?

Fébrilement, Seth examina le parquet tout autour de lui. Pas de Magnum ! Les pas des deux individus se rapprochèrent. Une nouvelle salve d'automatiques équipés de silencieux ricocha sur le plateau massif du meuble. Une nouvelle fois, une violente pluie d'éclats de marbre aspergea la pièce.

Là, au pied du mur, gisait son Magnum. Seth tendit son bras au maximum et saisit la crosse. Au même moment, le visage de l'un des deux tueurs surgit au-dessus du bord de la table. L'homme visait Ridgeway.

Instinctivement, l'Américain fit feu à la volée. La moitié gauche du visage de son agresseur se désagrégea et ne fut plus qu'un amas d'os et de cervelle. Un gargouillis étouffé, et le corps s'affaissa.

Il entendit les pas précipités de l'autre tueur courant hors de la pièce. Il fallait agir immédiatement. Ils ne commettraient pas deux fois la même erreur avec la grenade. Cette fois-ci, ils la dégoupilleraient au dernier moment pour qu'il ne puisse plus la renvoyer.

Pris au piège, il chercha désespérément une sortie. Il s'efforça de réfléchir froidement. Il y avait deux issues : la porte et la fenêtre. Par les vitres brisées, de l'air froid pénétrait dans la pièce. Il disposait tout au plus de quelques secondes avant que les hommes dans le couloir lancent un autre engin de mort.

Il coinça le Magnum dans sa ceinture et se releva. D'un rapide geste de la main, il repoussa le rideau de la fenêtre et scruta les huit étages plongés dans le noir. En face de lui, à moins de vingt-cinq mètres de distance, il vit la cabine éclairée du grutier. C'est lui qui commandait le gigantesque engin qu'il avait aperçu avant d'entrer dans l'immeuble, sur le chantier voisin. Pour le moment, la flèche de la grue ne bougeait pas.

Ridgeway suivit des yeux le bras d'acier jusqu'à son extrémité. De là partaient de solides câbles maintenant une benne en fonte. Elle était en train d'être remplie de béton frais au sol, à partir de l'immense toupie d'une bétonnière. Telles des fourmis, les ouvriers s'activaient tout autour. Ils tenaient un tuyau allant du camion à la cuve, tandis que d'autres la maintenaient en équilibre alors qu'elle se balançait au bout des câbles d'acier.

Le tumulte étourdissant du chantier en pleine activité avait complètement couvert la fureur des coups de feu tirés au huitième étage.

Tout en cherchant un rebord ou une saillie où appuyer son pied, Ridgeway observait attentivement la lente remontée de la benne pleine à ras bord de béton liquide. Avec lenteur, la flèche de la grue se déplaça alors dans sa direction. Petit à petit, elle accélérait son mouvement.

Qu'avait donc dit Jost, tout de suite après l'explosion ? La grue ! Il avait pesté contre les ouvriers, pensant que – une fois encore – elle avait heurté l'immeuble. Observant toujours le déplacement ample du bras d'acier avançant dans sa direction, Seth perçut de nouveau le déclic familier venant du couloir. Il ne réalisa pas tout de suite.

Son attention était entièrement concentrée sur la grue plantée en face de lui. L'immense bras métallique s'approchait encore. Il s'accroupit tout près du bord de la fenêtre, guettant sa chance. Soudain, il se rappela du déclic. Merde ! La grenade ! C'était le bruit de la goupille tombant sur le sol qu'il avait entendu.

Le bras se rapprochait toujours. Vingt mètres, quinze, dix. Seth se hissa sur le bord de la fenêtre. Plus que cinq mètres…

Derrière lui, il entendit la grenade rouler sur le parquet. Il jeta un dernier regard rapide dans l'obscurité en contrebas, puis s'élança de toutes ses forces vers le treillis métallique de ce bras salvateur.

Il sentit le souffle de la grenade avant de l'entendre exploser. La déflagration le propulsa littéralement contre l'enchevêtrement métallique. Mais le bruit de sa fureur fut masqué par le puissant moteur de la grue, les marteaux piqueurs et les moteurs des camions.

Instinctivement, Ridgeway tendit les bras afin d'atténuer la violence de l'impact. Les muscles de ses bras et de ses épaules se tendirent à l'extrême. Il fallait à la fois s'agripper quelque part et protéger sa tête.

S'agitant violemment dans tous les sens, il réussit finalement à coincer ses genoux autour d'une barre du maillage métallique. Durant quelques secondes, qu'il vécut comme une éternité, Seth fut suspendu, la tête en bas, dans un des triangles, pendant que la flèche de la grue le promenait dans le noir, huit étages au-dessus du sol. Il sentit le Magnum glisser de sa ceinture, et tomber.

Sa tête s'était mise à tourner. Il tenta quand même de regarder vingt mètres plus bas. Mais sa vision était troublée par le liquide épais et tiède coulant dans ses yeux. Aveuglé, il mit quelques instants à réaliser que c'était du sang. Il saignait du nez.

Il perçut des cris venant d'en bas. Des hommes au sol l'avaient aperçu. Entre-temps, la grue avait ralenti sa course.

Grâce à un effort surhumain, il parvint à saisir la barre du dessus et à se hisser jusqu'à se retrouver assis à califourchon sur le rayon inférieur du bras. C'est à ce moment qu'il vit deux visages apparaître à la fenêtre du bureau de Jost. Environ cinquante mètres l'en séparaient à présent. Les deux tueurs essayaient de voir à quel endroit Ridgeway s'était écrasé au sol.

Par un mouvement ample, la grue fit encore une trentaine de mètres supplémentaires. La lourde cuve pleine de béton oscilla tel un pendule. Le bras bougea encore, puis tout mouvement cessa. Seth se frotta le visage du coude pour essuyer le sang qui lui brouillait toujours la vue. En même temps, il essaya de rassembler ses esprits. Le violent choc qu'il avait reçu sur la tête avait complètement perturbé son sens de l'équilibre. Dès qu'il voulut avancer un peu, tout se mit à tourner si fort, qu'il crut que la grue s'était remise en mouvement. Mais, rapidement, tout reprit sa place.

Retrouvant ses moyens, Seth entendit des cris au-dessus. Il leva la tête. À la fenêtre de Jost, l'un des tueurs l'avait repéré. Avec un terrible synchronisme, les deux assassins levèrent leur arme en même temps. Ridgeway, à qui la peur donnait des ailes, eut un sursaut. Malgré son équilibre plus que précaire, il commença à ramper dans le treillis métallique en direction de la cabine du grutier.

Celui-ci avait dû comprendre ce qui se passait. Le puissant moteur de l'engin rugit et la flèche d'acier s'ébranla à nouveau, transformant Seth en cible mobile. Finalement, le bras en métal l'emporta dans l'obscurité, loin des tirs.

Là-haut, les hurlements redoublèrent et, quelques instants plus tard, la cabine de verre du grutier vola en éclats sous le feu nourri des mitraillettes. Seth vit l'homme qui venait de lui sauver la vie, tournoyer puis s'affaisser sur ses manettes. Une fraction de seconde plus tard, le moteur de la grue s'emballa dans un rugissement. Le bras fut pris dans un mouvement circulaire. Un tourniquet de plus en plus rapide qui menaçait d'éjecter Ridgeway d'un moment à l'autre.

Son cœur battait la chamade. Les muscles durs et tendus comme des arcs, il enjamba les poutrelles en acier. Il dut lutter contre la force centrifuge croissante tout en sachant qu'il ferait une cible facile à atteindre quand il reviendrait dans la ligne de mire des armes. Les balles ricochaient sur l'acier autour de lui lorsqu'il atteignit la partie verticale de la grue.

Arrivé au pied, des bras musclés le saisirent alors que le gigantesque engin entamait une terrible danse. La redoutable flèche cogna plusieurs fois contre l'immeuble voisin, faisant une traînée d'étincelles sur la façade. Il y eut des cris partout sur le chantier. Des ouvriers couraient se mettre à l'abri quand l'un des immenses contrepoids en béton s'écrasa au sol, mettant en pièces un échafaudage. Par miracle, personne ne fut blessé.

Le sang qui avait coulé de son nez couvrait le visage, la nuque et les cheveux de Ridgeway. À moitié aveuglé, il avançait en titubant au milieu des ouvriers affolés. Fuir ce monstre d'acier fou furieux qui chancelait, tremblait, vacillait, tel un effrayant carrousel en déroute ! Peu après, les câbles d'acier soutenant le monstre en colère cédèrent avec des claquements assourdissants. Comme hypnotisé, Ridgeway regarda la grue d'un air horrifié. Après un ultime zigzag, elle se fracassa brutalement dans un vacarme épouvantable.

Il s'enfuit dans la nuit.

CHAPITRE 26

L'ambulance rouge aux croix blanches roulait lentement vers l'entrée de service située à l'arrière de
L'Eden au lac.

À l'intérieur, assis sur la banquette arrière, le colonel
Molotov du KGB, d'humeur morose et le sourcil froncé,
ressassait pour la centième fois tout ce qui avait échoué
dans cette opération.

Tout avait pourtant été préparé minutieusement. Il
jura. Ils avaient joué de malchance et le hasard s'était ligué
contre eux. La femme s'était échappée. Aussitôt, ses supérieurs lui avaient donné un avertissement clair et précis, ils
ne toléreraient pas une autre faute !

L'ordre était sans appel : l'Américaine devait être rattrapée à tout prix. Ainsi que son mari.

La seule fois où la chance lui avait souri, c'était lors de
l'interception de l'appel téléphonique par son agent à Paris
qui leur avait appris que le mari se trouvait de nouveau à
Zurich. Il jeta un coup d'œil à sa montre : l'autre équipe
devait désormais l'avoir capturé. Molotov savait que son
ardoise serait effacée s'il parvenait, enfin, à mettre la main
sur le tableau. Et il en avait bien l'intention.

Encore une fois, il regarda la photo de Seth Ridgeway, copiée depuis son passeport. Il se pencha vers les deux hommes assis devant et leur chuchota à l'oreille :

— Comportez-vous comme de vrais ambulanciers. Ne l'oubliez pas ! Et sachez qu'il nous faut la femme et le mari vivants. Blessez-les s'il le faut, mais ne les tuez pas ! Ils possèdent quelque chose que nous voulons.

Quelques étages plus haut, Zoé venait de raccrocher le téléphone de sa chambre.

— Je n'arrive pas à comprendre. Où peut-il bien être ?

Ses regards interrogateurs allaient de Stratton à Cartière lorsqu'elle revint dans le petit salon.

— Mille fois, j'ai appelé sa chambre. Nous avons laissé des messages sur le répondeur, sur sa porte, dans son casier… et toujours rien.

Triste, elle fixait ses pieds nus.

Sur la table se trouvaient les restes d'un carré d'agneau. Avec une mine inconsolable, Zoé s'assit et regarda dans le vague à travers la fenêtre. Quelle ironie ! songea-t-elle. Voilà qu'elle était de retour dans le monde réel, le monde normal, après lequel elle avait tant soupiré pendant des mois, et l'essentiel manquait toujours. Quelque chose ou plutôt quelqu'un sans qui ce monde n'avait pas de sens. Elle mesura à quel point toute son existence dépendait de sa relation avec Seth, son cher mari. Tant qu'ils ne seraient pas réunis à nouveau, elle ne serait pas la femme qu'elle fut, avant. Avant leur séparation.

— Je suis sûr qu'il rappellera bientôt, dit Cartière interrompant le cours de ses pensées.

C'était la phrase la plus longue qu'elle avait entendue de sa part depuis qu'elle le connaissait.

Zoé se força à un pauvre petit sourire.

— J'espère que vous avez raison.

La jeune femme parlait d'une voix blanche, de manière presque inaudible. Les deux hommes durent se tourner vers elle pour comprendre ce qu'elle disait.

Elle les contempla d'un regard vide puis se réfugia dans le silence et dans son monde intérieur. Le téléphone sonna. Elle prit le combiné.

— Allô ?

— Zoé ?

C'était Seth !

— Zoé, est-ce vraiment toi ?

— Seth !

Sa voix se brisa, sa main tremblante eut du mal à tenir l'écouteur.

— Ô Seigneur, c'est toi, Seth ! Chéri, je suis si heureuse d'entendre ta voix ! Mon Dieu...

Elle se mit à pleurer doucement.

— Tu m'as tellement manqué ! Si tu savais…

Les larmes de souffrance, retenues depuis si longtemps, coulèrent librement à présent dans un flot de soulagement.

— Zoé… Zoé…

Dans la voix de Ridgeway, il y avait à présent une urgence.

— Zoé, écoute-moi, s'il te plaît ! J'ai besoin de ton aide !

La jeune femme sentit son cœur se serrer. Elle perçut la respiration rauque de son mari à l'autre bout de la ligne.

— Seth, mais où es-tu ? Est-ce que tout va bien ?

Ridgeway regarda autour de lui. Il se trouvait dans une cabine téléphonique de la Gloriastrasse, sur le trottoir en face de l'entrée de l'hôpital universitaire. Des groupes d'étudiants passaient devant lui. Certains en blouse blanche, un stéthoscope autour du cou. Nul ne lui prêtait attention. Mais il savait que cela ne durerait pas.

Même à cette distance, il pouvait entendre le hurlement des sirènes venant du côté du chantier.

— Je vais bien…, pour le moment. Je suis à Zurich et…

Zoé l'interrompit avec impatience.

— Je sais cela. Mais où à Zurich ?

Au lieu de répondre, Seth pencha la tête, écoutant attentivement une sirène qui se rapprochait. Le véhicule avançait sur la pente qu'il venait lui-même de monter quelques minutes auparavant.

Son ton se fit plus pressant.

— Écoute-moi, chérie. As-tu une voiture ?

Zoé hésita imperceptiblement avant de répondre.

— Oui, je… nous en avons une.

George Stratton lui lança un regard interrogateur.

— C'est Seth !

— Quoi ?

— Je parlais à George Stratton. Il travaille pour le gouvernement, il m'a sauvé la vie.

— Il a quoi ? demanda Seth incrédule.

À ce moment-là, une voiture de police, sirènes hurlantes, apparut, suivie de près d'une ambulance. Leurs gyrophares faisaient penser à une soucoupe volante.

— On verra ça plus tard. Mon amour, il faut que tu viennes me chercher aussi vite que possible.

L'inquiétude la submergea.

— Te chercher où ?

— Je suis exactement en face de l'entrée de l'hôpital universitaire… En haut sur la colline au-dessus de la vieille ville. Sur la rive gauche. Je…

Une deuxième voiture de police venait de prendre le virage. Plus lentement et sans sirènes, ni feux clignotants.

L'agent assis à côté du conducteur actionnait un projecteur puissant, le promenant sur les murs et les trottoirs. Venaient-ils pour lui ? À présent, la voiture de patrouille n'était plus qu'à une centaine de mètres de distance. Le rayon de la puissante poursuite déchirait la nuit.

— Je dois partir.

Il cria maintenant.

— Rendez-vous au Grossmünster !

— Au quoi ?

Le policier semblait maintenant regarder dans sa direction.

— Au Grossmünster, c'est une grande église. Tu demanderas ! Tout le monde connaît.

Sans attendre de réponse, Seth raccrocha et s'évanouit dans la nuit.

CHAPITRE 27

Le Grossmünster.

Zoé répéta le nom tout en nouant les lacets de ses baskets. Elle enfila son manteau.

— Je crois que c'est la grande église près de la rivière, non ?

— Je sais où c'est, répliqua Stratton plutôt sèchement. Par ailleurs, je n'ai aucun besoin de votre aide pour aller chercher votre mari. Je veux que vous restiez ici avec Richie ! Vous serez plus en sécurité.

Il remonta la fermeture Éclair de sa parka et se dirigea vers la porte.

— Foutaises !

Le juron passa avec aisance entre ses jolies lèvres. Zoé se dressa entre Stratton et la porte.

— J'irai le chercher et vous ne m'en empêcherez pas. Je ne suis pas un objet dont vous pouvez disposer comme vous voulez.

Surpris et perplexe, Stratton échangea un regard avec Cartière qui attendait patiemment ses instructions. D'un regard rapide, il jaugea la jeune femme.

— Je pourrais très bien demander à Richie de vous garder de force ici jusqu'à mon retour. Mais je ne vais pas lui infliger cela : qui sait ce que vous seriez capable de faire !

Il lança un ordre bref en direction de son coéquipier.

— Allez, mettez votre manteau. Je préfère m'accrocher avec le KGB plutôt que de m'aventurer dans une dispute avec elle.

D'un bref signe de tête, il invita Zoé à se placer à côté de lui avant d'ouvrir prudemment la porte. Il balaya le couloir du regard.

— Il n'y a personne. Tout va bien.

Stratton regarda Zoé intensément.

— Ceci peut être très dangereux. Il faut que vous me promettiez de suivre mes ordres, rapidement et sans poser de questions.

Zoé acquiesça. Elle savait que son obéissance était le prix à payer pour revoir Seth. Elle pénétra à son tour dans le couloir. Le garde du corps ferma la marche. De toute façon, elle déciderait à quels ordres de Stratton elle obéirait, pensa-t-elle. Cartière venait de claquer la porte quand le téléphone sonna dans la chambre de Zoé.

— Vite ! Dépêchez-vous !

Zoé regarda impatiemment Cartière chercher sa clé.

— C'est peut-être Seth à nouveau !

Trois sonneries, quatre. À la cinquième, Cartière réussit à ouvrir la porte et la jeune femme se précipita sur le téléphone placé à côté du lit. D'un geste rapide, elle saisit l'écouteur.

— Allô ?

Pas de réponse.

— Allô ? Est-ce qu'il y a quelqu'un ?

Elle jeta le combiné sur son support et resta quelques secondes à côté du téléphone.

— Allons-y ! résonna la voix de Stratton dans le couloir.

La jeune femme et le garde du corps coururent le rejoindre.

Le colonel Molotov du KGB eut un large sourire satisfait en raccrochant doucement le téléphone interne.

— Elle est dans sa chambre.

Il s'adressait aux trois hommes debout à côté de lui.

— Vous ! commanda-t-il en pointant son index sur celui qui avait conduit l'ambulance. Suivez-moi dans la cage d'escalier.

Puis, se tournant vers les deux autres :

— Vous deux, vous prenez l'ascenseur. Attendez-nous là-haut.

Il ne prit pas la peine d'attendre une confirmation et bondit à toute vitesse sur les marches couvertes d'un épais tapis. Les blessures de sa tête étaient oubliées pour le moment.

Richard Cartière perçut instantanément les vibrations de leurs pas rapides sous la plante de ses pieds.

— Arrêtez…

Il accompagna son chuchotement théâtral d'un geste catégorique de son bras puissant, empêchant Stratton et Zoé d'avancer. Il sortit une Uzi de son holster et se plaqua contre le mur.

— Qu'est-ce qui cloche ?

Stratton se pressa également contre le mur tout en faisant comprendre à Zoé de les imiter.

— Des pas… très rapides… juste en dessous.

Stratton tendit l'oreille.

— Peut-être des enfants qui jouent, dit-il.

— Je n'arrive pas à entendre…

Mais Cartière était sûr de son fait.

— Non, des enfants feraient plus de bruit. Il n'y aurait pas que leurs seuls pas.

Mettant doucement un pied devant l'autre, Cartière descendit les marches à la manière feutrée d'un chat. Le canon de son arme pointé en avant.

Derrière lui, Stratton brandissait son automatique. Zoé était la dernière.

Molotov se planqua dans le renfoncement d'une des portes du couloir. Un peu plus loin, son équipier l'imita. Chacun avait sa mitraillette « made in Tchécoslovaquie » en main, prête à semer la mort.

— Tu les entends ? murmura Molotov.

— Comment savez-vous qu'il s'agit d'eux ? répondit son subordonné.

— Pur instinct.

— Pourquoi seraient-ils en train de chuchoter ?

— Et pourquoi ne sont-ils pas encore descendus ? Cela fait un petit bout de temps qu'ils se sont arrêtés. Ils sont très prudents ! Je suis certain qu'ils ont entendu nos pas.

Cartière avait posé un pied sur le palier du second étage lorsqu'il découvrit les deux individus dans le corridor. Pour un homme de sa corpulence, il était d'une étonnante rapidité. Il aurait survécu s'il n'avait pas pris le temps d'intimer l'ordre à Stratton et à Zoé de rester en arrière.

— Partez !

Il hurla dans leur direction tout en visant celui qui était debout à droite dans le couloir. Il vit que l'autre pointait sa mitraillette sur lui et découvrit en même temps le canon d'une autre arme sortant d'un renfoncement de l'autre côté du corridor. Tirer et se baisser ! Tirer et se baisser… dans ses oreilles, il entendait encore gueuler son vieux sergent instructeur.

Cartière pressa la détente. L'homme fut atteint en plein visage. Sa tête fut projetée contre la porte. Molotov, dans sa cachette, reçut des éclaboussures de sang tiède sur sa joue. Il fit quelques pas en avant et visa la poitrine de son imposant adversaire. Cartière se raidit instantanément quand les projectiles le frappèrent à l'estomac et en plein thorax. Mais la hideuse grimace de satisfaction de Molotov s'évanouit rapidement, car le géant continuait à lui faire face, comme s'il n'avait pas été blessé.

— Crève saloperie ! jura Molotov en constatant que son chargeur était vide.

En face, l'homme massif vacillait. Son arme oscillait également. Mais il réussissait toujours à rester debout, secouant violemment sa tête, comme un taureau qui attend que le matador finisse ce que le picador avait commencé.

Pétrifié d'effroi, Molotov suivit des yeux les mouvements désordonnés de la mitraillette. Sa propre poitrine se trouvait en pleine ligne de mire. Le colonel jeta son arme et plongea. À l'instant même, des balles pleuvaient à l'endroit qu'il venait de quitter. Il sortit un automatique de sa poche et fit feu à plusieurs reprises, directement vers la tête du géant.

Richie a été touché : Zoé fut incapable de faire un pas de plus, littéralement clouée au sol. Ses mains se cramponnaient à la rampe de l'escalier. Elle vit Stratton se glisser le long du mur, en essayant de rejoindre Cartière. Puis, elle vit son garde du corps chanceler sous l'impact des balles, osciller encore et tirer à nouveau.

Tout de suite après, ce fut l'horreur. Zoé vit deux balles arracher le côté gauche du visage de Cartière, tandis qu'une troisième balle lui déchira la nuque, mettant à nu chair et artères. Immédiatement, des flots rouges jaillirent, laissant une terrible trace sur le mur lorsque l'homme s'affaissa lentement au sol. Une cacophonie stridente vrillait la tête de la jeune femme. Elle réprima un hurlement.

De l'étage au-dessus leur parvenaient à présent des cris, puis, très vite, d'autres voix se firent entendre. Du russe ! Ils étaient tombés dans une embuscade. Stratton n'hésita qu'un centième de seconde.

— Attrapez ! dit-il en lui lançant un pistolet-mitrailleur. Le cran de sûreté est enlevé. Baissez-vous et tirez sur tous ceux qui montent par là !

Lui-même saisit vivement un automatique dans son holster et remonta en courant l'escalier, enjambant deux marches à la fois. Il avait à peine pris position sur le palier que toute la cage d'escalier ne fut plus qu'une effroyable caisse de résonance entre les interminables rafales et coups de feu. Zoé avait du mal à distinguer le nombre d'armes différentes. Combien de tireurs étaient embusqués dans cette cage d'escalier ?

Soudain, ce fut le silence. On n'entendait plus que les cris et les râles désespérés des hommes mortellement touchés.

La peur étouffait ses propres cris dans sa gorge. Si Stratton avait été tué, elle se retrouvait toute seule. Elle commença à trembler comme une feuille. Impossible d'arrêter ces frissons.

— Rentrez dans votre chambre ou je vous colle aussi une balle dans la tête !

Zoé reconnut la voix de Molotov venant de l'étage d'en dessous. De toute évidence, il aboyait contre un client de l'hôtel trop curieux. Une porta claqua, des verrous furent tirés en toute hâte. L'instant d'après, Molotov fit si rapidement son apparition dans l'escalier que Zoé en resta clouée sur place. L'effet de surprise l'empêcha d'agir rapidement. La petite mitraillette que Stratton lui avait donnée pendait dans sa main contre sa hanche droite, dissimulée par les plis de son manteau.

— Ne faites plus un pas ! hurla l'homme en anglais.

La gorge de la jeune femme se serra. Dans la pénombre du couloir, elle venait de reconnaître les traits d'un des gars de l'entrepôt. Un de ceux qui l'avaient retenue prisonnière. Elle était trop lente et s'injuria tout en s'efforçant de saisir fermement l'arme, l'index sur la détente. En même temps, elle s'obligeait à maintenir le contact visuel avec l'ennemi. À ne pas le quitter des yeux. Le regard toujours fixe, elle leva imperceptiblement la mitraillette.

Centimètre par centimètre.

Molotov sourit de toutes ses dents, tout en essayant de la dominer du regard.

— Je suis venu vous chercher.

D'un pas nonchalant, il s'avança vers elle, tenant son arme mollement à la main.

Du haut de l'escalier derrière elle, elle entendit des pas rapides s'approcher. Était-ce Georges ou un des complices de l'individu qui se tenait en face d'elle ? Molotov monta une marche de plus. Zoé leva l'arme encore de quelques centimètres.

— Allez, venez, ne faites pas d'histoires ! lui dit-il.

Mais tout à coup, il découvrit la mitraillette dont le canon était pointé sur lui. Il leva sa propre arme.

Sans trembler, d'un geste décidé, Zoé visa et appuya sur la détente. La mitraillette fit entendre une rafale. Elle crut que cela n'allait jamais s'arrêter. La poitrine du colonel Molotov s'ouvrit comme un melon écrasé. Immédiatement, la cage d'escalier se remplit de l'odeur tiède et douceâtre du sang et des entrailles éparpillées. Une ombre s'était glissée vers elle. Une main la toucha. Vivement, la jeune femme se retourna, la mitraillette toujours dans les mains. George Stratton se jeta à terre.

— Ne tirez pas ! C'est moi.

Il avait une grosse tache rouge au niveau de la cuisse. Elle se précipita vers lui.

— Vous êtes blessé ?

Elle le regarda avec inquiétude pendant qu'il se remit debout péniblement.

— Rien de grave.

Il s'arrêta un court instant, avant de remonter les marches et se retourna vers elle.

— Venez ! Il faut qu'on sorte d'ici au plus vite. Qui sait combien de renforts sont déjà en chemin…

De retour à leur étage, ils durent enjamber deux hommes tombés tout près de leur suite. Zoé ne perdit pas une seconde. Elle jeta ses vêtements tout neufs pêle-mêle dans une valise.

Dans la chambre voisine, Stratton parlait à voix basse au téléphone. Elle ne parvint pas à comprendre ce qu'il disait, mais elle l'entendit mentionner les noms de Richie et de *L'Eden au lac*. Stratton raccrocha et, quelques minutes plus tard, ils descendirent par l'ascenseur de service se trouvant au bout du couloir.

La jeune femme avait le cœur lourd. Elle pensa à Richard Cartière et à Molotov. Elle pensa également aux deux hommes morts dans sa cellule, là aussi elle avait prié avant de les tuer. Quand Dieu lui donnerait-t-il donc l'occasion de prier pour quelque chose qui ne causerait ni mort ni souffrance ?

Seth Ridgeway se plaqua contre le mur, dans l'ombre protectrice d'un porche. Il observait la Volvo qui avançait lentement sur la Grossmünsterplatz. Sa langue raclait douloureusement le palais desséché de sa bouche. À deux reprises déjà, des voitures de police toutes sirènes hurlantes avaient patrouillé autour de la place.

La Volvo se comportait différemment. Deux personnes à l'intérieur scrutaient attentivement les environs. Pas de sirène. À l'évidence, ils cherchaient quelqu'un. Lui ? Son cœur battait à tout rompre. Les feux de stop de la voiture s'allumèrent. Elle roulait au pas, puis s'arrêta complètement. Impossible, à cette distance, de distinguer les deux personnes se trouvant à l'intérieur. Ce n'étaient que deux silhouettes grises derrière des vitres opaques.

Une minute plus tard, la portière s'ouvrit côté conducteur. L'homme, qui descendit, avait des allures de flic : ses mouvements étaient lents et prudents. Sa tête bougeait comme celle d'un faucon en pleine chasse. Seth vit une arme dans sa main droite. Lentement, l'individu arpentait la place, sur vingt ou trente mètres derrière la voiture, avant d'exécuter la même manœuvre devant la Volvo. Était-ce un policier ? Est-ce que les autres avaient retrouvé sa trace ?

À présent, il ouvrait l'autre portière et dit quelque chose à la personne assise à l'intérieur. Il recula ensuite de quelques pas. Le passager descendit.

Son cœur s'arrêta. Zoé ! La portière se referma avec un bruit sourd derrière elle. L'homme et la femme avancèrent de quelques pas et s'immobilisèrent devant la voiture. Leurs yeux balayaient la place.

Malgré les battements joyeusement accélérés de son cœur, Seth ne fit pas le moindre mouvement. Était-ce *vraiment* Zoé ? La faible lumière des lampadaires dessinait des ombres sur sa figure... pourtant, la façon qu'elle avait de bouger, de pencher sa tête en parlant. Sa manière de gesticuler... Tout à coup, il sentit l'immense poids qui pesait sur sa poitrine s'évanouir. Il sortit de l'ombre, faisant chaque pas avec précaution comme s'il n'était pas sûr de ses jambes. L'attention du couple s'était, à présent, focalisée sur lui.

L'homme saisit son arme.

— Zoé ! cria-t-il de toutes ses forces, incapable de contenir sa joie plus longtemps

— Seth ?

Il y avait un peu d'hésitation dans sa voix. Elle semblait avoir du mal à croire que c'était vraiment lui. Mais, subitement, elle sut. Ils se rejoignirent au milieu de la Grossmünsterplatz.

Zoé pleurait tout en le serrant sur son cœur.

— Oh, Seigneur, ô mon Dieu, je ne croyais plus que nous... que tu...

Sa voix se brisa dans des sanglots de soulagement et d'allégresse.

Seth la regarda et son cœur saigna en pensant à tout ce qu'elle avait dû traverser et subir. Il l'attira de nouveau sur sa poitrine et la serra étroitement contre lui.

— Zoé, oh ma Zoé...

Sa voix se brisa.

— Quel bonheur de t'avoir avec moi ! Je t'aime tant.

Des larmes coulaient sur ses joues.

Pour eux, il n'y eut plus rien d'autre. La ville et son brouhaha n'existaient plus. Ni les hurlements des sirènes, ni les bruits du flot de voitures sur le quai de la Limmat en contrebas. Ni les réacteurs de l'avion qui venait de décoller.

Tout avait disparu. Dissoute la Grossmünsteplatz, la Volvo ainsi que les agents et les espions, les tueurs et les morts.

Ils étaient seuls au monde.

Quelques secondes bienheureuses. Mais déjà, l'instant était fini : des phares déchirèrent la nuit et, immédiatement, Stratton réagit. Il ouvrit la portière de la Volvo et cria en leur direction :

— Vite ! Montez !

Il sauta derrière le volant et mit le moteur en marche. Les phares de l'autre voiture étaient proches à présent. Seth et Zoé coururent vers la voiture, main dans la main. Malgré l'urgence, Stratton eut le temps de ressentir une pointe d'envie à les voir ainsi, ensemble et heureux, grimper à l'arrière.

Seth n'avait pas encore fermé la portière que le véhicule démarrait déjà en trombe.

Ils atteignirent le côté opposé de la place, vers l'Oberdorfstrasse, exactement au moment où l'autre voiture pénétrait sur la Grossmünsterplatz. Avant de tourner, Stratton freina légèrement. Prenant à droite dans la Kirche-Gasse, il regarda dans le rétroviseur. Il put voir que l'automobile tournait lentement sur la place.

Sur les portières, il y avait les insignes de la police de Zurich.

CHAPITRE 28

Seth Ridgeway se réveilla subitement et complètement désorienté. Il se sentait oppressé dans cet
environnement inhabituel. Mais, dès l'instant où son bras
droit trouva, à ses côtés, Zoé profondément endormie, il
se sentit mieux. Elle dormait avec la confiance d'un petit
enfant, en chien de fusil, tout contre lui et la tête enfouie
dans les oreillers. Il pouvait sentir la respiration douce de
sa femme sur son épaule nue.

Il se détendit et prit le temps de contempler la pièce
inconnue. Les lattes de bois noueux qui couvraient les
murs, le vaste plafond aux poutres apparentes, l'immense
cheminée en pierre grise à l'autre bout de la pièce et le
mobilier rustique avec ses motifs naïfs peints dans la tradition montagnarde des Alpes. Une belle lumière, encore
légèrement teintée de rose, entrait à flots par-dessus les
sapins qu'il aperçut à travers la fenêtre.

Tout en contemplant cet environnement paisible, Seth
se creusa énergiquement la tête pour remettre le monde
à l'endroit. Où se trouvaient-ils ? Il se rappelait très clairement leur fuite de Zurich et l'insistance avec laquelle
Stratton leur avait dit de ne pas retourner à leur hôtel. La
police les y attendait à coup sûr.

Quittant Zurich, ils avaient donc pris la direction du sud. Passé Zug, ils avaient quitté la voie rapide et pris la direction de Lucerne. Là, la route était devenue de plus en plus escarpée, plus sinueuse et les panneaux indicateurs ne s'adressaient plus qu'aux skieurs : pistes, remonte-pentes, refuges… Tout près se trouvait un lac.

Pensées et souvenirs devenaient plus clairs maintenant qu'il était complètement réveillé. Ils étaient dans un chalet à proximité des pistes de ski. Seth sentit tous ses muscles se détendre : oui, ils étaient en sécurité.

Dans son sommeil, Zoé émit une petite plainte, une sorte de miaulement et se blottit plus étroitement contre Seth. Il regarda son visage en se demandant à quoi elle pouvait bien rêver.

Peu importait, pourvu que ce ne fût pas un cauchemar !

Elle avait l'air si fragile, si vulnérable, pensa-t-il. En même temps, il était conscient qu'elle devait posséder une formidable résistance pour avoir surmonté toutes ces épreuves. Avait-elle changé ? Certainement, c'était inévitable. Et leur couple, serait-il le même ?

Ces réflexions l'absorbèrent pendant un long moment. Finalement, il parvint à la conclusion que l'expérience des six derniers mois entraînerait fatalement des modifications dans leur relation. Il se consola aussitôt avec la pensée que toute évolution n'était pas obligatoirement négative.

Il la toucha, très doucement. Du bout de l'index, il caressa les contours de son visage, la courbe de l'épaule et la ligne vulnérable de la nuque où de minuscules mèches de cheveux bouclaient dans un désordre excitant. La toucher ainsi, c'était comme plonger dans le temps et mettre le doigt sur leur passé. Il avait encore dans l'oreille son exclamation de la veille au soir : « C'est un miracle ! »

En était-ce un ? Il en doutait. Est-ce que la main et la volonté de Dieu étaient présentes dans tout ce qui leur arrivait ? Ou étaient-ils de simples marionnettes que seul le hasard faisait bouger dans la confusion d'un monde dépourvu de sens ?

Zoé mit du temps à émerger de sa nuit. Avec une extrême lenteur, elle traversait couche après couche les strates de son sommeil, tel un plongeur des grandes profondeurs qui n'est pas pressé de retrouver la surface de la mer. Elle se réappropriait la réalité par fragments. D'abord les doux baisers sur son visage et sa nuque, puis l'accueil chaleureux de la lumière d'une belle journée ensoleillée.

Elle enroula sa jambe autour du ventre de son mari pour se coller tout contre lui, sentant la caresse de ses mains sur son dos, puis leur insistance sur ses reins. Elles glissèrent plus bas. Elle devint moite et sentit son excitation à lui.

Lorsqu'il l'embrassa dans le cou, Zoé ouvrit les yeux. Puis, il l'embrassa dans l'oreille. Elle frissonna.

— Bonjour, dit-elle avec une voix encore embuée de sommeil.

— Je suis sûr que ce sera une belle journée !

Ils s'embrassèrent, s'explorèrent. De plus en plus intensément, comme de jeunes amoureux. Puis, tout contrôle s'évanouit.

Ils firent l'amour comme si c'était la première… ou la dernière fois. Le soleil montait dans le ciel, teintant sa robe rose tendre en or étincelant. Mais ni l'un ni l'autre ne s'aperçurent de ce changement. Ils évoluaient dans un lieu où le temps n'existait pas, où il n'avait aucune prise sur eux. Un ailleurs où n'existaient ni vieillesse, ni maladie, ni mort. Seul un fou échangerait ce bonheur intense contre le paradis.

Ils se rendormirent, réchauffés et épuisés. Zoé s'était assoupie comme toujours, sa tête sur l'épaule droite de son mari, son corps lové dans les angles musclés du sien. Seth l'entourait de son bras droit et s'endormit la tête contre la sienne.

Les coups frappés à la porte de leur chambre résonnèrent comme des coups de tonnerre qui les arrachèrent brutalement à un repos qui leur avait manqué depuis six longs mois. C'était Stratton.

L'agent de la NSA grattait à présent gentiment.

— Les banques ouvrent dans deux heures ! lança-t-il. Il y a de l'eau chaude pour la douche. Le petit déjeuner sera servi dans une demi-heure.

Les pas de Stratton s'éloignèrent dans le couloir. Seth s'étira voluptueusement avant de se lever.

— Interpol a diffusé un avis de recherche vous concernant.

Stratton baissa la voix. Le gérant du chalet vint débarrasser leur table des reliefs d'un copieux petit déjeuner, qu'il avait préparé spécialement pour eux.

Stratton dévisagea Seth.

— Vous êtes recherché pour meurtre.

Zoé en eut le souffle coupé.

— Quelqu'un tire les ficelles en coulisse, constata Stratton d'une voix neutre.

— Il est évident que l'on veut vous retirer de la circulation.

Seth hocha la tête. Ce n'était guère étonnant. Il avait été impliqué trop souvent dans de récentes histoires de meurtres pour passer inaperçu. Il repensa à ceux qui étaient morts sur son bateau, à Rebecca Weinstock et à son chauffeur, à Tony Bradford, au massacre à Amsterdam, aux tueurs dans l'appartement de Jost, au malheureux grutier sur le chantier. La mort avait tracé une terrible traînée sombre derrière lui. Après un lourd silence, il se tourna vers Stratton.

— Des détails ?

— Il semblerait que des témoins vous aient vu près du cadavre d'un professeur de l'Université de Los Angeles, du nom de Tony Bradford.

— Mon Dieu, qu'est-ce que Tony a à voir avec tout cela ? demanda Zoé complètement perdue.

— C'est une longue histoire, commença Seth en reprenant une gorgée de café avant d'entamer son récit. J'étais en train de dormir sur notre bonne vieille *Walkyrie*…

Il l'enveloppa d'un long regard affectueux.

— Tu sais, je n'arrivais plus à dormir chez nous, à la maison… sans toi. Tout me rappelait ton absence. La maison était comme hantée…

Il prit une profonde inspiration.

— Dehors, c'était la tempête et il pleuvait énormément. Soudain, il y eut des coups frappés sur le pont du bateau…

Il parla de Rebecca Weinstock, des tueurs, du chauffeur et de George Stratton.

— Plus de *Walkyrie*, alors ?

Une profonde tristesse déformait la voix de la jeune femme.

Seth hocha la tête doucement.

D'un ton neutre, il lui raconta la suite des événements. L'étrange motel qui était une planque pour espions, le tableau récupéré, la découverte du cadavre de Tony. Il lui parla de son envol pour Amsterdam et des tueurs qui l'avaient pisté là-bas.

— Donc, ce prêtre avait prononcé le mot « brown » ? demanda Stratton avec insistance. Vous êtes certain que c'est bien ce mot-là ?

Seth confirma.

À part quelques exclamations et d'inévitables questions, Zoé et Stratton demeurèrent silencieux pendant près de deux heures.

Ils écoutèrent, quasi religieusement, le récit des aventures de Seth, de la ronde des meurtres qui avait démarré à Marina del Rey et s'était poursuivie jusque dans les rues nocturnes de Zurich.

Un lourd silence plana encore autour de la table, longtemps après que Seth eut fini de parler. Dans la salle à manger du chalet, on n'entendit plus que les bruits de vaisselle provenant de la cuisine. Dehors, les ombres rétrécissaient à mesure que midi approchait.

Ce fut Stratton qui brisa le silence.

— Eh bien, je pense qu'il serait temps qu'on bouge un peu. Je suppose que ce père Morgen dont Jost vous a parlé ne restera pas éternellement à Alt Aussee. Qu'en pensez-vous ?

Seth acquiesça vivement et se leva aussitôt.

— En route !

CHAPITRE 29

Comme toujours, la Bahnhofstrasse était noire de monde. Les Mercedes roulaient pare-chocs contre pare-chocs, et de luxueuses limousines étaient garées en double file. Des Zurichois bien habillés déambulaient devant les vitrines élégantes, se pressant en foule joyeuse, les bras chargés de paquets multicolores. De loin, on entendait des mélodies de Noël, pas toujours chantées très juste. Une camionnette de l'Armée du Salut remontait l'avenue et déposa au carrefour un groupe d'hommes en tenue sobre. Tous portaient un instrument de musique. Une femme les accompagnait. Elle se battait avec le trépied destiné à supporter le chaudron des dons. Alors qu'elle s'activait, une clochette tomba de la poche de son manteau et tinta sur les pavés du trottoir. Elle avait roulé dans le caniveau et un passant réussit à la rattraper avant qu'elle ne disparaisse dans les égouts. Entre-temps, le groupe des musiciens s'était positionné devant l'entrée de la Thule-Gesellschaft Bank.

Stratton ralentit la Volvo et se gara en double file.

— Regarde si on a de la monnaie, demanda Zoé qui s'efforçait de penser à tout. Sinon, ils vont nous fusiller du regard lorsque nous entrerons dans la banque.

Un jeune garçon de onze ou douze ans passait avec un paquet de journaux. Seth repéra les gros titres : « Quatre morts dans l'explosion d'un appartement. » En dessous, en caractères un peu plus petits : « Un lien avec les meurtres de l'entrepôt ? »

Ridgeway retint sa respiration. Allait-il découvrir sa propre photo à la Une ? Mais déjà, le jeune vendeur et ses journaux avaient disparu de son champ de vision. La question restait en suspens.

Instinctivement, il pressa contre lui le précieux colis entouré de papier kraft et d'une simple ficelle.

— Quelles sont vos instructions exactes ?

Stratton procéda à une dernière répétition.

— Présenter ceci à l'agent du rez-de-chaussée.

— N'oubliez pas : si vraiment ce tableau est la clé d'un coffre-fort de cette banque, c'est totalement illégal. On vous y donnera accès uniquement parce que ces dispositions ont été prises avant que la loi interdise les comptes anonymes.

Seth fut subitement très inquiet.

— Vous voulez dire qu'ils risquent de ne pas accepter le tableau comme clé d'accès à ce coffre ?

Stratton secoua la tête et se fit rassurant.

— Non, je n'irai pas jusque-là. Personne ne pourra jamais reprocher aux Suisses de ne pas tenir leurs engagements. Mais ils ne le feront pas si quelque chose leur paraît suspect. Faites votre entrée dans la banque comme si elle vous appartenait. Soyez un riche Américain, arrogant et imbu de sa personne. Ils s'attendent à cela. Je dirais même qu'ils préfèrent cela. Alors, ils ne feront rien qui risquerait de vous mécontenter.

— D'accord.

Seth se tourna vers Zoé.

— Tu es prête ?

Elle hésita avant de répondre par l'affirmative.

— Et vous nous attendrez alors ici ?

Stratton étudia le trafic.

— Ici ou quelque part à proximité. Comme nous n'avons pas de Mercedes, je vais sans doute être obligé de tourner. Si quelque chose de… mauvais devait arriver et que je ne suis pas là, il y a un parking dans la Sihlstrasse, juste derrière. Vous me trouverez au dernier niveau, tout en haut.

Ridgeway et Zoé descendirent de la Volvo. Une bise glaciale fouettait la Bahnhofstrasse. Zoé frissonna.

— Il me rend nerveuse.

Elle se pressa contre Seth pendant qu'ils gravissaient les quelques marches.

— Je comprends ce que tu veux dire.

Seth inspectait anxieusement les alentours. Plus d'une fois, la mort avait surgi de nulle part, mais cette fois-ci, il ne se laisserait pas prendre par surprise.

— Il m'a fait exactement la même impression quand je l'ai rencontré pour la première fois. Mais tu dois avouer qu'il a assuré chaque fois. Aucun de nous ne serait en vie sans lui.

— Pourtant…

Zoé laissa ses mots traîner un peu.

— … c'est lui qui a les relations pour que Interpol diffuse un avis de recherche contre toi.

— Bon Dieu, pourquoi ferait-il une chose pareille ?

Visiblement, Zoé y avait longuement réfléchi.

— Mais pour que tu dépendes de lui ! Pour t'empêcher de chercher de l'aide ailleurs, par exemple.

— Écoute, il est de toute manière notre seule carte. Autant jouer la partie avec lui, non ?

Ils passèrent devant l'orchestre de l'Armée du Salut qui venait d'entamer un air rigide sans doute composé par un calviniste estimant que toute musique était l'œuvre du diable. Seth laissa tomber un billet de dix francs dans le chaudron suspendu.

— Danke schön ! répondit la femme.

Ridgeway s'immobilisa un instant pour contempler la façade de la banque. Il sentait les pulsations de son cœur jusque dans sa gorge.

Son œil de policier expérimenté ne vit plus que les grilles et les pierres massives. Tout de suite, il repéra ce qu'il cherchait : une série de pièces métalliques, presque invisibles, témoignant de la présence d'un système de sécurité extrêmement sophistiqué, dissimulé derrière l'élégante façade démodée.

Ridgeway avait entendu parler de ce genre d'établissements, de leurs scanners enchâssés dans l'embrasure des portes, les halls et les ascenseurs pour détecter les armes. Chaque antichambre, chaque bureau et chaque ascenseur est pourvu d'un dispositif automatique qui permet de les verrouiller hermétiquement, isolant et enfermant ainsi d'éventuels voleurs, terroristes ou tout autre individu suspect.

Les banquiers suisses étaient bien trop discrets pour parler de leurs systèmes de sécurité, mais, dans les milieux juridiques et, certainement aussi chez les gangsters, on était au courant.

On savait que ces endroits garantissaient davantage de sûreté que la meilleure cellule de prison jamais conçue. Blindés, insonorisés, capables de résister à d'importantes charges explosives, ces lieux pouvaient retenir leurs prisonniers jusqu'à l'arrivée de la police, sans pour autant déranger le moins du monde les activités ordinaires de la banque.

Seth jeta un coup d'œil à la porte. Il frotta ses paumes moites l'une contre l'autre avant de tourner la poignée. Serait-ce la porte vers leur liberté ? Ou bien est-ce que les gens à l'intérieur les identifieraient tout de suite comme des fugitifs et les piégeraient pour les livrer à la police ? Il avait la sensation désagréable qu'il ferait mieux de ne pas pénétrer dans ces lieux. La peur était là, il la sentait jusque dans sa gorge.

L'Américain respira profondément et poussa résolument la porte en laissant passer Zoé devant. L'endroit ne ressemblait pas du tout à une banque.

Une partie du hall était occupée par un canapé et deux fauteuils profonds séparés par une table de cocktail. Une lampe en laiton y dispensait une lumière douce. Leurs pieds s'enfonçaient dans un épais tapis bleu nuit. Les murs étaient lambrissés de chêne foncé égayé par des scènes de chasse. Tout au bout de la pièce, un homme corpulent aux cheveux blonds se tenait assis derrière un imposant bureau en bois massif. Il se leva pour venir à leur rencontre.

Tout était parfaitement ordinaire et normal, excepté le fait que la porte par laquelle ils venaient d'entrer était apparemment la seule issue de la pièce.

— Vous êtes en affaires avec nous ?

Le ton était courtois, le costume d'une élégance sobre. L'œil expert de Ridgeway remarqua immédiatement que le tailleur avait travaillé de façon à dissimuler habilement l'arme, que l'homme portait sous l'aisselle gauche. Il s'adressa à eux spontanément en anglais, ce qui s'expliquait assez facilement par leur tenue décontractée. Les banquiers suisses savaient que des personnes habillées ainsi étaient souvent des Américains.

La voix de l'homme débordait de courtoisie respectueuse, voire déférente. Car le banquier suisse sait également que sous la nonchalance de la mise peut parfaitement cacher un Américain extrêmement riche. La décontraction apparente n'empêche nullement de brasser des millions.

— J'ai à traiter une affaire très confidentielle, dit Ridgeway d'un ton impérieux. Je dispose de peu de temps et je veux voir immédiatement un responsable.

— Bien entendu, Sir.

Tout en parlant, l'homme enregistra, d'un seul coup d'œil, le moindre détail. L'emballage bon marché du colis que Seth portait sous le bras, les baskets flambant neuves mais très chères de Zoé. Il retourna à son bureau, empoigna un combiné dissimulé dans le mur et parla d'une voix tellement basse qu'il fut impossible d'en saisir le moindre mot.

Lorsqu'il eut raccroché, l'homme concentra à nouveau toute son attention sur le couple devant lui.

— Notre responsable d'accueil arrive immédiatement.

Il n'avait pas encore terminé sa phrase qu'une porte, dissimulée dans les lambris de chêne et par un éclairage habile, s'ouvrit derrière le bureau. Un homme très grand et très mince, portant une barbe à la Lénine et vêtu d'un complet bleu foncé à fines rayures, s'avança vers eux.

— Bonjour, leur lança-t-il d'un ton poli et réservé. Mon nom est Gunter Abels. En quoi puis-je vous être utile?

Il salua d'abord Zoé d'une poignée de main, ensuite Seth.

— Nous avons un coffre chez vous…

Ridgeway parlait d'une voix assurée.

— Pour y accéder, on avait fait certains… arrangements spéciaux.

Il jeta des regards aux alentours.

— Je préfère ne pas en dire davantage… peut-être avez-vous un endroit plus discret ?

Abels leva les sourcils, mais demeura obséquieux.

— Mais naturellement. Veuillez nous pardonner, mais nous sommes obligés de filtrer nos visiteurs. Ne serait-ce que pour éviter de perdre du temps avec ceux qui ne sont pas vraiment en affaires avec nous…

Il se dirigea vers la porte par laquelle il était entré.

— Je vous en prie. Par ici, s'il vous plaît.

Par cette issue, on pénétrait directement dans un ascenseur. Lorsqu'ils s'y trouvèrent tous trois, Abels appuya sur le bouton du huitième.

Avec un glissement discret, la porte se ferma et la cage monta les étages. Évitant soigneusement de croiser le regard de l'employé, Ridgeway demeura silencieux. Les puissants et les riches – spécialement ceux qui ont des comptes et des coffres dans une banque suisse – n'ont guère l'habitude de fraterniser avec le petit peuple. De plus, s'ils avaient été crédibles jusqu'alors, le moindre mot malencontreux pourrait les mener à la catastrophe. Surtout, ne pas éveiller de soupçons. De toute façon, les riches étaient généralement plutôt discrets et réservés, et Ridgeway s'obligeait à tenir ce rôle. Zoé suivit l'exemple de son mari et garda le silence pendant la montée.

Au huitième étage, Abels s'effaça pour les laisser passer. Ils entrèrent dans une vaste salle tout à fait identique à celle du rez-de-chaussée. Les mêmes fauteuils, les mêmes murs lambrissés de chêne, le même bureau imposant au fond avec un autre gardien massif. Mais ici, deux couloirs couraient de chaque côté.

Le vigile en complet élégant fit un signe respectueux de la tête lorsque le trio sortit de l'ascenseur.

Abels les mena vers une porte située au fond de la pièce qu'il ouvrit avec une petite clé sortie de sa poche. Les fenêtres offraient une vue sur la Bahnhofstrasse et le lac. Elle était d'une élégance discrète et feutrée pour plaire à ceux qui possèdent des fortunes, mais n'entendent pas les dépenser avec frivolité.

— Je vous en prie, mettez-vous à l'aise.

Abels s'apprêta à quitter la pièce.

— Je vais avertir un des responsables de votre présence.

Sans attendre une réplique, l'homme sortit après avoir exécuté à la perfection un demi-tour militaire.

La porte se ferma aussi promptement et aussi hermétiquement qu'un coffre-fort. Seth essaya le bouton. C'était fermé à clé.

Gardant le silence, Zoé et lui examinèrent les lieux. La pièce avait la taille d'une vaste chambre d'hôtel de luxe et était meublée de la même manière.

En dehors du canapé et des fauteuils, il y avait un téléviseur, des magazines récents, un ordinateur qui donnait constamment les cours de la bourse et un minibar avec divers alcools. Seth se leva, posa son colis sur le bar et vida une bouteille de Perrier glacée dans un grand verre.

— Voilà ce que j'appelle une banque… affirma Zoé avec, dans la voix, une ironie faussement admirative.

Seth alla à la fenêtre et observa la Bahnhofstrasse en contrebas. Les soldats de l'Armée du Salut jouaient tout ce qu'ils pouvaient, sollicitant, de temps à autre, un petit don.

Seth fut laconique.

— Tu sais, de toute façon, ils sont tous pareils, les gros banquiers. Les gens honnêtes tirent rarement profit à traiter avec eux.

— Je trouve que nous sommes un peu susceptibles cet après-midi, non ?

Elle ne plaisantait qu'à moitié. Lentement, elle s'approcha de lui.

— Tu as raison. Je suis désolé.

Il lui posa doucement la main sur l'épaule.

— J'étais juste en train de penser que ce type, Abels, tombe à moitié en pâmoison devant nous, mais que cela ne l'empêche nullement de nous enfermer à clé ensuite dans cette pièce. Juste au cas où… C'est du business, juste toujours et encore du business. À chaque fois que tu entends quelqu'un dire cela, tu peux être sûre qu'il a laissé tout sens moral au vestiaire.

Cherchant son regard, il lut la profonde patience dans ses yeux. La tendresse faisait vibrer sa voix.

— C'est si bon de savoir que tu n'as pas changé pendant ces six mois !

Seth la contempla longuement, puis il éclata d'un grand rire soulagé.

À cet instant, ils entendirent une clé tourner dans la serrure. Un homme distingué, aux cheveux gris et à la moustache coupée très court, pénétra dans la pièce. Son visage était patricien et son costume venait de Savile Row. Il parlait anglais avec l'accent terriblement correct de ceux qui ont fait leurs études dans les meilleures écoles du Royaume-Uni.

D'un pas tonique, il vint vers eux. Derrière lui, la porte se referma silencieusement. Il tendit la main à Ridgeway.

— Je m'appelle Josef Mutters, leur dit-il.

Ridgeway saisit la main. Le contact fut ferme et chaleureux.

— Je suis un des vice-présidents de la Thule-Gesellschaft Bank.

Il dit le nom de la banque en entier, comme pour confirmer à ses deux visiteurs qu'ils ne s'étaient pas trompés d'établissement.

— Que puis-je faire pour vous ?

Seth retourna au bar pour reprendre son paquet.

— Nous désirons accéder à notre coffre.

Il tendit le paquet à Mutters.

L'espace d'un instant, le banquier fixa le colis enveloppé dans son emballage sommaire comme s'il contenait une nouvelle maladie venant d'Amérique. Mais très vite, son visage retrouva son habituelle obséquiosité professionnelle.

— Nous devrions peut-être nous asseoir ?

Seth acquiesça et tous les trois prirent place sur le canapé d'angle. Mutters posa le paquet sur la table basse et commença à le défaire.

Il eut un hoquet de surprise et émit un étrange petit bruit de gorge en découvrant le tableau. Il le contempla, sans prononcer un mot, pendant de très longues minutes. Lorsqu'il en détacha enfin le regard, toute servilité avait disparu de ses yeux. À présent, ils étaient remplis de peur.

— Après toutes ces longues années…

Il murmura autant pour lui-même que pour ses visiteurs. Il hocha plusieurs fois la tête comme s'il voulait se persuader de l'existence du tableau, avec la mine de quelqu'un qui était confronté à la fatalité d'une mort inévitable.

— C'est mon père qui a pris les dispositions pour ceci, expliqua le banquier d'une voix qui avait perdu tout timbre. Cela remonte à l'époque où de telles procédures étaient encore légales, même si déjà c'était assez inhabituel. Mais comme il n'y avait rien d'illégal, mon père avait accepté pour arranger le client.

Il jeta un regard sévère sur eux.

— Mais tout cela, vous devez le savoir, n'est-ce pas ? Puisque vous avez le tableau en votre possession.

Ridgeway sentit son ventre se serrer. Est-ce que l'autre avait des soupçons ? Est-ce qu'il s'apprêtait à leur poser des questions auxquelles ils ne sauraient pas répondre ? La police ne tarderait-elle pas à venir ?

— Bien sûr que nous savons tout cela, dit-il de son ton le plus incisif.

— Nous ne sommes pas venus ici pour prendre des leçons d'histoire. Nous sommes ici afin de récupérer le contenu de notre coffre.

En face, le regard de Mutters demeurait d'une inquiétante fixité. Seth pouvait littéralement voir les pensées y défiler. Évaluant, mesurant, décidant.

— Bien sûr, bien sûr. Je vous prie d'excuser mon manque de courtoisie. C'est juste que…

À présent, ses yeux exprimaient la docilité du serviteur.

— C'est vraiment la fin d'une époque.

Il était nostalgique.

— Tous les autres comptes avec des… arrangements spéciaux ont été convertis en procédures standard. De toute façon, la loi suisse nous interdit désormais de réitérer de telles pratiques.

Mutters ressemblait maintenant à un homme endeuillé qui se lamente sur la tombe de son meilleur ami. Gardant un lourd silence pendant un petit moment, il finit par se lever de manière assez brusque.

Il s'était repris et parlait de sa voix déférente.

— Je dois me procurer certains objets pour pouvoir procéder à l'ouverture.

Courtoisement, Seth fit un signe d'assentiment et Mutters quitta rapidement la pièce.

Le son typique de cette porte close hermétiquement avait fini par leur porter sur les nerfs. Seth alla au bar, ouvrit une bouteille de Grange et remplit deux verres. En silence, ils burent le vin.

Seth venait de se servir pour la seconde fois quand Mutters revint. Il fit un pas de côté afin de laisser passer Abels qui poussait un coffre métallique sur roulettes, dont le haut formait une sorte de guichet. Le vice-président tenait dans une main une feuille de papier et dans l'autre une enveloppe ouverte de laquelle provenait, de toute évidence, le document. Il suivit Abels dans la pièce et lui demanda de positionner le chariot près de la fenêtre.

Abels sortit et la porte fit à nouveau son chuintement si irritant pour les oreilles des visiteurs.

Tenant la feuille et l'enveloppe, Mutters traversa la pièce pour rejoindre Seth et Zoé toujours assis.

— Un excellent choix, dit le banquier en désignant la bouteille. Un des meilleurs vins que l'on puisse trouver.

— Pas mal, rétorqua Seth en s'efforçant de paraître aussi peu impressionné que possible. Mais je trouve qu'il ne vieillit pas avec élégance.

Mutters leva un sourcil étonné, mais se passa de commentaire. Il prit le tableau qui était resté sur la table.

— Pouvons-nous démarrer la procédure ?

Faisant un signe de la tête, Seth posa son verre sur la table basse avant de se placer à côté du chariot métallique. Zoé imita son exemple.

En silence, ils observèrent Mutters. Celui-ci posa la feuille et le tableau sur la surface métallique puis ouvrit un à un les cadenas du réceptacle. De nouveau, il étudia soigneusement le document. Dans un des tiroirs du coffre, il prit un flacon de térébenthine, un chiffon ainsi qu'une petite cassette en métal gris, également pourvue d'un cadenas.

Sans prendre la peine de retrousser ses manches ou, même, d'enlever son manteau, Mutters ouvrit la bouteille de térébenthine. Il imprégna généreusement le chiffon du liquide et, toujours en silence, commença à frotter la surface du tableau.

Zoé, de saisissement, suspendit son souffle. Seth écarquilla des yeux, mais eut la présence d'esprit de presser légèrement l'avant-bras de sa femme pour lui rappeler de garder le silence.

La peinture, vieille de plusieurs décennies, se dissolvait lentement. Par endroits, elle avait été appliquée avec une spatule et Mutters dut insister sur ces couches de pigments plus résistantes. La peinture s'était transformée en une bouillie semi-liquide marron marbré. Finalement, vingt longues minutes plus tard, la surface avait totalement changé. Il y eut d'abord, au milieu, une tache dorée, puis une autre.

Dix minutes plus tard, Mutters avait terminé. Il avait mis à nu un petit lingot d'or, enchâssé dans le support en bois sur lequel le tableau avait été peint, et qui avait la taille d'un paquet de cigarettes. Le vice-président le souleva pour que ses deux visiteurs puissent bien le voir. Gravés dans le métal, il y avait une série de lettres et de chiffres. L'estampille de la fonderie certifiait que c'était de l'or parfaitement pur, le poids exact du lingot, la Svastika, l'aigle et les deux éclairs de la SS.

— C'est bien ce que vous vous attendiez à voir ? demanda Mutters en regardant Ridgeway droit dans les yeux.

— … Quoi ?… Ah… oui… Oui !

Seth eut du mal à cacher sa surprise.

S'emparant du support en bois, Mutters demanda à Seth de le tenir.

— Faites attention, il peut y avoir encore un peu de peinture sur les bords.

Prenant l'objet des mains de Mutters, Ridgeway le tendit vers la lumière. Retenant son souffle, il sentit une douleur aiguë à l'estomac en découvrant la Svastika gravée dans le métal précieux. Le symbole tangible du mal absolu lui rappela d'un coup la terrible toile d'araignée dans laquelle ils avaient été pris, Zoé et lui.

Il rendit le cadre à Mutters. Le vice-président de la banque prit la feuille de papier. Par mégarde, il fit tomber l'enveloppe sur le tapis. Seth se baissa rapidement pour la ramasser. Un frisson glacé le parcourut lorsqu'il déchiffra le nom de l'expéditeur : Hermann Goering. Sous l'adresse de Berlin se trouvait un seul mot : « Instructions ».

La main de Ridgeway tremblait quand il reposa l'enveloppe sur la table.

Mutters, pendant ce temps, s'était remis à lire attentivement les instructions. Puis, d'un geste prudent, il sortit le lingot de son enchâssure à l'aide d'un canif. Au fond de la cavité se trouvait une petite clé. Mutters la prit et la tendit immédiatement à Ridgeway.

— Voilà la clé de votre coffre.

Il parla d'une voix neutre, sans regarder son interlocuteur.

— Et ceci, c'est le numéro de votre compte.

Il plaça le lingot d'or entre les mains de Seth.

— Ce qui est gravé là correspond exactement aux instructions données par... le gentleman qui avait ouvert ce compte. Il a d'ailleurs fait un legs pour qu'il reste ouvert à perpétuité.

C'est avec réticence que Seth accepta le lingot et la clé. Il lui fut impossible d'imaginer que quelqu'un comme Hermann Goering qui, à ses yeux, incarnait le mal, avait touché les objets qu'il tenait en main à cet instant. Il se reprit.

— Allons, commençons la procédure.

— Naturellement.

Mutters hésita cependant.

— Mais, je dois vous dire que les chiffres gravés dans le lingot indiquent un compte de la catégorie « priorité absolue ».

Seth sentit son cœur faire un bond anxieux dans sa poitrine.

— Ce qui signifie ? parvint-il à demander froidement.

— Cela signifie que nous ne sommes pas autorisés à sortir votre coffre de son casier sans votre présence.

Seth se détendit d'un coup. Mutters développa.

— Il est vrai que c'est inhabituel, au plus haut point. D'ordinaire, nous aurions apporté votre coffre ici, dans cette pièce. Mais, un compte « priorité absolue » exige votre présence même pour le sortir de son casier.

Seth hocha brièvement la tête.

— O.K. Ne perdons pas de temps, alors.

Mutters prit la feuille avec les instructions et les précéda dans l'ascenseur par lequel ils étaient montés. Il appuya sur un bouton sans inscription.

— Nous allons descendre jusqu'au niveau le plus bas. Celui de la sécurité totale.

Imperturbable, Seth affecta un intérêt poli, cet aimable détachement par lequel les riches de ce monde s'isolent du commun des mortels. Cela mettait visiblement tout à fait à l'aise le vice-président de la Thule-Gesellschaft Bank. Une fois sortis de l'ascenseur, ils traversèrent de longs corridors. De chaque côté s'alignaient des coffres-forts de toutes tailles, encastrés dans les murs. Ils descendirent encore plus bas, cette fois-ci par un escalier, du même marbre marron que le sol des couloirs. Tout au fond, se trouvait un immense mur de coffres dont la plupart avaient la taille d'un tiroir à classeurs. À la recherche de leur casier, Mutters recula un peu pour mieux parcourir l'ensemble du regard. Il trouva le numéro immédiatement.

— Là-bas, dit-il en désignant le coffre du doigt.

Le numéro indiqué se trouvait à un peu plus d'un mètre du sol. La porte mesurait environ 30 centimètres de large et pas plus de 15 centimètres de haut. Mutters invita Seth et Zoé à approcher afin de vérifier que les deux serrures, scellées chacune d'une feuille d'or fin, étaient intactes.

— S'il vous plaît, examinez-les soigneusement. Assurez-vous qu'aucune clé n'y ait pénétré depuis que les scellés ont été apposés.

Tout était parfait.

— Pouvons-nous commencer ?

Après un bref signe de la tête, Seth donna à Mutters la clé qui avait dormi pendant quarante ans, cachée sous le lingot d'or, qui lui pesait lourdement contre la cuisse et déformait le tissu de la poche de son pantalon.

Seth n'osa plus respirer quand Mutters inséra d'abord la clé de la banque, puis celle du tableau à travers les feuilles d'or dans les serrures. Il les tourna ensuite simultanément et le déclic se fit entendre. La porte s'ouvrit. À l'intérieur se trouvait un coffret métallique tout à fait ordinaire. Le vice-président de la banque tendit le bras pour le sortir du casier d'où il n'avait pas bougé depuis plus de quatre décennies. Il le leva assez haut pour que ses deux visiteurs puissent bien le voir. Le couvercle avait été scellé par quatre feuilles d'or, épaisses celles-ci. Chacune gravée, comme le lingot, du sceau des SS.

Le regard de Mutters allait des scellés à Seth. Lui-même arborait la mine inexpressive et neutre de celui qui a tout vu et qui attend.

— Désirez-vous que je le porte en haut pour vous, jusqu'à la pièce de consultation des coffres ?

Seth acquiesça. Lorsqu'ils suivirent Mutters, passant à nouveau devant ces interminables rangées de coffres, Seth se demanda combien d'autres maléfices pouvaient bien se dissimuler dans leurs entrailles. En ce moment même, peut-être, des gens se faisaient-ils tuer à cause du contenu de l'un de ces coffres.

Cette pensée le fit frissonner.

Chapitre 30

La pièce réservée à la consultation avait gardé une légère odeur de térébenthine. Ayant déposé le contenu de l'écrin sur la table, Mutters les laissa seuls. Leurs doigts impatients en ouvrirent les scellés. À l'intérieur, se trouvait une mallette en métal comme celles couramment utilisées pour protéger les caméras ou des instruments électroniques. Elle était fermée par un système de combinaison sophistiquée qui émit des plaintes rouillées lorsque tous les chiffres eurent été formés correctement.

À présent, la table basse était couverte du contenu de la mallette. Des documents – dont beaucoup portaient des cachets et des sceaux officiels – de la chancellerie du Reich et du Vatican, des instructions concernant un bâtiment fortifié, des plans appelés laconiquement « Installation Habersham », un microfilm étiqueté « Originaux des témoignages historiques de Habersham » et des photos. Une masse de photos.

Nerveusement, Seth en tendit une à Zoé.

— Ce n'est pas étonnant qu'ils soient encore et toujours prêts à tuer pour le tableau.

Zoé contempla la photo. Sur le papier luxueux sans soufre apparaissait l'image finement grenelée d'un visage.

C'était la figure ombrée d'une jeune femme ou d'une jeune fille dans la mort. Un visage arborant une expression paisible de délivrance comme si une grande souffrance venait de prendre fin.

Zoé éclata :

— Je ne peux pas le croire !

Elle suffoqua d'indignation.

— Hitler a exercé un chantage sur le Pape ! Pour qu'il ferme les yeux devant les atrocités commises par les nazis !

— Tu seras bien obligée d'y croire puisque voici ce qui en apporte la preuve.

Seth fouilla dans les papiers éparpillés sur la table et brandit un document. C'était un accord qui imposait le silence du Vatican concernant les agissements de Hitler, tandis que ce dernier, en contrepartie, s'engageait à garder secret tout ce qui concernait le Suaire de Sophia. En bas du document, authentifié par les sceaux respectifs du Vatican et du IIIe Reich, il y avait les signatures du pape Pie XII et d'Adolf Hitler.

Lentement et en silence, Zoé posa la photo sur les autres qui représentaient le linceul.

Tous deux demeurèrent là, immobiles, à fixer les documents sur la table. Tout cela semblait tout bonnement incroyable : la dissimulation d'un Messie féminin par un empereur et un pape, puis la découverte du Suaire et de ses certificats d'authentification par Hermann Goering !

Zoé parla la première.

— Qu'allons-nous faire maintenant ?

Ils échangèrent un long regard.

— Nous rendre à Alt Aussee, je pense. C'est ce que Jost m'avait demandé de faire. D'aller voir Hans Morgen là-bas. Par ailleurs, il ne faut pas s'éterniser ici. Je suppose que la police aimerait bien nous mettre la main dessus. Une petite ville en Autriche semble être l'endroit tout indiqué pour se cacher. Cela nous donnera aussi le temps de réfléchir à la manière de sortir de ce gâchis et d'étudier de plus près ces documents. Nous n'avons fait que les survoler.

Seth hocha la tête. Se penchant, il ramassa rapidement les papiers et les fit disparaître dans la mallette métallique.

La visite à la banque avait duré plus de deux heures. Stratton était sûrement impatient et inquiet. Ils allaient le rejoindre rapidement et partir pour Alt Aussee avec la Volvo. Là-bas, au cœur des Alpes autrichiennes, un vieux prêtre du nom de Hans Morgen leur donnerait des réponses qui devraient fournir des solutions et le moyen d'arrêter les assassinats autour du Suaire de Sophia. Le moyen aussi de disculper Seth des accusations de meurtre.

Il tenait la main de Zoé dans la sienne pendant qu'ils suivaient Mutters vers l'ascenseur. Du coin de l'œil, il vit deux hommes se détacher du fond du couloir et venir à leur rencontre. Il les examina plus attentivement. L'un d'eux lui semblait familier, mais il ne parvint pas à le rattacher à un souvenir précis.

Mutters répondit au salut des hommes et sourit pendant que les portes de l'ascenseur s'ouvrirent. Il semblait bien les connaître. Celui de droite glissa sa main dans la poche de son manteau. Quand il la sortit, il tenait une arme automatique dont le canon était muni d'un silencieux. Seth sentit une sueur froide couvrir son front et Zoé poussa un cri d'effroi. À quatre ou cinq mètres de distance, l'homme s'arrêta brusquement et leva son automatique.

— Non …

C'est tout ce que Mutters parvint à dire avant que la balle ne le touche. Aussitôt, le tueur se tourna vers Ridgeway.

Obéissant à son instinct de survie, Seth poussa rapidement Zoé dans l'ascenseur et appuya frénétiquement sur le bouton commandant la fermeture des portes. Du couloir, on entendait des pas rapides, étouffés par l'épaisse moquette. Les portes ne se fermaient toujours pas.

Saisissant Zoé par le bras, Seth la poussa au fond de la cabine, à côté du tableau de commande. Zoé était comme pétrifiée. Elle regarda Seth saisir la poignée de la mallette métallique fermement avec les deux mains, à l'instar d'un lanceur de poids aux Jeux Olympiques.

— Ne bouge surtout pas !

Il fit un essai avec la mallette décrivant un cercle au-dessus de sa tête. Il planta ses pieds solidement sur le sol, veillant à y mettre tout son poids, quand le tueur passa la tête dans la cabine d'ascenseur.

Remplie de tous les papiers et documents, la mallette pesait un bon poids. Un de ses coins pointus toucha l'homme au-dessus de l'oreille gauche. Le métal lui ouvrit instantanément la chair. Un instant plus tard, un craquement se fit entendre lorsque le lourd projectile fendit le crâne de l'homme comme une pastèque trop mûre.

L'arme du tueur lui échappa et rebondit contre la paroi de l'ascenseur. Ridgeway garda la mallette serrée dans ses mains. Le tueur s'affaissa et tomba lourdement, le buste entravant la fermeture de l'ascenseur. Les portes commencèrent à se coulisser, butant à intervalles réguliers contre le corps gisant au sol.

Seth poussa la mallette couverte de sang vers Zoé et plongea pour récupérer l'arme du tueur. Alors que les portes heurtaient une fois de plus l'homme à terre avant de se rouvrir, Ridgeway vit le second individu dans le couloir. Il parlait dans un portable. Ils étaient donc plusieurs. Mais où se cachaient les autres ?

À cet instant même, le tueur aperçut l'arme dans la main de Ridgeway et se plaqua aussitôt contre le mur, hors de sa ligne de tir. De nouveau, les portes de l'ascenseur se fermèrent sur le cadavre tandis que Ridgeway se penchait pour le tirer à l'intérieur.

Lorsque la porte de l'ascenseur se rouvrit une nouvelle fois, l'autre homme se tenait face à lui. À la place du porta-ble, il brandissait à présent une arme identique à celle que

Ridgeway pointait. Pendant un millième de seconde, ils se fixèrent mutuellement, silencieux et stupéfaits à la fois. Ils tirèrent en même temps, mais Ridgeway fut plus rapide. Il sentit dans sa main le recul de la détente, une fois, deux fois, puis il se laissa tomber.

Les portes se fermèrent enfin complètement. Ridgeway eut le temps de voir l'homme tomber d'abord à genoux, puis face contre terre.

Alors que l'ascenseur descendait, Seth retourna le cadavre sur le dos. Le fouillant rapidement, il trouva des munitions qu'il fit aussitôt disparaître dans la poche de son pantalon.

— Qui sont ces types ? demanda Zoé d'une voix cassée.

Seth haussa les épaules et, en silence, continua son inspection. Ayant trouvé le portefeuille, il l'ouvrit : une épaisse liasse de billets de banque, des francs suisses, des schillings autrichiens et des marks allemands. Parmi les cartes de crédit se trouvait une pièce d'identité au nom de Bernhard Saltzer, employé de la Thule-Gesellschaft Bank !

Il tendit la carte d'identité à Zoé.

— Tu vois ? Herr Mutters n'était pas le seul ici, prêt à servir ceux qui viendraient réclamer le contenu du coffre.

L'ascenseur s'approchait du rez-de-chaussée.

— Garde ça.

Il lui tendit le portefeuille du tueur. La cabine s'immobilisa enfin et les portes s'ouvrirent. Ridgeway reprit la mallette et poussa la porte qui, dissimulée dans le mur lambrissé, donnait sur le vaste hall d'accueil. La première chose qu'il vit fut le gardien affaissé sur son beau bureau massif. Du sang coulait de sa tempe.

Sur le canapé, un homme était assis. Il portait un uniforme noir avec des ornements rouges. Il fallut une seconde à Seth avant de l'identifier comme l'un des musiciens de l'Armée du Salut. Un autre se tenait debout à l'entrée. Les deux individus furent visiblement très étonnés de voir Ridgeway.

Le moment de surprise passé, le membre de l'Armée du Salut pointa une mitraillette dans sa direction. Aussi vite qu'il put, Ridgeway se jeta en arrière, à l'abri du renforcement de l'ascenseur. Il trébucha sur Zoé et ils tombèrent ensemble sur le sol. L'instant d'après, une pluie de projectiles arrosa les parois autour d'eux.

« Schnell ! Schnell ! » Seth entendit les hurlements de son agresseur. Il se libéra de Zoé et, à genoux, visa froidement le tueur qui, mitraillette au poing, courait déjà vers eux. L'impact le toucha au ventre et le projeta en l'air. Profitant de cet instant de surprise, Ridgeway tira une seconde fois. L'œil droit de l'homme disparut dans une gerbe rose et rouge.

Zoé se remit debout et appuya sur tous les boutons du tableau de commande. Alors que les portes de l'ascenseur commencèrent à se refermer, Seth fit feu à plusieurs reprises sur l'autre homme.

Le chargeur de son automatique était vide quand la cabine commença son ascension. Seth soupira de soulagement.

— Où allons-nous ?

Il examina l'automatique pour débloquer le chargeur.

— On monte.

Seth avait réussi à recharger l'arme.

— Les premiers étages sont sûrement des bureaux.

Zoé avait retrouvé tout son sang-froid.

— Et là, où il y a des bureaux, on trouve nécessairement des issues de secours ou des escaliers d'incendie.

Cette fois-ci, l'ascenseur s'ouvrit sur un vaste espace divisé par de multiples parois en verre fumé. Ils furent accueillis par le fort ronronnement des ordinateurs, des photocopieuses, des calculatrices et des imprimantes. Ridgeway dissimula rapidement l'arme dans la ceinture de son pantalon.

Après avoir jeté un regard scrutateur et prudent, Zoé sortit de l'ascenseur à son tour. Avec détermination, et sans hésiter un instant, elle se dirigea droit sur un dispositif d'alarme incendie accroché au mur et l'actionna. Aussitôt, une sirène stridente déchira l'air. Zoé se mit à crier.

— Feuer ! Feuer ! Feuer ! Au feu !

En quelques secondes, la pièce vrombit de voix et de mouvements désordonnés. Les employés commencèrent à se lever de leurs sièges. La main toujours serrée autour de la poignée de sa mallette en métal, Seth rejoignit Zoé.

— Au feu ! Il faut sortir ! Sortir !

Les murmures angoissés s'étaient mués en un puissant vacarme. Excités et inquiets à la fois, certains rangèrent leurs bureaux, tandis que d'autres cherchaient leurs affaires personnelles. Un homme de grande taille, l'autorité gravée dans ses traits, s'avança vers eux d'un pas ferme.

— Qu'est-ce que cela signifie ? demanda-t-il l'air furieux.

— Il y a le feu au premier étage ! cria Seth comme pris de panique. Herr Mutters m'a dit de venir évacuer cet étage.

L'homme se raidit en entendant énoncer le nom de son supérieur.

— Ceci est irrégulier au plus haut point.

Il se détourna.

— Je dois en référer au vice-président Mutters en personne.

L'homme s'approcha résolument d'un téléphone. Mais, déjà, les gens poussaient et se pressaient vers la porte de secours ouverte dans le fond. Une autre sonnerie, sans doute déclenchée par l'ouverture des issues de secours, accentua encore l'atmosphère d'urgence. Tranquillement, Zoé et Seth se mêlèrent à la masse se pressant fébrilement vers la sortie.

L'escalier de secours aboutissait à une large cour qui fut envahie rapidement de gens confus et excités. De petites allées menaient directement aux rues de la ville. Perturbés et inquiets, les employés parlaient avec animation par petits groupes. Il y avait ceux qui claironnaient qu'ils ne voyaient pas la moindre fumée et ceux qui suggéraient qu'il devait s'agir d'un exercice d'évacuation.

Sans être remarqués, Seth et Zoé quittèrent l'endroit et s'engagèrent lentement dans une des petites allées, tournant le dos à la Bahnhofstrasse. Des sirènes se rapprochaient – provenant très probablement des voitures des pompiers et peut-être aussi de celles de la police, si on avait déjà découvert les cadavres.

Au bout de l'allée, ils se retrouvèrent alors dans une ruelle tranquille, au cœur du quartier médiéval de Zurich. Ils avancèrent en silence, encore assommés par ce qu'ils venaient de vivre.

Une demi-heure plus tard, ils arrivèrent au parking de la Sihlstrasse. Ils n'eurent aucune difficulté à trouver la Volvo. Stratton agitait nerveusement les bras.

CHAPITRE 31

Ils arrivèrent à Alt Aussee le matin du réveillon de Noël. Très tôt, il avait commencé à neiger et, à mesure que la journée avançait, la neige se faisait plus dense. La petite route menant de Bad Aussee à Alt Aussee était étroite, épousant la moindre courbe d'un petit cours d'eau, qui s'écoulait vers le lac. Lorsqu'ils atteignirent enfin Alt Aussee, ils ne roulaient plus qu'à quinze kilomètres heure. Le pare-prise se couvrait constamment d'une épaisse couche blanche qui se transformait instantanément en glace aux endroits que les essuie-glace ne parvenaient pas à atteindre.

Ils avaient réservé deux chambres au *Kohlbacherhof,* un modeste hôtel situé à la sortie du village, non loin d'une petite église. S'abritant tant bien que mal de la neige mouillée sous un parapluie, Zoé et Seth firent à pied le demi-kilomètre qui séparait leur auberge du centre de la bourgade. Jost avait insisté : seuls eux deux seraient attendus.

— Par qui ?

Zoé et Stratton avaient posé la question en même temps. Ridgeway avait répondu en haussant les épaules.

— Il m'a dit qu'ils nous reconnaîtraient.

Pendant tout le trajet, le seul véhicule qui les dépassât fut un tracteur avec une remorque chargée de foin. Le paysan, emmitouflé jusqu'au cou, leur fit un large signe de la main au passage.

À part cela, ils ne rencontrèrent pas un seul être vivant jusqu'à l'arrivée au cœur d'Alt Aussee. Ils passèrent devant plusieurs petites échoppes : une quincaillerie, une boutique de vêtements et un magasin vendant des jouets, des livres et des articles divers. Toutes se trouvaient au rez-de-chaussée de maisons à un étage, construites avec la belle pierre de la région et séparées par des ruelles pavées. Toutes étaient fermées.

Noël avait manifestement déjà commencé pour les habitants d'Alt Aussee.

Environ cinquante mètres après le magasin de jouets, ils tombèrent sur une bâtisse, qui faisait à la fois office de police et de poste. Seth appuya sur la poignée de la porte d'entrée. Fermé.

— Où devons-nous aller ? s'interrogea-t-il à voix haute.

Sans trop savoir quoi faire, ils attendirent quelques moments, jetant des regards curieux à l'alentour. D'autres magasins bordaient de chaque côté la rue principale. Mais, à l'instar des trois autres, ils semblaient tous fermés, stores baissés et enseignes éteintes.

Un tracteur, dont la cabine n'était plus de première jeunesse, descendait laborieusement la rue principale dans un bruit de ferraille. Ses immenses pneus imprimaient des traces fraîches dans l'épaisse nappe blanche qui recouvrait le sol. Le conducteur leur fit également un grand signe de la main en passant près d'eux.

Ils répondirent et le regardèrent disparaître derrière un écran de neige de plus en plus dense. Juste avant disparaître complètement, l'unique phare du tracteur éclaira brièvement le carrefour.

Zoé et Seth s'efforcèrent de distinguer quelque chose entre les flocons de neige. L'espace d'un instant, ils virent, à côté du tracteur devenu quasiment invisible, des lumières provenant de plusieurs fenêtres.

Le conducteur descendit de son véhicule et pénétra dans l'immeuble éclairé.

— On essaye là-bas ?

Sans attendre la réponse, Zoé commença à marcher en direction du carrefour.

Seth lui emboîta le pas.

— Cela semble être le seul endroit habité de la ville.

S'étant approchés, ils distinguèrent un petit bistrot et allongèrent le pas.

Lorsqu'ils parvinrent à hauteur du tracteur garé, les traces qu'il avait laissées dans la neige avaient déjà été effacées. En face, de l'autre côté du petit carrefour, étaient garées une Mercedes toute bosselée et une rutilante Fiat neuve.

C'était un modeste café-restaurant, dont les fenêtres à croisillons ressemblaient à des mosaïques avec leurs petits carreaux biseautés comme des diamants enchâssés dans leur cadre en bois foncé.

À travers, ils aperçurent le paysan saluant d'autres clients. Deux agents en uniforme étaient assis à une table, occupés à boire du café accompagné de schnaps. Voilà qui expliquait le poste de police fermé ! Trois autres consommateurs – des hommes solidement bâtis et à la face rouge, et vêtus du loden traditionnel – dégustaient leur bière dans d'immenses chopes, assis autour d'une grande table encadrée de bancs assortis.

Derrière le comptoir, un couple de forte corpulence accueillit les nouveaux arrivants par de larges sourires et des gestes de bienvenue.

En entrant dans le café, Seth et Zoé troquèrent un univers frigorifié contre une chaleur rassurante. Une atmosphère qui sentait bon la levure de bière, rehaussée de l'odeur légèrement aigre du chou et de celle délicatement épicée des saucisses.

Toutes les têtes se tournèrent vers l'entrée lorsque le couple passa la porte. Les regards ne traduisaient aucune animosité. Ils étaient même plutôt aimables, constata Ridgeway. Ils semblaient simplement curieux.

Alt Aussee était un endroit où les routes se terminaient et où elles se rétrécissaient jusqu'à devenir d'étroits sentiers rocailleux menant dans les montagnes escarpées. Il était plutôt rare d'y rencontrer des étrangers, surtout la veille de Noël.

— Grüss Gott.

Seth gratifia l'assemblée du salut traditionnel autrichien.

— Grüss Gott, répondirent en chœur les voix rauques.

Le couple se dirigea vers le comptoir où se tenaient le tenancier et sa femme. Alors qu'ils traversaient la pièce, Seth remarqua un vieil homme tassé, assis seul dans un coin, seul devant sa chope de bière.

— Puis-je vous renseigner ?

Le cafetier rondouillard offrit ses services avec l'accent chantant si typique de la campagne autrichienne, qui transforme l'allemand en une langue presque lyrique.

— Oui. En effet, vous pouvez peut-être nous aider. Nous sommes à la recherche d'un homme : le père Morgen.

Le visage du propriétaire se raidit imperceptiblement quand Ridgeway prononça le nom du prêtre.

— Le connaissez-vous ?

— Oui, répondit le patron avec une nette hésitation. Je le connais.

Ridgeway sentit les regards des hommes assis dans le café dans son dos. Un léger malaise le gagna et sa voix perdit de son assurance.

— L'avez-vous… vu ?

Le bistrotier le fixa longuement, presque avec sévérité, avant d'éclater d'un rire sans joie.

— Oui, je l'ai vu. J'étais alors un petit garçon en culottes courtes. Je ne pense pas l'avoir rencontré depuis.

Il fit à nouveau une longue pause pensive.

— Cela doit remonter aux dernières semaines de la guerre.

Ridgeway le remercia d'un signe de la tête et retourna dans la salle.

Les deux agents de police étaient toujours assis, en silence. Ils observaient les deux Américains avec cet air de suspicion que les gardiens de la loi, dans le monde entier, réservent à tout ce qui sort de l'ordinaire.

— Messieurs…

Ridgeway perdit encore un peu de son assurance.

— Auriez-vous, peut-être, une idée où je pourrais trouver le père Morgen ?

Les deux hommes répondirent négativement en secouant la tête. Ridgeway abandonna la partie. Il s'adressa une nouvelle fois au bistrotier et à sa femme.

— Où irait-il s'il revenait en visite à Alt Aussee ?

De nouveau, cette même hésitation. Le propriétaire finit par répondre.

— Au *Kohlbacherhof*, peut-être... ou peut-être à *la Vieille Auberge*.

D'un geste de la main, il pointa vers le nord.

— C'est à quelques centaines de mètres d'ici, tout en haut de la route.

Ils attendirent d'éventuelles explications supplémentaires, mais, visiblement, l'homme n'avait rien à ajouter.

Zoé se tourna vers lui et le remercia d'un sourire.

— Merci beaucoup pour votre… aide.

Ils quittèrent le café et se mirent à marcher lentement en direction du *Kohlbacherhof*. La neige tombait toujours en flocons drus et serrés.

— J'ai du mal à croire qu'il puisse être si difficile de trouver un vieil homme dans un si petit village.

Zoé se serra contre son mari en marchant.

— Ils savent où il se trouve, affirma Seth d'une voix calme et convaincue.

— Qu'est-ce qui te fait dire ça ?

— N'as-tu pas remarqué l'expression de leurs visages ? Ils étaient si aimables lorsque nous sommes arrivés. Et, dès que j'ai mentionné le nom du père Morgen, tout a changé. Les visages se sont fermés.

— Mais pourquoi ?

— Parce qu'ils le protègent. Voilà pourquoi.

— Excusez-moi…

Une voix inattendue, derrière eux, les fit se retourner. C'était le vieillard courbé qu'ils avaient vu, assis au fond du bistrot.

— Je connais le père Morgen. Peut-être pourrais-je vous aider ?

L'homme était voûté, mais, malgré cela, sa tête se trouvait encore au niveau de celle de Ridgeway. De toute évidence, il avait dû être très grand. Ses épais cheveux gris indisciplinés le faisaient ressembler à Einstein.

— Je m'appelle Gunther.

Il leur tendit la main.

Seth fit de même et se présenta.

— Mon nom est Seth Ridgeway et voici mon épouse Zoé.

Gunther s'inclina avant de saisir la main de la jeune femme. L'espace d'un instant, elle crut qu'il allait la lui baiser, mais il la prit simplement dans la sienne avant de la laisser.

— Je peux vous présenter au père Morgen. C'est moi qui vous contacterai… Attendez au *Kohlbacherhof*, seuls, au bar.

Sans ajouter autre chose, il fit demi-tour et marcha d'un pas étonnement alerte pour un homme de son âge, en direction du café.

Les heures passèrent lentement. Zoé et Seth étaient assis dans la « bierstube », traînant devant leur Glühwein, du vin rouge chaud et épicé. À l'étage, Stratton fumait cigarette sur cigarette, maudissant les instructions qui avaient été données à Seth.

Zoé profita de ces interminables heures d'attente pour raconter à son mari comment elle avait imaginé et réalisé son évasion de l'entrepôt. Il l'écoutait, stupéfait et admiratif à la fois, devant tant d'ingéniosité.

— Ce qui me surprend, en fin de compte, c'est pourquoi tu n'as pas imaginé cette évasion plus tôt ?

Avant de répondre, Zoé reprit un peu de son vin chaud et hocha la tête.

— Peut-être était-ce psychologique ? Je voulais, peut-être, inconsciemment, voir tous ces chefs-d'œuvre. Ou bien …

Elle fixa l'espace vide pendant un très long moment.

— Ou bien ? s'impatienta son mari.

— Je sais que tu auras du mal à le croire…

Elle cherchait ses mots, regarda le plafond pour y trouver de l'inspiration, puis planta un regard intense dans les yeux de son mari.

— Je pense que Dieu voulait peut-être que je sois là-bas. Je veux dire qu'il fallait que j'y reste le temps de recevoir son message à Elle. Et ensuite, Elle m'a mis dans la tête le plan pour mon évasion.

— Zoé, ma chérie, ce n'est pas la foi, ça ! Là, il s'agit du désespoir d'un être humain confronté à une mort proche et qui s'accroche à n'importe quoi.

Il la saisit par les épaules.

— Tu ne vois pas ? Tout ce qu'il te fallait savoir, tu l'avais déjà dans ta tête.

— Je n'en suis pas aussi sûre que toi, répliqua-t-elle, une intonation incertaine dans la voix.

— Mais si, tu le savais !

Seth s'échauffait dans son désir de la convaincre.

— Il te suffisait de te rappeler tout ce que ton père t'avait enseigné. Puis, de le mettre en pratique.

— Je n'en suis pas sûre…

La jeune femme parlait lentement, laissant traîner les mots.

— Je suis certain que tu savais tout cela, mais tu n'en avais pas vraiment conscience. Et tu n'y as plus pensé pendant toutes ces années.

— Comment se fait-il alors que tous les détails me soient venus, tout à coup, avec une telle précision…. C'était comme si j'en voyais les plans.

Il insista.

— Je te jure, sous la menace d'une mort imminente, toutes tes pensées se sont concentrées sur la seule survie. Crois-moi, je sais de quoi je parle. Je l'ai vécu, il n'y a pas si longtemps.

Plusieurs minutes s'écoulèrent. Pensive, Zoé reprit d'un ton patient.

— C'est étrange. Tes récentes rencontres avec la mort semblent avoir eu exactement l'effet inverse sur toi.

— Quand on essaye de te tuer encore et encore, tu commences un beau jour à te demander si Dieu est tordu ou sadique, ou bien si, après tout, il n'existait pas.

Zoé ne désarmait pas.

— Pourtant, j'étais en danger tout le temps, constamment. La mort me guettait à toute occasion, chaque jour. Alors, pourquoi cette perspective n'a-t-elle pas provoqué cette concentration salvatrice de mes cellules grises ? Pourquoi cette subite inspiration n'est-elle venue qu'à partir du moment où j'ai appris l'existence de la Grande Déesse ? Et que je m'étais mise à croire en un Dieu féminin ?

— Je n'en reviens pas !

Pour mieux surmonter son ébahissement, Seth reprit du vin.

— Toi… Mon épouse, celle-qui-ne-croit-que-ce-qu'elle-voit, qui ne fait confiance qu'en quelque chose qu'elle a touché de ses mains, vu de ses yeux…

En face de ce déploiement d'ironie, elle demeurait étonnement calme.

— Et moi, je n'arrive pas à croire ce que j'entends de ta part, Seth ! Toi, tu serais ce genre de croyant qui abandonne sa foi dès que le chemin devient trop difficile ? Elle n'était pas bien solide alors.

Le téléphone derrière le bar se mit à sonner à exactement 19 heures. Le fils de l'hôtelier, un adolescent, décrocha, puis tendit l'appareil à Ridgeway.

— C'est pour vous, mein Herr.

— Oui, allô ?

— Herr Ridgeway ? C'est moi, Gunther. Je pense pouvoir vous être utile, ou plutôt je pense que certains amis vous seront utiles afin de rencontrer le père Morgen.

— Il se trouve donc à Alt Aussee actuellement ?

Un bref silence se fit à l'autre bout.

— Donc, ils pourront vous aider. Cela vous intéresse-t-il de les rencontrer ?

— Mais oui, bien sûr !

Gunther parlait à présent d'une voix neutre.

— En sortant du *Kohlbacherhof*, vous prenez la rue principale en direction du centre. Juste avant d'arriver à la bifurcation, il y a un magasin qui vend des jouets, des livres…

Ridgeway l'interrompit.

— Je le connais.

— Parfait. Retrouvez-moi devant.

— Quand ?

— Tout de suite.

Ridgeway fut étonné.

— Tout de suite ?

— Avez-vous mieux à faire pour passer votre soirée à Alt Aussee ?

La voix du vieil homme était altérée par un sarcasme teinté d'impatience.

— Non, non. Bien sûr que non.

— Bien.

Gunther semblait satisfait.

— Mes amis sont impatients de vous rencontrer. Nous vous attendons...

Seth raccrocha et paya le Glühwein qu'ils avaient bu. Il donna à Zoé les détails de la communication pendant qu'ils remontaient dans la chambre prendre leurs manteaux et répéta tout à Stratton.

Dehors, la neige tombait toujours fort, mais, à présent, elle dansait dans l'air en flocons très légers. La température avait chuté et les cristaux crissaient sous leurs pas. Ils firent tout le chemin en silence, se tenant par la main.

Ils étaient désormais devant le magasin de jouets. En attendant dans le froid mordant, ils sautillaient sur place.

Quelques instants plus tard, quelqu'un enfonça par derrière un objet pointu dans les côtes de Ridgeway. En même temps, le bruit d'une voiture qui démarre déchira le silence de la nuit.

— Ne faites aucun mouvement brusque, monsieur et madame Ridgeway !

Il ne reconnut pas la voix. En tout cas, ce n'était pas celle de Gunther. La Mercedes bosselée, qu'ils avaient vue garée en face du bistrot, approchait lentement de la bifurcation. Ridgeway tourna la tête pour déchiffrer la plaque d'immatriculation, mais, ébloui par les phares, il dut y renoncer.

— Asseyez-vous à l'arrière !

La voix se trouvait tout près de son oreille. La portière arrière s'ouvrit brusquement. Seth regarda Zoé. Elle allait crier. Immédiatement, une main gantée lui ferma la bouche tandis que la jeune femme commençait à se débattre. Lorsque Seth fit un pas de côté pour l'aider, il reçut un grand coup derrière la tête.

Il avait été porté avec une telle violence qu'il sentit ses jambes se dérober sous lui.

— Vous n'avez pas à vous inquiéter.

Le ton n'avait rien de menaçant. Dès que Seth et Zoé furent dans la voiture, les portières claquèrent et ils démarrèrent.

— Je vais vous bander les yeux.

C'était une autre voix. Ridgeway se tourna dans sa direction, mais une douleur fulgurante à la base du crâne arrêta net son mouvement. Un instant plus tard, des mains lui enfilèrent ce qui ressemblait à une épaisse chaussette noire sur la tête. Le tissu était opaque, mais permettait de respirer sans difficulté.

— Détendez-vous, je vous en prie. Nous ne vous ferons aucun mal.

Le coup porté à sa tête ne donnait pas beaucoup de crédibilité à cette promesse. Ridgeway se souvenait des tueurs de Zurich, Amsterdam, Marina del Rey. Il essaya de se consoler en se disant que ceux-ci venaient uniquement de les enlever, pas de les tuer.

En fin de compte, la consolation était maigre.

Ils roulèrent sur une chaussée goudronnée pendant environ cinq minutes, ensuite la route, devenant cahoteuse, la voiture émit des plaintes et des grincements. Assis à l'arrière, Zoé et Seth furent fortement secoués. Il trouva sa main. Leurs doigts se serrèrent. Force, réconfort, amour : tout cela, ils parvenaient à se le communiquer par ce simple contact alors que la Mercedes poussive se frayait un chemin, de plus en plus lentement, à travers l'obscurité.

Après un trajet laborieux d'environ une demi-heure, on changea de véhicule. Ils se retrouvèrent assis, les yeux toujours bandés, sur des sièges très durs et très froids. Le moteur émettait un puissant rugissement.

Ce devait être un chasse-neige.

Ils glissaient sur la neige et Seth – la main de Zoé toujours dans la sienne – comprit qu'ils se trouvaient très probablement dans une sorte de traîneau remorqué par l'engin poussif.

Une autre demi-heure. La végétation devait être dense. D'épaisses branches les frôlaient fréquemment au passage.

Alors qu'ils n'avaient pas arrêté de monter, le véhicule s'immobilisa sur un terrain plat. Le moteur du chasse-neige se tut et la nuit retomba dans le silence. La neige était haute. On les guida vers une porte. Une atmosphère chaude les enveloppa lorsqu'ils entrèrent. Avec un bruit sec, la porte se referma derrière eux.

Une voix donna un ordre bref.

— Enlève-leur les bandeaux !

La chaussette fut retirée de leurs yeux. Ridgeway n'eut aucun mal à s'habituer à la lumière plutôt douce, provenant d'une lampe à kérosène et d'un bon feu de bois crépitant dans une cheminée rustique.

La pièce ressemblait aux chalets alpins qui fleurissent dans le Tyrol. Elle était occupée par une simple couchette et quelques meubles très rustiques. Cela sentait agréablement le café et la bougie.

Zoé passa son bras autour de la taille de Seth. Ils se retournèrent d'un même mouvement.

Devant la cheminée, deux hommes étaient assis, des gobelets en fer-blanc à la main. L'un d'eux était Gunther. L'autre, plus grand, au maintien aristocratique, observa attentivement Zoé et Seth avant de se lever et de venir à leur rencontre.

— Soyez les bienvenus.

Il leur tendit la main.

— Je suis Hans Morgen.

CHAPITRE 32

Morgen n'avait rien d'un prêtre. Dans son pull-over à torsades, son blazer en laine et son pantalon de flanelle, il avait davantage l'air d'un professeur d'université ou d'un chercheur.

Il ne portait pas le moindre insigne qui aurait pu laisser deviner son appartenance au clergé. Il échangea une accueillante poignée de main, avec Zoé d'abord, puis avec Seth.

— Je vous dois des excuses pour l'étrange façon avec laquelle on vous a amenés ici.

Il leur sourit.

— Mais il existe un peu trop de gens qui aimeraient me mettre la main dessus. Je devais absolument être sûr que vous êtes bien ce que vous prétendez être.

Ridgeway frotta sa nuque douloureuse.

— Sincèrement, je suis désolé, Mr Ridgeway.

Morgen renouvela ses excuses.

— Désolé pour votre tête. Mais Richard…

Son regard allait vers la porte. Richard Stehr avait un visage rond, presque enfantin, posé sur un corps massif et athlétique.

— Par bonheur, Richard est un expert. Il ne vous en restera rien… à part un mauvais souvenir. Je vous en prie, prenez place. Je peux vous proposer du café ?

Il désigna deux chaises à haut dossier couvertes de cuir et disposées autour d'une table rustique sur laquelle se trouvaient des tasses, des bouteilles, des saucissons secs et une grande miche de pain de campagne.

Assis, ils suivirent du regard les mouvements de Hans Morgen qui, muni de mitaines, saisit une bouilloire bosselée en fer-blanc dans l'âtre. Il posa des tasses en porcelaine ébréchées devant Zoé et Seth et les remplit d'un brûlant liquide odorant. Il se resservit ensuite un autre gobelet avant de s'asseoir à leur table. Les autres hommes – les deux qui les avaient amenés au chalet et Gunther qui se trouvait déjà sur place – restèrent debout. À intervalles réguliers, ils repoussaient les rideaux pour surveiller l'extérieur. Apparemment, il y en avait d'autres dehors. Des sentinelles en quelque sorte.

— Si je suis bien informé, vous avez fait des efforts assez extraordinaires pour retrouver la Passion de Sophia.

Spontanément et ensemble, Zoé et Seth hochèrent affirmativement la tête.

— Pourquoi ne pas me raconter d'abord comment tout cela est arrivé.

— Je ne voudrais pas me comporter en invité impoli… intervint Seth. Son ton était ferme et déterminé… mais puisque vous nous avez faits venir d'une façon aussi… spéciale, je me sentirais franchement mieux si vous commenciez par nous parler de vous et – du regard, il fit le tour de la pièce et de tous les hommes debout – de votre groupe.

Les yeux de Morgen s'adoucirent.

— Je vous comprends. Pardonnez ma trop grande impatience ainsi que mon manque de courtoisie.

D'un signe de la tête, il invita Gunther à les rejoindre. Celui-ci traversa la pièce d'un pas légèrement traînant. Il s'assit sur la chaise à côté de Seth.

— Gunther complètera les détails que je pourrais oublier. Je suppose que mon ami Jacob Jost vous a relaté la genèse de tout cela.

Il regarda autour de lui comme si le chalet alpin était le symbole de toutes les afflictions et souffrances des quarante dernières années.

— Je vais reprendre là où mon ami Jost a sans doute arrêté son récit.

Morgen se cala confortablement contre le dossier de la chaise.

— Ces quatre décennies seront plus faciles à comprendre si vous connaissez le contexte.

Prenant une gorgée de café, Morgen fit la grimace. Il s'adossa de nouveau et entama son récit.

George Stratton plissa les yeux pour mieux percer le léger rideau de neige qui dansait devant les phares de sa voiture. Il avait été obligé de réduire considérablement la vitesse de la Volvo qui, à présent, suivait péniblement le chemin rocailleux sinuant à flanc de montagne. Des branches alourdies par les gros flocons fouettaient la voiture au passage.

Stratton avait suivi les traces de leur pas dans la neige jusqu'au lieu du rendez-vous fixé par Gunther. Ses yeux exercés lisaient sans difficulté les différentes marques laissées : les pneus d'une voiture en stationnement et les traces d'un véhicule en marche. Les pas de Zoé et de Seth, partiellement recouverts de neige fraîche, menaient jusqu'au magasin de jouets. Ils ne repartaient pas dans une autre direction. Ridgeway et sa femme avaient donc accompagné – volontairement ou de force – les occupants de l'automobile.

Il suffisait de suivre les traces. La neige, qui tombait moins dru à présent, lui facilitait la tâche. Lorsque la Volvo buta brutalement contre un rocher, Stratton coupa le moteur et, muni d'une lampe de poche, continua à pied.

— Après la guerre, j'ai essayé de retrouver le sergent, expliquait Morgen. Mais, comme tant d'autres de ses camarades, il avait réussi à disparaître sans laisser de trace.

Le prêtre se leva lentement pour reprendre la bouilloire dans l'âtre.

— En même temps, je m'efforçais de vérifier l'affirmation du sergent selon laquelle Hitler avait exercé un chantage sur le Pape. Mes recherches eurent deux résultats. Le premier fut d'entrer en contact avec un petit groupe au sein de la Curie du Vatican dont les membres sont très actifs et dont le but est d'empêcher que, un jour, un autre pape soit obligé de céder à un tel chantage, d'ordre moral ou théologique.

— Le prêtre dans le parc à Amsterdam…

Ridgeway questionna Morgen du regard.

Celui-ci hocha la tête et sourit tristement.

— Le père Smith. Oui, je l'avais envoyé pour vous suivre. Pour vous protéger.

— Juste avant de mourir, il a dit quelque chose comme « brown »… Qu'est-ce que cela pourrait signifier ?

Hans Morgen demeura pétrifié comme si on venait de le frapper.

— Il a mentionné ce nom ?

Il avait du mal à articuler.

— Parce que c'est un nom ? demanda Seth.

Avant de répondre, Morgen fit une pause comme s'il avait besoin de temps pour accuser le coup.

— J'avais des soupçons, mais aucune certitude.

Sa figure s'était assombrie et ses lèvres tremblaient.

Zoé et Seth le fixèrent, attendant l'explication de ses remarques sibyllines. Pendant un moment, les yeux du prêtre se couvrirent d'un voile de tristesse qui, soudainement, fit place à de la colère.

— Je vous en parlerai dans un instant.

Il s'assit. Perdu dans ses pensées, il fixait intensément les veines striant le dos de ses mains comme un conférencier qui vient de perdre le fil de son discours et qui se rattrape en lisant les notes inscrites sur ses mains.

Il finit par lever la tête et continua son histoire.

— La seconde conséquence résida dans le fait que je devins l'objet d'une surveillance intense de la part d'autres membres de la Curie. Des gens qui semblaient tout à fait satisfaits de me voir continuer mes recherches du tableau et du sergent, mais qui paraissaient tout aussi déterminés à m'empêcher de faire usage de mes informations en cas de succès. Ils forment un véritable cabinet fantôme.

Sa voix était amère à présent.

— J'ai découvert qui ils étaient, aux niveaux subalternes… des confrères prêtres, ici et là un évêque. Mon abbé à Munich en fait partie. J'aimerais tant découvrir à qui il fait ses rapports à Rome sur mes activités !

Il s'interrompit et son regard redevint distant et vague, comme s'il imaginait ce qu'il ferait en découvrant l'identité de ces hommes du Vatican. Il se secoua comme pour se débarrasser de pensées désagréables et obsédantes.

— Tout en me surveillant étroitement, ils m'ont laissé me débrouiller seul la plupart du temps. Je suppose qu'ils sont très contents de me laisser fouiner et enquêter tant qu'ils peuvent tirer profit de mes informations et de mes efforts. Je suis une sorte de chèvre pour eux. Celle qu'on envoie dans la jungle afin d'attirer le tigre. Eux, ils restent cachés tranquillement à attendre que le fauve, dont la fourrure les intéresse, se fasse capturer.

J'ai fait très, très attention pendant toutes ces années. J'ai veillé à ce qu'ils ne puissent pas deviner que je connaissais leur existence, que j'étais au courant de leur surveillance. Et que j'avais découvert leurs machinations. En se sentant en sécurité, ils finissent par commettre plus facilement des erreurs. Même le plus professionnel, le plus fanatique, peut être abusé jusqu'à devenir négligent.

Pendant un court instant, Ridgeway évoqua l'image de l'agent de Stratton qui l'avait laissé filer, à la bibliothèque universitaire. La nuit où Tony Bradford fut assassiné.

Morgen continua son histoire.

— Ainsi, pendant toutes ces années, depuis la fin de la guerre, je veillais à envoyer mes lettres importantes par le biais de Jacob Jost. Lorsque je lui téléphonais, je prenais toutes les précautions. Nous étions très prudents. Bien entendu, le Vatican était informé de notre collaboration pour retrouver les objets d'art volés par les nazis. Toutes nos communications et toutes nos lettres concernant ces recherches avaient une teneur normale et, j'en suis persuadé, furent constamment interceptées par ceux de la Curie qui me surveillaient. Cette situation changea drastiquement il y a environ un an. C'était en janvier dernier. Jost et moi, avions réussi à récupérer un tableau assez connu. C'était une des œuvres de jeunesse de Pissarro mise discrètement en vente par un ex-colonel des SS, qui vivait sous une nouvelle identité au Portugal. Nous avons mené la police jusqu'à sa villa sur la côte près de Lisbonne. Le colonel et le tableau furent mis en lieu sûr.

Cette arrestation a fait les gros titres dans les journaux, à l'époque. Une des retombées de cette publicité fut un appel téléphonique d'un homme que j'avais connu quarante ans auparavant sous le nom de Franz Bohles von Halbach. Il m'appelait de Kreuzlingen. C'était lui, le sergent SS qui était venu me voir la nuit à Alt Aussee, afin de trouver l'absolution pour la mort de l'adolescent du village. C'était également lui qui m'avait montré le Suaire et la Passion de Sophia cachés dans la mine de sel. Von Halbach était à présent un homme très riche. Il se faisait appeler Willi Max.

Morgen recula un peu la chaise et étira ses jambes.

— Max-von Halbach était alors sur le point de mourir et le poids du remords, qu'il avait réussi à ignorer ou à refouler, pesait de plus en plus lourd. Le jeune sergent ravagé par la culpabilité était devenu un vieil homme qui, confronté à une mort imminente, craignait pour le salut de son âme. Il était devenu plus raffiné depuis toutes ces années et ne ressemblait plus beaucoup à celui qui était venu chercher l'absolution dans mon confessionnal à Alt Aussee. Il connaissait parfaitement l'importance du tableau. Il savait qu'il contenait la clé pour la récupération du Suaire et de la Passion de Sophia. Aussi, il évita de se présenter à ma porte, le tableau à la main. Ce fut une bonne chose car, à l'heure actuelle, il serait à coup sûr entre les mains de mes ennemis à la Curie. Non, heureusement, ayant tout à fait conscience de l'importance du secret, il a agi avec la plus grande discrétion. Il a d'abord contacté Jacob Jost qui, aussitôt, m'en a informé.

Gunther intervint pour proposer que tout le monde prenne une collation. Les hommes surveillant le chalet à l'extérieur, rentraient de temps à autre, avalaient rapidement du pain et du saucisson sec et ressortaient dans la nuit glaciale. Tous avaient entre cinquante et soixante ans et témoignaient la même déférence à l'égard de Hans Morgen.

— Ils ont tous été prêtres.

Morgen avait interrompu son récit pour expliquer la présence de ces sentinelles.

— Ils ont encaissé, tant qu'ils ont pu, les tromperies, les magouilles et les supercheries de l'Église. Et même après l'avoir quittée, ils ont continué à répondre à l'appel de Dieu. À Le servir. Ils vivent toujours des vies de prêtres, non plus au service de l'Église, mais à celui de Dieu. Et ils continuent d'aider le petit nombre d'entre nous qui, à l'intérieur de l'Église, luttons contre ces abus. Grâce au Suaire et à la Passion de Sophia, nous allons pouvoir remporter certaines de ces batailles.

Gunther se tourna vers Seth et Zoé :

— Maintenant, c'est à votre tour de nous raconter ce qui s'est passé.

À force de relater les événements, leur histoire s'était condensée et concentrée sur l'essentiel, laissant de côté les peurs et les souffrances endurées.

Morgen expliqua alors que le noyau dur des réformateurs au Vatican avait considérablement diminué au cours des années. Ceux, qui avaient investi toute leur vie dans les luttes de pouvoir et les intrigues de la bureaucratie byzantine, les considéraient comme une menace. Et même ceux, qui ne voulaient plus tolérer la corruption au sein du Vatican et aspiraient à des changements, percevaient les réformateurs comme une source potentielle d'embarras.

— Voilà pourquoi nous étions incapables de vous protéger de façon plus efficace.

Le ton de Morgen exprimait un profond regret. Ridgeway fit signe qu'il comprenait avant de reprendre la parole.

— Ce que vous venez de dire éclaire beaucoup de choses. Mais pourquoi le KGB a-t-il fait assassiner votre agent dans ce parc à Amsterdam ? J'ai bien saisi la menace provenant de l'Église, mais, en ce qui nous concerne Zoé et moi, le danger vient exclusivement des Russes. J'avoue ne pas bien comprendre la connexion entre l'Église et le KGB.

Morgen se racla la gorge.

— En premier lieu, ce n'est pas le KGB qui est responsable de cet assassinat à Amsterdam.

Il fit une pause comme si les mots étaient trop douloureux pour être prononcés.

— C'est la Congrégation qui l'a fait assassiner… La Congrégation pour la doctrine de la foi – le nom moderne de la Sainte Inquisition.

Ridgeway et sa femme n'en crurent pas leurs oreilles. Tous deux tournèrent vers le prêtre le même regard incrédule.

— Et ce n'était pas la première fois. L'Église a de l'argent et beaucoup d'influence. Les deux peuvent être utilisés pour engager des tueurs. Ils assassinent au nom de l'Église depuis mille ans déjà.

Ridgeway intervint.

— Je croyais que ces pratiques s'étaient achevées avec les Borgia.

Morgen secoua la tête tristement.

— Oh non ! Cela n'a ni fini ni commencé avec les Borgia. Eux, ils avaient simplement poussé le meurtre à l'extrême. Tous les dirigeants, à toutes les époques, ont toujours eu recours à l'assassinat comme moyen de gouverner. Souvent, il est habillé de termes nobles et courageux, mais, vous le savez bien, l'histoire se réécrit toujours pour justifier les vainqueurs. C'est là que nous trouvons le lien entre l'Église et le KGB. Tous deux sont des gouvernements. Tous deux agissent en gouvernement. L'Église craint et déteste Zhirinowski. Lui et ses supporters – un grand nombre d'agents du KGB inclus – craignent et haïssent l'Église. Et au sein de cette conjonction de peur et de haine surgit la fraternité de la violence.

— Mais quel est le profit pour le KGB ? questionna Seth, peu satisfait de l'explication. Pourquoi cette avidité, cette hargne pour mettre la main sur ces reliques ? Ce n'est tout de même pas parce que l'Église veut les récupérer désespérément ?

Morgen hocha la tête gravement.

— C'est pourtant exactement cela, partiellement en tout cas. Et ils les veulent essentiellement pour les mêmes raisons que Hitler les convoitait.

Nouveaux regards interrogateurs du couple.

— La Passion de Sophia, c'est du pouvoir. Du pouvoir que vous pouvez utiliser à volonté, qui que vous soyez. Dans la situation actuelle, c'est Zhirinowski – ou s'il meurt, ceux qui infailliblement vont lui succéder – qui aspire à posséder la Passion de Sophia dans le but d'exercer un chantage sur l'Église, sur toutes les Églises, pour les réduire au silence. Le silence sur les atrocités commises, le nouvel expansionnisme russe et le génocide qui ne manquera pas de suivre. Vous savez, les Églises ont en général beaucoup d'influence pour rallier les peuples contre les régimes injustes. Zhirinowski sait – comme Hitler le savait – qu'un gouvernement n'est pas menacé tant qu'il n'est pas en conflit avec les croyances religieuses du peuple. Partout dans le monde, les peuples votent en accord avec leurs convictions religieuses. Hitler, le KGB, les groupes contre l'avortement et ceux pour la défense des droits des animaux, les fanatiques religieux et les terroristes politiques – appartiennent tous à la même corporation.

Son regard se durcit.

— Les différences entre eux sont insignifiantes. En fait, il importe peu que ce soit un Zhirinowski ou quelqu'un d'autre. Si ce n'est pas lui, ce sera un autre dictateur. Nous ne devons plus laisser un quelconque tyran utiliser la vérité afin de condamner à l'impuissance l'autorité morale de l'Église.

La voix de Morgen avait la dureté de l'acier, toute la force de sa conviction.

— Comment pouvez-vous le faire, sans plonger l'Église dans un grave chaos ? Toutes les Églises chrétiennes se basent sur la foi en Jésus-Christ comme Messie. Ne risquez-vous pas de détruire l'unité de l'Église en rendant public l'existence d'un second Messie ? Un Messie dont on peut prouver l'existence sans le moindre doute ? Et qui est, par-dessus tout, une femme ? Les fidèles ne tourneront-ils pas le dos à leur propre religion pour adorer ce nouveau Messie ? Pensez aux antagonismes entre les nouveaux fidèles et les anciens. Les violents affrontements en Irlande n'étaient, eux, provoqués que par les différences du culte rendu au même Messie ! Les conflits à redouter seraient aussi graves que…

Il s'interrompit afin de trouver la comparaison la plus convaincante.

— … aussi graves que celles qui existent entre l'islam et le christianisme.

C'est Zoé qui termina la phrase de son mari.

— Exactement.

Le prêtre les considéra d'un regard calme et désabusé. Le regard de celui qui avait pesé tous ces arguments depuis des décennies. Finalement, il reprit ses explications.

— Vous parlez comme nos leaders au Vatican. Ce sont les mêmes raisonnements, les mêmes arguments, que Constantin et son pape ont utilisés afin de justifier l'assassinat de Sophia et de ses fidèles. L'Église a toujours connu des dangers – elle fut menacée par les Romains, les Huns, les Wisigoths, par des rois ambitieux, des fascistes, des nazis, et par ceux-là mêmes qui ambitionnent de la gouverner. Et il en sera toujours ainsi, telle est mon absolue conviction.

Morgen fit une courte pause. Lorsqu'il reprit, sa voix était plus basse, mais plus ferme et assurée.

— Mais Dieu n'est jamais menacé, surtout pas par la vérité ! Ne voyez-vous pas qu'à la base, c'est un mensonge qui a généré toute cette situation ? L'empereur Constantin et la bureaucratie de l'Église étaient bien plus préoccupés par la survie de l'institution que par la Foi et l'âme des croyants. Aussi, quand ils ont assassiné Sophia et dissimulé la vérité, dans le seul et unique but de préserver leur propre pouvoir, ils ont semé les graines de la destruction, qui maintenant fleurissent. Et dès que vous dites un mensonge, vous devez en proférer un autre qui en entraînera encore un autre. et ainsi de suite. Jusqu'à défigurer tellement la vérité que le tissu de mensonges finit par étouffer et par détruire complètement la Foi.

À cause de cela, chaque nouveau pape fut finalement obligé de renouveler les tromperies et les faux témoignages contre les plus importants articles de la Foi. Il fallait à tout prix préserver l'orthodoxie. Il est vrai qu'ils n'avaient guère le choix. Soit ils contribuaient à renouveler l'imposture ou bien, s'ils tentaient courageusement de rompre avec cette tradition honteuse, ils mouraient d'une mort prématurée…

Morgen se pencha en avant, les yeux brillants.

— Mais notre souci doit se concentrer sur la spiritualité, la foi des gens. Pas sur les intérêts de l'Église. Ce n'est pas la survie d'une des plus vieilles bureaucraties du monde avec ses luttes mesquines qui importe, mais la force spirituelle intérieure de ceux que l'Église doit, en principe, servir ! En résumant, on peut dire qu'il n'est pas tellement important *qui* le peuple adore ou en qui il croit. Ce qui est essentiel, c'est qu'il croie en quelque chose. Oui, que le peuple ait une croyance, qu'il possède une foi, voilà ce qui est primordial. Croire est essentiel ! Que ce soit en Bouddha, au Christ, en Mohammed ou en des dieux qui, chaque matin, suspendent le soleil en haut du firmament.

— Mon père pensait ainsi, chuchota Zoé. Il m'a appris à concevoir les religions et les croyances du monde entier comme des vitraux flamboyants de toutes les nuances du spectre solaire. Beaucoup de couleurs, mais un soleil unique.

— Votre père était un sage, dit Morgen en enveloppant Zoé d'un regard bienveillant. Nous sommes des créatures limitées qui se débattent avec l'illimité, l'infini. Ce sont nos questions qui sont essentielles. Pas les réponses ! Elles ne saisissent jamais le tout. Elles sont toujours limitées par nos cinq sens. Elles ne pourront jamais être la vérité ultime puisque les réponses « humaines », concernant les mystères du divin, sont colorées par la culture, la société, l'impatience, les préjugés, l'avidité et tous les autres péchés capitaux. Néanmoins, il demeure nécessaire et vital que le peuple croie. La foi en quelque chose d'invisible et qui nous dépasse, stimule notre créativité et nous rend capables d'exploits défiant toutes les lois physiques et nous donne des ailes pour transcender nos limites.

Dans son enthousiasme, le prêtre, les yeux brillants, se pencha davantage vers le couple.

— Les gens doivent croire en quelque chose. Et ils doivent avoir confiance en la vérité ! Nous pouvons être les instruments qui leur apportent cette vérité.

Il essuya les gouttes de transpiration qui perlaient sur son front.

— Notre Église d'aujourd'hui se fonde – pour une part essentielle – sur un mensonge. Dans très longtemps – dans un siècle ou plus – la vérité finira par renforcer la foi. Mais nous, et ceux qui viendront directement après nous, allons souffrir des péchés et de la lâcheté de ces hommes de l'an 325. L'autre choix est de laisser fascistes et dictateurs, d'autres hommes à l'ambition maladive, utiliser la vérité pour exercer leur chantage sur l'avenir.

Il se laissa tomber sur sa chaise, visiblement épuisé.

Après un long silence, Ridgeway se leva. Il alla chercher du café.

— Je vous en sers, mon père ?

Après la réponse affirmative de Morgen, il remplit sa tasse avant de servir tout le monde, et lui en dernier.

Le café chaud et la petite pause redonnèrent un peu d'énergie au prêtre. Dans le silence, on entendait le sifflement du vent, les craquements des bûches dans la cheminée et les sons plus discrets émanant des personnes, les respirations, un soupir.

Ridgeway avait besoin de comprendre. Regardant le prêtre droit dans les yeux, il lui demanda :

— Comment est-ce possible que, sachant tout cela… l'ayant même vécu… vous restiez catholique ? Sans parler de la prêtrise…

Hans Morgen étudia tranquillement le visage de Seth, puis lui répondit par un sourire désolé.

— J'ai traversé un certain nombre de ces crises de doute comme celle dont, je présume, vous faites l'expérience actuellement, dit-il en le regardant avec bienveillance.

Mais je reste profondément convaincu que la foi en Dieu nous soutient, nous nourrit.

D'humeur polémique, Seth ne le laissa pas finir.

— Mais la notion que nous avons de Dieu est tellement corrompue par la politique opportuniste des religions officielles.

Le père Morgen gardait son calme.

— C'est vrai. La foi nous soutient, la religion divise. Mais, je vous en prie, encore un peu de patience. Répondez-moi : si vous grimpez sur une montagne et découvrez que la corde qui vous tient a des fibres pourries, allez-vous la lâcher tout entière ? Allez-vous abandonner votre foi à cause de quelques brins abîmés ?

Seth fronça les sourcils. Le prêtre poussa son avantage.

— La foi nous rattache à ce qui est spirituel. Mais foi et religion s'interpénètrent dans une même corde. Au sein de chaque religion organisée, vous trouverez la foi authentique et le blasphème côte à côte, comme les fibres d'une même corde. Moi, j'ai de plus en plus de doutes quant à mes capacités à extirper le mal sans détruire en même temps l'ensemble. Je suis mortel, donc limité. Et je ne possède pas toujours la possibilité de discerner avec certitude quelles fibres doivent être éliminées et lesquelles doivent rester.

Seth s'impatienta.

— Ainsi, vous acceptez finalement l'Église telle qu'elle est, ses verrues et tout le reste ?

Morgen hocha lentement la tête.

— Oui, je vois chacune des religions comme une entrée différente. En tant que petites créatures limitées, nous ne pourrons jamais appréhender plus qu'une petite part de l'infini. Il n'est donc pas surprenant que chacun des peuples et chacune des cultures ne voient que leur petite part de vérité de Dieu. Je suis absolument convaincu que chaque religion a sa propre perception vraie et authentique de Dieu.

Zoé fronça les sourcils.

— Mais alors, comment peuvent-elles, toutes, prétendre suivre la seule voie authentique ?

— Justement, elles ne le devraient pas. En tout cas, pas si elles sont sincères et honnêtes. L'exclusion, le rejet et la dépréciation des autres conceptions de Dieu n'ont rien à voir avec la religion. C'est le mal fabriqué par les hommes.

— Et par les femmes !

Zoé esquissa un petit sourire narquois. Le père Morgen sourit également.

— Et les femmes. Dieu est masculin. Dieu est féminin… Dieu est les deux et ni l'un ni l'autre. Nous essayons si désespérément d'entrevoir Dieu et croire à tout prix en quelqu'un qui nous ressemble !

— En d'autres termes, la foi est notre lien avec le divin, et la religion est la tentative d'imposer notre propre vision de Dieu à d'autres ?

Le vieux prêtre acquiesça mais garda le silence.

Zoé s'échauffa.

— Ne pensez-vous pas que c'est injuste de placer une vision de Dieu au-dessus des autres ou de prétendre que Dieu est homme – ou femme – exclusivement ?

La jeune femme regarda le prêtre qui demeura impassible.

— N'est-ce pas une sorte d'idolâtrie intellectuelle de limiter l'illimité ? L'interdiction de graver l'image de Dieu dans la pierre aux temps anciens fut peut-être une tentative de ramener l'homme vers l'abstrait, l'infini. Vers l'universel plutôt que l'adoration de l'incarnation concrète d'une quelconque théologie.

— Oui, vous avez raison.

Le prêtre avait retrouvé son sourire bienveillant.

— Limiter Dieu, de quelque façon que ce soit, ou croire seulement en un Dieu à notre image, c'est du blasphème, purement et simplement. Moi, je crois…

Il s'interrompit brusquement. On entendait des cris à l'extérieur.

— Vite ! dit le prêtre à Gunther.

— La Passion !

Ne sachant que penser, Seth suivit des yeux la silhouette courbée de Gunther se diriger de son pas traînant vers des lits superposés, sans matelas, dans un coin du chalet.

— Comment avez-vous eu cela ?

Ridgeway poussa un cri de surprise en voyant Gunther se baisser et saisir la mallette en métal que Zoé et lui avaient rapportée de la Thule-Gesellschaft Bank.

Le vieux prêtre eut un sourire de satisfaction fugace.

— Ceux qui travaillent avec moi sont extrêmement doués !

Encore tout à son étonnement, Ridgeway garda le silence et observa Gunther poser la mallette près de la cheminée.

Le troisième homme qui était dans la pièce, de corpulence trapue et les cheveux coupés court en brosse, alla rejoindre Morgen et Gunther. À trois, ils soulevèrent un des deux blocs de pierre formant le foyer.

Alors que, dehors, les cris redoublaient, les trois prêtres cachèrent la mallette dans une cavité du foyer, mais ils eurent du mal à remettre en place la lourde pierre. Seth sortit de sa stupeur et, surmontant son indécision momentanée, alla aider les trois hommes. Sa force rendit la tâche plus aisée.

À peine le bloc avait-il retrouvé sa place que la porte d'entrée s'ouvrit avec fracas. Un vent glacial apportant une rafale de flocons de neige s'engouffra dans la pièce. Deux des sentinelles de Morgen hésitèrent un court instant sur le seuil. Ils soutenaient un individu à moitié inconscient.

Morgen fit un signe de la tête et ils avancèrent, le portant plus qu'ils ne le traînèrent. L'homme portait une parka semblable à celle de Ridgeway, un pantalon en laine et de lourdes chaussures de montagne.

Le laissant s'écrouler par terre aux pieds du prêtre, un des gardiens fit un rapport bref :

— Il était en train de fureter autour du chalet.

L'individu gémissait.

— Retournez-le !

La voix du prêtre était habituée à donner des ordres. Lorsqu'ils eurent remis le visiteur importun sur le dos, Zoé sursauta.

C'était George Stratton.

CHAPITRE 33

La mine de Habersham s'étire tout en longueur, expliqua Gunther. Je la connais bien : c'est moi qui en étais le directeur avant l'arrivée des SS.

Il déplia les plans et les étala. Ils étaient tous assis autour de la grande table du chalet : Morgen, Ridgeway et Zoé, deux des hommes du prêtre et George Stratton, la tête couverte d'une demi-douzaine de pansements : les stigmates de la lutte avec les trois sentinelles de Morgen. Ceux qui avaient capturé Stratton arboraient également des sparadraps. Ils ne cachaient pas leur mécontentement de voir l'Américain se joindre à leur groupe.

Les trois hommes l'auraient tué si Seth et Zoé ne s'étaient pas portés garants pour lui. Ridgeway avait raconté en détail à Morgen ce qui s'était passé à Marina del Rey. Zoé avait pris la suite en relatant son évasion.

— Vous tombez un peu trop souvent à pic, à mon goût, Mr Stratton. À un tel point qu'on pourrait avoir des soupçons... douta Morgen.

Ce n'est qu'après de longues hésitations que le prêtre accepta la présence de Stratton autour de la table.

À présent, ces réticences étaient mises de côté. Tous ensemble, ils se concentraient sur l'élaboration d'un plan pour investir la mine de Habersham. Ils iraient chercher le Suaire et la Passion de Sophia le jour de Noël.

— Notre sacrifice sera notre célébration, dit Morgen avec gravité.

Gunther expliqua alors en détail comment lui et les autres – à l'exception de Morgen – avaient creusé, pendant plusieurs années, un tunnel entre une mine voisine désaffectée et celle de Habersham.

— L'entrée de la mine de Habersham a été totalement condamnée. Il faudrait d'énormes moyens pour la rouvrir… des équipements lourds, beaucoup d'explosifs… pour tout faire sauter.

Gunther connaissait son affaire.

— Pour des raisons évidentes, nous n'avons aucune envie d'attirer l'attention. Et de tels travaux ne passeraient pas inaperçus. Sans parler de la dépense. J'ai vécu toute ma vie là-bas et – pendant des périodes plus ou moins longues – j'ai travaillé pratiquement dans chaque mine qui existe, d'ici à Bad Ischl. Les montagnes en sont truffées. Leur nombre est si grand que beaucoup d'entre elles ne sont même pas répertoriées sur des cartes.

C'est Gunther qui avait trouvé la mine qui correspondait à leurs critères. Il fallait d'une part qu'elle soit désaffectée pour qu'ils puissent y travailler sans être remarqués, et, d'autre part, se trouver à proximité de celle de Habersham pour qu'une poignée d'hommes puissent creuser un passage pendant leurs loisirs. Ce tunnel avait pris à Gunther et ses hommes neuf longues années.

Ridgeway ne comprenait pas.

— Si vous avez déjà réussi à forer ce passage jusque dans la mine, pourquoi ne pas avoir loué une perceuse de coffres-forts ou quelque chose de ce genre, afin de récupérer le Suaire ?

Sans répondre, Gunther sortit de la mallette métallique un petit livre relié. Il le tint en l'air afin que tout le monde puisse le voir.

— Le bon sergent von Halbach avait parlé au père Morgen du système de protection extrêmement élaboré et complexe, comprenant des mines antipersonnel et toutes sortes de pièges qui interdisent les accès à la grotte.

Le père Morgen compléta les explications de Gunther.

— Toute la grotte elle-même est piégée et hautement dangereuse pour toute personne non-autorisée. En plus – von Halbach me l'a confié sous le sceau du secret – d'ultimes mécanismes de protection détruiront le suaire et la Passion en cas d'intrusion indésirable. Plutôt les détruire que de les voir tomber entre de mauvaises mains !

— Et voici la clé, affirma Gunther, excité en feuilletant le carnet. Des pages, des pages et encore des pages pour expliquer comment éviter, désarmer et démanteler ces redoutables dispositifs de défense.

Il s'interrompit, consultant un passage tout à la fin du livret.

— Et pour compléter le tout, voici la procédure exacte pour pénétrer dans la grotte.

Il montra la page à la ronde.

— Mais il y de fortes chances pour que les charges explosives, les poisons ou d'autres dispositifs aient été détériorés au cours de ces quarante années, non ? demanda Zoé.

Seth se tourna vers elle.

— Aujourd'hui encore des gens sont tués par des grenades ou des bombes de la Seconde Guerre mondiale, découvertes en labourant dans un champ ou sur des chantiers.

À son tour, Gunther répondit à Zoé.

— Votre mari a raison, madame Ridgeway. Les nazis ont fabriqué des gaz toxiques de toutes sortes qui attaquent le système nerveux. Ces bombes sont d'une extrême agressivité. Peut-être sont-elles même plus dangereuses encore aujourd'hui, si leurs protections et leurs enveloppes métalliques ont été abîmées par la corrosion.

Il secoua la tête.

— Malheureusement, les nazis fabriquaient des armes de qualité. Il faut s'attendre à ce que la plupart soient toujours extrêmement dangereuses.

Zoé frissonna.

— Alors, je présume que l'un de vous est expert en explosifs et engins de défense de l'époque de la Deuxième Guerre mondiale ?

Ridgeway promena des yeux interrogateurs autour de la table. Un silence gêné s'installa. Gunther consulta Morgen du regard.

Celui-ci s'éclaircit la gorge.

— Je suis obligé d'avouer… que notre spécialiste a été tué à Amsterdam. Il a rendu l'âme dans vos bras…

— Quant à moi… reprit Gunther, j'ai bien sûr appris des rudiments sur les explosifs en tant que responsable de la mine. Mais un spécialiste ? Non, je n'en suis pas, Mr Ridgeway. Voilà la raison pour laquelle nous tenons beaucoup à ce que vous nous accompagniez demain.

Morgen planta son regard dans celui de Ridgeway.

— Si j'ai bien compris, votre longue expérience dans les rangs de la police comprend, entre autres, une solide connaissance en explosifs, est-ce exact ? De plus, votre condition physique est bien meilleure que la nôtre…

— Non, Seth ! cria Zoé. Nous en avons fait bien assez. Laisse-les se débrouiller pour le reste !

Le visage du vieux prêtre était troublé. Il enveloppa la jeune femme d'un regard pensif.

— Nous allons… nous pouvons vous aider à annuler les charges criminelles pesant sur vous. Nous pourrons vous innocenter, surtout si nous réussissons demain.

Il avala sa salive avant de regarder, alternativement, Zoé et Seth.

— Je suis absolument certain que toute charge contre vous sera abandonnée complètement si nous pouvons produire les preuves qui dorment dans cette mine de sel.

Faisant une nouvelle pause, comme un orateur habile qui donne à son auditoire le temps de la réflexion, il plissa les yeux et reprit son plaidoyer.

— Par contre, sans le Suaire et sans la Passion de Sophia, votre histoire – tout ce qui vous est pourtant vraiment arrivé – sera considérée comme un tissu de mensonges et le fruit d'une imagination débordante. Tous ces événements sont beaucoup trop fantastiques pour être crédibles, ne croyez-vous pas ? Surtout, sans la moindre preuve concrète… Et vous devrez passer le reste de vos vies en prison ou en fuite.

Il se leva et contourna la table. Debout à côté du couple, il poursuivit d'un ton grave.

— Votre collaboration augmenterait nos chances de réussite, et par la même l'éventualité de vous laver de toutes ces accusations. D'un autre côté, si nous échouons…

Il haussa les épaules vigoureusement comme pour chasser toute implication éventuelle. Seth sentit presque physiquement la responsabilité peser sur ses épaules.

— Puis-je y réfléchir jusqu'à demain matin ?

Il posa la question à la ronde.

— Bien sûr, répondit le prêtre d'un ton neutre. Mais vous resterez avec nous ce soir pour étudier les plans. Une bonne préparation peut nous sauver la vie demain. De la préparation, de la chance et la prière.

CHAPITRE 34

Ils arrivèrent à l'entrée de la mine abandonnée aux alentours de midi. C'était le jour de Noël et il faisait encore plus froid que la veille. Un vent glacial fouettait la vallée comme pour la punir. Les rafales étaient chargées de gros flocons de neige légèrement givrée, qui cinglaient la peau. La visibilité était quasi nulle, un voile blanc les enveloppait. Le soleil n'était plus qu'un vague disque gris accroché dans un ciel sombre. Zoé et Seth furent reconnaissants à Gunther de leur avoir procuré d'épaisses lunettes de protection.

Les chasse-neige se frayaient un difficile chemin dans l'immensité blanche. Gunther les guidait – d'un point de repère à un autre – en se fiant à sa parfaite connaissance de la région. Avant tout, il fallait éviter de s'égarer.

Morgen était assis à côté de Gunther dans l'engin de tête qui tractait un traîneau bâché contenant les outils, les explosifs et tout ce qu'ils avaient estimé nécessaire à cette expédition.

Le chasse-neige suivant était occupé par Stratton et un des hommes qui l'avaient capturé la veille. C'est lui qui conduisait. Le troisième et dernier véhicule était piloté par Ridgeway. Zoé était assise derrière lui, le tenant par la taille. Il avait vivement insisté le matin pour la convaincre de rester au chalet avec les autres hommes de Morgen. Mais elle lui avait tenu tête.

— Je te l'avais dit à Zurich : je t'ai enfin retrouvé et rien – aussi dangereux soit-il – rien, ni personne ne nous séparera à nouveau.

Aucun argument n'avait réussi à entamer sa détermination.

Le chasse-neige de tête étant complètement invisible dans le rideau de neige opaque, aussi les yeux de Seth restaient-ils rivés sur les feux arrière du véhicule. Les deux lumières minuscules étaient ses seuls repères pour ne pas se perdre dans ce désert blanc.

Le disque gris qui faisait fonction de soleil avait péniblement grimpé jusqu'au zénith quand Seth entendit le grincement des freins de l'engin de tête, suivi aussitôt de ceux du deuxième chasse-neige. Seth tira fermement le frein à main de son propre véhicule.

Pas un mot ne fut échangé pendant qu'ils détachèrent le traîneau avec le matériel pour le tirer jusque devant l'entrée de la mine. En quelques minutes, ils avaient réussi à le mettre à l'abri derrière un rocher.

L'entrée de la mine désaffectée était fermée par une grille de fer rouillée. Gunther retira la bâche du traîneau et distribua les équipements. Des sacs à dos de douze à quinze kilos pour Zoé et Seth et de puissantes torches électriques pour tout le monde. Chacun devait porter un sifflet autour du cou.

— Gardez-le tout le temps, insista l'Autrichien. Si jamais vous vous trouvez séparé des autres, restez où vous êtes et donnez des coups de sifflet !

Lui-même enroula une corde d'alpiniste autour de sa poitrine, arrima des pitons et un marteau à sa ceinture.

— Ici, à l'entrée de la mine, la roche est très instable, dit-il. Dès que nous aurons atteint le sel, il n'y aura plus de problème. Mais les couches de roches et de pierres, qui composent les premiers cent mètres du tunnel, peuvent s'effondrer à tout instant.

Comme pour confirmer le sombre diagnostic de Gunther, une avalanche de roches dévala la pente quelque part dans l'obscurité au-dessus de leurs têtes.

— La partie supérieure de la mine de sel possède une cheminée verticale naturelle. Si l'accès est bloqué, nous pourrons avancer grâce au matériel d'escalade.

Il s'approcha de la grille et ouvrit un impressionnant cadenas également rouillé. Ils entrèrent. À l'intérieur, leurs lampes ne portaient qu'à une vingtaine de mètres. Ils avaient tous allumé leurs torches, mais il fallait être extrêmement prudent. Sous leurs pieds, la glace crissait tandis que les grandes stalactites risquaient à tout instant de se transformer en de redoutables poignards.

Seth et Zoé avançaient avec précaution sur le sol verglacé, ne faisant que de petits pas. À présent, la galerie s'enfonçait en pente dans les entrailles de la montagne. La lumière blafarde du jour était totalement happée par la nuit noire de la mine. Afin d'économiser leurs batteries, Gunther avait demandé à tous d'éteindre leurs lampes, à l'exception de la sienne.

Dans le faisceau de sa torche se profilaient des étais en bois vermoulu et pourri et d'autres en fer, totalement rouillés. Il était facile de voir que la paroi rocheuse au-dessus et de chaque côté était en équilibre instable. Seth voulait en parler à Gunther, mais renonça. Il ne tenait pas à savoir.

Soudain, le fracas de pierres qui tombent retentit dans la galerie. Plus loin, dans le noir, on entendait le roulement sourd et lugubre de pierres qui s'entrechoquent.

— Attendez, chuchota Gunther.

Un peu plus tôt, avec insistance, il avait demandé à tout le monde d'éviter de faire le moindre bruit. Dans cette partie de la mine, l'empilement de roches était tellement fragile que des sons un peu trop forts risquaient de provoquer un éboulement. Son avertissement avait fait l'effet d'une douche glacée. Les chutes de rochers continuèrent encore pendant quelques secondes. Sous leurs pieds, le sol de la galerie vibrait sourdement quand, quelques instants plus tard, des fragments tombèrent du plafond. Zoé priait en silence.

Enfin, le calme revint. Ils se retrouvaient à nouveau seuls dans la galerie noire, accompagnés du seul halètement de leur respiration. Gunther attendit encore un peu avant de se remettre en route. Personne ne parlait.

Tout en avançant avec prudence sur la glace, Seth récapitula encore et encore ce qu'il faudra faire lorsqu'ils auraient réussi à pénétrer dans la mine de Habersham. Ils avaient revu les plans et les instructions concernant les dispositifs de défense du coffre-fort une demi-douzaine de fois. Ils avaient également comparé les cartes de la mine établies par les nazis – où étaient marqués avec précision les emplacements des pièges et des dispositifs de protection – avec les plans de la compagnie à qui appartenait la mine. Gunther avait réussi à se les procurer par ses relations professionnelles.

Il n'était pas étonnant que les deux versions ne coïncident pas parfaitement. La carte de la compagnie minière pouvait effectivement indiquer des galeries que les documents des nazis ne mentionnaient pas. Quarante ans auparavant, les ingénieurs des mines ne disposaient que de moyens sommaires pour exécuter leurs relevés. Comme les cartographes autrefois, qui divergeaient même à propos des contours des continents, avant l'arrivée des vues aériennes et des photos par satellite. Deux cartes minières rigoureusement identiques n'existaient donc pas, surtout ici, au fin fond de la montagne.

Mais pour eux, en ce moment précis, des différences même mineures pouvaient s'avérer dangereuses. Il fallait connaître les emplacements exacts des pièges. Poser le pied au mauvais endroit pouvait signifier la mort. À quelques centimètres près, le drame guettait.

— Et, bien entendu, nous n'avons aucune possibilité de savoir si tout est relevé avec précision.

Gunther ne leur avait rien caché de la dangerosité de leur entreprise.

— Le commandant SS a très bien pu décider de changements de dernière minute, à la fin de la guerre. Ainsi, des moyens de défense ont peut-être été modifiés ou complétés, sans que l'on prenne la peine de mettre à jour les cartes.

À mesure qu'ils s'enfonçaient plus profondément dans la mine, la glace fondait graduellement. Désormais, dans la galerie, le chuintement de l'eau qui coule était omniprésent.

Gunther avait pris son temps pour leur donner des explications claires.

— Nos montagnes fourmillent de rivières souterraines. La plus grande menace, la plus grande catastrophe pour le mineur – en dehors des effondrements – est de tomber sur un torrent qui se déchaîne après avoir fait sauter une paroi rocheuse.

Il leur apprit ensuite que le mélange de pluie et d'eau, issue de la fonte des neiges, s'infiltrait dans la roche – formant des strates – avant de s'écouler lentement. Une infime partie rejoint alors des sources qui alimentent les torrents des montagnes. Mais le reste suinte le long des fissures et des petits cratères rocheux pour aboutir parfois même jusque dans les dépôts de sel omniprésents. Le sel – qui peut contenir du soufre ou d'autres minéraux – est alors dissout dans cette eau qui le transporte jusque dans les strates de roches plus chaudes, sous la montagne. Très souvent, ces eaux riches en minéraux réapparaissent à la surface de la terre sous forme de sources chaudes, exploitées par de stations thermales.

Ridgeway se remémorait les paroles de Gunther, tout en avançant dans cette galerie dont les parois rocheuses semblaient vouloir se rapprocher, comme pour le broyer. Instinctivement, il tenta d'accélérer l'allure, mais c'est Gunther qui rythmait leur pas. Seth essaya de chasser son anxiété en la traitant de douce claustrophobie. Le véritable danger se trouvait devant.

Les documents de la mallette en métal fournissaient la description d'une série d'ingénieux pièges mortels installés par les nazis pour protéger leur trophée, comme ces mitraillettes dont la détente se déclenchait sous la traction d'un fil caché.

— Exactement comme celles que les Allemands de l'Est utilisaient le long du mur avant la réunification, commenta Zoé.

Ensuite étaient mentionnées des fosses tapissées de pointes acérées.

Cette fois-ci, c'est Seth qui fournit le commentaire :

— Exactement comme celles des Vietnamiens du Nord.

Des conteneurs entiers remplis de napalm étaient cachés et prêts à calciner ceux qui déclencheraient leur mécanisme diabolique. Et ceux qui, miraculeusement, survivraient à ce brasier, mourraient d'asphyxie, les flammes ayant consommé tout l'oxygène de la galerie. Dans les espaces plus larges, où la cristallisation du sel était stabilisée, des mines antipersonnel guettaient le visiteur indésirable.

Tous ces dispositifs et ces pièges – ainsi que les méthodes pour les éviter ou les désamorcer – étaient minutieusement marqués sur les cartes.

Mais l'éventualité d'objets piégés posés à la dernière minute, et qui n'étaient mentionnés nulle part, intriguait Ridgeway au même titre qu'une petite note manuscrite retrouvée à l'intérieur de la couverture du petit carnet.

— Que signifie le mot « pfeil » ? demanda-t-il à Gunther.

— Cela veut dire « flèche ».

Mais ils n'avaient pas trouvé d'autres mentions concernant des flèches. Seth les avait oubliées jusqu'à l'instant où il repassa encore une fois dans sa tête la liste de tous les traquenards et pièges qui les guettaient, là-bas dans le noir, pour les empêcher d'entrer.

La lampe de Gunther sembla soudain dispenser une lumière plus éclatante. Ridgeway se rendit compte que l'Autrichien venait d'atteindre une partie de la galerie où les murs avaient été blanchis à la chaux. La petite colonne avançait à présent d'un pas plus vif. Tous avaient envie de quitter au plus vite les parois rocheuses si instables et d'atteindre la mine de sel plus sûre. Quelques instants plus tard, le faisceau lumineux parut faiblir à nouveau. Ils venaient de pénétrer dans une vaste grotte ayant les dimensions d'un immense auditorium.

Gunther s'arrêta.

— Rallumez tous vos lampes, pour un instant.

Zoé, Seth et Stratton poussèrent, en chœur, un cri d'admiration lorsqu'ils découvrirent les dimensions extraordinaires de la caverne blanche.

— Ici, les formations de sel sont d'une très grande stabilité, expliqua Gunther. Aussi, ces mines n'ont pas seulement été utilisées par les Allemands pour conserver en sécurité des œuvres d'art et autres trésors volés, mais ils y avaient aussi installé des usines entières. Ils pouvaient ainsi continuer à travailler, à l'abri des bombardements des Alliés. Dans les montagnes qui nous entourent, on trouve un très grand nombre de tels sites.

Morgen prit la parole.

— Certaines d'entre elles sont si spacieuses qu'elles ont été utilisées par des juifs et d'autres fugitifs pour se cacher des nazis. Des familles entières y avaient trouvé refuge. De l'autre côté de la vallée, il y a des cavités désormais scellées : ce sont des tombeaux contenant les restes de ceux que les nazis avaient découverts dans les mines et exécutés.

Le vieux prêtre hocha la tête tristement, puis se tournant vers Gunther, fit signe de continuer. L'Autrichien leur demanda d'éteindre à nouveau leurs torches. En avançant, Ridgeway remarqua sous ses pieds une étroite ligne brune tracée dans le sel, sans doute faite par Gunther et ses hommes quand ils avaient creusé le passage vers la mine de Habersham.

Le sentier étroit contournait maintenant un amoncellement de planches, d'échafaudages métalliques rouillés et un grand cône de sel provenant d'un effondrement partiel du plafond de la grande grotte.

Quelques instants plus tard, ils quittèrent la grande grotte pour entrer dans une galerie aux dimensions confortables.

Les parois de sel blanches réfléchissaient la lumière de la puissante torche de Gunther d'une telle manière que les murs semblaient éclairés de l'intérieur.

Cinquante mètres plus loin, des monceaux de sel, s'élevant parfois jusqu'au plafond, obstruaient presque la galerie par endroits.

Gunther se tourna vers eux.

— Tout ceci, nous l'avons pelleté pour creuser le tunnel.

Après cinquante autres mètres, ils aboutirent à un passage grossièrement creusé dans la roche. La file indienne s'immobilisa. Maintenant, de grandes quantités de sel bouchaient complètement la galerie – en tout cas, aussi loin que portaient les rayons de lumière – qui partait sur la droite.

Le groupe s'attroupa autour de l'ouverture. Seth grimpa sur le tas de sel pour mieux voir. Zoé, se hissant sur le petit amas à quatre pattes, le rejoignit.

Le tunnel mesurait à peu près deux mètres de haut et un de large. Il faisait penser à un cercueil, se dit Ridgeway de façon quelque peu macabre. Gunther darda sa puissante torche dans l'ouverture et ils virent un long passage droit, qui continuait bien au-delà du faisceau lumineux. Ridgeway consulta sa montre : il était exactement treize heures.

— Je pense qu'il serait bon de revoir certaines choses avant d'y entrer. De rappeler les aspects importants que nous avons étudiés la nuit dernière, dit Gunther. Tout d'abord, n'oubliez pas que le sol est truffé de mines anti-personnel. Les plans indiquent leur emplacement, sauf autour de la dernière grotte, qui fait office de coffre-fort. Là, les mines dissimulées sont encore plus nombreuses.

Il fixa son regard sur l'homme trapu et corpulent qui, la nuit précédente, avait aidé à capturer Stratton.

— C'est pourquoi, Richard va nous précéder avec un détecteur de métaux. J'espère que l'humidité aura fait rouiller les détonateurs, mais nous ne pouvons pas forcément compter là-dessus.

D'une voix grave, Gunther les mit encore une fois en garde.

— N'oubliez pas ! Nous n'avons encore jamais pénétré dans cette mine. Il nous fallait la carte enfermée dans le coffre-fort de Zurich. Donc, dès l'instant, où nous poserons nos pieds de l'autre côté de ce passage, nous serons en terrain inconnu. Et à cause des différences entre les plans de la compagnie minière et ceux des nazis, nous ne savons pas à quel endroit exact nous allons aboutir...

— En clair, cela signifie que nous ignorons sur quels pièges nous allons tomber au début, n'est-ce pas ? demanda Zoé d'une petite voix étouffée.

Après une courte hésitation, Gunther hocha affirmativement la tête

— Oui... mais je crois savoir où nous allons débou-cher.

— Je prie pour que vous ayez raison, ajouta le père Morgen.

S'adressant à tous, il demanda, du même ton empreint de gravité :

— Voulez-vous que nous priions ensemble avant de pénétrer dans le passage ?

Les têtes s'inclinèrent, à l'unisson. Seul, Ridgeway, un peu à l'écart, demeura tête droite. Aucune prière ne naissait dans son cœur. Hans Morgen commença par réciter le Psaume 23 : « L'Éternel est mon berger, je ne manquerai de rien. Il me fait reposer dans de verts pâturages Il me dirige près des eaux paisibles. Il restaure mon âme. Il me conduit dans les sentiers de la justice, à cause de Son nom. »

Intérieurement, Zoé rectifia : « Elle me fait reposer. Elle me dirige… à cause de Son nom à Elle. »

La voix du vieil homme devint plus intense : « Quand je marche dans la vallée de l'ombre de la mort, je ne crains aucun mal, car Tu es avec moi. Ta houlette et Ton bâton me rassurent. »

Dans le silence absolu de cette galerie souterraine, il y eut des « amen » murmurés avec ferveur. Seul Ridgeway demeura silencieux.

Le prêtre prit ensuite le pain des montagnards, qu'il brisa, ainsi qu'une gourde d'eau pour l'Eucharistie. Seth ne participa pas. En silence, les autres se servirent. Puis, ils s'absorbèrent ensuite dans une méditation commune. Ils ressemblaient à des parachutistes qui se recueillent avant d'être largués dans le vide.

Zoé et Seth étaient debout l'un contre l'autre. Il sentit sa chaleur et son amour. Comme il aurait aimé pouvoir partager ses certitudes spirituelles qui lui faisaient si cruellement défaut à présent.

Puis, sans dire un mot de plus, ils se remirent en route. Ils en avaient discuté largement et chacun savait exactement ce qu'il avait à faire. Richard Stehr fut le premier à passer, suivi de Gunther, Seth, Zoé et le père Morgen. George Stratton fermait la marche.

Avec une certaine réticence, Ridgeway suivit la silhouette noueuse, mais toujours vigoureuse, de Gunther dans l'étroit boyau.

Ils avaient à peine avancé pendant une minute qu'un chuintement d'eau s'entendit de plus en plus fortement.

Ridgeway interpella Gunther.

— Qu'est-ce que c'est ?

— Une rivière souterraine, répondit Gunther sans ralentir. Je connais son chant depuis des années maintenant. Au début, cela me faisait peur...

Il fit une pause comme pour chercher les mots qui pourraient le mieux exprimer ce qu'il ressentait.

— À présent, elle est devenue une vieille amie.

Ridgeway, lui, éprouvait nettement moins d'optimisme, car le puissant ruissellement et les vibrations sous ses pieds augmentaient à mesure qu'ils avançaient. Dans l'étroit tunnel, l'angoisse et la tension étaient à présent palpables, les enveloppant et les poussant vers l'avant. De plus en plus vite.

Après dix minutes de cette marche accélérée, la torche de Richard éclaira enfin le mur blanc qui bloquait l'embouchure du boyau. En son centre, Ridgeway crut voir un trou de la taille d'un poing.

— Nous voilà arrivés au terminus !

Gunther criait. Le vacarme de l'eau était si fort maintenant qu'il fallait hurler pour être compris, même à quelques mètres.

— Il n'y a plus que trois centimètres d'épaisseur !

Il désigna le mur. Lorsque tous furent rassemblés autour de lui, Gunther demanda à Seth de lui passer la pelle attachée sur son sac à dos.

Seth était en train de défaire la cordelette, quand Richard se mit à crier. Seth le chercha des yeux. Il était tombé ! Il leur faisait face, les bras tendus dans leur direction, dans un geste d'appel au secours.

— Aidez-moi ! hurlait-il paniqué.

Aussitôt, Gunther jeta son sac à terre et se laissa glisser sur le ventre. Lentement, il rampa vers Richard dont on ne voyait plus désormais que le buste.

Seth mit plusieurs secondes avant de réaliser que l'homme s'était enfoncé dans le sol de la galerie. Faisant des moulinets désespérés avec ses bras, il était happé toujours plus loin. Autour de lui, le sel compact s'était transformé en une eau sombre. À sa surface, la condensation formait une légère couche de brume dans l'air froid.

Gunther avançait à présent avec la plus grande prudence. Afin de mieux équilibrer son poids, il avait écarté bras et jambes. Il était impossible de savoir jusqu'où l'eau avait déjà sapé la couche de sel. Sans perdre une seconde, Seth laissa aussi tomber son chargement, se jeta de tout son long sur le sol et saisit fermement les chevilles de Gunther.

Il leva les yeux. Il n'y avait plus que la tête de Richard qui émergeait du trou visqueux. Avec des gestes frénétiques, l'homme tenta d'agripper la main tendue de Gunther. Autour de lui, d'autres morceaux de sel se désagrégèrent et disparurent dans le cratère. Seth sentit Gunther s'étirer au maximum pour saisir les poignets de l'Autrichien. Puis, il hurla en direction de Seth.

— Tirez ! Tirez-nous tous les deux ! Maintenant !

De toutes ses forces, Seth s'arc-bouta pour lutter contre la force aspirante du torrent souterrain. La traction salvatrice se fit centimètre par centimètre.

Ridgeway sentit deux bras vigoureux le saisir à la ceinture. Stratton avait dépassé Zoé et Morgen dans le goulet pour venir à leur secours.

Dix centimètres, vingt, un demi-mètre. Ils progressaient. Soudain, un cri strident s'éleva du gouffre. Ridgeway et Stratton tombèrent à la renverse lorsque, à l'autre bout, la tension se relâcha brusquement. Richard poussa un dernier cri puis disparut dans l'eau noire.

Ils demeurèrent assis là. Trop hébétés pour faire le moindre geste. Zoé se précipita vers Seth et l'entoura de ses bras. L'instant d'après, les pleurs tourmentés de Gunther s'élevèrent dans la galerie. Le père Morgen se précipita pour le réconforter.

— Ce n'est pas de ta faute, Gunther.

Le prêtre prit son vieil ami dans ses bras.

— Mais je l'ai lâché !

L'accablement de l'Autrichien faisait peine à voir. Il gémissait.

— Je le tenais et puis je l'ai lâché…

Il recommença à pleurer doucement.

— Tu as fait tout ce que tu pouvais.

Hans Morgen continuait à le réconforter.

Seth, Zoé et Stratton restèrent pétrifiés sans bouger et sans parler jusqu'au moment où Stratton leur fit signe de le suivre jusque dans la grande grotte auditorium qu'ils avaient traversée peu auparavant.

Gunther et Morgen les attendaient en silence quand ils revinrent en portant deux longues planches assez larges. Stratton et Ridgeway durent manœuvrer un moment avant de réussir à les introduire dans l'étroit goulet. Zoé ramena Morgen et Gunther en arrière pour installer les poutres qu'ils avaient dégagées d'un grand tas de débris.

Cela leur prit plus d'une heure, mais lorsqu'ils eurent terminé, le tunnel était étayé par les planches.

Gunther reprit son rôle de leader.

— Il faut nous dépêcher. Maintenant que l'eau a fait irruption, il est impossible de savoir combien de temps les bords de la crevasse tiendront. Notre petit pont risque d'être rapidement englouti.

Derrière Gunther, ils passèrent sur les planches. L'Autrichien, sans perdre de temps, s'attaqua tout de suite à l'élargissement du passage. Il travailla avec l'acharnement et la hargne d'un homme qui se punit lui-même. Lorsque l'ouverture le permit, il y passa sa tête, tel un marin à travers un hublot, et fit de larges cercles avec sa torche pour explorer ce qu'il y avait face à lui. Il prit ensuite son temps pour étudier avec le plus grand soin les plans qu'il avait trouvés dans la mallette noire. Après un dernier regard sur les indications, il passa une nouvelle fois la tête à travers le « hublot » de sel afin de comparer la réalité avec le document laissé par les nazis.

Il finit par revenir vers le petit groupe et étala la carte sur le sol. Seth, Zoé, Morgen et Stratton se rapprochèrent pour mieux voir.

— Nous sommes ici, dit-il en indiquant un point tout près de la jonction des deux galeries. J'avais calculé que l'on devrait sortir…

Il glissa sur la carte un doigt abîmé.

— … ici exactement.

Sa fierté chassa pour un instant sa douleur.

— Nous ne sommes qu'à cinquante mètres du point prévu. De toute manière, ce qui est essentiel, c'est de toujours savoir où nous nous trouvons exactement.

Sans s'attarder davantage, il replia la carte. Chaque instant comptait. Gunther élargit rapidement l'ouverture dans le mur de sel pour qu'ils puissent passer. Une fois de l'autre côté – dans la mine de Habersham proprement dite –, l'Autrichien insista pour que chacun avance, toujours en file indienne, séparé des autres d'au moins cinq mètres. Seuls Seth et Zoé désobéirent à cette consigne.

Avec Richard, ils avaient également perdu le détecteur de métaux. Aussi, Gunther fut-il obligé de vérifier constamment sur le plan les endroits où étaient signalées les mines anti-personnel. Il avait un mètre à la main qu'il déroula derrière lui. L'autre extrémité devait continuellement être tenue par le père Morgen, qui protesta vivement de se voir confier une tâche aussi peu risquée, mais il se plia aux ordres.

Zoé fut chargée de saupoudrer par endroits le sol de petites quantités de noir de carbone. Grâce à ce marquage, ils retrouveraient la sortie sans difficulté.

Le carbone se trouvait dans des boîtes en fer-blanc et Zoé eut vite fait de découvrir que le sac à dos de Seth en était rempli à ras bord.

Tous avaient à présent allumé leurs torches et leurs yeux scrutaient attentivement le sol et les parois de la galerie afin de détecter d'éventuels objets piégés non mentionnés sur les plans.

Il était 14 heures 30 quand ils tombèrent sur leur première mitraillette piégée.

— Stop !

Ils venaient d'arriver à une intersection. Gunther, prudent, dirigea sa torche vers le sol.

— Regardez ici.

À hauteur des chevilles, un fil très fin traversait le croisement dans son centre. Gunther leur fit signe de ralentir. Ils s'arrêtèrent tout près du piège. L'Autrichien éclaira la galerie qui partait sur la droite. Il n'y avait rien d'autre que le poteau auquel le fil était attaché.

Dans la direction opposée, ils virent la mitraillette installée sur un trépied. De sa base carrée émergeait un long canon entouré d'un tube perforé qui assurait le refroidissement par air. Comme hypnotisés, ils restèrent là quelques instants. Ils s'attendaient presque à ce que la mitraillette se mette à tirer.

Gunther leur demanda de reculer. Ridgeway se positionna de manière à pouvoir observer l'homme qui se dirigeait droit sur la mitraillette. Il en saisit le canon pour le faire pivoter vers le mur de sel puis, d'un coup sectionna le fil avec une pince. Les deux bouts retombèrent mollement sur le sol.

N'ayant fait que quelques pas pour rejoindre le groupe, Gunther se ravisa. Il fit demi-tour, se pencha sur la mitraillette et pressa la détente. Immédiatement, la terrible arme reprit vie et cracha ses rafales, déchirant le silence de la galerie de sa fureur.

Puis, tout aussi soudainement, ce fut à nouveau calme.

Une forte odeur de cordite enveloppait Gunther, ainsi que les fantômes de l'ancien ennemi. Tous le sentirent obscurément quand l'Autrichien s'approcha du groupe : « Voilà pourquoi il faut redoubler de prudence. »

Gunther demanda qu'on lui passe le mètre qu'il fixa au centre de l'intersection avant de le dérouler dans la galerie de gauche. Consultant constamment les plans, il contourna les endroits minés. Presque une centaine de mètres plus loin, il se baissa et arracha le camouflage d'une fosse profonde. Ils entendirent le fracas des planches tombant dans le trou béant en dégageant un épais nuage de poussière. Chacun à leur tour, en passant, projeta le faisceau de sa torche dans la redoutable fosse. Comme les autres, Zoé baissa sa lampe tout en se faufilant prudemment entre l'excavation et la paroi : le fond était hérissée de longues pointes en métal.

Les mines furent plus fréquentes encore et ils durent désamorcer de plus en plus de pièges et de traquenards à mesure qu'ils approchaient de la chambre forte contenant les reliques.

Une grotte presque aussi vaste que celle qu'ils avaient baptisée « auditorium » leur réserva leur première surprise. Ils y avaient pénétré avec une lenteur extrême, explorant chaque centimètre. Ici, comme dans la galerie, ils durent contourner des champs de mines se touchant presque. Il y avait à peine la place pour poser un pied entre les déclencheurs.

Gunther prit l'une des boîtes de noir de carbone pour indiquer soigneusement les maigres espaces où l'on pouvait poser les pieds. Il fallait la plus grande précision, car, ici, glisser ou perdre l'équilibre signifiait à coup sûr être déchiqueté par les charges d'explosifs dissimulées dans le sel.

Le dernier champ de mines avait une largeur de quinze mètres à peu près. Gunther les fit attendre à une distance d'une cinquantaine de mètres. Il entama alors, seul, un périlleux parcours entre les pièges. À cette distance et dans la pénombre, il ressemblait à une ombre projetée sur un écran, dansant un étrange ballet.

Personne ne parla. Immobiles et retenant leur respiration, ils regardaient Gunther. Zoé vit que le père Morgen remuait les lèvres dans une prière silencieuse.

Après une éternité, Gunther se redressa et les appela d'une voix triomphante.

— Tout est propre. Vous pouvez venir ! Un à la fois !

Zoé sentit la peur monter en elle lorsque Seth traversa le premier. Il se retourna vers elle.

— Pourquoi ne pas rester là-bas ?

— Pas question !

Elle avait répondu avec une bravoure qu'elle n'éprouvait nullement.

Seth sentit ses mains trembler pendant que Zoé faisait le périlleux parcours. Elle ressemblait à une ballerine dansant un solo mortel. La regarder avancer ainsi le mettait à l'agonie. Encore un pas, encore…

Elle semblait marcher depuis une éternité sans avancer d'un pouce. Tout à coup, elle fut dans ses bras. Ce fut ensuite le tour du père Morgen, puis de George Stratton.

Tous sains et saufs, ils se regroupèrent autour de Gunther, qui vérifia une fois encore les plans et énonça, solennellement, d'une voix émue :

— Et voilà la chambre forte.

La grotte avait environ soixante-quinze mètres de diamètre et une hauteur de dix à douze mètres.

— Le plan n'indique aucun piège ici.

Le sol irrégulier était couvert de toutes sortes de déchets, de nombreux emballages et de cageots.

— Ah oui, je me souviens…

Le père Morgen parla comme dans un rêve. Il regardait autour de lui tel un somnambule qui, subitement, sort de sa transe.

— J'étais ici.

Il le dit, comme s'il devait s'en convaincre lui-même.

— C'est ici même que je me trouvais ! Il y a plus d'un demi-siècle… toute une vie…

Il promena sa torche dans la caverne.

— Nous sommes entrés par là… puis de ce côté…

Le rayon de sa lampe s'immobilisa sur l'entrée d'un autre passage.

— Et la chambre forte principale est là, sur la droite.

Sa voix était pleine d'assurance à présent. Tous fixèrent le faisceau de sa torche.

— La voici.

La lourde porte blindée était parfaitement enchâssée dans la roche grise. Elle était grande et ne portait pas la moindre trace de rouille. Vue de là où ils se trouvaient, elle ressemblait comme une jumelle à celle qui défendait l'accès à la salle des coffres au sous-sol de la Thule-Gesellschaft Bank.

— Il ne peut pas y avoir de mines ici...

Morgen parlait toujours avec cette voix irréelle, celle du rêveur décrivant son paysage onirique.

— ... parce qu'il y avait beaucoup de soldats à cet endroit. Ils marchaient partout, sans prendre la moindre précaution. J'étais là, avec le sergent qui me montrait tout. L'entrée principale était solidement gardée et les autres accès diaboliquement piégés.

Ridgeway en tête, le petit groupe avança en direction de la porte blindée. Ils avaient fait environ la moitié du chemin quand l'Américain sentit sous ses pieds que le sol, à un certain endroit, marquait un très léger creux. Au même moment, il perçut un faible déclic métallique provenant de l'autre bout de la grotte. Un mécanisme venait de s'enclencher.

— Tous à plat ventre ! Vite !

Il hurla et plongea lui-même au sol, entraînant Zoé avec lui. Un seul coup de feu déchira l'air et éclata à leurs oreilles. Ridgeway aurait juré qu'il avait entendu la balle siffler au-dessus de sa tête. Ils attendirent encore quelques secondes puis continuèrent à avancer. Tout près de la porte blindée, Ridgeway explora les abords avec sa torche. Là aussi, des emballages, des débris étaient éparpillés un peu partout. Au milieu, des squelettes portant l'uniforme des

SS étaient entassés ! Il y en avait plus d'une vingtaine. Mais, comme anesthésiés par toutes les horreurs qu'ils avaient déjà vues, ils n'eurent aucune réaction face à ces ossements et à ces crânes émergeant des uniformes vert-de-gris. Personne ne s'arrêta.

Ridgeway imagina qu'ils étaient revenus, enfin, écrire le chapitre final d'une guerre qui avait commencé à une autre époque. Et, toujours et encore, l'ennemi combattait comme si la destinée attendait d'être enfin accomplie.

La première porte blindée de la chambre forte était pourvue d'un mécanisme dont les combinaisons de chiffres devaient être actionnées simultanément pour déclencher l'ouverture. Zoé énuméra à voix haute les codes tandis que Seth, du côté droit, et Gunther, à gauche, formaient en même temps les chiffres indiqués dans le petit livre.

— À gauche : tourner à gauche jusqu'à vingt-sept.

La jeune femme déchiffra le document éclairé par Stratton.

— À droite : tourner à gauche jusqu'à cinquante-neuf… Attention. Ensemble !

Ayant suivi les instructions, Seth et Gunther attendaient la suite.

— C'est tout ?

Zoé vérifia encore une fois.

— Il n'y a pas d'autres chiffres.

Gunther et Seth échangèrent un long regard avant de se tourner vers le père Morgen, comme s'ils avaient communiqué par télépathie.

— Mon père…

Le ton de Gunther exprimait un profond respect.

— À vous l'honneur !

Hans Morgen s'avança vers la porte, avec l'hésitation et la dignité d'un homme qui est sur le point de vivre l'accomplissement de l'œuvre de toute sa vie. Il saisit la poignée de la porte blindée et la tourna dans le sens des aiguilles d'une montre. Quelque part, dans les entrailles du mécanisme protégé par l'acier massif, il y eut un cliquetis sourd. Lentement – et pour la première fois depuis des décennies – les rouages invisibles bien huilés se mirent en branle.

Ce bruit mécanique fit penser aussi à celui de cette autre chambre forte bien calfeutrée au sous-sol d'une rue de Zurich. Comme si la même main les avaient fabriquées dans le même dessein.

Le vieux prêtre tira. Rien.

À la pensée qu'ils n'avaient pas traversé toutes ses épreuves pour échouer si près du but, Ridgeway avança et mit sa main au-dessus de celle de Morgen. Ensemble, ils tirèrent. Toujours rien.

La joie et la profonde émotion avaient déserté les traits de Hans Morgen.

— Seth ? demanda Zoé d'une voix tremblante. Qu'est-ce qui ne va pas ?

— La porte. Le mécanisme s'est parfaitement déclenché à l'intérieur, mais la porte ne bouge toujours pas.

Il réfléchit un instant.

— Montre-moi les instructions.

Elle lui tendit les documents qu'elle venait de déchiffrer. Son mari les étudia attentivement, avec Gunther regardant par-dessus son épaule. Au bout de quelques minutes, il passa les papiers à l'Autrichien.

— Nous avons procédé exactement comme indiqué.

Ridgeway était perplexe.

— Ce sont peut-être les gonds ou quelque chose comme ça ?

Le visage du vieux prêtre avait perdu toute expression. Absorbé dans ses pensées, il ne semblait plus là.

— Je crois me souvenir qu'il y avait une ouverture automatique. Un mécanisme qui jouait dès qu'une personne y pénétrait.

Ses efforts pour se rappeler déformait jusqu'à sa voix.

— À l'époque, la porte s'était ouverte d'elle-même lorsque le sergent me fit entrer.

Gunther aussi réfléchissait activement.

— C'est peut-être un élément que le commandant du camp a ajouté à la procédure ?

Haussant les épaules, Ridgeway fronça les sourcils. De longues minutes plus tard, il se tourna vers Gunther.

— Prenez votre corde et attachez-la à la poignée !

Sans poser de question, l'Autrichien s'exécuta. Lorsque le nœud fut solidement fait, Ridgeway les fit se positionner comme pour une lutte à la corde. Lui-même s'attribua le poste clé au bout.

— Tirez !

Alignés, ils reculèrent d'un pas et la corde d'escalade en Nylon se tendit. Mais la porte ne bougea pas d'un millimètre.

— Plus fort !

Seth cria comme pour décupler leur force.

— Tirez plus fort !

Pendant quelques secondes, on n'entendit plus que le frottement des lourdes semelles cherchant un appui sur le sol glissant, mélangé au halètement laborieux des poumons en plein effort.

Soudain, la porte céda. Avec un grand soupir, elle s'ouvrit en un lent mouvement.

— Merci, Seigneur ! murmura Morgen.

À l'intérieur, ils découvrirent une pièce d'une autre époque. D'une largeur d'environ cinq mètres, elle mesurait plus du double dans le sens de la longueur. Il y avait un bureau avec un secrétaire, un fauteuil, une lampe et une longue table de conférence. Un tapis recouvrait le sol. Les murs étaient lambrissés, sauf celui du fond dans lequel était encastré un coffre-fort.

L'un après l'autre, ils y entrèrent en silence. Presque religieusement. Hans Morgen avançait comme dans un rêve oublié depuis longtemps.

Les faisceaux des torches balayaient les murs en tous sens.

— Là ! s'exclama Morgen en pointant le doigt vers le centre du mur de droite.

Ridgeway avait beau regarder, il ne vit pas ce que le vieux prêtre indiquait. Devant leur incompréhension, Morgen s'approcha du mur et effleura un clou.

— C'est ici qu'était suspendu, le tableau !

L'excitation l'empêchait presque d'articuler.

— Le sergent von Halbach l'avait enlevé d'ici. J'en suis sûr ! J'étais à ses côtés lorsqu'il l'a pris.

Il se retourna vers le groupe comme s'il s'attendait à affronter leur incrédulité. Mais Gunther et Seth s'approchèrent rapidement. Il fallait en finir avec la dernière étape de l'opération. Tous trois se dirigèrent alors au fond de la grotte et étalèrent les documents sur la grande table.

— Le système de sécurité est standard, constata Gunther avec une sorte de satisfaction. Mais, une fois la porte du coffre ouverte, nous ne disposerons que de dix secondes pour insérer le lingot d'or dans la cavité prévue à cet effet.

Le doigt sur le plan, l'Autrichien leur montra – d'abord sur le papier, ensuite sur la porte blindée du coffre-fort – l'espace où le lingot devait être introduit. Un cache en métal protégeait la petite cavité.

Ridgeway retira le lingot d'or de son emballage.

— Il y a, sans doute, un contre-poids de l'autre côté et le mécanisme est activé dès qu'un objet de la taille et du poids correspondant est inséré.

Seth approuva la théorie que Gunther venait d'énoncer.

— Pourriez-vous m'éclairer ?

Il prit la lampe alors que l'Autrichien commençait à tourner les manettes pour entrer la combinaison. Il y avait seize chiffres en tout et Gunther les forma lentement, avec précision. Le code à peine terminé, ils entendirent un grand déclic suivi d'un bourdonnement sourd. Le mécanisme fonctionnait. Seth regarda la trotteuse de sa montre : 15 heures, 13 minutes et 26 secondes.

— Passez-moi le lingot, ordonna Gunther d'une voix rauque.

Seth le lui tendit.

13' 29".

Gunther était à présent devant le coffre. Ses mains se mirent à trembler lorsqu'il approcha le lingot de la cavité.

13'30.

Il poussa un juron : l'objet précieux vacilla dans sa main.

13'31.

Avec un léger bruit sourd, il chuta sur le tapis.

Gunther et Seth tombèrent à genoux en même temps alors que le mécanisme continuait son bourdonnement sonore.

13'34.

Gunther passa le lingot à Ridgeway.

— Faites-le, vous !

Seth se remit debout.

13'37.

D'un geste rapide et précis, il plaqua le lingot dans la petite cavité où il fut aussitôt avalé, disparaissant de leur vue. Le bourdonnement s'était arrêté.

— Avons-nous réussi ?

Gunther se tourna anxieusement vers Seth.

— On a un retard d'une ou deux secondes.

Tout en parlant, Ridgeway saisit la poignée.

— Allons, j'essaye.

Il s'apprêtait à tourner lorsque Zoé s'écria.

— La porte ! Seth ! La porte se ferme !

Seth fit volte-face et vit que, effectivement, la porte blindée de la chambre forte tournait lentement sur ses gonds.

Seth aboya des ordres brefs.

— Stratton, Zoé et père Morgen, vous sortez et vous tirez la corde pour essayer de ralentir la fermeture. Moi, je vais aider Gunther.

Avant qu'aucun d'eux ne bouge, Gunther était déjà en train de tourner la poignée du coffre. Tout de suite, le sifflement de ressorts, qui se détendent brusquement, se fit entendre. Une demi-douzaine de flèches fendirent l'air se fichant avec force dans les lambris entourant le coffre-fort. L'une d'elles toucha Gunther à la poitrine et le cloua au mur.

— Pfeil !

En entendant le cri de Gunther, Seth se rappela le mot mystérieux qui, à présent, prenait tout son sens funeste. Voilà qu'ils les avaient trouvées, les flèches…

Le prêtre se précipita vers son vieil ami, mais Ridgeway l'en empêcha aussitôt.

— Je vous en prie, mon père, sortez maintenant !

Du coin de l'œil, il vit que la porte de la chambre forte continuait à se fermer.

Se tournant vers Stratton et Zoé, il leur désigna le prêtre désemparé.

— Amenez-le vite dehors ! Je vais secourir Gunther !

Prenant Morgen par les épaules, il le poussa énergiquement vers la porte qui, déjà, s'était fermée d'un tiers.

— Sortez ! Tous !

Le désespoir le faisait hurler.

Stratton saisit le vieux prêtre fermement et l'entraîna vers la sortie. Zoé, elle, ne fit pas un mouvement.

Seth se précipita vers Gunther. Il semblait à peine conscient. Sa bouche faisant des mouvements désespérés comme un poisson hors de l'eau. De sa blessure, le sang avait jailli et déjà le tapis était teinté de rouge. La flèche avait traversé sa poitrine à droite, près de l'épaule. Seth vit tout de suite que le sang ne moussait pas : le projectile n'avait pas touché les poumons. Il avait une chance de survivre s'il voyait rapidement un médecin.

Seth regarda le blessé puis, de nouveau, la porte. Celle-ci était déjà à moitié fermée. Il ramena son attention sur Gunther. Il saisit le robuste Autrichien par les épaules.

— Désolé, ça va faire terriblement mal !

L'homme âgé regarda Ridgeway. Les yeux embués de douleur, il hocha faiblement la tête.

Seth prit une profonde inspiration avant d'arracher Gunther du harpon qui l'avait littéralement cloué contre le mur. Le blessé hurla épouvantablement. Soudain, de façon totalement imprévisible, il repoussa Ridgeway de toute la force dont il était encore capable, et se traîna vers le coffre.

— Gunther, qu'est-ce…

Ridgeway n'en revenait pas. D'où l'Autrichien pouvait-il puiser cette énergie ?

— En arrière…

La voix de Gunther s'était subitement transformée en un chuchotement désespéré et déterminé à la fois. Pendant un court moment, il dut s'adosser. De précieuses fractions de secondes s'écoulèrent.

À nouveau, Seth constata avec anxiété que la porte blindée se fermait inexorablement. Ramenant son attention sur Gunther, il le vit – la tête dans coffre – fourrager fébrilement à l'intérieur. Soudain, il saisit quelque chose d'assez lourd et se retourna.

Seth demeura bouche bée. Dans ses mains, Gunther brandissait, triomphalement, un coffret en or incrusté de pierres précieuses, qui miroitaient dans la lumière avec les reflets rouges, verts et blancs. Soudain, dans le silence de la grotte, une nouvelle pluie mortelle de flèches siffla dans l'air. Seth sentit son corps se raidir. Le coffret, une fois retiré de son socle, avait dû déclencher cette terrible volée qui sembla durer des secondes.

Une des longues flèches traversa la joue de Gunther. La violence de l'impact souleva l'homme et le projeta contre le mur. Deux autres projectiles le harponnèrent au ventre, mais ses yeux ouverts ne tressaillirent pas. Le coffret incrusté de gemmes était tombé. Son contenu s'éparpilla sur le sol.

— Seth. Dépêche-toi ! La porte !

Ridgeway lança un regard paniqué vers la sortie. Il ne restait plus qu'une fente. Mais, immédiatement, ses yeux retournèrent vers ce que le coffret venait de libérer : un rouleau de tissu et de vieux parchemins. S'il abandonnait maintenant, toutes ces morts auraient été vaines. Et les tueries ne s'arrêteraient pas.

Luttant contre la panique, Seth tomba à genoux et ramassa rapidement les objets puis les fourra dans le coffret et en ferma le couvercle.

— Vas-y, maintenant !

Hurlant cet ordre à Zoé, il plongea, à son tour, vers la porte. Plus que quelques centimètres. Zoé s'y glissa sans difficulté.

Il lui lança le coffret à travers l'étroite ouverture. Elle l'attrapa. Seth se glissa de toutes ses forces dans le maigre interstice. La fente diminuait toujours. Mon Dieu, il ne passerait pas !

Il sentit le tranchant de l'acier lui rentrer dans la chair comme des mâchoires qui le clouait contre le chambranle. À présent, il paniquait. Je ne peux plus bouger, plus respirer, voulait-il hurler.

Dans un ultime sursaut, il poussa de toutes ses forces, pour écarter la porte. Après une éternité pendant laquelle rien ne bougea, son corps glissa finalement à travers l'étroit passage. Il retomba de l'autre côté, son visage heurtant violemment le plancher de sel.

CHAPITRE 35

Passez-moi le coffret ! lança Stratton d'une voix arrogante et incisive.

Mais Zoé ne lui prêtait pas la moindre attention. Agenouillée à côté de son mari étendu sur le sol, elle n'avait d'yeux que pour lui. Il était encore complètement hébété et secoué d'avoir échappé de si peu à la mort. Son corps continuait à trembler depuis qu'il avait réussi à s'échapper in extremis de la chambre forte. Un centième de seconde plus tard et la lourde porte blindée l'aurait écrasé comme un insecte. Il était tombé de tout son long, heurtant lourdement le sol de sa tête. Le coffret des reliques gisait par terre. Avec fracas, la porte se referma.

Près de Seth gisait le squelette de l'un des SS en uniforme, mort depuis bien longtemps. Seth avait du mal à retrouver ses esprits et son souffle. La douleur le fit haleter et ses yeux gardaient encore l'horreur de l'image de Gunther cloué à deux reprises contre le mur. Jamais il ne pourrait oublier ce qu'il venait de vivre, les yeux saillants du vieil Autrichien agonisant et la vue macabre de son bras droit agité de soubresauts.

— Donnez-moi immédiatement le coffret ! hurla Stratton.

— Fous-nous la paix, Stratton !

Aucunement impressionnée, Zoé n'avait même pas tourné la tête avant de répliquer sèchement. Inquiète, toute son attention restait concentrée sur Seth. Elle se pencha sur son mari et tous deux échangèrent un long regard d'intense tendresse. Des larmes de soulagement et de gratitude brillaient dans leurs yeux.

— Le coffret ! Immédiatement !

Sa voix devenait insupportable.

Zoé, en colère, se tourna vers Stratton pour le faire taire. Mais ses paroles exaspérées lui restèrent dans la gorge à la vue du canon de l'arme pointée sur elle. De l'autre main, Stratton l'éblouit avec sa torche. Pour y voir quelque chose, la jeune femme plissa les yeux.

Elle n'arrivait pas à croire à la réalité de cette scène. L'espace d'une seconde, son cerveau refusa d'obtempérer.

En face d'elle, la voix arrogante répéta l'ordre :

— Le coffret ! Vite !

Dans l'obscurité, on entendit le frottement de grosses chaussures sur le sol.

Stratton se retourna.

— Vous, père Morgen ! ordonna-t-il en pointant sa torche sur le vieux prêtre qui avançait. Ne faites pas de bêtise. Arrêtez-vous ou je l'abats !

Seth réussit à se redresser.

L'homme semblait prêt à tout.

Seth leva la tête, ayant encore du mal à comprendre. Mais cette nouvelle menace finit par lui remettre la tête en place.

— Le coffret ! Maintenant…

Pour des raisons obscures, Stratton s'efforçait, à présent, d'adopter un ton plus patient.

Zoé lança un regard interrogateur à Seth qui hocha la tête. Pendant que la jeune femme se penchait pour ramasser l'écrin, Seth remarqua sur le sol un revolver dans son holster, toujours attaché à la ceinture d'un SS mort.

Stratton prit le coffret des mains de Zoé qui se rassit. Les reliques pesaient un bon poids, au moins vingt kilos.

Lentement, Stratton recula de plusieurs mètres. Juste assez pour pouvoir les atteindre, tout en étant lui-même hors de portée.

— Maintenant, éteignez vos torches et lancez-les vers moi !

Ils obéirent. Stratton ramassa les lampes et les empila à ses pieds. Puis, il se tourna vers Morgen.

— Rejoignez-les, mon père, dit-il en faisant un geste du bras en direction de Seth et Zoé. Asseyez-vous à côté d'eux.

Le vieux prêtre se dirigea vers le couple. Il regarda Seth qui l'invita d'un signe de la tête à s'asseoir à ses côtés.

L'homme de la NSA s'éclaircit la gorge.

— J'aurais aimé pouvoir éviter que les choses prennent cette tournure.

Tout en parlant, il posa sa torche sur le sol de la grotte, son rayon dirigé vers le petit groupe. Il retira son sac à dos et le posa par terre. Seth profita de cet instant pour se rapprocher imperceptiblement de l'arme du squelette.

— Mais ce à quoi nous avons affaire est d'une terrifiante portée spirituelle risquant d'affecter des millions d'âmes...

Agenouillé maintenant, Stratton ouvrit le sac d'une seule main.

— Que signifie une poignée de vies – la mienne y compris – en comparaison ? Peu de choses, vous serez d'accord avec moi.

Toujours avec une seule main, Stratton vida le contenu de son sac à dos : une trousse à pharmacie, une couverture de survie, une bouteille d'eau, des sachets de soupe déshydratée, un petit réchaud avec une casserole.

— Mais, n'est-ce pas la vérité qui doit primer ? demanda le prêtre d'une voix ferme, la voix d'un homme qui, depuis longtemps déjà, ne craint plus d'affronter la mort. Il est dit : « Vous allez connaître la vérité et la vérité vous apportera la liberté. »

— La vérité ? D'abord, je ne sais absolument pas ce que cela signifie et je pense que cela n'a guère d'importance, de toute manière.

La voix de Stratton était à présent au comble de l'excitation.

— Je ne connais qu'un Credo, la foi solide en quelque chose qui est de la première importance pour beaucoup de personnes. Je sais également que ce serait terrible de les priver de ce réconfort qui les aide à vivre. Les en priver pour la seule satisfaction d'étonner le monde avec une nouvelle « révélation » spirituelle !

Centimètre par centimètre, Seth se rapprochait du holster. Il réussit finalement à en saisir l'extrémité. Tâchant de ne faire aucun mouvement visible, il attira l'étui vers lui. Il fut surpris de la facilité du mouvement. Il aurait imaginé qu'un squelette entier pèserait plus lourd, comme si la mort devait avoir un certain poids.

Le prêtre s'apprêtant à parler encore, Stratton en colère le menaça de son arme.

— Laissez tomber, père Morgen ! Ce n'est pas la peine de retarder encore l'inévitable. Je suis incapable de vous abandonner ici, de vous laisser mourir de faim comme tous ces pauvres diables.

D'un geste, il désigna les squelettes de la grotte. Il y avait maintenant de la tristesse dans sa voix.

— Mourir de faim et de soif, c'est très long et très douloureux. Ne soyez pas inquiets…

Tout en parlant, il se baissa pour soulever le coffret ce qui était difficile avec une seule main.

— Il y aura deux balles pour chacun de vous. Je tirerai à la base du crâne. Je vous le promets, vous ne sentirez rien.

— « Tu ne tueras point », tonna le vieux prêtre qui, citant d'une voix grave la Bible dans cette grotte, ressemblait à un prophète de l'Ancien Testament.

— Arrêtez ça !

Stratton était visiblement au bord de l'hystérie.

— Je ne serai tout de même pas le premier à tuer pour protéger la foi !

Les doigts de Ridgeway entouraient à présent la fermeture à bouton-pression de l'étui du revolver. Doucement, il poussa. L'étui s'ouvrit avec un déclic quasi inaudible. De toute manière, Stratton était occupé, à présent, à enfouir l'écrin dans son sac à dos vide. D'un geste ferme et rapide, Ridgeway sortit l'arme de son étui. Le métal était froid et rassurant dans sa main.

Stratton avait finalement réussi à introduire le coffret dans son sac. Il lui fallait maintenant les deux mains pour en rattacher les courroies. Il posa sa torche sur le dessus.

Ridgeway avertit d'abord Morgen puis Zoé d'un petit coup discret avec le canon du revolver. Lorsqu'ils le regardèrent, il baissa les yeux vers l'arme dans sa main. Toute parole étant impossible, il espéra qu'ils avaient compris et se disperseraient, le moment venu.

Et le moment vint très rapidement. Ridgeway épiait le moindre mouvement de Stratton, qui avait refermé son sac avant de le jeter sur l'épaule. Il passa un bras dans la bretelle. Pour le bras droit, il serait obligé de tenir son arme avec la main gauche.

Ridgeway observait, guettait. Saisir la bonne occasion, voilà ce qui était essentiel, et faire feu avec une arme ayant connu un si long repos. Stratton ajusta la courroie gauche avant de la déplacer un peu pour que celle de droite se relâche davantage. Ses deux mains se touchèrent pour transférer l'arme. Pendant une fraction de seconde, il n'eut plus aucun doigt sur la détente.

Maintenant ! Seth leva le revolver, repoussant Zoé de l'épaule pour la sortir du faisceau de lumière.

L'expression de Stratton, préoccupée et ennuyée par ces préparatifs, fit place au plus grand étonnement lorsqu'il vit que ses otages s'étaient mis à bouger. Ses yeux lui sortirent de la tête quand il découvrit le revolver dans la main de Ridgeway. Il avait peur.

C'est Stratton qui tira le premier, mais l'arme tressauta trop dans sa main gauche pour qu'il puisse viser. Le père Morgen se leva rapidement et rejoignit Zoé dans l'obscurité. Ensemble, ils coururent vers un autre squelette dans l'espoir de mettre la main sur un deuxième revolver.

Ridgeway repoussa le chien de son arme, visa le milieu de la poitrine de Stratton et poussa la détente. Le bruit métallique sourd du chien tombant sur une munition morte résonna affreusement aux oreilles de Seth. Il plongea sur le sol, roulant hors du rayon de lumière de Stratton. L'agent de la NSA fit feu en même temps. La balle creusa une véritable tranchée dans le sel, à quelques centimètres des pieds de Ridgeway.

Tout en roulant sur le sol, Seth tira à nouveau. Cette fois-ci, le revolver rugit dans le noir, mais Stratton ne fut pas touché. La balle fit voler en éclats le mur de sel à la lisière du faisceau lumineux. En même temps, la torche se mit à danser et à faire des ricochets sur le sol. Dans cette lumière folle et irréelle, Seth aperçut Stratton courant vers la sortie de la grotte. La lampe avait fini par s'immobiliser, son rayon éclairait directement le passage. Tout le reste était plongé dans une obscurité cauchemardesque.

— Seth ?

C'était la voix de Zoé.

— Par ici !

L'instant d'après, ils étaient à nouveau tous les trois ensemble.

— Ridgeway !

La voix de Stratton se propageait en échos sourds renvoyés et multipliés par les parois souterraines.

— Ridgeway, j'ai encore pas mal de munitions en réserve. En plus, elles sont fiables et fonctionnent à tous les coups ! Jamais, vous ne parviendrez à m'apercevoir à temps alors que, moi, je sais très bien où vous devez passer.

— Stratton !

Seth cria d'une voix forte. Mais il n'y eut aucune réponse. Pendant quelques secondes, ils restèrent là, accroupis, sans oser bouger pour que Stratton ne puisse pas les repérer. Où était-il ? Est-ce qu'il attendait afin de récupérer sa lampe ? L'obscurité et l'espace exigu leur mettaient les nerfs à vif. Puis, ils virent que la lumière d'un bleu brillant virait au jaune en faiblissant. Sans elle, il serait impossible de suivre la trace de suie sur le sol qui menait à la sortie de la mine.

Seth demeura debout dans le noir, le revolver dans une main, l'autre tremblant d'indécision. Est-ce que la torche était un piège, un appât ? N'y tenant plus, Ridgeway rengaina l'arme dans sa ceinture et plongea en avant vers la torche qui gisait sur le sol. Dans un même mouvement, il la saisit et roula sur le côté. Fiévreusement, il l'éteignit et attendit la pluie des balles.

Rien ne vint. Dans la grotte, il n'y eut qu'un seul bruit : sa propre respiration. Est-ce que Stratton était parti ? Essayer de sortir, à leur tour, pouvait signifier la mort si Stratton était à l'affût quelque part dans l'obscurité. Mais la fin était encore plus certaine s'ils ne tentaient rien. Afin d'économiser les piles qui flanchaient de plus en plus, il ralluma la lampe brièvement pour localiser Zoé et le prêtre, puis il éteignit et alla les rejoindre.

L'obscurité était leur amie. Elle les dissimulerait. Mais elle était aussi une ennemie qui les égarerait dans les traquenards et les pièges mortels laissés par des adversaires anciens et nouveaux.

Ils prirent l'eau, le réchaud, la corde d'escalade de Gunther – toujours attachée à la porte blindée de la chambre forte – et une des couvertures de survie que les alpinistes ou des randonneurs utilisaient en cas d'urgence.

Et c'en était un ! Seth prit le petit réchaud à gaz. Il en alluma la flamme et la douce lumière bleue les guida en toute sécurité. Ils n'avaient plus qu'à suivre la même trace noire que, à l'aller, Zoé avait dessinée si soigneusement sur le sel.

À la lueur du réchaud, ils réussirent à atteindre la zone plus fortement minée, proche de l'entrée de la grotte. Là, Ridgeway sortit sa torche et utilisa les dernières minutes de lumière pour les guider, pas à pas, à travers les mines dissimulées.

Le reste du trajet fut facilité par le noir de carbone qui contournaient traquenards et mines antipersonnel. Par endroits, ils pouvaient voir que Stratton avait tenté d'en effacer la trace. Mais il n'avait réussi qu'à la rendre encore plus visible.

Stratton avait également essayé de leur couper le chemin en retirant les planches qui enjambaient le torrent souterrain surgi dans le passage creusé par Gunther. Mais, après une douzaine d'essais, Ridgeway réussit à saisir une des planches dans un nœud de la corde et de la tirer de leur côté.

Tel un alpiniste, il s'entoura ensuite la taille de la corde et rampa sur l'unique planche, Zoé et Morgen faisant contre-poids.

Une fois de l'autre côté, Seth remit toutes les planches en place et tous purent passer sans encombre.

Dehors, la nuit était tombée quand ils sortirent par la grille rouillée. La tempête de neige s'était complètement calmée et avait laissé la place à un ciel sans lune mais parsemé d'étoiles brillantes. Un vent glacial montait de la vallée.

Un des chasse-neige manquait et Stratton avait enlevé les courroies de transmission des deux autres. Soit il les avait emportées, soit jetées dans la neige où elles resteraient jusqu'au printemps prochain.

Examinant rapidement les lourds véhicules, Ridgeway enleva le fil d'une bougie de l'un pour le fixer sur le distributeur d'abord, puis sur la bobine électrique de l'autre. Le moteur rugit dès le premier coup de starter.

Le trio monta avec Ridgeway aux commandes.

— Il va à Innsbruck, affirma le père Morgen d'une voix sans timbre, sortant subitement d'un long silence quasi catatonique. Stratton est parti pour Innsbruck, répéta-t-il du même air absent.

— Comment pouvez-vous le savoir ?

— Brown.

— Quoi ? Je n'ai pas compris…

— Je vous avais dit que je vous en parlerai, vous vous rappelez ?

Seth hocha la tête pour ne pas contrarier le vieux prêtre. Il ne serait guère étonnant que les événements de la journée lui aient quelque peu perturbé l'esprit.

— Cela ne signifiait pas « brun », la couleur…

Morgen parlait maintenant d'une voix plus calme. Seth arrêta le moteur pour mieux entendre ce que le prêtre disait.

— Non, il avait prononcé un nom, celui de Braun.

Il se tut, le regard dans un lointain, vague et inaccessible aux deux autres.

— Braun. Le père mourant a mentionné son nom parce que c'est Braun qui est responsable… J'avais prié pour que ce ne soit pas lui, mais il n'y a plus de doute. C'est bien lui.

Morgen fixa sur Seth des yeux noyés par la souffrance.

— Braun vit à Innsbruck.

Sa voix était à peine audible.

— Stratton lui apporte la Passion de Sophia. Nous devons absolument le suivre !

Seth demeura silencieux. Il attendit la suite. Mais le prêtre ne parla plus. Une nouvelle fois, le moteur rugit au démarrage et le chasse-neige entama la descente.

CHAPITRE 36

Le crépuscule avait à peine commencé à modeler les ombres de la colonnade du Bernin autour de la place Saint-Pierre que la police mettait déjà en place les barrières destinées à maintenir la foule attendue pour l'audience hebdomadaire du Pape.

Depuis très longtemps, le mercredi était le jour consacré, le jour choisi où le Saint-Père accordait des audiences à tous, peu importait son rang, son nom ou son origine. Et, bien que ce mercredi-là tombât le lendemain de Noël, le Pape n'avait pas voulu différer les audiences. Plongé dans ses pensées, le Saint-Père quittait lentement sa chapelle privée, fortifié par une heure et demie de matines et de laudes.

Il fit une halte devant l'une des fenêtres de ses appartements privés du Palais apostolique pour contempler la place. À la périphérie, la foule commençait à se masser. Elle défilerait tout à l'heure à l'Auditorium que Paul VI avait fait construire spécialement pour ces audiences populaires. Il appréciait tout particulièrement ce contact avec la réalité, avec les gens réels. C'étaient eux, le troupeau que le Seigneur lui avait confié. Personne ne pourrait l'en priver, pas même Braun.

Le Pape essaya de réprimer la colère qui montait dans sa poitrine. C'est lui qui avait confié à Braun les tâches les plus sensibles de l'Église. C'est lui aussi qui l'avait défendu contre ceux qui jugeaient le cardinal de Vienne un peu trop combatif et manquant singulièrement de charité et de clémence.

Regardant les gens qui commençaient à affluer en contrebas, le Pape sentit des larmes de frustration, de colère et de tristesse lui monter aux yeux. Si tout se passait selon la volonté de Braun – et l'audacieux cardinal réussissait pratiquement toujours –, ces audiences publiques seraient très bientôt entre les mains de l'ambitieux Autrichien.

Le Saint-Père prit une très longue inspiration qui le fit frissonner, et la retint tout aussi longuement. Il expira ensuite interminablement ce qui, d'ordinaire, aurait exprimé sa compassion illimitée pour la souffrance du monde entier, mais qui, ce matin, ne concernait que le Suaire et la Passion de Sophia ressuscités.

Braun l'avait tiré de son sommeil tard la nuit dernière pour lui annoncer la nouvelle. Il lui avait en même temps demandé de convoquer le Sacré Collège des cardinaux. L'Autrichien avait insisté. Il tenait à une passation, une transmission des pouvoirs, dans les règles.

Une passation dans les règles ! Le Pape grogna, mécontent de ses propres pensées peu charitables, et se détourna de la fenêtre. Lentement, il se dirigea vers la salle à manger. Malgré la crise, il avait faim.

Aussitôt après l'appel de Braun, le Saint-Père avait dépêché son secrétaire officiel, Richard Borden – accompagné d'une équipe d'archivistes du Vatican – à Innsbruck afin d'examiner les prétendues reliques. D'un regard, il consulta l'horloge avec ses roues dentées en bois. Quand Borden allait-il enfin appeler ?

Le Pape pénétra dans la salle à manger. Il salua le personnel. Tous lui dirent bonjour avec des yeux tristes et inquiets. Savaient-ils déjà ? Comment ? La communication qu'il attendait arriva alors que le Pape parcourait la première page d'un quotidien romain.

Il prit le coup de fil dans son bureau privé.

— Oui, Richard ? dit-il en essayant de paraître optimiste et de bonne humeur. Qu'avez-vous découvert ?

Les traits du Saint-Père se froissèrent comme du papier. Sa silhouette élancée se tassa et ses larges épaules carrées s'affaissèrent. Pendant quelques instants, il tituba avant de trouver un siège où il put se laisser choir.

Il écouta attentivement pendant près d'une minute.

— Y a-t-il… est-ce qu'il y a quoi que ce soit que nous puissions faire ? demanda le Pape avec la voix d'un vieillard.

En réaction à la réponse, il secoua énergiquement la tête comme si son secrétaire pouvait le voir. Son ton fut emphatique.

— Non, il n'en est pas question ! Nous participerions alors à la même banqueroute morale que lui ! Revenez aussi vite que possible, j'ai besoin de vous ici.

Avec une lenteur extrême, le Saint-Père reposa le combiné avant de se mettre debout. En se rendant à la chapelle, il passa devant la même fenêtre. La place était inondée d'une magnifique lumière rose orange éclatante. La foule était plus dense. Il regarda en contrebas avec l'amère tendresse de quelqu'un disant adieu à une personne aimée. Puis, il se rendit à sa chapelle privée. Prier pour un miracle.

— C'est magnifique, George, tout simplement magnifique !

De son pas nerveux, le cardinal Neils Braun contourna à nouveau la table de conférence dans la salle de réunion du Conseil œcuménique. Étalé, le Suaire de Sophia couvrait presque tout le grand plateau en bois de chêne massif. Le coffret en or et le volume relié de la Passion de Sophia étaient posés sur un guéridon à côté.

Le linceul mesurait environ quatre mètres. Il était en lin tissé. On y distinguait nettement l'empreinte d'une tête – la face antérieure et la face postérieure – d'une très jeune fille à peine nubile. L'éclatante lumière du matin faisait ressortir les faibles contours jaune paille de ses blessures.

À travers la porte close, on entendait les voix des hommes que le Pape avait envoyé du Vatican afin d'examiner et, éventuellement, authentifier le suaire. À les regarder travailler, Braun avait jubilé en son for intérieur. En professionnels qu'ils étaient, ils furent excités et ravis d'examiner une telle merveille. Pouvoir contempler de tels témoins authentiques d'une part importante de l'histoire. Mais étant fidèles au Pape actuel et à ses doctrines, ils avaient gardé des visages sombres et des sourcils froncés tout le long des expertises. Ils savaient ce qu'une authentification de ces reliques signifiait.

C'est Richard Borden qui fut le plus perturbé de tous. Ce qui n'avait pas vraiment d'importance, pensa le cardinal, car c'était exactement comme le scribe qui avait mené pour Constantin les interrogatoires des habitants du village de Sophia : Borden et les autres ne lui étaient plus d'aucune utilité. Et à l'instar du scribe d'antan, leurs vies étaient finies.

On frappa à la porte.

— Allez voir ce que c'est, George, demanda Braun.

Lui-même ne parvenait pas à détacher ses yeux du visage, dont était imprégné le Suaire.

Les pas de Stratton sur le parquet en bois résonnaient dans la vaste pièce lorsqu'il se dirigea vers la porte. Richard Borden – qui serait sous peu l'ex-secrétaire officiel du Saint-Père – venait prendre congé.

— Dites s'il vous plaît au cardinal que nous partons maintenant.

Braun leva la tête.

— Comment se porte le Pape ce matin, Borden ?

Le secrétaire officiel eut du mal à ne pas laisser éclater sa colère.

— Il va très bien, Votre Éminence. Il répond favorablement à votre… requête. Quand pouvons-nous compter sur votre présence à Rome ?

Braun le fixa longuement, comme s'il réfléchissait consciencieusement à la réponse qu'il allait donner.

— Lorsque je serai prêt.

Sans se donner la peine de feindre même la politesse la plus élémentaire, il s'absorba à nouveau dans la contemplation du linceul de Sophia.

À ce moment-là, une légère vibration ébranla le plancher. C'était la cabine du téléphérique venue pour ramener les envoyés du Vatican. Stratton ferma la porte sur Richard Borden et revint près de Braun.

— Cela vous intéresserait-il d'être à la tête du Service de sécurité affecté à ma personne ?

Le cardinal avait posé la question sans détacher son regard de l'empreinte sur le tissu ancien.

— Oui ! répondit Stratton avec empressement, avant de rectifier, oui, bien sûr, Votre Éminence.

Il demeura quelques instants dans une position protectrice aux côtés du cardinal comme s'il était déjà en service.

— Hum, Votre Éminence ?

Braun finit par lever des yeux interrogateurs.

— Que deviendra Rolf ? Cela fait de si longues années qu'il est votre garde du corps personnel.

Le cardinal n'eut pas besoin de réfléchir.

— Rolf se fait vieux, dit-il rapidement et froidement. Et, il n'a pas cette… finesse que ce nouveau travail exige.

— Vous lui direz ? Bientôt ?

— Dès qu'il sera de retour.

Braun se leva.

— En attendant, veuillez ranger tout ceci, exigea-t-il en faisant un signe de la main en direction des reliques. Je dois faire mes bagages. Nous avons pu affréter un vol privé pour Rome à midi. J'aimerais partir d'ici vers onze heures.

Avant de quitter la pièce, le cardinal se tourna vers Stratton.

— Pourriez-vous en informer le personnel ?

Stratton s'inclina.

— Comptez sur moi.

Seth sortit de l'entrée principale de *l'Hôtel Central* un peu avant 10 heures. Il tint la porte pour Zoé et le père Morgen. Le soleil leur fit plisser les yeux à tous les trois lorsqu'ils descendirent la Gilmstrasse en direction du parking, où ils avaient garé la vieille Austin de Gunther. Seth portait les bagages de tout le monde.

— C'est dans cette direction.

Le doigt effilé du prêtre pointa vers le nord, là où de hautes cimes se découpaient sur le bleu éclatant d'un ciel radieux.

— J'y suis déjà allé. Il y a de cela près de trente ans. Avant que Braun devienne cardinal.

Au carrefour, ils prirent la Erlerstrasse vers la droite et se dirigèrent vers l'université.

Cinq minutes plus tard, ils avaient trouvé la voiture et Ridgeway tira le starter pour chauffer le moteur. Zoé prit place devant et le père Morgen s'installa sur la banquette arrière. Après avoir mis les bagages dans le coffre, Ridgeway balaya la couche de neige qui s'était déposée pendant la nuit.

Il se glissa derrière le volant et sortit lentement du parking.

Les rues d'Innsbruck étaient glissantes, là où le mélange de neige et de verglas avait résisté au salage. Mais les choses s'arrangèrent dès qu'ils rejoignirent l'autoroute menant à l'aéroport. Seth avait réservé un hélicoptère auprès d'une compagnie locale qui proposait aux touristes des vols au-dessus des sommets enneigés.

— L'héliport est situé sur le toit à l'arrière du chalet, expliqua le vieux prêtre qui s'efforçait d'être aussi précis que possible. D'après les indications du majordome de Braun – qui travaille pour nous depuis près de vingt ans déjà – la porte donnant sur l'héliport n'est jamais fermée à clé. Elle mène à un ascenseur et à une cage d'escalier donnant accès à la partie principale du chalet. Les gardes sont stationnés à la périphérie, tout autour de la propriété. Ils ne sont pas logés dans le chalet principal, mais dans des annexes séparées. Braun n'aime pas trop qu'on lui rappelle le besoin d'une telle surveillance renforcée.

Aussi, le chalet principal est-il interdit aux gardes, sauf en cas d'urgence. Le seul agent de sécurité, qui circule librement partout, est Rolf Engels, le garde du corps personnel du cardinal. Il a un physique impressionnant et il est loyal. Si jamais vous êtes confronté à lui, vous serez obligé de le tuer.

— C'est affreux… grommela Seth, le regard fixé sur la route. Au mieux, nous pouvons compter sur ces vieux revolvers qui ne marchent qu'une fois sur deux.

Il faisait référence aux armes et aux munitions récupérées sur les squelettes des SS dans la mine de Habersham.

— Avec un peu de chance, il nous suffira de les utiliser comme moyens d'intimidation… dit Zoé optimiste. Menacer les gens pour qu'ils nous laissent passer.

Ils furent à l'aéroport une petite demi-heure plus tard et on les dirigea aussitôt vers le terminal. Seth présenta le petit groupe au pilote qui ne put cacher son étonnement en apprenant leur destination.

— Voilà une journée mouvementée pour le « Nid du cardinal ».

Seth lui demanda ce qu'il voulait dire.

— J'ai une réservation de là haut. Il faut chercher le cardinal à onze heures pour qu'il puisse prendre son vol de midi pour Rome. Une urgence, je suppose.

Après une petite pause, le pilote se tourna à nouveau vers eux.

— Le cardinal Braun n'aime pas recevoir des visites inattendues. Je vais devoir le prévenir, si vous n'y voyez pas d'inconvénient.

Seth regarda Morgen. Celui-ci ouvrit immédiatement la fermeture Éclair de sa parka. La vue de son col de clergé eut l'effet escompté sur le pilote.

— Je suis porteur d'un message de la plus haute importance pour le cardinal, affirma le prêtre d'une voix assurée.

Ce qui n'était pas tout à fait un mensonge.

— Il m'attend et sera mécontent si je suis en retard. Vous pouvez, bien sûr, l'appeler, mais je vous assure qu'il nous attend.

Il y avait un profond respect dans le regard que le pilote posa sur Hans Morgen.

— D'accord, mon père. Je vous en prie, suivez-moi.

Il couvrit sa tête dégarnie d'un bonnet en laine et les précéda d'un pas rapide vers la piste.

Ils ajustaient encore leurs ceintures que, déjà, les moteurs du Jet Ranger ronronnaient, prêts à être lancés. Le pilote procéda aux vérifications d'usage avant le décollage, se retourna brièvement vers eux et hocha la tête. Libérés de toute contrainte, les moteurs hurlèrent joyeusement et, soudain, ils quittèrent le sol.

Ils gagnèrent rapidement de l'altitude. Le pilote dut prendre un virage abrupt avant d'entamer une montée plutôt brusque. Ses passagers eurent des sensations fortes à l'estomac, mais personne ne s'en soucia.

CHAPITRE 37

Neils Braun venait de terminer ses bagages lorsqu'il entendit au loin le bruit familier de l'hélicoptère. Il jeta un coup d'œil sur son élégante montre Piaget pour vérifier s'il avait pris du retard. En fait, c'est l'appareil qui arrivait en avance. Parfait. Plus tôt il serait à Rome, plus tôt il prendrait les choses en main. Cette pensée le mit de bonne humeur.

Il tourna lentement la tête pour contempler son appartement. Il sourit. C'était la dernière fois qu'il voyait tout cela avec les yeux d'un cardinal. Dans soixante-douze heures, il serait pape, dès que les cérémonies d'abdication seraient terminées.

Il utilisa le téléphone sur sa table de nuit pour dire à son domestique de venir prendre les bagages et les porter à l'héliport privé du chalet. Lui-même se hâta d'un pas énergique vers la salle de conférence.

Le « Nid du cardinal » était situé là où la montagne formait – entre deux pics – un haut plateau accidenté d'environ quatre cents mètres de diamètre. Les chalets de la résidence étaient perchés sur un des sommets avec vue sur la vallée de l'Inn et les pistes de ski olympiques du Axamer Lizum.

À environ cent mètres du « Nid du cardinal » se trouvait l'annexe où logeaient les douze gardes qui se relayaient jour et nuit pour patrouiller autour de la propriété. Un long passage couvert et chauffé la reliait au chalet principal. Comme leurs homologues qui veillaient sur la sécurité du Palais de l'archevêque à Vienne, il s'agissait d'hommes d'expérience, des vétérans choisis dans les rangs des meilleures unités militaires du monde. Les douze hommes étaient commandés par Rolf Engels, un ancien du Corps d'élite alpin de Hitler. Il avait été recommandé par un membre de l'ancien Conseil œcuménique comme garde du corps pour cet évêque ambitieux, qui avait fait preuve de tant d'éloquence contre les communistes et qui était vite devenu une cible de choix pour leurs tueurs.

Rolf Engels se trouvait au terminus du téléphérique privé. Il était en train de boire du thé en compagnie du conducteur de la cabine et d'un des gardes. Il fut un peu surpris en entendant les pales de l'hélicoptère. Après avoir consulté sa montre, il haussa les sourcils. Il était vraiment trop tôt. Aussitôt, il se tourna vers le garde.

— Bernhard, allez voir !

L'homme robuste et trapu dans sa combinaison blanche de camouflage alpin tourna les talons et sortit. Il revint très vite faire son rapport.

— Un hélicoptère jaune avec des inscriptions noires. Il est encore un peu loin pour que l'on puisse les lire, mais il ressemble fort à celui que le cardinal prend d'habitude.

Engels était rassuré.

— Merci, sergent.

Il but une nouvelle gorgée puis vérifia combien de thé restait dans sa tasse et soupira.

— Mieux vaut démarrer la cabine.

Le conducteur du téléphérique acquiesça.

— Voulez-vous que je vous accompagne ?

Engels déclina l'offre du garde.

— Non, non. Pas la peine. C'est de pure routine.

Il vida sa tasse avant de suivre le conducteur. Avec quelques gestes précis, il actionna le mécanisme bien huilé du téléphérique, qui allait les transporter là-haut, au chalet principal.

Les béquilles d'atterrissage avaient à peine touché la neige durcie de l'héliport du chalet que la portière de l'hélicoptère s'ouvrit. Ridgeway sauta immédiatement puis aida Zoé et le père Morgen à descendre.

Quelques marches descendaient vers une passerelle dotée d'un garde-fou qui surmontait le toit et aboutissait à la porte d'un bâtiment annexe.

— Je vais attendre ici, dit le pilote en s'adressant au père Morgen. Ce n'est pas la peine que je retourne à l'aéroport pour revenir ensuite chercher le cardinal. Dites-lui, s'il vous plaît, que je suis à sa disposition. On est largement dans les temps.

Morgen hocha la tête et rejoignit rapidement Seth et Zoé, qui l'attendaient sur la passerelle. Comme l'avait dit le prêtre, la porte arrière n'était pas fermée à clé. Ridgeway saisit le lourd revolver dans sa poche en entrant. Il n'y avait personne en vue. Un escalier s'offrit à eux.

— Restez derrière moi, chuchota-t-il en descendant avec précaution.

Les marches étaient en métal soudé et couvertes d'un tapis antidérapant. Personne ne parla pendant la descente. Ils avaient atteint le premier palier quand, quelque part dans la cage d'escalier, une porte s'ouvrit. Ils entendirent des pas.

Ridgeway essaya la poignée de la porte du palier où ils se trouvaient. Fermée. En dessous, pas très éloigné d'eux, le bruit se rapprochait. Seth prit son portefeuille dans la poche arrière de son pantalon. Glissant le revolver dans sa ceinture, il s'agenouilla et inséra une carte de crédit entre la porte et le chambranle. Quelques secondes plus tard, un déclic satisfaisant annonça la réussite de l'opération. La porte s'ouvrit dès la première poussée. Ils découvrirent un vaste grenier mansardé dont le plancher était couvert de cartons et de caisses en bois.

Seth fit signe à Zoé et au père Morgen d'y entrer. Ils obéirent. Le bruit dans l'escalier était très proche à présent. Quand Seth tira la porte derrière eux, il identifia les sons comme la respiration laborieuse d'un homme en plein effort.

Avant de refermer, Ridgeway colla son œil entre la porte et le montant. Une fraction de seconde plus tard, il vit un individu plutôt frêle et élancé, qui trébuchait en montant. Il était lourdement chargé de deux grosses valises. Arrivé sur le palier, le domestique s'arrêta, le temps d'essuyer la sueur de son visage. Puis, il ralluma la minuterie avant de poursuivre sa montée laborieuse. Une lumière crue inonda instantanément toute la cage d'escalier.

Lorsque les escaliers ne furent plus éclairés que par la veilleuse à basse tension, Ridgeway ouvrit la porte et tous les trois descendirent rapidement.

Stratton était en train de replacer le linceul et le dernier des documents d'authentification dans le coffret constellé de pierres étincelantes quand le cardinal revint dans la salle.

— L'hélicoptère est déjà là.

Il vint près de Stratton afin d'inspecter le travail.

— J'aimerais que vous...

La porte de la salle de réunion s'ouvrit brusquement, heurtant avec fracas le mur.

Braun se retourna si vivement qu'il faillit trébucher. Stratton laissa tomber le couvercle du coffret et virevolta à son tour.

— Ridgeway ! s'écria Stratton avec l'étonnement incrédule d'un homme se retrouvant face à face avec un fantôme.

Profitant du moment de surprise, Ridgeway avança d'un pas rapide dans la pièce tout en signifiant à Zoé de le suivre.

— Surveille-le ! dit-il en désignant Braun.

Zoé s'approcha du cardinal et le visa avec son revolver. Elle libéra le cran de sûreté. Le déclic métallique de l'arme provoqua une lueur d'angoisse dans les yeux de Braun. Mais son sang-froid inaltérable parvint à maintenir sur son visage une expression dure et arrogante.

— Que signifie cet outrage ?

Il fulminait d'une voix métallique.

— Comment osez-vous violer ma propriété de cette manière ?

Pas le moins du monde impressionnée, Zoé lança, avec autorité, un ordre bref.

— Fermez-la !

Braun eut un mouvement de recul.

— Ne bougez plus !

Le cardinal tenta de garder une certaine contenance, mais, derrière son front hautain, les pensées se connectaient fébrilement.

Dans sa vie mouvementée, il avait réussi plus d'une fois à se tirer d'affaire de situations complexes. Il examina la femme en colère qui le menaçait de son arme. Elle était séduisante.

Très rapidement, Stratton avait fait quelques pas en arrière afin de mettre la table massive entre lui et Ridgeway et, surtout, à une bonne distance de ce vieux revolver qui pouvait – bien que pas vraiment fiable – faire de grands dommages.

— Ne vous laissez pas impressionner, Votre Éminence, affirma Stratton en se forçant à adopter un ton calme. Ces revolvers sont des reliques… les munitions ont quarante ans !

— Silence, Stratton ! ordonna sèchement Ridgeway. Restez où vous êtes et ne bougez plus.

Se tournant vers Braun, il eut un sourire sarcastique.

— Regardez par ici, Votre Disgrâce !

Le cardinal tourna la tête.

— Votre larbin, lui, ne bouge plus, vous voyez ? Lui, il sait très bien que ce vieux revolver risque de faire voler sa tête en éclats !

Ridgeway sourit ironiquement à Stratton. Après une pause, il regarda Braun droit dans les yeux.

— Voulez-vous prendre le risque de parier ?

— Non. Évidemment non.

Braun avait du mal à contenir sa rage. D'un ton froid, il lâcha :

— J'admets que vous êtes en meilleure posture que nous.

Tout en faisant face au revolver de Zoé, Braun essaya de calculer où Rolf pouvait bien se trouver en ce moment. Le vieux soldat était extrêmement routinier et sa journée était rythmée d'habitudes et de discipline. Ses inspections de la propriété se faisaient à des heures fixes au point que l'on disait qu'il était plus fiable qu'une montre. Où se trouvait-il ? Alors que son cerveau était en pleine ébullition, le plancher sous ses pieds se mit à vibrer légèrement. La cabine du téléphérique venait de démarrer.

Soulagé, Braun sourit intérieurement. La cabine mettait trois minutes pour monter au chalet principal. Trois minutes ! Tout ce qu'il avait à faire, c'était de parler avec eux jusqu'à ce que Rolf ait fini sa ronde.

Seth recula pour avoir les deux hommes dans son champ de vision. Il s'adressa à Stratton.

— Posez votre arme sur la table !

L'agent de la NSA hésita un court instant comme s'il soupesait les chances du vieux revolver de fonctionner. Seth s'approcha de lui.

— Allez, sur la table, mon vieux !

Stratton glissa sa main à l'intérieur de sa parka.

— Tout doux. Prenez-le entre le pouce et l'index. Si je vois un doigt sur la détente, vous êtes un homme mort.

Résigné, Stratton approuva de la tête. Il tira son arme de son étui sous l'aisselle gauche et la posa sur la table de conférence. C'était un lourd Colt de l'armée US, un 45 automatique.

— Vous êtes intelligent, Stratton, commenta Ridgeway avec un rire amer. Et très convaincant. Vous m'avez trompé d'un bout à l'autre.

— Allons, Mr Ridgeway, ne vous fâchez pas !

Le cardinal tenta un ton avec une certaine bonhomie. Son assurance lui était revenue avec la conviction que Rolf ne serait plus très long. Deux minutes…

— Nous sommes des hommes raisonnables, non ? Pourquoi ne pas discuter ?

— Raisonnables ?

Les yeux de Ridgeway lançaient des éclairs.

— Pour vous, tuer des gens, c'est raisonnable ? Vous n'êtes qu'un hypocrite, imbu de vous-même ! Nous devrions vous tuer sur-le-champ. Vous avez le culot de vous qualifier de « raisonnable » ? Toute votre vie durant, vous avez trompé tous ceux qui avaient le malheur de vous rencontrer.

Ses yeux furent attirés par le coffret en or.

— Ainsi, vous avez décidé qu'il valait mieux le dissimuler ? Cacher le chantage de Hitler ? Cacher la honte ?

Il s'interrompit avant de reprendre de plus belle.

— Mais, peut-être avez-vous l'intention de faire pression sur quelqu'un ? Exercer, vous-même, un odieux chantage sur quelqu'un ?

Ridgeway crut voir errer une étincelle dans les yeux froids du cardinal. Il suffoqua presque d'indignation.

— Qui voulez-vous faire chanter, Votre Éminence ? À quoi doit vous servir ce Suaire ?

Braun réussit à garder son calme.

— Vous m'avez mal compris, Mr Ridgeway…

— Bien sûr. Hitler et Eichmann aussi, étaient des incompris !

Il fallait gagner encore un peu de temps. Le cardinal leva la main comme un écolier.

— Puis-je vous expliquer quelque chose ?

Ridgeway hocha la tête.

— Ce que je veux faire avec le Suaire ? Rien de moins que de sauver le monde chrétien.

Pendant quelques instants, Ridgeway garda un silence choqué, incapable de réagir. Après un bref rire sarcastique, il planta ses yeux dans ceux de Neils Braun.

— Les gens comme vous, je ne les connais que trop bien ! Vous n'agissez que dans votre propre intérêt. Vous n'avez rien à faire de qui que ce soit, vous voulez tout pour vous-même. Et vous avez une telle soif de pouvoir qu'aucune alliance, aucune méthode ne vous répugne ! Des gens comme vous ne sont fidèles ni à une cause ni à une personne. Bref, peu importe ce que vous avez mijoté en ce qui concerne le Suaire, vous pouvez l'oublier. On saura vous en empêcher.

Seth fit quelques pas en direction de la longue table où se trouvait le coffret.

— Nous allons emporter les reliques !

Il leva les yeux vers le plafond.

— Mais le temps presse. Notre pilote nous attend. Je vais donc vous demander, à vous et à Stratton, de vous coucher à plat ventre sur le sol.

Les menaçant de son arme, il incita les deux hommes à obtempérer.

— À terre ! Ici, au milieu ! Le visage contre le sol et les jambes écartées !

Ni Braun ni Stratton n'avaient bougé.

— Obéissez !

Zoé toucha le cardinal avec le canon de son revolver. Il sursauta comme s'il venait de recevoir une décharge électrique. Il la fixa, les yeux noirs de rage. Seth intervint.

— Nous pourrions vous tuer là, tout de suite. Comme vous avez fait tuer ces gens… Ou alors, vous vous allongez sur le sol et nous partons tranquillement avec le coffret. Sans violence.

— Vous devez m'écouter, insista Braun.

— Vous n'avez pas compris…

Soudain, une voix tonna du côté de la porte, remplissant toute la pièce.

— Moi si, moi j'ai compris !

Le père Morgen, dressé de toute sa haute stature, resta quelques instants debout sur le seuil. Son regard déterminé fixait le cardinal avec insistance. .

— Mr Ridgeway et sa femme ne comprennent peut-être pas. Moi, si ! J'ai passé de longues années à vous étudier !

— Soyez maudit, vieux fou ! lança Braun, le regard s'était troublé.

Le prêtre s'approcha, sans quitter l'autre des yeux.

— Peut-être suis-je maudit, oui. Mais alors, dans ce cas, qu'en est-il de vous ?

Pendant un très long moment, les deux hommes se fixèrent, immobiles et silencieux.

— Pourquoi avez-vous fait tout cela ? Il n'y avait aucune raison pour que vous vous mêliez de cette affaire. Pourquoi ? Vous n'êtes qu'un vieillard sénile et indiscret !

L'expression du prêtre demeurait sereine. Les yeux toujours rivés sur le visage du cardinal, il parla d'une voix très calme.

— Après cette terrible journée à Alt Aussee, deux choses m'ont maintenu en vie pendant toutes ces années. L'une était de retrouver ces reliques. L'autre était la fierté que j'éprouvais à votre égard.

Malgré lui, le cardinal fit un mouvement de perplexité.

— De quoi parlez-vous, enfin ? Je ne comprends rien à vos stupidités.

Les yeux remplis de tristesse, Morgen s'exprimait à présent d'une voix blanche.

— Ils me l'ont dit. Ils ont essayé de me convaincre que c'était vous le responsable de toute cette folie. Ils m'ont prouvé votre culpabilité, mais je ne pouvais pas les croire. Je ne voulais pas les croire !

Braun s'adressa à Ridgeway.

— Vous pourriez peut-être essayer de mettre un peu de bon sens dans la tête dérangée de ce vieux fou ?

Sans se troubler, le prêtre fouilla dans les poches intérieures de sa parka. Quand il retira sa main, il tenait une vieille enveloppe toute froissée. Il la déplia soigneusement, presque amoureusement. Ses mains tremblèrent en l'ouvrant pour en tirer une feuille de papier qui, visiblement, avait été souvent pliée et dépliée. La feuille dans la main tendue, il s'approcha du cardinal.

— Lisez ceci.

Braun dévisagea Morgen comme on regarde l'évadé d'un asile de fous. Puis il lui arracha le papier des mains. Après l'avoir parcouru rapidement, il le lui rendit.

— Et alors ?

Sans répondre, le prêtre sortit de la vieille enveloppe une deuxième feuille, aussi usée que la première, et la tendit également au cardinal, qui fit mine de la repousser, mais finit par la prendre. Comme pour la première, il en prit rapidement connaissance avant de la restituer à Morgen.

Le même cérémonial se répéta une troisième fois.

— Ma patience a des limites, vieillard !

Braun avait du mal à contenir son irritation croissante.

— Que signifient ces papiers, à votre avis ? demanda le vieux prêtre d'une voix calme voilée de tristesse. Braun lui lança un regard exaspéré.

— Pour moi, ils ne signifient rien ! En tout cas, pas mis ensemble comme cela. Vous m'avez montré la copie d'une lettre écrite par mon père à ma mère, une copie de mon acte de naissance ainsi qu'une copie de l'avis du décès de mon père sur le front polonais, envoyé par la Wehrmacht.

Le père Morgen hocha la tête plusieurs fois. Pas une seconde, son regard triste et attentif ne quittait le visage du cardinal. Avec une douce insistance, il lui tendit à nouveau les trois feuilles.

— Regardez-les encore une fois. Surtout les dates !

Ne sachant quoi faire, Braun se tourna vers Ridgeway.

— Pourquoi devrais-je…

Ridgeway ordonna sèchement.

— Prenez les documents !

D'un air mécontent, Braun reprit les papiers des mains du vieux prêtre.

— Comparez les dates ! répéta Morgen, manifestement en proie à une forte agitation intérieure.

Seth observa avec un intérêt croissant ce qui se passait entre les deux hommes. Il y avait de la tension entre eux, c'était certain. Mais il aurait juré que ce n'était pas la tension entre deux vieux ennemis. C'était autre chose. Quelque chose de bien plus personnel.

Stratton, lui aussi, suivait attentivement la partie qui se jouait. Mais son intérêt à lui avait des raisons purement stratégiques. Il attendait le moment où l'attention de Ridgeway serait totalement absorbée par la scène entre le cardinal et le prêtre.

La hargne irritée sur le visage de Braun céda graduellement la place à un profond étonnement pendant qu'il examinait une nouvelle fois les documents. Avec une sorte d'avidité, le vieux prêtre tentait de déchiffrer les pensées du cardinal.

— Ainsi, les dates vous disent quelque chose, maintenant ?

Pas une seule seconde, il n'avait quitté Braun des yeux.

— Je… je ne comprends pas.

Sa confusion était perceptible. Tour à tour, il regarda les documents dans sa main et le visage de Hans Morgen.

— C'est pourtant très clair, non ?

Il adopta un ton presque solennel.

— Cette lettre à votre mère a été écrite par son mari – un brave Oberleutnant – de Radom, situé à une centaine de kilomètres au sud de Varsovie, le 7 septembre 1939. Ce même brave Oberleutnant…

Irrité, le cardinal l'interrompit sèchement.

— … mon père…

Mais Morgen fit mine d'ignorer l'interruption et continua, sur le ton d'un réquisitoire.

— Ce brave Oberleutnant tomba sous les balles de l'ennemi le 9 septembre lors de la bataille de Varsovie.

Le vieux prêtre dut surmonter une forte émotion intérieure pour pouvoir aller au bout de sa démonstration.

— Vous, vous êtes né le 6 août 1940. Presque onze mois après la mort de notre brave Oberleutnant…

— Je n'y comprends toujours rien…

Il était visiblement en proie à une grande confusion. Perplexe, il fixa le père Morgen d'un regard interrogateur.

— Vous vous êtes donné tout ce mal pour prouver quoi ? Que je suis un bâtard ? Bon, et alors ? Je ne serai sûrement pas le premier pape né dans l'illégalité ! Mais cela n'explique pas votre attitude à mon égard depuis ces décennies…

Hans Morgen prit une grande inspiration.

— Vous avez parfaitement raison. Mais vous n'êtes pas n'importe quel bâtard. Vous êtes le mien !

Le visage de Braun devint livide comme s'il avait reçu une décharge électrique. Il ouvrit la bouche sans pouvoir prononcer une parole. Au bout de quelques secondes, il parvint à bégayer.

— Vous… êtes… mon père ?

L'attention générale s'était concentrée sur Braun et Morgen. Stratton en profita pour saisir son automatique.

— Seth !

Le cri de Zoé alerta Ridgeway.

Instantanément, il leva son revolver et tira. Le chien du vieux revolver fit un cliquetis dérisoire. Une fois encore, le coup ne partit pas. Seth ressentit une douleur aiguë dans la poitrine. Stratton avait presque réussi à le mettre en joue. Seth tira une seconde fois. Et, à nouveau, le même déclic ridicule se fit entendre.

Son arme à la main, Stratton fit un bond en avant et plongea sur le sol, de l'autre côté de la table.

— Recule !

Ignorant l'avertissement de Seth, Zoé n'avait pas bougé d'un millimètre. D'une main ferme, elle pointa son arme vers l'endroit où Stratton venait de se dissimuler.

Celui-ci surgit de son abri, faisant feu plusieurs fois, coup sur coup. Puis, il visa Ridgeway. De son côté, Seth riposta, mais le coup – pour la troisième fois – ne partit pas. L'index de Stratton était sur la détente.

« S'il te plaît, oh mon Dieu ! priait Zoé de tout son être. Fais que le coup parte ! Sauve-nous ! » Avec une farouche détermination, elle leva son revolver et visa la poitrine de Stratton. Il y eut un rugissement assourdissant et une traînée de flamme traversa la moitié de la pièce. La balle atteignit Stratton à l'épaule. Son Colt se mit à danser dans sa main puis tomba au sol. Zoé, comme en transe, fit feu une seconde fois. L'impact projeta Stratton contre la grande baie vitrée.

Personne ne bougea. Saisis d'une sorte de stupéfaction, ils regardèrent en silence le corps massif de Stratton s'écraser contre l'immense vitre, qui vola en éclats. Le fracas du verre, qui se brisait en mille morceaux, résonna comme un violent coup de tonnerre. Puis, ce furent les cris de Stratton dont le corps rebondissait sur le bord avant de tomber, accompagné d'une pluie d'éclats de verre.

Ils entendirent son hurlement désespéré pendant encore plusieurs interminables secondes.

CHAPITRE 38

En sortant de la cabine du téléphérique, Rolf regarda en direction de l'hélicoptère et constata avec étonnement que le cardinal n'était toujours pas parti. Ce qui était d'autant plus surprenant qu'en général, Braun était plutôt rapide et impatient. Il n'aimait pas attendre. Rolf secoua pensivement la tête et commença à monter les quelques marches menant vers le chalet principal. Il entendait le paresseux flop-flop de l'hélice de l'hélicoptère qui attendait.

Puis, soudain, il y eut des cris et une explosion de verre. Avec l'épaisseur des murs et des poutres du chalet, il n'était guère surprenant que le chef de la sécurité n'ait pas entendu les premiers coups de feu tirés dans la salle du conseil. Mais les hurlements et le fracas du verre brisé attirèrent instantanément toute son attention : il se passait décidément quelque chose d'anormal ! Tout en pénétrant silencieusement dans le chalet, il passa mentalement ses troupes en revue. Trois de ses cerbères avaient fini leur service et étaient sur le point de se rendre à Innsbruck. Un autre était en faction au terminus du périphérique. Il disposait donc de deux hommes en service au chalet et de trois autres qui dormaient à l'annexe.

Cela suffirait sans doute, se disait-il en se glissant discrètement dans le grand hall qui avait été l'entrée principale du temps où le « Nid du cardinal » était encore une station de sports d'hiver. De l'intérieur lui parvinrent les murmures inquiets du personnel. L'intendante courrait à sa rencontre.

— Oh, Herr Engels ! Dieu merci, vous êtes là ! dit-elle en criant et en pleurant à la fois. Quelque chose de grave a dû se produire dans la salle du conseil. J'ai entendu un grand bruit de verre brisé et comme une pétarade. Peut-être des coups de feu ou une explosion !

Une explosion ? Immédiatement, Engels pensa aux bûches artificielles alimentées par du gaz naturel que le cardinal avait fait récemment installer dans le foyer de la cheminée. Dès le début, Rolf avait protesté en soulignant les dangers d'une telle installation. Est-ce que son Éminence n'avait pas entendu toutes ces histoires d'explosions dans des maisons et des bureaux, parfois même dans tout un bloc d'immeubles, complètement détruits à cause d'une fuite de gaz non-détectée ? Une petite étincelle suffisait… Le cardinal n'avait pas tenu compte de ses arguments.

Mais là, en cet instant précis, alors qu'il s'élançait dans l'escalier, il lui importait peu d'avoir ou non eu raison. Il ne savait qu'une chose : il fallait se dépêcher.

— Vite, arrête-le ! cria Seth à l'adresse de Zoé.

Braun avait profité de la confusion générale pour se saisir du coffret avec le Suaire et la Passion de Sophia. Il avait presque atteint la porte quand Zoé se retourna et fit feu. Mais un déclic lamentable l'avertit que, cette fois-ci, son arme déclarait forfait à son tour.

Comme un éclair, Braun, la précieuse cassette sous le bras, s'était déjà engouffré dans le corridor, tournant à gauche pour atteindre l'escalier. Passant devant la porte de la salle à manger, il se rua vers la cuisine. Avant de l'atteindre, il se prit les pieds dans le tapis et dut se rattraper au mur du couloir.

Zoé tira une nouvelle fois. Cette fois-ci, son revolver cracha docilement son projectile, mais trop tard. Seth courut dans le couloir, suivi de Zoé et du prêtre. Il avait à peine atteint la moitié du corridor, que le cardinal s'élançait déjà dans la cuisine.

La plus grande partie de cette vaste pièce n'était généralement pas utilisée, sauf lorsqu'on organisait de grands dîners au « Nid du cardinal ». Elle contenait un immense poêle rutilant, des congélateurs et toute une batterie de machines et d'appareils alignés dans un scintillement métallique discret. D'immenses casseroles et des poêles étaient suspendus au plafond. Cette pièce était équipée pour préparer des repas officiels dignes de n'importe quel chef d'État, mais, ce matin, elle était déserte à l'exception du cuisinier surveillant un pot-au-feu destiné à nourrir les gardes.

Seth passa la porte de la cuisine à toute vitesse, Zoé le suivait de près. Le père Morgen était encore loin derrière dans le couloir.

— Halte ! cria Seth en braquant son arme sur le cardinal qui n'était plus qu'à quelques pas de lui. Arrêtez-vous ou je tire !

Du coin de l'œil, Seth vit le cuisinier se coucher sur le sol. Sans tenir compte de la menace, Braun continua sa course effrénée.

Tout en courant, Ridgeway réarma son revolver et tira. La balle manqua la tête de Braun de quelques centimètres. Mais la forte détonation le fit trébucher et il s'étala – toujours agrippé au coffret – de tout son long sur le carrelage impeccable de la cuisine. À l'instant même, Seth fut sur lui.

— Donnez-moi ça !

Devant le refus obstiné du cardinal, Seth mit le revolver dans sa ceinture et se pencha pour lui arracher le coffret.

— Appelez Rolf ! cria Braun à l'adresse du cuisinier terrifié. Vite, appelez-le !

Mais Zoé courut vers le cuisinier et le tint sous la menace de son arme.

Venant de l'extérieur, Rolf s'approchait d'un pas tranquille de la cuisine. Son Magnum 44 était prêt. Il avait la main sur la poignée de la porte lorsqu'il entendit le coup de feu et les bruits d'une altercation.

Ridgeway luttait toujours avec Braun pour lui faire lâcher la précieuse boîte. Soudain, le cardinal lui décocha un violent coup de poing. Touché au front, Seth fut sonné pendant quelques instants. Le cardinal en profita pour se relever, mais il n'était pas encore debout que son adversaire retrouvait ses esprits. Rapidement, il plongea sur Braun, le frappant de toutes ses forces sur la tempe gauche. La violence du coup coupa les jambes du fugitif. Lorsqu'il s'abattit lourdement sur le carrelage blanc et noir, le contenu du coffret s'éparpilla au sol. L'homme ne bougeait plus.

Tout à coup, ce fut le silence. Dans la grande cuisine, on n'entendit plus que la respiration saccadée de Ridgeway et le bouillonnement vigoureux d'un pot-au-feu, qui avait un besoin urgent d'être tourné.

C'est alors que Rolf Engels fit irruption dans la cuisine. Il avait déjà levé son Magnum pour tirer, lorsqu'il vit quelqu'un menacer le cuisinier de son arme. Il eut une très brève hésitation, mais de longues années d'expérience militaire et ses réflexes de garde du corps l'avaient habitué à prendre très rapidement des décisions adaptées à la situation. Il estima que la femme, qui tenait en respect le cuisinier, n'était qu'une cible secondaire, comparée à l'homme qui menaçait le cardinal. Peu lui importait si elle abattait ou non le cuisinier. Lui, Engels, était payé pour protéger à tout prix le cardinal.

Le canon du Magnum se dirigea vers Seth. Engels visa les reins. Il avait déjà pu apprécier ce que son arme pouvait faire. Ayant tiré sur une voiture en fuite, il avait vu la balle traverser le véhicule, la personne assise derrière et le conducteur, avant de faire caler le moteur… L'homme aurait donc la colonne vertébrale pulvérisée et la poitrine arrachée. Son doigt appuya sur la détente.

À ce moment précis, Ridgeway se baissa afin de ramasser le coffret et son contenu. La balle siffla dans l'air exactement là où se trouvait sa poitrine une fraction de seconde auparavant.

— Zoé, à terre ! cria Seth tout en se laissant tomber à genoux près de Braun. Le Magnum cracha une seconde fois. Quelque part derrière lui, il y eut un sifflement étrange et, peu après, il sentit une forte odeur de gaz.

— Coupe le gaz, Heinrich !

Engels s'injuria lui-même : son second coup de feu avait touché le four à pâtisserie. Il avait dû y pulvériser une valve. Regardant du côté de Heinrich, il vit que le cuisinier était toujours accroupi au sol à côté de la femme, qui tenait son revolver braqué sur lui. L'ancien militaire fit une roulade par-dessus le plan de travail. D'un geste rageur, il ferma le gaz sous la marmite qui, sous la violence du choc, s'écrasa au sol.

En voyant la silhouette massive s'élancer par-dessus le comptoir, Zoé s'accroupit instinctivement avant de diriger son revolver dans sa direction. Elle fit feu. Mais le coup ne partit pas.

Braun se remit à bouger. Seth reprit son revolver et s'accroupit à côté du cardinal étendu.

— Plus de bêtises, d'accord ? Maintenant, vous obéissez, c'est tout !

Il enfonça le bout du canon sous le menton de l'homme. Braun hocha docilement la tête.

D'une voix ferme et menaçante, Seth planta son regard dur dans les yeux du cardinal.

— Écoutez-moi : dites à votre homme de ranger son arme. S'il touche Zoé, vous êtes mort !

Il attendit quelques instants. Puis d'un geste décidé, il enfonça son revolver encore plus dans la gorge du cardinal.

— Dites-le lui ou je vous explose la tête !

— Rolf ? demanda Braun d'une voix qui avait perdu son assurance habituelle. Est-ce vous, Rolf ?

Engels s'était détourné de la cuisinière pour viser la femme de son Magnum 44. Son doigt était sur la détente lorsque Braun répondit.

— Oui, Votre Éminence ?

Le doigt relâcha la tension.

— Rolf, ne tirez pas ! Il me tue si vous le faites ! Vous me comprenez ?

Dans le regard que Rolf Engels baissait vers Zoé toujours accroupie, il y avait de la haine. Le fidèle garde du corps détestait avant tout qu'on l'empêchât de faire son travail correctement.

— Oui, Votre Éminence.

Braun insista.

— Surtout, ne faites aucun mal à la femme !

À présent, l'odeur de gaz était intense dans toute la pièce. À son tour, Hans Morgen pénétrait dans la cuisine. D'un regard, il tenta de deviner ce qui venait de se passer.

— Debout !

Rolf lança l'ordre d'un ton tranchant. Lorsque Zoé obéit, il se mit derrière elle, le Magnum pointé sur sa tête.

— Je veux voir le cardinal ! hurla Engels. Remettez Son Éminence debout, que je puisse le voir ! Sinon, je tue la femme !

Tout en maintenant le canon de son revolver enfoncé dans le cou de Braun, Ridgeway se releva, entraînant son otage avec lui.

Son cœur fit un bond dans sa poitrine lorsqu'il vit Zoé, à l'autre bout de la cuisine, menacée par l'homme le plus impressionnant qu'il eut jamais vu.

Rolf et Seth se firent face, se mesurant du regard.

— Écoute, l'Américain ! Soit nous mourrons asphyxiés par le gaz d'ici peu, soit dans une explosion si nous ne faisons rien pour l'empêcher.

— Cela dépend de vous, répliqua Seth d'une voix ferme. Vous la lâchez et moi, de mon côté, je libère votre précieux cardinal.

Rolf répondit par un large sourire débordant d'ironie.

— Vous me croyez stupide à ce point ? Vous avez tort !

Il y eut un léger déclic métallique du côté de l'entrée. Rolf réagit instantanément. En se retournant, il découvrit un inconnu sur le seuil. Il fit feu. Juste avant la détonation du Magnum, le vieux prêtre eut le temps de plonger. La tête de Hans Morgen heurta le sol au moment même où la balle se nichait dans le mur derrière lui.

CHAPITRE 39

Le tir de Rolf manqua de très peu le père Morgen qui s'apprêtait à entrer dans la cuisine. Le prêtre se laissa douloureusement tomber à genoux, tenant entre ses mains le vieux Colt 45 de Stratton. Il fit une intense et courte prière pour remercier le Seigneur de l'avoir épargné une fois encore. Il entendit Braun tousser violemment. L'air était saturé de gaz. Dans son cœur, l'amour pour son fils luttait contre la gravité des péchés qu'il avait commis. Il n'y avait aucune issue. Quelle que puisse être la fin de cette journée, la douleur le torturerait pour le restant de ses jours. Cette sombre perspective laissait le vieil homme totalement indifférent à sa propre sécurité.

Les murs nus de la cuisine amplifiaient encore l'écho de la voix de Ridgeway.

— Écoutez, Ralph ou quel que soit votre nom. Vous allez tuer votre cardinal bien-aimé si nous ne partons pas d'ici rapidement. Pourquoi ne pas continuer notre duel à la mexicaine à l'extérieur ? Par ailleurs, nous pourrions peut-être dénicher quelqu'un susceptible de trouver un moyen de fermer l'arrivée principale du gaz ?

— Un quoi à la mexicaine ?

Seth préféra ignorer la question.

— Allons, il faut sortir ! Autrement, on va tous y passer !

Rolf ne réagit pas.

— Tant pis pour vous, dit Seth en toussant. Vous n'avez qu'à rester. Nous, en tout cas, on s'en va.

Entraînant Braun, Seth se dirigea vers la porte saloon par laquelle Engels était entré.

— Ne faites pas un pas de plus !

La voix de Rolf était aiguë. Seth put lire un début de panique dans les yeux de l'homme.

— Si vous bougez, je la tue !

Seth continua à avancer très lentement vers la porte. Son regard était rivé à la fois sur le visage du garde du corps massif et sur son index qui caressait la détente. Au moindre mouvement du doigt, il s'arrêterait. Il s'efforça de ne pas regarder le visage de Zoé, ses nerfs l'auraient lâché. Reste calme, se répéta-t-il. Reste calme.

Ridgeway et le cardinal approchaient de plus en plus de la porte d'entrée, et l'index de Rolf ne bougeait toujours pas. En fait, à présent, le chef de la sécurité s'était mis à avancer vers eux. Le garde du corps loyal et fidèle n'allait pas perdre de vue celui qu'il fallait protéger. Très vite, il n'y eut plus guère de distance entre eux.

Et tout à coup, Seth sut que quelque chose allait de travers, terriblement de travers.

Rolf, lui, grimaça un large sourire. Il poussa Zoé brutalement sur le carrelage et resta là, debout en souriant. Des mains et des bras d'acier se refermèrent autour des bras et du cou de Ridgeway, l'obligeant à lâcher son arme. Le reste de la troupe était arrivé en renfort sur le champ de bataille. Des mains rudes lui plaquèrent le visage contre le sol. La dernière chose qu'il vit, fut le visage du cuisinier jetant des regards apeurés tout autour de lui.

L'espace d'un instant, Seth se sentit vieux et usé. Il avait perdu – ils avaient perdu. Il se rappela son dernier regard sur Zoé si belle, si peu destinée… à mourir. Dans un sursaut désespéré, il concentra ce qui lui restait de force pour repousser ses assaillants. Mais ceux-ci étaient jeunes et très musclés. Il sentit la pointe d'une lourde botte le frapper à la tempe et pour une éternité, le monde disparut.

— Bien visé, David !

À travers un épais brouillard, Seth distingua le rire gras et satisfait de Rolf. Un instant plus tard, il entendit sa voix de nouveau, mais cette fois-ci empreinte de bien plus de respect.

— Comment vous sentez-vous Votre Éminence ?

Il ne comprit pas la réponse du cardinal. À la place, il perçut la voix claire et inquiète de Zoé qui l'appelait.

— Seth ?

— Ici.

Quelqu'un, peut-être le nommé David, lui donna un nouveau coup de pied à la tête.

— Ta gueule !

Puis, une nouvelle fois la voix de Rolf, respectueuse et inquiète à la fois.

— Tout va bien, Votre Éminence ?

Cette fois-ci, le cardinal répondit.

— Oui. Juste un peu secoué.

Et après une pause :

— Je vois que – une fois de plus – vous avez été à la hauteur. De toute façon, j'ai toujours eu entière confiance en vos capacités.

— Je vous en remercie, Votre Éminence.

La fierté avait raffermi sa voix.

— Accompagnez-moi à l'hélicoptère maintenant. Aidez-moi à me relever !

Le cardinal avait vite récupéré son ton ordinaire de commande.

Seth entendit des froissements et des grognements.

— Et que faisons-nous d'eux ?

C'était Rolf à nouveau. À la réponse de Braun, le sang de Ridgeway se glaça dans ses veines.

— Ce que vous voulez, Rolf. Tout ce que vous voulez…

Il y eut un long silence, puis la voix froide du cardinal se rapprocha.

— Retournez-le !

Les trois gardes, qui maintenaient Seth au sol, s'exécutèrent. Seth cligna des yeux. Sa vision était floue. Braun se tenait au-dessus de lui. Quand son regard était redevenu un peu plus clair, Ridgeway vit le cardinal s'apprêter à lui cracher dessus. Il essaya de tourner la tête afin d'éviter le projectile, mais des mains musclées le plaquaient au sol. Il ferma les yeux quand le crachat le toucha au front.

— Ramassez le coffret et les reliques, Rolf !

Puis, de son ton suffisant :

— Après, nous partons. J'ai un rendez-vous à Rome.

Tenant toujours le Colt de Stratton serré dans sa main droite, Hans Morgen avançait lentement vers le groupe, prenant soin de se dissimuler derrière les comptoirs.

En levant la tête, il vit Braun cracher sur Seth. Engels s'était détourné pour ramasser le coffret et son contenu éparpillé sur le carrelage.

D'un rapide coup d'œil, le prêtre enregistra la situation. Rolf Engels se trouvait en face de lui. Le reste du groupe était près de la sortie vers le corridor. Trois hommes maintenaient Ridgeway au sol, le cardinal était penché sur lui. À genoux, Zoé se débattait contre deux hommes, qui voulaient la plaquer sur le carrelage. La puanteur du gaz était à présent insupportable.

L'espace d'un bref instant, les yeux de Morgen croisèrent le regard de Zoé. En face de lui, Rolf leva son arme et visa la poitrine du prêtre. Ce dernier fit de même, mais, au lieu de tirer, il se laissa tomber à terre au moment précis où Engels appuyait sur la détente.

Il y eut le rugissement du puissant coup de feu, puis une explosion infernale. La dernière chose que Rolf Engels devait voir dans ce monde, fut la traînée de flammes que son tir avait déclenchée derrière et autour du père Morgen. À voir la vaste cuisine tout entière embrasée, Rolf acquit définitivement la certitude que, décidément, on n'aurait jamais dû installer le gaz.

Le feu semblait avoir pris en mille endroits à la fois. Toujours étendu sur le carrelage, Seth Ridgeway sentit le poids au-dessus de lui s'alléger, puis disparaître. Se redressant, il découvrit une scène sortie tout droit de l'*Inferno*. Rolf et deux autres gardes s'étaient transformés en torches vivantes. Leurs bouches étaient ouvertes, mais le terrible vacarme des flammes couvrait totalement leurs cris d'agonie. Les boiseries et le mobilier du chalet brûlaient d'un feu d'enfer.

Seth réussit à se mettre debout. Il s'élança vers Zoé. Accroupi, Braun semblait comme pétrifié. Les dessertes de la cuisine les avaient protégés tous les deux, lui et Seth. Quelques secondes plus tard, les gardes, qui avaient survécu, firent irruption dans la cuisine. Seth s'attendit à une nouvelle bagarre, mais les hommes tiraient une lance d'incendie. De toute évidence, leur attention était à présent exclusivement concentrée sur le feu.

— Vite, lève-toi, Zoé ! cria-t-il en saisissant sa femme sous les aisselles. Nous devons sortir !

Ainsi soutenue, elle parvint, en chancelant, à se relever. Très vite, Morgen fut près d'eux.

Tout à coup, telle une statue reprenant vie, le cardinal se dressa devant eux.

— Le Suaire ! Vous devez m'aider à sauver le Suaire !

Dans ses yeux fous, un autre feu brûlait, le consumant jusqu'au tréfonds. Il tenta d'entraîner Seth avec lui, avec des gestes si désordonnés et vigoureux, que celui-ci faillit tomber à nouveau. Sans hésiter une seconde, il décocha à Braun une droite ample et précise. L'homme tomba à genoux.

— Cherchez donc votre propre linceul !

Ridgeway dut hurler tant les rugissements du brasier étaient assourdissants à présent.

Hans Morgen enveloppa le cardinal d'un étrange regard.

— Viens avec nous, mon fils ! l'implora-t-il.

— Va en enfer, vieillard.

Tout en vociférant, Braun se précipita sur les reliques dispersées par terre.

Pendant un moment, le vieux prêtre demeura totalement immobile, les épaules découragées et la tête baissée. Autour de lui, les flammes crépitaient. Lui, ne vit plus que son fils unique au milieu du brasier, en proie à la démence. Seth s'approcha du prêtre et lui posa une main sur l'épaule.

— Venez, mon père, il faut faire vite.

À l'évidence, le vieil homme dut lutter douloureusement contre l'élan d'amour paternel. Mais il vit aussi cet homme possédé, au milieu du brasier infernal. Quelque chose en lui dut admettre que, peut-être, seules les flammes pouvaient le purifier et le guérir, chasser cette rage malsaine qui avait si totalement pris possession de ce fils qu'il n'avait jamais vraiment connu.

Dans un effort surhumain, il arracha son regard de la terrible scène et se tourna vers Seth. Son visage inondé de larmes exprimait la souffrance d'un père rejeté par son fils aux portes mêmes de la mort. Renié par son seul enfant qu'il avait – à distance – aimé si douloureusement toute sa vie.

Soudain, il y eut les échos d'un tapage et des cris derrière eux. Se retournant, ils virent quatre hommes en uniforme tenter de maîtriser le cardinal Braun qui voulait retourner dans le brasier.

Ses hurlements n'avaient plus rien d'humain.

— Laissez-moi ! Laissez-moi !

Avec la terrible force du désespoir – ou celle de la folie – il parvint à se libérer. D'un bond, il disparut dans les flammes qui, à présent, léchaient le plafond. Toute tentative de le suivre était condamnée d'avance. Le père Morgen fit un pas, avant de s'immobiliser à son tour.

Tous étaient pétrifiés, fixant les flammes et ayant de la peine à croire ce qu'ils venaient de voir. Quelques instants plus tard, les hurlements de Braun s'élevèrent du brasier infernal.

Ils allèrent crescendo jusqu'à l'insupportable. Tous eurent l'impression que ces cris duraient un temps infini alors que, en réalité, cela ne prit que quelques secondes. Jamais, Zoé et Seth ne les oublieraient. Ils n'étaient plus l'expression de la douleur, mais celle d'un homme en extase.

— Dieu soit avec toi, murmura le vieux prêtre d'une voix apaisée.

Lorsqu'on n'entendit plus que le rugissement du feu en folie, Seth, Zoé et Hans Morgen s'élancèrent dans l'escalier, priant pour que l'hélicoptère attende toujours là-haut.

EPILOGUE

Les premiers cardinaux arrivaient au Vatican. Ils ignoraient la raison de cette convocation inhabituelle par le Saint-Père. Le Pape avait juste commencé à s'entretenir avec eux que le secrétaire d'État du Vatican, Richard Borden, fit irruption dans la pièce.

Lorsqu'il s'approcha du Pape, celui-ci ne parvint pas à déchiffrer l'expression exaltée sur son visage.

— Je vous prie d'excuser cette interruption, mais je suis sûr que Votre Sainteté aimerait prendre connaissance de ceci au plus vite.

Le secrétaire lui tendit un fax et quitta la pièce. Le Pape lut le message trois fois. Il mit du temps à saisir toute la portée de ces quelques mots. La missive avait été envoyée par l'évêque d'Innsbruck.

Après l'avoir lue une quatrième fois, le Saint-Père s'adressa aux cardinaux intrigués, prenant soin de filtrer toute joie de sa voix, il annonça avec solennité :

— L'archevêque d'Innsbruck, le cardinal Neils Braun, est mort.

Aussitôt, la salle se remplit de murmures.

— Comment ? demanda l'archevêque de Paris.

— Où ? s'enquit l'archevêque de Milan.

Le Pape leur tendit le message. Il dut faire un effort afin de bannir toute expression d'allégresse de ses traits et de sa voix. Pour la première fois depuis qu'il était tout petit, il croyait vraiment aux miracles.

— Peut-être devrions-nous dire une prière pour le salut de notre frère disparu ?

Le Pape récita une prière d'intercession. Mais, dans son cœur, il rendit grâce.

Le chalet était une construction moderne en bois que la petite paroisse bavaroise utilisait d'ordinaire comme lieu de retraite spirituelle.

Le curé était un ami intime de Hans Morgen. Murs et mobilier, tout était d'un beau bois verni. Au milieu de la vaste pièce trônait une cheminée dans laquelle se consumaient doucement d'immenses bûches. Seth Ridgeway en ajouta une nouvelle avant de rejoindre Zoé, qui regardait par la grande fenêtre.

À perte de vue, un océan de sapins couvrait la tranquille vallée alpine. Elle se serra contre lui lorsqu'il l'entoura de ses bras.

— Je pourrais très bien m'habituer à cela.

Elle le regarda tendrement.

— Je vois ce que tu veux dire. Cela remonte à seulement quelques jours, mais j'ai l'impression que c'était dans une autre vie.

Unis dans un silence paisible, ils restèrent ainsi un long moment. Enlacés, contemplant le soleil percer les nuages et envelopper les arbres d'une traînée lumineuse de feu vert.

— Dieu nous a protégés, affirma Zoé d'une voix vibrant d'une intense ferveur.

— Si tu le dis… laissa tomber Seth d'un air assombri. J'espère que tu as raison. J'aimerais, moi aussi, pouvoir y croire, mais je n'y arrive tout simplement plus.

Zoé lui serra la main avec compréhension.

— Tu y parviendras. Donne-toi du temps.

— Désolé, mais je pense que cela prendra bien long-temps.

De nouveau, ils regardèrent silencieusement la vallée. Dehors, le vent glacial frôlait sur les cimes des sapins. Ils remarquèrent le mouvement en même temps. En bas, sur le sentier serpentant à travers la montagne, un point rouge se déplaçait.

C'était la parka de Hans Morgen assis à califourchon sur le scooter des neiges, avec lequel il était parti en ville deux heures plus tôt. Il tractait une petite luge lourde-ment chargée de plusieurs caisses. À cause des puissants craquements du feu dans la cheminée, ils ne perçurent que faiblement le bruit du moteur.

— Reprendre tes cours à l'université t'aidera peut-être.

— Peut-être.

Seth fit une mine dubitative.

— Mais sincèrement, je ne le pense pas. Tu sais, avec tout ce que j'ai appris sur la Passion de Sophia et tout le reste, je vais devoir faire table rase et recommencer à zéro.

Zoé le regarda droit dans les yeux.

— Peut-être est-ce là ta réponse ?

— Hein ?

— Oui ! Jeter tous tes vieux schémas de croyances et en accepter de nouveaux.

Après une courte pause, elle reprit avec enthousiasme.

— Je l'ai bien fait moi ! J'avais soif de quelque chose de nouveau, capable de parler à mon âme. C'est peut-être pareil pour toi ?

Il l'enveloppa d'un sourire admiratif.

— Toi, tu es quelqu'un…

Pensivement, il murmura d'une voix étouffée.

— Je ne sais plus… jamais, je ne me suis senti aussi perdu… aussi à la dérive, intérieurement.

— Je comprends. Je me suis sentie comme ça lorsque j'ai réalisé quelle imposture était l'Église de ma mère, en vérité.

— Mais je ne voudrais pas, comme toi, chercher pendant des années avant de retrouver une certitude.

Zoé observa attentivement son mari.

— Peut-être était-ce une fausse certitude dont tu es débarrassé à présent ?

Son cœur se serra à la vue de son regard douloureux.

Il lui sourit tendrement.

— Merci, professeur.

Elle se troubla aussitôt.

— Tu sais, je ne voulais pas du tout…

Son large sourire la rassura pleinement.

— Tout va bien. Vraiment, je te le jure.

Il la prit dans ses bras et ils échangèrent un long baiser.

Dans la cheminée, une bûche craqua bruyamment. Dehors, le scooter des neiges se rapprochait.

— Renoncer à une fausse certitude est peut-être la manière que Dieu utilise pour nous faire comprendre que ce n'était pas la vérité.

Zoé s'exprimait lentement, comme si sa pensée cheminait pendant qu'elle parlait.

— Faire table rase signifie que tu adopteras de nouvelles idées en cherchant la vérité. Je suis convaincue que Dieu est satisfait quand nous cherchons. Mais la Vérité ultime est… qu'il n'y a pas de vérité ultime. Et que nous devrons continuer à chercher toute notre vie.

— Voilà qui est rassurant, ironisa Seth.

En bas, le moteur du scooter eut un dernier hoquet avant de s'arrêter.

— As-tu une meilleure idée ?

Seth secoua la tête.

— Tu sais, reprit Zoé, Thalia a effectué une foule de recherches, elle a réuni une documentation impressionnante. Elle est exceptionnelle, tu verras, quand elle sera ici. Sans parler de la roue d'albâtre.

— Si tu réussis à la récupérer.

Zoé fut catégorique :

— J'y arriverai ! Les données concernant les œuvres que j'ai téléchargées du serveur contiennent tout : dates, noms, prix, factures de transport, numéros d'enregistrement, tout ! Tout ce dont j'ai besoin pour prouver que ces œuvres ont été volées – deux fois ! – et qu'il faut les restituer à leurs véritables propriétaires.

— Tu vas te mettre à dos un tas de gens, insista Seth. Tous ces conservateurs de musée renommés et tous les collectionneurs richissimes. À mon humble avis, tes relations professionnelles vont en souffrir.

Les pas de Morgen résonnaient dans l'entrée, au rez-de-chaussée. Ils tournèrent la tête en même temps.

— Cela m'est égal, je te le jure, répondit Zoé d'un ton persuasif. Ils ne méritent pas mieux, tous ceux qui vendraient leur âme au diable afin de s'approprier un tableau. Quant à moi, je ne suis pas tant que ça attachée à mon métier. J'avoue que, vraiment, cela me passionnerait de me consacrer à la recherche des propriétaires légitimes des tableaux. Si je dois laisser tomber mon job pour cela, je le ferai avec plaisir.

— Et moi, franchement, je ne suis pas sûr de vouloir reprendre l'enseignement, lui répondit-il en lui lançant un regard malicieux. J'étais plutôt un bon détective, dans le temps. Pourquoi ne t'aiderais-je pas dans tes recherches ?

La jeune femme éclata de rire.

— Eh bien, dis-moi d'abord ce que tu connais des œuvres d'art ?

Seth rétorqua du même ton.

— Autant que toi tu en sais sur les religions !

Ils riaient encore quand Hans Morgen, couvert de neige et enveloppé d'un halo d'air glacé, fit irruption dans la pièce. Dans une main, il portait un sac à dos vert.

Il enleva ses grosses lunettes et s'ébroua comme un jeune chien.

— Un peu de neige alpine et me voilà rajeuni de trente ans !

Il plongea sa main dans le sac tout en s'approchant d'eux.

— Par le curé du village, j'ai eu le message que votre amie Thalia arrive demain. Elle prend le premier avion après l'enterrement de son père.

— Les salauds…

Morgen approuva le juron de Seth.

— Oui. La pauvre fille ignorait que son père était mort paisiblement dans son sommeil quelques semaines seulement après son arrivée à Zurich.

Il tira un exemplaire du *International Herald Tribune* et le tendit à Zoé.

— Ils avaient conservé son cadavre dans un congélateur à viande.

Secouant la tête, Seth poussa un long soupir.

Zoé avait déplié le journal. Silencieusement, elle regarda pendant quelques instants la première page avant de le tendre à Seth.

Les gros titres parlaient d'un incendie qui avait ravagé un lieu de retraite appartenant au Vatican au-dessus d'Innsbruck. Il y avait une grande photo aérienne du chalet en flammes. Le pilote de l'hélicoptère avait eu le réflexe de prendre un instantané tout de suite après le décollage. À côté, une photo officielle du Vatican montrait le cardinal Neils Braun, avec le titre : « Mort dans les flammes ».

Seth lut attentivement.

— Là ! dit-il en désignant un paragraphe à la fin de l'article. « La police continue à rechercher deux survivants du drame qui ont pu être sauvés par l'hélicoptère qui devait emmener le cardinal Braun à l'aéroport d'Innsbruck. »

C'est de nous qu'ils parlent là ! Ils doivent connaître nos noms. Pourquoi ne donnent-ils pas nos noms, hein ?

Il s'était tourné vers le père Morgen.

— Ne sommes-nous pas recherchés ? Est-ce qu'Interpol n'est plus sur nos traces ?

Morgen sourit.

— Ne vous ai-je pas dit que nos alliés au Vatican avaient des relations ? Vous savez que votre aide nous a valu la gratitude de tous les bons membres de la Curie et du Saint-Père lui-même. Autrement, il n'aurait d'ailleurs jamais béni notre séjour ici, dans ce merveilleux lieu de retraite.

De son pas alerte, il se dirigea vers la porte.

— J'ai les ordinateurs que vous m'avez commandés. Je vais les chercher.

— Laissez-nous vous aider.

Leur proposition jaillit presque au même instant. Morgen fit un grand geste de refus.

— Non, non merci ! Je me sens une force de lion aujourd'hui.

— C'est bien vrai ? insista Zoé gentiment.

— Absolument ! rétorqua le vieux prêtre avec conviction.

Coupant court à toute discussion, il disparut rapidement dans le couloir. Seth fit un pas en direction de la porte, mais Zoé le retint.

— Reste. Tu ne ferais que le froisser.

Bien que n'étant pas entièrement convaincu, Seth se laissa attirer vers les deux fauteuils rustiques proches près de la fenêtre. Un petit groupe de randonneurs était en train de traverser lentement la large vallée qui s'étirait devant le chalet.

Lorsqu'ils furent confortablement installés dans leurs fauteuils, Zoé se mit à lire à voix haute les commentaires dans les pages intérieures du quotidien.

« Un miracle dans les ruines ? » questionnait un encadré de la nécrologie de Neils Braun. « Des ouvriers intervenant sur les lieux de l'incendie témoignent que la construction a été entièrement détruite par les flammes. Tout a brûlé, sauf une pièce de linoléum identifiée comme provenant du sol de la cuisine.

Certains prétendent que le morceau de lino avait la forme d'une silhouette de femme. "On voyait très nettement les yeux, les mains, les pieds… a déclaré l'un des ouvriers. Je jure que je les ai vus. C'est un miracle, un signe de Dieu." »

Zoé parcourut le reste des commentaires. La plupart se bornaient à réfuter l'idée d'un miracle et ne voulaient y voir que l'éternelle soif de surnaturel du peuple. On trouve, inévitablement, toujours des témoins dont l'imagination fertile découvre des dessins extraordinaires sur les murs, des taches, des ombres ou d'autres traces.

Le journaliste citait les propos du chef des pompiers d'Innsbruck : « Il est vrai que le feu fait parfois des choses étranges. Il n'est pas rare qu'après un incendie, nous découvrions des images dans les ruines. Mais pour moi, c'est comme voir des animaux ou des visages dans les nuages ou dans la lune. L'imagination humaine, tout simplement… »

De son côté, l'évêque d'Innsbruck avait fait une déclaration officielle aboutissant aux mêmes conclusions que le chef des pompiers.

Dans quelques années, un autre pape aurait sans doute affaire à un petit groupe de paroissiens zélés qui réclameront que le Vatican accepte de consacrer le site, de le déclarer lieu saint. Le pape ferait à peu près la même réponse que l'homme qui était pape à l'époque où le « Nid du cardinal » avait brûlé.

« La foi dans l'invisible est bien plus puissante que la foi dans ce qui est visible, ce qui peut être touché. La meilleure pierre de touche pour notre foi en un Être suprême est notre aptitude à croire sans voir. À long terme, les Églises chrétiennes – comme d'ailleurs toutes les religions de toute croyance dans ce domaine – se portent bien mieux sans ce genre de signes visibles. Car il y aura toujours ceux qui voient et qui ne croient pourtant en rien. Mais Dieu, Lui, bénit tout spécialement ceux qui croient sans preuves. »

Le Pape ne devait jamais dire s'il croyait ou non à un miracle, survenu là-haut, au cœur des Alpes autrichiennes.

NOTE DE L'AUTEUR

Ce livre est une œuvre de fiction, mais basée sur des faits.

Hitler a effectivement créé une organisation appelée Sonderauftrag Linz dont le seul objectif était de réunir les meilleures collections d'œuvres d'art de toute l'Europe. Les œuvres volées étaient destinées à constituer un musée hors normes que le Führer avait l'intention de faire construire à Linz, la ville de sa jeunesse. On a retrouvé les plans d'architecte pour ce Führermuseum, mais la construction n'a jamais commencé.

L'agent de liaison de l'opération spéciale Sonderauftrag Linz était un homme du nom de Heinrich Heim. Je l'ai rencontré à Munich en décembre 1983. À cette époque, j'ai retrouvé une petite communauté très unie de nazis non-repentis et résidant toujours dans la capitale bavaroise. Parmi les membres de ce groupe, il y avait deux anciens secrétaires de Hitler ainsi que son pilote personnel. Lorsque je me trouvais en Bavière, ils avaient l'habitude de se rendre visite, sans doute pour se consoler mutuellement de ce qu'ils avaient perdu. Et dont ils gardaient une grande nostalgie.

Heim habitait un abri datant de la Seconde Guerre mondiale dans le quartier de Schwabing, à proximité de la célèbre Staatsbibliothek de la Bavière. En plus des maigres droits d'auteur qu'il touchait pour un livre qu'il était en train d'écrire (dans lequel il dévoilait comment il espionnait Hitler pour le compte d'Hermann Goering), Heim se faisait de petits revenus en répondant à des demandes d'informations, qui lui parvenaient du monde entier. Il faisait la plupart de ses recherches à la Staatsbibliothek.

Ce fut le rédacteur en chef du quotidien du soir munichois Die Abend Zeitung, Werner Meyer, qui – la nuit avant Noël – me fit rencontrer Heim. Il était déjà très tard ce soir-là et un mélange de neige, de pluie verglacée et de neige fondue s'abattit sur nous lorsque nous laissâmes la voiture de Meyer au bout d'une étroite allée pavée où traînaient des papiers gras, chichement éclairée par de lugubres ampoules nues.

Meyer frappa à l'épaisse plaque blindée faisant office de porte d'entrée. J'eus le temps de voir que les deux fenêtres de l'abri en béton étaient également couvertes de protections similaires. Voyant mon regard étonné, Meyer me raconta que Heim vivait dans la terreur continuelle d'une action de vengeance menée par Israël. Car – bien qu'il ait travaillé pendant quelque temps dans une prison des Alliés – nombreux furent ceux qui soupçonnaient Heim d'avoir pris une part active dans des actions bien plus abominables que celles de collaborateur principal de Hitler pour le vol d'œuvres d'art à grande échelle.

Après de longues minutes, Heim nous ouvrit après avoir enlevé, avec difficulté, la lourde plaque protectrice.

La devise « Vaincu, mais la tête haute » le résumerait parfaitement. Avec un regard superficiel, on aurait facilement pu le cataloguer de clochard, vêtu qu'il était de deux pardessus et de plusieurs couches de chemises et de gilets. Mais les yeux de l'homme avaient gardé leur éclat bleu myosotis qui aurait pu figurer sur un poster vantant la perfection de l'aryen viril. Il nous fit entrer dans la pièce consacrée à ses recherches. Notre hôte nous couvrit avec sollicitude les genoux de couvertures usées jusqu'à la corde pour que nous n'ayons pas froid. Il est vrai que sa casemate en béton ne comportait pas le moindre chauffage.

Heim et Meyer se mirent à discuter et moi, novice en allemand, je me contentais d'écouter. Pendant plusieurs minutes, ils échangèrent sur les progrès respectifs de leurs recherches des partitions originales du compositeur Wagner, qui avaient disparu pendant la guerre. Ce genre de recherches passionnaient Meyer et il en était, de toute évidence, pareil pour Heim. Ils s'échauffèrent ensuite à propos de l'authenticité des journaux intimes de Hitler qui venaient d'être retrouvés. Selon Heim, qui en avait lu une grande partie, ces cahiers étaient authentiques.

Puis, la conversation se porta sur mes efforts pour retrouver la trace d'œuvres d'art disparues. Lors de mes recherches, j'avais utilisé également mes talents de reporter d'investigation. Je ne m'étais pas contenté de réunir simplement du matériel pour le présent livre, mais j'étais constamment resté en alerte pour tout ce qui promettait un bon article de magazine, peut-être même un ouvrage non romancé. Après quelques minutes, Heim se mit à parler avec beaucoup d'affection de Frederick Stahl, le peintre tant apprécié par Hitler et d'autres personnalités nazies mentionnées dans ce roman. Rapidement, les yeux de Heim devinrent humides à l'évocation de Stahl et – je suppose – du bon vieux temps… Il devint lyrique en parlant des œuvres du peintre et la manière dont l'artiste avait été traité par Hitler : comme un frère ou mieux encore, comme un substitut de père.

À présent, Heim utilisait tout naturellement le mot unser, le terme allemand pour « notre », m'y incluant un peu trop facilement à mon goût car, ici, cela signifiait bien plus. Dans sa bouche, cela devenait « notre cercle ». Je me sentais de plus en plus mal à l'aise lorsque Heim réunit dans ce « unser » ses camarades nazis, puis le Führer lui-même. Voilà un cercle auquel je n'avais aucune envie d'appartenir.

Je ne pouvais pas ne pas remarquer que Heim évitait soigneusement de prononcer le nom de Hitler, comme s'il avait peur de commettre un sacrilège. Exactement, comme les fidèles de diverses religions qui évitent de nommer leur dieu. À chaque fois qu'il faisait référence au Führer, Heim le désignait par les initiales A.H. Ce qui donnait en allemand « Ah-Ha » d'un effet plutôt étrange.

À un moment, le vieux nazi posa sur la table une liasse de feuilles et une enveloppe contenant des petites photos. Avec une mine de conspirateur, il nous montra les instantanés en noir et blanc. Chaque petite photo représentait un tableau de Stahl que Heim avait répertorié sur une liste qu'il me tendit. Tous ces tableaux, me dit-il, avaient disparu un peu avant la chute du IIIe Reich. C'est à Zurich qu'ils avaient été vus en dernier. Il n'en dit pas plus.

Au moment de notre départ, Heim me donna le catalogue des peintures de Stahl et une des photos après m'avoir fait promettre que je ferai des recherches et que je le tiendrai au courant des résultats par l'intermédiaire de Meyer.

De Munich, je me rendis directement à Zurich pour enquêter et vérifier s'il existait quelque part des traces des tableaux de Stahl. Ma chambre d'hôtel retenue, j'entrepris sans tarder mes recherches. Muni des adresses des galeries d'art qui existaient déjà à l'époque de la disparition des tableaux, je me fis passer pour un collectionneur fortuné. Ma première visite fut pour la galerie la plus ancienne de la place. Son propriétaire me reçut aimablement. Je lui montrai la photo du tableau de Stahl en disant que je désirais l'acquérir. Je n'avais pas fini ma phrase que l'homme se mit fortement en colère et me jeta littéralement à la porte de sa galerie, me menaçant d'appeler la police si je ne quittais pas le quartier sur-le-champ. Il me cria qu'il n'avait rien à faire avec ces tableaux et que, par ailleurs, il n'avait pas la moindre envie d'entrer en contact avec les gens qui s'y intéressaient ! Il me fut impossible de voir si l'homme était effrayé ou en colère. Probablement les deux à la fois. Quant à moi, pas de doute, j'avais peur.

Au cours de mes activités mouvementées de reporter d'investigation, il m'était arrivé plus d'une fois de me trouver en danger. Ce qui ne m'avait jamais empêché de continuer à enquêter, à fouiller jusqu'à terminer mon reportage. Mais cela appartenait au passé et j'étais désormais décidé à rester en bonne santé. Et, franchement, disparaître dans une rue sombre de Zurich n'était pas vraiment l'idée que je me faisais d'une fin réussie de mon séjour en Europe !

Aussi, je fis descendre un rosti avec plus d'un litre de bière cette nuit-là, et me couchai pour quelques heures avant de prendre le premier train en partance pour Munich. Aujourd'hui encore, j'ignore ce que sont devenus les tableaux de Stahl et je suis plus convaincu que jamais qu'il ne serait pas très sain de vouloir en savoir davantage…

Beaucoup d'autres choses sont authentiques dans ce livre. Par exemple, comment des SS en fuite se servaient de ces chefs-d'œuvre pour acheter leur liberté. Je n'ai pas le moindre doute qu'aujourd'hui, de précieux tableaux de maîtres « perdus » pendant la guerre, sont suspendus paisiblement aux murs de certains châteaux des Alpes bavaroises. Et bien d'autres – de nombreux autres – sont restés enfouis du côté de certaines rues étroites de la vieille ville de Zurich. J'ai appris de source sûre que nombre de ces œuvres valaient de vraies fortunes et – aux yeux de certains – ces tableaux avaient davantage de valeur que la vie de quelqu'un qui posait des questions gênantes.

Au cours des dernières années du XXe siècle, on a enfin entrepris des recherches pour retrouver la trace des œuvres pillées par les nazis afin de les restituer à leurs propriétaires légitimes. Ces opérations et recherches ont fatalement provoqué la découverte de nombre de collaborations avec le IIIe Reich, notamment de la part de banques suisses et de grandes compagnies américaines et européennes. Les demandes de réparation des victimes de l'Holocauste et de leurs familles avaient toujours été traitées avec une dérision arrogante et une évidente volonté d'obstruction par les banquiers suisses. Il en fut ainsi jusqu'à ce que la récente pression internationale permette d'obtenir un effort de dédommagement des titulaires de ces comptes bancaires ou de leurs héritiers.

Un empereur, Henri IV qui s'était fait kidnapper, a également vraiment existé. Tout aussi authentiques sont les manigances et combines historiques des différents papes et empereurs. Il est parfaitement vrai également que trois papes clamèrent, en même temps, leurs prétentions au Saint-Siège. Et bien sûr, l'empereur Constantin a bel et bien existé et il a effectivement mis fin aux querelles religieuses par des décrets administratifs renforcés par l'usage de l'épée. L'histoire de toutes les religions montre – aucune ne faisant exception – que des questions concernant la foi sont, la plupart du temps, réglées selon les opportunités politiques du moment. Et non pas, comme on devrait le supposer, après de sérieux débats spirituels.

Les parties de ce livre faisant référence au Concile de Nicée ainsi que les événements et les controverses religieuses qui l'ont précédé sont également vraies. Et, soit dit en toute modestie, ils sont bien mieux documentés que ne le sont la plupart des textes de la Bible hébraïque ou chrétienne et ceux du Coran.

En revanche, les descriptions concernant Sophia sont sorties directement de mon imagination fertile, stimulée par certaines recherches passionnantes sur les débuts de l'Église chrétienne et le rôle majeur joué par les femmes. Rôle que les révisionnistes spirituels – des hommes évidemment – ont tout fait pour retrancher de l'histoire. À l'évidence, leurs efforts ont été couronnés de succès, mais des références de grande portée subsistent – il suffit de lire les Proverbes ou le Chant de Salomon – où toute son importance est donnée à la Sagesse.

Jusqu'à ce jour, l'Église catholique et d'autres – notamment les Églises orthodoxes grecques et russes – font preuve d'une attitude indécise à propos d'une Sophia mythique. Certains – les gnostiques tout particulièrement – affirment qu'Elle est le créateur originel de tout l'univers. D'autres la proclament la composante féminine d'un Dieu androgyne. D'autres encore voient en Elle l'incorporation de la Sagesse ou même du Logos de la Trinité chrétienne avant que celle-ci ne soit entièrement masculinisée. Mais l'humanité ne semble jamais avoir considéré Dieu comme étant une femme.

Ainsi, si Sophia occupe effectivement une place dans l'histoire, il reste encore à déterminer laquelle.

Rappelons que l'Église catholique n'est pas isolée parmi les religions modernes à faire preuve d'une telle peur de la femme et à lui interdire tout rôle spirituel important. La plupart des personnalités catholiques décrites dans mon livre pourraient aisément être remplacées par de quelconques leaders du judaïsme, de l'islam ou des Églises protestantes. Beaucoup tueraient plutôt que d'admettre qu'une femme puisse être le Rédempteur !

C'est un secret de Polichinelle que le pape Pie XII était resté sourd et muet en face des atrocités du IIIe Reich. En ce qui concerne les raisons de ce silence, on en est réduit aux spéculations. Le moins que l'on puisse dire est que cette attitude semblait en totale contradiction avec son rôle d'autorité morale. Qu'il n'ait pas élevé la voix afin de protester contre les agissements criminels des nazis est – et restera très probablement – un mystère. En faisant sa demande de pardon au début du troisième millénaire, l'Église catholique a confessé et demandé pardon pour quelques-uns de ses péchés mortels commis au nom de Dieu et celui du Christ. Tout en ne représentant qu'un petit pas, cette initiative est un exemple positif que le reste de la Chrétienté, tout comme le judaïsme et l'islam, feraient bien d'imiter.

Des étudiants en histoire, théologie, géographie ou sciences politiques trouveront de nombreux autres faits d'une véracité incontestable dans ce livre, même s'il est vrai que pris dans sa globalité, mon livre reste un roman.

S'il est possible de trouver de la vérité dans une fiction, celle que moi, j'ai tenté d'apporter est l'exigence spirituelle de remettre en question et de rechercher une vraie relation avec Dieu. Aucune religion ne possède le monopole de Dieu. Pas plus que le rouge n'occupe une meilleure place dans le spectre solaire que les autres couleurs.

En fin de compte, la réponse se trouve dans le cœur spirituel des grandes religions. Ce cœur si fréquemment ignoré par ceux-là mêmes qui le prêchent. La règle d'or d'aimer les autres comme soi-même, de traiter les autres comme on voudrait qu'ils vous traitent, peut être conçue, comprise et appliquée même par notre esprit humain limité.

Comme disait Hillel, un sage juif : « Aime ton voisin comme toi-même ! » Le reste n'est que commentaire.

Lewis Perdue. Sonoma, Californie. Septembre 1999.

L'héritage De Vinci

Lorsque Curtis Davis, expert en histoire de l'art, se rend
compte que plusieurs pages du *Codex Da Vinci* sont
manquantes, il part à la recherche de ces écrits originaux.
Mais il devient rapidement la cible d'une conspiration
qui remonte aux origines du christianisme… *Le Codex
Da Vinci* est la clé d'un secret séculaire d'une importance
capitale pour l'avenir du monde.

*Le best-seller international sur les secrets de Léonard
de Vinci, par l'auteur qui a inspiré Dan Brown
pour Da Vinci Code.*

ISBN : 978-2-35288-188-9

www.city-editions.com